mtb

Jodi Ellen Malpas

CROWN & PASSION

Alles, was du begehrst

Roman

Aus dem Englischen von
Christian Trautmann

mtb

MIRA® TASCHENBUCH

1. Auflage: November 2019
Deutsche Erstausgabe

Originaltitel: »His True Queen«

Umschlaggestaltung: zero-media.net, München
Umschlagabbildung: FinePic®, München
Lektorat: Siegrid Hoppe
Satz: GGP Media GmbH, Pößneck
Printed in Germany
Dieses Buch wurde auf FSC®-zertifiziertem Papier gedruckt.
ISBN 978-3-7457-0041-1

www.mira-taschenbuch.de

Für alle Frauen.
Seid wild.

1

Die Atmosphäre ist unheimlich, die Menschenmenge erstreckt sich, so weit das Auge reicht. Alle sind still, aber ich kann sie atmen hören. Ich bin mir sicher, die Flügel der Vögel oben schlagen zu hören.

Vom Kummer betäubt schaue ich hinauf zum Himmel. Dort kreist ein Vogel, ein Zuschauer mit bester Aussicht. Eine Elster. Eine einzelne Elster. Eine steht für Leid. Vielleicht ist das albern, da ich ohnehin nie an solche Ammenmärchen geglaubt habe, dennoch suche ich nach einer zweiten. Zwei bedeuten Freude.

Da ist keine zweite Elster.

Da ist keine Freude.

Ich senke den Blick wieder auf den Beton vor mir, konzentriere mich jetzt auf das Geräusch meiner Schritte. Laute Schritte – Schritte, die durch die Straßen Londons zu hallen scheinen. Die Welt schaut zu. Augen aus jedem Winkel der Erde sind auf uns gerichtet. Der Leichnam des Königs von England liegt auf einer kunstvollen Lafette, gezogen von zwei herausgeputzten Hengsten. Meine Familie und ich folgen unmittelbar dahinter. Schweigend. Trauernd. Für die ganze Welt sichtbar.

Auch nach neun Tagen fühle ich mich noch völlig benommen. Ich würde mich in einem grauenhaften Albtraum wähnen, würde mich nicht alles ständig an die Realität erinnern. Die stille Menge. Ein TV-Bericht nach dem anderen, die Zeitungsartikel. Die im Claringdon Palace umherschwirrenden Offiziellen. Beinahe jeder Medienbericht aus London dreht sich um die Trauer und um das Neueste zum Tod des Königs und den seines Thronfolgers. Um die gebrochene Mutter und Gattin. Um den verbitterten Bruder und Sohn. Um ein Land in Trauer.

Ich schaue nach links und bemerke Eddie, der auf den luxuriösen Sarg unseres Vaters blickt. Abgesehen von Bitterkeit, die sich auf seinem Gesicht widerspiegelt, ist seine Miene ausdruckslos. Ich kann den Alkohol an ihm riechen. Erkenne seine kaum verhohlene Wut, die er wie ein Wappen auf der Brust trägt. Sein Anzug ist zerknittert. Sein Haar ist durcheinander. Sein Gesicht ist fahl.

Der gefallene Prinz.

Der Mann, der niemals König sein wird.

Tränen steigen mir in die Augen, und rasch starre ich wieder auf den Boden, um nicht loszuheulen. Ich weiß gar nicht, warum ich noch weine. Wegen des Verlustes, den meine Familie erleiden muss? Wegen des Verlustes, den die Welt erlitten hat?

Wegen des Verlustes, den ich erlitten habe?

Wie aufs Stichwort habe ich Joshs Bild vor Augen, was mich noch benommener macht. Eine einzelne Träne läuft mir die Wange hinunter, zwingt mich, mir rasch das Gesicht abzuwischen, damit nicht weitere folgen. Eine Geste, die meine Pflicht, gefasst zu bleiben, untergräbt, da die Welt zuschaut. *Zeig keine Emotionen. Reiß dich zusammen.* Nur noch eine weitere halbe Meile – und wir werden innerhalb der sicheren Mauern St. Paul's sein. Sicher? Nirgendwo ist es sicher. Nirgendwo gibt es Privatsphäre. Mein lebenslanges Gefühl, eingeengt zu werden, ist nichts angesichts der jüngsten Ereignisse. Ich kann nicht mehr atmen. Und um meine Qual noch zu vergrößern, ist die einzige Person fort, die mein Leben erträglich gemacht hat.

Meine ohnehin schon schweren Beine scheinen mit Blei gefüllt zu sein. Einen Fuß vor den anderen zu setzen wird immer mühevoller. Nie zuvor musste man mich stützen und mir zureden, alles werde gut. Nie zuvor habe ich mir von einem Mann so sehr gewünscht, er nähme mich in den Arm und beschützte mich vor der Grausamkeit der Welt.

Und diesen Mann kann ich nicht haben.

Erneut schaue ich auf, als könnte ich ihn in der dicht gedrängten Menschenmenge entdecken. Natürlich sehe ich ihn nicht, und das Herz wird mir noch ein wenig schwerer.

Die Prozession kommt nach und nach zum Stehen, laute Gewehrschüsse schrecken mich auf. Ich schaue in die Richtung, wo Damon ist. Er wirkt unbeeindruckt und deutet mit einer Kopfbewegung zum Eingang von St. Paul's. Ich folge Damons Blick und sehe zwei ordentlich ausgerichtete Reihen Soldaten, die ein Spalier bis zur Kathedrale bilden. Ihre Waffen zeigen zum Himmel. Ich reiße mich schnell zusammen und warte darauf, dass meine Mutter vorangeht, bevor Eddie und ich dem Sarg meines Vaters in das kirchliche Gebäude folgen.

Obwohl ich es erwartet habe, lässt mich der Anblick der TV-Kameras auf dem Weg zum Altar zögern. Sowie ich mich auf die Kirchenbank setze, umgeben von Weltpolitikern, Prominenten, Reichen und Mächtigen, verspüre ich für einige Sekunden etwas anderes als Trauer.

Etwas von enormer Kraft.

Ich schaue über die Schulter, und mein Atem stockt, kaum dass sich unsere Blicke treffen. Er sieht so niedergeschlagen aus, wie ich mich fühle. Dann schaut er weg. Ich weiß, dass es nicht geschieht, weil er befürchtet, jemand könnte unsere Blicke bemerken und begreifen, was sie zu bedeuten haben. Es ist, weil er mir nicht in die Augen schauen kann. Er will nicht akzeptieren, dass unsere Geschichte zu Ende ist. Er will nicht akzeptieren, dass meine Schuldgefühle stärker sind als jedes andere Gefühl.

Schuld ist eine grässliche Emotion. Mein Vater und mein Bruder sind tot, und zwar meinetwegen. Ich verdiene es nicht, glücklich zu sein. Ich verdiene es, all die Opfer zu bringen, die das Tragen der Krone fordert. Von all diesen Opfern, die ich bringen muss, ist das größte Josh.

Nachdem die Türen von Claringdon Palace sich hinter mir geschlossen haben, atme ich zum ersten Mal an diesem Tag gleichmäßig. Sobald meine Beine mich bis in die Claret Lounge getragen haben, schließe ich die Augen, halte mich an der Anrichte fest und konzentriere mich ausschließlich auf den Sauerstoff, der in meine Lunge gelangt. Ich fühle mich völlig erschöpft.

»Euer Hoheit«, sagt eine der Hausangestellten zögernd und hält mir ein Tablett hin. Darauf steht ein einzelnes Glas Champagner, die Bläschen darin steigen geradezu hypnotisierend auf. Ich sehe die Frau an, sie lächelt sanft. *Euer Hoheit.* Nicht *Euer Majestät.* Niemand weiß von dem Skandal. Niemand weiß, dass mein erbärmlicher Hintern auf dem Thron gelandet ist. Die Welt wartet auf Eddies Vereidigung. Seine Trauer sowie sein labiler Zustand werden für die Verzögerung verantwortlich gemacht. Nicht die Tatsache, dass er gar nicht der leibliche Sohn des verstorbenen Königs ist.

Ihr mildes Lächeln erwidernd greife ich nach dem Glas.

»Jeder würde glauben, dass du feierst.« Wie immer schaut mich Victoria, die älteste Schwester meines Vaters, an wie etwas, in das sie gerade hineingetreten ist. »Es ist die Beerdigung deines Vaters, um Himmels willen, und du nimmst dir diese Respektlosigkeit heraus mit deinen roten Lippen, deinen durchscheinenden Strümpfen und dem Champagner.«

Eine sanfte Hand legt sich auf meinen Unterarm, der Anblick von Onkel Stephans zusammengepresstem Mund warnt mich, zu einem Gegenschlag auszuholen. Das tue ich nicht, obwohl etwas Tiefes, Verzweifeltes mich drängt, ihr eine zu kleben. Ich umfasse das Glas und nicke der Hausangestellten wohlwollend zu, da sie mir nur angeboten hat, wovon sie weiß, dass ich es brauche. »Du darfst gehen«, sage ich kurz und scharf zu Victoria, keinen Raum lassend für Diskussionen.

»Bitte?«

Ich würde über ihre Empörung lachen, wenn noch irgendetwas zum Lachen wäre. Selbstverständlich ist ihr nicht klar, dass sie gerade ihre Königin beleidigt hat.

»Geh«, meint Eddie und wirft Victoria einen tödlichen Blick zu, ehe er die restliche Familie betrachtet.

Dieses eine Wort meines Bruders, den sie für den König halten, genügt, um Victoria zum Schweigen zu bringen und alle anderen zu veranlassen, die Lounge zu räumen. Selbst die Bediensteten ziehen sich diskret zurück, schließen die Tür hinter sich und lassen meine Mutter, Eddie und mich allein.

Eddie sinkt auf die Couch und zieht einen Flachmann aus der Innentasche seines Jacketts, aus dem er sich einen ordentlichen Schluck genehmigt. »Das ist Gott sei Dank vorbei«, murmelt er. »Können wir der Welt jetzt bitte mitteilen, dass ich nicht der König bin? Dass meine Mutter hinter dem Rücken des verstorbenen Königs mit einem Angestellten gevögelt und mich daraufhin zur Welt gebracht hat?«

»Edward«, rufe ich entsetzt wegen seiner derben Ausdrucksweise. Ich schaue zu meiner Mutter, die ihren Sohn mit glasigen leeren Augen ansieht. »Zeig etwas Respekt.«

»Respekt?«, wiederholt er verächtlich. »Dreiunddreißig Jahre lang habe ich eine Lüge gelebt, vergeudete Jahre, in denen ich das Protokoll befolgt habe, und alles für nichts. Verzeih mir, aber ich habe ein Leben, das ich jetzt endlich beginnen möchte, ohne die Beschränkungen, die diese verdammte Familie mir auferlegt hat.« Ein weiterer tiefer Schluck aus dem Flachmann. »Also, wann verkünden wir der Welt, dass es eine Königin gibt und es die über alles geschätzte Adeline ist? Die werden entzückt sein.«

Er grinst mich höhnisch an, und ich muss mich beherrschen, um ihn nicht zu ohrfeigen. Ich mag diesen Eddie nicht. Wo ist mein geliebter Bruder, der Mann, an dessen Schulter ich mich jahrelang anlehnen konnte? Bitterkeit steht ihm nicht, obwohl mir natürlich klar ist, dass er jeden Grund hat, wütend zu sein. Nur sollte sich dieser Zorn nicht gegen mich richten.

»Du musst aufhören zu trinken.« Plötzlich abgestoßen von dem Getränk, das ich normalerweise genieße, betrachtete ich mein Glas Champagner und stelle es auf den Tisch vor mir.

Eddie lacht in sich hinein und gönnt sich trotzig erneut einen Schluck. »Auch als Königin, liebste Schwester, kannst du mir nicht vorschreiben, was ich tun und lassen soll.« Er prostet mir mit dem Flachmann zu. »Euer Majestät.«

Königin. Sobald ich dieses Wort höre, zieht sich jedes Mal alles bei mir zusammen. »Hör auf damit«, warne ich ihn. »Hör einfach auf damit.«

»Warum? Lässt du mich sonst enthaupten?«

»Edward!«, brülle ich ihn an.

»Ja, Euer Majestät?«

Ich stehe auf und streiche mein Kleid glatt, damit meine Hände beschäftigt sind und ich ihm nicht ins Gesicht schlage. »Werde endlich erwachsen.«

»Genug.« Meine Mutter erhebt sich unvermittelt und sieht uns beide verärgert an. »In den vergangenen Tagen habe ich eins meiner Kinder und meinen Ehemann verloren. Und ihr *werdet* euch respektvoll verhalten.«

Eddie und ich halten den Mund, da an die Tür geklopft wird. Mum findet schnell ihre Fassung wieder und ruft denjenigen herein, der auch immer sich auf der anderen Seite befindet.

Ein vorsichtig dreinschauender Sid, Claringdons langjähriger Haushofmeister, räuspert sich und wendet sich an Eddie. »Euer Majestät, Ihre Gäste warten.«

»Danke, Sid«, antwortet Mutter an Eddies statt. »Wir benötigen noch einen Moment.«

»Sehr wohl, Ma'am.« Er zieht sich zurück und schließt die Tür.

Eddie kommt mühsam auf die Füße, indem er sich mit einem Arm auf dem Sofa abstützt. »Ich bin in der Bibliothek«, murmelt er und läuft schwankend zur Doppeltür am anderen Ende der Lounge.

Mutter streckt die Arme aus. »Aber Edward ...«

»Ich bin in der Bibliothek«, sagt er noch einmal, ohne sich umzudrehen. »Je eher dieser Zirkus vorbei ist, desto besser. Viel Spaß.«

Die Tür fällt laut zu, was Mutter zusammenzucken lässt, wohingegen ich hoffnungslos die Lider senke.

Genau wie Eddie gelingt es mir absolut nicht, mich dem Heer der Trauernden anzuschließen, doch ein Blick auf meine verzweifelte Mutter weckt ein Pflichtgefühl bei mir, von dessen Existenz ich bisher nichts geahnt habe.

Ich kann sie mit dieser Sache nicht allein lassen. Also hake ich mich bei ihr unter und führe sie zu der Menschenmenge, die uns ihr Mitgefühl zum Ausdruck bringen will. »Wie sollen wir mit diesem Desaster umgehen, Mutter?«, frage ich leise, denn wenn dieser Tag vorbei ist, wird die Wahrheit preisgegeben werden müssen.

»Wie mit allen Desastern, denen wir uns schon stellen mussten«, erwidert sie und sieht mich mit vertrauter Kraft an. »Wie Royals.«

Sie reckt den Hals, strahlt Entschlossenheit aus und schreitet anmutig wie eh und je auf die Grand Hall zu. »Mit Märchen.«

Ich mustere sie erstaunt, werde jedoch von Jenny unterbrochen, die meinen Lippenstift nachzieht und Rouge auf meine Wangen pinselt. »Danke«, sage ich. Mary-Ann, Mutters Kammerzofe, macht sich an Mutter zu schaffen. »Ist es nicht an der Zeit, mit diesen Märchen aufzuräumen?«

»Mit solchen Märchen räumt man nicht auf, man erzählt sie immer weiter.«

Natürlich, was sonst! Ich mache die Augen zu und stelle ihr die Frage, die ich ihr schon seit Wochen stellen will. »Woher wusstest du, dass Helen lügt?«

Sie strafft die Schultern. »Mutterinstinkt«, antwortet sie schlicht, mehr sagt sie nicht.

Ich seufze und schüttelte den Kopf, werde aber von der stoischen Miene meiner Mutter abgelenkt. Die Doppeltür zur Grand Hall öffnet sich, und das Stimmengewirr dort endet abrupt, als hätte jemand die Stumm-Taste gedrückt. Alle Aufmerksamkeit richtet sich auf uns. Edwards Abwesenheit fällt auf, denn einige Leute schauen an uns bewegungslosen Gestalten vorbei, vermutlich auf der Suche nach meinem Bruder. Ihrem König.

Mutter drückt meine Hand, dann lässt sie mich los und schreitet auf die ersten Besucher zu, die darauf warten, sie zu begrüßen. Bernie Abrams, der Premierminister, für seinen antiquierten Führungsstil bekannt; seine Macht hängt am seidenen Faden. Mein Vater mochte ihn nie. Das konnte ich in seiner Stimme hören, sobald der Mann, der unser Land in den letzten vier Jahren geführt hat, erwähnt wurde. Ich lächle innerlich bei der Erinnerung an die schiere Verärgerung meines Vaters jeden Mittwochmorgen, wenn er die wöchentlichen Zusammenfassungen aller politischen Angelegenheiten durch den Premierminister ertragen musste. Ich fand es stets amüsant, dass er Bernie wegen dessen politischer Ansichten für altmodisch hielt. Schließlich war mein Vater ein Dinosaurier, was die traditionellen Dinge des Königshauses betraf.

Während Mutter sich zur nächsten Person in der Reihe begibt, wappne ich mich für die Begegnung mit dem Premierminister.

Zwei Minuten in seiner Gegenwart reichen aus, um anschließend Starthilfe fürs Hirn zu benötigen. Seine Stimme ist monoton, er wirkt vollkommen leidenschaftslos. Der Mann ist komplett öde. Es ist interessanter, Farbe beim Trocknen zuzusehen, und die Vorstellung, ich müsste eine ganze Stunde pro Woche mit ihm in einem Raum verbringen und seinem Vortrag über politische Themen lauschen, ist grauenhaft. Allein schon deshalb sollte ich mich mit aller Kraft gegen mein Schicksal wehren. Doch mein Widerstand ist schwächer geworden. Mein Schicksal ist besiegelt. Dies ist meine Bestrafung.

»Premierminister«, begrüße ich ihn und lasse ihn meine Hand nehmen, während er sich verbeugt.

»Euer Hoheit. Mein tiefstes Mitgefühl.«

Ich presse die Lippen zusammen und stelle mich innerlich darauf ein, diese Worte von allen Anwesenden im Raum zu hören zu bekommen. Ich hätte Eddies Beispiel folgen sollen; mein Verlangen nach einer Zigarette und einem Drink wird plötzlich sehr stark. Die Pflicht zwingt mich jedoch, jeden mit einem Lächeln und einigen Worten zu begrüßen. Meine Kraft schwindet mit jeder einzelnen Person, mit der ich sprechen muss. Die Gesichter verschwimmen ineinander, die Worte werden zu einem Summen in meinen Ohren. Wichtige Leute, Mitglieder der Königshäuser verschiedener Länder, Staatsoberhäupter Dutzender Nationen, Kabinettsmitglieder und entfernte Verwandte, alle reden mit mir.

Ich höre jedoch nur eine Stimme. Die Stimme, die mich immer beruhigt hat. Seine Stimme. Mein American Boy.

Stunden später in dieser unerträglichen Szene habe ich das Gefühl, gleich zu kollabieren. In meinem Kopf schwirrt alles. Es ist zu viel, so überwältigend, und die Gewissheit, dass mein Leben beinahe täglich so aussehen wird – die Pflicht, die benötigte innere Stärke, die Fassade aufrechtzuerhalten –, weckt bei mir den Wunsch, mitten im Raum innezuhalten, in Tränen auszubrechen und aus voller Kehle loszuschreien, dass ich hier rauswill.

Ich wirbele auf der Suche nach Eddie herum, bereit, ihm Gesellschaft zu leisten in seinem Selbstmitleid. Doch mir wird der Weg versperrt, der Duft von etwas Vertrautem, Männlichem, Ursprünglichem steigt mir in die Nase, und mir wird schwindelig. Er sollte nicht hier sein. Er ist es wegen der Freundschaft seines Vaters zum verstorbenen König. Und weil er mich auf diese Weise in die Enge treiben kann.

»Euer Majestät.«

Sein sanfter Südstaatenakzent verstärkt meine Verzweiflung und holt Erinnerungen an die Oberfläche, die ich mit aller Macht verdrängt habe. Ich richte den Blick auf seine Brust, weil ich ihm nicht in die Augen schauen will. Ich habe Angst, meine Gefühle könnten außer Kontrolle geraten.

»Du darfst mich nicht so nennen«, flüstere ich und starre auf meine Füße.

»Warum? Du bist die Königin, oder?«

Ich beiße die Zähne zusammen, Wut steigt in mir auf. Ich sollte meinen Atem nicht damit vergeuden, Josh zu erklären, dass noch niemand von meiner neuen Rolle weiß. Dass ich offiziell also nach wie vor *Ihre Hoheit* bin und nicht *Ihre Majestät*. Denn das ist ihm bestens bekannt. Er will mir lediglich meinen königlichen Status ins Gedächtnis rufen, als würde mir entgehen, wie ausweglos mein Leben ist.

»Danke, dass du gekommen bist«, murmele ich und trete zur Seite, wobei ich meinen Herzschlag zu kontrollieren versuche. Josh folgt mir und vereitelt so eine Flucht. »Entschuldige mich bitte«, flüstere ich. »Ich würde gern das Badezimmer aufsuchen.«

»Macht doch nichts.«

Sein Ton ist knapp und … wütend. Das kann ich ihm kaum verübeln. Er wurde an jenem schicksalhaften Todestag meines Vaters aus Claringdon Palace eskortiert, seither habe ich nicht auf seine Anrufe reagiert und jede seiner Nachrichten gelöscht. Ich ertrage … nichts.

»Du schaffst es nicht einmal, mich anzusehen.«

Er kommt näher, ich spüre seinen warmen Atem auf meiner Haut.

»Ich fürchte, ich muss gehen.« Ich trete zur Seite, aber wieder versperrt er mir den Weg.

»Warum tust du das?«

Seine Frage erstaunt mich, was ihm nicht entgeht, da ich ihn verwirrt anschaue. Sobald unsere Blicke sich treffen, spielen meine Emotionen verrückt; jede Szene unserer Affäre läuft vor meinem geistigen Auge ab, es ist die perfekte Folter. Eine Erinnerung daran, wie es zu diesem Zusammentreffen gekommen ist. Zur Beerdigung meines Vaters. Wie es kam, dass ich wenige Tage vorher meinen Bruder beerdigt habe. Wie es kam, dass ich die Königin von England werde. Wie sehr ich diese Aussicht hasse. »Mein Vater und mein Bruder sind meinetwegen tot. Das Land hat meinetwegen seinen Herrscher verloren. Mein Schicksal ist besiegelt, ein Schicksal, das ich nicht ertrage, obwohl ich es selbst herbeigeführt habe. Es ist meine Strafe.«

Ein Muskel in seiner Wange zuckt, so aufgewühlt ist er. »Du darfst dir nicht die Schuld geben.«

»Wem denn sonst?«, kontere ich und mache einen Schritt zurück, fort von seiner Ausstrahlung. »Ich kann nicht mit dir zusammen sein, Josh. Denn jedes Mal, wenn ich dich ansehe, denke ich daran, wie selbstsüchtig ich war und welche Konsequenzen mein Verhalten hatte.«

»Du bist nicht die Einzige, die unter den Konsequenzen zu leiden hat, Adeline.«

Nein. Nein, bin ich nicht. Ich muss mich nur umsehen, dann sind da all die anderen, deren Leben auf den Kopf gestellt wurde. Ich hebe das Kinn, ignoriere seine Worte und ziehe die Schutzgitter herunter, auf die ich mich für den Rest meines Lebens werde verlassen müssen. »Sie dürfen mich mit *Euer Majestät* anreden, Mr. Jameson.« Meine Stimme ist gefasst und fest, auch wenn ich mich dazu zwingen muss; das Ergebnis sind weitere Schuldgefühle bei mir und zusammengekniffene Lippen bei Josh. »Danke fürs Kommen. Bitte entschuldigen Sie mich.« Ich will an ihm vorbei und ziehe scharf die Luft ein, als er mich am Handgelenk fasst und es eng an seine Seite drückt, damit niemand diese Geste bemerkt. Er sieht mich nicht an, und ich weigere mich, ihn anzuschauen.

Damon, der ganz in der Nähe steht, blickt zu mir und ist offenbar drauf und dran herüberzukommen. Ein leichtes Kopfschütteln meinerseits hält ihn zurück. Ich will keine Szene. Nicht hier. Nicht jetzt.

»Es ist mir egal, ob du Adeline die Prinzessin oder Adeline die Königin von England bist, verdammt. Du wirst mich jedenfalls nicht behandeln, als wärst du etwas Besseres. Es passt nicht zu dir. Wir befinden uns auf Augenhöhe. Mann und Frau. Liebende. Freunde. *Du* liebst *mich*.«

Ich senke die Lider und halte die Tränen zurück. Ich liebe ihn. Das tue ich. Mit allem, was ich habe. Aber meine Gefühle gehören mir nicht mehr. Ich darf ihn nicht lieben. Und ich verdiene seine Liebe nicht. Diese Gedanken fachen meine schlummernde Wut an. Seine Worte sind eine weitere Erinnerung an das, was ich verloren habe.

Meine Nasenflügel beben vor unterdrückten Empfindungen, und ich reiße mich los. »Einen schönen Tag noch, Mr. Jameson.« Tief einatmend, um nicht ohnmächtig zu werden wegen der Anstrengung, die es mich kostet, zu gehen, gelingt mir die Flucht. Panik steigt in mir auf, da von allen Seiten Leute auf mich zukommen, um mich in ihrem Mitgefühl zu ertränken. Ich kann nicht sprechen. Kann kaum einen Fuß vor den anderen setzen.

»Euer Hoheit.«

Plötzlich steht mir der Premierminister im Weg, lächelnd und redend. Ich nehme nur jedes zweite Wort wahr, als er über irgendwelchen politischen Quatsch schwadroniert, wie ihm die wöchentlichen Meetings mit meinem Vater fehlen werden, er sich jedoch schon auf das erste dieser Treffen mit Edward freut und dass er glaubt, mein Bruder werde stark und mitfühlend regieren. Mein Bruder wird nicht stark und mitfühlend regieren, er wird überhaupt nicht regieren. Aber was glaubt der Premierminister wohl, wie *ich* regieren werde?

»Ma'am?«

Damons sanfte und beruhigende Stimme ist die einzige, die ich klar höre. Mein Sicherheitschef sieht mich besorgt an. Natürlich weiß er um meinen fatalen Zustand. Von den Lügen, die mit dem Tod meines Vaters aufgeflogen sind.

»Sollen wir von hier verschwinden?«

Meine Lippen zittern vor Erleichterung und Dankbarkeit. »Bitte«, stoße ich krächzend hervor, da ich mich kaum noch aufrecht halten kann. Im Nu hat er einen Arm um mich gelegt und trägt mich beinahe weg von der Menschenmenge. Die Leute weichen vor ihm zurück, da er bedrohlich wirkt; niemand soll mehr versuchen, mich aufzuhalten und mit mir zu reden.

Er führt mich durch die Claret Lounge, die Bibliothek und nimmt eine Abkürzung durch die Küche hinaus in den Garten. Er macht die Tür zu und schaut, ob ich sicher auf den Beinen bin, ehe er seine Zigaretten herausholt und mir eine zwischen die Lippen schiebt. Er steckt sie an und lässt mich einen tiefen, dringend benötigten Zug tun. Das Ausatmen des Rauchs wird von einem Wimmerlaut begleitet.

Damon seufzt und zündet sich ebenfalls eine Zigarette an. »Ist dieses Gefühl der Aussichtslosigkeit der Anwesenheit eines bestimmten Amerikaners geschuldet oder der Tatsache, dass der Premierminister Sie so entsetzlich gelangweilt hat?«

»Ich kann das nicht, Damon«, platze ich heraus. Meine Hand zittert, während ich die Zigarette zum Mund führe, um erneut daran zu ziehen. Das weiße Stäbchen hüpft über meine roten Lippen, ehe ich es fassen kann und einen Zug nehme. »Ich kann keine Königin sein.« Ich zeige auf die Tür, durch die wir gerade gekommen sind, und schüttele den Kopf. Alles wird mit jeder Sekunde realer. »Ich bin mir sicher, dass so ziemlich alle da drin mich ablehnen. Und ich habe mich nie um Politik gekümmert. Ich werde keine Ahnung haben, wovon ich rede.«

Sanft lächelt mich Damon an. »Euer Majestät, es ist lange her, dass der Souverän irgendeinen Einfluss darauf hatte, wie dieses Land geführt wird.« Er bläst den Rauch aus und deutet auf den Pfad, den wir entlanglaufen sollen. »Deshalb haben Sie ein Kabinett und eine Regierung. Die erledigen das für Sie. Alles, was Sie tun müssen, ist, dem Premierminister höflich zuzuhören, sich anzuhören, was die machen und wie sie es machen. Hin und wieder müssen Sie ein Gesetz absegnen.«

»Das ist nur eine Formalität«, murmele ich.

»So funktioniert eine konstitutionelle Monarchie, Ma'am. Sie sind ein Statussymbol für Ihr Land. Eine historische Institution.«

Ich lache. »Ja, die stabile britische Monarchie. Darum beneidet uns jedes Land. Respektiert und bewundert. Dabei ist alles nur Blendwerk, Damon. Sie wissen das.«

Er nickt, sein Verständnis ist großartig.

»Wie geht es Eddie?«

»Er ist betrunken.« Ich stäube mit dem allergrößten Vergnügen Zigarettenasche auf einen Granitengel. »Ich bin ziemlich neidisch.«

»Und Ihrer Mutter?«

»Dieselbe gute Schauspielerin wie eh und je.« Am Ende des Pfades bleibe ich stehen und schaue zum Palast. »Ich will noch nicht zurück, Damon. Würden Sie mich noch ein Stück begleiten?«

»Selbstverständlich, Ma'am.«

Er läuft voran, unser Tempo ist gemächlich.

»Gibt es irgendwelche neuen Erkenntnisse bei den Ermittlungen?«, erkundige ich mich mehr aus Gewohnheit als aus Neugier. Mir ist klar, dass Damon keine Neuigkeiten darüber hat, da er nicht zu den Meetings im Büro des Königs eingeladen war. Daran nehmen nur die hohen Tiere des MI5 teil, die uns höflicherweise Informationshäppchen zukommen lassen.

»Der König hat den Hubschrauber selbst geflogen.«

Ich starre ihn an. »Was?« Damon hielt sich in Evernmore auf, also muss er das gewusst haben. »Mein Vater hat seit Jahren keinen Hubschrauber mehr geflogen.« Ich weiß, dass er während seiner Zeit beim Militär geflogen war, aber das ist Jahre her. Was hat er sich dabei gedacht?

Damons Miene bleibt ausdruckslos. »Ich weiß. Es gab keinen Check vor dem Flug. Unterwegs trat ein mechanisches Problem auf. Ein erfahrener Pilot wäre damit wohl fertiggeworden und hätte den Hubschrauber sicher gelandet. Doch Ihr Vater ...« Er seufzt. »Ihr Vater befand sich auf einer Mission, Adeline.«

Ich zucke zusammen. *Auf der Mission, mich aufzuhalten.* »Wo war der Pilot?«

»Hat in der Küche zu Abend gegessen.«

»Warum haben Sie mir das nicht schon vorher erzählt?«

»Weil es noch nicht ganz klar war. Außerdem hatten Sie genug andere Dinge um die Ohren.«

Ich schlucke hart und schaue auf die Steinchen zu meinen Füßen, als ich weitergehe. Damon hat es mir nicht vorher gesagt weil er wusste, dass ich ohnehin schon Schuldgefühle habe. Und jetzt? Jetzt fühle ich mich nur noch elend. »John wollte ihn daran hindern. Deshalb befand er sich ebenfalls auf diesem Flug.« Die Schuldgefühle versetzen mir einen schmerzhaften Stich ins Herz.

Er gibt einen Brummlaut von sich, und wir laufen schweigend. »Da gibt es noch etwas, das ich Ihnen gern mitteilen würde«, meint Damon, »falls Sie nichts dagegen haben.«

Er greift in die Innentasche seines Jacketts und zieht sein Handy heraus. Ich neige den Kopf fragend, damit er fortfährt.

»Joshs Security-Team hat mir Bilder geschickt.«

Ich spüre, wie sich mir die Kehle zuschnürt. »Wovon?«

»Von der Person, die möglicherweise verantwortlich ist für die Verwüstung von Mr. Jamesons Hotelzimmer in der Premierennacht.«

Er hält mir das Telefon hin, und ich betrachte das Foto. Es ist sehr verschwommen. Im Grunde kann ich nur die Silhouette eines Mannes erkennen, der aus dem Fahrstuhl kommt. Das Licht ist gedämpft.

»Kennen Sie ihn?«

Ich schaue mit zusammengekniffenen Augen genauer hin. Wer immer das sein mag, er hat sorgfältig darauf geachtet, nicht erkannt zu werden, denn die Person trägt eine Mütze und hält den Kopf gesenkt. »Nein, kenne ich nicht. Aber was spielt das für eine Rolle?« Ich sehe Damon an. »Ich denke, Mr. Jamesons Ruf ist nicht mehr in Gefahr.«

Damon steckt sein Handy wieder ein. Erneut blicke ich zurück zum Palast und frage mich, ob Josh noch da ist. Die Besucher waren bereits im Aufbruch begriffen. Er auch? »Ich sollte wohl besser wieder hineingehen, ehe man meine Abwesenheit bemerkt.«

Damon sieht ebenfalls zum Palast und schnippt seine Zigarette ins Gras. Ich muss unwillkürlich grinsen bei dem Gedanken an das Gesicht des Gärtners, wenn er etwas derartig Schändliches auf seinem gepflegten Rasen entdeckt.

»Ich glaube, Ihre Abwesenheit wurde längst bemerkt.« Er nimmt mir die Zigarette aus den Fingern und wirft sie auf den Rasen zu seiner.

»Würden Sie mir einen Gefallen tun, Damon?«, frage ich, denn mir ist klar, dass ich nur ihn darum bitten kann.

Wissend lächelt er mich an. »Warum gönnen Sie sich nicht einen Moment ganz für sich, während ich mich drinnen vergewissere, dass einige der Gäste sicher heimkommen?«

Was würde ich jemals ohne meinen Damon machen? Ich nicke zum Dank, und er geht, um nachzuschauen, ob Josh fort ist. Ich bewege mich langsam auf den Eingang des Heckenlabyrinths zu und bleibe dort stehen. Das Labyrinth zu betreten wäre dumm, aber es ist der einzige Ort hier, an dem ich mich verstecken kann. Und ich muss mich verstecken. Fliehen. Also bewege ich mich ohne Eile und pflücke dabei ein paar Blätter von den Büschen. Ich kann den Weg ins Zentrum innerhalb von Minuten finden, doch heute nehme ich lauter falsche Abzweigungen, um meinen Spaziergang möglichst lange auszudehnen.

Eine halbe Stunde später erreiche ich den Durchgang, der mich ins Zentrum führt, wo eine Statue meines Großvaters aufragt. Das Marmordenkmal ist jedoch nicht das Einzige, was ich hier vorfinde. »Sabina?«, sage ich mehr zu mir selbst, als ich sie zu Füßen meines Großvaters stehen und zu ihm aufschauen sehe. Sie wirkt völlig versunken, deshalb störe ich sie zunächst nicht, bis ich mich für mein Eindringen schuldig fühle und mich daher bemerkbar mache. »Sabina?« Sie wirbelt erschrocken herum, und obwohl ich sie heute schon gesehen habe, fällt mir erst jetzt auf, wie erschöpft sie wirkt. »Ist alles in Ordnung mit Ihnen?«

»Euer Hoheit.« Sie neigt den Kopf ein wenig. »Ja, es geht mir gut. Ich brauchte nur einen Augenblick für mich.«

Dieses Bedürfnis kenne ich nur zu gut. Ich nähere mich ihr und betrachte die Statue. »Mein Großvater war ein einschüchternder Mann, finden Sie nicht?«

Sabina schaut ebenfalls hoch. »Er hatte seine Momente.«

»Auf sämtlichen Fotos, die ich von ihm gesehen habe, wirkt er beeindruckend. Sie kannten ihn ja viel länger als ich. War er immer so streng?«

»Nach dem Tod Ihrer Großmutter zunehmend.« Sie schaut mich an und lächelt. »Davor konnte er sehr charmant sein.«

»Ich bin mir nicht sicher, ob ich Ihnen glauben soll.«

»Das kann ich verstehen. Manchmal sind die Dinge in dieser Welt wirklich schwer zu glauben.« Sie hält mir den angewinkelten Arm hin, und ich hake mich bei ihr unter. Sie tätschelt liebevoll meine Hand, und ich lächle. »Wie geht es Ihnen, Adeline?«

»Ich stehe nach wie vor unter Schock, fürchte ich.«

Sie nickt verständnisvoll und führt mich langsamen Schrittes aus dem Labyrinth hinaus. »Und Prinz Edward? Ich habe ihn seit seiner Rückkehr aus St. Paul's nicht mehr gesehen.«

Ich schlucke. Und so beginnt das Lügen. Ich hasse es zutiefst, Sabina anlügen zu müssen. Sie ist die einzige Person in meinem Leben, bei der ich das Gefühl habe, frei reden zu können, und nun ist dieses Privileg verloren gegangen zwischen weiteren Geheimnissen und Täuschungen. »Er hat Mühe, sich mit der ganzen Situation zu arrangieren«, antworte ich, was keine Lüge ist, doch wird Sabina andere Gründe als die wahren vermuten. »Ich kann nicht fassen, dass mein Vater den Hubschrauber fliegen wollte. Und ich kann nicht verstehen, warum in aller Welt er John gestattet hat, mit ihm zu fliegen. Jeder Grund für diese Vorsichtsmaßnahme ist nun eingetreten.«

»David ist ebenfalls zutiefst geschockt. Offenbar wollten sie alle gemeinsam auf die Jagd gehen. Ihre Gewehre waren geladen, die Flachmänner gefüllt.«

Angesichts dessen, was Sabina in letzter Zeit selbst durchgemacht hat mit dem Tod ihres Mannes, kann ich wohl nur froh sein, dass ihr Sohn nicht auch im Hubschrauber gesessen hat. Die arme Frau hat genug Verluste hinnehmen müssen, und obwohl David weit davon entfernt ist, zu meinen Lieblingsmenschen zu gehören, wünsche ich ihm dennoch nichts Übles, und sei es nur um Sabinas willen.

»Soweit ich gehört habe, hatte Seine Majestät es sehr eilig, nach London zurückzukehren«, meint sie. »Ich habe keine Ahnung, wieso.«

»Es ist alles meine Schuld«, flüstere ich niedergeschlagen und ohne nachzudenken. Ich merke nur, dass meine Schuldgefühle überhandnehmen. Ich sehe vor meinem inneren Auge, wie mein Vater in blinder Wut zum Helikopter marschiert. Wie seine Berater ihn aufzuhalten versuchen. John, der ihn aufzuhalten versucht. Ich hatte ihn zu wütend gemacht, als dass er noch vernünftig handelte. »Ich hätte Evernmore nicht verlassen dürfen.« Hat David mit Sabina über die Umstände meiner Auseinandersetzung mit dem König gesprochen? Hat er ihr gesagt, dass ich mit Josh Jameson angebandelt habe und dass genau dies der Grund dafür war, weshalb mein Vater den königlichen Helikopter flog? Und wenn ja, würde sie es ignorieren wie alle anderen, die sich an jenem Tag im Claringdon Palace aufhielten, als ich mit Josh dort eintraf? Wird sie so tun, als wäre er nie da gewesen? Als hätte es unsere Affäre nie gegeben? Meine stummen Fragen führen zu weiteren Fragen: Weiß sie über Eddie Bescheid? Weiß sie, dass ich jetzt die Königin bin?

»Wie hätte das Ihre Schuld sein können, Adeline?«, sagt Sabina mit sanfter Stimme.

Das hilft mir nicht unbedingt weiter bei der Frage, ob sie irgendetwas weiß und vielleicht nur vorgibt, keine Ahnung zu haben. Natürlich lebt sie lange genug in der Nähe dieser Familie, um das Protokoll zu kennen. Und das schreibt ihr möglicherweise vor, sich nicht anmerken zu lassen, dass sie im Bilde ist. Ich will aber nicht, dass sie die Unwissende spielt. Ich will mit jemandem über mein Leid sprechen, mit jemandem, der mich nicht verurteilt, und die einzige Person, die dafür infrage kommt, ist sie.

»Sabina …«

»Es ist nicht Ihre Schuld.«

Sie unterbricht mich in einem derart ernsten Ton, der überhaupt nicht typisch für sie ist. Außerdem irrt sie sich. Dieses ganze Desaster ist meine Schuld.

»Aber …«

Sie bleibt stehen und sieht mich an, dann tut sie das Undenkbare, indem sie ihre Hand auf meinen Mund legt.

»Wir müssen Kämpferinnen sein in dieser Welt. Niederlagen sind nicht gestattet.«

Ihre Worte treffen mich hart und katapultieren mich zurück zu dem Moment, in dem ich ein Gespräch zwischen ihr und meinem Vater bei den Ställen belauscht habe. Der Unmut auf ihrem Gesicht, während er ihr ein Kompliment über ihre Stärke machte und meinte, sie sei stets eine Kämpferin gewesen. »Das muss man auch sein in dieser Welt«, hatte sie erwidert.

Ich nehme ihre Hand von meinem Mund, allmählich dämmert es mir. Bei einer anderen Gelegenheit erklärte sie dem aufgebrachten David, dass manche Geheimnisse niemals verraten werden dürften. Ich atme ein, während die Puzzleteile sich zusammenfügen. Meine Schlussfolgerungen sagen mir nicht, ob sie über meine Affäre mit Josh informiert ist. Eines sagen sie mir aber sehr wohl. »Sie wussten die ganze Zeit über meine Mutter und Davenport Bescheid.« Sie erschrickt sichtlich, deshalb hole ich ein wenig aus: »Einmal, als Sie mit David in den Stallungen waren, haben Sie gemeint, manche Geheimnisse dürften nie ans Licht kommen.« Ich beiße mir auf die Unterlippe, denn nun ergibt alles einen Sinn. »David war wütend, weil Sie von der Affäre zwischen meiner Mutter und Davenport wussten, es aber die ganze Zeit vor ihm verschwiegen haben. Er war aufgebracht, weil mein Vater sein Freund war und er nichts ahnte. Nur Sir Don war im Bilde.« Ich lache. »Und Sie. Wusste mein Vater, dass Sie es wussten? Meine Mutter?«

»Du meine Güte, nein.« Sie schließt die Augen und atmet hörbar aus. »Adeline …«

»Sie wussten, dass Eddie nicht das Kind des Königs ist. Und Ihnen ist klar, dass die Krone bald auf meinem Kopf landet.«

Sie macht die Augen wieder auf, sie sind glasig, zeigen Bedauern. »Es tut mir leid, Euer Majestät.«

Euer Majestät. Ihr Blick fleht um Verzeihung, und obwohl ich zornig bin, kann ich es Sabina nicht verübeln, dass sie mir gegenüber nichts erwähnt hat. Schließlich hat sie es niemandem erzählt.

»Wie?«, frage ich nur.

»Ich bin schon sehr lange bei Ihrer Familie, Euer Majestät. Manchmal sieht man Dinge, die man nicht sehen soll.«

Ich wende mich von ihr ab, denn ich ertrage ihre reuevolle Miene nicht. »Und wie fand David es heraus?«

»Er belauschte eine Unterhaltung zwischen mir und seinem Vater kurz vor dessen Tod. Er war äußerst erbost darüber, dass der König ihn nicht ins Vertrauen gezogen hatte.«

Das würde Davids Abwesenheit erklären, als sein Vater starb. Er war beleidigt. Man hatte ihn nicht eingeweiht. »Und dann blieb meinem Vater keine andere Wahl, er musste es David erzählen, da die Briefe wieder auftauchten.«

»In der Tat.«

»Wird das je enden, Sabina?«, frage ich. »Die Lügen? Die Geheimnisse? Wird das meine Aufgabe als Königin sein? Das Netz der Täuschungen zu schützen, damit die Wahrheit nie ans Licht kommt?«

»Zum Teil ja. Doch das ist Ihnen längst klar. Sie müssen mit dem Kopf regieren, nicht mit dem Herzen. Und ich weiß besser als jeder andere, dass dies der schwerste Teil für Sie sein wird, Adeline.«

Verräterische Tränen laufen mir die Wangen hinunter. Ich wende mich ab, ehe Sabina sie bemerkt. Sie fordert von mir die innere Gleichgültigkeit, die ein Mitglied des Königshauses benötigt, aber die habe ich nicht. *Ich will das nicht.* Ich darf jedoch niemanden sehen lassen, wie verzweifelt und am Boden zerstört ich bin. Denn ich bin die Königin, und Königinnen sind stark.

Aber wo werde ich den nötigen Mut finden?

2

Ich blinzle, als die Vorhänge aufgezogen werden und das blendende Sonnenlicht in mein Schlafzimmer flutet. Verschlafen und verärgert frage ich mich, was Olive reitet. Ich stütze mich auf die Ellbogen und schaue mich nach ihr um, entdecke jedoch nur die verschwommenen Umrisse einer Gestalt am Fenster. Als ich klar sehe, erkenne ich, dass es nicht Olive ist, sondern eine streng wirkende Dame, eine Bedienstete aus Claringdon Palace. Gert. Die ist oldschool.

»Es ist zehn Uhr, Euer Hoheit.« Sie stellt ein Tablett auf meine Frisierkommode und fängt an, die Kissen auf meiner Chaiselongue aufzuschlagen.

»Was machen Sie hier?«, frage ich, während ich sie dabei beobachte, wie sie in der Suite alles ordnet und zurechtrückt, was sie in die Finger kriegt. »Und wo ist Olive?«

»Ich glaube, sie wurde in einen anderen königlichen Haushalt versetzt, Ma'am.«

»Was?« Jetzt bin ich hellwach und stinkwütend. »Was meinen Sie mit ›versetzt‹? Niemand aus meinem Haushalt sollte *versetzt* werden, ohne dass ich zumindest gefragt wurde.« Ein schrecklicher Gedanke kommt mir plötzlich, und in Panik springe ich aus dem Bett. Gerts erschrockene Miene ignorierend renne ich in meinem Spitzennachthemd los. Wenn Olive versetzt wurde, was ist dann mit Damon? Und mit Jenny und Kim und Felix?

Ich reiße die Tür auf, stürme aus meiner Suite und eile über die weitläufige Galerie, wobei ich mich auf der Suche nach ihm über das Geländer beuge. »Damon!«, rufe ich und locke damit etliche Hausangestellte aus verschiedenen Räumen, die wissen wollen, was der Grund für den Aufruhr ist. »Haben Sie Damon gesehen?«, will ich von einem misstrauisch dreinblickenden Zimmermädchen wissen, das saubere Bettwäsche auf dem Arm trägt.

»Nein, Ma'am, habe ich nicht.«

»Mist!« Ich renne wie eine Irre die Treppe hinunter, ohne mich darum zu scheren, dass ich noch im Nachthemd bin. »Damon!« Ich erreiche die Eingangstür, mache sie auf und halte Ausschau nach Damons Wagen. Kein Wagen. Meine Furcht vervielfältigt sich.

»Was in Gottes Namen ist denn los?«, fragt Dolly, die bewaffnet mit einem Schneebesen aus der Küche kommt. »Ach du liebe Zeit!« Sie bleibt erschrocken stehen, als sie mich so spärlich bekleidet erblickt. »Euer Hoheit?«

»Wo ist Damon?« Ich habe keine Zeit, auf jedermanns Schockiertheit einzugehen. Dafür bin ich zu sehr in Sorge. Wenn sie Damon hinausgedrängt haben, werden sie es bitter bereuen.

»Er ist unterwegs, Seine Majestät den König abholen.«

Für eine Sekunde bin ich verwirrt, dann fällt mir wieder ein, wer der König ist oder der angebliche König. »Und wo ist Edward?«

Felix erscheint und schiebt Dolly zurück in die Küche, dann wendet er sich mir zu und tritt näher, weil er offenbar nicht will, dass jemand uns hört.

»Ich glaube, Seine Majestät hatte eine private Zusammenkunft in einer Suite im Mayfair Hotel letzte Nacht.«

Oh Gott. Was hat er getan? Das Kommunikationsteam wird kollabieren. Noch während ich das denke, meldet Felix sich an seinem Telefon und sieht tatsächlich äußerst gestresst dabei aus.

»Macht es«, zischt er. »Jede Kamera auf dem Gelände, verstanden?« Er drückt wütend mit dem Daumen auf sein Handy und stampft davon. Ich sinke gegen die Tür und verfluche Eddie im Stillen. Er ist komplett aus dem Ruder gelaufen, und solange die Welt einen für den König von England hält, sollte man so etwas tunlichst vermeiden. Zumindest in der Öffentlichkeit.

Ich höre Kies unter Reifen knirschen, und als ich mich umdrehe, sehe ich Damons Wagen durchs Tor rollen. Ich laufe die Eingangsstufen hinunter, direkt zur hinteren Wagentür und öffne sie. »Verdammt!«, rufe ich, da Eddie mir vor die Füße kullert. Seine

Alkoholfahne steigt mir in die Nase, während er sich lachend auf den Rücken wälzt.

»Schwester«, quäkt er und versucht, sich an der Seite des Wagens hochzuziehen. »Oder sollte ich dich mit *Euer Maj…*«

Er krampft sich zusammen und übergibt sich. Ich springe zurück und entgehe nur knapp dem Erbrochenen.

Verzweifelt richte ich meinen Blick auf Damon, dessen wuchtige Gestalt sich vom Fahrersitz erhebt. Seine Miene ist die reinste Landkarte aus Ärgerfalten.

»Wenn er so weitermacht, bringt er sich noch um«, murmelt er.

Mein Bruder, der charmante, geliebte, attraktive Prinz, ist nicht wiederzuerkennen. »Wir sollten ihn in seine Suite bringen.« Ich bücke mich, streiche Eddie das blonde Haar aus der Stirn und betrachte ihn in seinem jämmerlichen Zustand.

Betrunken öffnet er ein Auge und greift unkoordiniert in die Luft, bis er mein Gesicht ertastet. »Ich liebe dich noch immer«, lallt er.

Seine Worte, von denen ich weiß, dass er sie ernst meint, betrunken oder nicht, lassen die Tränen in mir aufsteigen.

»Das weiß ich, du verdammter Narr.« Ich schaue wieder zu Damon. »Ich sollte ihn sauber machen.«

Damon verdreht die Augen, beugt sich herunter und wirft sich Eddie über die Schulter, um ihn in den Palast zu tragen. »Warum sind Sie im Nachthemd?«, erkundigt er sich, als wir die Stufen hinaufsteigen.

Ich halte Eddies Hand, die an Damons Rücken herunterbaumelt. Er brabbelt Worte, die keinen Sinn ergeben.

»Ich dachte …« Ich beende den Satz nicht und schüttele den Kopf. »Schon gut.«

Mit der Hilfe einiger Bediensteter legen wir Eddie in sein Bett, doch statt ihn von jemand anderem ausziehen zu lassen, bitte ich sie, zu gehen, und kümmere mich selbst darum. Seine Würde hat bereits genug gelitten.

Nachdem eine der Hausangestellten eine Schüssel mit warmem Wasser und einem Waschlappen neben dem Bett bereitgestellt hat, leert sich der Raum, und ich bin allein mit meinem Bruder. »Was soll ich bloß mit dir machen, Edward?« Ich zerre seine Arme aus den Jackettärmeln und werfe das Kleidungsstück auf den Boden, dann mache ich mit seiner Hose weiter. »Das ist nicht das Benehmen eines Prinzen.« Ich lache über mich selbst, denn das muss gerade ich sagen. Allerdings hat er jetzt tatsächlich keinen Grund mehr, sich wie ein Prinz zu benehmen, wohingegen es für mich jede Menge Gründe gibt, mich wie eine echte Prinzessin zu verhalten.

Oder wie eine Königin.

Ich fange mit den Hemdknöpfen an, öffne einen nach dem anderen, bis Eddies Brust entblößt ist. Sein normalerweise definierter Oberkörper, Ergebnis der Jahre beim Militär, wirkt nun weniger muskulös. Offenbar hat er in den letzten Wochen Gewicht verloren. Er hat kaum gegessen, nur getrunken. Er hat nicht trainiert, nur getrunken. »Ich werde dir helfen, Eddie.« Ich küsse ihn auf die stoppelige Wange. »Ich lasse dich diesen dunklen Weg nicht gehen.« Ich streichle seine Wange und ignoriere den Gestank von Erbrochenem, während ich ihn betrachte. Ich seufze. Er schläft tief und fest.

Sobald ich ihn aus seinem Hemd heraushabe und er nur noch Boxershorts und Socken trägt, wringe ich den Waschlappen aus und wische sein Gesicht sauber. Ich nehme mir Zeit, bis er so gereinigt ist, wie er es ohne zu duschen sein kann. Dann gebe ich ihm einen Kuss auf die Stirn, decke ihn zu und bücke mich, um seinen Anzug aufzusammeln. Ich halte die Sachen auf Armeslänge von mir, als ich damit die Suite verlasse, und rümpfe die Nase.

»Lassen Sie das bitte reinigen, ja?«, trage ich einer der Angestellten vor Eddies Suite auf. »Und bitte lassen Sie den Pri… König schlafen.«

Ich gehe zu meinen Privatgemächern, wo Gert nach wie vor herumwuselt. Eigentlich urteile ich nicht voreilig, doch ich mag Gert nicht. Sie ist etwa Mitte sechzig, und allein an der Art, wie sie mich ansieht, kann ich erkennen, dass sie zum Lager der königlichen Hausangestellten gehört, die antiquiert sind und mich nicht leiden können. »Oh, Sie sind immer noch hier.« Ich ziehe pikiert die Nase hoch und trete an mein Nachtschränkchen. »Würden Sie mich bitte allein lassen?« Ich finde meinen geheimen Zigarettenvorrat und zünde mir eine an, ignoriere die Regeln *und* Gerts schlecht kaschierten missbilligenden Gesichtsausdruck. Die kann mich mal. »Sie dürfen gehen.« Ich greife mir einen Teelöffel und rühre damit meinen Kaffee um, blase langsam, beinahe aufreizend, eine Qualmwolke in die Luft. Gert ist absolut nicht entzückt und verzieht ihr altes Gesicht, als sie verschwindet. »Und bitte betreten Sie meine Privatgemächer nicht noch einmal, ohne vorher anzuklopfen.«

»Verzeihung, Ma'am. Ich erhielt direkte Anweisung aus Claringdon, Sie zu wecken.«

»Durch wen?« Ich halte beim Umrühren inne.

»Vom obersten Berater des verstorbenen Königs.«

»Sir Don?«

Sie nickt, und Zorn steigt in mir hoch.

»Sie werden mittags in Claringdon erwartet, Euer Hoheit.«

»Das ist alles.« Ich entlasse sie abrupt, sinke in den Sessel vor meiner Frisierkommode und betrachte mich im Spiegel. Kein Wunder, dass alle mich anstarrten, als wäre ich ein Monster, als ich auf der Suche nach Damon durch den Palast gerannt bin. Ganz genauso sehe ich aus – wie ein Monster. Seufzend tätschele ich meine blassen Wangen, dann ziehe ich erneut an meinem Frühstück und puste mein Spiegelbild an.

Mehr Nebel. Wie äußerst passend.

Ich fühle mich, als würde ich nur durch Make-up und Kopfschmerztabletten zusammengehalten. Allerdings ist mir absolut klar, dass ich mich nicht schlimmer als Eddie fühlen kann. Als wir vor Claringdon Palace vorfahren, riskiere ich einen weiteren Blick auf ihn, und sei es nur, um mich zu vergewissern, wie schrecklich er aussieht. Ich bin mir ziemlich sicher, dass er immer noch betrunken ist.

»Was?«, fragt er und besitzt nicht einmal genug Höflichkeit, um mich anzuschauen.

»Du siehst wirklich beängstigend aus.« Ich bin da ganz ehrlich, obwohl ich ihm sicher nichts erzähle, was er nicht selbst weiß. »Es war dumm, was du getan hast«, füge ich hinzu und steige aus dem Wagen, da Damon mir die Tür öffnet. Er schüttelt dabei ein wenig den Kopf, als wollte er mich daran erinnern, dass alles, was ich sage, bei meinem Bruder auf taube Ohren stößt. Ich weiß, dass er recht hat. Trotzdem.

»Seit wann bist du so ein Moralwächter?«, murmelt Eddie am Fuß der Eingangstreppen neben mir.

Sir Don und Sid warten oben an der Tür, nicht zum ersten Mal seit dem Absturz vermisse ich Davenports übliche steife, stoische Begrüßung. Es heißt, er habe seine Kündigung eingereicht. Ich nehme stark an, dass man diese Kündigung für ihn verfasst hat. Vermutlich war es Sir Don.

»Ich bin nur besorgt um dich«, sage ich zu Eddie. Er scheint im Selbstzerstörungsmodus zu sein und wird explodieren, wenn er so weitermacht.

»Musst du nicht. Da ich technisch betrachtet kein Mitglied der königlichen Familie bin, sollte es niemanden kümmern, wie ich mein Leben führe.«

Er stellt meine Geduld auf die Probe, und ich sehe ihn an, wobei ich darauf achte, dass er es auch mitbekommt. »Du bist immer noch mein Bruder«, flüstere ich. »Und deine Mutter ist immer noch eine spanische Prinzessin. Du hast also in beiderlei Hinsicht unrecht.« Ich marschiere davon und lasse ihn mit diesen Worten zurück, die wahrscheinlich in seinem schmerzenden Schädel nachhallen. »Sir Don, Sid.« Ich nicke beiden im Vorbeigehen zu, ziehe meine Handschuhe aus und reiche sie … »Olive?«, meine ich, als sie verlegen lächelt und mir auf ihre übliche erstaunliche Weise die äußeren Kleidungsschichten abnimmt. »Sie sind jetzt hier?«

»Ja, Ma'am.« Sie nickt höflich und verschwindet sogleich, ehe ich sie weiter befragen kann. Obwohl sie sicher nicht reden würde. Ich richte meinen misstrauischen Blick auf Sir Don, dessen Miene – wenig überraschend – völlig unbewegt ist. Er war es, der Olive von Kellington nach Claringdon versetzt hat. Dass ich Davenport all die Jahre im Nacken hatte, fühlt sich plötzlich an, als wäre es eine

Kleinigkeit gewesen. »Warum sind wir hier?«, frage ich und recke Entschlossenheit vorspielend das Kinn.

»Hier entlang, Euer Hoheit.« Er zeigt zur Treppe, die zur großen Galerie hinaufführt.

Es gibt nur einen Grund, weshalb wir die Treppe nehmen sollten. Das Büro meines Vaters. Ich gehe ein wenig steif, denn die Vorstellung, es zu betreten, ist überwältigend. Ich habe die vier Wände des Privatbüros meines Vaters nicht mehr von innen gesehen, seit ich nach Evernmore aufgebrochen bin.

Ich bewege mich vorwärts und schaue zurück zu Eddie, der mir hinterhertrottet, als wäre er ins Büro des Schuldirektors zitiert worden. Sir Don folgt uns die Stufen hinauf.

»Ist das dein Handy?«, fragt Eddie.

Erst auf die Frage meines Bruders höre ich das schwache Geräusch und krame in meiner Handtasche, um das Telefon zu finden. Ich stocke, sowie ich sehe, wer da anruft.

»Jetzt sag nicht, es ist Mr. Hollywood«, meint Eddie leise.

Ich werfe ihm einen Blick zu und lasse mein Handy klingeln. Kaum dass es verstummt, erscheint eine Nachricht. Mein Puls beschleunigt sich, als ich seine Worte lese.

Ich habe die Warnung erhalten: Sei verschwiegen und bleib auf Distanz.

Ich verstaue das Telefon wieder in meiner Handtasche und versuche nicht daran zu denken, wer diese Warnung ausgesprochen hat, doch das wird gleich schwieriger, als ich mich umdrehe und Sir Dons Blick begegne. War er es? Schwierig ist es außerdem, nicht daran zu denken, ob Josh die Warnung beherzigen wird. Denn ich weiß inzwischen mehr als jeder andere, wozu diese Institution fähig ist. Mittlerweile habe ich den Verdacht, dass mein Vater zwar von meiner Affäre mit Josh nichts wusste, seine Leute allerdings schon. Joshs zertrümmertes Hotelzimmer war auch eine solche Warnung. Was ich jedoch nicht verstehe, ist, warum sie es dem König nicht gesagt haben. Weil er mit Senator Jameson, Joshs Vater, befreundet war? Weil sie dachten, sie könnten mit dem Problem fertigwerden, ohne den König damit zu behelligen? Ihnen war klar, dass ich niemals auf ihn gehört hätte, wenn er von mir verlangt hätte, Josh nicht mehr wiederzusehen.

Wir werden in das leere Büro meines Vaters geführt, und Sir Don lässt uns allein und schließt die Tür hinter sich. Eddie tritt gleich an den antiken Globus, in dem der Scotch meines Vaters versteckt ist, wohingegen ich an der Tür stehen bleibe. Es widerstrebt mir, weiter einzutreten. Etwas stimmt hier nicht, und ich brauche nur ein paar Sekunden, dann weiß ich, worum es sich handelt. Der übliche vertraute Zigarrengeruch ist schwächer, eigentlich ist er fast schon ganz verschwunden. Nie hätte ich gedacht, dass mir das fehlen würde.

Seinen Drink schwenkend wandert Eddie durch Vaters Büro und scheint dabei jedes kleine Detail zu registrieren, bis er schließlich das große Porträt des Königs über dem Kamin erreicht. Er starrt hinauf und kippt den Whisky in sich hinein, ehe er spöttisch dem Ölgemälde zuprostet.

»Ruhe in Frieden, *Dad.*«

Ich verzichte darauf, ihn für seine Respektlosigkeit zu tadeln. Es hätte ohnehin keinen Sinn. Außerdem geht die Tür auf, bevor ich weiter darüber nachdenken kann. Gefolgt von Mutter und David Sampson tritt Sir Don ein.

»Mutter?«, frage ich, als sie anmutig durch das Büro schwebt und still in der Ecke Platz nimmt. Sir Don bedeutet allen, sich zu setzen. Wir kommen dieser Aufforderung nach, Eddie bleibt jedoch beim Kamin stehen. Sir Don wartet, bis sein Publikum so weit ist, dann holt er Luft zum Sprechen. »Die Personen in diesem Raum sind die einzigen, die Kenntnis von der Situation haben«, verkündet er ernst.

Eddie schnaubt verächtlich in seinen Drink und trinkt einen Schluck. Er lacht in sich hinein. »Nein, ich glaube, Daddy fehlt noch.« Natürlich spricht er nicht vom verstorbenen König. Meinem Vater. Mutters Ehemann. »Ist Davenport gewarnt worden?«, fragt er. »Bedroht worden?«

Nach meiner Nachricht von Josh gerade eben bin ich überzeugt davon, dass Davenport eine unmissverständliche Botschaft erhalten hat. »Warum sind wir hier?« Ich komme gleich zur Sache, da die Atmosphäre unerträglich ist. »Offenbar haben Sie einen Plan, die Öffentlichkeit zum Narren zu halten und den Skandal um Eddies illegitime Abstammung zu vermeiden. Also lassen Sie mal hören.«

Sir Don erhebt sich und zieht die Seiten seines Jacketts glatt. »Ich glaube, Seine Königliche Hoheit Prinz Edward hat den Thron wegen gesundheitlicher Probleme an seine Schwester abgetreten.«

Ich huste. »Was?«

»Ja, was?«, plappert Eddie mir nach. »Was zur Hölle habe ich denn?«

»Wie wir alle wissen, hat Prinz Edward tapfer für sein Land gekämpft, doch traurigerweise leidet er nun an den Folgen dieses Einsatzes.«

»Soll das ein verdammter Witz sein?«, stößt Eddie hervor. »Ich soll eine posttraumatische Belastungsstörung vortäuschen, sodass die Welt nicht erfährt, dass ich ein Bastard bin?« Er richtet den Blick auf Mutter. »Bist du glücklich damit?«

Sie sagt kein Wort, sondern gibt sich mal wieder neutral wie die Schweiz.

»Offensichtlich«, fährt Sir Don fort und ignoriert Eddies Frage und meine geschockte Miene. »In Anbetracht der Umstände der Schwangerschaft Prinzessin Helens …«

»Sie meinen die Tatsache, dass sie mit einem anderen Mann ins Bett gestiegen ist, um schwanger zu werden und dadurch den Thron für ihre Familie und die Zukunft der Monarchie zu sichern?«, stelle ich klar.

»In der Tat.« Sir Don nickt völlig unbeeindruckt von meinem sarkastischen Hinweis auf den Ehebruch meiner Schwägerin. »Unnötig zu erwähnen, dass ein ungeborener Souverän nicht infrage kommt, auch nicht mit einem Regenten an seiner statt, bis das Kind erwachsen ist. Deshalb ist der Nächste in der Linie Eddie …«

»Der jedoch mit seinen Dämonen zu kämpfen hat, weshalb der Thron an mich fällt«, beende ich den Satz für ihn.

»Ganz recht.« Sir Don nimmt wieder Platz.

Ich lache, denn das ist so verdammt typisch. »Wie wäre es mit der Wahrheit?«, schlage ich vor. »Nehmen wir die Bürde der Lüge von allen und erzählen der Welt die Wahrheit.« Ich bemerke den erschrockenen Blick meiner Mutter und ihre besorgte Miene, ehe sie sich wieder im Griff hat.

»Man wird Sie in der Luft zerreißen, Euer Hoheit«, erwidert Sir Don rundheraus. »Die Monarchie wird zur Lachnummer. Und, noch einmal, Sie wären dennoch die Königin von England. Die Königin von England zu sein ist schon eine Aufgabe für sich, die durch die Liebe Ihrer Untertanen erleichtert wird. Zerstören Sie deren Illusion Ihres durch und durch makellosen britischen Erbes, dann, fürchte ich, wird der Job bestenfalls nervtötend. Ihr Land wird Ihre Regentschaft nicht unterstützen. Diese Unterstützung brauchen Sie aber, Ma'am. Sie brauchen auch die Liebe Ihres Volkes.«

Zum Schweigen gebracht durch seine Unverblümtheit, schaue ich zu Mutter, die nichts sagt, was Sir Dons Aussage in irgendeiner Weise widerlegen würde. Niemand im Raum tut das. Das war's dann, oder? Ich werde ein Land regieren auf der Basis von Geheimnissen und Täuschungen, doch dafür wird das Volk mich lieben?

Sir Don reicht mir ein Blatt Papier. »Was ist das?«, frage ich.

»Das, Ma'am, ist eine Erklärung Seiner Königlichen Hoheit Prinz Edward, in der er den Verzicht auf den Thron bekannt gibt.«

Was? Ich schaue zu Eddie. Sein Gesicht ist angespannt, seine Augen dunkel, sein Blick auf Sir Don gerichtet.

»Sie erfordert Ihre Zustimmung, Ma'am.«

Ich wende mich wieder an Sir Don und neige den Kopf zur Seite. »Ich nehme an, es sind nicht Prinz Edwards Worte.«

»Zeichne es ab«, zischt Eddie, kippt den restlichen Scotch herunter und knallt das leere Glas auf den Schreibtisch. Danach schnappt er sich einen Kugelschreiber, reißt mir die Erklärung aus der Hand, kritzelt seine Unterschrift darunter und fügt mit einer Stichbewegung mit dem Stift einen völlig unnötigen Punkt hinzu. »Euer Majestät«, sagt er und reicht mir den Kugelschreiber.

Mein Mut sinkt, und ich sehe ihn mitfühlend an, was er in seiner Wut sicher gar nicht bemerkt. »Eddie …«

»Unterschreib es, Adeline.« Er geht zum Getränke-Globus, schenkt sich nach und trinkt einen weiteren Schluck.

Mutlos seufzend setze ich meine Unterschrift neben Eddies.

»Nun.« Sir Don nimmt die Erklärung entgegen und räuspert sich »Da wäre noch eine Sache, die zu klären ist.«

Es klickt zweimal laut, und als ich hinschaue, entdecke ich einen Aktenkoffer auf dem Schreibtisch meines Vaters, den David gerade geöffnet hat. Er holt ein kleines schwarzes Etui heraus und zieht den Reißverschluss auf. »Ist das eine Nadel?«, frage ich und beuge mich in meinem Sessel vor, um es besser sehen zu können.

»In der Tat, Ma'am.«

Drüben am Kamin lacht Eddie. »Du hast Glück. Mir haben sie das Ding in den Arm gestochen, kaum dass dein Vater den Löffel abgegeben hatte.«

»Edward«, mahnt Mutter müde seufzend.

»Die Ergebnisse kamen schnell und schlüssig«, plappert Eddie weiter und stürzt zwei Fingerbreit Scotch seine Kehle herunter. »Ich bin ein Bastard.« Er grinst mich an. »Keine Sorge, es tut nicht weh.« Schnell gönnt er sich wieder einen Schluck. »Nicht sehr.«

»Wozu ist das gut?«, will ich von Sir Don wissen. »Denken Sie, ich könnte ebenfalls ein Kuckuckskind sein?« Unwillkürlich schaue ich zu meiner Mutter, die den Kopf schüttelt. Ist das Verzweiflung, oder gibt sie mir damit zu verstehen, dass ich wirklich diejenige bin, die ich zu sein glaube?

»Verzeihen Sie, Ma'am, doch angesichts der Umstände müssen wir sichergehen, dass die Krone auf dem richtigen Haupt landet«, erklärt Sir Don.

Ich bin erstaunt, aber da ist diese winzige Hoffnung in mir, der Bluttest könnte ans Licht bringen, dass ich wie Eddie bin. Ein Bastard. Und sei es nur, um mich vor meinem Schicksal zu bewahren. Mein Stolz hingegen will diesen Arschlöchern zeigen, dass ich tatsächlich die Tochter des Königs bin. Ich könnte mich weigern. Ihnen sagen, sie sollen sich zum Teufel scheren, doch das tue ich nicht. *Sollen sie ruhig ihren Bluttest machen.* Ich zerre den Ärmel meines Pullovers hoch und lege den Arm auf den Schreibtisch. »Na schön, aber David wird mir diese Nadel nicht in den Arm stechen.«

»Selbstverständlich nicht.« Sir Don geht zur Tür.

»Wie sehr wünscht ihr euch alle, dass auch ich illegitim bin?«, frage ich ihn.

»Überhaupt nicht, Ma'am«, antwortet er, öffnet die Tür und lässt Dr. Goodridge eintreten.

Ich bin ein wenig erleichtert, dass ein Profi mir Blut abnimmt. Allerdings ist Dr. Goodridge ein alter Mann und zittert ziemlich.

Ma'am. Mir fällt auf, dass niemand mich angesprochen hat, wie es einer Königin gebührt. *Euer Majestät.* Ich habe recht. Sie wollen nicht wahrhaben, dass ich ihre Königin bin. Sie wollen das Haupt nicht beugen vor der berüchtigten rebellischen Prinzessin Adeline Lockhart. Warum sonst sollten sie sich so verhalten? Sie sind überzeugt davon, dass ich eine grässliche Herrscherin sein werde. Ein alberner Teil von mir will ihnen beweisen, dass sie sich irren, diese Emporkömmlinge, die sie allesamt sind. Wie dumm sie sind, denn wenn ich nicht die Königin bin, wäre es Tante Victoria, und die wäre mit einer Krone auf dem Kopf absolut unerträglich. Wow! Und ihr Mann Phillip? Der würde es genießen und sich endlos aufspielen.

Ich habe noch so vieles zu sagen, doch wegen Dr. Goodridges Anwesenheit kann ich das nicht. Der alte Mann kommt herüber; sein Buckel auf der rechten Seite scheint jedes Mal größer geworden zu sein, wenn ich ihn sehe. Auf der Suche nach einer Vene klopft er auf die Innenseite meines Ellbogens.

»Nur ein kleiner Stich, Ma'am.«

Ich zucke zusammen, als ich den Einstich spüre, schließe die Augen und konzentriere mich auf meine Atmung. Innerhalb von Sekunden ist es erledigt, und ein Pflaster wird aufgeklebt. Ich rolle meinen Ärmel herunter und beobachte, wie der Vampir, der mir gerade Blut ausgesaugt hat, seine Instrumente verstaut.

»Ich bringe es auf direktem Weg ins Labor.« Dr. Goodridge klappt seinen Arztkoffer zu und verschwindet; seine alten Beine tragen seinen alten Körper langsam. Er nickt Sir Don kurz zu, bevor er die Tür hinter sich schließt. Ich wette, man hat ihn gebeten, zügig zu arbeiten und die Ergebnisse ohne Verzögerung an Sir Don zu übermitteln.

»Jetzt muss ich warten, um mein Schicksal zu erfahren?«, frage ich.

»Dein Schicksal ist besiegelt, Adeline«, meldet Mutter sich zu Wort und wendet sich damit nicht nur an mich, sondern an jeden in diesem Raum, der möglicherweise Zweifel hat. »Das versichere ich dir.«

Ich schaue ihr direkt in die Augen und weiß, dass sie die Wahrheit sagt. Mein Mut sinkt weiter.

»Wenn ihr dann fertig seid mit mir ...« Eddie geht, bleibt an der Tür jedoch noch einmal stehen. »Großartige Story übrigens«, sagt er zu Sir Don. »Echt brillant. Ich glaube, ich werde den depressiven betrunkenen Ex-Soldaten richtig gut spielen.«

Er stürmt hinaus, und der Raum leert sich. Mutter und ich bleiben allein zurück.

Ich warte, bis die Tür zu ist, ehe ich spreche. »Ich will es nicht, Mutter«, sage ich leise und hoffe inständig, dass sie die Verzweiflung in meiner Stimme hört.

»Du musst, Adeline.«

»Warum? Warum muss ich?«

»Weil es sonst niemanden gibt. Du bist das einzige Mitglied meiner direkten Verwandtschaft, das regieren kann, und ich lasse nicht zu, dass du es ausschlägst. Alles, wofür dein Vater gearbeitet hat. Dein Großvater und dessen Vater. Du wirst ihr Andenken nicht missachten, indem du die Krone der Schwester deines Vaters hinwirfst, diesem Geier.«

Ich bin betroffen, denn nie zuvor habe ich solche Leidenschaft und Entschlossenheit bei ihr gehört. »Wen kümmert es, wer den Thron besteigt?«, frage ich.

Sie steht auf und streicht ihren Rock glatt. »Mich, Adeline. Ich habe die vergangenen vierzig Jahre nicht durchgestanden, um meine Kinder von der britischen Öffentlichkeit gehenkt, gestreckt und gevierteilt zu sehen. Dafür habe ich Spanien nicht verlassen. Begreifst du nicht? Die Geschichte, das Blendwerk, all das, um dich und Edward zu schützen.« Sie tritt zu mir, streicht mir sanft über die Wange und lächelt mich liebevoll an. »Trage die Krone. Sei eine Königin. Das ist alles, was du tun musst.«

Sie verlässt den Raum, und ich bleibe allein zurück mit nichts als ihren Worten, die meine Schuldgefühle aufrühren, mit der Hoffnungslosigkeit und der Verzweiflung.

Und mit dem gebrochenen Herzen, denn Königin zu sein ist *nicht* alles, was ich tun muss. Zuallererst muss ich mein Herz opfern. Meine Seele.

3

Positiv. Ich habe nie daran gezweifelt, wie das Ergebnis des Bluttests ausfallen würde, nicht, nachdem ich meiner Mutter in die Augen geschaut hatte. Aber da war diese ganz leise Hoffnung in mir. Für eine kurze Sekunde, als ich begriff, worum es im Büro meines Vaters ging, glaubte ich, eine Rettungsleine zu haben. Etwas, was mich vor meinem Schicksal bewahren, mich aus diesem Albtraum befreien könnte. Leider sollte es nicht sein. Ich bin die Tochter des Königs. Die Thronfolgerin. Und somit jetzt Königin von England.

Die ganze Nacht habe ich mich schlaflos im Bett gewälzt und ausgeklügelte Pläne entworfen, wie ich mich aus dieser Verantwortung herauswinden könnte. Nur, und das ist befremdlich für mich, haben die Worte meiner Mutter mich nicht mehr losgelassen. Eddie würde in der Luft zerrissen werden. Ich würde in der Luft zerrissen werden. Sie würden über meinen toten Vater und meinen toten Bruder herfallen, auch über meine Mutter. Man würde uns alle kreuzigen. Das kann ich nicht zulassen. Ich bringe es einfach nicht übers Herz, jedenfalls nicht wegen meines selbstsüchtigen Bedürfnisses, mich davonzustehlen. Mein Schicksal ist besiegelt. Meine Opfer habe ich gebracht. Meine Strafe ist über mich verhängt.

Als hätte mein Opfer mich gehört, klingelt mein Telefon auf dem Nachtschränkchen – und sein Name leuchtet mir entgegen. Ich sollte den Anruf nicht annehmen. Ich sollte Josh gegenüber keine Schwäche zeigen. Außerdem kann ich nicht dafür garantieren, dass ich beim Klang seiner Stimme nicht zusammenbreche und ihn anflehe, herbeizueilen und mich aus meinem Gefängnis zu befreien.

Ich greife nach meinem Telefon, drehe mich auf den Rücken und starre auf das Display, während es weiterklingelt. Schließlich hört es auf. Nur für einige Momente, für Momente der Erleichterung. Dann klingelt es erneut. Ich schalte es stumm, werfe es aufs Kissen und stehe auf, um mich im Badezimmer davor in Sicherheit zu bringen. Ich schließe die Tür und lehne mich mit dem Rücken dagegen. Betrachte mich im Spiegel. Ich sehe nicht aus wie eine Königin. Ich sehe aus wie eine einsame, verlorene junge Frau, deren Haar gebürstet werden müsste und deren Haut grau und fahl wirkt. Ehrlich, ich sehe unmöglich aus. In einem albernen Versuch, das zu ändern, eine Art Selbstrechtfertigungsplan, beginne ich, mich für den Tag herzurichten, was immer der bereithalten mag. Was wird es sein?

Als ich fertig bin, ist mein Make-up perfekt, wenn auch ein wenig dick aufgetragen, um meine Müdigkeit zu verbergen. Mein langes dunkles Haar ist gebürstet, und ich sehe wieder ganz wie Adeline aus. Dazu gehören ein die Figur betonendes schwarzes Kleid und wolkenkratzerhohe rote Stilettos.

»Oh«, entfährt es Jenny, als ich die Tür meiner Privatgemächer öffne. Sie mustert mich von oben bis unten, die Hände voller Styling-Utensilien, Pflegeprodukte und Make-up-Täschchen. »Bin ich zu spät?«

»Nein, ich bin zu früh.« Ich nehme meine Handtasche, hole das Handy vom Kopfkissen und verlasse die Suite. »Ich dachte, ich mache mich heute mal selbst zurecht.«

Jenny huscht mir hinterher, die Sachen in ihren Händen balancierend. »Sie hätten anrufen sollen, dann wäre ich früher gekommen.«

»War nicht nötig«, versichere ich ihr und gehe die Treppe zum Foyer hinunter. Wie ich die Dinosaurier kenne, die mir gestern im Büro meines Vaters meine Rechte vorgelesen haben, erwarten sie sicher ein zweiteiliges Kostüm mit Perlenkette an mir, *wie Mutter*, weil ich nun offiziell Königin bin. Aber nichts da, auf gar keinen Fall. Nur über meine königliche Leiche. Das wird nicht jetzt passieren, und es wird auch nicht passieren, wenn sie der Welt bekannt geben, dass ich die Königin bin.

Während ich die Treppe hinuntergehe, schaue ich auf mein Handy und schürze die Lippen, denn da ist eine Nachricht von

Josh eingegangen. Ich denke: nicht öffnen. Nicht öffnen. *Ich verbiete dir, sie zu öffnen, Adeline.*

Mein Daumen scheint einen eigenen Willen zu haben, trotz meines mentalen Mantras, denn er klickt die Nachricht an. Abrupt bleibe ich am Fuß der Treppe stehen, als ich das Foto sehe, das er mir geschickt hat. Ein leises Wimmern steigt in mir auf, ich kann es nicht verhindern.

»Was ist denn, Euer Hoheit?«, erkundigt Jenny sich besorgt.

»Ein Dirty Cheeseburger«, murmele ich, meine Augen füllen sich mit Tränen. Sogar eine amerikanische Flagge ist draufgespießt. Joshs Worte hallen durch meinen Verstand.

Jede Frau braucht hin und wieder etwas Sündiges.

Ich schlucke und lese den Text unter dem Foto.

Selbst die Königin.

Das ist eine Botschaft, laut und klar. Er gibt nicht auf. Er hat seine Warnung erhalten und ignoriert sie. Ich schließe das Display, halte das Handy an meine Brust gedrückt und kaue nachdenklich auf der Unterlippe. Er muss aufhören damit. Er muss sich fernhalten.

»Ma'am?« Damon taucht aus der Küche auf und mustert mich von Kopf bis Fuß. »Fahren wir irgendwohin?«

Ich habe keine Pläne, von denen ich ihn unterrichtet haben könnte. Keinerlei Arrangements sind für irgendeine Reise getroffen worden. Und ehrlich gesagt kann ich auch nirgendwohin. »Ich weiß nicht«, gestehe ich und bin mir sicher, dass er deutlich sieht, wie verloren ich mich fühle.

Er seufzt und scheucht Jenny weg, dann führt er mich zum Wagen. »Zu den Stallungen vielleicht?«

»Ja, das ist eine wundervolle Idee.« Ich könnte ihn für den genialen Einfall küssen. Ablenkung, das ist es, was ich brauche, und kaum etwas eignet sich wohl besser als ein Ausritt an der frischen Landluft. Stan und Spearmint werden sich in den vergangenen Wochen vernachlässigt gefühlt haben.

»Obwohl Sie für einen Besuch der Stallungen wohl nicht passend gekleidet sind«, bemerkt er, während er mir die Wagentür aufhält.

Sein Handy klingelt, und er nimmt es aus der Innentasche, ich folge seinem Blick und schaue an mir herunter. »Oje.« Ich lache auf. »In diesem Kleid kann ich kaum laufen, geschweige denn ein Pferd reiten.« Ich drücke ihm meine Handtasche an die Brust, während er den Anruf entgegennimmt. »Geben Sie mir zwei Minuten, damit ich mich umziehen kann.« Mit deutlich besserer Laune als vorhin stürme ich die Treppe nach oben.

»Euer Hoheit«, ruft Damon, sodass ich auf halber Strecke stehen bleibe.

»Ja, was ist denn?«

Mit ernster Miene hält er sein Handy hoch. »Man wünscht, Sie zu sehen.«

Ein flaues Gefühl im Magen stellt sich ein. »Wer denn? Und wieso?«

»Ich glaube, es ist an der Zeit«, erwidert er schlicht.

Sein Brustkorb weitet sich bei dem tiefen Atemzug, den er macht und der für uns beide reichen würde. Ich hoffe, das tut er tatsächlich, denn ich kann plötzlich nicht mehr atmen.

»Zeit«, murmele ich. Die offizielle Erklärung, die ich widerstrebend unterschrieben habe, wurde gestern veröffentlicht. Das Land ist geschockt, aber voller Mitgefühl für den gefallenen Prinzen. Eddie gehören nach wie vor die Herzen der Menschen, dem Himmel sei Dank. Ich lege eine Hand auf das Geländer, um mich zu stützen, und lasse den Blick über die Treppe schweifen. Es ist an der Zeit, meine Pflicht zu erfüllen. Es wird Zeit, dass die Welt es erfährt. Natürlich wusste es die Öffentlichkeit in dem Augenblick, in dem Eddie von seiner Position zurückgetreten ist, doch nun wird es offiziell. Real. »Dann sollten wir uns wohl auf den Weg machen.«

Setz einfach einen Fuß vor den anderen.

Bewahre Haltung.

Ich schaue auf meine roten, hochhackigen Schuhe und muss boshaft grinsen. Die werden entsetzt sein von meinem Outfit. Gut. Sollen sie ruhig. Ich gehe die Stufen wieder hinunter, die Schultern gestrafft, und steige in den Wagen.

Damon sagt auf der ganzen Fahrt nur eins. Er betrachtet mich im Rückspiegel und grinst schief. »Sie sind wohl die wunderschönste Königin, die ich je gesehen habe, Euer Majestät.«

Ich lache ein wenig. »Haben Sie Angst, ich könnte Sie feuern?«

Damon zuckt mit den Schultern und richtet nach wie vor grinsend den Blick wieder auf die Straße. »Sie würden mich viel zu sehr vermissen, Ma'am.«

Ich lächle, und als er vor dem Palasttor anhält, atme ich noch einmal tief durch. Er hat recht. Er ist auf meiner Seite, und das wird sich jetzt nicht ändern.

Der Raum platzt vor Leuten aus allen Nähten. Alte Leute, alle still. Es müssen an die zweihundert Personen sein, sämtliche Blicke sind auf mich gerichtet. Der Accession Council. Ich nehme die Szene in mich auf. Jetzt ist Wirklichkeit, was sich wegen der Worte meiner Mutter bereits in meiner Fantasie abgespielt hat. Es ist tatsächlich so einschüchternd, wie es klingt, obwohl Mutter mit einer gewissen Zärtlichkeit davon gesprochen hat. Während ich nun hier stehe, schweifen meine Gedanken zurück zu einer einfacheren Zeit. Eine Zeit, in der ich ein sorgloses Mädchen war.

Sie betrat mein Zimmer und schickte die Nanny hinaus. Ihr übliches steifes Kostüm hatte sie eingetauscht gegen ein Nachthemd und einen langen Morgenmantel. Sie nahm mich auf die Arme, trug mich zum Bett und deckte mich zu.

»Erzähl mir eine Geschichte, Mutter«, bettelte ich und kuschelte mich in mein Kissen. Diese Momente waren selten. Ich behielt meine Mutter so lange wie möglich bei mir.

»Eine Geschichte?«

»Ja, eine mit einem Happy End.«

Sie lachte, und um ihre Augen bildeten sich kleine Fältchen. In den letzten Jahren schien sie gealtert zu sein, das wusste ich selbst als sechsjähriges Mädchen.

»Na schön, lass mich mal überlegen.« Sie legte eine Fingerspitze an ihr Kinn und sah wie tief in Gedanken versunken in die Ferne. »Ah, ich habe genau das richtige Märchen.«

»Worum geht es darin?«

»Um den Accession Council.«

Ich runzle die Stirn. »Was ist das?«

»Der Thronbesteigungsrat, der höchst selten zusammenkommt, Hunderte Mitglieder des Privy Council und viele andere wichtige Leute. Du weißt doch, was der Privy Council, also der Kronrat ist, oder?«

»Ja, die helfen Daddy, seinen Job richtig zu machen.«

»Ganz recht. Aber nur wenn ein neuer Herrscher den Thron besteigt, kommt der Accession Council zusammen. An diesem Tag waren sie alle wegen deines Vaters versammelt.«

»Weil Großvater gestorben war und Vater jetzt König war.«

»Richtig, kleine Prinzessin.« Sie tippte mir liebevoll lächelnd an das Kinn. »Um ihn willkommen zu heißen. Es war ein einschüchterndes Ereignis, aber auch aufregend und schön, der Beginn einer neuen Ära, allerdings überschattet vom Tode deines Großvaters. Da war er nun, ein Prinz, ein junger Mann im besten Alter, und er war ihr König. Der König der Nation. Er schwor, mit der Gnade Gottes sein Land aus tiefstem Herzen zu regieren. Mit seiner Königin, seinen zwei kleinen Prinzen und seiner wunderschönen Prinzessin.«

»Das bin ich«, trällerte ich und brachte sie damit zum Lachen. »Ich bin die Prinzessin.«

»Das bist du.«

Indem sie sich zu mir herunterbeugte, konnte ich mich an sie kuscheln.

»Er wollte seinen Pflichten mit Stolz und Überzeugung nachkommen, mit gutem Beispiel vorangehen und seine Untertanen lieben«, erklärte sie mir. »Er wollte seinen Vater stolz machen. Er wollte seine Familie stolz machen. König zu sein ist ein sehr wichtiger, privilegierter Job, genauso, wie dein Daddy zu sein.«

»Werde ich eines Tages König sein, Mutter?«

Sie lächelte. »Nein, mein Liebling. König wirst du niemals sein.« Sie küsste mich auf die Stirn. »Aber vielleicht bist du eines Tages die Königin.«

Verblüfft über diese Erinnerung blinzelte ich. Wusste sie damals, dass das passieren konnte? Oder fürchtete sie es? Erst jetzt erkenne ich die Liebe in den Worten meiner Mutter und das, was sie damit unbeabsichtigt erreichte. Sie warnte mich. Außerdem versuchte sie, meinen Vater im besten Licht dastehen zu lassen. Heute frage ich mich, ob die Strenge meines Vaters mir gegenüber einfach nur das Handeln eines Königs war oder das eines Vaters, der das Beste für seine Tochter wollte oder der sie vorbereiten wollte. Als ich heranwuchs, trat seine Liebe zugunsten seiner Autorität in den Hintergrund. Etwas veränderte ihn, und ich komme nicht umhin, mich zu fragen, ob es die Untreue meiner Mutter war. Verhielt er sich deshalb mir gegenüber so hart? So kalt? Er begegnete Eddie nicht mit derselben Geringschätzung, ihn versuchte er nie zu schikanieren.

Vielleicht weil er wusste, dass Eddie niemals König sein würde.

Du bist eine Anomalie, Adeline. Eine Schande für die königliche Familie.

Eine Schande. Würde er sich im Grab umdrehen, wenn er wüsste, dass ich seinen Thron besteige? Würde er mich als Versagerin abschreiben? War dieses Szenario sein schlimmster Albtraum, der jetzt wahr wird? Wahrscheinlich. Bei dieser Vorstellung straffe ich die Schultern.

Ich schaue mich im Raum um. Alle sehen mich an, und ich brauche ein paar Sekunden, bis ich begreife, worauf sie warten. Sie warten darauf, dass ich etwas sage. Mir fällt nichts ein, ich registriere bloß, wie alt alle sind, die hier vor mir stehen. Ich bin die Ausnahme. Ich bin etwa halb so alt wie das jüngste Mitglied des Privy Council, in deren Augen noch ein Baby. Und nun stehe ich in einem engen Kleid und roten High Heels vor ihnen. Ihre Königin. Ich wette, im Stillen schreien sie ihren Unmut heraus.

Ich räuspere mich und suche verzweifelt nach den richtigen Worten. Irgendetwas, das den Eindruck vermittelt, ich wüsste, was ich tue, obwohl ich in Wahrheit absolut keine Ahnung habe. Was sage ich nur?

»Mein Vater war ein guter Mann«, beginne ich und setze die Maske auf, auf die ich mich in den vergangenen Jahren stets verlassen habe. Es ist erst der Anfang, und ich kann nur meinem Herzen folgen. Auf einmal will ich unbedingt beweisen, dass mein Vater sich geirrt hat. Ich will ihm zeigen, dass ich das kann. Ich will es ihnen allen beweisen. »Sein Tod kam viel zu früh, ein Schock für uns alle, und nun fallen sämtliche seiner Pflichten und Verantwortungen als Herrscher an mich.« Ich betrachte die Gesichter, um herauszufinden, wie ich mich bisher schlage. Ihre Mienen sind ausdruckslos. Es sind Roboter. »Mein Vater arbeitete unermüdlich für das Glück und das Wohlbefinden dieses Landes, er liebte sein Volk. Wenn ich während meiner Regentschaft nur einen Bruchteil seiner Hingabe aufbringe, werde ich meinem Land gut gedient haben. Dann werde ich ihn stolz gemacht haben.« *Werde ihm bewiesen haben, dass er sich geirrt hat. Und mir selbst auch.* »Ich muss Ihnen im Voraus danken für Ihren Rat und Ihre Führung in den kommenden Jahren. Ich werde mit Herz und wachem Verstand regieren. Ich werde mich auf Ihre Unterstützung und Ihre Loyalität verlassen und auf die meines Volkes. Und ich werde dafür beten, dass Gott mich auf meinem unbekannten, überraschenden Weg leitet.« Ich nicke und signalisiere damit, dass ich fertig bin. Dann versuche ich, in Gedanken jedes Wort zu rekapitulieren, das ich gesprochen habe. Unwillkürlich frage ich mich, ob mein Vater stolz gewesen wäre. Oder eher geschockt? Würde er lachen?

Häupter verneigen sich. Das Schweigen hält an. Mein Blick fällt auf den Tisch in der Mitte des Raumes, auf dem mehrere Papiere ausgebreitet liegen, daneben ein altmodischer Füllfederhalter. Feierliche Dokumente. Geheiligte Schwüre, die geleistet werden müssen. Mein Herz schlägt schneller, als ich vorwärtsgeleitet werde, und für die nächste halbe Stunde besteht mein Leben aus Eiden, Schwüren und dem Unterzeichnen historischer Urkunden. Ich lasse mich in die strengen Aufgaben einführen, die die Verfassung verlangt.

Als ich den Füller hinlege, fällt mein Blick auf eine bestimmte Zeile unter den Hunderten.

Königin Adeline die Erste, durch Gottes Gnade, Königin dieses Reiches und all ihrer anderen Reiche und Territorien …

Königin Adeline. Ich. Für einen Moment höre ich auf zu atmen.

»Euer Majestät?«

Ich sehe mit verschwommenem Blick auf und entdecke den Garter King of Arms, der mich milde anlächelt. »Ja?«

»Ich bitte untertänigst darum, dass Ihre gnädige Verkündigung öffentlich gemacht werden darf.«

»Die Proklamation«, murmele ich, worauf er nickt. Das Papier, das jeder in diesem Raum unterzeichnen wird, ehe es einer jahrhundertealten Tradition folgend der Öffentlichkeit vom Balkon des Claringdon Palace aus verlesen wird.

Die Welt wird es erfahren.

Ich atme tief ein und nicke, dann verlasse ich den Raum. Als ich auf meine Füße schaue, die mich davontragen, fällt mir zum ersten Mal auf, dass meine Schuhe die einzigen Farbtupfer in diesem Zimmer voll biederer Bedeutung waren. Und ich war von allen die bedeutungsvollste Person.

»Ich muss mal pinkeln«, sage ich zu mir selbst und lache laut, denn die Königin sollte solche Worte nie benutzen. Auf der Toilette ist der Blick in den Spiegel plötzlich wichtiger als der Drang, zu pinkeln. Ich muss mich einen Augenblick betrachten und zu begreifen versuchen, was geschehen ist. »Euer Majestät«, wiederhole ich wieder und wieder, in der Hoffnung, dass es sich irgendwann richtig anhört. Vielleicht fängt es an, zu mir zu passen.

Eine Stunde später passt es immer noch nicht, und das Einzige, was ich erreicht habe, ist eine fast platzende Blase. Tief seufzend benutze ich endlich die Toilette, wasche mir die Hände und mache mich auf den Weg zu Damon. Die Stallungen. Das ist meine einzige Zuflucht.

Oben an der Treppe angekommen bleibe ich stehen und blicke zurück zur Tür des *Private Chamber*. Ich höre ihn. Der Garter King of Arms spricht klar und deutlich, ruft den Leuten dort unten die Proklamation vom Balkon aus zu. Wiederholt einer alten Tradition folgend meine unvorbereitete Rede Wort für Wort vor der ganzen Welt. Das war's dann. Jetzt gibt es kein Zurück mehr.

Traurigkeit überkommt mich, sosehr ich sie auch aufzuhalten versuche. Ich schaue auf mein Handy, als es klingelt, obwohl ich weiß, wer der Anrufer ist. Er wird zugeschaut haben wie alle anderen Menschen auf der ganzen Welt. Seine Nachricht ist ein schlichtes »Glückwunsch«. Mehr nicht. Meine blöden Augen brennen, als ich die Treppe hinuntergehe. Als ich unten Füße scharren höre, blicke ich auf und stutze angesichts der unzähligen Hausangestellten, die ordentlich und mit respektvoll gebeugten Häuptern Aufstellung genommen haben.

Alle heißen ihre neue Königin willkommen.

Alle bis auf Damon, der mit wissender Miene an der Tür wartet. So rasch und anmutig ich kann, gehe ich an allen vorbei. Draußen atme ich tief und dankbar die frische Luft ein. »Meine Güte.« Ich stöhne und nehme Damons Hand, die er mir hinhält. »Danke.«

»Euer Majestät«, erwidert er und hilft mir beim Einsteigen.

Ich registriere zwei Wagen vor uns und schaue über die Schulter nach hinten. Dort sind ebenfalls zwei Wagen. Sobald wir am Tor sind, verstehe ich auch den Grund dafür. Massen von Menschen, Presse und Publikum, stehen auf dem Platz vor dem Palast. Und alle …

»Jubeln die?«, frage ich und lausche angestrengt.

»Ich glaube, das tun sie, Ma'am.« Damon sieht amüsiert in den Rückspiegel und reicht mir sein Handy nach hinten.

»Was ist das?« Ich hebe geschockt eine Hand an den Mund, sobald ich auf das Display schaue. *Lang lebe die Königin* lautet die Überschrift eines Artikels, ein offizielles Porträt. *Endlich eine Herrscherin mit Puls*, heißt es in einem anderen Artikel. *Die schönste Königin der Geschichte*, steht in wieder einem anderen, dazu Fotos von mir bei verschiedenen Veranstaltungen, immer in modischer Kleidung. Schließlich ist da noch ein Foto von mir bei der Beerdigung meines Vaters vor wenigen Tagen, auf dem ich zum Himmel hinaufsehe und mir eine Träne über die Wange läuft. Ich erschrecke, denn eine derartige Zurschaustellung von Gefühlen ist bei Mitgliedern des Königshauses unüblich und wird höchstens missbilligend zur Kenntnis genommen. Die Überschrift lautet: *Mitfühlend, enthusiastisch und echt. Sie ist eine Königin, auf die unser Land stolz sein wird.*

Ich schlucke, lasse Damons Telefon auf meinen Schoß fallen und schaue aus dem Fenster, während wir im Schritttempo durch die Menschenmenge fahren. Inzwischen haben sich Polizeiwagen zur Prozession gesellt. Dass die jubelnde Menge meinen Namen skandiert, sollte mich mit Stolz erfüllen.

Mir ist nicht ganz klar, warum es das nicht tut.

Damon bringt mich nach Kellington, wo mir das gleiche beklemmende Szenario blüht. Das gesamte Hauspersonal wartet im Foyer, um mich zum ersten Mal als seine Königin zu begrüßen. Ich ertrage es kaum. Rasch ziehe ich Reitsachen an und fliehe.

Als wir vor den Stallungen halten, sehe ich Sabina mit Dr. Goodridge im Gespräch. Damon öffnet mir die Tür, und ich gehe zu ihnen. Ich erinnere mich noch sehr gut daran, wie angespannt und unbehaglich die letzte Unterhaltung zwischen mir und Sabina verlaufen ist.

»Passen Sie gut auf sich auf, Sabina«, sagt Dr. Goodridge, verbeugt sich vor mir und entfernt sich. »Euer Majestät. Herzlichen Glückwunsch.«

»Neuigkeiten machen schnell die Runde«, murmele ich und nicke ihm zu.

»Euer Majestät.« Sabina tritt zurück und knickst, aber ich hole sie sofort wieder hoch.

»Sabina, bitte. Lassen Sie uns nicht albern sein«, tadele ich sie milde, denn sie soll wissen, wie unangenehm mir das ist. »Sie kennen mich schließlich, seit ich ein Baby war.«

Sie lächelt, als ich ihr den Arm anbiete, damit sie sich bei mir einhaken kann.

»Daran sollten Sie sich gewöhnen, Ma'am. Viele Leute werden sich nun vor Ihnen verbeugen, und die können Sie schlecht alle tadeln.«

Gemeinsam gehen wir gemächlichen Schrittes in Richtung der nördlichen Ställe. »Ich kann tun, was ich will, schließlich bin ich die Königin.« Ich lächle ihr ironisch zu, und sie erwidert es.

»Sie und ich wissen, dass das nicht stimmt.«

»Ist alles in Ordnung, Sabina?«, erkundige ich mich, und sie sieht zu Dr. Goodridge, der gerade in seinen Jaguar steigt.

»Es geht mir gut. Ich brauchte bloß ein paar Pillen, um schlafen zu können, das ist alles.«

»Sie müssen auf sich achtgeben.« Seit Colins Tod hat sie ganz allein die Verantwortung für die Ställe. Wenn sie nun Schlafmittel benötigt, fordert das offenbar seinen Tribut. »Ich warne Sie«, füge ich grinsend hinzu.

Sie bleibt stehen und nimmt mit ernster Miene meine Hände. »Und ich sollte Sie warnen, Euer Majestät.«

»Oh, Sabina, würden Sie bitte mit diesen Formalitäten aufhören?«

»Ich habe es erwartet, und Sie sollten sich daran gewöhnen.«

Ich verdrehe die Augen. Sie nimmt das als Stichwort, ihre Warnung auszusprechen. Vor was auch immer. Vor vielen Dingen, nehme ich an.

»David«, sagt sie und gibt mir einen Moment, um den Namen ihres Sohnes aufzunehmen.

Ich zwinge mich, nicht das Gesicht zu verziehen. Sabina ist so liebenswert, und Haydon ist ebenfalls sehr liebenswert, wenn auch ein bisschen verblendet. Was ist also mit seinem Dad geschehen? Der ist alles andere als liebenswert. Falls er glaubt, er könnte seine ambitionierten Versuche fortsetzen, mich mit seinem Sohn zu verheiraten, dann hat er sich getäuscht. Das werde ich ihm ohne Umschweife klarmachen. Er war dabei, als ich meinem Vater meine Liebe zu Josh gestand. Er weiß es also. Andererseits weiß ich meinerseits genau, dass er es ignorieren wird, ebenso wie Sir Don und meine Mutter.

»Sabina«, beginne ich, doch meine Aufmerksamkeit von der sanften Miene der älteren Lady wird von einer Stimme abgelenkt, von der ich hoffentlich fälschlicherweise annehme, dass sie zu … »David«, murmele ich und lasse Sabinas Hände los. Ist er mir etwa hierher gefolgt?

Er kommt mit einem scheinbar echten Lächeln im Gesicht auf uns zumarschiert und nimmt seine Tellermütze ab. »Euer Majestät«, begrüßt er mich mit der üblichen perfekten Verbeugung. »Wie reizend, Sie wiederzusehen.«

Ich habe keine Ahnung, warum ich das tue, da seine förmliche Art mich kirre macht und mich lediglich daran erinnert, was aus mir geworden ist. Trotzdem biete ich ihm meine Hand dar und nehme mit Genugtuung zur Kenntnis, wie er zögert, ehe er sie nimmt. »Ich freue mich ebenfalls, Sie zu sehen, David«, erwidere ich, während er meine Hand hält. Ich ziehe sie erst zurück, als ich mit dem Ausmaß seines Unbehagens zufrieden bin.

»Wie geht es Ihnen?«, erkundigt er sich.

»So gut, wie man es in diesen schwierigen Zeiten erwarten kann. Vor wenigen Tagen erst habe ich meinen Vater beerdigt, und heute bin ich die Königin von England.«

»In der Tat. Es war eine wunderbare Beerdigung, dem König, der er war, gebührend.«

Eine Traurigkeit, die ich bei ihm noch nie gesehen habe, beschattet seine Züge. Ich müsste lügen, wollte ich behaupten, dass mich das nicht verblüfft. David sieht wirklich kummervoll aus.

»Ich werde meinen Freund schrecklich vermissen.«

»Wie wir alle«, sage ich leise. Ich werde nicht recht schlau aus seiner Offenheit. Und als Sabina seinen Arm tätschelt, bekomme ich prompt starke, völlig unangebrachte Schuldgefühle.

»Es ist so tragisch, Adeline«, flüstert er.

Sabina räuspert sich, und David sieht mir in die Augen. Auch wenn es albern und unreif sein mag, bringe ich ihm nicht dieselbe Nachsicht entgegen wie seiner Mutter. Ich lege erwartungsvoll den Kopf schief, denn ich kann nicht einfach vergessen, welche Rolle dieser Mann dabei gespielt hat, mir das Leben schwer zu machen.

David korrigiert seinen Fauxpas. »Ma'am.« Er lächelt, und auch das scheint echt zu sein. »Wir müssen einmal zusammen zu Abend essen.«

»Klingt gut«, höre ich Haydons Stimme hinter mir und drehe mich um.

Na, ist das nicht ein herrlicher Tag für die Sampsons draußen bei den Ställen?

»Adeline«, sagt er und nimmt meine Hand, ehe ich sie ihm anbieten kann.

Er küsst meinen Handrücken, und ich bringe es nicht über mich, seinen Fehler zu korrigieren, nämlich mich nicht zu berühren, bevor er dazu aufgefordert wurde, und mich auch nicht formlos anzusprechen.

»Sie sehen großartig aus.«

»Danke, Haydon.« Ich ziehe meine Hand mit sanfter Gewalt aus seiner zurück und deute zum Stallblock. »Ich muss los. Bitte entschuldigt mich.«

»Und Abendessen?«, hakt David hoffnungsvoll und ohne Scheu nach, das zu zeigen.

»Das wäre reizend.« Ich lächle mit einiger Mühe. »Bitte wenden Sie sich an Kim wegen eines Termins.« Dann gehe ich. Das Gewicht der Macht lastet beinahe zu schwer auf meinen Schultern. Obwohl ich es nicht sein sollte, bin ich gereizt, weil David so tut, als hätte ich keine Affäre mit einem nicht standesgemäßen Mann. Er tut so, als wäre er nicht im Büro des Königs Zeuge meines Geständnisses geworden. Er tut so, als wäre es nicht meine Schuld, dass der König – sein Freund – tot ist. Ich weiß, dass es daran liegt, dass sein Sohn jetzt der Königin *versprochen* ist und nicht der Prinzessin. »Blendwerk«, sage ich leise vor mich hin.

In den nächsten Stunden sattle ich Spearmint, reite aus, sattle ihn wieder ab und reinige das Sattel- und das Zaumzeug. Dann schenke ich Stan dringend benötigte Aufmerksamkeit, indem ich einen Ausritt mit ihm durchs offene Gelände mache. Damon bleibt stets in meiner Nähe, als ich die frische Luft genieße, und zwar näher als früher wegen des Vorfalls mit Eddie, obwohl die Ermittlungen dazu abgeschlossen sind. Ich versuche alles, was mich bedrückt, aus meinen Gedanken zu verbannen und stattdessen Hoffnung zu sehen. Aber es ist völlig unmöglich.

Ich drossle Stans Tempo, indem ich ihn gehen lasse. Seufzend beuge ich mich hinunter und streichle seinen Hals. »Wie findest du den ganzen Irrsinn, Junge?« Ich stutze, da seine Haut bei meiner Berührung faltig wird. Ich kneife ihn ein bisschen und lasse los. Die Haut steht hoch und braucht viel zu lange, um sich wieder zu glätten. »Bist du durstig, Junge?«, frage ich und bringe ihn zum Stehen. Ich steige ab und schiebe die Zügel über seinen Kopf, dann hebe ich seine Oberlippe an. »Und ob du das bist!« Ich drücke auf sein Zahnfleisch und beobachte, wie lange es dauert, bis es sich von Weiß zu gesundem Pink verfärbt. Damon hat in einigen Metern Entfernung ebenfalls haltgemacht.

»Alles in Ordnung, Ma'am?«, erkundigt er sich aus dem Fenster seines Land Rover.

»Ich glaube, er könnte dehydriert sein«, rufe ich. »Zwischen diesen Bäumen fließt ein Fluss. Ich werde ihn hinführen und mal sehen, ob er Wasser trinkt.« Damon macht Anstalten, aus dem Wagen zu steigen, doch ich winke ab. »Ich befinde mich nach wie vor auf royalem Land«, meine ich müde. »Eine Eskorte ist also nicht nötig.«

»Prinz Edward hielt sich ebenfalls auf königlichem Gebiet auf«, kontert er.

Ungeduldig neige ich den Kopf zur Seite. Er übertreibt. »Gab es nicht eine zufriedenstellende Aufklärung des Vorfalls?«

»Nun gut also.« Damon gibt nach und zieht seine Zigaretten aus der Innentasche seiner Jacke. »Stört es Sie?«

»Wann hat es mir je etwas ausgemacht, dass Sie in meiner Gegenwart rauchen, Damon?«, erwidere ich.

»Na ja, Sie sind jetzt die Königin, Ma'am.«

»Erinnern Sie mich nicht daran.« Ich stapfe durch das hoch wuchernde Gras und dirigiere Stan zwischen den Bäumen hindurch. »Komm mit, Stan. Ich weiß, dass es hier irgendwo sein muss. Und was geht im Stall vor sich, dass du so durstig bist?« Es ist nicht akzeptabl und ganz untypisch für Sabina, die Versorgung unserer Pferde derart zu vernachlässigen. Ein paar Zweige knacken unter meinen Reitstiefeln, das Geräusch hallt durch die kleine Waldung. Natürlich war viel los. Ich kann Sabina nicht verdenken, dass sie mit ihren Gedanken woanders war.

Ich lege einen Arm unter Stans Kinn und drücke mein Gesicht an seinen Kopf. »Aber wir dürfen nicht zulassen, dass du nicht ausreichend versorgt …« Erschrocken bleibe ich wie angewurzelt stehen. »Scheiße!«, platze ich heraus und blinzle, um sicherzustellen, dass ich richtig sehe.

»Für die Königin von England hast du aber ein ziemlich vulgäres

Mundwerk.« Josh hebt in überzeugender Missbilligung die Brauen und steigt von seinem Pferd.

Rasch schicke ich eine Bitte um Verzeihung gen Himmel, zu jeder Königin und jedem König, die je gelebt haben. »Du hast mich erschreckt.« Ich drehe mich um, denn ich will weg, bevor ich in ein Wortgefecht verwickelt werde oder gezwungen bin, ihn anzuschauen. Meinen Verlust. Das, was ich nicht haben kann.

Dann erinnere ich mich …

Ich sehe Stan an, beiße die Zähne zusammen und drehe mich wieder zum Bach um. Zu Josh. Oje, hat es vor ihm je ein solches Exemplar von einem Mann gegeben? »Dies ist ein Privatgrundstück.« Ich gehe in die Defensive, das scheint mir das einzig Sinnvolle zu sein. »Man darf königliches Land nur mit Erlaubnis des Königs betreten, und da der tot ist und ich jetzt die Königin bin, habe ich dir wohl kaum die Genehmigung erteilt. Also verschwinde bitte.«

»Oh.«

Josh zieht einen Schmollmund und neigt den Kopf ein wenig, aber nicht aus Respekt oder Scham. Oh nein. Tatsächlich vermute ich, dass er das tut, um sich wie das anbetungswürdigste Wesen des Planeten zu präsentieren. Er sieht in der alten Jeans und dem Holzfällerhemd perfekt lässig aus.

»Kriege ich keine Ex-Fick-Vergünstigungen?«

Ex-Fick? Ich bin perplex, und ich weiß, dass meine Miene ihm das verrät. »Das ist nicht lustig, Josh.«

»Da stimme ich dir zu, Adeline.« Er grinst jetzt nicht mehr, sein Gesichtsausdruck hat sich verfinstert. »Das alles ist das *Un*lustigste, was mir jemals passiert ist.«

Was ihm passiert ist? »Warum bist du hier?« Ich könnte mir in den Hintern beißen für diese dämliche Frage.

»Weil ich wusste, dass du diesem Irrsinn entfliehen und Ruhe brauchen würdest, nachdem sie dich gezwungen haben, jeden nur erdenklichen Schwur und Eid zu leisten. Deshalb.«

»Und?« Ich schniefe und schaue weg. Ich hasse es, dass er mich so gut kennt. Andererseits gehört es zu den Dingen, die ich so sehr an ihm liebe. Und, noch schlimmer, ich hasse es, dass ich dafür dankbar bin und dass es mir etwas bedeutet. In meiner Welt ist das gefährlich, denn hängt man an etwas, kann man verletzt werden, wenn sie es einem wegzunehmen versuchen.

Mein Starrsinn löst etwas bei Josh aus, und er tritt auf die Blätter zu seinen Füßen, weil er sonst nichts hat, wogegen er treten kann. »Und verdammt, sieh mich an«, stößt er hervor, sodass ich unwillkürlich zurückweiche. »Glaubst du etwa, ich lasse zu, dass du wegwirfst, was wir hatten, als wäre es nie gewesen?«

Ich schweige weiterhin und frage ihn nicht, was er von mir erwartet. Vielleicht weil ich mich davor fürchte, was das sein könnte. Also gebe ich noch etwas Dummes von mir. »Daumen runter«, murmele ich erbärmlich, obwohl Damon außer Hörweite ist.

»Nein. Niemals. Du wirst mir niemals ein ›Daumen runter‹ geben, Adeline.«

»Es heißt *Euer Majestät*«, schreie ich und stolpere wegen der Kraft des Schreis ein paar Schritte rückwärts. »Du wirst mich mit dem meiner Position gebührenden Respekt anreden!«

»Deine Position sollte unter mir sein, du auf dem Rücken liegend«, brüllt er. »Und du solltest mich deinen *fucking König* nennen. Wie klingt das, *Euer fucking Majestät*?«

»Du bist ein Mistkerl. Ich will dich nicht mehr auf meinem Land.«

»Du bist eine Lügnerin. Ich will, dass du aufhörst zu lügen.«

»Ich lüge nicht.«

»Doch, tust du. Du lügst mich an. Du belügst jeden einzelnen Menschen auf dieser Welt.«

Josh stapft vorwärts. Ich weiche benommen zurück und bleibe prompt an einem Ast hängen, verliere das Gleichgewicht und falle mit dem Hintern voran in einen Haufen trockener Blätter. Da es nicht wehtut, jammere ich nicht los – ich nehme ohnehin alles wie betäubt wahr, bis auf Josh. Aber ich stoße einen Fluch aus, womit ich seine Behauptung, ich hätte eine vulgäre Ausdrucksweise, nur bestätige. »Gottverdammt.« Ich sitze mit gebeugten Knien da, stütze mich mit den Händen auf dem feuchten Boden hinter mir auf und schaue zu dem über mir aufragenden Mann hoch. »Das ist alles deine Schuld.«

»Ich übernehme die volle Verantwortung. Für alles.«

Für alles? »Was denn?«

»Deinen Sturz. Meine Gefühle.«

Er hält mir eine Hand hin, doch ich ignoriere sie und komme allein wieder auf die Beine, wobei ich mir die trockenen Blätter abwische.

»Für *deine* Gefühle«, fügt er sanft hinzu.

Ich unterbreche das Beseitigen der Blätter von meiner Reithose. »Ich habe keinerlei Gefühle«, erwidere ich krächzend und achte gar nicht auf die erbarmungslosen … Gefühle. Die Wärme, das Verschwinden meines Kummers, das erwachende Verlangen. Ich. Er. Die Kraft der Chemie zwischen uns, die allein schon dadurch entsteht, dass wir uns in der Gegenwart des anderen befinden. Das uns umgebende Wäldchen ist davon erfüllt. Die knisternde Atmosphäre ist spürbar.

Nachdem ein Moment vergangen ist, blicke ich auf und schaue ihm in die Augen. In ihnen liegt das bernsteinfarbene Funkeln von Begierde. Mein Herz klopft schneller. Er leckt sich die Lippen, und ich folge mit dem Blick der Bewegung seiner Zunge von einem Mundwinkel zum anderen. »Hör auf«, flüstere ich, doch wen meine ich eigentlich? Ihn? Mich?

Ich hebe die Hände und berühre mit den Fingerspitzen meine Schläfen, als könnte ich mir all die Gründe wieder ins Gedächtnis rufen, weshalb das nicht geschehen darf. Ich suche nach den Worten meines Vaters, doch ich finde stattdessen nur andere Worte.

Man wird Sie zerreißen. Man wird Eddie zerreißen. Das Vermächtnis Ihres Vaters und Ihres Bruders wird befleckt.

Aber … ich habe mich so sehr in diesen Mann verliebt, und jetzt werde ich gezwungen, es zu ignorieren. Kann ich das? *Sollte* ich das?

Ich rapple mich auf, wirbele herum auf meinen Stiefeln und will losrennen. Ich traue mir nicht zu, dass ich vernünftig reden werde, ja nicht einmal, dass ich auf meinen Verstand hören werde, sollte er sich endlich melden. Also verlasse ich mich auf meine Beine, damit sie mich – so rasch sie können – von hier wegtragen.

»Kein ›Daumen runter‹«, befiehlt Josh, fasst mich am Handgelenk und dreht mich um, damit ich ihn anschaue.

Hart umfasst er mein Gesicht, dann presst er seinen Mund auf meinen. Das ist ein übler Tiefschlag, aber noch gemeiner ist, dass wir beide wissen, es wird funktionieren. Plötzlich bin ich mit dem Universum im Einklang, positiv und negativ ergänzen sich, unsere Lippen verschmelzen durch eine unsichtbare, unglaublich starke Kraft. Endlich spüre ich seine Zunge in meinem Mund, was meine Seele erschüttert. Ich greife in sein Haar, damit er noch näher kommt, und wir küssen uns wild und wie verrückt. Zugleich wirkt es zutiefst wohltuend und ist einfach vollkommen. Ich lasse mich von Josh rückwärtsführen, mich von ihm wegdrehen und gegen einen Baumstamm drängen.

Die kratzige Rinde an meiner Stirn stört mich nicht. Zu sehr berauschen mich die Erinnerungen an das, was uns verbindet. Ich spüre sein Becken an meinem Po, seinen feuchten Mund an meiner Wange. Josh hält mich fest. Besitzergreifend. Als gehörte ich ihm. Und es ist mir egal. Er ist der einzige Mensch auf der Welt, dem ich gern gehöre.

»Vielleicht habe ich Lust, eine Königin zu entehren.« Langsam zieht er mir die Reithose herunter.

Das Tempo wählt er nicht, damit ich die Chance bekomme, ihn doch noch zurückzuweisen, sondern weil es die süße Qual verlängert. Ich will ihn so sehr, und er weiß es. Seine Hand liegt auf meinem Hintern. Sein Mund ist überall auf mir.

Ich stütze mich am Baumstamm ab und lege den Kopf auf meine erhobenen Arme, während Josh mir den Po versohlt.

Zack!

Wie immer, wenn Josh mir auf den Hintern schlägt, schreie ich den Schmerz nicht hinaus, ich ertrage ihn stöhnend und genieße es, in eine andere Welt entführt zu werden. Eine Welt, in der ich nicht *ich* bin, sondern ihm allein gehöre. Dann sind seine Finger zwischen meinen Oberschenkeln, und er massiert mich sanft. Ich bin feucht und bereit für ihn.

»Manche Dinge ändern sich nicht«, flüstert er und beißt mir in die Wange, wobei seine Finger kreisende Bewegungen vollführen, tief in mich eindringen und meinen Kitzler drücken. »Gott sei Dank. Sag mir, dass du mich vermisst hast, Adeline.«

»Ich habe dich vermisst«, antworte ich auf seinen Befehl. Allerdings ist es wegen der Lust, die er mir bereitet, eher ein angestrengtes Flüstern und kein überzeugter Ausruf. Mein Verlangen nach ihm steigert sich unaufhaltsam. Ich fange an, den Kopf hin- und herzuwerfen, und ich kriege weiche Knie. Und als ich den Gipfel der Lust erreiche, fühlt es sich an, als würde alles Schlechte dieser Welt mit dem Orgasmus aus mir herausgespült werden. Zum ersten Mal seit Wochen spüre ich Entspannung. Das habe ich so sehr gebraucht. *Ihn* gebraucht.

Josh gewährt mir ein paar Sekunden, meine heftigen Atemzüge wieder unter Kontrolle zu bekommen, schiebt mir die Hose hoch und dreht mich um. Er streicht mir die Haare aus meinem verschwitzten Gesicht, legt die Handflächen an meine Wangen und seine Stirn an meine, um mir sehr tief in die Augen zu schauen. Das Glitzern in seinen lässt sich nur als Liebe deuten.

»Ich liebe die Königin von England, Euer Majestät. Sie müssen mir dabei helfen, einen Weg zu finden, wie ich mit ihr zusammen sein kann.«

Bei seinen Worten fange ich fast an zu weinen, für einen Moment ist es beinahe so weit, denn meine Lippen beben schon. Aber ich darf nicht weinen. Ich darf nicht. »Es ist unmöglich.«

»Wer sagt das?«

»Jeder.«

»Tja, ich nicht. Für mich hat sich nichts geändert.«

»Für mich hingegen hat sich alles geändert«, erwidere ich. »Das mit uns kann nur schiefgehen.«

»Ich finde, es ist schon alles schiefgegangen, seit ich dich im Palast zurückgelassen habe. Nichts kann sich schlimmer anfühlen als das, Adeline.«

»Vertrau mir, Josh.« Ich nehme seine Hände von meinem Gesicht. »Das kann es wirklich.«

Er blickt zum Himmel hinauf, sein Adamsapfel hüpft bei jedem Schlucken. Er versucht, ruhig zu bleiben und vernünftig zu sein wie ich. Es schmerzt mich, ihn so zu erleben, aber ich leide auch.

»Du hast zugesehen, wie sie mich hinausgeführt haben. Ich konnte mir alles nur im Fernsehen anschauen. Du hast meine Anrufe nicht angenommen oder auf meine Nachrichten reagiert.« Er legt zärtlich die Hände an meinen Hals und schaut mir in die Augen. »Ich wollte für dich da sein. Ich habe darauf gewartet, dass die Bombe platzt, die Verkündung deiner Thronfolge, und nun ist es geschehen. Ich kann es in deinen Augen sehen, Adeline. Niemand außer mir kann das. Du willst das eigentlich nicht. Schuldgefühle und Pflichtbewusstsein sollten dein Herz nicht überstimmen.«

»Und was soll ich deiner Ansicht nach tun? Meine Mutter den Wölfen zum Fraß vorwerfen? Meine Brüder, meinen Vater, meine gesamte Familienhistorie? Um meine egoistischen Bedürfnisse stillen zu können?«

»Nein, um meine zu stillen«, entgegnet er, und ich erschrecke über diese Unverblümtheit. »Tut mir leid«, entschuldigt er seufzend. »So habe ich es nicht gemeint. Nur …« Er gibt einen leisen Knurrlaut von sich. »Sei einfach nicht voreilig, und schreibe uns nicht gleich ab.«

Ich finde seine Entschlossenheit bewundernswert, wenn auch ein kleines bisschen frustrierend. »Du hast deine Warnung schon erhalten, Josh, dein Hotelzimmer wurde verwüstet, und da war ich bloß Prinzessin. Die werden dich ruinieren.«

»Die können sich ihre Warnungen hinten reinschieben.« Er lässt mich los und tritt zurück. »Es muss irgendwo ein Schlupfloch geben. Eine Lücke in diesen blöden Gesetzen, nach denen ihr Royals euch richten müsst. Ich werde es finden.«

Es gibt kein Schlupfloch, und wenn es eins gäbe, würde es sehr schnell verschlossen werden. »Es ist unmöglich.«

»Nein. Ich lasse nicht zu, dass du das glaubst.«

Diesmal erwidere ich nichts, denn er hört ja ohnehin nicht auf mich. Ein Teil von mir wünscht sich, dass er recht hat und dass tatsächlich ein Ausweg existiert. Nur weiß ich leider, dass da keiner ist. Wir können nicht zusammen sein. »Josh …«

Er schaut an mir vorbei und runzelt die Stirn. »Was ist eigentlich mit Stan los?«

Du liebe Zeit. Ich laufe schnell zu meinem Pferd, das lethargisch wirkt. »Ich glaube, er ist dehydriert. Ich habe ihn hierhergeführt, damit er etwas trinkt.«

»Lass mich mal sehen.« Josh umfasst Stans Kopf und mustert ihn. »Seine Augen sind trocken.« Er nimmt die Zügel und bringt ihn zum Bach. Ich danke dem Himmel, als mein geliebtes Pferd trinkt. »Er ist wirklich durstig. Du solltest ihn mal untersuchen lassen.«

»Das mache ich«, verspreche ich, streichle Stans Hals und warte geduldig, bis er zu Ende getrunken hat. Es scheint, als könnte er den ganzen Bach leeren. »Ich sollte zurückreiten, ehe Damon sich Sorgen macht.«

Joshs ernste Miene passt zu meiner Verzagtheit, als ich Stan auf den Pfad führe.

»Adeline?«

Ich drehe mich um.

Er sagt nichts weiter, sondern küsst mich nur zärtlich. »Dies wird nicht der letzte Kuss sein, den ich dir gebe«, sagt er beschwörend.

Ich atme verträumt tief ein, wobei ich die Stimme in meinem Kopf ignoriere, die ihm widerspricht, denn ich wünsche mir verzweifelt, es möge nicht unser letzter Kuss sein.

»Ich reise morgen für eine Woche nach Südafrika, doch sobald ich kann, bin ich wieder in London. Ich rufe dich an, und du wirst dich melden.«

Ich nicke, wenn auch nur ganz leicht. »Auf Wiedersehen.«

»Bald«, meint er und streichelt noch einmal meinen Nasenrücken, ehe er zurücktritt und mich gehen lässt. »Ich liebe dich, Adeline.«

Ich schlucke das elende Gefühl herunter, das seine Worte bei mir auslösen. Eine Frau sollte sich bei diesen Worten nicht absolut hoffnungslos fühlen. Sie sollten sie mit Leben erfüllen. Nur bin ich keine gewöhnliche Frau.

Ich laufe gemessenen Schrittes, um mein Gleichgewicht zu wahren, und berühre meine Nase, auf der die Wärme seiner Berührung noch anhält. Oh, wie sehr wünschte ich, ich müsste nicht fort. Dass es keine Schlagzeilen und keine Einmischung des MI5 sowie der Regierung geben würde, wenn Josh mich jetzt in ein weit entferntes Land entführte und mich für immer dort versteckte.

Als ich zwischen den Bäumen auftauche, straffe ich die Schultern und setze meinen üblichen Gesichtsausdruck auf für Damon.

»Ich habe Sie rufen gehört«, erklärt er trocken, als ich einen Fuß in den Steigbügel schiebe und mich auf Stans Rücken schwinge.

Im Sattel sitzend blicke ich zu ihm hinüber. »Und Sie sind nicht gekommen, um herauszufinden, was los ist?«

Er schnippt seine Zigarette weg, wahrscheinlich die zweite oder dritte, seit ich ihn verlassen habe, und lässt sich auf den Fahrersitz des Land Rover fallen.

»Es klang, als würden Sie sehr gut allein zurechtkommen, Euer Majestät.«

»Stimmt. Es war nur …«

»Oder kam der Amerikaner gut mit Ihnen zurecht?«

Sein Grinsen würde eine Ohrfeige rechtfertigen. Geschockt starre ich ihn an.

»Ich habe keine Ahnung, wovon Sie reden, Damon.«

»Das habe ich schon mal gehört.«

»Fahren Sie«, befehle ich empört, woraufhin er nur noch breiter grinst. »Sofort.«

»Jawohl, Ma'am.« Er startet den Motor, hupt und zeigt auf die offene Weide.

Ich bin zutiefst verlegen, als ich Josh in der Ferne davongaloppieren sehe. Meine Lippen zucken, ich schließe die Augen. »Ich bin erst seit wenigen Stunden Königin, und schon habe ich demonstriert, wie schwach ich bin. Ich bin eine schreckliche Monarchin.«

»Liebe ändert sich nicht, nur weil die Umstände sich ändern, Ma'am«, sagt Damon sanft.

Seine Worte, tiefgründig und wahr, lassen mir Tränen in die Augen steigen.

4

Es war die längste Woche meines Lebens, sie war ausgefüllt mit Formalitäten, Prozeduren und meiner Einarbeitung, wenn man so will. Zu den Ställen habe ich es noch nicht wieder geschafft, sehr zu meinem Missvergnügen. Also telefoniere ich täglich mit Sabina, die mich über Stans Zustand auf dem Laufenden hält. Es geht ihm besser, er trinkt viel und bekommt vom königlichen Tierarzt Steroide gegen irgendein Virus.

Ich gehe gedankenverloren mit Sir Don durch die Bildergalerie, während von allen Seiten auf mich eingeredet wird. Als wir das Büro meines Vaters betreten, fallen mir zwei Dinge auf. Erstens, der Zigarrengeruch ist nun vollkommen verschwunden, der Raum kommt mir so leer vor. Als wäre der Geruch, den ich stets gehasst habe, die letzte Verbindung zu meinem Vater gewesen. Ich vermisse diesen Geruch ernsthaft. Zweitens ist das riesige Porträt meines Vaters über dem Kamin weg. An seiner Stelle …

»Was um Himmels willen ist das?« Ich bleibe auf der Türschwelle stehen und starre die Monstrosität an, die das Porträt meines Vaters ersetzt hat.

Sir Don blickt in die Richtung und strafft die Schultern. »Das, Ma'am, ist die neue Königin von England«, antwortet er trocken.

Ich sehe ihn an, als würde ich ihn hassen, denn ich glaube, das tue ich tatsächlich. Nicht nur wegen des sarkastischen Tons, sondern weil ich den Verdacht habe, dass seine einzige Aufgabe darin besteht, mir das Leben schwer zu machen. Ich reiße mich zusammen und zeige auf das … *Ding*, das das Porträt meines Vaters ersetzt hat. »Das da ist nicht die neue Königin von England«, zische ich. »*Das* ist verdammt noch mal abscheulich.« Ich werfe einen weiteren Blick auf das Ölbild und erschauere. Ich sehe glatt zehn

Jahre älter aus als dreißig. Meine gesamte Erscheinung ist grauenhaft – ich trage einen Rock und eine Kostümjacke, in die ich mich mit Anfang zwanzig zu einem Treffen mit dem Premierminister Indiens quälen musste. Ich kann nur vermuten, dass ich an dem Tag untypisch brav gewesen bin. Von allen Bildern, die über die Jahre von mir entstanden sind, wählen sie ausgerechnet dieses aus? »Weg damit«, befehle ich, bereit, es eigenhändig von der Wand zu nehmen. »Augenblicklich.«

»Ma'am, es ist Tradition, ein Porträt des amtierenden Monarchen an dieser Stelle aufzuhängen.«

»Ich bin nicht die traditionsbewusste Monarchin«, schleudere ich ihm entgegen, marschiere zur Wand und greife hinauf zu dem Gemälde. Dabei kneife ich die Augen zu, damit der abscheuliche Anblick verschwimmt. »Ich will umgehend das Porträt meines Vaters wieder dort hängen sehen.« Ich fluche, während ich versuche, das Monstrum abzuhängen. Haben die es angenagelt? Ich gebe es auf und drehe mich zu Sir Don um. »Ich will, dass es verschwindet. Und in Zukunft werden Sie mich in allen Angelegenheiten konsultieren.« Wow, es war klar, dass sie das Archiv nach einem geeigneten Bild von mir durchstöbern würden, um es traditionsgemäß aufzuhängen. Vermutlich sind sie fast daran verzweifelt, weil es lauter *verfängliche* Fotos gibt, bis sie auf diese Monstrosität stießen und es in Öl malen ließen. Noch dazu ziemlich hastig. Ich rieche die frische Farbe. Die Frau auf diesem Gemälde werde ich niemals sein.

»Wie Sie wünschen, Ma'am«, sagt Sir Don tonlos und schnippt mit den Fingern, damit ein Bediensteter sich darum kümmert. »Ich werde ein Treffen zwischen Ihnen und dem königlichen Hofmaler arrangieren, sodass Sie besprechen können, was mehr nach dem Geschmack Euer Majestät ist.«

»Sehr gut.« Ich meide die Wand über dem Kamin, gehe zum Schreibtisch meines Vaters und mache mir bereits Gedanken darüber, was ich fürs Porträtsitzen tragen werde. Ein altbackenes Kostüm wird es jedenfalls nicht sein. »Was ist das alles?«, frage ich, während ich mich setze und den Stapel Briefe betrachte, der sorgfältig von einem Band zusammengehalten wird.

»Das, Ma'am, ist Post von überall auf der Welt, sämtlich durchgesehen und geprüft.«

»Wurden Briefe aussortiert?« Ich deute auf den Sessel, damit Sir Don sich setzt, was er auch tut. Allerdings nur, weil ich ihn dazu auffordere.

»Viele.«

Ich hebe interessiert eine Braue. »Was für welche denn?«

»Ich bezweifle, dass Euer Majestät wirklich mit derartigen Informationen behelligt werden möchte.«

Will ich tatsächlich, aber mir ist klar, dass man meinem Wunsch nicht nachkommen wird. »Was haben wir also hier?«, erkundige ich mich und löse das Band vom Stapel.

»Einladungen aus vielen Ländern. Ich schlage vor, wir wählen weise aus.«

Ich nicke und überfliege die Papiere. Eine Einladung vom australischen Premierminister, vom chinesischen Staatspräsidenten, vom Premierminister der Britischen Jungferninseln. »Oh, das Weiße Haus?« Es handelt sich um eine Einladung zu einem Staatsdinner mir zu Ehren.

»Ja, Ma'am. Ich schlage vor, diese gnädig anzunehmen.«

»Und die anderen?«

»Sie sind das Oberhaupt des Commonwealth, Ma'am. Unsere Beziehungen zu zahlreichen dieser Staatslenker sind stabil und sicher. An den Beziehungen zu Amerika sollten wir jedoch unablässig arbeiten, um die Freundschaft zu erhalten. Es sind wichtige Verbündete.«

Ich schiebe den Stapel Einladungen auf meinem Schreibtisch zu Sir Don hinüber. »Dann sollten Sie einen Ja- und einen Nein-Stapel machen. Und einen Vielleicht-Stapel.« Ich lächle süßlich.

»Sehr wohl.« Er schlägt seinen Kalender auf. »Der Earl Marshal bittet um eine Audienz, um über Ihre Krönung zu sprechen.«

Ich atme tief ein, mein Herz fängt heftig an zu pochen. »Schon?«

»Es wird eins der größten und mit höchster Spannung erwarteten Ereignisse der jüngeren Geschichte werden, Ma'am. Wir können mit den Vorbereitungen nicht früh genug beginnen. Selbstverständlich werden wir eine angemessene Zeit zur weltweiten Trauer um den verstorbenen König verstreichen lassen.«

»Wie lange ist eine angemessene Zeit?«, hake ich nach. Für meine Familie wird keine Zeit kommen, in der sie diesen Verlust überwunden hat. »Es ist keine drei Wochen her.« Und es fühlt sich schon an, als sei er vergessen.

»Ein Monat, vielleicht zwei.«

»Wie großzügig.«

»Die Show muss weitergehen, Ma'am.«

Ich lehne mich zurück und sehe in Gedanken wieder die Wrackteile des abgestürzten Hubschraubers. »Kann ich Ihnen eine Frage stellen, Sir Don?«

Er sieht von seinem Kalender auf und legt den Stift auf die Seite. »Natürlich, Ma'am.«

»Warum befand John sich zusammen mit meinem Vater in dem Hubschrauber? Das widerspricht allem, wofür der König stand. Sie und ich, wir wissen beide, welchen Wert er Tradition beimaß.«

Sir Don seufzt und nickt milde. »David und ich halfen Dr. Goodridge gerade nach einem ziemlich üblen Sturz auf, als wir den Hubschrauber hörten. Wir kamen zu spät, um sie noch aufzuhalten. Erst als er sich nach fünfzehn Minuten meldete, erfuhren wir, dass John mit an Bord war. Er meinte, der König wollte nicht auf den Piloten warten und habe ursprünglich allein fliegen wollen.« Sir Don schüttelt den Kopf.

Ich wusste es. Ich wusste, dass John versucht hatte, ihn zurückzuhalten. Ich fühle Reue, die mir den Hals zuschnürt. Mein Vater handelte überstürzt, was ihm gar nicht ähnlichsah. Aber warum? Ich werde nie vergessen, dass ich für seinen und Johns Tod verantwortlich bin, doch wieso hat er keine seiner zahlreichen Möglichkeiten ausgeschöpft, mich zu finden? Sich mit mir auseinanderzusetzen. Habe ich ihn dazu gebracht, seine Vernunft außer Acht zu lassen? Ja. Ja, das habe ich. Und ich tötete meinen Bruder gleich mit. Ich komme um den Gedanken nicht herum, dass John mich im Tod noch mehr verabscheuen muss, als er mich zu Lebzeiten ohnehin schon verachtet hat.

Sir Don räuspert sich und holt mich damit zurück in diesen Raum. »Ich glaube, ein Statement wird derzeit zu den Ermittlungen vorbereitet. Die Öffentlichkeit möchte erfahren, was passiert ist.«

Ich gerate ein wenig in Panik. Wird in diesem Statement auch erwähnt werden, wieso der König in solcher Eile war? Natürlich nicht. »Und wie wird das Statement lauten?«, frage ich zögernd.

»Ich glaube, der König missachtete das Protokoll, weil er in Sorge war, nachdem er von einem Zusammenbruch der Königin erfahren hatte. Ergebnis von Stress infolge des Vorfalls mit Prinz Edward, nehme ich an.«

Ich starre ihn benommen an. Noch mehr Blendwerk. Lügen, um uns zu schützen.

»Ich werde Ihnen das Statement zur Durchsicht und Genehmigung vorlegen, Ma'am«, sagt Sir Don.

Ich empfinde tiefe Scham. »Ich glaube, das Statement bedarf meiner Genehmigung nicht«, murmele ich.

Ein scharfes Nicken, dann widmet er sich wieder seinem Kalender, als wäre ihm nicht klar, wer für den Tod meines Vaters verantwortlich ist. Als wäre es ganz normal, Skandale zu vertuschen. Für ihn ist es natürlich vollkommen normal.

»Nun zu den Mitarbeitern.«

Mitarbeiter? Mir gefällt nicht, worauf diese Unterhaltung hinauszulaufen scheint. »Was ist damit …?« Ich werde vom Klingeln meines Telefons unterbrochen. Als ich sehe, wer mich da anruft, nehme ich es rasch vom Schreibtisch. Ich hoffe nur, dass Sir Don den Namen nicht gelesen hat. Sollte er auch nur den Hauch eines Verdachts schöpfen, dass ich Josh gesehen habe, wird wer weiß was unternommen werden, um ihn von mir fernzuhalten. Ich drücke den Anruf weg und richte um Fassung ringend meine Aufmerksamkeit wieder auf Sir Don. Ich bin mir nicht sicher, ob seine Miene Neugier verrät oder ob ich paranoid werde. »Was ist mit den Mitarbeitern?«

Die Augen auf meine Hand gerichtet, die das Telefon umklammert hält, erklärt er: »Sie werden vom verstorbenen König …«

Diesmal wird Sir Don vom Klingeln meines Handys unterbrochen. Ich umklammere es fester, um es zum Schweigen zu bringen.

»Muss Euer Majestät dieses Gespräch entgegennehmen?«, erkundigt er sich, jetzt schwingt deutlich Interesse mit.

»Ich bin in einer Besprechung.« Ich drücke den Anruf erneut weg und frage mich, warum er mich ausgerechnet anrufen muss, wenn ich mit Sir Don zusammensitze. Ich wusste, dass er heute nach London zurückfliegen würde; er hat es mir geschrieben. Genau genommen hat er mir jeden Tag geschrieben. Und jedes Mal nahm ich mir vor, nicht zu antworten, nicht zu reagieren – und habe es nicht geschafft. Die Chance, diese Fluchtmöglichkeit zu nutzen, die er für mich bedeutet, ist einfach unwiderstehlich. Meine Gefühle zu ignorieren, ist noch härter. »Fahren Sie fort.« Ich tue das Sicherste, indem ich mein Telefon ausschalte und es auf den Schreibtisch lege.

»Selbstverständlich.« Er sammelt sich und schaut wieder in seinen Terminkalender. »Ihre Mitarbeiter werden auf andere königliche Haushalte verteilt. Einige bleiben natürlich in Kellington. Das hängt davon ab, ob Seine Durchlaucht Prinz Edward weiterhin in Kellington residieren wird.«

Er blättert die Seite um und plappert weiter, während ich ihn anstarre.

»Die königlichen Gemächer werden einer gründlichen Renovierung unterzogen, um die Residenz für Euer Majestät hier in Claringdon vorzubereiten. Ein Mitarbeiter-Meeting wurde anberaumt, damit Sie …«

»Ich werde nicht in Claringdon wohnen.« Ich unterbreche Sir Don ohne Entschuldigung. Er sieht verblüfft auf. »Ich werde außerdem mein Personal behalten. Mutter wird auf unbestimmte Zeit in den königlichen Gemächern wohnen. Was Edward betrifft, so wird er definitiv in Kellington bleiben und sich weiterhin das Personal mit mir teilen.«

Sir Don beugt sich vor und wirkt äußerst besorgt. »Ma'am, Claringdon Palace ist das Zuhause des britischen Monarchen.«

»*War* das Zuhause des britischen Monarchen. Das ist jetzt Kellington Palace.« Soll er es wagen, mir zu widersprechen …

»Ihr Personal …«

»Ist mein Personal und wird es bleiben.«

»Ma'am, verzeihen Sie, aber das königliche Hauspersonal hier im Claringdon Palace ist dafür ausgebildet und hat Erfahrung damit, dem Staatsoberhaupt zu dienen.«

»Die dürfen weiterhin meiner Mutter dienen, da sie hier leben wird.«

»Kellington ist nicht ausgestattet für das zusätzliche Personal, das Sie als Königin benötigen, Euer Majestät. Einige Mitglieder des königlichen Haushalts müssen Sie ohne jede Frage übernehmen. Sollten Sie einige von ihnen versetzen, wird die Moral ernstlich sinken, denn diese Mitarbeiterinnen und Mitarbeiter werden sich degradiert fühlen.«

»Niemand kann mir besser dienen als meine derzeitigen Mitarbeiterinnen und Mitarbeiter. Die kennen mich. Schon allein deshalb sind sie qualifizierter. Und falls sie Ihren Erwartungen nicht entsprechen, werden wir es ihnen beibringen.« Wenn ich schon diese Macht habe, werde ich sie zumindest dafür nutzen, dass ein paar Dinge bleiben, wie sie sind. Und ich brauche mein Personal. Die werden Jenny durch jemanden ersetzen, der mich aussehen lässt wie eine mittelalte Trantüte. Das lasse ich nicht zu. Und Damon? Niemals. Er bleibt. Sie bleiben alle. »Damon wird der Sicherheitschef der Königin. Jenny wird meine oberste Stylistin und Hofdame, ebenso Olive. Kim wird mir weiterhin als Privatsekretärin dienen.«

»Bei allem gebührenden Respekt, Ma'am, aber Ihre Privatsekretärin ist weit davon entfernt, für einen derartigen Posten ausgebildet zu sein. Bitte, ich muss darauf bestehen.«

»Davenport war der Privatsekretär meines Vaters, doch den kann ich nicht bekommen, weil er nicht mehr in königlichen Diensten steht«, erinnere ich ihn. *Weil Sie ihn mit Drohungen und der ernsten Erinnerung an seinen Blutschwur vertrieben haben.*

Sir Don, offensichtlich um Fassung bemüht angesichts meiner Weigerung, klopft mit dem Stift auf seinen Terminkalender. »Ich glaube nicht, dass Major Davenport je zum vollen Einsatz kam.«

Daran hege ich nicht den geringsten Zweifel. Davenport schien stets an der Seite des Königs zu sein. Doch nach allem, was ich inzwischen weiß, muss das ein Schachzug meines Vaters gewesen sein, um seinen Feind in der Nähe zu haben. Jeder weiß, dass Sir Don die Rolle des Beraters innehatte, obwohl Davenport der qualifiziertere von beiden war. Schließlich diente der schon meinem Großvater, bevor er meinem Vater diente.

»Ich glaube, Major Davenport erhielt nie die Gelegenheit, sein ganzes Potenzial zu entfalten.« Ich neige den Kopf zur Seite in stiller Kenntnis dessen, was wir alle wissen, worüber wir jedoch nicht sprechen. Ich hatte nie viel Zeit für den alten pedantischen Major, aber seine Treue zu meinem Vater war unerschütterlich. Trotz seiner persönlichen Qualen war er stets hier und befolgte die barschen Befehle. Ja, er blieb unterfordert. Ich hätte nie gedacht, dass mir der Mann mal leidtun würde, der, wie ich inzwischen weiß, im Mittelpunkt eines der größten royalen Skandale der Geschichte stand. Doch so ist es. Er tut mir schrecklich leid.

Er war ein sehr guter Bediensteter, und jetzt vermute ich, dass mein Vater ihn auch deshalb in seiner Position belassen hat, um keine Fragen aufzurühren. Der König und der Major waren beste Freunde. Jeder wusste das. Mein Vater war ein stolzer Mann. Er hätte nicht gewollt, dass die schmutzige Affäre zwischen meiner Mutter und Davenport herauskommt. Aber zumindest eine Person musste es gewusst haben. Jemand musste die Briefe der Liebenden verstecken. Und dieser Jemand war Sir Don. »Wir alle wissen, dass der Major mehr als qualifiziert war, dem König in allen Belangen als Berater zu dienen.« In einem rebellischen Anfall verlange ich: »Major Davenport wird wieder eingesetzt, er wird mir zusammen mit Kim als Privatsekretär dienen. Die zwei werden gut zusammenarbeiten, in meinem besten Interesse.«

Fassungslos starrt mich Sir Don an. »Verzeihung?«

»Ich glaube, Ihr Gehör funktioniert perfekt.«

»Und was wird aus mir?«

»Sie werden Ihre Position als Lord Chamberlain behalten und den Pflichten dieses Postens nachkommen.« Ich stehe auf. Ende des Meetings.

»Wie Sie wünschen, Euer Majestät.« Sir Don erhebt sich aus seinem Sessel und nickt freundlich, obwohl er mir alles andere als freundlich gesinnt sein dürfte.

»Ich danke Ihnen, Sir Don.« Ich umrunde den Schreibtisch und gehe mit einem letzten Blick auf das Porträt dieser seltsamen Frau zur Tür. »Und bitte entfernen Sie dieses Ding.«

Ich schließe die Tür hinter mir und lehne mich an den Türrahmen, zutiefst erschöpft davon, mich behauptet zu haben. Gleichzeitig bin ich sehr stolz auf mich. »Nimm das, du mieser alter Bastard«, murmele ich und gehe über die Galerie zur Treppe, wobei ich mein Telefon wieder einschalte. Endlos viele entgangene Anrufe werden auf dem Display angezeigt, und noch ehe ich darüber nachdenken kann, ob ich zurückrufe oder nicht, klingelt es erneut. Eine rasche Überprüfung meiner Umgebung ergibt, dass ich allein bin, also husche ich ans große Fenster und melde mich. Ich fühle mich nicht allzu schlecht wegen meiner mangelnden Zurückhaltung. Nach dieser beängstigenden Woche brauche ich etwas, was mich aufbaut, und das tut Josh immer. »Hallo«, flüstere ich und beherrsche mich nur mühsam, nicht den Kopf an die Scheibe zu lehnen, um Halt zu finden.

»Geh ans Telefon, wenn ich dich anrufe, verdammt noch mal.«

Er ist gereizt, was seinen Südstaatenakzent verstärkt, und ich muss grinsen, ob es nun richtig ist oder nicht. Denn kaum höre ich seine Worte, ist die vergangene Woche vergessen. Egal, was er sagt, Hauptsache, es sind Worte von ihm.

»Ich bin eine viel beschäftigte Frau, weißt du das nicht?«

»Oh, das weiß ich, aber mir wäre es lieber, du wärst beschäftigt mit mir.«

Ich lächle. »Wow, Josh, du bist ja fordernder als mein Königreich.«

»Triff dich mit mir.«

Es ist keine Bitte, und prompt schwindet meine gute Stimmung, und ich werde traurig. Sein Wunsch ist ganz simpel und doch äußerst kompliziert zu erfüllen.

»Wie?«

»Ich weiß nicht. Du bist die Königin von England, verdammt. Richte es ein.«

»Josh, ich …«

»Willst du mich sehen?«

Das ist eine alberne Frage. »Selbstverständlich, aber …« Aber was? Im Stillen lache ich über meine unausgesprochene Frage. Aber *alles*. »Man hat dich gewarnt und dich aufgefordert, dich von mir fernzuhalten.«

»Ich habe dir gesagt, was die mit ihren Warnungen machen können. Wer warnt mich überhaupt?«

Ich überlege einen Moment und werfe einen Blick über die Schulter, als ich eine Tür höre. Sir Don verlässt das Büro meines Vaters und geht in die andere Richtung davon. Er sieht mich nicht am Fenster stehen. »Die Institution«, antworte ich. »Die Dinosaurier, die die Monarchie seit Jahrzehnten schützen. Diejenigen, die ihr Leben der königlichen Familie geweiht haben. Und vermutlich auch ein paar Politiker.«

»Du musst deine Leute unter Kontrolle bekommen«, erwidert Josh, und ich verdrehe die Augen.

»Hast du es denn immer noch nicht begriffen?«, wiederhole ich dieselben Worte, die meine Mutter einmal an mich richtete, als sie versuchte, mich wegen der Forderungen meines Vaters zu besänftigen. »Mein Titel symbolisiert Status, nicht Macht.«

»Das ist Bullshit.«

Ich drehe mich um, da ich näher kommende Schritte höre, und entdecke Damon auf der anderen Seite der Galerie. Er bewegt den Daumen zwischen rauf und runter. Ich zeige ihm kurz lächelnd den erhobenen Daumen, dann signalisiere ich ihm mit einem Finger, dass ich in einer Minute bei ihm sein werde. »Ich muss Schluss machen.«

»Ich bin im Hotel Café Royal. In der Royal Suite.«

Er legt auf, und ich glotze blöd das Handy an. Die Royal Suite? Nachdenklich tippe ich mir mit dem Telefon ans Kinn. Dieser Schuft. Ich kann ja schlecht einfach in das Hotel in der Regent Street marschieren. Was denkt sich dieser Narr? Ich rufe ihn zurück und hole schon mal Luft, um ihm genau das zu sagen, aber er kommt mir zuvor.

»Die Royal Suite«, wiederholt er und legt erneut auf.

»Tja, dann«, sage ich verärgert und gekränkt von seiner Grobheit. Doch dann grinse ich, denn ist es nicht das, was ich sofort an ihm geliebt habe? Dass es ihm völlig egal ist, wer ich bin. Oder war. Denn natürlich bin ich jetzt jemand anderes und noch weniger erreichbar.

Und noch immer schert es ihn nicht.

Mein Lächeln wird breiter, erstirbt jedoch gleich wieder, denn es ist vollkommen unmöglich, ihn zu sehen.

»Ma'am?« Damon ist neben mir aufgetaucht. »Soll ich fragen?«

»Definitiv nicht.« Ich seufze und drehe das Telefon in meiner Hand um. »Bitte bringen Sie mich zurück nach Kellington. Ich habe vorerst genug von diesem Ort.«

Gemeinsam gehen wir zur Treppe, werden auf der ersten Stufe jedoch von Sir Don aufgehalten.

»Ma'am.«

»Was gibt es denn, Sir Don?«

»Ich habe eben mit Major Davenport telefoniert. Ich fürchte, er hat Ihr Angebot abgelehnt.«

Das überrascht mich, andererseits auch nicht. Ich wette, Sir Don hat ihm das Angebot nicht gerade ermutigend oder gar freundlich unterbreitet. »Na schön«, entgegne ich beiläufig und gehe die Treppe hinunter ins Foyer.

Damon ist mir sofort wieder auf den Fersen. »Darf ich fragen, welchen Job?«

»Dürfen Sie.« Ich werfe ihm lächelnd einen kurzen Blick zu.

»Welcher Job?«

»Privatsekretär der Königin.«

Damon ist nicht der Typ, der eine sichtbare Reaktion zeigt, aber diesmal kann er sie nicht verbergen. »Darf ich fragen weshalb?«

»Sie dürfen«, antworte ich lächelnd.

»Weshalb?«

»Weil, so ungern ich Sir Don auch recht gebe, Kim nicht ausreichend qualifiziert ist. Davenport dagegen hat seine Fähigkeiten in Diensten meines Vaters nie entfalten können, wir kennen beide den Grund dafür.«

Damon schnaubt zustimmend und hält mir die Tür im Foyer auf. »Allerdings.« Er blickt zurück zur Treppe. »Ich wurde höflich ermahnt, den Mund zu halten.«

»Sie auch?« Wieder einmal frage ich mich, wieso mich das überrascht. Jeder hier, der von einem solchen Skandal weiß, wird gewarnt. »Von wem?« Ich folge seiner Blickrichtung und sehe Sir

Don ebenfalls die Treppe herunterkommen. »Er hat gerade versucht, mein gesamtes Personal zu versetzen«, flüstere ich.

»Überrascht mich nicht. Ich wusste, dass ich mich im Todestrakt befinde. Wie lange habe ich Sie noch?«

»Sie haben mir nicht zugehört. Ich sagte, er hat es *versucht.*« Ich gehe zum Wagen. »Ich habe ihm gesagt, er kann mich.«

Damon lacht und hält mir die Wagentür auf. »Dann habe ich Sie also weiter am Hals?«

»Ich fürchte, ja«, bestätige ich frech grinsend. »Damon, ich möchte wohin. Fahren Sie mich?«

Er ist sofort alarmiert. »Wohin möchten Sie denn, Ma'am?«

Ich antworte nicht, sondern rufe jemanden an, der mir die Adresse geben kann. Felix klingt geschockt, von mir zu hören.

»Euer Majestät?«

»Ja. Bitte schicken Sie mir unverzüglich Major Davenports Adresse.«

Damon wirft die Tür zu.

»Selbstverständlich, Ma'am.«

Ich lächle und lege auf, während Damon es sich hinter dem Lenkrad bequem macht. Das war viel einfacher, als ich gedacht habe. Sobald die Adresse eingetroffen ist, gebe ich Damon mein Handy, damit er einen Blick auf das Display werfen kann. Er verdreht die Augen, startet den Motor und fährt los.

»Bitte erläutern Sie mir Ihre Logik«, sagt er und winkt der Torwache, ehe er prüft, ob die voraus- und hinterherfahrenden Wagen bereit sind. »Wollen Sie Major Davenport wirklich als Ihren Privatsekretär?«

Ich lehne mich zurück und schaue aus dem Fenster. »Etwas sagt mir, dass er der beste Mann für den Job ist.« Ich kann es nicht erklären. Ich könnte jeden auswählen, meine rechte Hand zu werden, aber aus irgendeinem Grund will ich ihn. Ich muss ihn nur noch überzeugen. Auch wenn es fragwürdig ist, glaube ich, dass eine von Herzen vorgetragene Bitte funktionieren wird. Der Major hat sich nie gebraucht gefühlt, und wenn ich meine Mutter als Druckmittel einsetzen muss, werde ich es tun.

Er liebt sie. Und ich weiß, dass sie ihn liebt.

Zwei Menschen, die einander lieben, sollten zusammen sein. Selbst wenn es heimlich geschehen muss, damit sie nicht öffentlich gehäutet werden.

Plötzlich sehe ich alles ganz klar. Geheimnisse. Lügen. Die Royals wurden schon immer geschützt durch Blendwerk.

Warum diese lebenslange Gewohnheit ändern? Ich kann meine Mutter weiterhin schützen, und sie kann Davenport haben. Denn er wird für mich arbeiten.

Vielleicht werde ich am Ende doch noch eine gute Königin sein.

5

Das Gebäude mit der weißen Stuckfassade ist wunderschön, aber auch bescheiden. In all den Jahren, in denen ich Major Davenport kannte, habe ich mich nie gefragt, wo er lebt. Jetzt betrachte ich sein Zuhause, das ich mir so nie und nimmer vorgestellt hätte. Es ist hübsch und malerisch. Ganz anders als Davenport. Ich schaue die schmale kopfsteingepflasterte Straße entlang, auf der ich stehe und die nun von Autos zugestellt ist. Meinen Fahrzeugen. Damon wirkt unruhig neben mir, seine Blicke tasten jeden Quadratzentimeter der Umgebung ab. Es macht ihn nervös, dass ich mir in Ruhe ansehe, was vor mir liegt. Vielleicht tue ich das auch, um meinen Mut zu sammeln.

»Na gut.« Ich betrete den gepflasterten Weg im winzigen Vorgarten und betätige den glänzenden goldenen Türklopfer. Dann trete ich zurück und straffe die Schultern. Lange Sekunden vergehen, ich spähe durch das Fenster rechts von mir, kann wegen der Gardine jedoch nicht hineinsehen. »Ich glaube nicht, dass er zu Hause ist«, sage ich und blicke zum ersten Stock hinauf.

»Dann sollten wir fahren, bevor Sie Aufmerksamkeit erregen.«

»Entspannen Sie sich, Damon«, erwidere ich und schaue seufzend die Straße entlang. »Hier ist doch nichts los.« Ich höre etwas hinter der Tür, Gemurmel mit einer griesgrämigen, ernsten Stimme, die ich kenne.

»Bleib«, befiehlt Davenport und öffnet die Tür, wobei er sich zu einem Hund hinunterbeugt, um ihn am Halsband festzuhalten. Wir scheinen beide überrascht zu sein.

»Euer Majestät?«

Jahre in unseren Diensten veranlassen ihn, genau wie Damon prüfend die Straße in Augenschein zu nehmen.

Ich lächle ein wenig nervös. »Guten Tag, Major.« Der Hund versucht sich loszureißen und windet sich, und schließlich gelingt es ihm. Er kommt direkt auf mich zu. »Verdammt!« Ich weiche zurück und fühle Damons Hand auf meinem Rücken, genau in dem Moment, als der Hund springt. Seine großen Pfoten landen auf meinen Oberschenkeln, und er wedelt wie wild mit dem Schwanz.

»Cathy!« Davenport kommt auf den Gehweg gestapft, schnappt sich den Hund und bringt ihn zurück zum Haus. »Du bist eine Schande.«

Ich stehe geschockt da, aber nicht, weil mich gerade ein Hund angesprungen hat. »Cathy?«, frage ich, und Davenport verharrt an der Tür. Er hat den Hund nach meiner Mutter benannt?

Er richtet sich auf und dreht sich, mein Sicherheitsteam musternd, zu mir um. »Kommen Sie mal lieber rein, bevor ganz London erfährt, dass Sie hier sind, und Scharen von Reportern vor meiner Tür auftauchen.« Er gibt den Weg frei. »Alle passen nicht in mein Haus.«

Das ist wahrscheinlich gut, denn dann kann niemand hören, was ich zu sagen habe. Ich nicke Damon kurz zu und betrete Davenports kleines Häuschen. »Danke.«

»Das Wohnzimmer liegt zu Ihrer Rechten.« Er schließt die Tür und folgt mir in das bezaubernde Zimmer, wo zwei alte Ledersofas praktisch den gesamten Platz beanspruchen. »Möchten Sie Tee?«

»Das wäre reizend.« Ich setze mich auf die Kante des einen Sofas und lege die Hände in den Schoß, Davenport verlässt den Raum. Kurz darauf höre ich Geschirr klappern und Schranktüren, die geöffnet und wieder geschlossen werden. Nur wenige Minuten später kehrt er mit einem Tablett zurück. Während ich ihm beim Servieren zuschaue, überlege ich, was ich zu ihm sagen, wie ich die Unterhaltung beginnen soll. Gleichzeitig staune ich darüber, wie viel weniger einschüchternd er wirkt, wenn er nicht in einen formellen Anzug gekleidet ist. Seine Hose ist noch ziemlich formell, aber der Pullover ist es nicht. »Danke.« Ich lächle, als er mir eine Tasse auf einer Untertasse reicht. »Wie geht es Ihnen, Major?« Das scheint ein angemessener Anfang zu sein.

»Ausgezeichnet, Ma'am.«

Das war's. Das ist alles, was er sagt, noch dazu eher aus Gewohnheit und nicht, weil es der Wahrheit entspricht. Er sieht alt aus heute. Müde. Seine Frisur ist nach wie vor perfekt, genau wie sein Schnurrbart, aber …

Ich suche nach einer anderen Eröffnung für ein Gespräch, um das sonst unweigerlich aufkommende peinliche Schweigen zu umgehen. »Ich wusste gar nicht, dass Sie einen Hund haben.« Ich betrachte das flauschige Tier, dessen Aufgeregtheit über die Besucherin sich gelegt hat und das nun zusammengerollt in seinem Korb vor dem Feuer liegt. Der Major arbeitete zu unchristlichen Zeiten, nicht gerade ideal, wenn man einen Hund hat. »Wer hat sich um ihn gekümmert, wenn Sie bei der Arbeit waren?«

»Ich habe sie noch nicht lange«, antwortet er, in seinem Tee rührend. »Ein wenig Gesellschaft im Ruhestand kann nicht schaden.«

Unwillkürlich drücke ich den Henkel meiner Tasse. Er hat den Hund erst seit Kurzem und hat ihn Cathy genannt. »Bestimmt.« Ich trinke einen kleinen Schluck, und das verlegene Schweigen, das ich zu vermeiden suchte, tritt ein.

Bis Davenport es beendet. »Verzeihen Sie, Ma'am, aber warum sind Sie hier?«

Seufzend stelle ich meine Tasse auf den Holztisch vor mir. »Sie haben mein Angebot, Sie wieder einzustellen, abgelehnt.«

»Das ist korrekt«, bestätigt er knapp.

»Aber warum?«

»Ich bin ein alter Mann. Es kommt die Zeit, da muss man sich geschlagen geben.«

Mir bricht das Herz, denn er spricht offenbar nicht nur davon, dass er zu alt für den Job ist, sondern zu alt für den Kampf um meine Mutter. »Sie wurden aus dem Posten hinausgedrängt. Sie haben nicht freiwillig kapituliert, es blieb Ihnen keine andere Wahl.«

Major Davenport hebt die Brauen und sieht mich über den Rand seiner Tasse an. »Und warum beschäftigt Sie das?«

Oja, ich liege richtig. »Major, Sie müssen nicht so kurz angebunden sein«, erkläre ich forsch. »Ich weiß, dass das alles nur Fassade ist. Ich muss Sie wohl nicht darauf aufmerksam machen, mit wem Sie reden.« Ich nehme meine Tasse samt Untertasse, damit ich nicht nervös mit den Fingern im Schoß spiele. Er kann seine Überraschung nicht verbergen, ebenso wenig wie sein ironisches Lächeln. »Ich habe Ihnen einen Job angeboten. Ich möchte, dass Sie ihn annehmen.«

Davenport lehnt sich im Sessel zurück, schlägt ein Bein über das andere und sieht plötzlich ganz aus wie der strenge, selbstherrliche Major, als den ich ihn stets wahrgenommen habe. Ich hätte nie gedacht, dass ich über diesen Anblick mal erfreut sein würde.

»Euer Majestät«, sagt er, die Hände auf den Armlehnen seines Sessels. »Bei allem gebührenden Respekt, Sie können mich nicht in eine Anstellung zwingen.«

Ich sehe ihn trotzig an, meine Zähne schmerzen schon, weil ich sie so fest zusammenbeiße. »Was zur Hölle kann ich denn dann tun als Königin? Bis jetzt erkenne ich da nämlich nicht die geringsten Vorteile.«

Sein Grinsen wird breiter, das besänftigt mich gleich.

»Ich sehe Schwäche«, stellt er fest. »Zeigen Sie niemals Schwäche, sonst wird man Sie bei lebendigem Leibe häuten. Das ist Ihre erste Lektion. Führen Sie mit Durchsetzungsvermögen und mit Herz, aber betrachten Sie Ihren Titel lediglich als Privileg. Sie dürfen sich keine Meinung erlauben. Eine Meinung macht Sie angreifbar für Kritik, und Sie dürfen nicht kritisiert werden. Wenn Sie bei öffentlichen Anlässen lächeln oder ernst dreinschauen, wird man es analysieren. Hat es ihr gefallen? Hat es ihr missfallen? Drückt sie mit ihrer Miene ihre Meinung aus? Ganz gleich, ob Sie mit Ihrem Kabinett nicht einverstanden sind, aufhalten werden Sie es nicht können. Sie können höchstens warnen und Rat geben. Vorschreiben können Sie nichts. Die besten Herrscher hören zu. Sie behalten ihre politische Meinung für sich. Sie beobachten. Die königliche Familie ist eine Institution, Ma'am. Eine, die rund um den Globus geliebt und beneidet wird. Ihre Aufgabe besteht zuallererst darin, den Status der Monarchie zu sichern. Ein nationaler Schatz zu sein. Es liegt schon viele Jahre zurück, dass die Königin oder der König Macht ausgeübt haben.«

Er sieht mir unverwandt in die Augen, und ich bin mir ziemlich sicher, dass er mein perplexes Schweigen genießt.

»Das war Lektion Nummer zwei von …« Er wedelt mit der Hand. »… wer weiß wie vielen. Ihr Vater tat sich schwer mit dem Konzept der konstitutionellen Monarchie. Er tat sich ebenfalls schwer damit, die Liebe seines Landes zu gewinnen. Der Konflikt zwischen der Pflicht als Vater und Ehemann und der eines Königs hat ihm stark zugesetzt. Er verstand es nicht, allen drei Rollen gerecht zu werden.«

Ich schweige in der Hoffnung auf mehr, doch Davenports Miene entnehme ich, dass er glaubt, schon zu viel gesagt zu haben. »Und so fiel Ihnen meine Mutter in die Arme«, sage ich leise.

»Er war noch nicht König, als Ihre Mutter und ich uns verliebten. Er war ein Prinz, der auf die Herrschaft vorbereitet wurde. Er war knapp neunzehn, als er Ihre Mutter heiratete, die ihrerseits knapp achtzehn Jahre alt war. Fast noch Kinder. John kam in jenem Jahr zur Welt, der Sohn, auf den Ihr Vater so gehofft hatte. Das sicherte seine Zukunft. Ihre Mutter hatte das Gefühl, ihre Pflicht getan zu haben. Ihr Vater trieb sich in der Weltgeschichte herum in königlichen Belangen, und Geschichten seiner Affären erreichten England. Ich war der Privatsekretär Ihres Großvaters, ehe ich der Ihres Vaters wurde, wie Sie ja wissen, und es war traurig mit anzusehen, wie die wunderschöne spanische Prinzessin sich jeden Tag weiter in ihr Schneckenhaus zurückzog.« Davenport sieht nachdenklich aus dem Fenster. »Eines Abends fand ich sie in der Bibliothek. Sie forschte über britische Geschichte und besserte ihre Sprachkenntnisse auf. Sie wollte Ihrem Vater wirklich in jeder Hinsicht genügen.« Er richtet den Blick wieder auf mich und räuspert sich. »Ich nehme an, Sie können sich das Ergebnis unseres Zusammentreffens denken.«

»Liebe?«, frage ich und zum ersten Mal seit meiner Ankunft bin ich entspannt. Nichts von alldem habe ich erwartet, doch ist es mir sehr willkommen, auch wenn er seine tief empfundene Geschichte in abgeklärtem Ton vorträgt.

Davenport seufzt und wendet sich ab, als könnte er selbst nicht glauben, dass er diese Dinge sagt, noch dazu mir, und kann es dennoch nicht lassen. »Sie fühlte sich gewollt. Und seien Sie versichert, sie war alles, was ich aufrichtig begehrte.«

Dann weiß er also, wie es sich anfühlt, etwas zutiefst zu wollen, ohne es je bekommen zu können. Ich habe keine Ahnung, weshalb ich das tröstlich finde.

»Ihr Vater kehrte 1983 aus dem Militärdienst zurück. Ich beendete meine Affäre mit Catherine. Die Konsequenzen wären drastisch gewesen, wäre unser Geheimnis entdeckt worden. Ihre Mutter wäre eine Verstoßene gewesen. Es genügt wohl zu sagen, dass sie mich dafür hasste. In einem Moment der Schwäche meinerseits gab ich ihrem Flehen um Trost nach. Prompt wurden wir erwischt. Die Briefe, die sie mir geschickt hatte, wurden entdeckt, und Edward wurde 1985 geboren. Ihr Vater wusste, dass das neue Baby nicht von ihm war. Aber sehen Sie, er wollte keine Unruhe. Auf keinen Fall wollte er seine Thronfolge gefährden. Er brauchte eine Frau, Kinder, eine stabile Familie. Ihr Großvater hielt strikt an Traditionen fest. Also schwieg Ihr Vater und behielt mich in seiner Nähe. Sie, Euer Majestät, waren das Sahnehäubchen auf seiner Rache.«

Ich starre ihn verblüfft an. »Wollen Sie damit sagen, ich war bloß ein Mittel zum Zweck?« *Hat er mich nie wirklich gewollt?*

»Als Ihr Großvater starb und Ihr Vater König wurde, entließ er mich nicht und akzeptierte auch meine Kündigung nicht. Ich hätte keine Pension erhalten. Man hätte auch dafür gesorgt, dass ich nirgendwo sonst eine Anstellung finde. Ihr Vater war ein rücksichtsloser und grausamer Mann, Adeline.«

»Man darf nicht schlecht von den Toten reden«, fahre ich ihn an, aber mehr aus Pflichtgefühl. Ich bin geschockt von all dem, was ich gehört habe.

»Ich bitte um Verzeihung.« Davenport verneigt sich beschämt.

Ich fühle mich betrogen und kann plötzlich nichts Gutes mehr von meinem Vater denken, weil es weggespült wurde von diesem Schmutz. Ich war für meinen Vater nichts weiter als ein Werkzeug. Ein *»Fuck you«* für Davenport und ein Zeichen für den Rest der Welt. Eine Demonstration der Einigkeit und eine Bestätigung, dass alles in bester Ordnung war. Seine Frau, seine Kinder, das alles war perfekt für den zukünftigen König. Weiteres Blendwerk. »Wie in aller Welt haben Sie und meine Mutter es all die Jahre ausgehalten, in der Gesellschaft des anderen zu sein? Wenn Sie sich wirklich liebten, wie konnten Sie sich voneinander fernhalten und …?« Ich verstumme, weil mir etwas klar wird. »Das haben Sie nicht.«

Er lacht, aber es schwingt Sarkasmus darin mit. »Adeline, Ihr Vater hat mich praktisch Tag und Nacht an seine Seite gefesselt. Wenn er nicht mit mir zusammen war, dann mit Ihrer Mutter. Er wusste an jedem Moment des Tages, wo sie sich aufhielt. Dafür sorgte er.«

Mutter hat recht. Mein Vater war ein grausamer Mann. Er wollte sie beide leiden sehen. »Und warum hielten Sie sich nicht mit meinem Vater in Evernmore auf, als ich von dort floh?«

»Der Schock über das Attentat auf Edward. Es traf mich hart.«

Ich fühle mit ihm. »Das ist alles zu viel.« Überwältigt vom Ausmaß der Lügen, die mein Leben überschatten, stehe ich auf. Ich will gerade gehen, als mir noch etwas einfällt. Obwohl ich glaube, die Antwort zu kennen, frage ich dennoch. »Haben Sie mit Edward gesprochen?«

»Ich bezweifle, dass er mit mir sprechen möchte, Ma'am.«

»Sie haben es versucht?«

»Nein. Es ist klüger von mir, ihm den ersten Schritt zu überlassen.«

»Und meine Mutter?«

»Es gehört nicht zu meinen Gepflogenheiten, eine trauernde Frau zu behelligen, Euer Majestät. Ich kenne meine Position. Sie müssen mich nicht warnen.«

»Ich warne Sie nicht, Major.« Ich gehe zur Tür, Davenport folgt mir. »Warum sollte ich Ihnen einen Job anbieten, wenn ich Sie von meiner Mutter fernhalten wollte?« Ich blicke über die Schulter und sehe seinen überraschten Gesichtsausdruck. »Ich möchte, dass Sie mein Angebot überdenken. Ich glaube, Sie haben der Monarchie nach wie vor viel zu geben.«

»Sehr freundlich von Ihnen, Ma'am, aber ich habe jetzt anderweitige Verpflichtungen.«

An der Tür halte ich inne und drehe mich um. Davenport sieht lächelnd seinen Hund an. »Oh.« Cathy läuft ein paarmal um meine Beine, bevor sie sich ihrem Herrn wieder zu Füßen setzt. »Sie kann mitkommen.«

»Pardon?«

»Sie können sie mit zur Arbeit nehmen.« Ich warte nicht darauf, dass er ablehnt. »Ich sehe Sie dann morgen Punkt neun.« Ich gehe auf die offene Tür meines Wagens zu und lasse einen vermutlich verblüfften Davenport zurück.

»Wie ist es gelaufen?«, erkundigt Damon sich, als ich einsteige.

»Erhellend.« Mehr sage ich nicht. Ich dachte immer, mein Vater sei ein Tyrann, aber Grausamkeit stand nicht auf meiner langen Liste seines Fehlverhaltens. Jetzt schon, obwohl man sich fragen muss, ob das gerechtfertigt ist. Wie dem auch sei, die Bitterkeit gegenüber meiner Mutter wegen ihrer Untreue rechtfertigte jedenfalls nicht seine Strenge gegen mich. Oder war es am Ende doch das Handeln eines Mannes, der nur das Beste für seine Tochter wollte? Oder er sah mich jeden Tag an und wurde daran erinnert, dass ich aus purem Trotz gezeugt wurde. Dass er mich nie gewollt hatte. Je mehr ich grüble, desto mehr scheint sich die Antwort auf eine Frage aufzudrängen, die ich tief in mir vergraben fühlte. Nun weiß ich es. Ich war *nicht gewollt*. Ich war bloß ein weiterer Plan, um einen anderen Mann grausam zu quälen.

Ich berühre meine Stirn, um den Schmerz zu vertreiben. Ich zweifle an meiner Fähigkeit, diesen Job zu machen, auch ohne das zusätzliche Handicap meiner Daddy-Probleme.

»Zurück nach Kellington, Ma'am?«, fragt Damon, der den Wagen vor uns folgt, als diese losfahren.

Zurück nach Kellington? Was erwartet mich dort? Sir Don mit weiterem offiziellen Unsinn, der mir das Hirn martert? Kim mit endlosen Presseverlautbarungen, die ich alle absegnen muss? Stapelweise Einladungen, die ich entweder annehmen oder ablehnen muss? »Ich glaube, ich möchte einfach, dass Sie fahren«, antworte ich und fühle mich gefangen in diesem Wagen, der andererseits die einzige Chance ist, meiner lächerlichen Welt zu entfliehen. Meine andere Möglichkeit ist nicht verfügbar, das führt zu noch mehr Niedergeschlagenheit.

Obwohl er nicht erfreut ist über meine Bitte, teilt Damon über den Knopf in seinem Ohr den anderen Sicherheitsleuten mit, dass wir ein bisschen herumfahren. Ich lächle, als er kurz angebunden reagiert auf wen auch immer am anderen Ende der Leitung.

»Ihre Majestät wünscht zu fahren, also werden wir das tun.«

Und so fahren wir. Eine Stunde bin ich auf einer kleinen Spritztour durch London unterwegs. Der Konvoi weckt die Neugier von Passanten und anderen Autofahrern gleichermaßen. Trotz meiner Niedergeschlagenheit lächle ich, während ich beobachte, wie die Leute stehen bleiben und staunen. Offenbar fragen sie sich, wer eine derartig große Entourage benötigt. Wahrscheinlich die Königin persönlich, aber die würde ja nie einfach in der Stadt herumfahren, in der sie residiert. Natürlich nicht. Die Idee ist absurd. Ein wenig wie die Vorstellung, dass ich tatsächlich die Königin bin.

Ich gebe mich gerade melancholischen Gedanken hin, als der Wagen hält, daher schaue ich aus dem Fenster, um den Grund zu erfahren. Es gibt keine rote Ampel, kein Stau hindert uns daran, unsere Reise nach nirgendwo fortzusetzen. »Warum haben Sie angehalten, Damon?«

Damon dreht sich zu mir um. »Ich glaube, Sie brauchen eine kleine Aufmunterung.«

»Wartet ein Kühlschrank voller Champagner auf mich? Oder noch besser, eine Flasche Belvedere?«

»Nein, aber ein Amerikaner.«

Ich starre Damon an, als hätte er den Verstand verloren. »Was?«, hauche ich beinahe, mein Herz macht einen Satz. »Er ist hier?« Ich schaue erneut aus dem Fenster.

»Sie sind nicht die Einzige, die gut Sachen hinein- und hinausschmuggeln kann.« Er deutet mit dem Kopf zum Fenster auf der anderen Wagenseite.

Hastig rutsche ich rüber und blicke auf das Gebäude draußen. »Wo sind wir?«

»Vor dem Angestellteneingang des Café Royal.«

Mein Herz hämmert. *Josh.* Ich weiß, ich sollte das nicht tun. Ich sollte meine Zeit im Himmel nicht verlängern und dadurch nur den Schmerz vergrößern, wenn ich dann doch gehen muss. Aber ich kann nicht widerstehen, ich halte es vor Aufregung kaum aus, vor Nervosität und Vorfreude. Und ich könnte Damon küssen. Am liebsten würde ich aus dem Wagen springen und ins Hotel rennen. Ich muss jedoch geduldig sein, denn mich ungesehen in dieses Gebäude zu bringen, wird kein Kinderspiel. Damon kommuniziert mit seinem Team eine Weile über den Knopf in seinem Ohr, wobei er die ruhige Seitenstraße in Augenschein nimmt. Unterdessen wächst meine Ungeduld. Atemlos rutsche ich auf dem Sitz hin und her. »Ziehen Sie mir einfach eine Tüte über den Kopf«, schlage ich vor, was mir ein Kopfschütteln von Damon einbringt. Die Männer aus einem der Wagen steigen aus und verschwinden im Eingang. »Wohin gehen die?«

»Eine Strategie entwerfen.« Damon dreht sich um und hält mich mit strengem Blick zurück. »Tun Sie, was ich Ihnen sage. Keine Fragen.«

Ich nicke nur allzu bereitwillig.

»Und keine Übernachtung.«

Erneut nicke ich. Ich will ihn nur sehen und werde alles dafür tun. »Danke, Damon.«

»Ihretwegen werde ich noch gefeuert.«

»Ich habe Sie nicht darum gebeten, das für mich zu organisieren«, erinnere ich ihn. »Außerdem versucht man bereits, Sie zu versetzen. Ich habe es nicht zugelassen.« Diese Situation ist einer der Gründe dafür. Niemand sonst würde ein solches Risiko für mich auf sich nehmen. Niemand sonst kennt mich gut genug, um zu wissen, was ich brauche. Tatsächlich ist es niemandem wichtig genug, welche Bedürfnisse ich habe, seien sie emotionaler *oder* physischer Natur. Außer Damon. Und ihm ist klar, dass ich das hier wirklich brauche. Dringend.

»Das ist beruhigend.« Damon grinst. »Also, die Männer machen den Weg frei zu Jamesons Suite. Hoffen wir mal, dass es nicht zu heiklen Begegnungen mit Angestellten oder Gästen kommt.«

»Und falls doch?«

»Das wird nicht passieren.« Er steigt aus, knöpft sein Jackett zu und geht um den Wagen herum. Erst als ihm einer seiner Leute zunickt, öffnet er meine Tür, nicht ohne vorher noch einmal die

Straße entlangzuschauen. »Gehen Sie einfach geradeaus«, weist er mich an, er ist wie immer knapp hinter mir, eine Hand auf meinem Rücken. »Die Männer sind an verschiedenen Punkten des Weges postiert. Sobald ich meine Hand von Ihrem Rücken nehme, möchte ich, dass Sie stehen bleiben. Wenn ich sie wieder darauflege, können wir weitergehen.«

»Okay.« Wir eilen durch den Flur und durch die erste Tür. Kaum hat die sich hinter mir geschlossen, zieht Damon seine Hand weg, und ich bleibe unvermittelt stehen und sehe ihn an. Er hebt eine Hand ans Ohr, sein Blick ist wachsam.

»Alles klar?« Seine Hand landet wieder auf meinem Rücken, und ich laufe weiter, mein Magen schlägt Purzelbäume. Aufregung? Nervosität? Furcht?

Jedes Mitglied meines Security-Teams, an dem wir vorbeieilen, schließt sich uns an, einige gehen als zusätzliche Vorsichtsmaßnahme voraus. Als wir den Angestelltenlift erreichen, stoppe ich und wende mich lächelnd an Damon. »Wie spannend«, murmele ich, worauf einige der Männer ein Lachen unterdrücken. Damon hingegen beachtet mich gar nicht.

»In den Fahrstuhl«, befiehlt er, als die Türen sich öffnen, und ich stelle mich rasch in eine Ecke.

»Er befindet sich in der Royal Suite«, sage ich und schaue auf die Stockwerkanzeige.

»Ich weiß.« Damon drückt einen Knopf und stellt sich vor mich, um mich abzuschirmen. »Wenn sich die Türen öffnen, bevor wir seine Etage erreicht haben, bleiben Sie ganz still hinter mir, verstanden?«

»Verstanden«, bestätige ich und überprüfe zum ersten Mal mein Aussehen im Spiegel. Ich schiebe mein Haar über eine Schulter und streiche über meine geröteten Wangen.

»Sie sehen gut aus«, sagt Damon zu den Fahrstuhltüren, die Hände hat er vor sich gefaltet.

Ich schaue kurz aus dem Augenwinkel zu ihm, während ich meinen Lippenstift nachziehe.

»Nur gut? Gestern war ich noch die schönste Königin, die je gelebt hat.«

Weiteres leises Lachen seiner Männer und ein erneuter brüskierter Laut von Damon, der die Stockwerkanzeige im Auge behält.

»Sie haben offensichtlich letzte Nacht nicht viel Schlaf bekommen«, stellt er trocken fest.

Ich tue empört und pikse ihn in den Rücken. »Ich hätte zulassen sollen, dass man Sie versetzt.«

»Benehmen Sie sich, Euer Majestät. Sie lieben unsere kleinen Abenteuer zu sehr.«

»Oh, haha, witzig.« Der Lift ruckelt plötzlich, und mein Herz schlägt höher. Ich werde Josh sehen. Obwohl ich genau weiß, dass ich meine Situation nur verschlimmere, indem ich noch mehr an etwas hänge, was ich nicht haben kann, durchströmt mich ein sinnliches Gefühl. Er ist das einzige Licht in meiner dunkler werdenden Welt. Er ist der Einzige, bei dem ich Frieden finde.

Die Türen gleiten auf, und zwei Männer steigen aus, um den Gang zu überprüfen, dann geben sie Damon das Signal. Als ich den Fahrstuhl verlasse, sehe ich Männer in gleichmäßigen Abständen postiert. Ich werde zügig eskortiert, und sowie wir Joshs Tür erreichen, unentdeckt und unbehelligt, bin ich noch aufgeregter. Damon klopft vernehmlich, und ich höre eine Bewegung hinter der Holztür. Gespannt halte ich den Atem an.

Und atme enttäuscht wieder aus, denn es ist nicht Josh, der aufmacht. Das war natürlich zu erwarten, doch ich schaue an Bates, seinem Bodyguard, vorbei, und entdecke ihn nicht.

»Euer Majestät.« Bates grinst; offenbar findet er meinen neuen Status amüsant.

»Hallo.« Ich lächle und bewege mich mithilfe von Damons Hand vorwärts. Während Damon und seine alten Freunde sich begrüßen, schaue ich mich in der palastartigen Suite um. »Wo ist Josh?«

»Sein Interview mit *Hello* zieht sich ein bisschen hin, Ma'am.« Bates deutet auf eine geschlossene Tür. »Es wird sicher nicht mehr lange dauern.«

»Journalisten sind hier?«, frage ich.

»Keine Sorge, Sie sind sicher.« Bates zwinkert mir ziemlich unpassend zu, und ich reagiere mit einem skeptischen Blick, da bewegt sich auch schon die Klinke der geschlossenen Tür.

»Oh, Mist.« Bates sieht erschrocken zur Tür, Damon stößt ebenfalls ein paar deftige Flüche aus und baut sich vor mir auf. Ich sehe gerade noch die Tür aufgehen, dann ist eine ganze Wand aus Männerrücken vor mir.

»Sicher?«, zische ich und verkneife es mir, Bates den Zeigefinger in den Rücken zu piksen.

»Oh, hi«, flötet eine Frauenstimme ein wenig irritiert. »Können Sie mir bitte den Weg zur Toilette zeigen?«

Bates deutet stumm nach links, und ich höre Absätze über den Boden klacken, als sie geht.

»Danke«, meint sie und klingt definitiv misstrauisch.

Die Wand aus Männern, die mich verbirgt, fängt an sich mit Trippelschritten seitwärts zu bewegen und zwingt mich, ihr zu folgen, damit ich nicht entdeckt werde.

»Sind Sie bald fertig?«, erkundigt Bates sich bei der Frau.

»Nur noch ein paar Fotos und vielleicht ein letzter Versuch, herauszubekommen, wer diese mysteriöse Frau war.«

Ich kriege einen Schreck, denn Bates' Lachen kann man nur nervös nennen.

»Vergessen Sie's.«

»Kommen Sie, Sie könnten es mir verraten, oder?«

Damons Haltung verändert sich von alarmiert zu superalarmiert. »Nein«, antwortet er für Bates.

Die Frau lacht. »Du liebe Zeit, man könnte fast meinen, er datet eine aus dem Königshaus.«

Ich presse die Lippen zusammen, und alle vor mir stehenden Männer bewegen sich ein klein wenig nervös und verlegen. Endlich schließt sich die Tür, und ich werde von allen bestürmt.

»He!«, rufe ich, als man mich durch die Suite in ein Schlafzimmer schiebt, das riesig ist wie das eines Königs.

»Verlassen Sie dieses Zimmer nicht.« Damon hebt warnend den Zeigefinger, bevor er mich einschließt.

»Wohin sollte ich schon gehen?«, sage ich zur Tür, lasse meine Handtasche von der Schulter gleiten und strecke mich. Ich sehe mich um und muss lächeln. Die Royal Suite. Wie äußerst kitschig von ihm. Ich kicke meine High Heels fort, schlendere durch den

Raum und betrachte beiläufig das wunderschöne Dekor, die großartigen Möbel und die kunstvollen Tapeten. Es ist palastartig.

Für mich?

Ich könnte in einem Zelt auf einer schlammigen Weide sitzen, und es wäre himmlisch, wenn Josh bei mir wäre. Auch das Badezimmer ist luxuriös ausgestattet. Es gibt viel zu bewundern, doch es ist vor allem die Badewanne, die mein Interesse weckt. Ich schaue über die Schulter zur Tür und kaue nachdenklich auf meiner Unterlippe. Was gibt es sonst zu tun? Frech grinsend gehe ich zur Wanne und stelle den Wasserhahn an, kippe eine ordentliche Menge Schaumbad hinein und verteile es mit der Hand im Wasser. Ich lasse es laufen und gehe zurück ins Schlafzimmer, um mein Handy zu holen. Dabei fällt mir ein Stapel Zeitschriften neben dem Bett auf, ebenso eine Flasche Champagner auf Eis sowie zwei Gläser. Als hätte er mich erwartet. Ich frage mich, ob Josh oder vielleicht sogar Damon das alles hier arrangiert hat. Letztlich ist es egal. Ich nehme die Zeitschriften, die Flasche und ein Glas und kehre zufrieden lächelnd ins Badezimmer zurück. Ich platziere meinen Fund in Reichweite und ziehe mich aus, bevor ich meine Haare hochbinde.

Als die Wanne voll ist, steige ich hinein und seufze wohlig. In friedlicher Stille liege ich da, die Augen geschlossen, mein Geist ist leicht wie mein Körper.

Absolute.

Vollkommene.

Glückseligkeit.

»Perfekt.« Ich schenke mir ein Glas Champagner ein und nehme das erste Magazin vom Stapel. Über meine jüngste Beförderung zur Königin steht noch nichts drin, was allerdings wenig überraschend ist, da es gerade erst offiziell bekannt gegeben wurde. Aber es gibt einen ganzen Abschnitt über die Todesfälle in meiner Familie, über Eddies Verzichtserklärung und die neuesten Meldungen über die baldige Ernennung der Königin. Das Foto ist rührend, eine Nahaufnahme von meinem Bruder und mir hinter dem Sarg meines Vaters auf der Lafette. Ich muss schlucken, schlage rasch die nächste Seite auf und stoße auf weitere Fotos von der Beerdigung.

Ebenso auf der nächsten Seite und der danach. Meine Augen brennen, das Herz wird mir schwer. Das hatte ich mir nicht vorgestellt. Wenigstens für einen Moment will ich meinen Verlust vergessen. Alles vergessen.

Ich blättere durch die Seiten, bis ich etwas finde, das nichts mit mir zu tun hat. Genau genommen stimmt das nicht. Ich lächle. Josh *hat* etwas mit mir zu tun, auch wenn die Welt nichts davon weiß. Sein Gesicht ziert die Rückseite eines Fotos von mir. Was für eine Vorstellung! Welche Ironie!

Ich überfliege die Werbung. »Parfum«, murmele ich, schon froher über diesen Lesestoff – nicht, dass es da viel zu lesen gibt. Also bewundere ich hauptsächlich ihn in einem fantastisch sitzenden Dreiteiler mit zerwühltem Haar, ein starker Kontrast zu seinem feinen Anzug. Ganz und gar Josh. Mein Lächeln wird breiter, was sonst. Sein Grinsen sieht ein wenig wissend aus, man fragt sich unwillkürlich, worüber er lächelt. Vielleicht über unser Geheimnis. Oder über mich. Wann wurde das Foto aufgenommen? Alle anderen Magazine sind vergessen, während ich am Champagner nippe und das Foto betrachte. Glücklich und zufrieden verliere ich jedes Zeitgefühl, bis mein Handy klingelt.

Es ist eine Nachricht von Matilda, und ich lache leise, als ich ein Bild von ihr sehe mit einem Becher in ihrer Hand. Der Text erklärt, dass sie besagten Becher für mich erstanden hat. Der Schriftzug um den Becher lautet: IT'S GOOD TO BE QUEEN.

Statt zurückzuschreiben, rufe ich sie an und sinke wieder tiefer in die Badewanne. »Sehr witzig«, meine ich, als sie sich meldet.

»Was für schreckliche Wochen«, erwidert meine Cousine. »Ich weiß, du willst mein Mitgefühl nicht, deshalb wollte ich dich wenigstens zum Lachen bringen.«

»Danke, Matilda.« Trotz ihrer guten Absicht fühle ich erneut den Anflug von Mutlosigkeit. Es gibt so viele Gründe, niedergeschlagen und traurig zu sein, da ist es leichter, an den einen Grund zu denken, weshalb ich glücklich bin. Josh. Doch wie lange kann diese Verrücktheit anhalten? Wir haben ein Verfallsdatum. Und das ist bereits überschritten. Wir zehren von geborgter Zeit, wenn man so will. Ein weiterer Seufzer. »Wie geht es dir?«

»Ich bin nicht dermaßen gefragt wie du, obwohl in *OK!* tatsächlich Fotos von mir und Santiago erschienen sind.«

»*OK!?*« Ich lege die Zeitschrift zurück und schaue den Stapel neben der Wanne durch. »Oh, da habe ich es.« Ich stelle mein Glas ab und blättere durch das Magazin, bis ich Matilda gefunden habe. »Wow …« Ich überfliege die Fotos, die Matilda zusammen mit dem Argentinier beim Verlassen irgendwelcher Privatfeiern zeigen – mal kommen sie durch die Tür, die er ihr aufhält, mal gehen sie in Begleitung von Bodyguards zu einem wartenden Wagen. »Du siehst toll aus«, rufe ich begeistert. »Wann war das?«

»Bei unserem ersten Date. Ich wollte es dir unbedingt erzählen, aber dann passierte das mit John und …« Sie verstummt, und ich kann ihr das Unbehagen nachempfinden. »Na ja, es ergab sich kein richtiger Zeitpunkt dafür.«

Ich fühle mich ein wenig mies wegen meiner Cousine, denn ich weiß genau, wie gern sie es erzählt hätte. Nur dass meine Welt eben aus den Fugen geriet. Nicht nur für mich, sondern für alle. »Hattest du eine gute Zeit?«, frage ich in der Hoffnung, die Unterhaltung von alldem weglenken zu können.

»Wundervoll.« Sie klingt nicht überzeugend. »Gott, Adeline, wie konnte das alles passieren? Hast du gewusst, dass Eddie so sehr leidet?«

»Nein.« Ich nehme mein Glas und fange an, meinen Kummer zu ertränken. Es war unvermeidlich, dass das Gespräch darauf kommen würde. Wie auch nicht? Nur darf ich auf keinen Fall vergessen, dass Matilda wie der Rest der Welt nichts weiß von dem Skandal, den Lügen und den Geheimnissen. Sie wird die Geschichten glauben, die man ihr und allen anderen auftischt. Sie wird niemals erfahren, dass Helens Baby nicht das Kind meines Bruders ist. Dass meine Mutter eine Affäre hatte mit dem Privatsekretär des Königs. Dass Eddie illegitim ist. Dass er nicht leidet infolge seines Dienstes für unser Land, sondern weil seine Welt nicht die ist, für die er sie gehalten hat.

Allmählich finde ich es gut, dass Eddies Story sich vermutlich noch am glaubwürdigsten anhört. Sein Verhalten kann nun als Nebenwirkung der posttraumatischen Belastungsstörung gedeutet werden. »Es ist sicher eine anstrengende Zeit, Cousine. Ich trauere, jedoch mit dem Gefühl, dass mir die Trauer nicht gestattet ist und ich mich rasch abfinden muss mit allem.« Ich schlucke, um meine Emotionen nicht zu zeigen. »Die vergangene Woche war vollgestopft mit dem royalen Protokoll. Was ich alles zu tun habe und wie ich es zu tun habe. All die Verpflichtungen und Erwartungen. Natürlich habe ich das gewusst, aber es fühlt sich an wie ein Berg auf meinen Schultern. Ich will schreien.« Ich muss Matilda das eigentlich nicht erklären, denn sie weiß es. »Ein Teil von mir möchte am liebsten weglaufen, der andere Teil möchte den Stier bei den Hörnern packen. Sozusagen. Meinem Vater und seinen Lakaien zeigen, dass sie falschlagen. Dass ich keine Schande bin für das Königshaus.«

»Bist du nicht. Hör auf damit. Du meine Güte, Adeline. Ich wünschte, ich könnte dich drücken«, sagt Matilda, da sie wahrscheinlich nicht weiß, was sie sonst sagen soll.

Es ist alles sehr schrecklich. Während die Welt meine Thronfolge feiert, betrauere ich den Verlust meines Lebens. »Wo bist du überhaupt?«

Ich halte mit dem Glas auf dem Weg zu meinen Lippen inne und schaue mich im Badezimmer von Joshs Suite um. »Ach, bei einer offiziellen Veranstaltung in Claringdon.« Mir fällt selbst auf, wie wenig überzeugend ich klinge. »Wusstest du, dass ich Schirmherrin von über eintausend Wohltätigkeitsorganisationen bin?«, erzähle ich, damit ich meine Vergehen nicht noch zugebe.

»Adeline?« Matilda zieht meinen Namen in die Länge, und ich sinke tiefer ins heiße Wasser. »Wo bist du?«

Ich kneife die Augen zu. »In Josh Jamesons Badewanne.« Ich kann nicht lügen. Es gibt schon zu viele Lügen. Ich brauche jemanden, mit dem ich darüber reden kann, und da ist sonst niemand. Niemand außer Josh und Damon. Josh ist befangen. Damon würde alles für mich tun. Ich brauche jemanden mit einer neutralen Einstellung in dieser Angelegenheit.

»Ach du meine Güte«, flüstert Matilda.

»Ich weiß.«

»Bist du verrückt?«

»Ja.«

»Adeline!«

»Ich brauchte einfach mal Zeit für mich«, argumentiere ich schwach. »Ich musste weg aus dem Irrsinn, in den mein Leben sich verwandelt hat. Er ist der Einzige, der mich beruhigt, Matilda. Er ist mein einziger Glücksort.«

»Oh Gott, du wirst …«

»Ausgestoßen?«, schlage ich vor. »Entthront? Ich bin die Königin, verdammt.«

»Eben«, erwidert Matilda und klingt beinahe hysterisch. »Und die Königin muss standesgemäß heiraten, sie darf keine heißen Affären mit Hollywoodschauspielern haben.«

»Wer sagt denn, dass er nicht standesgemäß ist?«, entgegne ich murrend, greife nach der Flasche und schenke mir nach.

»Tausende Jahre königlicher Historie. Jeder Lord, Berater und Politiker im Lande sagt das. Und vermutlich der Großteil der Bevölkerung auf der ganzen Welt. Du musst einen sorgfältig ausgewählten Mann heiraten und perfekte kleine Prinzen und Prinzessinnen gebären.«

Ich gebe verächtlich einen Laut von mir. »Ich dachte, du wolltest mich aufheitern.«

»Du weiß genau, dass sie es nicht zulassen werden. Man wird dich zwingen, *angemessen* zu heiraten.«

»Dann werde ich eben überhaupt nicht heiraten.«

Sie lacht. »Wie Elizabeth I.?«

»Ja, ganz genau wie sie. Stark, unabhängig. Sie brauchte keinen Mann an ihrer Seite, um über England zu herrschen.«

»Dann wirst du also auch noch eine jungfräuliche Königin sein, oder?«

Ich schnaube. »Wir alle wissen, dass Elizabeth keine Jungfrau war. Genau wie sie werde ich mich nicht in eine Ehe drängen lassen.«

»Und wie sie wirst du kinderlos sterben, was das Ende des Hauses Lockhart bedeutet. Deine Familiendynastie wird mit dir sterben, Adeline.«

Mir zieht sich der Magen zusammen. »Seit wann bist du eine Verfechterin des Throns?«, murmele ich düster. »Wenn du ihn so sehr liebst, kannst du ihn haben. Ich bin sicher, deine Mutter will ihn. Wie geht's der Streitaxt übrigens?«

Matilda lacht. »Sie ist nicht sehr beeindruckt von unserer neuen Königin.«

Dramatisch verdrehe ich die Augen. »Na so was. Werde ich sie wegen Hochverrats verbannen müssen?«

»Ja, und meinen Vater gleich mit. Ich bin's leid, mir ständig das Lamentieren über deine angeblichen mangelnden Fähigkeiten anzuhören.«

Leider haben Matildas nervige Eltern vermutlich recht. Mir mangelt es an Fähigkeiten. Aber wie können die es wagen, etwas Derartiges von sich zu geben? Mag sein, dass es an meinem Ego oder an meinem Stolz liegt, doch die Schwester meines Vaters und ihr Mann sind zwei weitere Gründe dafür, weshalb ich allen zeigen will, dass sie sich irren.

»Scheiß auf die Familie.« Matilda lacht. »Die Öffentlichkeit ist begeistert.«

Wird sie auch noch begeistert sein, wenn sie von meiner Liebesaffäre mit Josh Jameson erfährt? Wird sie mich dann immer noch lieben? »Das ist ein kleiner Trost in dieser anstrengenden Zeit«, gestehe ich.

»Muss ich einen Knicks machen, wenn ich dich das nächste Mal sehe?«

Ich lächle. »Selbst wenn ich Nein sage, wirst du es tun, um mich zu ärgern.«

»Ja, werde ich. Und da ich deine Lieblingsverwandte bin, darf ich da ein paar Bitten vorbringen?«

»Welche?«

»Meinen eigenen Fahrer zunächst einmal.«

»Du kannst die Fahrer haben, die dem Herzog und der Herzogin von Sussex zur Verfügung stehen.«

»Du kannst meinen Eltern nicht ihre Fahrer wegnehmen und sie mir geben.« Matilda lacht. »Das werden die mir nie verzeihen.«

»Oh, na schön.« Ich verabschiede mich von der Vorstellung, was für ein Gesicht Victoria machen würde, wenn sie erfährt, dass ich ihre Vergünstigungen und ihre Bediensteten abgezogen und sie ihrer Tochter zur Verfügung gestellt habe. »Wir reden demnächst darüber.«

Die Tür geht auf, und das Badewasser fühlt sich plötzlich siedend heiß an. »Ich muss Schluss machen«, hauche ich beinahe, denn die Überraschung raubt mir den Atem. »Wir sprechen morgen weiter. Da kommt jemand.«

»Darauf wette ich.«

Sie lacht, und ich beende unser Gespräch und lege mein Handy auf den Badewannenrand. Für einen kurzen Moment wirkt Josh besorgt, doch dann entspannen sich seine Züge zu einem sinnlichen Lächeln.

»Da liegt eine Königin in meiner Badewanne.«

Er legt mein Telefon auf den Frisiertisch und fängt an, sein Hemd aufzuknöpfen, einen Knopf nach dem anderen, seinen Oberkörper entblößend, der in meinen besten Träumen vorkam.

»Und wow, sieht sie gut aus darin.« Sein Hemd fällt zu Boden. Nun macht er mit seiner Jeans weiter.

»Was hat dich so lange aufgehalten?« Ich stelle mein Glas auf den Badewannenrand, nehme ein wenig Schaum in die Hände und puste ihn in die Luft – mit dem Rest Atem, den ich noch aufbringe.

»Was mich aufgehalten hat?«

Langsam zieht er den Reißverschluss herunter und schiebt die Jeans über seine Oberschenkel hinunter. Ich hole tief Luft. Diese Oberschenkel sind ebenfalls traumhaft, ebenso diese Hüften … wow, seine Hüften. Seine Bauchmuskeln. Das perfekt geformte V. Und schon bald werden meine Beine sich um diese schmale Taille schlingen.

»Lass mich dir erzählen, was mich so lange aufgehalten hat.«

Er kommt zu mir, nur noch mit Boxershorts bekleidet. Er stützt sich auf dem Wannenrand ab, in seinen Augen funkelt es bernsteinfarben inmitten von Blau.

»Eine sehr neugierige Journalistin, die wie alle Welt unbedingt wissen will, wen ich unter meinem Kapuzenpullover ins Dorchester geschmuggelt habe.«

»Oh«, flüstere ich und betrachte seine Lippen. Diese Lippen. Fantastische Lippen, dafür geschaffen, *mich* zu küssen. »Sind die immer noch auf der Jagd nach dieser Information?«

»Die sind wie die Wölfe.«

»Hast du die Wölfe gefüttert?«

Meine Begierde spürend, beugt er sich zu mir und presst seinen Mund sacht auf meinen.

»Du weißt, ich hätte es liebend gern getan.« Nach diesem äußerst kurzen Kuss zieht er sich zurück und schaut mir prüfend in die Augen. »Aber ich liebe dich viel zu sehr, um auch noch das deinen Sorgen hinzuzufügen.«

Seine gefühlvolle Stimme, sein Blick lassen mich im heißen Wasser dahinschmelzen. Er liebt mich. Dies ist keine verrückte Affäre. Es ist echt, und ich wäre schön blöd, mir etwas anderes einreden zu wollen.

»Lieben Sie mich, Euer Majestät?«

Ja. Auch ich bin verrückt vor Liebe zu ihm, aber ich kann nur nicken. Diese Liebe wächst mit jedem Moment, den ich mit ihm verbringe. *Und in jeder Sekunde, in der ich nicht mit ihm zusammen bin*. Ich stecke in einer echten Misere. »Dich zu lieben ist der leichte Teil«, sage ich sanft. »Nur alles andere, was damit zusammenhängt …« Ein Finger landet auf meinen Lippen und bringt mich zum Schweigen.

»Nicht jetzt.« Er gibt mir noch einen Kuss, dann richtet er sich zu voller Größe auf. Ich folge ihm mit meinen Blicken. Er schiebt seine Boxershorts herunter und kickt sie fort. Ich verfolge die Flugbahn bis dorthin, wo sie unweigerlich landen wird.

Oh….

»Steh auf.«

Er streckt die Hände aus und hilft mir beim Aufstehen. Das Wasser rinnt von meinem Körper, Seifenschaum gleitet an meiner nassen Haut herab.

»Was für ein Anblick. Du bist wunderschön.«

»Das kann ich nur zurückgeben.«

»Nicht im Geringsten.«

Sacht streicht er mit einem Finger über eine meiner Brustspitzen und lächelt, als ich unwillkürlich erschauere und meine Atmung schwer wird.

»Du glaubst, du kannst mir entkommen?« Seine Hand gleitet an meiner Brust hinauf bis zu meinem Hals. »Poch … poch … poch.«

Er nimmt meine Hand und legt sie auf seine Brust. Ich spüre seinen Herzschlag. Ich bin jetzt weit entfernt von einem Leben, das ich nicht will. Wie kann ich denn diese Gefühle verleugnen und es mir verweigern? Wie könnte ich Josh verleugnen? Mich selbst?

»Dreh dich um, damit ich den königlichen Hintern sehen kann, der mir gehört.«

Langsam wende ich mich im Wasser stehend um und komme somit nicht mehr in den Genuss seines beruhigenden Anblicks. Mir bleibt jedoch seine Berührung, denn seine Hand gleitet an meinem nassen Rücken hinunter, wischt alle Sorgen und Ängste weg, die mich bedrückt haben. Mein Körper wankt, meine Haut scheint in Flammen zu stehen. Er tut es wieder, zieht meine Qual in die Länge, bringt mich an den Rand des Wahnsinns. Beweist all das, was wir beide wissen.

»Beug dich vor, und stütz dich mit den Händen auf dem Badewannenrand ab.«

Er drückt gegen meinen Rücken, damit ich mich hinunterbeuge. Ich spreize die Beine, bin bereit für ihn. So lässt er mich einige endlos erscheinende Momente warten. Das einzige Geräusch ist unser Atem. Ich schließe die Augen und versuche, meine Begierde zu dämpfen, doch jeder Zentimeter meiner Haut glüht unter seiner darüberstreichelnden Hand. Auf meinem Po hält sie inne. Ich falle in Trance und erwarte seinen strafenden Hieb. Hoffe darauf. Bettle darum, weil ich weiß, dass es den sinnlichen Rausch noch weiter steigern wird, in dem ich nichts mehr höre, fühle, sehe außer Josh. Meine Haut prickelt vor Erregung.

»Dies wird nicht das letzte Mal sein, dass ich dir den Hintern versohle.«

Er hebt die Hand und lässt sie niedersausen, dass es klatscht. Wegen der Feuchtigkeit klingt es noch lauter, brennt es heftiger. Ich reiße die Augen auf, ein tiefer Laut entringt sich meiner Kehle, meine Pobacken spannen sich an.

»Das hoffe ich«, gestehe ich. Ich wünschte, er könnte mir täglich mit seiner strafenden Hand Lust bereiten.

»Hoch.«

Er hilft mir, mich aufzurichten, dreht mich um, steigt zu mir ins Wasser. Die Berührung unserer Oberkörper, meine nassen Brüste, die an seiner Brust entlanggleiten, raubt uns beiden den Atem. Er greift in mein Haar und löst das Band, sodass meine Haare auf meine Schultern herabfallen. Ich schaue in seine erstaunlichen Augen, aus denen verzweifeltes Verlangen spricht.

»Ich will, dass du etwas nicht vergisst«, flüstert er und blickt mich direkt an. »Für die Welt bist du die Königin von England.«

Er legt die Finger auf meine Wangen und bringt mein Gesicht näher an seins. Ich halte seine Handgelenke umklammert, da ich weiß, welche erregende Wirkung seine Worte auf mich haben werden.

»Doch für mich bist du *alles*.«

Damit stellt er jede von mir bisher erlittene Pein in den Schatten. Denn so wundervoll seine Worte sind, umso schmerzlicher sind sie auch, da sie mich daran erinnern, wer ich bin und wer er ist. Ich kann *alles* für ihn sein und gleichzeitig nichts.

»Hör auf«, befiehlt er, seine Wange an meiner reibend und die Tränen wegwischend, die ich gar nicht bemerkt habe. »Jetzt gibt es nur dich und mich, und kein Status oder Umstand kann daran etwas ändern.«

»Und danach?« Ich schlinge einen Arm um ihn und halte ihn fest, als könnte jemand in die Suite stürmen und uns trennen.

»Es wird immer nur gerade diesen Augenblick geben.« Er nimmt meine Hand von seinem Nacken, hält meine Unterarme fest und schiebt mich ein wenig von sich, um mir ins Gesicht schauen zu können. »Du und ich, wir werden immer nur in Momenten leben, denn eine andere Wahl haben wir nicht.«

Es ist, als wüsste er, dass ich diese Worte hören muss. Als wäre er endlich zu dem Schluss gekommen, dass es tatsächlich die einzige Option für uns ist.

Und alles, was ich tun kann, ist nicken.

»Gut.«

Er schmiegt sich an mich, und unsere Lippen verschmelzen. Wir sind wieder in dem wundervollen Spiel, das wir spielen, und küssen uns mit glühender Leidenschaft.

»Und jetzt werde ich dich hart ficken. Dich zum Schreien bringen.«

Er zieht mich mit sich hinunter ins Badewasser, setzt sich, lehnt sich zurück und positioniert mich auf seinem Schoß. Ich finde seinen Mund erneut, verliere mich in dem Kuss und erhebe mich etwas, als er zwischen meine Oberschenkel fasst. Statt an seinen Schultern Halt zu suchen, stütze ich mich am Badewannenrand hinter ihm ab und keuche leise auf, als er mich führt. Indem ich mich herabsenke, dringt er geschmeidig und tief in mich ein. Ich ringe nach Luft, ohne dass wir den Kuss unterbrechen. Dieser Kuss ist unbeschwert und locker, wohingegen Joshs sanftes Stöhnen immer leidenschaftlicher wird. Für eine Weile lässt er mich machen und wartet, bis ich mich daran gewöhnt habe, ihn machtvoll in mir zu spüren.

Dann umschließt er zärtlich meine Hüften. »Okay?«, erkundigt er sich, an meiner Unterlippe knabbernd und den Kuss beendend.

Okay? Es ist so viel mehr als das. Hier mit ihm befinde ich mich weit weg von meinem Status, meiner Macht und jedem Privileg. Jetzt, in diesem Augenblick, gehöre ich ganz Josh – das ist mein Status. Und meine Macht ist Liebe, mein Privileg, Josh bei mir zu haben. In diesem Moment, in dem die Liebe das stärkste Gefühl ist, wünschte ich, er hätte der Journalistin von mir erzählt. Hier und jetzt könnte ich ihn leicht dazu auffordern, sie zurückzurufen, um mich ihr vorzustellen. Das ist natürlich völlig unmöglich, doch Josh lässt das Unmögliche möglich erscheinen.

Statt ihm zu antworten, richte ich mich etwas auf, wiege das Becken hin und her und nehme ihn noch tiefer in mich auf.

»Oh, dir geht es ganz sicher gut«, stellt er mit rauer Stimme fest und hilft mir, unseren Rhythmus zu finden.

Es braucht ein Hüftkreisen, zwei Seufzer und eine Million Stürze meines Herzens. Als wir uns in die Augen sehen, kralle ich mich an seine Schultern und bewege mich mit ihm im Einklang, biege meinen Oberkörper zurück. Mit jedem Eindringen erreicht er unvorstellbare Tiefen, die Lust ist unbeschreiblich. Die Intensität unseres Liebesspiels ist fantastisch. Was heute zwischen uns beiden geschieht, stellt unsere Welt auf den Kopf, und momentan ist das alles, was zählt. Wir. Nichts anderes, nur wir.

Er lässt seine Hände über meinen nassen Rücken gleiten, und ein träges Lächeln erscheint auf seinen Lippen, darin liegt Zufriedenheit. Wie immer erwidere ich sein Grinsen und falle nach vorn, weil ich ihn erneut küssen will. Doch er hält mich zurück.

»Bleib so«, fordert er mich auf, schiebt das Becken abrupt vor und lässt ein langsames Hüftkreisen folgen, sodass ich seufzend ausatme. Sein Blick fällt auf meine Brüste, er umfasst eine, die er hart massiert.

»Ich will dich küssen«, flehe ich.

»Ja, aber ich will hier liegen in dem Wissen, dass die Königin mich in meiner Badewanne reitet, während sich draußen die Welt weiterdreht.« Sein Kopf sinkt zurück, sein Lächeln spiegelt sein Vergnügen wider, in seinen Augen liegt ein glückliches Funkeln. »Denn ich bin mir ziemlich sicher, es übertrifft alles.«

»Ist das so?«

»Das ist definitiv so. Und nun konzentriere dich, Frau. Du musst einen Mann zufriedenstellen.«

Er grinst ironisch, der Schuft, und was tue ich? Ich bewege mich heftig auf und ab, was dieses freche Grinsen ganz schnell aus seinem schönen Gesicht verschwinden lässt. Wasser spritzt nach allen Seiten, und Josh saugt scharf die Luft ein, flucht leise und presst seine Lippen von Neuem auf meine.

»Du willst mit schmutzigen Tricks spielen?« Er keucht praktisch und bohrt seine Fingernägel in meine Hüften, bis es wehtut.

Meine Antwort: Ich hebe erneut das Becken und lasse mich hart wieder fallen.

»Verdammt!«

Joshs Kopf sinkt nach hinten, und ich streiche ihm mit meiner nassen Hand durchs Haar. Er atmet gepresst, seine Lippen sind geteilt, der Blick wild.

»Fordert mich nicht heraus, Euer Majestät.«

Wieder ist dieser Südstaatenakzent zu hören, heiser und verlockend.

Neugierig neige ich den Kopf zur Seite und umfasse seinen Nacken, um langsam meinen Hintern anzuheben, bis Joshs Erektion mich nur noch gerade eben berührt. Seine Schwanzspitze pocht an meiner Haut. Er wartet. Und wartet. Er wartet zitternd. Ich lasse ihn ein bisschen hinein und ziehe mich wieder zurück. Jedes Mal nehme ich ihn nur halb in mich auf und treibe ihn damit in den Wahnsinn. Als er sich an mein neues Tempo und an meine neue Taktik gewöhnt, sein Körper sich etwas entspannt, lasse ich mich erneut kraftvoll auf ihn sinken. Ich muss die Zähne zusammenbeißen, weil ich ihn so tief in mir spüre.

»Adeline«, ruft er stöhnend, umschließt meine Brüste und drückt sie fest.

Ich halte mich an ihm fest, biege meinen Oberkörper durch und bewege wieder kreisend die Hüften.

Er schwitzt. »Wenn ich mit dir fertig bin, wirst du heiser sein von deinen Schreien – und alles wird dir wehtun.« Er schiebt eine Hand zwischen uns, was meine Erregung zusätzlich steigert. »Besonders genau hier.«

Provozierend grinse ich ihn an. »Dass mir nach einer Begegnung mit dir hinterher alles wehtut, ist doch klar.« Sei es nun mein Hintern, meine Pussy oder mein Herz. Oder alles zusammen. »Aber dieser Schmerz erinnert mich nur an die Zeit, die wir miteinander hatten. Also los, bring mich zum Schreien.«

Einen Moment später liege ich auf dem Rücken, ohne genau zu wissen, wie ich dorthin gelangt bin. Josh ragt über mir auf und stützt sich mit einer Hand am Badewannenrand oberhalb meines Kopfes ab. Kein Wasser schwappte, als er mich umdrehte. »Wo ist das Wasser?«

»Ich habe schon vor einer Weile den Stöpsel gezogen. Hast du das nicht mitbekommen?«

Es ist nur noch ein wenig Schaum da und zwei sehr glitschige Körper. »Ist mir entgangen«, gebe ich zu. Ich vergesse die meisten Dinge, wenn Josh mich nimmt.

Wie zum Beispiel die Tatsache, dass ich Königin bin.

Er fasst mich am Oberschenkel und zieht ihn hoch an seine Hüfte, wobei er sich weiter am Wannenrand festhält. Dann dringt er mit einer einzigen fließenden, geschmeidigen Bewegung in mich ein und bringt mich sofort dem Höhepunkt näher.

»Halt dich gut fest«, flüstert er, und folgsam klammere ich mich an seine Schultern. »Und atme.«

Er gibt mir keine Gelegenheit, diese zweite Anweisung umzusetzen, denn als er loslegt und wieder und wieder hart und schnell in mich eindringt, stockt mir der Atem. Schon bald ist mein Hals rau von meinem Stöhnen und Keuchen, wohingegen sich auf Joshs Gesicht ein zufriedenes Grinsen zeigt. Seine Zielstrebigkeit wird kaum behindert von der rutschigen Badewanne, da er viel zu sehr darauf konzentriert ist, maximale Tiefe, maximalen Genuss und maximale Lautstärke zu erreichen. Sein Tempo macht mich benommen, jeder harte Stoß bringt mich mehr um den Verstand; ich kralle die Finger in seinen Rücken und winde mich in dem Versuch, seinen Mund auf meinen zu ziehen, damit er meine Schreie erstickt.

»Nein«, sagt er und behält seine Position bei, sodass er sehen kann, wie ich unter ihm völlig die Beherrschung verliere.

Mit einem Bein umschlinge ich fest seine Taille, während er wie wild weitermacht und mich mit der schieren Kraft und Härte seiner Stöße vollkommen beherrscht. Ich bin ihm ausgeliefert und gehöre ganz ihm. Genau wie ich es will.

Genau wie Josh es will.

Ich schiebe die Hände in sein Haar und fasse zu, beiße höher und höher steigend die Zähne zusammen. »Oh Gott«, schreie ich, werfe den Kopf zurück und merke den Aufprall auf der Wanne gar nicht. Ich bin kurz davor zu zerspringen, mein Körper zittert unkontrolliert.

»Ich komme, Baby«, bringt Josh keuchend hervor, das Tempo noch einmal steigernd.

Bei jeder seiner Bewegungen schreit nun auch er. Als er in mir kommt, knallen verschiedene Körperteile gegen die Wanne; die ganze Szene ist verrückt und hat etwas Verzweifeltes. Das Blut rauscht in meinem Kopf, ich betrachte Joshs verschwitztes, konzentriertes Gesicht. Seine Augen strahlen bernsteinfarben, und als er auf dem Höhepunkt der Lust stöhnend die Hüften kreisen lässt, scheint die Welt in der Mitte zu zerreißen, und ich verschwinde in der sich auftuenden Kluft, stürze vollkommen schwerelos hinein.

Mein Orgasmus erfüllt mich, mit einem Aufschrei biege ich den Körper durch, meine Fingernägel sinken in Joshs Schultern. Es dauert an, hört nicht auf, bis ich zitternd diese Intensität kaum noch ertrage.

»Oh Gott«, flüstert Josh, lässt den Badewannenrand los und sinkt auf mich.

Er atmet schwer an meinem Hals. Meine Unterleibsmuskeln zucken und ziehen sich heftig um seinen Schaft zusammen, wahrscheinlich im Schock. Ich bin atemlos, befriedigt und absolut erschöpft.

Der harte Badewannenboden unter mir spielt keine Rolle, dennoch dreht Josh sich auf den Rücken, sodass ich benommen und mit pochendem Herzen auf ihm liege. Ich schlinge meine fast leblosen Arme um seinen Nacken, schmiege mich an ihn, lasse meine Augen zufallen. Unsere Herzen verschmelzen mit jedem Schlag und werden eins.

Ich bin sein.

6

Ich höre seine Stimme, sie ist entfernt und rau, doch was er sagt, verstehe ich nicht. Ich kann mich nicht dazu aufraffen, ihn zu bitten, es zu wiederholen, sondern schmiege mich stattdessen enger an seine Halsbeuge. Dann bebt mein Körper, von seinem Lachen, nehme ich an. Ich schaffe es nicht, meinen schweren Kopf zu heben, um das herauszufinden, denn ich bin völlig geschafft.

»Na komm schon, Faulpelz«, sagt Josh.

»Hmm …« Ich weiß nicht, wozu er mich aufgefordert hat, ich weiß nur, dass ich es nicht tue. »Müde«, murre ich schlapp.

»Tut der Hals weh?«

»Mmmh.«

»Bist du wund zwischen deinen Beinen?«

»Mmmh.«

»Ist dir kalt?«

»Mmmh.«

Starke Arme umfangen mich und drücken mich fest. »Erregt?«

»Mmmh.«

Er lacht leise und zieht sich am Badewannenrand hoch, ohne mich loszulassen. Ich habe plötzlich wieder festen Boden unter den Füßen, und als mich grelles Licht blendet, presse ich das Gesicht an Joshs nackten Oberkörper.

»Du bist schwer wach zu bekommen.«

Ich ignoriere ihn und schlinge stattdessen Arme und Beine wie Efeu um ihn. »So gut habe ich seit Wochen nicht geschlafen. Davon hätte ich gern mehr.« Ich bin noch nicht bereit, es wieder mit der Welt aufzunehmen. Mich in dieser Suite zu verstecken ist höchst verlockend. Und leider höchst unmöglich. Ich habe einen Job zu erledigen, Verpflichtungen zu erfüllen. Aber die einzige Verpflichtung, der ich nachkommen möchte, ist die Aufrechterhaltung meines momentanen Zustandes der Ruhe.

Josh steigt aus der Wanne, stellt mich auf die Füße und wickelt mich in ein Handtuch. Danach hebt er mich auf die Arme und trägt mich zum Bett. Er setzt sich auf die Kante, ich dagegen kuschele mich auf der Seite liegend zusammen, zieh die Knie bis zur Brust hoch und schiebe die Hände unter das Kissen, auf dem mein Kopf liegt. »Diese Betten sind außergewöhnlich bequem.«

Er lacht. »Für meine Königin nur das Beste.« Er streicht mir ein paar feuchte Haare aus dem Gesicht und gibt mir einen zärtlichen Kuss. »Bist du hungrig?«

»Nein, aber durstig.«

»Ich hole Wasser.« Er steht auf, schlüpft in seine Jeans und geht zur Tür. Ich liege da und bedaure, dass er schon wieder bekleidet ist, wenn auch nur teilweise. Irgendwo in dieser Suite befinden sich eine Menge Männer. Weit genug weg, dass sie die ekstatischen Schreie nicht hören konnten? Die Vorstellung ist mir extrem unangenehm.

Josh kehrt mit einer Flasche Wasser zurück. »Was ist los?«, erkundigt er sich und bedeutet mir, ihm Platz zu machen, wobei er seine Jeans auszieht.

Ich rutsche zur Seite, und er lehnt den Rücken ans Kopfteil des Bettes, schraubt die Flasche auf und reicht sie mir.

»Wo ist Damon?«, frage ich, setze mich auf und nehme die Flasche entgegen. Das kühle Wasser tut gut.

»Er hat einen Anruf erhalten.«

Ich halte das Wasser einen Moment im Mund und schaue Josh an, während ich es hinunterschlucke. »Ach?«

»Ich will nicht, dass du in Panik gerätst, aber …«

Tja, ist das nicht das Schlimmste, was irgendwer zu mir sagen könnte? Ich richte mich auf. »Was ist passiert?«

»Dein Bruder ist verschwunden. Unerlaubtes Entfernen von der Truppe.«

Es ist vorbei damit, den Augenblick zu genießen. Ich rutsche an die Bettkante und suche nach meinen Sachen.

»He, was glaubst du, wohin du gehst?«

Im nächsten Moment steht Josh vor mir und hindert mich daran, mein Kleid anzuziehen.

Ich wehre mich nicht, sondern halte einfach in meinen Bewegungen inne. »Ich weiß nicht.« Ich blicke zur Tür und begreife, dass ich hier festsitze, bis Damon zurückkommt, denn ich bin mir ziemlich sicher, dass er Josh klare Anweisungen gegeben hat.

»Komm, setz dich.« Josh nimmt mir meine Kleidungsstücke aus den Händen, wirft sie wieder auf den Boden und führt mich zum Bett. Als mein empfindlicher Hintern die Decke berührt, fällt mir etwas ein. »Mein Handy.« Erneut springe ich auf und laufe ins Badezimmer, wo ich mein Handy auf dem Frisiertisch finde. Es gibt jedoch keine Textnachrichten und keine verpassten Anrufe. Damon wollte nicht, dass ich mir Sorgen mache. Er lässt mich im Himmel verweilen, Heiliger, der er ist, während er sich um das zunehmende Fehlverhalten des gefallenen Prinzen kümmert.

Ich gehe zu Josh und zwinge mich zu einem Lächeln, als er die Arme ausbreitet, damit ich zu ihm aufs Bett zurückkehre. Eine Umarmung könnte ich gebrauchen. Was bin ich für eine Königin, wenn die Übeltaten meines Bruders mich gleich aus der Bahn werfen? Josh mag mein Himmel sein, doch er wird mir nicht jedes Mal zur Verfügung stehen, um Trost und Wärme zu spenden, wenn ich mit Problemen konfrontiert werde. Jetzt ist er allerdings da.

Ich werfe mein Handy auf die Matratze und kuschele mich resigniert seufzend an seine Brust. »Die PR-Leute werden begeistert sein«, sage ich und stelle mir vor, wie sie hektisch versuchen, Eddie ausfindig zu machen und Schadensbegrenzung zu betreiben. »Und Felix wird sich auf seine italienischen Schuhe übergeben.«

Der kurze Ruck, den ich an Joshs Brust spüre, ist der einzige Hinweis auf seine Belustigung.

»Der Mann hat Schweres mitmachen müssen, Baby. Du musst nachsichtig sein mit ihm.«

»Als Mitglied des Königshauses hat man keine Nachsicht zu erwarten, Josh. Da muss man sich zusammenreißen und es durchstehen.«

Meine Wange ruht an seinen Bauchmuskeln, während er meinen Rücken streichelt. Ich starre an die Wand und fühle mich getröstet durch Joshs Herzschlag.

»Das ist ein völlig anderer Ton als zu der Zeit, in der ich dich als Prinzessin von England kannte. Da warst du aufmüpfig und entschlossen, dich *nicht* zusammenzureißen. Was hat sich geändert?«

»Du meinst abgesehen von dem winzigen Detail, dass die Krone gerade zwei Thronfolger übersprungen hat und auf meinem Kopf gelandet ist?«, frage ich und werde für meinen Sarkasmus in den Rücken gezwickt. »Josh, so vieles hat sich geändert. Ich habe nie damit gerechnet, deshalb habe ich auch nie über das Versagen nachgedacht. Ich will nicht versagen. Alle, einschließlich meines Vaters, hielten mich für eine Schande. Eine Schande für die Monarchie. Als ich im Büro meines Vaters vor dem Accession Council stand, traten alle früheren Empfindungen in den Hintergrund. Aber ich spürte etwas Neues. Weißt du was?«

»Was, Darling?«

»Entschlossenheit. Ihre stumme Ablehnung machte mich umso entschlossener. Wie sie mich ansahen und über mich urteilten. Ich verspürte den starken Drang, einfach wegzulaufen. Doch ich wollte ihnen allen befehlen, sich vor mir zu verbeugen. Wie verrückt ist das?« Ich sehe ihn nach einer Antwort suchend an. Hält Josh mich für verrückt? Sein sanftes Lächeln liefert keinen Hinweis darauf, während er mit den Fingern durch meine Haare streicht. »Man fühlt sich, als würde man sich ins eigene Fleisch schneiden.«

»Wie süß, wenn du so von dir redest.«

»Ach, hör auf.« Ich verdrehe die Augen, obwohl ich ihm dankbar bin für seine Neckerei, und lege meine Wange wieder an seine Brust. Ich kenne Josh erst seit Kurzem, und angesichts meiner Unabhängigkeit wundere ich mich darüber, wie sehr ich ihn schon brauche. Seine Meinung. Sein Lächeln. Sein Ohr. Seine Frechheiten. Alles scheint erträglicher zu sein, wenn ich mit ihm zusammen bin. Ich bin unbeschwerter und glücklicher. Und deshalb will ich ihn behalten, koste es, was es wolle. »Ich will wieder unbeschwert und glücklich sein«, murmele ich vor mich hin und ärgere mich über das Brennen in meinen Augen. »Ich weiß, dass meine Familie aus Betrügern besteht. Aber das jetzt? Die Lügen und Täuschungen? Meine Mutter, Davenport, die Grausamkeit meines Vaters?«

»Blendwerk.« Josh hebt meinen Kopf an, damit er mich ansehen kann. »Du hast es stets gewusst. Möglicherweise kannst du es jetzt ändern. Vielleicht zeigst du der Welt, dass die Royals echte Menschen sind wie alle anderen auch.«

Über seine Naivität muss ich lächeln. »Du glaubst, weil ich die Königin von England bin, kann ich die Zukunft der Monarchie bestimmen? Du glaubst, ich könnte überhaupt irgendetwas entscheiden?«

»Verdammt, ja«, erwidert er.

Oh, wie sehr er sich da täuscht. »Ich sollte einen Privatlehrer für dich engagieren, der dir etwas über die britische Monarchie beibringt.«

Er stupst mich neckend an und beißt mich sanft in die Nasenspitze. »Zwing mich nicht, dir deinen königlichen Hintern zu versohlen. Ich habe die ganze Woche nichts anderes getan, als über die britische Monarchie zu recherchieren.«

Meine Brauen hüpfen nach oben. »Wirklich?«

»Wirklich. Und ich finde es skandalös, dass du als Königin keinen Reisepass brauchst. Was soll das?«

Ich lache ehrlich amüsiert. »Ich kann kein Dokument auf meinen Namen für mich ausstellen.«

»Wusstest du, dass dir jeder Delfin in britischen Gewässern gehört?«

»Das weiß ich.«

»Und du musst jedes Gesetz unterschreiben, das in deinem Land erlassen wird. Also erlasse ein Gesetz, das es dir gestattet, mit mir zusammen zu sein. Liegt es nicht ohnehin in der Macht der Königin, es zu genehmigen?«

Ich schüttele den Kopf, der sich schrecklich schwer anfühlt. »Der Privy Council würde das niemals zulassen. Meine Armee aus Beratern würde es nicht erlauben. Deshalb gibt es Gesetze. Uralte Gesetze zwar, um den Stammbaum zu schützen, aber sie gelten bis heute.«

»Um alle Zweifel zu beseitigen – ein niederer, katholischer amerikanischer Schauspieler hat demnach keine Chance bei der Königin von England?«

Ich weiche aus. »Du bist katholisch?«

Er bleibt unbeirrt. »Du bist die Königin?«

»Ja. Ein weiterer Grund, warum wir nicht zusammen sein können. Denn Gott verbietet, dass das Oberhaupt der Kirche von England sich in einen Katholiken verliebt.« Er ist richtig aufgebracht, und obwohl das alles ziemlich übel ist, muss ich grinsen.

»Erlass einfach ein neues Gesetz«, schlägt er vor. »Es muss doch auch Vorteile haben, die Königin von England zu sein, verdammt noch mal.«

»Ich darf Gesetze zwar unterzeichnen, sie jedoch nicht erlassen. Außerdem ist das Unterzeichnen reine Formalität. Gesetze werden im Parlament verabschiedet, ehe sie das königliche Siegel erhalten. Das nennt man übrigens königliche Genehmigung. Die einzigen Gesetzesvorlagen, bei denen ich ein Veto einlegen kann, sind solche, die unmittelbare Auswirkungen auf die Monarchie haben.«

»Die Zustimmung der Königin«, murrt Josh grimmig. »Ich weiß.«

»Gut gelernt. Damit wäre die heutige Geschichtsstunde vorbei. Morgen sprechen wir über die Minister.«

»Oh, du meinst die Typen, die statt deiner die Macht ausüben dürfen? Toll, ich kann es kaum erwarten.«

»Ach, hör auf zu jammern und küss mich.« Ich umfasse seine Wangen und küsse ihn so leidenschaftlich, dass wir beide stöhnen. Alle Hindernisse und aller Kummer sind vergessen. Ich bin zu Hause.

Josh sieht mich eine Weile schweigend an. Was denkt er gerade? Ich beiße mir auf die Unterlippe und warte.

Endlich holt er Luft und spricht: »Mein Leben liegt in Eurer Hand, Majestät.«

Seine leisen Worte haben eine enorme Wirkung auf mich.

»Ich liebe Sie. Sie lieben mich. So einfach sollte das eigentlich in der heutigen Welt sein.«

Sollte es. Doch wir beide wissen, dass es das nicht ist. »Der Streit darüber würde das Ende der königlichen Familie bedeuten.«

»Sei die rebellische Königin, Baby.«

Ich lächle, halte seine Wangen und versuche, es ihm verständlich zu machen. »Alle Geheimnisse würden ans Licht kommen, jeder, den ich liebe, wäre ruiniert. Das kann ich ihnen nicht antun, Josh.« Ich bin verblüfft, dass er beinahe gekränkt wirkt.

»Aber die dürfen dich an einen Job ketten, den du gar nicht haben willst?«

An seinem Akzent höre ich, dass er wütend ist.

»So simpel ist das nicht.« Ich richte mich auf und rutsche ein wenig weg, und sei es nur, um seiner aufregenden Nähe zu entkommen.

»Bullshit. Verdammter Bullshit, Adeline. Es sollte so simpel sein. Du und ich werden das also für alle Zeiten auf diese Weise arrangieren müssen? Heimliche Treffen, wenn ich mich in Old England aufhalte?«

»Welche Möglichkeiten haben wir sonst?«

Seine Augen weiten sich. »Oh Mann.« Er lacht. »Du glaubst ernsthaft, das genügt mir?«

Mir fällt keine passende Erwiderung darauf ein. Was soll ich dazu sagen? Er wollte das mit uns unbedingt fortsetzen, obwohl ich ihm deutlich zu verstehen gegeben habe, dass wir nichts tun können. Und jetzt gibt er mir die Schuld? Erklärt mir, dass ich nie genug sein werde?

»Du glaubst das wirklich«, murmelt er. »Du erwartest von mir, dass ich in deinem Schatten lebe.«

»Was ist aus dem Glück des Augenblicks geworden?«, erwidere ich kläglich.

»Vergiss den Augenblick. Ich will für immer, und zwar draußen in der großen, weiten, beängstigenden Welt.« Er ist vom Bett herunter und steigt zornig in seine Jeans. »Ich will mit dir ausgehen und der Welt zeigen, dass wir zusammen sind.« Er deutet zur Tür, bevor er seine Hose zumacht. »Dass ich dich liebe. Dass du verdammt noch mal *mein* bist.«

»Das ist eine sehr romantische Vorstellung, Josh.«

Seine Hand hält beim Schließen des Reißverschlusses inne, und er wirft mir einen harten Blick zu. »Ich kann das nicht ewig mit dieser Heimlichtuerei, und es ist beschissen, dass du das von mir erwartest.«

»Würdest du bitte aufhören zu fluchen?«, fahre ich ihn an. »Was soll ich denn deiner Meinung nach tun?«

»Lass hinter dir, was dich runterzieht, und wende dich dem zu, der dich glücklich macht.«

Seine Unverblümtheit erschreckt mich ein wenig. »Du kannst mich unmöglich bitten, das zu tun.«

»Doch, kann ich. Genau genommen bitte ich dich nicht darum, ich verlange es. Wir beide wissen, dass du das Amt gar nicht bekleiden willst. Dann gib es auf. Gib es für mich auf.«

Ich bin völlig baff. »Du egoistischer Idiot.« Zitternd vor Wut stehe ich auf. »Gib doch die Schauspielerei auf.«

»Du spinnst wohl. Ich liebe die Schauspielerei. Das ist meine Berufung. Eine Krone zu tragen ist nicht deine Berufung, es sei denn, ich vögel dich von hinten, wenn du eine trägst.«

Mir klappt die Kinnlade herunter, so geschockt bin ich. *Nicht meine Berufung?* Will er damit sagen, dass ich es nicht kann? Zweifelt er an mir wie alle anderen? »Ich sollte dich ohrfeigen.«

Er grinst höhnisch, um mich zu provozieren, und verhöhnt so jede männliche Galanterie.

»Nur zu, Darling.«

Tatsächlich tritt er auf mich zu und reckt mir sein Kinn entgegen.

Ich kann nicht glauben, dass ich denke, was ich denke, denn es ist beschämend – aber am liebsten würde ich diesem chauvinistischen Mistkerl einen Kopfstoß verpassen. »Ich gehe.« Ich mache auf dem Absatz kehrt, hebe mein Kleid vom Fußboden auf und kämpfe damit bei dem Versuch, es anzuziehen.

»Irrtum. Du gehst nirgendwohin, bis Damon zurück ist.«

Dreist marschiert er ins Badezimmer und wirft die Tür hinter sich zu. Dann höre ich Gebrüll, gefolgt von einem Knall. Er hämmert offenbar mit der Faust an die Holztür.

»Nun, das werden wir ja sehen«, schleudere ich ihm entgegen, sammle meine Sachen ein und mache mich auf den Weg. Ich öffne die Tür und pralle wegen meines Tempos beinahe gegen einen Rücken in Anzugjacke. »Du liebe Zeit!«

Einer von Joshs Männern schaut über die Schulter und wirkt ein wenig alarmiert.

»Alles okay, Euer Majestät?«

Ich bekomme nicht die Gelegenheit, etwas zu erwidern, denn ich werde unsanft ins Zimmer zurückgezerrt. »Darf ich dich daran erinnern, wen du hier gerade so grob behandelst?«, brülle ich und schüttele Josh ab.

»Nein, darfst du nicht.«

Er hält die Tür zu und blockiert meinen Fluchtweg. Seine Miene drückt Verachtung aus. Verärgert imitiere ich seine bedrohliche Haltung. Sein Blick ist tödlich.

»Und verschone mich mit deinem ultravornehmen Mist, nur weil du wütend bist.«

»Ich bin nicht wütend. Warum sollte ich wütend sein?«

»Weil ich recht habe.«

»Blödsinn.« Ich zucke innerlich zusammen, als ich das sage, und Josh wirft lachend den Kopf in den Nacken. »Ach, leck mich«, schleudere ich ihm entgegen und schubse ihn weg.

»Das ist schon besser. Meine Königin der schlimmen Worte.«

Wut und Verzweiflung toben in mir. »Ich gehe.«

Seine Hand landet wieder auf der Tür. »Sei nicht dumm, Adeline. Sobald du auch nur einen Schritt durchs Hotel machst, bricht die Hölle los. Du bleibst, bis Damon zurück ist, basta.«

Genau in diesem Moment klopft es an der Tür, wir starren sie an.

»Euer Majestät?« Damons Stimme dringt in den Raum, und ich greife nach dem Türgriff.

»Damon, ich möchte fort. Daumen runter!«

»Was soll das?« Josh hält die Tür zu, als Damon einzutreten versucht. Er schiebt meine Hand weg und schließt ab. »Du und deine verdammten Daumen.«

Ich werde hochgehoben und weggetragen, wobei ich strample und kreische wie ein garstiges Kleinkind. Ziemlich grob stellt er mich auf die Füße und hält mir zornig wie ein Grizzly und schwer atmend vor Wut seinen Zeigefinger vor die Nase. Offenbar überlegt er, was er sagen soll, sein Mund öffnet und schließt sich wie bei einem Goldfisch. Aber es kommt nichts. Er hat genug gesagt.

»Damon ist hier, also kann ich gehen.«

»Ma'am?«, ruft Damon. »Ich habe einen sehr betrunkenen Prinzen im Wagen.«

Erschrocken schaue ich zur Tür. Er hat Eddie bei sich? Ich stürze los, werde jedoch von Josh festgehalten, der mich schmerzhaft an der Schulter fasst. Ich schreie auf, greife nach meinem Oberarm und ziehe scharf die Luft ein.

»Oh, Shit«, flucht Josh. »Adeline, es tut mir …«

»Ich gehe.« Ich wirble herum und rolle die Schulter, um den Schmerz zu vertreiben. »Du wirst tun, was jeder tun muss, und mich respektieren.«

Gekränkt gibt er nach und schüttelt langsam den Kopf. Enttäuscht habe ich Josh noch nie erlebt. Bis jetzt. Und es gefällt mir nicht. Von allen Leuten, die ich zu enttäuschen wünsche, steht er ganz unten auf der Liste.

Nein, er steht überhaupt nicht darauf.

»Nun, wie einer deiner loyalen, ergebenen Untertanen werde ich das tun.« Zurückweichend verbeugt er sich und weist mit einer dramatisch schwungvollen Armbewegung zur Tür. »Euer Majestät.«

Ich habe es stets geliebt, wenn Josh mich auf korrekte Weise anspricht. Nicht, weil ich mir auf meinen Status etwas einbilde – tue ich nicht. Ich hasse meinen Status – doch wegen seiner Stimme klang es aus seinem Mund nie wie eine Last, sondern leicht und unbeschwert. Nun aber schwingt so viel Ablehnung darin mit, was absolut ironisch ist, denn genauso habe ich es eigentlich immer empfunden. Zuzüglich seiner höhnischen Miene hat diese Anrede sich noch nie so unpassend angefühlt, bin ich mir nie so klein vorgekommen.

Ich starre ihn an, und er starrt mich an. In seinen Augen lodert Feuer.

»Stell mir nur ja nie wieder ein Ultimatum«, sage ich drohend.

»Und du befiehlst mir nie wieder etwas. Ich werde mich dir *niemals* beugen.«

»Darum habe ich dich auch nie gebeten.«

»Das hast du gerade getan, Adeline.«

Seine Wangenmuskeln zucken, für meinen Geschmack atmet er viel zu tief ein. Anscheinend bereitet er sich darauf vor, etwas zu sagen. Bestimmt etwas, was mir ganz und gar nicht gefallen wird.

»Du kannst die Königin deines Landes sein, Baby«, flüstert er mit glasigem Blick. »Oder du kannst meine Königin sein.« Er tritt einen Schritt zurück. »Beides kannst du aber nicht sein.«

Alles in mir stirbt.

Er hat recht.

Es ist, als habe sich eine Kluft in meiner Brust aufgetan, in die mein Herz stürzt. *Ich habe keine Wahl. Nicht mehr.* Er wird sein Leben führen und sein Glück finden. Ich werde ein Leben voller Verantwortungen und Verpflichtungen führen. Gehüllt in Einsamkeit.

Er ist fertig mit mir. Erweist sich letztlich als jemand, der genauso ist wie alle anderen in meinem Leben. Oberflächlich. Engstirnig und egoistisch. Er glaubt nicht, dass ich mein Amt ausfüllen kann.

Langsam wende ich mich ab, schließe die Tür auf und öffne sie. Damon sieht mich mit ernster Miene an. »Ich bin so weit«, sage ich nur.

Ohne ein Wort oder auch nur einen Blick ins Zimmer legt Damon mir eine Hand auf den Rücken und gibt klare Anweisungen über den Knopf in seinem Ohr weiter, wobei er mich zum Ausgang führt. Ich schaue entschlossen geradeaus, denn ich will nicht daran denken, was ich zurücklasse. Ich werde durch die Korridore geführt, hinein in einen Fahrstuhl und hinaus auf die Straße.

Erst jetzt, inmitten dieses Albtraums, wird mir klar, was ich aufgeben würde, wie ich es all die Jahre angedroht habe. Meine Geschichte. Mein Erbe. Und, um es mal auf den Punkt zu bringen, wofür? Für eine Beziehung mit einem Mann, der mich zwingen will, alles aufzugeben, was ich bin. Für einen Mann, der mir ein Ultimatum gestellt hat. Es spielt keine Rolle mehr, dass ich vor wenigen Wochen noch bereit war zu fliehen. Denn ich hatte diese Entscheidung getroffen, niemand sonst. Ich war es.

Inzwischen steht viel mehr auf dem Spiel, und die Konsequenzen sind ernster. Und Josh scheint nur an sich selbst zu denken. Da kann er sich glücklich schätzen, dass er diesen Luxus hat. Ich habe ihn nicht. Ich muss mein Leben mit Schuldgefühlen, Verpflichtungen und einem unsinnigen Stolz zubringen, den ich gern loswerden würde. Zu viele Menschen sind von mir abhängig.

»Ma'am?«, sagt Damon und sieht mich vorsichtig an.

Ich blinzle und registriere, dass wir am helllichten Tag auf dem Gehsteig stehen. Männer umringen mich, die Wagentür ist für mich geöffnet.

»Sie sollten einsteigen.«

Ich schüttele die Gedanken ab und gleite auf den Rücksitz.

»Addy!« Eddie fällt quer über den Sitz gegen mich.

Ich sehe ihn alarmiert an und rümpfe die Nase über den Gestank, den er verströmt. »Meine Güte, du riechst wie eine Brauerei.«

»Woher willst du denn wissen, wie eine Brauerei riecht?«

Das vertraute jungenhafte Grinsen erscheint auf seinem Gesicht, nur leider fühle ich mich dadurch nicht besser.

»Du bist betrunken.« Ich schüttele missbilligend den Kopf und blicke zu Damon, als der einsteigt. »Wo ist er gewesen?«

»Seine Königliche Hoheit hat eine gewisse Vorliebe für den Club 62 entwickelt.« Er startet den Wagen und wartet, bis der Konvoi vor uns sich in Bewegung setzt, ehe er losfährt.

»Ah!« Eddie fällt nach vorn und hält sich an der Rücklehne des Beifahrersitzes fest, um mit Damon zu sprechen. »Sie dürfen mich nicht mehr so nennen, Damon. Ich gehöre nicht zur königlichen Familie. Eddie genügt also.«

Ich schenke meinem Bruder keine Beachtung und erkundige mich bei Damon: »Club 62? Davon habe ich noch nie gehört. Was ist das?«

»Schsch«, lallt Eddie und fällt gegen die Tür, weil Damon eine Kurve fährt. »Verraten Sie es ihr nicht, es ist ein Geheimnis.«

»Ein Gentlemen's Club, Ma'am. Höchst unpassend für Damen wie Sie. Für alle Damen, genau genommen.« Unsere Blicke treffen sich im Rückspiegel. »Es sei denn, die Dame arbeitet dort.«

»Ein Stripclub?«

»Och, Damon«, mault Eddie. »Sie haben den Blutschwur gebrochen.«

»Ich bin kein Mitglied, Euer Hoheit, daher kann ich den Blutschwur gar nicht brechen.«

Verblüfft schaue ich zwischen den beiden Männern hin und her. »Eddie, du kannst solche Etablissements nicht besuchen.« Der Skandal wäre enorm.

»Ich kann tun und lassen, was immer ich will, vielen Dank auch. Und da ich offenbar für die königlichen Dienste ungeeignet bin, werde ich das mal ordentlich ausnutzen.« Plötzlich wird er grün im Gesicht und schluckt mehrmals schnell hintereinander. »Oh nein.«

»Was?«, frage ich und starre ihn entgeistert an.

»Oh, Shit«, sagt Damon vorn, genau in dem Moment, als Eddie sich übergibt.

Direkt auf meinen Schoß.

»Oh mein Gott!«, rufe ich und hebe die Hände. Der Gestank breitet sich rasch im Wagen aus.

»Hoppala.« Eddie lässt sich in den Sitz zurücksinken. Auf seiner Stirn schimmern Schweißperlen. Und dann lacht er. »Ich habe gerade die Königin von England vollgekotzt.« Er lacht und wischt sich mit dem Ärmel den Mund ab. »Wow, das habe ich wirklich.«

»Du bist widerlich«, sage ich empört und jammere über die Bescherung auf meinem Schoß. »Damon, halten Sie an.« Ich fühle, wie es durch den Stoff meines Kleides sickert und warm auf meine Schenkel läuft.

»Ich fürchte, das ist unmöglich, Ma'am.« Er zeigt nach vorn. Es sieht nach Stau aus.

»Na fabelhaft«, maule ich. »Soll ich hier etwa die ganze Heimfahrt über mit Eddies Erbrochenem auf mir sitzen?«

Als Antwort erhalte ich von Damon ein Schulterzucken und von Eddie ein Lachen. Also sitze ich den ganzen Weg bis Kellington bewegungslos und zum Himmel stinkend da, aus Furcht, die Bescherung noch weiter zu verteilen.

Zumindest diese Misere kann mit einer ausgiebigen Dusche beseitigt werden.

Alle anderen Miseren in meinem Leben liegen außerhalb meiner Kontrolle.

7

Ich stehe ewig unter dem Duschstrahl und starre die Fliesen vor mir an. Nach dem langen Bad und der Dusche, um Eddies Erbrochenes abzuwaschen, ist meine Haut ganz schrumpelig. Ich betrachte meine Hände und seufze. Meine Fingerspitzen sind milchig und faltig. Sie sehen alt aus.

Ich stelle die Dusche aus, trockne mich ab und binde meine Haare zu einem Dutt zusammen. Dann ziehe ich mir meinen Bademantel über, gehe ans Waschbecken und nehme meine Zahnbürste. Während ich mir die Zähne putze, blicke ich in meine glasigen Augen im Spiegel, und jedes Mal, wenn ich blinzle, sehe ich ihn.

Wie konnte ein solch wunderbarer Moment sich in etwas derartig Grässliches verwandeln? Ich spucke aus, spüle und halte mich am Waschbecken fest, lasse das Kinn sinken, atme tief ein. Wenn der heutige Tag mich eins gelehrt hat, dann dass zwischen Josh und mir mehr als nur eine Welt steht. Uns trennt ein ganzes Universum – ein großes schwarzes Loch der Verbitterung steht zwischen uns. Er versteht mich nicht, dabei hatte ich darauf so sehr gebaut. Ich war dumm, auch nur einen Moment zu glauben, ich könnte das Beste aus beiden Welten haben. Ich wollte es den vielen Neinsagern zeigen, und ich wollte gleichzeitig diese intensive Lebensfreude, die nur Josh mir geben kann. Aber in meiner Situation gibt es nur meine Welt. Die andere muss ich loslassen, und es ist klar, welche von beiden. Josh hat recht. Ich kann nur eine Königin sein.

Nicht meine Berufung? Seine Zweifel an mir schmerzen mich mehr als die irgendeines anderen Menschen.

Erschöpft gehe ich in meine Suite, um mich ins Bett fallen zu lassen und so lange zu schlafen, wie mein Verstand es zulässt. Vielleicht finde ich morgen meine Kraft und Zuversicht wieder, und vielleicht wird der Herzschmerz erträglicher. Ich ziehe die Decke hoch bis zum Kinn und drehe mich auf die Seite.

Kaum habe ich die Augen zugemacht, klopft es an der Tür, und Kim tritt ein. Sie ist mit ihrem Telefon bewaffnet, ein graues Kostüm ist die Rüstung dieses Tages. »Was ist denn, Kim?« Ich hebe nicht mal den Kopf vom Kissen.

»Sind Sie krank?« Sie mustert mich, ist sichtlich erschrocken darüber, mich im Bett vorzufinden. Es ist nicht mal Teezeit. »Soll ich Dr. Goodridge rufen?«

»Nein. Ich bin nur müde.«

»Tja, die Pflicht ruft, fürchte ich.« Sie schaut sich im Zimmer um und bemerkt die auf dem Fußboden liegenden Kleidungsstücke. Auf ein kurzes Nicken kommt eine Hausangestellte herbeigeeilt, die umherhuscht und dabei die Sachen aufsammelt.

»Ich bin meinen Pflichten für heute nachgekommen«, erkläre ich schlapp. »Ich möchte in Ruhe gelassen werden.« Worum sollte ich mich denn noch kümmern? Ich bin mir ziemlich sicher, jedes königliche Protokoll und jeden Punkt in dieser vergangenen Woche durchgegangen zu sein. Und der heutige Tag war besonders anstrengend. Ich habe genug.

Kim verschwindet in mein Ankleidezimmer und taucht kurz darauf mit einem meiner Kleider wieder auf – ein blaues formelles, mit schwarzer Paspel entlang der Nähte und des Saumes.

»Ich fürchte, es gibt für Sie keine Ruhe in nächster Zeit.« Mit ihrem mitfühlenden Gesichtsausdruck erkennt sie wenigstens an, dass schwierige Zeiten vor mir liegen. »Ihre Königliche Hoheit Prinzessin Helen hat um eine Audienz gebeten.«

Kims Information veranlasst mich, mich langsam aufzusetzen. »Warum?«, frage ich, obwohl ich sehr wohl weiß, dass Kim darüber nichts wissen wird. Ich habe Helen bei den wenigen Gelegenheiten, die ich in ihrer Gesellschaft verbrachte, kaum ansehen können. Und ich weiß, dass es ihr ähnlich mit mir erging.

Mit schmalen Lippen legt Kim das blaue Kleid über eine Sessellehne. »Sie meint, es sei von äußerster Wichtigkeit.«

Davon bin ich überzeugt. Es ist ein ziemlicher Zufall, dass ich letzte Woche offiziell vereidigt wurde und dass nun meine Schwägerin, schwanger mit dem illegitimen Sohn meines toten Bruders, mich *dringend* sehen will. Vielleicht sollte ich eher überrascht sein, dass es so lange gedauert hat. Niemand bekommt eine Audienz bei der Königin auf Wunsch. Ich sollte sie abweisen. Ärgerlicherweise bin ich aber neugierig, worum es geht.

»Na gut.« Ich raffe mich auf. »Ist Jenny hier?«

Kim verbeugt sich im Rückwärtsgehen. »Ich werde sie hinaufschicken.«

»Danke, Kim.« Ich bin nicht zu arrogant, um mich selbst fertig zu machen, mir fehlt nur einfach die Kraft. Und ich habe den Verdacht, dass ich meine noch verbliebene Energie für Helen brauchen werde.

Als ich die Treppe zum Foyer hinuntergehe, mit Kim an meiner Seite, die mich auf alles Mögliche hinweist, sehe ich Hausangestellte hin und her eilen. Sie scheinen heute geschäftiger zu sein, und mir fallen eindeutig ein paar neue Gesichter auf. »Was macht Sid hier in Kellington?«, frage ich mit Blick auf den Haushofmeister von Claringdon Palace, der Bediensteten Anweisungen gibt.

»Eine kleine Umstrukturierung, glaube ich.« Kim widmet sich wieder ihrem Handy und scrollt durch irgendeine Liste. »Wo war ich? Ach ja, der offizielle Besuch in Spanien wurde verschoben, ich habe Ihnen eine Reiseroute in Ihr Büro in Claringdon gelegt.«

»Warum nicht in mein Büro hier in Kellington?«

»Weil Ihr offizielles Büro nun in Claringdon ist.«

»Das ist das Büro meines Vaters.« Ich werde es immer als seins betrachten.

»Als Herrscherin ist es jetzt *Ihres*, wie es das Büro vieler anderer vor Ihnen war, Ma'am. Doch bis die Logistik an Ihrem Arbeitsplatz funktioniert, habe ich vorsichtshalber eine Kopie auf Ihren Schreibtisch hier in Kellington gelegt.«

Warum hat sie das nicht gleich gesagt? »Mein Büro hier wird mein Büro bleiben.« Ich bleibe unten an der Treppe stehen und beobachte genervt die chaotische Szene. Genau das ist einer der Gründe, weshalb ich mich weigere, nach Claringdon zu ziehen. Dort geht es zu wie im Zirkus, nicht wie in einem Zuhause, und wegen der Umstrukturierung ist es jetzt hier in Claringdon genauso. »Wie kopflose Hühner«, murmele ich.

Felix, das Handy am Ohr, eilt durchs Foyer, er hat zwei neue Gesichter im Schlepptau, zweifellos Teil der Umstrukturierung. Ich muss Kim nicht erst fragen, weshalb Kellingtons Kommunikationschef in Aufruhr ist. Als wir mit dem bewusstlosen Eddie eintrafen, wurde Damon in Felix' Büro zitiert, um jedes noch so winzige Detail seiner Rettungsaktion zu schildern. Wahrscheinlich auch, um festzustellen, wer sich innerhalb eines Fünf-Meilen-Radius um den Gentlemen's Club, den mein Bruder neuerdings favorisiert, befand. »Wo ist Helen?«

»In der Lounge, Ma'am. Ich werde sie in Ihr Büro führen.«

»Na gut.« Ich durchquere das Durcheinander, um diese nächste nervige Herausforderung rasch hinter mich zu bringen.

Vor meiner Bürotür angekommen, werfe ich die Haare über die Schulter und streiche mein Kleid glatt, dann betrete ich den Raum. »Verdammt!«, rutscht es mir beim Anblick der Monstrosität heraus, die ich aus dem Büro meines Vaters habe entfernen lassen. Ich wollte es nicht irgendwo anders haben, sondern es verbrennen lassen. Will Sir Don mich absichtlich auf die Palme bringen? »Felix«, rufe ich, als ich ihn an meiner Tür vorbei in Richtung seines Büros eilen sehe.

Er bleibt stehen, kehrt um und steckt den Kopf herein. »Ja, Ma'am?«

»Mir ist klar, dass das nicht zu Ihren Aufgaben gehört, aber bitte finden Sie jemanden, der dieses Ding entsorgt.« Schwungvoll zeige ich auf das riesige Porträt, ohne hinzusehen.

Felix kann sein Entsetzen nicht ganz verbergen. Gut. Ich bin froh, dass er es ebenfalls grässlich findet.

»Verbrennen?«, fragt er.

»Sie haben meine Gedanken erraten.« Ich trete hinter meinen Schreibtisch und setze mich. »Wie geht's mit der Schadensbegrenzung voran?«

»Seiner Königlichen Hoheit Prinz Edwards neuester Lieblingsspielplatz ist undurchdringbar. Sobald jemand von denen redet, fliegt er raus. Also redet niemand.«

»Das ist doch eigentlich gut, oder?«

»Oh, das ist definitiv gut, Euer Majestät. Wir haben es ohnehin nur dank Damons Kontakten herausgefunden. Mir war die Existenz dieses Clubs nicht bekannt, und es gibt nicht viele Dinge auf dieser Welt, die ich nicht kenne.«

»Allerdings«, stimme ich ihm zu und mustere ihn neugierig. Will er mir irgendetwas zu verstehen geben? Ich bin nicht dazu gekommen, vor dem Tod meines Vaters die Beziehung zwischen mir und Josh offiziell bekannt zu geben. Aber die bloße Tatsache, dass mein amerikanischer Liebhaber bei meiner Rückkehr nach Claringdon an meiner Seite war, unmittelbar nach dem Hubschrauberabsturz, sprach Bände. Nur hat niemand darüber gesprochen, zumindest nicht mit mir. Es gab da wohl so etwas wie eine stillschweigende Übereinkunft, doch mir ist klar, dass hinter den Kulissen Vorkehrungen getroffen wurden, diesen möglichen Skandal zu begrenzen. Außerdem gibt es da noch die Warnung, die Josh erhalten hat. Zu blöd für die, dass er sich nicht daran gehalten hat. Oder ist das blöd für mich? Weiß Felix Bescheid? Will er mir das gerade zu verstehen geben? Weiß er, wo ich heute war? Mein Hirn krampft sich zusammen bei dem Gedanken, und in meiner Vorstellung bin ich wieder in der Suite im Hotel Café Royal mit Josh. Wie wundervoll. Und wie grauenhaft der Streit am Ende.

»Ma'am?«, sagt Felix und holt mich ins Hier und Jetzt zurück. »Ist das alles?«

»Das ist alles.« Ich richte den Blick auf den Stapel Karten auf meinem Schreibtisch, alle mit dem königlichen Wappen. Ein Stift liegt daneben. Links liegen einige Entwürfe für Presseverlautbarungen, die meiner Zustimmung bedürfen.

Ich unterzeichne sie mit schwerer Hand und werfe die Lügen in die Ablage, damit Kim sie abholen kann. Weiteres Blendwerk. Ich nehme das Blatt Papier mit meinen Terminen für den nächsten Monat, eine endlose Liste royaler Engagements und Auftritte. Allein schon beim Lesen bekomme ich Kopfschmerzen. »Und wann soll man sich da erholen?«, frage ich mich, die Daten überfliegend.

Es geht nonstop, beginnend mit einem Dinner im Weißen Haus nächste Woche, bei dem ich der Ehrengast bin. Dort halte ich mich für vierundzwanzig Stunden auf, ehe ich nach England zurückkehre, um mein erstes offizielles Meeting mit dem Premierminister abzuhalten. Ich gähne gedankenlos. Dann muss ich nach Portsmouth reisen, um ein neues Kriegsschiff zu taufen, das nach mir benannt ist. Ich lese die nicht enden wollende Liste weiter, und mein Mut sinkt. Das ist jetzt mein Leben. Um meinem Vater zu beweisen, was ich kann, und um die jämmerlichen Lügen dieser Familie zu decken. Das ist der Grund, weshalb ich diesen und vielen anderen Verpflichtungen nachkommen muss. Bis an mein Lebensende. Denn wenn ich es nicht tue, wird Anarchie herrschen. Werden Leben ruiniert. Ich lasse das Blatt Papier sinken und lehne mich mutlos zurück, überwältigt und hilflos. Das ist nicht die beste Stimmung, wenn ich gleich meine tolle Schwägerin sehe.

Ich blicke zur Tür, als ich ein Klopfen höre. Bevor ich Kim hereinrufe, richte ich mich lieber gerade auf und setze meine Maske auf. Wie oft noch? An wie vielen Tagen, von heute an gerechnet, werde ich das noch tun? Ich hole tief Luft und wappne mich innerlich. »Herein«, rufe ich und lege die Hände gefaltet vor mir auf den Tisch.

Kim tritt ein und bleibt an der offenen Tür stehen. »Ihre Königliche Hoheit Prinzessin Helen, Euer Majestät.«

Dass diese Frau einen königlichen Titel trägt, ist lachhafter, als es das in meinem Fall ist. Ihr Vergehen, die Thronfolge zu ihren Gunsten zu manipulieren, ist unfassbar. Da bin ich, hin- und hergerissen zwischen der Ablehnung und der Annahme meines royalen Status, und denke oft an Wege aus dieser Hölle. Und auf der anderen Seite steht Helen, die diesen Irrsinn, den das Amt mit sich bringt, unbedingt will. Die schwanger wurde von einem anderen Mann, um ihre Position zu sichern.

Sie erscheint, makellos und gut gekleidet wie immer, jedes Haar auf ihrem hübschen Schädel ist an seinem Platz. Sie ist ganz in Schwarz, zum Zeichen ihrer andauernden Trauer. Sie beugt nur minimal den Kopf, es wirkt gezwungen, ohne jede Gunsterweisung. Außerdem spricht sie mich nicht an, weder mit meinem Titel noch mit meinem Namen. Unverschämtes Weib. Immerhin wartet sie, bis sie aufgefordert wird, sich zu setzen.

»Bitte«, sage ich und deute auf den Sessel mir gegenüber. Sie setzt sich still und leise. Ich versuche, ihre Absichten zu deuten, doch es gelingt mir nicht. »Du hast darum gebeten, mich zu sehen.«

»Ja, ich wollte meine Position innerhalb der Familie klären.«

Selbstbewusstsein signalisierend hebt sie das Kinn, was jedoch leicht als gespielt zu erkennen ist.

Ich sitze gerade und halte ihrem Blick stand. Es ist ein Kräftemessen mit Blicken, worauf ich mich normalerweise niemals einlassen würde. Bei Helen kann ich jedoch nicht widerstehen. Jedes Wort, das diese Frau jemals an mich gerichtet hat, war von Verachtung durchtränkt. Das ist auch in dieser Situation nicht anders. »Ich denke, die Königinmutter hat deine Position bereits klar definiert.«

»Sie hat mir lediglich gesagt, mein Geheimnis sei sicher. Du warst dabei, wenn ich mich recht entsinne.« Sie gibt sich stoisch und vollkommen emotionslos.

»Deine Erinnerung täuscht dich nicht.« Ich trinke einen Schluck aus dem für mich bereitgestellten Wasserglas, denn ich habe einen trockenen Mund. »Dann darf ich also annehmen, du bist hier, um zu klären, welche Privilegien dir weiter zustehen?« Ich sollte ihr alles streichen, aber eine solche Botschaft würde sicher nicht bei jedem gut ankommen.

»Für mein Schweigen, ja.«

»Für dein Schweigen?« Ich verschlucke mich fast. »Du meinst die Sache, dass du den Thronfolger betrogen hast?«

»Ich tat, was nötig war für die Erhaltung der Monarchie. Der König hat deutlich klargemacht, dass ich einen Thronfolger produzieren soll.«

Wieder einmal werde ich daran erinnert, welchen rücksichtslosen Druck mein Vater im Namen seines Thrones ausgeübt hat. »Ich denke, er meinte mit seinem Sohn, Helen.«

Ihre Kiefer mahlen. »Glaubst du, wir haben es nicht versucht? Jahrelang habe ich jeden Monat in der Hoffnung gewartet, dass diesmal die Nachricht kommt. Es passierte nie. Ich war verzweifelt. Was hättest du denn getan?«

»Wir sprechen hier nicht über mich.«

»Das ist wohl auch ganz gut so. Wenn wir über deine Vergehen sprechen würden, säßen wir Stunden hier. Und jetzt bist du Königin? Das verhöhnt den Thron.« Sie schnaubt verächtlich und wedelt mit der Hand.

Die kühle, gefasste Frau, die mein Büro betreten hat, ist längst verschwunden. Nur fürchte ich, dass ich auch bald die Fassung verlieren werde.

»Eddie ist traumatisiert von seinem Kriegseinsatz? Seit wann das denn? Es steckt mehr dahinter, es muss so sein. Und es ist etwas sehr Ernstes, wenn man Eddie übergeht und *dir* die Krone gibt.«

Ich bin mir nicht sicher, was passieren wird, doch auf jeden Fall springe ich auf und beuge mich über den Schreibtisch. »Es reicht«, bringe ich wütend hervor, aber kaum überrascht, weil Helen mir auf diese miese Tour kommt. »Die Angelegenheiten dieser Familie betreffen dich nicht länger. Edward hat Probleme, sich in der Heimat wieder zurechtzufinden, und *wir* helfen ihm.« Meine Worte dienen nur der Form, denn Helen weiß, dass es eine Lüge ist, um einen Monsterskandal zu verhindern. Doch auch wenn sie es weiß, geht es sie nichts an. Ich bin absolut entschlossen, Eddie zu schützen, nicht nur vor Helen, sondern vor der ganzen Welt. »Es mag dir viel Vergnügen bereitet haben, mich all die Jahre niederzumachen, aber damit ist jetzt Schluss. Ich bin deine Königin, und du wirst mir dementsprechend gegenübertreten.« Ich glaube, es hat mir noch nie so viel Spaß gemacht, diese Worte auszusprechen. Und ich scheine sie in letzter Zeit ziemlich oft zu benutzen.

Helen weicht verblüfft in ihrem Sessel zurück.

»Wer ist der Vater?«, frage ich, ihre Überraschung ausnutzend. Jetzt windet sie sich.

»Das geht dich nichts an.«

Geht mich nichts an? »Muss ich mit unerwarteten Storys von irgendwelchen Typen rechnen, die sich an die Medien wenden?«

»Belassen wir es dabei, dass er deutlich mehr zu verlieren hat als ich.«

Ich neige den Kopf zur Seite, doch mehr verrät sie nicht. Sie wird es mir nicht sagen. Kümmert es mich? Nein. Wer immer blöd genug war, auf Helen hereinzufallen, vermutlich ein hoher Businesstyp, hat es verdient zu schwitzen. Falls er überhaupt weiß, dass das Kind, mit dem sie schwanger ist, von ihm stammt. »Ich bitte dich höflich darum, mich umgehend zu unterrichten, sollte das Risiko bestehen, dass da irgendwer mit irgendwelchen überraschenden Neuigkeiten aufkreuzt. Was das *Schweigen* betrifft, von dem du sprichst«, fahre ich fort. »Was also deine Kooperation angeht, wirst du deinen Titel als Herzogin von Oxfordshire behalten. Dein Kind wird jedoch keinen Titel erhalten. Du wirst Unterhalt in einer Höhe zugewiesen bekommen, die meine engsten Berater für angemessen halten. Außerdem erhältst du als Unterkunft das Gatehouse, das zu Holmestead Estate gehört. Solltest du wieder heiraten, musst du es allerdings räumen. Alle diese *Geschenke* wirst du zurückgeben müssen, solltest du dich dazu entschließen, dein Geheimnis zu verraten. Doch sei gewarnt, *Euer Hoheit*, man wird dich verurteilen, sollte es jemals ans Licht kommen. Schließlich hast du das Vertrauen meines Bruders missbraucht. Du kannst dich glücklich schätzen, dass du überhaupt etwas von mir bekommst.«

Sie starrt mich regelrecht geschockt an. Offenbar hat sie mir eine solche Reaktion nicht zugetraut. Ich mir selbst auch nicht, ehrlich gesagt. Aber mittlerweile ist mir der Ernst der Lügen bewusst, die mein Leben geformt haben.

»Seit wann ist dir die Familie so wichtig?« Helen zischt die Worte beinahe.

»Seit mir klar ist, dass sie sich darauf verlassen, dass ich ihren Namen und ihre Würde schütze.« Meine Antwort kommt mir ganz natürlich über die Lippen wie durch einen Instinkt, von dem ich bisher nichts geahnt habe. »Hast du sonst noch etwas vorzubringen?«

Ihr langes Einatmen verrät mir, dass sie noch vieles zu sagen hätte, aber ich kenne Helen, und sie weiß, was gut für sie ist. Mich herauszufordern gehört nicht dazu. Sie müsste um den Verlust ihres Titels und ihrer Privilegien fürchten, und die schätzt sie zu sehr. Helen ist niemand, der sich gern selbst ein Bein stellt. Sie will Sicherheit und Anerkennung.

Also gibt sie nach und räuspert sich. »Nein, Ma'am.«

»Dann sind wir hier fertig.« Ich stütze mich auf dem Schreibtisch ab und richte mich auf. Mein zorniger Blick bleibt auf meine Schwägerin gerichtet. »Auf Wiedersehen«, füge ich hinzu, um das Ende der Unterhaltung zu bekräftigen.

Helen erhebt sich langsam und wirkt ein wenig geschockt. Sie wendet sich zum Gehen, und ich kann nicht widerstehen, ihr einen letzten Hieb mitzugeben: »Von jetzt an wirst du mich angemessen anreden, Helen. Daher wirst du mir Lebewohl sagen und mir für meine Zeit danken. *Jetzt.*«

Sie schluckt und ringt offenbar mit ihrem Stolz. »Ich danke Ihnen für Ihre Zeit, Euer Majestät.«

»Sie dürfen sich entfernen.«

Wahrscheinlich fragt sie sich, was mit mir geschehen ist. Es sind die Lügen, das ist alles. Haufenweise Lügen, die weder sie noch der Rest der Welt je erfahren wird. Mich dagegen werden diese Lügen auf ewig beherrschen.

Sobald sich die Tür schließt, sinke ich für einen Moment in den Sessel und atme tief durch, um meinen Schock zu verdauen. Mir war nicht klar, dass das in mir steckt, aber anscheinend setze ich weiterhin kleine Zeichen der Stärke und Macht. Die Frage bleibt, ob diese Ausbrüche von Autorität meinen natürlichen Instinkten als Königin entspringen oder ob es nur Rache ist an den Leuten, die mir so lange das Leben schwer gemacht haben. Werde ich von Bitterkeit und Groll geleitet? Ich lehne mich zurück und schließe die Augen, während ich darüber nachdenke. »Wer bist du, Adeline?«, frage ich mich, denn ich weiß es wirklich nicht mehr.

Mein. Joshs Stimme meldet sich in meinem wirren Kopf. *Du bist mein.*

Im Gegensatz dazu ist da keine Stimme, die sagt, ich soll die Königin sein.

8

Die Szenerie ist anders, als ich vom Ronald Reagan International Airport in Washington gefahren werde, aber meine Gedanken sind die gleichen. Mein Verstand kreist um dieselben Fragen wie während der ganzen letzten Woche. Ich hatte genug zu tun, und doch fehlte mir etwas. Jemand.

Josh.

Der Mann, der behauptet, mich über alles zu lieben. Ich habe nichts mehr von ihm gehört. Die fehlende Ablenkung hat nicht zu meiner Ausgeglichenheit beigetragen. Ich bin noch genauso durcheinander wie zu dem Zeitpunkt, als ich von meiner Thronfolge erfuhr. Ich befinde mich nach wie vor in einem inneren Zwiespalt.

Ich kann das. Ich kann das nicht. Ich kann ohne Josh leben. Ich kann nicht ohne Josh leben. Ich sollte Königin sein. Ich sollte nicht Königin sein.

Meine Gedanken sind immer wieder zu Josh abgeschweift, doch jedes Mal bekam ich prompt etwas zu tun, musste jemanden empfangen oder einen Ort besuchen, als wüsste eine höhere Macht, dass ich abgelenkt bin. Und jedes Mal, wenn ich meinen Verpflichtungen nachkam, fühlte ich mich ausgelaugt und entmutigt. Niemandem, der die Krone trägt, sollten seine Pflichten zuwider sein, aber mir sind sie schrecklich zuwider. Deshalb steigt immer wieder dieser Trotz in mir auf, wenn ich im Geiste die tadelnden Worte meines Vaters höre.

Du bist eine Fehlbesetzung, Adeline. Eine Schande für die Monarchie.

Das mag sein, doch die Öffentlichkeit hat mich fraglos angenommen. Zahllose Artikel in den Zeitungen, Lobeshymnen der Monarchisten und selbst die Republikaner sind still geworden.

Zumindest berichten das PR-Team und die Kommunikationsabteilung das. Anscheinend steht die Lektüre der Boulevardblätter nicht oben auf meiner Prioritätenliste. Bei dem Gedanken schlage ich die erste Seite der Zeitschrift auf, die Kim mir für meine Reise nach Washington mitgegeben hat und die jetzt auf meinem Schoß liegt. Und kaum habe ich das getan, bereue ich es auch schon. »Verdammt, warum kann er nicht einfach verschwinden?«

»Pardon, Ma'am?« Kim sieht mich alarmiert an, und ich schlage das Magazin zu, die Seite, die Josh im Smoking auf dem roten Teppich zeigt.

»Nervige Fliege«, murmele ich und klatsche die Zeitschrift gegen das Fenster. »Die schwirrt schon vor meinem Gesicht herum, seit wir den Flughafen verlassen haben.«

»Tatsächlich?« Kim sucht das Fenster ab, während ich mit der Zeitschrift dagegenklopfe und im Stillen den Kopf über mich selbst schüttele. Ich bin erstaunt, dass mein Gehirn so schnell schaltet, weil es eigentlich seit Wochen stockt. Wann wurde das Foto von Josh aufgenommen? Wo in aller Welt ist er jetzt?

Stopp!

»Ich hab sie«, sage ich und registriere Damons amüsierten Blick im Rückspiegel. Der kann sich seinen Spott sparen, denn ich mache ihn für meinen Herzschmerz verantwortlich. Hätte er gemeinsam mit Josh nicht dieses Treffen im Hotel geplant, würde ich mich jetzt nicht so niedergeschlagen fühlen. Natürlich schiebe ich die Schuld bloß auf jemand anderen, aber das würde ich nie laut zugeben. Nur das Ende meiner Not könnte dieses Gefühl der Hoffnungslosigkeit vertreiben, und das werde ich nicht erleben. Nie.

»Das St. Regis, Ma'am«, verkündet Damon, als wir vor dem Hotel halten. Ich bewundere die Fassade, während er aussteigt und seinen Leuten Anweisungen erteilt. Jenny beginnt, an meinen Haaren und meinem Make-up herumzuwerkeln, damit ich nicht aussehe, wie ich mich fühle. Wie ein Wrack nämlich.

Als Damon die Tür öffnet, sieht er mich mit einem liebevollen Lächeln an. »Bereit?«

»Nein«, gestehe ich trocken, hole tief Luft und steige aus. Männer nähern sich aus allen Richtungen, um mich vor den Kameras abzuschirmen. Mein Besuch in den Vereinigten Staaten wurde sehnsüchtig erwartet, die Medien sendeten pausenlos. Diese Szene vor dem Hotel überrascht mich daher nicht. Absperrgitter wurden aufgestellt, sie werden von Polizisten gesichert. Ich bringe ein Lächeln zustande und hebe das Kinn. »Danke«, sage ich und gelange unbehelligt in die Lobby.

»Hier entlang, Ma'am.« Kim deutet zu den Fahrstühlen, und im nächsten Moment befinde ich mich in einem davon auf dem Weg in den Himmel.

Sir Don und Dr. Goodridge schweigen, wie schon den überwiegenden Teil der Reise. Wäre es nach mir gegangen, hätte ich die beiden in London gelassen. Es ist jedoch unüblich für eine Monarchin, ohne Privatarzt und ohne engsten Berater zu reisen. Immerhin konnte ich David Sampson zurücklassen, dem Himmel sei Dank. Ich bin nach wie vor geknickt, dass Davenport sich am Morgen nach meinem Besuch nicht zum Dienst gemeldet hat. Andererseits, habe ich wirklich erwartet, dass er mein Angebot annimmt? Im Grunde nicht. Das ändert jedoch nichts daran, dass ich es gehofft habe.

»Der Ablauf für heute Abend«, sagt Kim und hält mir ihr Handy vors Gesicht. »Wir werden um sieben im Weißen Haus erwartet und müssen um halb sieben los, wenn wir pünktlich sein wollen.«

»Viertel nach sechs«, meldet Sir Don sich zu Wort, ohne Kim zu beachten. »Wenn wir pünktlich sein wollen, müssen wir um Viertel nach sechs losfahren.«

Kims Nasenflügel beben, sie richtet ihren Blick aus zusammengekniffenen Augen auf Sir Dons Rücken. »Viertel nach sechs«, bestätigt sie und wendet mir wieder ihre Aufmerksamkeit zu. »Jenny und Olive werden gegen drei bei Ihnen sein, um Ihnen bei der Vorbereitung zu helfen.«

»Um drei?«, frage ich. Früher hat Jenny mich in einer Stunde zurechtgemacht. Warum so viel Zeit?

Kim zuckt mit den Schultern. »Es ist Amerika, Ma'am. Ihr Kleid für das Staatsbankett wird mit großer Spannung erwartet. Ich will Ihre Fans nicht enttäuschen.«

»Sie Scherzkeks«, erwidere ich und lasse Damon vorangehen, nachdem er die Türen geöffnet hat und Sir Don sowie Dr. Goodridge mir einen Weg gebahnt haben. »Sie wollen mir damit sagen, dass ich sie umhauen soll?«, frage ich über die Schulter. Mir fallen Sir Dons müde Augen auf, was mich mit Genugtuung erfüllt.

»Ihr Gesicht wird morgen auf jeder Titelseite und überall im Fernsehen zu sehen sein.« Kim grinst. »Also ja, hauen Sie sie um. Die Welt schaut zu, Ma'am. Es ist Ihr erstes Staatsbankett, noch dazu im mächtigsten Land der Welt.«

»Klar«, sage ich. Niemand muss mich zweimal auffordern, sämtliche Register zu ziehen, wenn es um mein Äußeres geht. »Dann werden wir genau das tun.« Ich rausche in die Suite und fühle mich … mächtig. Und das liegt nicht nur daran, dass ganz Amerika mir zusieht, sondern weil ich weiß, dass Josh es auch sehen wird. Die Königin von England zu sein ist nicht meine Berufung? Das werden wir ja sehen.

Ich nehme eine der Taschen von Olive. »Sorgen Sie dafür, dass das schön funkelt heute Abend«, sage ich und gebe sie an Kim weiter.

»Was ist das?« Sie stellt die Tasche auf einen Tisch und lässt die Verschlüsse aufschnappen.

Ich antworte nicht und lasse es sie selbst entdecken. Als sie sieht, was sich darin befindet, schaut sie zu mir, aber sie kommt nicht dazu, ihre Bedenken laut auszusprechen.

Sir Don mischt sich sofort ein. »Ma'am, Sie müssen die Krone tragen. Diese Tiara ist ein Erbstück der königlichen Familie Spaniens.«

»Ich werde die Tiara meiner Großmutter tragen.« Ich übergehe seinen Einwand und mache mich auf den Weg ins Schlafzimmer. Ich will mir keine Vorschriften machen lassen. Nicht heute. Nicht von ihm. Ich habe alles unter Kontrolle.

9

Ich stehe vor dem Spiegel, während Jenny mir die Haare macht, und tadele mich im Stillen, als ich merke, dass ich auf meiner Unterlippe kaue. Ich bin nervös, deshalb ärgere ich mich über mich. Dies ist mein erstes offizielles Engagement. Das erste Mal, dass ich mein Land als Königin repräsentiere. »Du meine Güte«, murmele ich und reibe mir mit feuchten Händen den kribbelnden Bauch.

»Alles in Ordnung?«, erkundigt Jenny sich.

Kim schaut auf der Couch am Fenster von ihrem Smartphone auf. Olive, die Gute, schweigt und wartet auf weitere Anweisungen von Jenny. Sie nimmt ihre neue Rolle sehr ernst.

»Ja, bestens.« Ich wedele mit der Hand. »Sehe ich gut aus?«, frage ich, und alle drei Frauen runzeln die Stirn. Diese Frage habe ich nämlich noch nie gestellt und gestehe damit vor ihnen meine Zweifel ein.

Kim schüttelt sanft den Kopf und widmet sich wieder ihrem Telefon. Ich muss grinsen. Sie trägt ein Kleid. Das tut sie sonst nie. »Sie sehen ganz besonders bezaubernd aus heute Abend«, sage ich, während Jenny die Rückseite meines bodenlangen trägerlosen schwarzen Seidenkleids glatt streicht.

Kim sieht mich mit müden Augen an. »Und?«

»Nichts und, Sie sehen bezaubernd aus«, wiederhole ich schulterzuckend.

Jenny rückt den Diamant-Choker um meinen Hals zurecht und hängt mir Diamantohrringe in die Ohrläppchen.

»Können Sie gut gehen?«, fragt sie und deutet auf die eng sitzende Stelle meines Kleides, das sich erst in der Mitte der Oberschenkel zum Boden hin weitet.

»Na ja, ich habe es vom Badezimmer hierher geschafft, ohne zu stolpern. Wow, können Sie sich das vorstellen? Wie ich vor allen Leuten ins Straucheln gerate?« Meine Nerven spielen verrückt, und prompt fängt Jenny an, meine Wangen zu pudern. Wahrscheinlich weil mir der Schweiß ausbricht. Meine High Heels haben mich mein gesamtes Erwachsenenleben getragen, die werden mich nicht ausgerechnet jetzt im Stich lassen.

»Das ist ganz untypisch für Sie.« Sie tritt an ihren Schminkkoffer und nimmt einen Einsatz heraus. »Was ist passiert?«

»Was passiert ist?« Ich lache. »Müssen Sie das wirklich fragen, Jenny? Vor wenigen Wochen war ich noch Prinzessin Adeline von England. Trotzig, unbesonnen und Lichtjahre entfernt vom Thron. Heute stehe ich in einer Suite des St. Regis und bereite mich auf mein erstes Staatsbankett im Weißen Haus als Königin von England vor, etwas, was Millionen von Menschen verfolgen werden.«

Sie sagt nichts, sondern hält nur zwei Lippenstifte hoch. Der eine in dem für mich typischen Rot, der andere in Zartrosa. Unentschlossen blicke ich von einem zum anderen. Normalerweise würde es mir kein solches Kopfzerbrechen bereiten, eine Farbe für meine Lippen auszuwählen. Rot. Immer rot. Aber aus unerfindlichem Grund neige ich heute zum hübschen unspektakulären Zartrosa. »Rosa. Nein, rot.« Ich nicke, und Jenny nimmt die Kappe ab und schraubt den Lippenstift heraus. »Nein, zartrosa«, platze ich heraus. »Mensch, was ist denn los mit mir?« Ich gehe zum Bett, setze mich ans Fußende und berühre den schweren Choker um meinen Hals. »Nein, rot.« Ich stehe auf. »Ich werde meine Lippenstiftfarbe nicht ändern, um es dieser spießigen Institution recht zu machen. Dieses Kleid braucht Rot, und das bekommt es.« Ich stelle mich wieder vor den Spiegel. »Rot«, bestätige ich.

»Okay, rot.« Jenny macht sich daran, mir die Lippen zu schminken, und als sie fertig ist, betrachtet sie ihr Werk. »Lady Danger. Perfekt.«

»Bitte?«

Sie hält den MAC-Lippenstift hoch. »Der heißt Lady Danger, Ma'am.«

»Welch eine Ironie«, murmele ich und ziehe vor dem Spiegel einen Schmollmund. Jenny hat recht. Das Rot ist perfekt. Und dass ich eine gefährliche Lady bin, daran besteht auch kein Zweifel.

»Und nun dies.« Jenny kommt mit der eleganten Tiara meiner Großmutter zu mir, ein kleines Lächeln im Gesicht. »Sie schwimmen wirklich gegen den Strom, was?«

»Wenn ich es zuließe, würden die mich im Nu in ein grässliches Kostüm stecken. Können Sie sich das vorstellen?« Ich wette, Sir Don wartet dort draußen darauf, ob ich seiner Vorstellung entspreche. Ich grinse innerlich und bin froh, dass ich mich für rote Lippen entschieden habe.

Jenny lacht und setzt mir die Tiara auf. Anschließend steckt sie die Haare um mein Gesicht fest. Mit anerkennendem Blick tritt sie zurück, damit ich mich im Spiegel betrachten kann.

»Wirklich beeindruckend«, sagt sie.

Ich sehe mich von Kopf bis Fuß an. »Tatsächlich«, murmele ich und taste nach der Tiara, deren Gewicht jetzt schon an der Grenze zu unangenehm ist. Als ich diese Tiara zuletzt trug, war Josh …

Ich schließe die Augen und lasse die Erinnerung zu. Sie ist ohnehin zu stark, um dagegen anzukämpfen. Seine Hand auf meinem Hinterteil. Der Schmerz. Das Gefühl der Hingabe. Der Klang seiner Stimme. Seine Gegenwart, die mir Frieden gibt. Und dann seine letzten Worte.

Du kannst die Königin deines Landes sein oder meine Königin. Beides geht nicht.

Mein Herz zieht sich schmerzhaft zusammen. Wut steigt in mir auf. Seine Zweifel. Sein mangelndes Vertrauen in mich, dass ich diesen Job machen kann, noch dazu gut. Er ist nicht besser als diese anderen Mistkerle, die mir das Leben schwer gemacht haben. Die mich infrage stellen.

Nur dass Josh mir mehr wehtun kann.

Das darf ich nicht zulassen. Ich öffne die Augen und betrachte mich noch einmal. Ich sehe beeindruckend aus. Und ich muss einfach glauben, dass ich das bin.

»Ich bin bereit.«

»Ich denke, die Welt wird geblendet sein.« Damons Stimme kommt von der Tür, wo mein geliebter Bodyguard steht und mich anerkennend betrachtet. »Sie sehen mehr als wunderschön aus, Ma'am.«

»Ach, hören Sie schon auf«, erwidere ich milde tadelnd. »Ihretwegen erröte ich noch.«

»Kann ich Sie einen Moment sprechen?«

»Oh?« Ich sehe ihn fragend an, er deutet zum Zimmer neben meinem Schlafzimmer. Ich gehe voran und entdecke Sir Don. Sein Blick folgt mir und Damon. Natürlich fragt er sich, wohin wir gehen und was Damon mir wohl zu sagen hat. Ich genieße seine Neugier. Mit stolz erhobenem Kinn betrete ich das andere Zimmer und warte, bis Damon die Tür hinter uns geschlossen hat. »Worum geht es denn?«, frage ich leise.

»Prinzessin Helen, Ma'am.«

Sofort bin ich alarmiert. »Was ist mit ihr?«

»Ich hoffe, es macht Ihnen nichts aus, aber ich habe ein wenig auf eigene Faust recherchiert.«

Oh. Interessant. Als hätte ich etwas dagegen. »Und was hat Ihre Recherche zutage gefördert?«

»Gerry Rush, Ma'am.«

Die Augen treten mir fast aus dem Kopf. »Was?«

Er nickt. »Ich vermute, es gab vor einigen Monaten bei einer Wohltätigkeitsgala zu Ehren der Kriegshelden eine Affäre zwischen den beiden. Mr. Rush ließ der Stiftung eine großzügige Spende zukommen.«

Ich glaube das alles nicht. »Und dann hat er Prinzessin Helen großzügig gespendet.«

»Es scheint so, Ma'am.«

»Na, wenn das nicht interessant ist.« Ich fange an, auf und ab zu gehen, nicht sicher, ob ich lachen oder angewidert sein soll. »Dieser Kerl kann ihn nicht in der Hose behalten, was?«

»Offenbar nicht. Ich vermute, dass er deshalb versucht hat, Kontakt zu Ihnen aufzunehmen. Um Sie darüber zu informieren, bevor Sie es anderweitig erfahren.«

Ich runzle die Stirn und fordere Damon stumm auf weiterzusprechen.

»Er war wohl verzaubert von Ihnen.«

Ich lache. »Klar, und deshalb wollte er es mir erklären, was? Er glaubte wahrscheinlich, ich sinke in seine Arme und gestehe ihm meine unsterbliche Liebe, nachdem er mir erklärt hat, das mit Helen habe ihm nichts bedeutet.«

Damon lächelt. »Soll ich Schadensbegrenzung betreiben?«

»War er zu der Zeit mit seiner Frau zusammen?«

»Sie hat ihn zu dieser Veranstaltung begleitet, Ma'am.«

»Wie reizend.« Der ist wirklich ein Schürzenjäger. Eine üble Ratte. Wie konnte ich im Opera House nur seinem Charme erliegen? Du liebe Güte, hatte er meine Schwägerin vor mir? Mir dreht sich der Magen um.

Ich greife mir an die Stirn und atme tief ein. »Danke, Damon.« Ich gehe zur Tür. »Ich denke, Rush wird fügsam sein, wenn man ihn höflich darum bittet, den Mund zu halten.« Der Mann hatte eine Heidenangst davor, sein glänzender Ruf könnte Schaden nehmen, als ich blöd genug war, auf ihn hereinzufallen. Ich bezweifle doch sehr, dass er überraschend irgendetwas hinausposaunt. Aber ein Wort zu ihm im Vertrauen kann nicht schaden, um sein Schweigen zu sichern. »Sollte er nicht kooperieren, erinnern Sie ihn vielleicht an die Fotos, die wir von ihm und einer gewissen Prostituierten haben.« Hört mich an. Ich klinge wie … mein Vater.

Ein weiteres tiefes Luftholen.

Ich öffne die Tür, rolle mit den Schultern und schlucke meine Besorgnis herunter, als Olive auf mich zukommt, um letzte Hand an mein Outfit zu legen. Ich sehe, dass die Schärpe mit dem königlichen Familienorden meines Vaters geschmückt ist. »Es passt nicht ganz zu dem, was ich trage, oder?«, sage ich und lasse sie mir umlegen, über die eine Schulter und unter den anderen Arm.

»Es ist ein Muss«, erklärt Sir Don, was ich weiß.

Kim reicht mir meine Handtasche. »Wenn Sie heute Abend von etwas erlöst werden möchten oder von jemandem befreit werden oder zur Toilette müssen – wie ist das Signal?«

»Ich spiele mit dem Ohrring rechts, wenn ich zur Toilette muss. Mit dem Ohrring links, wenn ich mich zu Tode langweile.«

Ich betrachte wieder mein Spiegelbild und sehe Sir Don mit zusammengepressten Lippen. Ich würde ihn und Dr. Goodridge gern hierlassen. Nur wird das ausgerechnet bei einem solch wichtigen Anlass ganz sicher nicht passieren. »Haben Sie das mitbekommen, Sir Don? Das Signal?«

»Habe ich, Ma'am.«

Ich lächle strahlend. »Ausgezeichnet.«

Kim schaut auf ihre Uhr und dann zu Damon. »Fertig?«

Gelobt sei sie. Ich weiß, dass dieser Abend auch für sie eine große Sache ist. Ihr erster Auftritt als Privatsekretärin der Königin. Vermutlich ist sie über diese Wendung in meinem Leben ebenso verblüfft wie ich. Dass Sir Don sie genau beobachtet, lindert ihre Nervosität nicht gerade.

»Fertig.« Damon nickt und wartet auf mich, um mir wie gewohnt eine Hand auf den Rücken zu legen. Das war schon höchst unpassend, als ich noch Prinzessin war, und ist es umso mehr jetzt, wo ich Königin bin. Nur hat diese Geste mich stets beruhigt. Und ich weiß, dass er das weiß.

»Nicht nervös sein«, flüstert er und hält den Blick geradeaus gerichtet. »Das passt gar nicht zu Ihnen.«

»Ich kann nichts dagegen tun.« Plötzlich kommt mir dieser Abend heute zu viel vor.

»Ich versichere Ihnen, die anderen werden alle wesentlich nervöser sein als Sie. Seien Sie einfach Sie selbst.«

Ich lache. »Ernsthaft? Genau so sollte ich lieber nicht sein. Wahrscheinlich betet Sir Don im Stillen, dass ich es nicht vermassle.« Während des Fluges hielt der Mann keine Sekunde den Mund und ist alles, was ich über diesen Abend wissen muss, immer wieder mit mir durchgegangen. Viel mitbekommen habe ich nicht, weil meine Gedanken ständig woanders waren.

»Sagt wer?«

Damon zwinkert mir zu, als wir den Fahrstuhl betreten, und das dämpft meine Nervosität. Er wird den ganzen Abend bei mir sein, das allein hilft schon.

Er schaut nach links zu Kim, ehe er mir ins Ohr flüstert: »Falls Sie eine Zigarette brauchen, nicken Sie mir einfach zu, dann werde ich es ermöglichen. Ich habe Pfefferminz, antibakterielles Handgel und eine Miniaturflasche Ihres Lieblingsparfums dabei. Es ist also für alles gesorgt.«

»Wow, als mein Sicherheitschef sind Sie glatt unterfordert.«

Er zieht die Nase hoch und richtet sich zu voller Größe auf. »Einer muss ja dafür sorgen, dass die Chefin glücklich ist.«

»Sehr witzig.« Ich stoße mit der Schulter gegen seinen Arm, und er grinst die Fahrstuhltür an.

»Ich weiß. Sobald die Fahrstuhltüren sich öffnen, gehen Sie geradeaus, nicht zu schnell, und vergessen Sie nicht zu lächeln.«

Ich nicke und hole tief Luft.

Ich bin bereit für dich, Welt.

Vor meinen Augen tanzen immer noch schwarze Punkte, als wir den Eingang des Weißen Hauses erreichen. Ich blinzle ständig, um sie zu vertreiben. Draußen vor dem Hotel herrschte ein Belagerungszustand, die Blitzlichter und Rufe waren ein ganz anderes Level, als ich es aus England gewohnt bin.

Jenseits des Geländes, das zum Weißen Haus gehört, war es chaotisch, jede Menge Polizeiwagen, um die Menschenmenge in Schach zu halten. Und hier auf dem Gelände gibt es ebenfalls einen enormen Presseandrang, aber wenigstens geht es weitaus zivilisierter zu. »Oh, wow«, bemerke ich stöhnend und frage mich nicht zum ersten Mal, warum ich dermaßen nervös bin. Ich habe das schließlich alles schon erlebt, natürlich nicht als Königin, doch das Protokoll ist ganz ähnlich. Ich bin inzwischen nur bedeutender als damals. Es ist der Druck. Druck, den Zweiflern keinen weiteren Grund zu geben, an mir zu zweifeln. Außerdem muss ich mich fragen …

Wenn ich das alles aus tiefstem Herzen gar nicht will, warum berührt es mich dann so?

Der rote Teppich auf den Stufen zur North Portico des Weißen

Hauses ist makellos, nicht eine Falte ist zu sehen. Mitglieder des US-Militärs flankieren die Türen, alle bewaffnet, einer am Fuß der Treppe salutiert meinem Wagen, als wir langsam anhalten. Auf der Pressegalerie flammen Blitzlichter auf. Der Präsident der Vereinigten Staaten steht oben im schwarzen Abendanzug, an seiner Seite die First Lady. Sie sieht aus wie ein Model und ist gertenschlank in ihrem weißen Abendkleid. Sie ist zwanzig Jahre jünger als der Präsident, der auf die fünfzig zugeht.

»Ist das hier ein Staatsbankett oder eine Hochzeit?«, frage ich leise, da mir an ihrem Kleid eine Schleppe auffällt, die die zwanzig Fuß lange Schleppe in den Schatten stellt, die meine Mutter an ihrem Hochzeitstag getragen hat. Die First Lady trägt außerdem ein Diadem und weiße Satinhandschuhe bis zu den Ellbogen. Von jeder möglichen Stelle an ihr baumeln Diamanten.

»Melitza Paston hat ihre Hochzeit vor einem Jahr in dem Moment organisieren lassen, als klar war, dass Ed Twaine die Wahl gewinnen würde«, erklärt Kim. »Das Land ist in seiner Meinung über sie geteilt. Machtgierige Goldgräberin heißt es, glaube ich, in der jüngsten Schlagzeile.«

»Ihn aber lieben sie«, sage ich, wobei ich die unruhig wirkende First Lady oben an der Treppe beobachte. Ich hatte bisher nicht das Vergnügen, einen der beiden kennenzulernen. Bei meinem letzten Amerikabesuch war ein dicklicher, kahl werdender, fröhlicher Mann der Präsident, der – seinen rosa Wangen nach zu urteilen – deutlich zu viel trank. Ed Twaine hingegen ist ein eher schneidiger Typ mit grauen Haaren und einem gewissen freundlichen Funkeln in den blauen Augen.

Die Soldaten bewegen ihre Gewehre, ein paar Kommandos werden gebrüllt, bevor ich das Stampfen ihrer Stiefel bis in meinen Wagen höre. Damon steigt rasch aus und knöpft sein Jackett zu, während er um den Wagen geht, dann aber zurückbleibt, weil der salutierende Soldat mir die Autotür aufhält. Ein kurzer Blick zum Himmel, ein letztes tiefes Durchatmen, dann setze ich mein Lächeln auf, raffe mein Kleid und steige aus.

»Wenn Sie bereit sind, Ma'am«, sagt Kim, dem wartenden Präsidenten und der First Lady zuwinkend.

Ich nehme die Stufen wie ein Profi, anmutig, elegant und überraschend sicher.

»Euer Majestät«, begrüßt mich der Präsident mit sanfter Stimme und verneigt sich leicht. »Wie wundervoll, Sie hier zu haben.«

Ich halte ihm meine Hand hin, die er galant nimmt. Sein Lächeln verstärkt das Funkeln in seinen Augen. »Mr. President, ich danke Ihnen für die freundliche Einladung.«

»Bitte darf ich Ihnen die First Lady Melitza vorstellen?« Er deutet mit einer Armbewegung auf seine Frau.

Kamerablitze zucken wie wild hinter uns, als die First Lady mir die Hand reicht. Ich bemerke die Anspannung des Präsidenten, und ich meine, Sir Don seufzen zu hören. Offenbar erkennt die First Lady ihren Fehler und zieht rasch ihre Hand zurück. Dann knickst sie, und ich kann nichts weiter tun, als ungläubig zuzuschauen. Denn es ist kein normaler Knicks, bei dem ein Bein hinter das andere gestellt und die Knie leicht gebeugt werden. Nein, die First Lady verbeugt sich fast bis zum Boden, wobei sie ihr Kleid an den Seiten festhält.

Ach du liebe Zeit …

Verlegen schaue ich zu Sir Don, der ebenso perplex ist wie ich. Mit gezwungenem Lächeln umfasse ich Melitzas Ellbogen und ermuntere sie, sich wieder aufzurichten. Ich bin mir durchaus der Kameras bewusst, die völlig durchdrehen; ohne Zweifel wird der Fauxpas der First Lady morgen in allen Zeitungen erscheinen. Sie sieht mich ein wenig erschrocken an. »Sie müssen keinen Knicks machen«, erkläre ich, worauf sie verwirrt zum Präsidenten schaut.

Ich registriere seine Verzweiflung, obwohl er die zu kaschieren versucht. Seine Frau formt das Wort »Sorry« lautlos mit den Lippen.

Ich lächle breiter, um die Verlegenheit zu überspielen. »Passiert ständig«, versichere ich Melitza und stelle mich nach Aufforderung des Präsidenten zwischen die beiden. Aus allen Winkeln flammen Blitzlichter auf, aber es geht ruhig und geordnet vonstatten, als wir für die wartende Presse posieren.

»Ich hoffe, Sie hatten eine angenehme Reise, Ma'am«, sagt der Präsident und führt uns über den roten Teppich auf die Doppeltür zu.

»Ausgezeichnet, danke. Allerdings frage ich mich, was ich tun muss, um meine eigene Air Force One zu bekommen.«

Der Präsident lacht, genau wie seine Frau, obwohl ihr verspätetes Lachen ein Zeichen für ihre nicht ganz so schnelle Auffassungsgabe ist.

»Ich finde die britische Tradition, mit British Airways zu fliegen, sehr charmant«, sagt er im Gehen.

»Sie sind mit einem regulären Flug gekommen?« Melitza sieht mich fassungslos an.

»Ich bezweifle, dass der königliche Hubschrauber mich hierher hätte bringen können«, erwidere ich, und für einen Moment befürchte ich, dass sie mich nach dem Grund fragt. »Zu weit, verstehen Sie?«

»Natürlich.« Ihr Lächeln lässt sie noch schöner aussehen. Sie mustert mein Kleid, als wir durch die Tür gehen. »Ihr Kleid ist umwerfend.«

»Danke.« Ich blicke über die Schulter zu Damon, Sir Don und Kim, die nicht weit hinter mir sind. Die anderen Mitglieder meiner Entourage sind ausgeschwärmt, bis auf Olive, die superwachsam ist; sie hält ständig Ausschau, ob ich irgendetwas brauche. Ich zwinkere ihr zu, als sie hinter mir stehen bleibt und sich fasziniert mit großen Augen umsieht.

Der Präsident lässt die First Lady durch die wuchtige Doppeltür vorangehen und verlangsamt sein Tempo, um es meinem anzupassen. »Mein tiefstes Beileid zum tragischen Verlust Seiner Majestät König Alfred sowie Seiner Königlichen Hoheit Prinz John.«

Ich lächle leicht verkniffen, obwohl ich ihm dankbar dafür bin, dass er meinen Bruder in seine Beileidsbekundung mit einbezieht. Allmählich habe ich die Nase voll davon, dass mein Bruder fast vergessen wird, während das Land seinen König betrauert. »Danke.« Wir betreten einen riesigen Raum, den ich von Fotografien kenne, vom Besuch meines Vaters in den Staaten vor fünf Jahren. Der East Room. »Die Wege des Herrn sind unergründlich«, murmele ich, denn Er hat mich heute Abend ins Weiße Haus zum Präsidenten der Vereinigten Staaten geführt und zu all diesen Menschen, die mich ansehen, als könnte ich übers Wasser gehen.

Sämtliche Aufmerksamkeit ist auf mich gerichtet. Ich bleibe zusammen mit dem Präsidenten und der First Lady stehen. Es müssen an die hundert Personen sein, alle vornehm gekleidet, obwohl niemand der First Lady das Wasser reichen kann. Nicht einmal ich.

Nachdem ein Mann, der Kurator, glaube ich, einige Worte mit dem Präsidenten gewechselt hat, werde ich einer Reihe von Leuten zu meiner Rechten vorgestellt, die mich alle strahlend anlächeln. Es ist einschüchternd, und erst als ich den Fotografen am Ende der Reihe bemerke, wird mir klar, dass mir das anzusehen ist. Ich blicke kurz zu Damon, der ganz leicht das Kinn hebt, damit ich das ebenfalls tue. Ich lächle ihm dankbar zu und wende mich an die erste Person in der Reihe.

Der Präsident stellt sie vor, obwohl das unnötig ist. »Die Vizepräsidentin, Ma'am.«

Sie wartet, bis ich ihr die Hand hinhalte, dann nimmt sie sie ganz leicht in ihre, es folgt ein nicht übertriebener Knicks. Offenbar hat sie ein Memo zur Etikette bei der Begrüßung einer Monarchin erhalten. Im Gegensatz zur First Lady.

»Euer Majestät.«

In der nächsten halben Stunde hält Kim sich nah bei mir auf, während ich mich die Reihe der Kongressabgeordneten, Diplomaten und Gouverneure entlangarbeite. Im Lauf der Jahre meiner royalen Engagements habe ich zumindest gelernt, nicht zu versuchen, mir alle Namen zu merken. Das behalte ich hier bei. Es wäre ohnehin aussichtslos. Sollte ich einer dieser reizenden Personen heute Abend noch einmal begegnen, werde ich mich darauf verlassen, dass sie sich erneut vorstellt. Was sie für gewöhnlich tut.

»Und dies, Ma'am«, sagt der Präsident und führt mich zur letzten Person in dieser Reihe, »ist Senator Jameson. Ich glaube, Sie hatten das Vergnügen bereits.«

Ich stutze und produziere keinen vernünftigen Gedanken mehr. Für den Bruchteil einer Sekunde vergesse ich mich. *Hand. Halte ihm deine Hand hin.* Ich weiß, was ich tun sollte, aber ich bekomme den Arm einfach nicht hoch. Der Senator bemerkt mein inneres Ringen und verstößt gegen das Protokoll, um mir zu helfen. Wofür ich ihm dankbar bin.

Er nimmt meine Hand, hebt sie an seinen Mund und legt dann seine andere Hand darauf. »Es könnte keine größere Ehre für mich geben, als Sie als Königin zu begrüßen. Ihr Vater wäre stolz.«

Liebevoll streichelt er meinen Handrücken, die Aufrichtigkeit seiner Worte ist für mich noch entwaffnender. Mein Hals scheint wie zugeschnürt, mein Verstand rät mir, nicht zu blinzeln und dadurch womöglich die drohenden Tränen kullern zu lassen.

In meiner Benommenheit sehe ich wieder jedes Bild aus der Zeit mit Josh. Ich schlucke, räuspere mich und halte die Tränen zurück. Sprechen kann ich jedoch nicht, da es mir noch immer die Kehle zuschnürt. Es ist zu viel, die Worte des Senators, wer er ist, und zwar nicht nur, weil er ein guter Freund meines Vaters war. Als wüsste er, was ich alles denke, nickt er nur und übergibt mich Kim.

»Ma'am?« Kim sieht mich besorgt an. »Was ist denn?« Da erkennt sie ihn und begreift. »Oh.«

Ich schließe die Augen und wünschte, Kim wüsste nicht von meiner Affäre mit Josh. Leider hat sie auch die Striemen gesehen, die er auf meiner Haut hinterlassen hat nach jener schicksalhaften Nacht, während der Party in Kellington. Obwohl ich die Herkunft dieser Wunden nie bestätigt habe. »Alles okay.«

»Hoffen wir mal, dass sein Sohn keine …« Ihr Flüstern endet, und obwohl ich nicht in dieselbe Richtung blicke wie sie, weiß ich, was ich sehen werde, sobald ich es tue.

»Bitte sagen Sie mir, dass das nicht wahr ist«, flehe ich.

»Es ist wahr.«

Panik erfasst mich, und sämtliche Muskeln verkrampfen sich. Wieso habe ich nicht damit gerechnet? Warum nur habe ich das nicht kommen sehen? Sein Vater ist Senator und ein guter Freund meines Vaters. Jedes Land, das ein Staatsbankett hält, lädt Leute mit einer Verbindung zum Land der Besucherin ein. Somit war klar, dass Senator Jameson hier sein würde.

Sieh nicht hin. Das sage ich mir wieder und wieder, während ich den Willen aufzubringen versuche, meinen Weg fortzusetzen, als der Präsident mich heranwinkt. Jede Hoffnung darauf, die Kraft und Haltung zu finden, um diesen Abend wie eine echte Königin durchzustehen, schwindet. Eine Woche ist ohne Kontakt vergangen. Eine Woche lang habe ich gegen meine Gedanken und Gefühle angekämpft. Denn ständig habe ich mich gefragt, wo Josh sein mag und was er tut. Ich nahm an, er sei in Amerika. Aber in Washington? Noch dazu im Weißen Haus? Hier und jetzt?

»Sie müssen weitergehen«, sagt Kim leise. »Sir Don beobachtet Sie genau.«

»Alles klar, ja.«

»Und lächeln.«

Erst jetzt merke ich, dass ich vermutlich geschockt aussehe, es kostet mich enorme Kraft, das zu korrigieren. »Natürlich.« Ich atme ein und zwinge mich zu einem Lächeln, soweit es mir möglich ist.

»Und hören Sie auf zu zittern.« Kim wirft mir einen kurzen Seitenblick zu; sie wirkt besorgt.

Tatsächlich zittere ich von Kopf bis Fuß, das hört wegen des Adrenalinschubs und der Furcht auch nicht auf. »Ich glaube, ich muss die Toilette aufsuchen.« Es nützt nichts. Eine Auszeit ist dringend erforderlich, ein paar Augenblicke fort von all diesen mich anstarrenden Gesichtern, damit ich mich zusammenreißen kann.

»Ich denke, das ist eine sehr gute Idee.« Kim berät sich kurz mit dem in der Nähe stehenden Kurator, der eifrig darauf bedacht ist, uns persönlich zu den Toiletten zu begleiten.

»Bitte entschuldigen Sie mich«, sage ich zum Präsidenten. »All das Wasser, das ich während des Fluges getrunken habe, um nicht zu dehydrieren, macht sich jetzt bemerkbar.«

Er lacht leise. »Lassen Sie sich Zeit, Ma'am.«

Ich nicke zum Dank und folge Kim. Meine Kammerzofen bleiben mir dicht auf den Fersen, falls ich irgendetwas benötige oder Hilfe brauchen sollte. Können die mir meine Fassung zurückgeben? Mir meine Maske wieder aufsetzen? Die Menge teilt sich für mich, als wir, begleitet von freundlichen Blicken, gehen. Ich versuche, das Lächeln der Leute zu erwidern, doch angesichts meiner drastisch steigenden Anspannung muss ich mich dringend irgendwo verstecken, um mich zu sammeln.

»Hier hinein, Ma'am.« Kim öffnet eine Tür für mich und überprüft rasch die Kabinen. Sobald sie festgestellt hat, dass keine anderen Gäste hier sind, lässt sie mich hinein. Ich trete ein und halte die Tür fest, um Olive daran zu hindern, mir zu folgen. Sie bleibt abrupt stehen und sieht mich verwirrt an. »Ich brauche einen Moment für mich«, erkläre ich ihren missbilligenden Blick ignorierend. Dann mache ich die Tür einfach zu.

»Oh mein Gott!« Ich stütze mich mit den Händen an der Tür ab und lege die Stirn an das Holz. Ich bin etwas über eine Stunde hier und habe noch den ganzen Abend vor mir. Ich muss lächeln und mich auf die Konversation und auf meine Pflichten konzentrieren. Es fällt mir so schon schwer genug, nicht an ihn zu denken, aber wenn er hier im Hintergrund herumlungert? Er hätte die Einladung zu diesem Abend ausschlagen können. Er musste nicht hier sein. Die ganze Welt weiß, dass ich heute Abend im Weißen Haus bin, daher kann ich mir noch nicht mal einreden, er hätte es nicht gewusst.

Warum also ist er hier? Unsere letzte Begegnung war reinste Vollkommenheit, gefolgt von purem Horror. Er hat Dinge zu mir gesagt, die sowohl unangemessen als auch unbegreiflich waren. Ob es ihm nun klar ist oder nicht, er hat mir ein Ultimatum gestellt, und obwohl einiges von dem, was er gesagt hat, richtig war, hat sein Egoismus mich doch hart getroffen. Wie selbstbezogen er klang, wie gedankenlos und rücksichtslos. Wie auch er an meinen Fähigkeiten zweifelte. Er dachte nur an sich selbst, nicht an das, womit ich konfrontiert werden würde. Nicht an die Auswirkungen für meine Familie, denen sie meinetwegen ausgesetzt wäre. Dass er heute Abend hier ist, wohl wissend, dass ich ihn sehen würde, zeugt erneut von seinem Egoismus. Als wollte er mir noch einmal unter die Nase reiben, dass ich keine Wahl habe. Ich hätte nicht gedacht, dass er zu so etwas in der Lage ist, und bin zutiefst enttäuscht. Was soll ich denn jetzt nur tun? Ich kann ihm nicht gegenübertreten. Ich kann den Mann nicht ansehen, den ich so gut zu kennen glaubte.

Ich nehme die Stirn erschrocken von der Tür, als es klopft. »Ja?«

»Brauchen Sie Hilfe?«, ruft Kim.

Ich weiß es nicht. Brauche ich? Ich gehe zu den Spiegeln, betrachte mich und komme zu dem Schluss, dass ich tatsächlich

Hilfe benötige. Vielleicht einen Fluchtwagen, der mich von hier wegbringt. Oh, wie gern würde ich fliehen, und wenn ich jemand anderes wäre, würde ich das vermutlich tun. Aber ich bin niemand anderes, außerdem schaut mir die Welt zu, woran ich immer wieder aufs Neue erinnert werde. »Kommen Sie herein«, rufe ich.

Im Nu sind Kim, Olive und Jenny bei mir, und während Jenny mein Make-up nachbessert, sorgt Olive dafür, dass meine Tiara richtig sitzt. Und Kim? Schweigt. Besorgt. Missbilligend. Ich wette, sie ist drauf und dran, die PR-Leute in Alarmbereitschaft zu versetzen. Und ich wette, alle warten nur darauf, dass ich strauchele. Bestimmt schaut mein Vater aus dem Himmel auf mich herunter und schüttelt sein königliches Haupt über seine erbärmliche Tochter. Bei dem Gedanken straffe ich die Schultern. »Ich bin bereit«, verkünde ich und reiße mich zusammen. Vermutlich hat Josh meinen Schock bemerkt und genießt es, zu wissen, dass er der Grund dafür war.

Erhobenen Hauptes und lächelnd löse ich mich von den Händen, die noch an mir herumwerkeln, und verlasse die Toilette. Als ich die Tür aufmache, wartet bereits eine Schlange von Leuten, die alle hineinwollen. »Verzeihung«, sage ich höflich und gehe zurück in den East Room. »Was kommt als Nächstes?«, frage ich Kim, die mit meinen entschlossenen Schritten mitzuhalten versucht.

»Begrüßungsgetränk, eine Rede des Präsidenten, dann eine von Ihnen. Müssen wir die noch einmal durchgehen, oder sitzt alles?«

»Ich habe diese Rede auf dem Flug hundert Mal gelesen. Ich könnte sie im Schlaf halten.«

»Gut. Aber achten Sie auf den Nachdruck in Ihrer Stimme am Ende. Wir reservierten Briten müssen ein wenig aus uns herauskommen, wenn wir mit den Amerikanern zusammen sind.«

Ich verziehe das Gesicht. »Da ich hier bin, um unsere diplomatischen Beziehungen zu feiern, sollte ich mich freuen? Meinen Sie das?«

»Es wäre hilfreich«, erwidert Kim trocken.

Na ja, ich *war* froh, hier zu sein. Bis ich einen bestimmten Gast bemerkte. Jetzt bin ich überhaupt nicht mehr froh. Nur besorgt. Und aufgewühlt.

»Nach den Reden folgen das Dinner und Konversation.«

»Wo ist Sir Don?«, frage ich, denn er ist nie weit weg, weil er auf meine Fehler lauert.

»Der unterhält sich mit dem Bürgermeister von New York. Ich glaube, die beiden kennen sich aus ihrer Zeit beim Militär. Sie haben einen geführten Rundgang durch das Oval Office gemacht.«

Erleichtert atme ich auf. »Okay.« Als wir den East Room betreten, halte ich nicht Ausschau nach Josh, sondern konzentriere mich auf den Präsidenten, der auf meine Rückkehr gewartet hat und nun auf mich zukommt.

»Ich dachte, es sei an der Zeit, Ihnen einen Drink zu besorgen.«

Ja, ein Drink. »Ein Mann nach meinem Geschmack«, sage ich und hake mich bei ihm unter, als er mir den Arm anbietet. Ich mag Ed. Im Gegensatz zum vorherigen Präsidenten scheint er mir weniger abgehoben zu sein und somit sympathischer. Reif, distinguiert und charmant. »Verraten Sie mir doch«, bitte ich ihn, während er mich durch die Menge führt, »wie gefallen Ihnen die Anforderungen einer Führungsrolle?«

»Nun.«

Er lächelt und nickt den Leuten zu, an denen wir vorbeikommen und die uns zur anderen Seite des weitläufigen Raumes folgen. Wir bleiben stehen, und prompt erscheint ein Kellner. Der Präsident nimmt ein Glas Champagner und reicht es mir.

»Es ist anstrengend, wie man sich vorstellen kann. Erfüllend, aber auch erschöpfend. Doch da ich mich darum beworben habe, darf ich mich nicht beklagen, oder?« Er stößt mit mir an. »Und Sie? Ihr Leben sieht nicht viel anders aus, nehme ich an. Nur die Ansprüche sind noch etwas höher.«

»Und ich habe mich nicht darum beworben«, ergänze ich, ohne nachzudenken, und tadele mich im Stillen für diese dummen Worte. »Was ich meine, ist, dass es unerwartet kam. Ich muss mich erst daran gewöhnen.«

»Falls meine Ansicht dazu relevant ist, würde ich sagen, dass Sie Ihren Job bisher ausgezeichnet machen.«

Ich lache unbeschwert. »Das ist sehr freundlich von Ihnen, wenn auch nicht ganz wahr.«

»Inwiefern?«

Mist, warum gebe ich meine Schwäche preis? Aber Ed strahlt eine Freundlichkeit aus, die man selten findet in meiner Welt. »Wenn ich ehrlich sein soll, Ed«, erwidere ich keck und beuge mich näher zu ihm, damit niemand uns hört. »Diese ganze Königin-Sache liegt mir nicht so richtig.«

»Das glaube ich Ihnen nicht.« Sein Lächeln unterstreicht seine authentische Persönlichkeit. »Die Welt liebt Sie.«

»Mag sein, aber das heißt nicht, dass ich auch nur die leiseste Ahnung davon habe, was ich tue. Seien Sie also nett zu mir.« Ich grinse, und er lacht.

»Es fällt mir leicht, nett zu Leuten zu sein, die selbst aufrichtig nett sind.«

Zum ersten Mal in meiner Regentschaft habe ich das Gefühl, einen Freund gefunden zu haben. Jemanden, der mich versteht. »Dann kann ich Sie wohl weiterhin als Verbündeten meines Landes einstufen?«

»Ich denke schon.«

»Prächtig. Der Premierminister wird begeistert sein, wenn ich ihm von meiner Reise berichte. Und der ist schwer zufriedenzustellen.«

»Euer Majestät sind wirklich etwas Besonderes.« Der Präsident trinkt einen Schluck Champagner und lächelt über den Rand seines Glases hinweg.

»Danke. Ich mag Sie auch.«

Wir lachen zusammen, und ich sehe mich in dem riesigen Raum um. Auf der gegenüberliegenden Seite entdecke ich Damon, groß, aber unauffällig. Sein diskretes »Daumen hoch« wird von mir erwidert, dann widme ich meine Aufmerksamkeit wieder dem charmanten Präsidenten.

Und sterbe fast, als ich *ihn* sehe.

»Euer Majestät, erlauben Sie mir, Ihnen Josh Jameson vorzustellen.«

Der Anblick allein genügt schon, um mich in die Knie zu zwingen. Der Sexiest Man Alive, laut Umfragen in aller Welt, sieht mich mit seinen intensiven Augen an. Er ist in einen exklusiven schwarzen Anzug gekleidet, ein Tumbler ruht auf seiner Handfläche. Sein Haar ist ein wenig gebändigt heute, aber mit Gel leicht zerwühlt. Seine Haut ist vollkommen gleichmäßig gebräunt. Ist er an einem heißen Ort gewesen? Im Urlaub?

Benommen halte ich ihm meine Hand hin. Er sieht mich lange an, ohne sie zu nehmen, und ich werfe dem Präsidenten einen kurzen Blick zu, weil ich wissen will, ob er diese Verzögerung bemerkt. Inzwischen ist die First Lady zu uns gekommen und unterhält sich mit ihrem Mann, deshalb hat er es glücklicherweise nicht mitbekommen. Meine Hand hängt immer noch zwischen Josh und mir; schließlich nimmt er sie, als koste es ihn die allergrößte Kraftanstrengung. Er ignoriert das Protokoll und küsst meinen Handrücken. Ich habe keine Ahnung, was über mich kommt – vielleicht ein fehlgeleitetes Machtgefühl oder das Bedürfnis, die Kontrolle zu haben –, jedenfalls drücke ich meine Hand gegen seinen Mund. »Welch eine Ironie«, sage ich leise, »dass Sie es nun sind, der sich vor *mir* verbeugt.«

Er lächelt, hat aber den Mund nach wie vor auf meiner Hand, die er jetzt drückt. Dann richtet er sich auf und schaut mir dabei in die Augen. Die Funken, die zwischen uns fliegen, könnten das gesamte Weiße Haus beleuchten.

»Ihr mögt eine Krone tragen, Euer Majestät«, flüstert er, wobei er den Daumen sanft auf meinem Handrücken kreisen lässt, »doch vergesst nicht, wer Euer König ist.«

Ich atme tief ein und ziehe rasch meine Hand zurück, denn mir fällt wieder ein, wo ich mich befinde und wer er ist. »Sehr reizend, Sie wiederzusehen«, entgegne ich ruhig.

»Oh, Sie kennen sich bereits?«, erkundigt sich der Präsident, der wieder bei uns ist, sichtlich entzückt darüber.

»Ja, ich hatte schon das Vergnügen«, bestätigt Josh, sein glühender Blick wird mich jeden Moment in ein Häufchen Asche verwandeln. »Ich habe die Gartenparty anlässlich des Geburtstages Ihrer Majestät gemeinsam mit meinem Vater besucht.«

»Natürlich. Wunderbar.« Der Präsident wendet sich einem sich nähernden Mann zu, der ihn darüber informiert, dass der Zeitpunkt für die Ansprachen gekommen sei. »Ah, ja. Sollen wir?«

Lächelnd reiße ich mich von Joshs Anblick los, bereit, mich wegführen zu lassen, doch jetzt spricht der Kurator mit dem Präsidenten, was meine Flucht verzögert. Das gibt Josh die Gelegenheit, nahe an mich heranzutreten. Zu nah.

»Diese Tiara trägst du mit Absicht.«

»Ich weiß nicht, wovon du sprichst«, erwidere ich hochnäsig und sehe ihn dabei nicht an.

»Oh, ich glaube, das weißt du sehr wohl.«

Mir ist klar, dass ich ihm nichts vormachen kann, nur werde ich nicht auch noch zugeben, was er ohnehin weiß. Ich hatte erwartet, dass er es morgen in der Zeitung oder im Fernsehen sieht. Ihn persönlich zu treffen, damit hatte ich nicht gerechnet.

Ich lächle trotzig, und das sagt eigentlich alles. Seine Selbstzufriedenheit verschwindet, und seine Brust weitet sich, als er beherrscht tief einatmet.

»Sie besitzen die unheimliche Gabe, mich um den Verstand zu bringen, Euer Majestät.«

Ich neige den Kopf zur Seite. »Tue ich das?«

»Allerdings.«

Ein sinnliches Lächeln erscheint auf meinen Lippen, was ich gar nicht verhindern will. Noch nie habe ich es so sehr genossen, einem Mann den Verstand zu rauben, wie bei Josh. Zu wissen, dass er von der Chemie zwischen uns genauso benommen ist wie ich, gibt mir Selbstvertrauen und ein gewisses Gefühl der Macht. »Wie unangenehm.«

»Ich finde, wir müssen reden.«

»Ich finde, du hast dich bei unserem letzten Gespräch klar und deutlich ausgedrückt.«

»Und ich finde, du bist starrköpfig.«

In seiner Wange zuckt ein Muskel. Wütend steht ihm gut. Sexy. Aufregend. Denn ich bin es, die ihn wütend macht. Gut. Vielleicht weiß er jetzt, wie ich mich gefühlt habe, als ich vor über einer Woche seine Suite verlassen habe.

»Ich bin nicht starrköpfig, Josh«, widerspreche ich. »Ich bin stark, und das muss man sein in meiner Welt.«

»Soll das heißen, ich mache dich schwach?«

»Ja.«

»Bullshit. Ich mache dich zu der, die du tatsächlich bist, Adeline.«

Ich drohe die Fassung zu verlieren. Seine Worte erinnern mich daran, dass Josh der einzige Mensch auf der Welt ist, der mich wirklich kennt. Doch wenn dem wirklich so wäre, wüsste er dann nicht, dass mich seine Anwesenheit hier, bei diesem wichtigen Anlass, aus der Bahn wirft? Natürlich wüsste er das, und vielleicht steckt genau diese Absicht dahinter. Vielleicht will er etwas beweisen, was auch immer das sein mag. Unglücklicherweise für Josh habe ich noch etwas Besseres zu beweisen, und anscheinend muss ich das jetzt tun.

Ich schaue kurz nach links und rechts und registriere Kims besorgte Miene und Damons Wachsamkeit. Beide sind bereit, sofort einzuschreiten. »Ich glaube, es wäre eine gute Idee, wenn wir uns für den Rest des Abends aus dem Weg gehen.«

»Und danach?«

»Es gibt kein ›danach‹«, sage ich ruhig und gehe an ihm vorbei, da der Präsident mir ein Zeichen gibt, ihm zu folgen.

Wie ich diese Begegnung überstanden habe, ist mir ein Rätsel. Der Schmerz in mir ist allerdings grenzwertig, und sämtliche Gründe, weshalb ich Josh liebe, besetzen meinen Verstand. Seine Leidenschaft, sein Ehrgeiz, seine kompromisslose Lebenseinstellung. Die Tatsache, dass er auf meinen Status pfeift. Leider war mir gerade die mangelnde Ehrerbietung hier sehr unangenehm. Und das gefällt mir gar nicht.

10

Ich spreche die Worte, an die ich mich aus meiner Rede erinnere, fürchte jedoch, eher roboterhaft zu klingen, statt leidenschaftlich. Ich bin eingezwängt zwischen dem Präsidenten und der First Lady am Ehrentisch und habe bisher nur ein Minimum an Wein getrunken. Ehrlich, ich könnte dem Kellner die Flasche entreißen und sie innerhalb von Sekunden leeren.

Zum Glück wurde Josh ans andere Ende des Raumes gesetzt, weswegen wir während des Essens schon mal keinen Blickkontakt haben. Bis er aufsteht, sein Jackett zuknöpft und dabei herüberschaut. Ich sehe schnell weg.

»Wissen Sie«, sagt die First Lady neben mir. »Josh Jameson sieht ja unverschämt gut aus, aber er ist ein ziemlicher Schuft.«

»Verzeihung?«, sage ich verblüfft.

Sie erstarrt und sieht mich besorgt an. »Du liebe Zeit, Euer Majestät, bitte vergeben Sie mir. Manchmal geht mein Mundwerk einfach mit mir durch. Es ist nur, Sie sind noch so jung und scheinen solche Dinge zu verstehen. Ich sollte mich daran erinnern, dass Sie die Königin sind.«

Ich war gar nicht erschrocken, weil das, was sie gesagt hat, höchst unpassend war, sondern weil es sich anhörte, als würde sie Josh persönlich gut kennen. »Es besteht kein Grund, sich zu entschuldigen«, versichere ich ihr. »Bitte fahren Sie fort.«

Melitza sieht mich an und ist unschlüssig, ob sie mich in eine solch tabuisierte Dinner-Konversation verwickeln soll. Zweifellos sollte sie das nicht tun, doch meine Neugier ist zu groß. Also tue ich etwas Verachtenswertes und setze meine Macht ein, um die gewünschte Information zu bekommen. »Ich mag zwar die Königin von England sein, aber ich bin immer noch eine Frau.« Ich nehme mein halb volles Weinglas und trinke einen Schluck. »Und Frauen reden.« Ich lächle sie freundlich an. »Nur weil wir einen bedeutungsvollen Job haben, hören wir doch nicht auf, Frauen zu sein.« Sage ich das wirklich? »Dann waren Sie also mit ihm zusammen?«

»Ja.«

Ich nicke und versuche, mir nichts anmerken zu lassen »Lange?«

Sie lacht sanft. »Überhaupt nicht. Ich habe es schnell wieder beendet.«

Sie hat es beendet? Wow. Wieso ärgert mich das? Ist er eigentlich meinetwegen hier oder ihretwegen? Steht er auf mächtige Frauen? Ist das ein krankes Spiel für ihn, die mächtigsten Frauen der Welt flachzulegen? Tja, da hat er bei mir ja den Jackpot gewonnen. Mir dreht sich der Kopf angesichts all dieser Möglichkeiten. »Warum?«, frage ich.

Sie lächelt, dann sieht sie zu ihrem Mann. Plötzlich wird mir alles klar. Ed Twaine ist ein attraktiver Mann, aber Josh Jameson kann er nicht das Wasser reichen.

»Josh wollte nichts Ernstes und auf keinen Fall Exklusivität. Ed gab mir, was ich suchte. Er war die sicherere Option.«

Sicherer. Oh, darauf wette ich. Wenn ich mich recht entsinne, hat Melitza ihre Krallen nach Ed Twaine ausgestreckt, kurz nachdem klar wurde, dass die Wahl des Präsidenten sich zu seinen Gunsten entscheiden würde. Hat Josh ihr den Hintern versohlt? Sie gefesselt? Oh wow, ich kann diese Fragen nicht stellen, sosehr ich es auch möchte. Ich fühle mich, als würde mein Herz zerkratzt werden.

»Obwohl ich sagen muss«, fährt sie fort, »dass Josh Jameson im Schlafzimmer ein Tier ist.«

Die Frau nimmt kein Blatt vor den Mund. Dafür übernehme ich keinerlei Verantwortung, denn ich habe sie definitiv nicht dazu ermutigt, derartige Information preiszugeben. Zumindest nicht laut. Mir wird klar, dass ich mehr gar nicht wissen will, deshalb lächle ich nur angespannt, womit ich die arme Frau wahrscheinlich verwirre, und wende mich ab von ihr. Erneut sehe ich Josh. Seine Augen. In denen erkenne ich Entschlossenheit, und prompt fühle ich mich unbehaglich. Er ist der einzige Mensch auf dieser Welt, der meine Position nicht respektieren wird.

»Haben Sie Ihr Dessert genossen, Ma'am?«, erkundigt sich der Präsident und zwingt mich dadurch, mich von Joshs Anblick loszureißen.

»Köstlich«, antworte ich und kämpfe innerlich gegen die Angst an. Ich brauche Ablenkung. Irgendetwas, was mich ablenkt von … *ihm*. Wir haben über Politik geredet und über alles Offizielle. Wie wäre es jetzt mit lockerem Geplauder? Etwas Leichtes. »Und wie ist das Eheleben so?«, frage ich und hebe die Hand, damit der Kellner keinen Wein mehr nachschenkt. Sir Don hat mein Weinglas genauer beobachtet als mich.

Der Präsident nickt knapp, aber mit Nachdruck. »Ich glaube, die Presse hält es für eine wilde Romanze.«

»Oh, schenken Sie doch der Presse keine Beachtung. Die haben keine Ahnung.«

»Sehr wahr«, bestätigt er.

Ich lächle, damit er weitererzählt.

»Ich weiß, was man sagt. Mein Alter, ihr Alter. Dass sie mich nur um der Macht und des Status willen geheiratet hat. Nur wissen die nicht, dass Melitza selbst eine sehr reiche Frau ist.«

»Ach?«

»Ihr Vater war ein Ölmagnat. Milliardär. Er starb, als Melitza noch ein kleines Kind war, nur zwei Jahre nach dem Tod ihrer Mutter.«

»Oh, wie schrecklich traurig.«

»Ja, sehr. Sie wirkt gelegentlich ein wenig zerstreut, aber sie ist eine kluge Frau. Schönheit und Intelligenz, ein absolutes Genie am Aktienmarkt.«

»Warum zeichnet die Presse dann ein solch unkorrektes Bild von ihr?«

»Weil ich auf die fünfzig zugehe und sie neunundzwanzig ist. Weil sie schön ist. Weil sie keine Zeit für Politik hat, obwohl sie intelligent und ehrgeizig ist.« Er sieht liebevoll lächelnd zu mir.

Neunundzwanzig. Ein Jahr jünger als ich. Melitza trägt außerdem große Verantwortung auf ihren Schultern.

»Ich wusste, dass ich meine Chancen im Wahlkampf gefährde, als ich sie heiratete. Aber ich wollte die amerikanische Öffentlichkeit nicht darüber entscheiden lassen, mit wem ich liiert sein sollte. Ich wollte niemanden heiraten nur des Drucks oder der Verpflichtungen wegen.«

Ich zucke innerlich zusammen. »Warum stellt sie die Dinge nicht klar? Es muss doch schmerzlich sein, dass die Presse sie so falsch beurteilt.« Schuldgefühle melden sich bei mir, denn ich habe das Gleiche getan.

»Sie lässt die Presse lieber weitermachen wie bisher, damit sie nicht in ihrem Vermögen und ihren Familientragödien herumschnüffeln. Um mit ihren Worten zu sprechen: Du und ich kennen den Deal, also, was soll's? Ich mache meinen Job gut. Die Öffentlichkeit ist glücklich über die Fortschritte, die wir in meiner Amtszeit erzielt haben. Melitza ist hier, um mich zu lieben und mich zu unterstützen, und nicht, um die Gunst der Öffentlichkeit zu gewinnen.«

Ich bin mir nicht sicher, ob ich Ed bewundere oder ob ich neidisch bin. Wir haben mehr gemeinsam, als ich je gedacht hätte. Doch während er mutig ist und unter dem Druck nicht einknickt, fehlen mir genau diese beiden Eigenschaften. »Ich weiß, wie dieser Druck sich anfühlt.«

»Oh, das glaube ich gern. Wahrscheinlich hat man längst jemanden ausgewählt, den Sie umgehend heiraten sollen.«

»Tatsächlich gibt es da schon seit Längerem jemanden.«

»Haydon Sampson.« Der Präsident bestätigt, was die Welt weiß. »Darf ich offen sprechen, Ma'am?«

»Selbstverständlich.«

»Die Frau, die hier vor mir steht, ist inspirierend, witzig und wunderschön. Lassen Sie sich nicht unterkriegen von denen. Lassen Sie sich Ihr Glück nicht von den Erwartungen anderer zunichtemachen. Die Welt ist ein unbeständiger Ort. Traditionen gibt es doch nur, weil wir sie fortführen.«

Ich bin hin- und hergerissen zwischen dem Wunsch, ihn zu küssen und loszuweinen. »Das ist eine wundervolle Vorstellung, nicht wahr, Mr. President? Dass man tun kann, wonach einem ist.«

»Es muss nicht nur eine Vorstellung bleiben. Und bitte nennen Sie mich Ed.«

»Dann müssen Sie mich Adeline nennen, Ed.«

Er lacht herzhaft. »Ich fürchte, man wird über mich herfallen, wenn ich das tue.«

Ich stimme ihm zu. Einerseits freue ich mich über seine Unerschrockenheit, andererseits fühle ich mich durch unsere Unterhaltung entmutigt. Es ist eine Schande, dass ein Bruch mit der Tradition auch einen Bruch mit meiner Familie herbeiführen würde. »Nun ja, immerhin sprechen wir offen miteinander.«

»Verzeihen Sie.« Er lacht ungläubig. »Wie unangemessen von mir.«

»Wir sind auch nur Menschen«, erinnere ich ihn. »Und wer sagt denn, dass das unangemessen ist?«

»Die öffentliche Meinung würde so urteilen, möchte ich annehmen.«

»Weil Sie der Präsident sind und ich die Königin bin?«

»Ja, durchaus.«

»Aber wir sind außerdem Freunde«, argumentiere ich, worauf er lächelt. »Und Freunde sprechen über private Dinge, oder?«

»Das nehme ich wohl an.«

Ich stoße mein Glas gegen seins; er sieht mich freundlich an.

»Sie sind wirklich unglaublich, Euer Majestät.«

Ich strahle angesichts seines Kompliments, aber es ist schon eine Ironie, denn alles, was der Präsident an mir schätzt, gefällt der britischen Monarchie nicht. »Danke«, murmele ich.

Er macht unser erstes Treffen noch ein wenig bizarrer, indem er mir zuzwinkert und sagt: »Gern geschehen.«

Der Präsident der Vereinigten Staaten zwinkert der Königin von England zu.

Dafür mag ich ihn noch mehr.

11

Ich habe mit endlos vielen Leuten geredet, von Diplomaten bis zu bekannten Filmregisseuren, doch diese Unterhaltungen waren nicht annähernd so angenehm wie das Geplauder beim Dinner mit dem Präsidenten. Nicht ein einziges Mal habe ich an meine Geheimzeichen gedacht, die Verstärkung herbeigerufen hätten, um mich von einer langweiligen Konversation zu erlösen. Bis jetzt. Ich spiele mit dem Ohrring in meinem linken Ohr, während ein Kongressmitglied mich mit irgendeinem jüngsten Gesetzesantrag zu Tode langweilt, über Waffenvorschriften im Süden und welche Konsequenzen das für die Waffenhändler hat. Im Prinzip ist er verärgert, weil das die Waffengesetze lockern soll. Ich hätte einiges zu dem Thema zu sagen, nur würde der Idiot nichts davon hören wollen.

Ich sehe Kim näher kommen, doch dann taucht der Präsident an meiner Seite auf und bietet mir äußerst gentlemanlike die Hand. »Würden Sie mir die Ehre erweisen, Euer Majestät?«

Ich blicke ein wenig verblüfft auf. »Tanzen?«, frage ich, für den Fall, dass ich seine Bitte falsch interpretiere.

»Ich verspreche, Ihnen nicht auf die Zehen zu treten.«

Lachend schaue ich nach rechts, wo Melitza sitzt. Es wird nicht von mir erwartet, dass ich um Erlaubnis bitte, aber ich will respektvoll sein. Lächelnd nickt sie und wirkt dankbar, dass ich um ihre Zustimmung ersucht habe, bevor ich auf die Anfrage ihres Gatten eingehe.

»Gern«, sage ich und stehe auf. Während ich die Länge des Tisches abschreite, werde ich mir des allmählichen Verstummens aller Gespräche bewusst, als die Gäste erkennen, was bevorsteht. Sir Don sieht mich an, löst sich von einer Gruppe Männer – Politiker, nehme ich an – und verfolgt mit dem Blick meinen Weg zur Tanzfläche. Seine Miene bleibt unbeweglich, er trinkt einen Schluck Wasser. Ich wende mich ab von seiner stummen Missbilligung. Ich gehe mit dem Präsidenten tanzen. Na und?

Als ich die Tanzfläche erreiche, nehme ich die von Ed angebotene Hand. Die Bigband verstummt bei unserem Eintreffen, und ich knickse vor Ed, während er sich verbeugt. »Nur eins noch«, sage ich, als er mich in seine Arme schließt. »Viel bewegen kann ich mich nicht in diesem tollen Kleid, also wirbeln Sie mich bitte nicht allzu wild herum.«

Lachend nickt er der Band zu, und sie legen los mit einem dramatischen Trommelwirbel, der die Menge zum Lachen bringt, mich auch. »Du liebe Zeit«, sage ich lächelnd, als die Klänge von Benny Goodmans *Sing, Sing, Sing* den Raum erfüllen. »Haben die mit Absicht den energiegeladendsten Song in ihrem Repertoire ausgewählt?«

»Na ja, es ist ein fröhlicher Anlass.« Frech grinsend schwingt der Präsident mich von sich, bis unsere Arme ausgestreckt sind. »Sind Sie bereit, Euer Majestät?«

»Ich weiß nicht. Bin ich?«, erwidere ich trocken, während Applaus aufbrandet.

»Etwas sagt mir, dass Sie zu allem bereit sind.«

Ich werde zurückgezogen in eine leichte, aber ziemlich gekonnte Umarmung, und schon bewegen wir uns über die Tanzfläche, wirbelnd, steppend und lachend. Wir tanzen einige kunstvolle Figuren, und ich schnappe ein wenig nach Luft, wenn ich herumgewirbelt werde. Der Präsident klatscht in die Hände, immer dann, wenn sie frei sind. Zum Rhythmus der Musik zucken die Kamerablitze. Unsere Zuschauer lieben jeden Augenblick der Darbietung, ebenso wie ich. Mein Lächeln lässt nicht nach und ist echt. Dem Funkeln in Eds Augen entnehme ich, dass auch er sich prächtig amüsiert. Es gibt keinen Zentimeter auf der Tanzfläche, über den wir uns nicht bewegen. Ich kann von mir nicht gerade behaupten, ich sei eine gute Tänzerin, und ich bezweifle, dass ich je auf diese Weise getanzt habe, mit derartiger Begeisterung und Energie. Der Präsident beherrscht Bewegungen, bei denen ich nur hoffen kann, dass er mich dabei genauso gut aussehen lässt, wie er aussieht.

Als die Musik sich dem Ende nähert, bereite ich mich innerlich auf einen spektakulären Schluss vor. Ich irre mich nicht. Ich lache, als ich theatralisch über Eds Arm nach hinten gebeugt und gehalten werde, bis die Musik verklingt. Dann bricht Jubel los, Begeisterung erfüllt den Raum. Er richtet mich wieder auf und verbeugt sich. »Ihre Energie kennt keine Grenzen.« Belustigt und dreist befühle ich scherzhaft seinen Bizeps und schmiege ganz kurz meine Wange an seine. »Danke, das hat so viel Spaß gemacht.«

»Es war mir ein Vergnügen.« Er nimmt meine Hände in seine und drückt sie, während die Band eine ruhigere Nummer zu spielen beginnt. »Oh, Fats Waller.« Er wackelt mit den Brauen.

»Ain't misbehavin'.«

Die First Lady kommt auf die Tanzfläche, auf der nun mehrere andere Paare um uns herum tanzen. »Gestatten Sie?«, fragt sie und sieht dann voller Liebe ihren Mann an.

»Selbstverständlich.« Ich küsse die First Lady auf beide Wangen. »Danke, dass Sie ihn mir geliehen haben.«

Sie lacht fröhlich und unbekümmert. »Es ist das Mindeste, was ich tun konnte, um so richtig gegen das königliche Protokoll zu verstoßen.«

»Oh nein, das Protokoll«, rufe ich und überlasse die beiden ihrem Tanz. Das Lächeln fällt mir jetzt leicht, auch wenn ich ein klein wenig aus der Puste bin auf dem Weg durch die Menge, aus der mich alle freundlich anlächeln. Als ich feststelle, dass Damon und Kim genauso lächeln wie alle anderen, bin ich plötzlich verlegen, was mir sonst nie passiert. Ich bin nicht der Typ dafür. Prompt senke ich verschämt den Kopf und schaue auf meine Füße. Ich bin erst ein paar Schritte von der Tanzfläche entfernt und knapp der ganzen Aufmerksamkeit entkommen, als mir schwarze Männerschuhe, die ich kenne, ins Blickfeld geraten.

Ich bleibe gerade noch rechtzeitig stehen, um einen Zusammenprall zu vermeiden, mein Lächeln erstirbt. Was hat er vor?

»Der Song war für uns gemacht, Adeline«, flüstert Josh mir zu und hebt langsam die Hand, um sie mir anzubieten.

Ich verberge, dass ich hart schlucken muss, und sehe ihn an. In seinen Augen liegt ein Flehen. Ich bin mir der neugierigen Blicke, die wir auf uns ziehen, bewusst. Alle warten gespannt darauf, was als Nächstes passieren wird. Ich wäre sehr dumm, gäbe ich ihnen Grund für Spekulationen, denn, wie man mir oft genug eingebläut hat, die Welt schaut zu. Sir Don auch. Für Josh ist das ein *»Leck mich«* an meinen engsten Berater, einer der Männer, die hinter den Versuchen stehen, ihn von mir fernzuhalten. Ist Josh sein Ruf denn gleichgültig? Die werden ihn ruinieren. »Danke, aber …«

»Bitte«, sagt er leise. »Lass nicht zu, dass die morgige Schlagzeile lautet, die Königin hat Josh Jameson einen Tanz verwehrt.«

Damit sein Ego keinen Knacks bekommt, soll stattdessen in den Zeitungen stehen, dass die Königin tatsächlich mit Josh Jameson getanzt hat. Ich spähe nach links und nach rechts und finde meine Befürchtungen bestätigt. Sämtliche Aufmerksamkeit ist auf uns gerichtet. »Warum tust du das?«, frage ich leise. Er legt zum Tanzen einen Arm sanft um mich, die Hand auf meinen Rücken, während er mit der anderen Hand meine hält. Ich kann ihn nicht aufhalten, ohne eine Szene heraufzubeschwören, die noch berichtenswerter für die Medien wäre als ein Tanz.

»Weil verzweifelte Männer verzweifelte Dinge tun.«

Meine Brust liegt sanft an Joshs, während er führt, und mir bleibt keine andere Wahl, als ihm meine Hand auf die Schulter zu legen, statt sie baumeln zu lassen und dadurch noch peinlicher zu wirken.

»Und verzweifelte Frauen tun törichte Dinge.«

»Bist du verzweifelt, Adeline?«

»Ja. Ich wünsche mir verzweifelt, dass du mich in Ruhe lässt.« *Lass mich einfach allein, damit ich wenigstens die Chance habe, meine gespielte souveräne Fassade aufrechtzuerhalten.*

Ein sanfter Druck seiner Hand auf meinem Rücken dient als Warnung. »Hören Sie mit der Schauspielerei auf, Euer Majestät. Bei mir funktioniert das nicht so wie beim Rest der Welt. Vergessen Sie nicht, mit wem Sie reden und wen Sie zum Narren zu halten versuchen.« Er zieht mich näher an sich, sodass meine Brust fester an seine gepresst wird. »Dein Herzschlag sagt alles.«

Mein Mund ist nur wenige Zentimeter von seiner Schulter entfernt, ich starre den Stoff seines Jacketts an und spüre das Pochen meines Herzens. »Du hast in deiner Suite alles gesagt. *Nicht meine Berufung.*«

»Wenn man jemanden liebt, gibt man dumme Sachen von sich.«

»Du musst damit aufhören.«

»Ich werde niemals damit aufhören.« Das ist ein Versprechen. »Und du hör auf, so ängstlich auszusehen.«

»Ich habe aber nun mal Angst«, gebe ich zu und schaue nach links. Die Tanzfläche ist jetzt voller tanzender Paare. Ich zwinge mich zu einem Lächeln, um die Zuschauer darüber hinwegzutäuschen, dass ich hier gerade so etwas wie einen Zusammenbruch erleide, statt mich zu amüsieren. Mein Körper vibriert, mein Herz droht mir aus der Brust zu springen.

»Warum?«

Er schaut mir ins Gesicht, und ich kann nur denken, dass er mich ansieht wie sein Ein und Alles und dass jeder Zuschauer zu demselben Schluss gelangen muss. Also schaue ich weg und folge nur seinen Tanzschritten.

»Weil ich alles will.« Die Worte kommen mir ganz natürlich über die Lippen. Die Tatsache, dass wir einander berühren, lässt mich aufrichtig und ehrlich sprechen. »Ich will meine Familie schützen. Ich will so vielen Leuten beweisen, dass sie sich irren.« Ich schließe kurz die Augen und sage Josh, was er sicher längst weiß: »Und ich will dich.«

»Ich bin dein, Adeline. Das war ich schon von dem Augenblick an, in dem du mir dein sinnliches Lächeln geschenkt hast.«

Ich dachte, mein Herz könnte nicht schneller schlagen, aber da habe ich mich geirrt. »Du verstehst mich nicht.«

»Doch. Und das jagt dir am meisten Angst ein. Ich weiß, du kannst das.« Elegant wendet er am Rand der Tanzfläche und spreizt die Hand auf meinem Rücken. »Ich hätte nicht aus der Haut fahren dürfen. Das tut mir leid. Ich habe die Hölle durchgemacht in dieser Woche, und das will ich nicht noch einmal. Wir müssen also schnell eine Lösung finden, bevor ich meinen verdammten Verstand verliere.«

Ich verspüre ein flaues Gefühl im Magen, ein echtes Lächeln erscheint zögernd auf meinem Gesicht. »Deine Ausdrucksweise lässt zu wünschen übrig.« Ich spüre sein Lächeln an meinen Haaren.

»Ist das Zustimmung?«

»Die Welt beobachtet uns, Josh.«

»Aber niemand hört uns.«

Er wirbelt mich herum, und ich registriere den Blick des Präsidenten. Ich schaue schnell woandershin, denn er beobachtet ein bisschen zu neugierig meine Interaktion mit Josh.

»Sag Ja.«

»Und was denkst du dir, wie wir weitermachen sollen?«

»Fangen wir in deiner Suite an.«

»Josh, ich meine es ernst.«

»Ich auch. Fürs Erste muss ich mich wieder mit dem vertraut machen, was mein ist. Morgen reden wir.«

Ich versuche die richtigen Worte zu finden: »Ich kann keine weitere Nacht mit dir verbringen, ehe wir beide wissen, was mit uns passiert.«

»Was mit uns passiert?«, wiederholt er und klingt ein wenig verblüfft. »Ist das denn nicht offensichtlich, Adeline? Es ist außerdem längst passiert. Wir lieben uns. Und wenn zwei Leute sich lieben, tun sie, was nötig ist, damit sie zusammen sein können.«

Meine Schultern sacken in seinen Armen herunter. Sind wir schon wieder bei dem Thema? »Josh, was du über meine Familie und ihre Geheimnisse weißt, ist nur die Spitze des Eisbergs. Wenn ich mich für uns statt für sie entscheide, würde ich damit den Untergang meiner Familie einleiten. Das kann ich nicht.« Ich wünschte, er würde das verstehen. Ich bin nicht schwierig. Wie die Dinge stehen, ist es aussichtslos.

»Das weiß ich.« Er dreht den Kopf, sodass unsere Gesichter einander gefährlich nahe sind. »Aber ich kann nicht ohne dich sein. Ich habe es diese Woche versucht und bin verrückt geworden. Ohne dich ist mein Leben farblos. Es gibt keine Vorfreude oder Wärme. Ich bin ein Mann am Abgrund, und nur die Hoffnung, dass ich das alles wieder in Ordnung bringen werde, hält mich vom Absturz zurück.«

Ich schlucke, schließe die Augen und atme Joshs Duft durch die Nase ein. »Was heißt das?«

»Das heißt, dass ich dich liebe, Frau. Es heißt, ohne dich gibt es mich auch nicht.«

Er lacht leise, da ich ihn diskret anstupse. Er weiß, dass ich das nicht meinte.

»Es bedeutet, dass wir vorerst vorsichtig sein müssen, aber das bekommen wir allein nicht hin.«

Er hat recht. Es gibt keine Möglichkeit, dass wir uns sehen – und niemand weiß davon. »Ich vertraue meinen Leuten«, erkläre ich, weil es das ist, worauf er hinauswill.

»Allen?«

»Den meisten, ja.«

»Den meisten?«

»Na ja, meinen engsten Mitarbeitern. Es gibt ein paar, die müssen es nicht wissen. Sir Don, zum Beispiel. David Sampson. Die meisten der engen Berater meines Vaters, die ich geerbt habe. Die warten bloß auf einen Fehltritt von mir. Und du wärst ehrlich gesagt ein gigantischer Fehltritt. Die würden dich im Nu erledigen.« Ich zucke mit den Schultern, als er die Brauen hebt. »Ich sage dir nur die Wahrheit. Und die Tatsache, dass ich momentan von dir über die Tanzfläche gewirbelt werde, ist nicht unbedingt hilfreich.«

»Das glaube ich.« Er lässt mich los, kaum ist die Musik verklungen, und schenkt mir ein charmantes Lächeln, das jedoch nicht nur für mich bestimmt ist.

Sir Don beobachtet uns nach wie vor. Ich spüre den Blick aus seinen zu schmalen Schlitzen verengten Augen auf meinem Rücken.

»Wir treffen uns in deinem Hotel.«

»Wie?«, frage ich, während Josh sich verbeugt und die Leute der Band applaudieren.

»Lächle, Adeline«, fordert er mich leise auf.

Ein kurzer Blick nach links und rechts bestätigt, dass ich erneut im Zentrum der Aufmerksamkeit stehe. Also lächle ich, knickse zum Dank vor Josh und versuche ansonsten, so kühl und unbeeindruckt wie möglich auszusehen.

Unsere Gelegenheit zu reden endet hier. Jetzt kann ich nur noch nachdenken. Beschämt registriere ich, dass Kim mich äußerst missbilligend ansieht. Und Sir Don steht das Misstrauen ins Gesicht geschrieben. Ich überlege fieberhaft, was ich sagen soll.

Es war nur ein Tanz.

Für mich jedoch war es alles. Er glaubt an mich.

12

Wow, man könnte die Atmosphäre im Auto mit dem Messer schneiden. Ich bin nur froh, dass Sir Don uns in einem der Wagen hinter uns folgt, sodass ich fürs Erste vor seinen bohrenden Blicken sicher bin. Sogar die arme Olive und ebenso Jenny sind angespannt, dabei haben sie nicht einmal eine Ahnung, warum sie es überhaupt sein sollten. Damon schweigt, und Kim sieht mich von Zeit zu Zeit an, als wollte sie ergründen, ob ich bloß den Eindruck mache, als habe ich den Verstand verloren, oder ob ich ihn *tatsächlich* verloren habe. Dann tippt sie wieder auf ihrem Handy herum, wahrscheinlich eine E-Mail an sich selbst mit dem Entwurf eines Kündigungsschreibens.

»Nun«, sage ich, die Hände auf der Handtasche in meinem Schoß. »Das lief doch ganz gut.«

Kim mauert. Damon wirft mir einen Blick im Rückspiegel zu, der mir zu verstehen gibt, dass ich mir das sparen kann. Mag ja sein, nur ertrage ich dieses grässliche Schweigen nicht länger. »Der Präsident und die First Lady sind reizende Leute. Ganz bodenständig und freundlich.«

»Und der Mann kann tanzen«, meldet Jenny sich zu Wort. »Dieser Tanz wird in die Geschichte eingehen.«

Ich grinse. Vermutlich kursieren im Internet schon die Neuigkeiten von unserer Tanzeinlage im Weißen Haus. »Ich hoffe nur, ich sehe nicht wie eine komplette Amateurin aus.«

»Oh, aber Euer Majestät«, sagt Olive schwärmerisch, die noch immer genauso hin und weg ist wie beim Betreten des Gebäudes. »Außerdem haben Sie mit Josh Jameson getanzt.«

Die Gute, sie weiß nicht, dass sie gerade exakt das große unausgesprochene Thema hier angestoßen hat. Bei all dem Chaos in meinem Kopf habe ich ganz vergessen, dass sie ein glühender Fan von Josh Jameson ist.

»Ja, das habe ich.« Ich spiele es herunter und schaue vorsichtig zu Kim. Ihrem tödlichen Blick begegne ich mit einem Lächeln. Du meine Güte. Werde ich mit Schweigen gestraft? Muss ich in die Schäm-dich-Ecke, wenn wir in meiner Suite sind? »Wir sollten ein Meeting abhalten morgen«, sage ich zu ihr. »In aller Frühe beim Frühstück.«

»Das wäre vernünftig«, erwidert sie und widmet sich wieder ihrem Telefon.

Am liebsten würde ich sie fragen, was sie wohl glaubt, mit wem sie spricht. Andererseits hat sie natürlich allen Grund, besorgt zu sein.

»Uns erwartet nach wie vor eine Menschenmenge«, kündigt Damon an, als wir vor dem Hotel halten. Ich recke den Hals.

»Ach, wirklich? Haben die noch nicht genug gesehen?«

»Vielleicht hoffen die Paparazzi auf einen Tanz«, bemerkt Kim trocken und hält mir ihr Smartphone hin, damit ich aufs Display schauen kann.

Sie hat das Bild schon herangezoomt, daher muss ich mich nicht vorbeugen, um es zu erkennen. Wie nett von ihr. Es zeigt mich mit dem Präsidenten, der mich herumwirbelt, während ich lachend den Kopf zurückwerfe. Ich bin nicht nah genug, um den Text zu dem Bild lesen zu können, aber es wird etwas Reizendes sein, da es sich um ein reizendes Bild handelt. Dann wischt Kim mit dem Finger nach links, und ein weiteres Foto von mir ist zu sehen, diesmal mit Josh. Ohne nachzudenken, beuge ich mich hinüber. Mein Gesicht. Oje, mein Gesicht. Die Unsicherheit ist mir deutlich anzusehen. Mein Blick ist gesenkt, ich wirke angespannt, Josh hält mich eng an sich gedrückt. Die Worte zu diesem Bild muss ich lesen, aber Damon öffnet mir die Autotür, und Kim zieht den Arm zurück, sodass ich weder lesen noch fragen kann. Meine Muskeln verspannen sich. Mist, das ist eine Katastrophe. Sir Don hat genau wie Kim sicher längst das Internet durchforstet. Na fabelhaft. Ich muss unbedingt in meine Suite und mich vor all dieser Missbilligung verstecken.

Als ich aus dem Wagen steige und Damon mich ins Hotel führt, bemerke ich vom Menschenauflauf und den Kameras kaum etwas, weil ich viel zu sehr mit dem beschäftigt bin, was wohl in dem Artikel stand.

»Okay?«, erkundigt Damon sich, als wir dicht gefolgt von allen anderen den Fahrstuhl betreten.

Ich sehe ihn an, bin noch ganz in Gedanken. »Ich glaube schon«, antworte ich und blicke auf meine Handtasche, da das Handy darin vibriert. Ich verzichte darauf, danach zu kramen. Das kann warten, bis ich ungestört bin.

»Sie sahen aus wie eine wahre Königin auf der Tanzfläche, Ma'am«, bemerkt Damon leise, als könnte es gerade ihm Sorgen bereiten, dass Kim oder Sir Don ihn hören. »Majestät.«

»Sie werden noch rührselig auf Ihre alten Tage«, necke ich ihn, danke aber wieder einmal im Stillen dem Himmel dafür, dass ich Damon habe. Was würde ich nur tun, wenn er mich nicht aufbaute, sobald ich niedergeschlagen bin? Wenn er mich nicht ermutigte, weiterzumachen und auf mich achtzugeben. Und zwar nicht, weil er dafür bezahlt wird, sondern weil ich ihm wirklich etwas bedeute. Er grinst, den Blick auf die Hinterköpfe vor uns gerichtet, während wir zu meinem Stockwerk transportiert werden. »Wie geht es Mandy?«, frage ich.

»Ausgezeichnet.« Er schaut auf seine Uhr. »Ich werde sie in zwei Stunden anrufen können. Sie vermisst mich.«

Es ist sicher nicht leicht, getrennt zu sein. Ich weiß es aus erster Hand, denn von Josh getrennt zu sein schmerzt, und ich kenne ihn nicht mal einen Bruchteil der Zeitspanne, die Damon seine Frau schon kennt.

Josh.

Mein Verlangen nimmt zu bei dem Gedanken an ihn, und im Stillen treibe ich alle an, den Fahrstuhl schnell zu verlassen, als die Türen aufgehen. Ich werde über den Flur geleitet, und kaum öffnet sich die Tür zu meiner Suite, gehe ich geradewegs in mein Schlafzimmer und überlasse alle anderen dem, was sie eben zu tun haben. Wahrscheinlich ziehen sie sich auf ihre Zimmer zurück. Bis auf Damon und seine Männer. Die wechseln sich in Schichten während der Nacht ab. Allerdings wird keiner von ihnen entspannt sein, ehe ich nicht sicher in meinem Bett liege. Ich beabsichtige, das schon sehr bald zu tun. Besser gesagt, ich plane, sie *glauben* zu lassen, ich läge friedlich in meinem Bett.

Ich erreiche die Tür, drehe mich um, um sie zuzumachen, und stehe Kim gegenüber. Sie hat ganz offensichtlich noch ein Anliegen. »Frühstück«, erinnere ich sie süßlich, ihre Lippen zucken vor Verärgerung. »Um acht.«

»Soll ich dafür sorgen, dass Sie es ungestört einnehmen können?«

»Ich denke, das wird das Klügste sein«, sage ich mit deutlicher Endgültigkeit, für den Fall, dass sie diese Unterhaltung, die ich nicht wünsche, morgen früh fortsetzen will. Bis morgen werde ich wenigstens ein paar Worte zur Beruhigung vorbereitet haben. Nun aber? Mein Verstand spielt nicht mehr mit. Ich bringe die Kraft nicht mehr auf, die Kim von mir erwartet. Und doch weiß ich, dass ich etwas sagen muss. »Sollte Sir Don Sie ausfragen, bevor wir miteinander gesprochen haben, werden Sie ihm glaubhaft versichern, dass da nichts ist zwischen mir und Mr. Jameson. Denn da ist selbstverständlich wirklich nichts.«

Sie presst die Lippen zusammen und tritt einen Schritt zurück. »Natürlich, Ma'am.«

»Sehr gut. Gute Nacht.«

»Brauchen Sie Hilfe beim Auskleiden, Ma'am?«

Ich sehe Olive und Jenny hinter Kim auftauchen, die mir aus dem Kleid helfen und mir die Tiara vom Kopf nehmen wollen. »Ich komme sehr gut allein zurecht.« Ich lächle die beiden an. »Sie waren mir den ganzen Tag eine wundervolle Hilfe. Jetzt sollten Sie sich ein wenig ausruhen.« Rasch schließe ich die Tür und drehe mich zum leeren Zimmer um.

Leer.

Herrlich.

Fort von der Geringschätzung.

Seufzend lehne ich mich an die Tür und genieße die Stille. Bis mein Telefon sie beendet. Und mir wieder einfällt …

Ich eile zu meinem Bett, setze mich auf die Kante und nehme mein Mobiltelefon aus der Handtasche. Ich finde eine Nachricht von Josh. Sie besteht nur aus einem Link, und noch ehe ich ihn anklicke, weiß ich schon, wohin er mich führen wird. Eine Website öffnet sich. Das Erste, was ich sehe, ist das Foto von mir und Josh, das Kim mir gezeigt hat. Du meine Güte, aus der Nähe betrachtet ist es offensichtlich, wie unbehaglich ich mich gefühlt habe. Ich wirke wie ein Kaninchen, das im Scheinwerferlicht eines Autos erstarrt. Ja, und genauso habe ich mich auch gefühlt. Darunter ist ein weiteres Bild zu sehen, aus einem anderen Winkel geschossen. Es zeigt uns im Profil und wie nah unsere Nasen sich sind. Das muss später während des Tanzens aufgenommen worden sein, als ich ein wenig entspannter war. Ich lege die Fingerspitzen an meine Lippen und lese die Überschrift.

Wir finden, die zwei sind das umwerfendste Paar!
Was meint ihr?

»Oh Gott.« Ich scrolle durch die Bilder, alle zeigen mich und Josh. Es gibt nicht eins von mir und dem Präsidenten, zumindest nicht auf dieser Medienwebsite. Am Ende des Albums von mir und Josh lese ich den kurzen Abschnitt über das Dinner im Weißen Haus und wie ich mit dem Präsidenten getanzt habe, bevor Josh mich von den Füßen haute. Staunend lese ich, wie gefährlich nah Joshs Hand meinem Po gekommen ist. Und dann klappt mir die Kinnlade herunter, als es heißt, seine mysteriöse Freundin sei möglicherweise nicht begeistert über die Geschichte, die diese Fotos erzählten.

Ich bin mir nicht sicher, ob das gut oder schlecht ist, komme jedoch zu dem Schluss, dass Letzteres wohl zutrifft. Die Presse ist zwar nach wie vor fasziniert von der mysteriösen, unter einem Hoodie verborgenen Frau, mit der Josh vor dem Dorchester vor einigen Wochen gesehen wurde, aber auch diese Fotos scheinen es ihnen angetan zu haben.

Frustriert lasse ich mein Telefon fallen und werfe mich rückwärts aufs Bett. »Ein Desaster«, sage ich zur Decke. Ich hätte Josh höflich einen Korb geben und von der Tanzfläche verschwinden sollen. Na ja, zumindest habe ich es versucht. Man kann mich für diesen Medienrummel nicht verantwortlich machen. Nur weiß ich leider, dass genau das geschehen wird. Sir Don, David Sampson und jeder andere, der angeblich meine Regentschaft stützen soll, haben doch nur auf einen Fehltritt von mir gewartet. Und ich habe nicht nur einen Fehltritt gemacht, sondern gleich Dutzende, alle auf der Tanzfläche im East Room des Weißen Hauses.

Ich stehe auf und gehe zum Spiegel, wo ich meinem Spiegelbild eine Standpauke halte und mir die Ohrringe herausnehme. Und Josh werde ich auch noch die Meinung sagen. Er muss doch gewusst haben, dass das passiert. Ich will die schwere Tiara von meinem Kopf entfernen, aber als meine Finger die Diamanten berühren, halte ich inne. Josh hat gesagt, er würde mich hier treffen. Soll ich mich ausziehen? Mir etwas Bequemeres anziehen? Oder bleiben, wie ich bin? Und wie in aller Welt will er sich hier hereinschleichen, wo doch Damon und seine Armee die Tür bewachen? Ich rechne außerdem damit, dass Kim ebenfalls auf der Lauer liegt. Von Sir Don ganz zu schweigen.

Was soll ich also tun? Ich hebe den Saum meines Kleides, laufe schnell zurück zum Bett und finde mein Handy. Aus Angst vor Lauschern rufe ich ihn nicht an, sondern schreibe ihm eine Nachricht, um von ihm zu erfahren, ob ich mich umziehen soll. Seine Antwort kommt prompt und auf den Punkt.

Bleib in dem atemberaubenden Kleid. UND behalte die Tiara auf.

»Oh«, sage ich zu mir selbst. »Aber die ist so schwer.« Unwillkürlich bewege ich den Nacken. Jetzt, wo ich nicht abgelenkt bin, ist ihr Gewicht eine Last.

Wie lange muss ich hier warten?

Noch während ich auf »senden« klicke, klopft es leise an meiner Tür. »Ma'am?«, ruft Damon gedämpft. »Darf ich hereinkommen?«

»Natürlich«, antworte ich, woraufhin er den Kopf hereinsteckt. »Was gibt es denn?«

Er tritt ganz ein. »Sie wurden einbestellt, Ma'am.«

»Durch wen?«, frage ich empört. Wartet Sir Don darauf, mich ins Kreuzverhör zu nehmen? Was werde ich sagen? Ich suche in Gedanken nach Erklärungen. Vielleicht argumentiere ich, dass Josh bereits jemanden hat. Der Artikel, den ich gelesen habe, erwähnt die mysteriöse Frau. Wird Sir Don mir das abkaufen? Lachhaft, natürlich wird er nicht. Er weiß genau, dass ich diese Frau war, die unter Joshs Hoodie verborgen ins Hotel gebracht wurde. Er hielt sich an jenem schicksalhaften Tag, an dem ich mich von meinen Emotionen leiten ließ und meine Beziehung zu Josh herausposaunte, in Evernmore auf. Du liebe Zeit, was habe ich getan?

Die Andeutung eines Lächelns erscheint auf Damons Gesicht. »Ich bezweifle, dass irgendwer die Macht hat, Sie einzubestellen, Euer Majestät«, sagt er und erinnert mich daran, wer ich bin.

Natürlich. Was habe ich mir gedacht? Ich bin jetzt diejenige, die Leute zu sich beordert.

»Mit Ausnahme einer Person«, schränkt Damon ein.

Ich stutze, verunsichert, aufgeregt … atemlos.

Josh.

»Wo?«

»Ich glaube, das ist Teil der Überraschung.«

»Das ist lächerlich.« Ich lache. »Ich bin eine Gefangene in diesem Hotel, wenn ich nicht dabei beobachtet werden will, wie ich es verlasse.«

»Benötigen Sie Ihre Tasche?«, fragt Damon, der meine Unsicherheit ignoriert. Er geht zu meinem Bett und holt sie.

»Verraten Sie es mir«, erwidere ich. »Da Sie ja offenbar eingeweiht sind.«

»Vielleicht möchten Sie Ihren Lippenstift nachziehen?«

»Jenny hat meinen Lippenstift.« Ich tadele mich im Stillen dafür, dass ich mir meine Schminksachen für den heutigen Abend nicht von ihr geschnappt habe. »Warten Sie.« Ich husche ins Bad. »Ich glaube, ich habe hier einen ähnlichen Farbton.« Wie eine Irre durchwühle ich die Taschen in meinem Badezimmer. »Aha!« Triumphierend halte ich den Lippenstift hoch. »Ich hab ihn.«

»Sehr gut, Ma'am«, ruft Damon trocken zurück. »Ich möchte ja nicht drängeln, aber wir sind zeitlich ein bisschen eingeschränkt.«

»Sind wir?« Ich betrachte mich im Spiegel. Damon hat recht. Meine Lippen haben keine Farbe. Wahrscheinlich weil ich nervös auf ihnen herumgekaut habe. Ich ziehe die Kappe vom Lippenstift, beuge mich näher zum Spiegel und male sie neu an. Kaum hat die Farbe sie berührt, verrutsche ich. »Mist«, fluche ich und nehme ein Kosmetiktuch, um sie abzuwischen. »Dauert nicht lange«, rufe ich, doch mein zweiter Versuch wird nicht besser. Ich zittere. Es können die Nerven oder die Aufregung sein. Was hat er für uns geplant?

Ich versuche mein Bestes, um den Lippenstift gleichmäßig aufzutragen, aber ich verschwende nicht viel Zeit darauf, es zu überprüfen. Die Zeit läuft. »Fertig«, verkünde ich, während ich das Badezimmer verlasse. »Und was jetzt?«

»Jetzt kommen Sie mit mir.« Damon führt mich zur Tür und späht vorsichtig hinaus.

»Wo ist Kim? Und Sir Don?«

»Die sind in ihren Zimmern.« Wir schleichen auf Zehenspitzen durch die Suite, Damon dreht ganz sacht den Türknopf. Ich schaue ständig nervös über die Schulter, ob jemand auftaucht und unsere Flucht vereitelt.

»Wo sind alle Ihre Leute?«, flüstere ich.

»Ich finde, je weniger davon wissen, desto besser, oder?«

»Ja, stimmt.«

Wir schleichen uns hinaus; Damon schließt lautlos die Tür hinter uns. Dann atmet er erleichtert auf, und ich muss mir das Lachen verkneifen. Dabei schnaube ich. »Oje.« Überrascht von diesem wenig damenhaften Laut halte ich mir rasch den Mund zu.

»Haben Sie gerade geschnaubt?« Damon ist offenbar auch geschockt.

»Tja, ich glaube schon.«

Es folgen ein paar Sekunden Stille, in denen Damon mich perplex ansieht. Dann kann er sich nicht mehr zusammenreißen und hat allergrößte Mühe, sein Lachen zu unterdrücken. Das ist vielleicht ein Anblick. Er läuft rosa an, sodass ich erneut lachen muss.

»Schnell«, sagt er prustend und eilt mit mir den Flur entlang, wobei wir lachen.

Es gelingt uns nicht besonders gut, leise zu sein. Er führt mich an den Fahrstühlen vorbei zum Treppenhaus, und erst dort bringe ich den Willen auf, mich zusammenzureißen.

»Oh, ich habe noch nie so viel gelacht«, gebe ich zu und hole tief Luft. Damon bringt sich grinsend ebenfalls wieder unter Kontrolle.

Nachdem wir uns beruhigt haben, zeigt er die Treppe hinunter. »Es sind ein paar Stockwerke, aber es ist die sicherste Route.«

»Warum tun Sie das, Damon?« Er legt sich mächtig ins Zeug für mich.

Sein Lächeln ist sanft und freundlich. »Weil ich glaube, dass Euer Majestät beide Welten kennen sollten, die sich Ihnen bieten. Gründlich. Die Höhen und Tiefen beider Welten und alles, was es da gibt. Nur dann werden Sie in der Lage sein, zu entscheiden, welche Sie wählen.«

Ich sehe ihn verblüfft an und bekomme einen Kloß im Hals. Ich habe keine Ahnung, was ich sagen soll. Also sage ich gar nichts, sondern umarme ihn einfach, damit er weiß, wie dankbar ich ihm bin. Er weiß, welche Welt ich wirklich will. Ich glaube, er gibt mir auf seine Art zu verstehen, dass ich beide nicht haben kann. Ich weiß, dass er recht hat, doch in diesem Augenblick kann ich nur daran denken, dass der Mann, den ich liebe, irgendwo hier auf mich wartet und dass Damon mich sicher zu ihm bringen wird. »Sie sind etwas ganz Besonderes«, sage ich, lächle und schmiege das Gesicht an seinen Anzug, als ich seine starken Arme um mich spüre. »Ihre Frau kann sich glücklich schätzen.«

»Ich weiß. Das sage ich ihr ständig.«

Ich lache leise und löse mich von ihm, da ich weiß, dass er sich nicht ganz wohlfühlt bei dieser Umarmung, sosehr er mich auch unterstützt. »Ich kann nicht mit Josh zusammen sein, ohne allen wehzutun, die ich liebe.« Damit verkünde ich nur, was ihm ohnehin bekannt ist, und sein Lächeln sagt mir, dass er versteht.

»Wäre es Ihnen lieber, ich würde Ihnen solche Situationen nicht ermöglichen?«

Darauf antworte ich nicht. Das ist nicht nötig. Ich kann ihn schlecht dazu auffordern, mir das eine vorzuenthalten, das mich aufrecht hält. »Wie viele Stockwerke, sagten Sie?« Ich wechsle das Thema, da wir zu keiner Lösung kommen werden.

»Ein paar. Soll ich Sie huckepack tragen?«, scherzt er, obwohl ihm das Lachen vergehen würde, wenn ich das Angebot annähme.

»Das schaffe ich schon«, erwidere ich und gehe los.

Fünf Minuten später sieht die Sache anders aus. »Mir tun die Zehen weh«, klage ich auf den letzten Stufen.

»Nach dem vielen Tanzen heute Abend jammern Sie über ein paar Treppen?«

»Haha.« Ich verdrehe theatralisch die Augen.

Damon späht zur Tür hinaus. »Okay, Beeilung.«

Wir huschen in die Lobby. Damon hält wachsam Ausschau nach allen Seiten, es ist jedoch keine Seele in Sicht. Niemand. Mir ist klar, dass es schon ziemlich spät ist, aber immerhin befinden wir uns in einem Hotel. Die meisten Leute mögen in ihren Betten liegen, doch man könnte zumindest erwarten, den einen oder anderen Gast herumlaufen zu sehen. Ganz zu schweigen von den Angestellten der Nachtschicht. »Wo sind alle?«

»Noch für weitere zwei Minuten verschwunden mithilfe des Managements.«

Gerade als er das sagt, entdecke ich jemanden. »Oh nein«, flüstere ich, und Damon zerrt mich hinter eine Säule. »Was macht Dr. Goodridge denn um diese Zeit hier unten?«

»Das weiß ich ebenso wenig wie Sie.« Damon späht hinter der Säule hervor. »Er telefoniert.«

»Mit wem denn?« Der alte Mann hat nie geheiratet und hat keine Familie. Sein Leben war, wie es bei vielen königlichen Bediensteten seiner Ära der Fall ist, ganz dem Monarchen gewidmet.

»Ich habe keine Ahnung, Euer Majestät, denn ich kann nichts hören.« Damon hält mit einem Arm eine Tür auf und schiebt mich mit der anderen Hand hindurch.

Ich schaue mich in dem leeren Raum um. »Die Bar?« Ein Feuer

knistert im Kamin an der gegenüberliegenden Wand. »Was tue ich hier, Damon?«, frage ich, aber er antwortet nicht, und ich drehe mich um. Er befindet sich schon auf der anderen Seite der riesigen Holztüren, in die Glasscheiben eingelassen sind. Er hebt die Brauen und zieht die Vorhänge von außen zu.

Skeptisch schaue ich mich um. Ich bin allein mit dem Geräusch des prasselnden Feuers. Schwere Vorhänge zieren jedes Fenster girlandenartig, nicht dazu gedacht, zugezogen zu werden. Dafür versperren Innenvorhänge die Sicht. Gepolsterte Stühle in Bordeaux und Creme stehen an den Tischen, der geschwungene Tresen ist von Barhockern gesäumt. Ich habe schon öfter im St. Regis gewohnt, aber bisher war ich nie in der Hotelbar. Es ist warm und gemütlich hier, obwohl es so weitläufig ist. Jetzt, nach Mitternacht, bin ich der einzige Gast. Dabei weiß selbst ich, dass immer irgendwer in einer Hotelbar noch einen letzten Schlummertrunk nimmt. Wo sind also alle?

Ich frage mich, was ich tun soll. Gerade als ich beschließe, Josh anzurufen, höre ich eine Bewegung, gedämpft – Schritte vielleicht –, und gehe ein wenig weiter in den Raum hinein, spähe in die fernen Ecken. Mir stockt der Atem, als ich Josh in einem der Sessel sitzend entdecke, er hält ein Glas Scotch in der Hand und beobachtet mich, was er schon die ganze Zeit getan haben muss, während ich mich umsah. Ich bekomme eine Gänsehaut, dann erwacht sinnliche Vorfreude. Er trägt noch seinen Anzug und sieht unverschämt gut aus. Doch ein gewisses Etwas wurde seinem Äußeren hinzugefügt. Etwas, das ich wiedererkenne. Ich beiße mir auf die Unterlippe, als ich von dem kleinen pinkfarbenen Einstecktuch aufschaue und in seine wilden Augen blicke. Ich würde zu ihm gehen, wären meine Beine nicht zu schwach und nutzlos. Ich würde sprechen, funktionierte meine Zunge.

Josh hält mich fest mit seinem intensiven Blick, trinkt den Rest Scotch und stellt das Glas sanft auf den Tisch, ehe er aufsteht. Er schiebt die Hände in die Taschen und kommt langsamen und gemessenen Schrittes auf mich zu. Er tut genau das, was Josh Jameson am besten beherrscht: Er facht meine Ungeduld und meine Verzweiflung an. Sein sinnliches Lächeln wird breiter, je näher er kommt, bis wir so dicht voreinander stehen, dass sich unsere Körper beinahe berühren. Endlich nimmt er mich in den Arm, wie er es im Weißen Haus getan hat, und verharrt für einen Moment, bis die Stimme Fats Wallers zu hören ist.

»Meinst du, dass du dich jetzt entspannen kannst, wo die Welt dir nicht mehr zuschaut?«, fragt er leise.

Ich bin so glücklich, ich könnte heulen. »Ich glaube schon.« Ich halte ihn ganz fest, was ich vor Stunden nicht durfte.

»Gut. Und ich kann endlich den königlichen Hintern berühren, den ich verehre.«

Seine Hände gleiten hinunter zu meinem Po und umfassen ihn durch die schwarze glatte Seide meines Kleides hindurch. Er drückt ein wenig, und ich mache eine gespielt missbilligende Miene dazu, was er jedoch komplett ignoriert.

»Und das kann ich auch endlich tun.«

Er küsst mich leidenschaftlich und hebt mich dabei leicht an, sodass ich auf den Zehenspitzen stehe, während leise *Ain't Misbehavin'* erklingt. Unsere Wiedervereinigung ist nicht so ungestüm, wie ich es erwartet hätte, wenn man bedenkt, wie sehr ich ihn vermisst habe. Doch sie ist intensiv wie immer, unsere Zungen umspielen einander, eine seiner Hände liegt auf meinem Nacken. Wir küssen uns ewig, verlieren jedes Zeitgefühl. Es sind Momente wie diese, in denen ich das Gewicht auf meinen Schultern nicht spüre und mich frei wie ein Vogel fühle, zufrieden und sorglos. Ich bin nicht die, die ich tatsächlich bin, sondern eine Frau, die einen Mann lieben darf, der besessen ist von ihr. Gibt es einen Weg? Kann ich doch alles haben? Kann ich mit Josh zusammen sein und gleichzeitig die sorgfältig aufgebaute Fassade der Monarchie erhalten?

Als ich mir im Stillen die Antwort gebe, halte ich mitten im Kuss inne, was ich eigentlich gar nicht beabsichtigte, aber die Antwort ist ein klares Nein. Mein fügsames Verweilen auf dem Thron ist die einzige Chance, all die hässlichen Geheimnisse unter Verschluss zu halten.

»Hör auf«, flüstert er und unterbricht den Kuss, doch so, dass unsere Lippen sich weiterhin berühren. »Ich habe nicht diesen ganzen Aufwand betrieben, damit du schmollen kannst.«

Ich reiße mich zusammen und sage mir, dass ich im Hier und Jetzt leben muss, wie ich es mit Josh immer getan habe. Es sollte keine Gedanken an morgen geben; es geht nur um den Augenblick. Und dieser Augenblick ist perfekt. »Wir sind allein.« Ich löse mich von Joshs tröstendem Anblick, um mich ein weiteres Mal in der Bar umzusehen. »Wie hast du das geschafft?«

Josh schaut sich ebenfalls um. »Eine sehr reiche anonyme Person hat einen obszön hohen Betrag gezahlt, um sie für ein paar Stunden privat nutzen zu können.«

Anonym. Wie clever von ihm. »Wir werden also nicht gestört?«

»Die Angestellten werden natürlich neugierig sein, doch Damon hält Wache, und der Manager weiß, dass ein dicker Bonus für ihn drin ist, wenn er unsere Privatsphäre schützt.«

»Er hat aber keine Ahnung, wer sich in der Hotelbar aufhält?«

Josh schüttelt den Kopf und gibt mir sanft einen Kuss auf die Wange, während wir uns zur Musik wiegen und Fats Waller uns mit seinen Worten preist: »Money is power. Mind you, so is being the Queen.«

Darüber lache ich innerlich. »Ich habe keine Macht.« Hätte ich welche, wäre das Leben wunderbar. »Danke für den Link, den du mir geschickt hast.« Ein weiterer missbilligender Blick von mir, den Josh wieder ignoriert.

»Ist sie?«

Fragend schaue ich auf. »Ist sie *was*? Und wer ist *sie*?«

»Ist die mysteriöse Frau in meinem Leben eifersüchtig auf die Geschichte, die diese Bilder erzählen?«

Leise lachend schmiege ich meine Wange an seine Schulter. Wir drehen uns langsam zur Musik, als hätten wir alle Zeit der Welt. »Wir sollten der Neugier der Medien keine neue Nahrung geben. Du hast eine Show daraus gemacht. Das war sehr gefährlich.«

»Adeline, wenn ich mit dir zusammen bin, ist nichts Show. Alles, was zwischen uns geschieht, ist auf ganz natürliche Weise explosiv. Ich kann nichts dafür, dass die Anziehung zwischen uns so offensichtlich ist.«

»Deshalb hättest du Abstand von mir halten sollen.«

»Das ist ja wohl genauso unmöglich, wie mein Verlangen nach dir zu bändigen.«

Ich seufze und blicke über seine Schulter zu den Vorhängen, die uns vor der Außenwelt abschirmen. Ich gerate in diese mutlose Stimmung, die ich hasse, da mir wieder die Aussichtslosigkeit unserer Beziehung klar wird. »Du hast dem Präsidenten die Schau gestohlen«, meine ich.

»Ed wird das nichts ausmachen. Er war nie der Typ, der alle Aufmerksamkeit auf sich ziehen will.«

»Du aber?«

»Nur wenn diese Aufmerksamkeit von dir kommt.« Eine Hand an meinem Nacken, führt er mich weg von meinem behaglichen Platz an seiner Schulter. »Und da ich diesen Aufwand betrieben habe, damit wir uns sehen können, will ich, dass deine gesamte Aufmerksamkeit ausschließlich mir gilt.«

»Ganz schön fordernd«, bemerke ich. »Und was soll ich tun?«

Er denkt schweigend nach, indem er für einen Moment zur Decke blickt. »Lass mich mal überlegen. Zuerst sollte ich meiner Königin etwas zu trinken holen.« Er entlässt mich aus seiner Umarmung, nimmt meine Hand und dirigiert mich zum Tresen, wo er mich auf einen der Barhocker setzt.

»Es gibt keinen Barmann«, erinnere ich ihn, doch Josh stellt sich bereits selbst hinter die Theke und legt einen Untersetzer vor mich. »Willkommen im St. Regis, Darling. Was kann ich dir servieren?«

Ich lache und mache es mir bequem. »Du bist mein Barkeeper?«

»Ich werde für dich sein, was immer ich sein soll.«

Sei kein Geheimnis, ruft eine Stimme in meinem Kopf und stört die Zufriedenheit für einen Moment. Aber dann fange ich mich wieder und gucke in die Getränkekarte, die Josh mir reicht. Ich kann es mir nicht erlauben, die Zeit, die uns bleibt, zu trüben. »Mal sehen.«

»Nichts von der Cocktailkarte«, stellt er klar. »Ich habe nicht die leiseste Ahnung, wie man einen Cocktail zubereitet, und ich werde unsere gemeinsame Zeit nicht damit vergeuden, es herauszufinden.«

Da kann ich ihm nicht widersprechen. Auch ich will die Zeit nicht vergeuden. Also überblättere ich die Cocktails, überfliege die Spirituosen und klappe die Karte zu. »Ich denke, ich bleibe bei Champagner.« Kein Cocktailmixen, keine Zeitverschwendung.

»Ausgezeichnete Wahl.« Josh greift zur Champagnerflasche, als hätte er meine Wahl vorausgesehen und sie schon bereitgestellt. Rasch entfernt er die Folie und den Korken, dann setzt er sich auf den Hocker neben mir und schenkt ein. »Wie war dein Abend?«

Seltsame Frage, da er weiß, dass es eine Strapaze epischen Ausmaßes war. »Ganz reizend«, antworte ich. »Obwohl es wenig erfreulich war, von der First Lady zu erfahren, dass du sie gedatet hast.«

Er hält beim Einschenken inne. »Das war nur kurz. Im Grunde war es gar nichts. Sie hat der Königin von ihren früheren Beziehungen erzählt?«

»Ich war auch überrascht«, gestehe ich, verschweige jedoch die Tatsache, dass ich sie dazu ermutigt habe. »Und ich glaube, es war ihr ernst mit dir.«

Er zuckt mit den Schultern. »Ich mache einer Frau niemals etwas vor, Adeline. Ich wecke nie falsche Hoffnungen.« Er gibt mir mein Glas. »Mir war es noch nie ernst mit einer Frau. Bis du kamst.«

Ich kann mein Lächeln nicht im Zaum halten. »Ernst?«

Frech grinst er. »Verliebt. Gefällt dir das besser?«

»Viel besser.«

»Gut. Tja, und wie war dein Flug?«

Ich sehe ihn über den Rand des Glases hinweg skeptisch an, während ich trinke und er sich bequem auf seinem Hocker zurücklehnt. *Wie war dein Abend? Wie war dein Flug?* »Angenehm. Warum stellst du mir diese Fragen?«

»Ich möchte wissen, wie sich Normalität zwischen uns anfühlen würde.«

»Es gibt keine Normalität für uns.« Ich deute mit meinem Glas auf die Bar. »Wie diese Hotelbar beweist, die du allein für uns mieten musstest, damit wir uns sehen können.«

Er macht ein gespielt finsteres Gesicht. »Hübsche Tiara.«

Plötzlich ist meine Sinneswahrnehmung erhöht. »Hübsches Einstecktuch.«

Er schaut auf seine Brusttasche. »Tja, ich hatte ein nettes Essen im Sinn gehabt …«

»Das habe ich schon mal gehört.« Ich lache unbeschwert, was ihm ein teuflisches Grinsen entlockt.

Er rutscht vom Hocker, nimmt mir das Glas aus der Hand und hebt mich von meinem Barhocker. »Ich wollte tanzen«, fährt er fort, »dich küssen und dich spüren.«

Seine Hände wandern zu meinem Po, massieren ihn und drücken mein Becken an seins. Er ist steinhart. Scheint zu pulsieren. Das Blut rauscht heiß durch meinen Körper.

»Ich wollte dir deinen Lieblingschampagner und einen Dirty Cheeseburger servieren.« Er vollführt kreisende Bewegungen mit dem Becken, sein Grinsen wird sündiger. »Aber jetzt …«

»Was jetzt?«, flüstere ich.

»Jetzt …«

Er presst seine Lippen auf meine Wange und streicht mit der Zunge bis zur Vertiefung unterhalb meines Ohrs. Wow, ich schmelze in seinen Armen dahin.

»Jetzt will ich nur noch deinen wundervollen Mund um meinen Schwanz spüren.« Er beißt mir spielerisch ins Ohrläppchen und zieht mit den Zähnen daran.

Ich stöhne heiser und würde ihm am liebsten den Anzug vom Leib reißen.

»Und dann werde ich in deine süße königliche Pussy eindringen …«

Ein Beckenstoß von ihm entlockt mir ein Stöhnen.

»… mich dann langsam vorarbeiten …«

Ein weiterer Stoß und ein kurzer Aufschrei von mir.

»… bis ich richtig loslege, und Sie, Euer Majestät, schreien vor Lust.«

»Meine Güte.« Ich lege ihm eine Hand auf den Schritt, werde aber unvermittelt aufgehalten. Aufgebracht blicke ich in das flüssige Bernstein seiner Augen. Meine Wangenmuskeln zucken. Sein Gesicht ist jetzt leidenschaftslos. Ausdruckslos. In seinen Augen jedoch spiegelt sich Zufriedenheit. Niemand wird mich von dem zurückhalten, was ich in diesem Moment will, nicht einmal Josh. »Lass mich das tun.«

»Nein.« Er schiebt meine Hände weg und bewegt sich außerhalb meiner Reichweite.

Was hat er vor? Ich gehe auf ihn zu, er weicht aus. Er will mir etwas beweisen – nämlich, wie sehr ich ihn brauche. Aber was ist mit seinen Gefühlen? Ist er nicht genauso verzweifelt wie ich? Ist seine Begierde nicht die gleiche wie meine? Wieder mache ich einen Schritt auf ihn zu, und erneut entzieht er sich mir. Gereizt kneife ich leicht die Augen zusammen, doch Joshs Miene verändert sich nicht. Sie bleibt völlig ausdruckslos. Nur seine Augen verraten ihn, es kostet ihn große Überwindung. Ich muss den Spieß umdrehen, daher sinke ich spontan vor ihm auf die Knie und hebe provozierend den Blick zu ihm.

»Verdammt«, flüstert er um Fassung ringend; er zittert tatsächlich, solche Anstrengung kostet es ihn, auf Abstand zu bleiben. Aber er wird es schaffen. Ich kenne meinen American Boy. Sein tiefer Wille, mir zu beweisen, dass ich ihn ebenso sehr brauche, wie ich ihn will, wird es ihm nicht gestatten nachzugeben. Daher finde ich die Worte, die seinen Widerstand brechen werden. »Ich beuge mich niemandem …«, flüstere ich berauscht vom elektrisierenden Knistern zwischen uns. »… außer dir.«

Seine Brust weitet sich, als er tief einatmet, seine Hände zittern. Auch er sinkt auf die Knie.

»Willst du zusammen mit mir in Schwierigkeiten geraten?«

Seine Frage katapultiert mich zurück zu meinem dreißigsten Geburtstag, und da wird mir klar, wie weit wir gekommen sind. Ich weiß, dass genau das seine Absicht war.

»Bis zu meinem Ende«, bestätige ich, es ist nichts als die Wahrheit. Es ist so leicht, ihn zu lieben. Nur alles andere ist schwer. Das sollte es nicht sein. Jemanden zu lieben und geliebt zu werden, sollte alles andere im Leben leichter machen. Weil man einander hat. Man wird unterstützt. Man begegnet den Herausforderungen des täglichen Lebens gemeinsam, Seite an Seite. Nur sieht es bei uns eben nicht so aus. Niemand hat die Probleme, die wir haben.

»Adeline?«

Ich konzentriere mich wieder auf das Hier und Jetzt. »Verzeihung, ich …«

»Komm her.«

Er stützt sich mit einer Hand am Boden ab und reicht mir die andere. Ich nehme seine und rutsche auf den Knien zu ihm. Er setzt sich auf seine Fersen und nimmt mich seitlich auf den Schoß, streicht mir die Haare zurück über die Schulter. Ich schmiege mich an seinen Oberkörper und fühle seinen warmen Atem auf meinem Kopf.

»Von der Verführerin ist momentan nicht viel übrig, was?« Er seufzt.

»Manchmal braucht man einfach nur eine Umarmung.«

»Und manchmal sollte man vielleicht einfach aufhören, an Dinge zu denken, die einen ablenken.« Er umarmt mich fester, eine milde Bestrafung. »Vor allem, wenn der Partner einen geblasen bekommen soll.«

Ich lache an seine Brust geschmiegt, von der ich mich dann aber abstemme. »Sorry, Darling«, erwidere ich mit dem kläglichen Versuch eines Südstaatenakzents. »Verdammt, das war lausig.«

Josh kriegt sich nicht mehr ein, sein Lachen ist die beste Medizin. »Du bist echt süß.«

Ich knuffe ihn, verziehe jedoch gleich darauf das Gesicht.

»Was ist los?«

Ich zeige auf meine Tiara. »Ich trage das Ding seit Stunden. Mir fällt bald der Kopf ab.« Plötzlich befinde ich mich nicht mehr auf Joshs Schoß, sondern liege auf dem Rücken am Boden. Meine Tiara rutscht herunter. Josh liegt halb auf mir, umfasst mein Gesicht mit beiden Händen und küsst mich hart auf die Lippen.

»Nicht bevor ich deinen Mund gevögelt habe.«

Ich ziehe scharf die Luft ein. Josh tut es mir gleich.

Und dann sind wir wieder völlig ernst, während wir uns in die Augen schauen. Die Spannung steigt zu dem Level, an dem sie war, ehe ich sie mit schrecklichen Gedanken dämpfte.

»Auf die Knie.« Er steht auf und hilft mir so weit hoch, dass meine Augen sich auf gleicher Höhe mit seinem Schritt befinden.

Er bückt sich nach der Tiara und setzt sie mir vorsichtig wieder auf, nimmt sich einen Moment Zeit, um meine Haare um die kostbaren Juwelen und das Edelmetall zu arrangieren. Diesmal öffnet er selbst seine Hose. Es reizt mich, ihm zu helfen. Er schiebt eine Hand in seine Boxershorts, hält inne und beobachtet, wie ich mir die Lippen lecke. Und dann …

Mit angehaltenem Atem betrachte ich jeden Zentimeter von ihm, bewundere seinen muskulösen Körper und seinen großen Schwanz. Mir läuft das Wasser im Mund zusammen, Lustwellen durchfluten mich im Rhythmus meiner wieder einsetzenden Atmung. Ich schaue auf und sehe den sinnlichen Ausdruck in Joshs Blick. Er umfasst seinen Schwanz mit einer Hand, legt mir die andere in den Nacken und schiebt mich an sich, bis seine Spitze einen meiner Mundwinkel berührt. Er lässt sie von einer Seite zur anderen über meine Lippen gleiten. Ich schließe die Augen, lege meine Hand um seine und umspiele seinen Schwanz mit der Zunge. Josh zieht scharf die Luft ein, und bevor er sich wieder fangen kann, öffne ich den Mund und nehme ihn so tief in mich auf, bis ich auf unsere Hände treffe.

Er knurrt, seine Finger bohren sich in meinen Nacken. Er fühlt sich an wie Samt. Ich werde übermütig. Er zuckt zusammen und spannt die Hand an, damit ich loslasse. Ich umfasse daher seinen Po, während er meinen Kopf mit beiden Händen festhält. Jetzt umgibt nur mein Mund ihn. Ich gebe einen zufriedenen Laut von mir und nehme ihn so tief in mich auf, wie ich kann. Das ist eine ganze Menge, aber längst nicht alles. Ich gebe ihn allmählich wieder frei, wobei ich sacht meine Zähne einsetze, und nehme ihn anschließend schnell wieder auf. Josh zittert, ich spüre das Beben seines Körpers.

Nachdem ich ihn mit meinem langsamen Tempo genug gequält habe, beschleunige ich den Rhythmus zu gleichmäßigen Bewegungen. Auf und ab. Josh gibt ein heiseres Stöhnen von sich. Er drängt mir sein Becken entgegen, seine Hände halten meinen Kopf fester. Ich fühle das Pulsieren seines Schwanzes an meiner Zunge, öffne die Augen und sehe, dass sein Blick zur Decke gerichtet ist. Seine Halssehnen treten hervor, sein Gesicht ist gezeichnet von Anspannung. Alle Anzeichen sprechen dafür, dass er an die Grenzen seiner

Beherrschung gerät. Er senkt den Kopf und richtet meine Tiara, was mich mit vollem Mund zum Lächeln bringt. Er lächelt zurück.

Langsam bewege ich meine Lippen an ihm saugend zur Spitze, dann küssend seinen Schaft hinunter. Josh murmelt zusammenhanglose Worte.

»Möchtest du kommen, Josh?«, frage ich und lecke entlang einer geschwollenen Ader. Er wirkt benommen und kann die Augen kaum offen halten. Sein Atem geht stoßweise. Er schwitzt. Nie zuvor habe ich etwas so Faszinierendes gesehen.

Ohne ein Wort bückt er sich, zieht mich hoch, dreht mich um und beugt mich über einen Barhocker. Ich gebe ein Keuchen von mir und stütze mich auf der goldenen Sitzfläche ab. Josh greift nach meinen Händen und legt sie auf die Rücklehne des Hockers. »Haltet Euch gut fest, Euer Majestät«, flüstert er mir ins Ohr, seine Stimme ist so nah, dass sie meine Gedanken durcheinanderwirbeln lässt.

Er wickelt sich eine Strähne meines Haars um die Hand und zieht meinen Kopf zurück, wobei er gleichzeitig nach dem Saum meines Kleides tastet. Er schiebt es langsam hinauf bis zu meiner Taille, auf der er die schwarze Seide ruhen lässt. Der Slip wird mir nicht ausgezogen, sondern nur zur Seite geschoben.

Ich blicke zu der Tür, hinter der Damon zusammen mit der restlichen Welt wartet. Dieser Gedanke lässt mich nicht in Panik geraten. In diesem Moment gibt es nichts weiter zu bedenken, als wie viel Lust und Vergnügen mir gleich bereitet werden wird. Sowie Josh eine Fingerspitze auf meine Schulter legt, schließe ich die Augen und atme ruhig. Die Erregung ist kaum auszuhalten.

Seine Fingerspitze fühlt sich elektrisierend an, sodass ein Zittern mich durchläuft, da er sie langsam an meinem Rücken hinuntergleiten lässt. Jede kleinste Bewegung, die er macht, jede Berührung kann ich klar sehen. Es gleicht einer außerkörperlichen Erfahrung, als stünde ich im Schatten und würde zwei Menschen beim Liebesspiel zuschauen.

Er gleitet mit der Hand zwischen meine Oberschenkel und streichelt mich sanft. Wir atmen gleichzeitig tief ein. Wir zucken synchron zusammen. Wir atmen gemeinsam stöhnend aus.

»Wenn ich dich je um etwas bitten würde, Adeline, dann darum, dies hier nie zu vergessen.«

Er dringt mit dem Finger in mich ein, und ich stelle mich unwillkürlich auf die Spitzen meiner High Heels.

»Wann immer du unsicher bist, erinnere dich daran, wie es war, mit mir zusammen zu sein.«

Jetzt ist sein Finger fort, und eine Sekunde darauf reiße ich die Augen auf, da sein Schwanz mich ganz ausfüllt.

»Josh!«

Er hält mir den Mund zu. »Leise«, zischt er und bewegt sich in gnadenlosem Rhythmus.

Ich stöhne in seine Handfläche, kneife die Augen zu und versuche die Kraft aufzubringen, dies durchzustehen, ohne dem ganzen Hotel zu verraten, was in der Bar geschieht.

»Hier.« Josh hält mir sein pinkfarbenes Einstecktuch vor die Nase, und ich öffne wie von selbst die Lippen, damit er es mir in den Mund schieben kann.

Nachdem er sichergestellt hat, dass ich leise bin, umfasst er meine Hüften. Ich atme durch die Nase und fülle meine Lunge mit Sauerstoff. Josh legt los, schon jenseits aller Selbstbeherrschung umklammere ich die Lehne des Hockers. Er gönnt mir keine Pause zwischen seinen gnadenlosen Stößen. Wir sind Sklaven der Lust in diesen berauschenden Minuten. Ich höre die Genugtuung aus jedem seiner rauen Laute, spüre sie mit jedem Auftreffen seines Beckens auf meinen Hintern. Im Geiste sehe ich sein ungezügeltes Verlangen, schmecke es auf meiner Zunge. Und ich rieche es in der sexdurchtränkten Luft. Josh überflutet meine Sinne, sodass ich es kaum aushalte. Meine Muskeln reagieren, Anspannung erfasst meinen ganzen Körper. Unbarmherzig rollt der Orgasmus heran, ich kann ihn nicht aufhalten. Mit einem erstickten Aufschrei spucke ich das Taschentuch aus, mein Kopf ruckt nach hinten, als Josh an meinen Haaren zerrt. Ich spüre, wie meine Mitte pulsiert, bin unmittelbar vor dem Gipfel.

»Oh Gott«, flüstert Josh keuchend und sackt über mir zusammen. Die nächsten Stöße kommen unkoordiniert. Sterne explodieren vor meinen Augen, als der Orgasmus mich erfasst. Ein letztes

Mal dringt Josh tief in mich ein, und ich fühle, wie er sich leise fluchend in mich ergießt. Kraftlos sinke ich auf die Sitzfläche des Hockers, er über mir.

Benommen blicke ich zu den tanzenden Flammen im Kamin. Josh hat einen Arm um mich geschlungen, das Gesicht an meinen Nacken geschmiegt und hält mich. Ich kann mich nicht bewegen. Kann nicht sprechen, nicht mal denken. Ich bin völlig erschöpft und lasse mich von den Flammen hypnotisieren, wobei ich in Gedanken jede Sekunde dieses berauschenden Sex noch einmal durchlebe.

Ich bin im Himmel. Wohin ich gehöre.

13

Nach einer Weile, in der ich unseren heftigen Atemzügen lausche, finde ich endlich die Kraft zu ein paar Worten. »Lebst du noch?«

»Ja.« Josh küsst meinen Rücken. »Das war ein verdammt heißer Schlummertrunk, Darling.«

»Ich glaube nicht, dass ich gehen kann.«

»Ich auch nicht.«

»Inzwischen drückt die Tiara schmerzhaft«, füge ich hinzu und zucke zusammen, als ich den Kopf bewege und sie sich hinter meine Ohren bohrt. Ich werde eine Woche lang Kopfschmerzen haben.

Josh richtet sich auf, und unsere Kleidung löst sich voneinander, sie ist feucht vom Schweiß. Er nimmt ein paar Servietten von der Bar und wischt die Innenseiten meiner Oberschenkel ab.

»Komm her.«

Er hilft mir, mich umzudrehen, lächelt und richtet meine Frisur, die sicher in einem beängstigenden Zustand ist.

»Wie schlimm sehe ich aus?«, frage ich und helfe ihm, indem ich seine Hose zumache.

»Du könntest niemals schlimm aussehen, selbst wenn du es noch so versuchen würdest.« Er nimmt mir die Tiara ab und löst einige Strähnen aus dem Diamanten- und Platingeflecht.

»Oh, das tut gut.« Ich dehne meinen Nacken und spüre sofort die Erleichterung. »So lange habe ich sie noch nie getragen.«

Josh platziert sie auf der Sitzfläche eines Barhockers, dreht mich um und legt mir die Hände auf die Schultern. Wow, er massiert mich, auf dass ich mich wieder lebendig fühle. Ich entspanne mich und stöhne leise voller Dankbarkeit angesichts seiner Hände, die meinen Nacken kneten.

»Man könnte glatt meinen, du hättest meinen Schwanz in dir.«

Ich wippe lächelnd auf den Absätzen. »Ich glaube, das hier ist besser.« Seine Hände schließen sich um meinen Hals und drücken leicht zu. Lachend halte ich sie fest, damit er mich nicht würgt. »Massiere mich«, flehe ich, denn ich brauche mehr von seinen magischen Händen.

Er widmet sich wieder der Massage, sodass ich leise seufze.

»Hat sich das Warten gelohnt, mysteriöse Frau?«

»Ja, hat es.« Obwohl ich weiß, dass der Sex zwischen uns auch ohne lange Wartezeit explosiv ist, selbst wenn wir nichts nachzuholen haben. So ist das eben bei uns. Elektrisierend. Berauschend. Es ist alles. Dennoch wird es stets diese schrecklich langen Zeiten geben, in denen wir getrennt sind, das wird die ohnehin schon verzweifelte Begierde noch zusätzlich steigern. Nie wird es so sein, dass wir einfach übereinander herfallen können, wenn uns gerade danach ist. Wir werden es immer genauestens planen und Risikomanagement betreiben müssen. Es ist mir zuwider, dass weitere Wochen wie die hinter mir liegende folgen werden, in denen ich unter seinem Schweigen leide. Oder wenn wieder Rummel um seine Person herrscht und er sich auf der anderen Seite der Erde aufhält. Oder erneut sein Glaube an uns wankt. Ich werde ihn nicht sehen können, wenn mir der Sinn danach steht. Ich kann mir keinen Tag freinehmen und alle Termine streichen, um mich mit ihm zu treffen.

Ich bin schon wieder traurig und muss schlucken, als er die Arme um mich legt und sein Gesicht an meins schmiegt.

»Wenn ich mir jetzt etwas wünschen dürfte«, sagt er leise, »dann hätte ich dich gern in meinem Bett. Du würdest nackt sein. Ich wäre nackt. Wir würden miteinander kuscheln und über Gott und die Welt reden. Ich würde dir Frühstück ans Bett bringen, und wir würden zusammen duschen. Ich würde mit dir schlafen, wann immer ich Lust dazu hätte, und ich würde jede Sekunde auskosten.«

Ich lasse mir nicht anmerken, wie wunderbar das in meinen Ohren klingt. Es hat keinen Sinn, zu bejammern, dass diese Fantasie ein Luxus ist, den wir niemals haben werden. Stattdessen beschließe ich spontan, dass wir all das *doch* haben können. »Tun wir es.« Ich befreie mich aus seiner Umarmung und drehe mich schwungvoll zu ihm um.

Seine verunsicherte Miene ist hinreißend.

»Um es mit den Worten der Frau auszudrücken, die ich liebe«, sagt er, umfasst meine Oberarme und beugt sich leicht herunter, damit wir auf Augenhöhe sind, »wie sollen wir das anstellen?«

Ich sacke ein wenig in mich zusammen. Normalerweise wären Dutzende royale Angestellte und Security für ihn kein Argument. Herausforderungen lacht er ins Gesicht. Das ist einer der vielen Gründe, weshalb ich ihn liebe. »Und wo ist der Mann, den *ich* liebe?«

Er schaut zur Tür, die uns vor dem Rest der Welt verbirgt. »Ich bin hier, Baby.« Er lässt eine Hand an meinem Arm hinabgleiten und verschränkt seine Finger mit meinen. Dann zieht er mich Richtung Ausgang. »Wie viele Leute halten sich in deiner Suite auf?«

»Damon und seine Männer wechseln sich in Schichten ab.«

»Und der Rest deiner Armee?«

»Die haben ihre eigenen Zimmer auf derselben Etage.«

»Um wie viel Uhr wirst du geweckt?«

»Ich habe einen Frühstückstermin mit Kim um acht, also wird Olive gegen halb sieben die Vorhänge bei mir aufziehen.«

Er öffnet die Tür einen winzigen Spalt, späht hinaus und pfeift leise, um Damons Aufmerksamkeit zu bekommen. Innerhalb von Sekunden ist Damon bei uns in der Bar. Sein Blick wechselt von mir zu Josh, sodass ich verlegen an meiner zerzausten Frisur herumzupfe.

»Vergeuden Sie Ihre Zeit nicht mit Ihren Haaren, Ma'am«, bemerkt er trocken. »Aber vielleicht sollten Sie den auf Ihrer Wange verschmierten roten Lippenstift abwischen.« Er wendet sich an Josh, und ich reibe mir meine glühenden Wangen. »Sie auch.«

Zum ersten Mal, seit Josh mich über den Barhocker gelegt hat, betrachte ich ihn mit klarem Kopf. Sein Gesicht ist übersät von Lippenstiftspuren. »Ups.« Ich muss mir ein Lachen verkneifen.

»Können Sie uns in Adelines Suite bringen?«, fragt Josh, wobei er sich die Wange mit dem Handrücken abwischt.

»Nein.« Damons Antwort fällt knapp und endgültig aus. Er dreht sich um und will gehen.

»Bitte, Damon«, flehe ich. »Ich verspreche, dass niemand es erfahren wird.«

Er bleibt stehen und wendet sich wieder uns zu. »Wie? Nebenan schlafen überall Leute, und Ihre Zofen sind bei Tagesanbruch auf, um *Sie* ebenfalls bei Tagesanbruch zu wecken.«

»Wir schmuggeln Josh vorher aus der Suite«, versichere ich ihm. »Niemand wird etwas davon mitbekommen.«

»Mit Ausnahme von mir.«

Ich ziehe einen Schmollmund und klimpere mit den Wimpern. »Ich werde Sie auch nie wieder darum bitten, für mich den Kopf hinzuhalten.« Das ist Unsinn, und Damon weiß es.

»Werden Sie doch.« Er sieht seufzend zu Josh. »Um sechs Uhr sind Sie verschwunden. Ich eskortiere Sie hinaus, bevor die Zofen Ihrer Majestät kommen, um sie zu wecken.«

Josh salutiert. »Jawohl, Boss.«

»Verdammt noch mal«, grummelt Damon und geht zur Tür. Er schaut hinaus und winkt uns zu sich. »Wir gehen getrennt. Josh fährt mit dem Fahrstuhl, Ihre Majestät und ich nehmen die Treppe.«

»Alles, was Sie sagen«, erkläre ich, ohne zu zögern. »Moment mal, wo sind deine Security-Leute?« Ich sehe Josh fragend an. Man wird ihn bestürmen, falls er gesehen wird, ganz zu schweigen von den ohnehin schon wild kursierenden Gerüchten in den Onlinemedien, die dadurch zusätzlich Nahrung bekämen. Erst haben sie zusammen getanzt, dann fliegt auf, dass sie sich Stunden später im selben Hotel aufhalten?

»Bates«, ruft Damon leise durch die Lobby, es dauert keine zwei Sekunden, und wir sind vier.

»Oh, das ging schnell.« Ich schenke Joshs Bodyguard ein Lächeln. »Wie geht es Ihnen, Bates?«

»Ausgezeichnet, Ma'am.«

Er wirkt überhaupt nicht erfreut, mich zu sehen, aber das nehme ich mir nicht zu Herzen. Josh und ich bereiten Damon und Bates mit Sicherheit die schlimmsten Kopfschmerzen, die sie je hatten.

»Die Präsidentensuite«, erklärt Damon seinem alten Freund. »Bleibt im Fahrstuhl, bis wir es über die Treppe nach oben geschafft haben.«

»Okay«, bestätigt er seufzend, gibt Josh mit einer Kopfbewegung zu verstehen, dass es gleich losgeht, und richtet seine Aufmerksamkeit wieder auf Damon. »Blackjack und ein Whisky?«

»Blackjack ja, Whisky nein.«

»Ach, Damon, Sie müssen«, mische ich mich ein. »Ich bestehe darauf.« Ich würde mich deutlich besser fühlen wegen der erneuten Nachtwache, die ich ihm zumute.

Damon gibt jedoch nicht nach und schaut Bates hinterher, der Josh zum Fahrstuhl begleitet. Sobald sie eingestiegen sind, späht er in sämtliche Ecken, dann führt er mich zum Treppenhaus. »Schnell und leise.«

»Ich gehe, so schnell ich kann«, informiere ich ihn. Alle meine Muskeln sind wach und schmerzen. Auf der ersten Treppenstufe stöhne ich. Hinuntergehen ist eine Sache, treppauf eine andere. »Wenn ich all diese Stufen hinter mir habe, werde ich sogar zum Reden zu erschöpft sein«, beschwere ich mich, hebe mein Kleid und beginne den Aufstieg. »Und wieso darf Josh den Fahrstuhl nehmen? Das scheint mir unfair zu sein. Können wir nicht wa… oh!« Plötzlich habe ich keinen Boden mehr unter den Füßen, denn Damon hat mich über seine Schulter geworfen. »Damon! Was tun Sie, um Himmels willen?«

»Ich glaube, ich trage die Königin von England die Treppe hinauf, damit sie ihre Energie für ihren amerikanischen Liebhaber aufsparen kann, Ma'am.«

Was soll ich dazu sagen? »Huckepack hätte es auch getan«, erkläre ich und streiche mir die langen Locken aus dem Gesicht. »Das ist ziemlich unerhört, finden Sie nicht?«

»Ich glaube, in der Hotelbar sind noch viel unerhörtere Dinge passiert, Adeline«, gibt er müde zurück, prompt glühen meine Wangen wieder.

»Ich habe keine Ahnung, wovon Sie sprechen«, entgegne ich empört und krümme mich innerlich wie nie zuvor. »Wir haben Champagner getrunken und uns unterhalten.«

»Selbstverständlich, Ma'am. Alles sehr zivilisiert, nehme ich an.«

»In der Tat«, bestätige ich und beende diese peinliche Unterhaltung. In solchen Momenten bin ich gar nicht froh darüber, dass Damon mich so gut kennt. Kein anderer kann mich derartig in Verlegenheit bringen.

Dafür, dass Damon auch nicht mehr der Jüngste ist, trägt er mich die Treppe hinauf wie eine zusätzliche Schicht Kleidung. Wir kommen aus dem Treppenhaus, als Josh und Bates aus dem Fahrstuhl treten. Die beiden sehen mich an, wie ich auf Damons Schulter wippe, während wir leise über den Gang gehen.

»Wollte sie fliehen?«, erkundigt Josh sich hinter uns.

Ich grinse ihn an. »Mir tun die Füße weh. Es war ein langer Tag, und ich wurde ständig von Männern auf der Tanzfläche umhergewirbelt.«

Josh verdreht dramatisch die Augen. »Ich weiß gar nicht, wie ich es finde, dass ein anderer Mann dich über der Schulter trägt.«

»Damon zählt nicht.«

»Würden Sie beide wohl still sein?«, zischt Damon.

Sofort halte ich den Mund und ziehe einen imaginären Reißverschluss zu, was Josh und Bates zum Grinsen bringt.

»Da sind Männer in der Lounge.« Damon stellt mich auf die Füße. »Ich beordere sie ins Esszimmer, damit der Weg frei für Sie ist, und lasse sie anschließend wieder heraus.« Er sieht Bates an. »Heute Nacht werden nur wir beide Wache halten.«

»Von mir aus gern.«

»Wartet hier.« Damon verschwindet in den Raum und taucht eine Minute später wieder auf. »Los.«

Ich will gerade lossprinten, da habe ich erneut keinen Boden unter den Füßen. »Josh!«, beschwere ich mich, was mir einen strengen Blick von Damon einbringt. Sofort halte ich mir den Mund zu, und Josh eilt mit mir über seiner Schulter durch die Suite.

Die Tür wird geschlossen, und endlich sind wir wieder allein.

»Zieh dein Kleid aus«, fordert Josh, nachdem er mich auf die Füße gestellt hat. Er zerrt an seiner Krawatte. »Zieh alles aus.«

Er ist bereits nackt, da habe ich noch nicht mal den Reißverschluss meines Kleides gefunden.

»Das war beeindruckend«, sage ich staunend, der Anblick seiner nackten Haut lenkt mich von der Suche nach dem Reißverschluss ab. »Und das da auch alles.«

»Warum bist du noch angezogen?«

»Weil ich den blöden Reißverschluss nicht finde.« Ich winde mich, wobei ich die Arme um mich wickle. »Normalerweise hilft Olive mir.«

»Du wirst mit mir vorliebnehmen müssen.« Er dreht mich um.

»Was für eine Strafe.« Meine Worte sind kaum mehr als ein Seufzen. Josh findet den Reißverschluss mit Leichtigkeit und reißt ihn so heftig hinunter, dass ich rückwärts taumele. »Langsam, Tiger«, scherze ich. »Oh.« Er legt seine Hände auf meine Taille und zieht mich an sich. »Josh!«

Er ignoriert meinen erschrockenen Ausruf und trägt mich zum Bett, wo er mich mehr oder weniger auf die Matratze wirft. Geschickt befreit er mich von meinem BH und meinem Slip. Dann bin ich nackt, und er betrachtet meinen Körper mit glühendem Blick.

»Oh, heute ist ein guter Tag.« Er schmiegt sein Gesicht zwischen meine Brüste und atmet tief ein. Ich muss lachen, während er so tut, als verschlänge er mich. Er widmet sich meinen Brüsten, leckt und saugt daran und gibt dabei glücklich Summlaute von sich. Ich streiche mit gespreizten Fingern durch sein dunkles Haar und entspanne mich in diesem weichen Bett, bin vollkommen zufrieden.

»Schlaf bloß nicht ein«, warnt er mich und stützt sich links und rechts von mir auf seine Fäuste. Sein Gesicht befindet sich jetzt über meinem. »Habe ich dich schon müde gemacht?«

»Nein, ich bin nur sehr entspannt.« *Glücklich und zufrieden.*

Sein Lächeln ist wundervoll. »Ich auch.«

Er senkt sich langsam herab, wobei sein Blick zwischen meinen Augen und meinen Lippen hin- und herspringt. Gerade als ich mich auf einen Kuss einstelle, stemmt Josh sich ein wenig hoch und betrachtet von Neuem eingehend mein Gesicht. Ich bin ein bisschen beleidigt, andererseits ist es angenehm, ihn dabei zu beobachten, wie er mich so konzentriert ansieht. Niemand hat mich je so angesehen, wie Josh mich ansieht. Nicht mit diesem Feuer im

Blick. Niemand hat sich je so viel Zeit genommen, um mich wirklich zu sehen. Als würde er mich am liebsten verschlingen und mich gleichzeitig beschützen. Und niemand hat je solche Mühen und Risiken auf sich genommen, um mit mir zusammen zu sein.

Als Joshs Mund sich meinem nähert, lege ich ihm eine Hand auf den Hinterkopf, damit er bloß kein weiteres Mal zurückweicht. Das hat er diesmal offenbar nicht vor, und dann bin ich auch schon überwältigt von der Intensität unseres Kusses. Tief, aber sanft. Leidenschaftlich, aber ruhig. Ich umfasse mit beiden Armen seine Schultern und drücke ihn an mich. Wir rollen auf dem Bett herum, bis Josh unter mir ist und sich der Kusswinkel verändert. Wir rollen weiter, zurück in die Mitte der Matratze. Diese simple Sache, mit ihm im Bett zu liegen, sich küssen und nackt sein zu können, einfach zusammen zu sein … Das bedeutet mir alles und noch mehr. Hat nicht jedes Liebespaar ein Recht darauf? Menschen sollten ihre Liebe füreinander ausdrücken dürfen, statt sie verbergen zu müssen.

Wir berühren und küssen uns eine Ewigkeit. Meine Hände gleiten umher, seine Hände wandern umher, aber hauptsächlich küssen wir uns. Meine Lippen sind geschwollen, doch nichts wird mich daran hindern, diese Zeit auszukosten. Es war ein wundervoller Abend, und ich bin noch nicht bereit, ihn enden zu lassen. Wenn ich einschlafe, wird im Nu der Morgen da sein. Josh wird seines Weges gehen und ich meines.

Es ist Josh, der beschließt, unseren Knutschmarathon zu beenden, indem er sich von mir löst und sich lächelnd auf den Rücken dreht. Dabei zieht er mich an seine Seite. Ich schmiege mich an ihn und lege zufrieden seufzend ein Bein auf seine Oberschenkel. Er spielt mit meinen Haaren, ich streiche mit dem Zeigefinger über seine Brust. »Weiß dein Vater eigentlich, dass du hier bist?«, frage ich.

»Was glaubst du?«

»Keine Ahnung«, gestehe ich. »So, wie er mich heute Abend angesehen hat, ist es schwer zu sagen, ob es Missbilligung, Sympathie oder beides war.«

»Beides.«

Seine Antwort kommt mit solcher Bestimmtheit, dass ich mich frage, was er seinem Vater über uns erzählt hat. Offenbar spürt er meine Neugier, denn er fährt fort, ehe ich etwas sagen kann: »Er weiß, dass da was zwischen uns läuft.«

»Da läuft was zwischen uns?« Ich habe keine Ahnung, warum mir diese Formulierung nicht gefällt. »Würdest du das so nennen?«

Er stupst mich definitiv warnend an. »Zu dem Zeitpunkt, als mein Dad uns im Stall sah, schon.«

Bei der Erinnerung an diesen herrlichen Tag verfliegt meine Empörung. Möglicherweise habe ich an dem Tag vollends begriffen, dass ich in Schwierigkeiten stecke. Nicht, weil jemand es hätte herausfinden können, sondern weil ich da längst dabei war, mich in den skandalös aufregenden Amerikaner zu verlieben. »Und jetzt?«

»Jetzt läuft tatsächlich was zwischen uns«, erwidert er belustigt.

»Ja, oder?« Es gefällt mir, dass Josh das so sieht.

»Das weißt du.«

Ich lächle zufrieden, er tippt mir auf die Nasenspitze, worauf ich die Nase kräusele. »Und was denkt dein Dad jetzt über uns?«

»Dass wir eine gefährliche Kombination sind.«

Ich schmolle im Scherz. Obwohl ich weiß, dass es wahr ist, frage ich trotzdem: »Inwiefern?« Ich will Senator Jamesons Perspektive kennen.

»Meinem Vater sind die möglichen Konsequenzen klar. Er macht sich Sorgen um mich und wegen dem, was deine Leute alles unternehmen könnten, um mich von dir fernzuhalten. Sie würden dich im besten und mich im schlechtesten Licht dastehen lassen. Seine Worte.«

Ich beiße mir auf die Unterlippe, lege meine Wange an seine Brust und streiche mit den Fingern weiter träumend über seine Haut. »Habe ich dir das nicht längst auch erklärt?« Dieses Thema dämpft meine Stimmung. »Das ist einer der zahllosen Gründe, weshalb niemand von dir wissen darf. Und weshalb dein Auftritt im Weißen Haus rücksichtslos war. Warum hast du das getan?«

Ich spüre, wie Anspannung ihn erfasst, und ich weiß, wenn ich ihm jetzt in die Augen sähe, wären da wütende bernsteinfarbene Blitze.

»Ich habe es getan, weil ich mit der Frau, die ich liebe, tanzen wollte.«

»Damit hast du das Medieninteresse geweckt, obwohl wir es absolut vermeiden sollten, die Aufmerksamkeit auf uns zu lenken.«

»Verklag mich doch, verdammt.« Er seufzt, und ich halte mit dem Finger auf meiner sinnlichen Reise inne. »Es gibt nichts, was deine Leute tun können, um mich von dir fernzuhalten.«

Er ringt um Beherrschung, deshalb verzichte ich lieber darauf, ihm zu widersprechen. Denn es gibt sehr viel, was sie tun können und tun *werden*.

»Ich will nicht darüber streiten«, flüstere ich und sehe ihm ins Gesicht. Meine Gefühle überwältigen mich schon wieder. »Vor allem, da du morgen früh gehen musst und ich nicht weiß, wann ich dich wiedersehen werde.«

»Verdammt.« Josh fährt sich durchs Haar.

Für einen Moment schließt er die Augen, beruhigt sich und lehnt sich an das Kopfteil des Bettes. Er zieht mich an sich, bis ich rittlings auf seinem Schoß sitze. Seine Knie sind seitlich angewinkelt, sodass ich mich zurücklehnen kann. Er sieht mich eindringlich an und hält meine Hände in seinen.

»Ich bin ein Idiot. Es ist nur einfach dermaßen frustrierend, Adeline.«

»Ich weiß« ist alles, was ich sagen kann. Aber er wusste das. Als er mich im Weißen Haus in die Enge trieb, wusste er das alles. »Willst du nach wie vor hier sein?« Das ist keine Fangfrage. Ich würde es ihm nicht verübeln, wenn er nicht bleiben wollte und die ganze Aussichtslosigkeit begreifen würde. Was kann ich tun? Die Antwort lautet: nichts. Absolut nichts, was mich in meiner vermeintlichen Machtposition noch machtloser macht.

Josh sieht angewidert aus. »Fragst du mich das ernsthaft? Ja, Adeline, das will ich. Ich bleibe und hoffe, wir finden eine Lösung. Es *muss* eine geben.«

Ich hoffe und bete für diese Lösung. »Du weißt, dass ich keine Versprechungen machen kann, Josh. Ich bin an die Familiengeschichte gebunden. Und durch die Lügen.«

»Keine Versprechungen, nein, aber sag mir, dass wir wenigstens darüber sprechen können. Schreib unsere Zukunft noch nicht ab.« Er legt mir eine Hand in den Nacken und zieht mich an sich, bis unsere Nasenspitzen sich fast berühren. »Nach dem Streit letzte Woche in meinem Hotel habe ich gründlich über uns nachgedacht. Habe überlegt, ob ich das größte Geheimnis der Welt sein könnte. Ob ich damit glücklich werden könnte, dich zu haben, ohne es der Welt mitteilen zu dürfen. Ja, das kann ich, lautet die Antwort. Ich kann es, weil mein Leben ohne dich trostlos ist. Die reinste Strafe. Glaub mir, Adeline, wenn es einen Weg für uns gibt, werde ich ihn finden.«

Wenn. Ein solch kleines Wort mit derartig großer Bedeutung. Nachdem ich mich eine Woche lang schlecht gefühlt habe, weil ich dachte, er hätte uns aufgegeben, ist seine Entschlossenheit Balsam für meine geschundene Seele. Mit *wenn* kann ich leben. »Ich glaube dir«, sage ich, denn er braucht diese Bestätigung. »Und ich werde auch nie aufhören, nach einer Lösung zu suchen.« Ich sinke auf seine Brust und finde Trost in unserer Entschlossenheit und in seinen starken Armen, die mich halten.

Wir können noch ewig darüber sprechen, und nichts wird sich ändern. Ich habe mich selbst wochenlang im Kreis gedreht, auf der Suche nach Antworten für meine Probleme. Gleichzeitig habe ich ständig meine Integrität infrage gestellt. Ich bitte Josh darum, sich damit zufriedenzugeben, mein heimlicher Geliebter zu sein. Ich bitte ihn, ziemlich ungünstige Bedingungen für eine Beziehung zu akzeptieren. Sollte es keine Lösung geben für unsere Misere, darf ich ihn dann in meinem Schatten existieren lassen? Darf ich ihn aus selbstsüchtigen Gründen behalten, auch wenn ich weiß, dass es ihn langsam umbringen wird? Ich schlucke, da ich mir diese Fragen gar nicht beantworten will. Und ich halte Josh fester. Vielleicht sollte ich ihn gehen lassen, denn ihn zu behalten ist egoistisch, aber ich kann nicht anders.

»He, was ist los?«, fragt er, da er spürt, wie ich ihn drücke.

Ich schüttele den Kopf und kämpfe gegen Tränen an. »Ich liebe dich so sehr.«

Er seufzt und schwingt die Beine aus dem Bett. Dann steht er auf, hält mich jedoch, da er merkt, dass ich ihn offenbar noch nicht loslassen will. »Wie wär's mit der Dusche, über die wir gesprochen haben?«, schlägt er vor.

Ich bin dankbar für diese Ablenkung.

Er trägt mich ins Badezimmer, stellt mich ab und dreht das Wasser auf. Eine Minute später ziehen Dampfschwaden durch den Raum. Josh kommt mit sinnlichem Blick langsam auf mich zu, und ich mache mich innerlich bereit.

»Jetzt«, sagt er mit rauer Stimme und dreht mich um, »werde ich unter der Dusche Liebe mit dir machen.«

Das ist besser. Keine weitere Verschwendung kostbarer Zeit durch meine Melancholie. Ich atme die angehaltene Luft aus, und als ich dazu die Lippen teile, nutzt Josh die Gelegenheit und schiebt mir seine Zunge in den Mund. Meine Hände haben nicht die Chance, seine Schultern zu finden. Ein Summen aus dem Schlafzimmer unterbricht uns. Ich brumme etwas, da meine Lippen auf seinen liegen, und schlinge schnell die Arme um ihn – meine Art, ihm zu verstehen zu geben, dass er nirgendwohin geht.

»Mist, mein Handy.« Josh befreit sich und wirft mir einen bedauernden Blick zu. »Ich muss das annehmen. Es wird meine Presseagentin sein, und die flippt aus, wenn ich mich nicht melde. Rühr dich nicht von der Stelle.«

Die Erwähnung von Tammy bringt mich aus der Fassung. »Moment mal, weiß sie etwa, wo du dich aufhältst?«

»Was glaubst du?«

Ich weiß, dass seine Presseagentin nicht begeistert war von unserer Verbindung. Das war bei jeder unserer Begegnungen nicht zu übersehen. »Dann bin ich also auch dein Geheimnis?« Dadurch fühle ich mich gleich viel besser. Wir beide halten den jeweils anderen geheim.

»Nein, ich hatte bloß noch keine Gelegenheit, ihr zu sagen, dass wir wieder zusammen sind.«

»Oh.« Da geht meine Theorie dahin, ebenso die tröstlichen Gedanken. Ich habe keine Vorstellung, was Tammy zu Josh sagen wird. Nein, das stimmt nicht. Natürlich kann ich es mir vorstellen. Es wird mehr oder weniger eine Warnung sein, möglicherweise verbunden mit der Drohung, ihren Job als seine Presseagentin hinzuwerfen. Denn ich bin zweifellos das schwierigste Problem, mit dem sie sich je auseinandersetzen musste. Die Auswirkungen unserer Verbindung scheinen weitere Kreise zu ziehen.

Sein Gesichtsausdruck ist leicht schuldbewusst. »Ich hätte sie anrufen sollen, bevor das Internet verrücktspielt. Steig schon mal unter die Dusche«, fordert er mich auf und dreht sich an der Tür noch einmal um. »Ich bin in zwei Sekunden wieder da.«

Widerstrebend tue ich, was er mir gesagt hat. Ich weiche meine Haare unter dem Wasserstrahl ein und wasche mir das Gesicht.

Das heiße Wasser auf meinem Körper tut gut, doch es ist eine ziemlich einsame Angelegenheit. Ich vertreibe mir die Zeit mit dem Abwaschen meines Make-ups, bis es nichts mehr wegzuwaschen gibt, außer mich komplett selbst. Dann wische ich die Scheibe frei, damit ich die Tür sehen kann. »Josh?«, rufe ich, erhalte jedoch keine Antwort. Ich stelle die Dusche ab, wickle mich in ein Handtuch und gehe ins Schlafzimmer. Er sitzt auf dem Bett, das Telefon in der Hand, und starrt aufs Display. Seine Haltung lässt sämtliche Alarmglocken bei mir läuten, und obwohl ich sein Gesicht nicht sehe, ahne ich, dass seine markanten Züge schärfer konturiert sind wegen seiner Wut. Das Display seines Handys spiegelt außerdem das vertraute bernsteinfarbene Glühen in seinen Augen wider.

»Ist alles in Ordnung?«, erkundige ich mich und bleibe im Türrahmen stehen, um nicht in die Nähe seines Zorns zu geraten. Was ist bloß los mit ihm?

Langsam hebt er den Kopf, und meine Befürchtungen werden bestätigt, er sieht mordlüstern aus. Ich frage mich ängstlich, was das ausgelöst haben könnte, bringe es aber nicht über mich, erneut nachzuhaken, und verharre nervös, wo ich bin.

»Nein, Adeline, es ist nicht alles in Ordnung.« Er steht auf, und mir wird bei diesen wenigen Worten klar, dass sein Zorn mit mir zu tun hat. Mit bebenden Nasenflügeln, als zwinge er sich, ruhig zu bleiben, indem er durch die Nase atmet, kommt er nackt auf mich zu. Instinktiv ziehe ich das Handtuch fester um mich.

»Das«, zischt er und hält das Handy hoch, »ist nicht in Ordnung.«

Ich betrachte die geöffnete Website auf dem Display. Das dominierende Bild darauf zeigt mich. Und … »Haydon?«, sage ich. Mir wird schnell klar, wo das Foto aufgenommen wurde. Wir befinden uns auf dem Palastgelände, und er überreicht mir etwas. »Du liebe Zeit«, flüstere ich und nehme Josh das Telefon aus der Hand. Der Ring, den Haydon mir geschenkt hat. Der ist in der kleinen Box, die er mir gibt. Ich wische mit dem Finger über das Display, um weiterzuscrollen und herauszufinden, welche Worte dieses Foto begleiten. Ich finde nichts, nur ein weiteres Bild. Auf dem ist zu sehen, wie er mir den Ring auf den Finger schiebt.

Ich schließe die Augen und zähle bis zehn, während ich mir gleichzeitig die Frage stelle, warum Josh dermaßen wütend ist. Liegt es daran, dass mein Geschenk von Haydon an die Presse durchgesickert ist und dadurch die Spekulationen über unsere angebliche Beziehung angeheizt wurden? »Du weißt, dass er mir diesen Ring geschenkt hat«, sage ich aufschauend. »Ich kann es nicht ändern, dass das bekannt geworden ist.« Allerdings beabsichtige ich, in Erfahrung zu bringen, wer dafür verantwortlich ist.

Josh entspannt sich kein bisschen, im Gegenteil. Als er spricht, wirkt sein Kiefer, als sei er bereit zuzuschnappen: »Der Scheißring interessiert mich nicht. Er steckt ihn dir nicht einmal an den richtigen Finger. Lies den Artikel.«

Ich wage es nicht, deshalb sehe ich weiter Josh an. Er muss sich beruhigen.

»Oh, du willst ihn nicht lesen?« Er schnappt mir das Telefon aus der Hand, sodass ich erschrocken zurückzucke, was er wegen der Wut, die ihn beherrscht, gar nicht mitbekommt. Ich bin zunehmend frustrierter. Und verärgert. Warum in aller Welt ist er so wütend über diese Veröffentlichung, wo er doch die Hintergrundgeschichte dazu kennt? Seinetwegen bin ich nach Schottland geflohen, als mein Vater mich wieder einmal zwingen wollte, Haydon zu heiraten.

»Ich will diesen Artikel nicht lesen«, erwidere ich. »Es wird ein Haufen Unsinn sein und mich vermutlich sauer machen.«

»Durchaus möglich. Es ist ziemlich Übelkeit erregend, auch wenn es ein Haufen Müll ist.« Er lacht bitter und blickt auf das

Display. »Ein geplantes Dinner mit Haydon Sampsons Familie, der Familie der Queen sowie engsten Beratern.«

»Was?«, platze ich verwirrt heraus.

»Oh ja. Offenbar ist schon alles arrangiert, um den Deal zwischen euch beiden zu besiegeln.«

Ganz Alphamännchen hasst er wahrscheinlich das Gefühl, dass sein Leben außer Kontrolle ist. Ich bin darauf programmiert, erwarte nichts anderes, aber Josh explodiert.

»Die Königin persönlich hat Haydon Sampsons Einladung zum Dinner angenommen, um mit beiden Familien die Details der Vereinigung zu klären.« Er scrollt vor Wut bebend weiter. »Eine anonyme Quelle bestätigte, die Königin sei zufrieden über die Entwicklung der Beziehung zu dem Mann, den sie seit Jahren heiraten will.«

Ich bin so geschockt, dass ich keine Worte finde. Josh wirkt dermaßen wütend, dass es aussieht, als könnte er sein Mobiltelefon jeden Moment zerquetschen.

»Eine Krönung und eine Hochzeit. Doch was wird zuerst kommen?« Er verzieht spöttisch das Gesicht.

Ich bekomme Kopfweh. Wie konnte das passieren? Wer hat diese Lügen geschrieben?

Joshs Telefon landet mit Wucht auf dem Fußboden und hüpft vor unseren nackten Füßen. »Ich hasse das. Ich sollte diesen Bastard suchen, der diese Lügen verbreitet hat, und ihm meine Faust in den Rachen rammen.«

Wow, er sieht aus, als wäre er dazu absolut in der Lage. »Ich habe nie eine Einladung zum Dinner angenommen …« Ich verstumme, da mir etwas einfällt. Entsetzt weiche ich zurück. »Oh Gott, nein«, sage ich mehr zu mir selbst als zu Josh.

»Ja, ich weiß. Ganz schön ärgerlich, was?«

Ich starre ihn schweigend an, in meinem Kopf ertönt allerdings ein Schrei.

Er kommt näher. »Warte mal … da ist doch nichts Wahres dran, oder?«

Ich beiße mir nervös auf die Unterlippe.

»Adeline, sag mir, dass das Lügen sind.«

»Ich habe einem Dinner mit den Sampsons zugestimmt. Plural.« Ich hasse den angewiderten Ausdruck auf Joshs Gesicht. »Sabina hat vor Kurzem ihren Mann verloren und David seinen Vater, dann noch einen seiner engsten Freunde. Es war nur zur Beschwichtigung …«

»Was zum Henker?« Seine Lippen werden zu einem schmalen Strich bei der Erwähnung von Haydons Vater.

Das kann ich ihm nicht verdenken. Der Mann ist eine Klette; sein verzweifeltes Streben nach Status und Bedeutung ist widerlich. Das treibt ihn an. Sir Don, David und der Rest der alten miesen Bande, die das *Beste* für die Monarchie wollen und nicht das, was am besten für ihre Königin ist. Ich wette, Sir Don ist vorhin direkt in sein Hotelzimmer gerannt und hat David angerufen. Ich wette, sie haben in Erwartung der Fotos von mir und Josh sofort ihre Pläne geschmiedet. Und dies ist ihre Reaktion darauf. Ihre Art, die Kontrolle zurückzugewinnen und die Aufmerksamkeit von Dingen abzulenken, die ihnen nicht genehm sind. Es ist ihre Methode, mich zu zwingen und zu etwas zu bewegen, was ich nicht tun will.

»Warum zum Teufel solltest du das tun?«

Inzwischen bin auch ich wütend, und wie! Wenn Josh mich nicht zu diesem Tanz vor aller Welt überredet hätte, wäre das alles gar nicht passiert. Das ist ebenso seine Schuld, und da hat er den Nerv, wütend auf mich zu sein? Seine Miene entspannt sich ein wenig, Neugier schimmert durch. Er fragt sich offenbar, was ich denke und warum ich ebenfalls aussehe, als könnte ich jemanden umbringen. Tja, das werde ich ihm gern erzählen.

»Wieso bist du so verdammt sauer?«, zische ich und beiße die Zähne zusammen.

»Wieso?« Josh sieht mich ungläubig an. »Die Presse teilt der Welt mit, dass die Verlobung meiner Freundin bevorsteht.« Er wirft die Arme in die Luft. »Allerdings nicht mit mir.«

»Finde dich damit ab«, schleudere ich ihm entgegen und marschiere an ihm vorbei, ohne zu wissen, wohin ich eigentlich will. Schließlich genieße ich nicht den Luxus, diesem unvernünftigen Kerl entfliehen zu können. »Da du es angezettelt hast.«

»Ich?«, ruft er hinter mir verblüfft. »Wie könnte das meine Schuld sein?«

Ich drehe mich schwungvoll um, wobei ich mit zitternden Händen mein Handtuch festhalte. »Weil Sir Don uns nicht zusammen gesehen hätte, wenn du mich nicht auf die Tanzfläche genötigt hättest. Dann gäbe es jetzt keine Fotos, die Spekulationen anheizen, und die verdammten Bastarde, die über mein Leben zu bestimmen glauben, hätten nicht zurückgeschlagen, indem sie die Presse anonym mit anderen Fotos füttern.«

»Bullshit«, kontert er und lacht fast, als wäre meine Behauptung absurd.

Ist sie nicht. So sieht die Situation nämlich aus. Das sind die elenden Dinge, mit denen wir uns auseinandersetzen müssen.

»Du hast vorher diesem Dinner mit dem Arsch zugestimmt«, fährt Josh mich an.

»Nein, habe ich nicht. Ich habe zu Sabina Ja gesagt, zu David und …«

»Du bist mein, Adeline. Und wenn ich mit dir tanzen will, dann tue ich das, verdammt noch mal.«

Wie oft hat er eigentlich in den vergangenen Stunden geflucht? Mir bluten schon die Ohren. »Du gibst es also zu?«

»Ich gebe was zu?«

»Heute Abend ging es bloß um dein dämliches männliches Ego. Da hättest du ja gleich wie ein Hund dein Revier markieren können.«

»Du glaubst, *das* war besitzergreifend?«

Er nähert sich angriffslustig, ich halte mein Handtuch fest und weiche zurück.

»Nein, Darling, das war nicht besitzergreifend.« Er fasst nach mir und drückt mich an die Wand, nicht brutal, aber hart. »Ich zeige dir, was besitzergreifend ist.« Er presst seine Lippen auf meine, so fest, dass mein Kopf gegen die Wand hinter mir stößt. »*Das* ist besitzergreifend«, stößt er hervor und küsst mich wild.

Seine Zunge erobert meinen Mund, und eigentlich will meine störrische Seite ihn zurückstoßen und ihn für sein Benehmen ohrfeigen, aber da ist auch diese andere Seite, und auf der vergesse ich jegliche Vernunft und habe keinen Willen, sobald es um Josh geht.

Diese Seite liebt das Benzin, das er in das Feuer meiner Begierde gießt.

Getrieben von der Energie meiner Wut, deren Ursache ich vorübergehend vergessen habe, lasse ich mein Handtuch los und greife in seine Haare, um diesen stürmischen Kuss mit der gleichen Wildheit zu erwidern.

»Oh, sie ist wütend, was?«, bemerkt er keuchend und beißt mir so fest in die Unterlippe, dass ich glaube, sie blutet.

Er legt seine Stirn an meine und sieht mich funkelnd an, ich sehe ihn funkelnd an. Er mag zornig sein, aber das bin ich auch. Ich gebe ebenso wenig nach wie er, obwohl meine Stirn sich schon taub anfühlt vom Druck.

»Ja, ich bin verflucht sauer«, erwidere ich schwer atmend, ohne genau zu wissen, ob aus Wut oder aus Verlangen.

»Du erregst mich, wenn du fluchst.« Er grinst frech. »Bereit für Wut-Sex?«

»Ja.«

Er fasst einen meiner Oberschenkel und zieht ihn hoch an seine Taille. »Gut, denn ich muss wenigstens etwas von dieser Wut abreagieren, sonst tue ich noch was, das ich später bereue.«

»Was denn zum Beispiel?«

»Alles ruinieren.«

Er hebt mich an, presst seine Lippen erneut auf meine und trägt mich zum Bett, ohne den stürmischen Kuss zu unterbrechen. Wir fallen eng umschlungen auf die Matratze. Josh findet seinen Platz zwischen meinen Beinen zu schnell, als dass ich mich auf ihn einstellen könnte. Einen Schrei ausstoßend dringt er hart und gnadenlos in mich ein. Sein Gesicht ist angespannt, sein Zorn längst nicht verraucht. Ich schreie nicht, weil ich ihm diese Genugtuung nicht gönne. Er sieht mich an, als hasse er mich. Gut, denn in diesem Augenblick hasse ich ihn auch. Dafür, dass er unvorsichtig war und rücksichtslos. Und dafür, dass er unfassbar sexy ist, wenn er wütend ist. Und ich hasse ihn dafür, dass er der Mittelpunkt meines Universums ist.

Ich begegne dem feurigen Funkeln in seinen Augen mit meinem glühenden Blick und bohre meine Fingernägel in seinen Rücken.

Er saugt scharf die Luft ein, biegt den Oberkörper durch, versucht jedoch nicht, mich aufzuhalten. Im Gegenteil, ich bin mir sicher, einen anfeuernden Ausdruck in seinem Blick zu erkennen. Um ihn nicht zu enttäuschen, ziehe ich meine Fingernägel noch einmal von seinen Schultern bis hinunter zu seinem Po. Josh weicht fast ganz aus mir zurück, nur um gleich darauf wieder hart und tief in mich einzudringen.

»Noch mal«, verlangt er, bereit für den Schmerz, den ich ihm verursache. »Schmerz ist das Einzige, was die Wut durchdringt, Adeline. Also tu es noch mal.«

Meine Nägel senken sich in seine Schultern, dann ziehe ich sie hinunter. Er stößt ein heiseres Knurren aus, wirft den Kopf zurück und dringt mit solcher Kraft in mich, dass ich mich auf der Matraze aufbäume.

»Noch mal.« Auf einen Arm gestützt greift er mit der anderen Hand in meine nassen Haare, um mich anzutreiben. »Na los, tu es.«

Ich schreie auf und mache, was er mir befiehlt, kralle ein weiteres Mal meine Fingernägel in seinen Rücken. Jeden Striemen, den ich auf seiner Haut hinterlasse, beantwortet er mit einer harten Beckenbewegung. Unsere Körper sind schweißbedeckt, die wilde Leidenschaft macht den Sex schmerzhaft. Ich bin wund von den unfassbar tiefen Stößen, meine Kopfhaut ist empfindlich, weil Josh an meinen Haaren zieht. Mir tut alles weh, doch ist der Schmerz leichter zu ertragen als die Wut. Er richtet weniger an als der Zorn. Berauscht und wie weggetreten sehe ich Josh über mir, der wieder und wieder in mich eindringt. Seine Miene ist nicht mehr angespannt vor Ärger, sondern vor Lust und Schmerz.

Ich weiß, dass er sich auf seinen Orgasmus vorbereitet, als er meine Haare loslässt und sich auf den Unterarmen abstützt. Ich nehme meine Finger von seinem Rücken, der sicher voller roter Striemen ist, und stemme die Hände stattdessen gegen seine Brust. Seine Bizepse wölben sich zu beiden Seiten meines Kopfes, das Aufeinanderklatschen unserer Körper hallt im Raum wider. Meine Adern brennen, meine Bauchmuskeln schmerzen, Druck baut sich auf zwischen meinen Oberschenkeln. Ich zögere es hinaus, auf das Zeichen wartend, dass auch er gleich kommt. Josh hält den Atem an, bis sein Gesicht rot anläuft, und als seine Hüften bei jedem Stoß zittern, lasse ich los, wobei ich mich zwingen muss, die Augen offen zu halten. Meine Sicht ist verschwommen, Josh bäumt sich mit einem Schrei auf, und ich stürze in die Dunkelheit, befreit von dem Druck.

Es wirkt wie ein Gegenmittel gegen alles, was mich vergiftet – Zorn, Frustration, Schmerz. All das ist in diesem Moment verschwunden, in dem es nur noch Josh gibt. Nur uns. Nur das Hier und Jetzt.

Ich lege ihm eine Hand in den Nacken, ziehe ihn zu mir herunter und finde mit Leichtigkeit seine Lippen. Er stöhnt außer Atem, während wir einander küssen und den Höhepunkt voll auskosten, der ewig anzuhalten scheint.

Bis wir schließlich beide seufzen.

Josh sinkt erschöpft und bebend auf mich herab und kneift überwältigt die Augen zu. Es ist zu viel für die Sinne. Das Spiel unserer Zungen wird unbeholfen, sein schweißnasser Körper rutscht über meinen, als glitte er über Eis.

Er küsst ziellos meine Wangen und landet bei einem Ohr, wo ihn offenbar die Kraft verlässt, sodass er sein Gesicht an meins schmiegt. Wir atmen heftig, unsere Herzen pochen. Ich höre meinen Puls in meinen Ohren, fühle Joshs Halsschlagader pulsieren. Ich bin vollkommen kraftlos. Und vollkommen wutlos.

Meine Lider sind bleischwer, und ich schließe die Augen, wobei ich die Arme und Beine um Josh schlinge.

»Die werden dich zwingen, ihn zu heiraten.« Josh bringt diese Worte nur mit Mühe und schwer atmend heraus. »Und ich kann sie nicht aufhalten, ohne dir wehzutun.«

Ich schaue zur Decke, höre die Hilflosigkeit in seiner ansonsten stets selbstsicheren Stimme. »Du musst sie nicht aufhalten.« Ich drücke ihn fest, in der Hoffnung, meine beruhigenden Worte damit zu unterstreichen. »Denn das werde ich tun.«

Sie haben nicht länger Macht über mich.

Ich bin die Königin von England, verdammt noch mal.

Ich beuge mich niemandem.

14

Schon bei der kleinsten Bewegung tut mir jeder Muskel weh, den ich habe, und ich spüre darunter einige, von denen ich gar nicht wusste, dass ich sie habe. »Oh, autsch«, murmele ich ins Kissen und verziehe das Gesicht. Ich halte inne und versuche, mich ausgestreckt auf dem Bauch liegend zu entspannen, während ich mich daran erinnere, weshalb mir alles wehtut.

»Wut-Sex«, hat er gesagt.

Damit lag er nicht falsch.

Ich zwinge mich, den Kopf zu heben und ihn zu drehen. Sogar meine Lippen schmerzen, als ich lächle. Josh liegt in genau der gleichen Haltung da wie ich, auf dem Bauch, sein Kopf ins Kissen gesunken. Er schläft noch tief und fest, sein Mund ist ein wenig geöffnet, seine dunklen Haare sind zerwühlt. Mein schmerzender Körper ist im Nu vergessen, und ich rutsche zu ihm. Er rührt sich nicht, nicht einmal seine Lider flattern. Er sieht anbetungswürdig aus.

Ich liege mit auf seinem Kissen und kitzle seine Nase mit der Fingerspitze. Er rümpft sie im Schlaf. Ich unterdrücke ein Lachen und mache es gleich noch mal.

Er zuckt und öffnet ein Auge. »Was tust du?«

»Nichts.« Ich ziehe ihm die Decke herunter, um mich auf ihn zu legen, und werde prompt mit den Nachwirkungen vom Wut-Sex konfrontiert. Wow.

»Wie viel Schaden hast du angerichtet?«, fragt er verschlafen, als ich seinen übel zugerichteten Rücken betrachte.

Scham überkommt mich. »Ich finde, wir sollten Wut-Sex in Zukunft vermeiden.«

»So schlimm, was?«

Er sieht wie ausgepeitscht aus, die Striemen weisen getrocknetes Blut auf. »Es tut mir so leid, Josh.« Ich hoffe, er hat in nächster Zeit keine Dreharbeiten mit freiem Oberkörper. Falls doch, wird die Maskenbildnerin zu tun haben.

»Ich habe es so gewollt.« Er rollt die Schultern. »Komm, nimm mich in den Arm.«

Er macht keine Anstalten, sich zu bewegen, also lege ich mich auf seinen Rücken und lege mich vorsichtig auf ihn.

Er summt und hebt auf dem Kissen die Arme über den Kopf. »Deine Brüste fühlen sich gut an meinem Rücken an.« Er seufzt. »Geht es dir gut?«

Ich lege meine Arme über seine und schmiege meine Wange an ihn. »Sehr gut. Und dir?«

»Mir tut alles weh.«

»Hast du so gewollt.«

Er ignoriert mich, hebt aber kurz den Po, sodass ich hüpfe.

»Wann fliegst du nach Hause?«

Die Erinnerung daran, dass unsere gemeinsame Zeit endet, betrübt mich. »Heute.«

»Das ist Mist.« Seine Stimme ist vom Schlaf wie von Enttäuschung leise und rau. »Ich muss morgen nach L. A. und hatte gehofft, dass wir durch irgendein Wunder vielleicht noch den Tag zusammen verbringen können.«

L. A. Wieder werden wir Welten voneinander entfernt sein. »Ein neuer Film?«

»Ja.«

»Wie lange bist du dort?«

»Auf unbestimmte Zeit.«

Mein Mut sinkt, obwohl es mich nicht wirklich überraschen dürfte. Schließlich lebt er da. »Du solltest nur noch Projekte im Vereinigten Königreich annehmen.«

Er lacht in sich hinein und dreht sich so, dass er mich anschauen kann. »Würde ich dich denn öfter sehen können, wenn ich in London wäre?«, fragt er, woraufhin meine Miene sich verdüstert. »Na also. Ob ich nun Tausende Meilen entfernt bin oder nur eine einzige, die Distanz bleibt dieselbe. Zwischen uns stehen Welten.« Er schweigt nachdenklich.

Es geht mir nahe, dass seine Gedanken vermutlich genauso deprimierend sind wie meine.

»Wann werde ich dich wiedersehen?«, frage ich, denn ich brauche irgendetwas, woran ich mich klammern kann. Es wird das Einzige sein, was mir während der Zeit seiner Abwesenheit hilft.

»Sag du es mir, Adeline. Ich habe dir schon erklärt, dass ich dir ausgeliefert bin.«

Will er mich bestrafen? Mir etwas klarmachen? Hat er vergessen, dass ich so vielen anderen Unwägbarkeiten ausgeliefert bin? Egal, ich will unsere letzten gemeinsamen Momente nicht mit Streit verbringen. Also entspanne ich mich und genieße das Gefühl, ihn Haut an Haut zu spüren. »Ich liebe dich«, sage ich leise, die Worte kommen instinktiv. »Bitte vergiss das nicht. Vergiss das nie.«

Es folgt kurzes Schweigen, ehe er flüstert: »Ich liebe dich auch.«

Allerdings klingt Schmerz in seinen Worten mit. Weil er mich eigentlich gar nicht lieben will? Das wäre am einfachsten. Nicht zu lieben. Nicht zu brauchen. Gehen zu können, ohne das Gefühl, als wäre ein Teil aus deinem Körper gerissen worden. Es gibt Momente wie diesen, in denen alles so hoffnungslos erscheint. Und dann Momente wie in der vergangenen Nacht, in der alle Hoffnungslosigkeit vergessen ist. Doch unsere gemeinsame Zeit wird stets ein Ende haben. Es wird immer ein Sturm folgen, nachdem die Sonne geschienen hat.

Die Stimmung fällt, aber ich versuche, sie wieder aufzulockern. »Erzähl mir von deiner neuen Rolle.«

Erneut wackelt er mit dem Po und dreht sich um. Ich stütze mich ab, damit er Platz hat, und schenke ihm einen mitfühlenden Blick, als er scharf die Luft einzieht, weil sein Rücken das Laken berührt. Aber er lächelt, als ich meine Ellbogen auf seine Bauchmuskeln lege und das Kinn auf die Hände, um ihm aufmerksam zu lauschen.

»Ich spiele einen psychopathischen Professor der Psychologie.«

Verdutzt hebe ich den Kopf. »Klingt ja geradezu ideal. War das Recherche letzte Nacht?« Während unseres Streits sah Josh ziemlich psychopathisch aus.

»Psychotisch zu sein hat nichts mit Wut zu tun. Es ist eine Persönlichkeitsstörung.«

Ich lasse frech meine Brauen hüpfen. »Ach?« Die Art, wie Josh von einem Augenblick zum anderen aufbrausen kann, qualifiziert ihn ganz sicher. Er verdreht die Augen, vermutlich erahnt er meine Gedanken, tadelt mich deswegen jedoch nicht.

»Ich habe eine Affäre mit einem anderen Mitglied der Fakultät und werde zu ihrem Studienobjekt. Das Filmprojekt wurde als eine Mischung aus *Basic Instinct* und *A Beautiful Mind* vorgestellt.« Seine Hände landen auf meinem Po und streicheln ihn mit weiten kreisenden Bewegungen.

Ich stutze ein wenig. *Basic Instinct?* Ich bin keine Filmkennerin, aber ich meine gehört zu haben, dass dieser Film ein bisschen schlüpfrig ist. Und Josh sprach von einer Sie. Er wird zu *ihrem* Studienobjekt. *»Basic Instinct?«*, wiederhole ich und gebe mir die allergrößte Mühe, interessiert und nicht beunruhigt zu klingen. Er nickt und lächelt träge, sagt jedoch nichts, sondern lässt meine Gedanken sich weiterdrehen. Er weiß genau, was ich denke, und nun erinnere ich mich auch wieder. Ja, der Film ist tatsächlich ziemlich schlüpfrig. Es wird also Sexszenen geben. »Wer spielt denn *sie*?«

»Tia Piper.«

Ich starre ihn an. »Tia Piper?«

»Hast du heute Morgen etwas mit den Ohren?«

Mein Unbehagen bereitet ihm das allergrößte Vergnügen. Neben Josh Jameson, Hollywoods Sexiest Man Alive, wurde Tia Piper zu Hollywoods Sexiest Woman gekürt. Eine große, langbeinige Amazone. Und das Schlimmste ist, dass sie erst kürzlich ihren Rockstar-Ehemann verlassen hat. Ich habe beim Champagnertrinken mit Matilda darüber gelesen.

Ich lege die Unterarme auf seine Brust und den Kopf darauf, um mein Missfallen vor Josh zu verbergen. »Sie ist hübsch.« Was für eine blöde Bemerkung. Sie ist mehr als hübsch. Sie ist eine Göttin. Und Josh wird nackt mit ihr drehen. Ich verziehe das Gesicht.

»Fühlt sich die Königin bedroht?«

»Ich habe keine Ahnung, wovon du sprichst«, erwidere ich. Meine Empörung bringt den Snob in mir zum Vorschein, was Josh wiederum lachen lässt. Meine Miene verfinstert sich, mir kommt ein dummer Gedanke. Ich hoffe, sie sieht den Zustand seines Rückens und fragt sich, wer diese Verletzungen verursacht hat.

»Hey.« Josh bewegt sich, und ich schiebe mich von ihm herunter. Im nächsten Moment ist sein lächelndes Gesicht über meinem. »Würde es sich ziemen, die Königin auf die Liste der Sexiest Women zu setzen, würdest du über ihr stehen.«

»Heißt das, du findest mich attraktiver als sie?« Woher kommt denn diese unsichere, eifersüchtige Seite an mir? Die gefällt mir gar nicht.

»Adeline, ich sagte doch gerade, du stehst für mich außerhalb jeder Schönheitsskala.« Er küsst mich beschwichtigend auf die Lippen. »Meilenweit.«

Er ist süß, doch meine Ängste zerstreut er damit nicht. »Sie wird dich nackt sehen. Du wirst sie küssen müssen, und sie wird dich an Stellen berühren müssen, die nur ich berühren sollte.«

»Das ist mein Job. Immerhin zwingt niemand mich, sie zu heiraten.«

»Niemand wird mich zwingen …« Ich werde durch einen Kuss zum Schweigen gebracht, ehe wir wieder zu streiten anfangen. Ich bin dankbar, abgelenkt zu werden und mich auf das Hier und Jetzt konzentrieren zu müssen.

»In meiner Welt gibt es nur dich, Frau«, murmelt er, ohne die Lippen von meinen zu lösen. »Sie ist außerdem nicht mein Typ. Absolut nicht. *Du* bist mein Typ. Nur du.«

»Du meinst, eine Königin?«

»Nein, ich meine *meine* Adeline.«

Das höre ich zu gerne. »Wirst du mich jeden Tag anrufen?«

»Ich werde keinen Tag ohne überstehen, also ja.« Er küsst mich auf die Wange. »Mir gefällt deine eifersüchtige Ader.«

»Ach, benimm dich.« Ich lache, als er andeutet, mich in die Wange beißen zu wollen. Ihm gefällt diese Ader vielleicht, mir aber nicht. Mir ist gerade erst richtig bewusst geworden, dass ich die Frauen nicht daran hindern kann, sich ihm vor die Füße zu werfen. Ich werde nichts tun können, solange ich in meinem Palast eingesperrt bin und Königin spielen muss.

»Du traust mir doch, oder?«, fragt er, als lese er meine Gedanken. »Von deiner Antwort hängt ab, ob ich dir den Hintern versohle.«

Ich grinse. »Ich vertraue dir.« Allerdings frage ich mich, ob ich nicht lieber antworten sollte, ich täte es nicht, wenn ich dafür seine Hände auf meiner Haut zu spüren bekäme.

»Gut. Wie spät ist es?« Josh tastet nach seinem Handy auf dem Nachttisch, während ich zu den zugezogenen Vorhängen schaue.

Widerstrebend sage ich die Worte, vor denen ich mich die ganze Nacht gefürchtet habe. »Wir bringen dich besser hier raus, bevor alle anderen aufwachen.«

Josh schnaubt missvergnügt und blickt auf sein Telefon. »Mist.«

»Was?«

»Es ist Viertel vor acht.«

»Ach hör auf.« Ich verdrehe die Augen und entspanne mich wieder. »Das kann gar nicht sein. Olive wäre schon längst hier gewesen …«

Die Tür fliegt auf, und wir schauen beide in die Richtung.

Uns bleibt kein Moment Zeit, daran zu denken, dass wir splitternackt sind, noch können wir unsere Würde bewahren, indem wir die Decke hochziehen. Olive steht im Türrahmen, eine Hand auf dem Türknopf, der Mund weit offen. Sie ist wie erstarrt, genau wie wir. Eine Ewigkeit scheint zu vergehen, in der wir uns gegenseitig nur anstarren. Mein Gehirn fällt komplett aus.

Dann kehrt Leben in sie zurück. Olive verlässt unter Verbeugungen rückwärts den Raum. »Pardon, Ma'am.«

Die Tür, die Josh und ich noch eine ganze Weile sprachlos anschauen, schließt sich.

»Verdammter Mist«, flüstere ich schließlich und schlage die Hände vors Gesicht. »Oh Gott!«

»Ja«, bestätigt Josh nur und richtet sich kniend auf. »Was jetzt?«

»Wo um alles in der Welt ist Damon?«, sage ich zu mir selbst und rutsche an die Bettkante. Ich laufe quer durchs Schlafzimmer und schlüpfe in meinen Bademantel. »Warte hier.«

»Was hast du vor?«

»Ich muss mit ihr reden«, erkläre ich auf dem Weg zur Tür.

»Wird sie den Mund halten?«

»Olive? Ganz sicher. Sie ist ein Schatz, nur regt sie sich furchtbar schnell auf.« Ich öffne die Tür und finde Olive auf der anderen Seite. Sie sieht kein bisschen weniger erschrocken aus als gerade eben bei ihrer Flucht aus meinem Zimmer. Sie steht schockstarr da. Lächelnd ziehe ich die Tür hinter mir zu.

»Ich bitte vielmals um Verzeihung«, flüstert sie und scheint kurz vor einem Zusammenbruch zu stehen. »Ich wusste ja nicht, dass Sie Gesellschaft haben, Euer Majestät.«

Sie ist am Boden zerstört, und es macht mich traurig, dass sie glaubt, ich würde auch noch auf sie eindreschen.

»Olive.« Ich umfasse ihre zitternden Arme und halte sie fest, damit sie sich beruhigt. »Das konnten Sie gar nicht wissen.« Was treibt Damon bloß? »Wo steckt Damon?«

Sie hebt schwach den linken Arm und zeigt zur anderen Seite des Zimmers. Ich gehe ein paar Schritte in diese Richtung, bis ich die Couch sehe. An einem Ende liegt Damon mit offenem Mund schnarchend, am anderen Bates im selben Zustand. Auf dem Tisch steht eine leere Flasche Scotch, verstreut daneben liegen Spielkarten. Bestürzt schüttele ich den Kopf und kehre zu Olive zurück. »Haben Sie Sir Don heute Morgen schon gesehen?«

»Nein, Ma'am.«

»Kim?«

»Sie wartet im Esszimmer auf Sie, Ma'am. Ich habe Sie nicht schon früher geweckt, weil es gestern so spät geworden ist. Ich dachte, Sie würden gern ausschlafen. Aber dann kam Kim und erinnerte mich daran, dass Sie ein Frühstücksmeeting haben, und da dachte ich schon, ich bekomme Ärger, weil ich Sie nicht früher geweckt habe, und jetzt wünschte ich, ich hätte es nicht getan, denn ich sollte bestimmt nicht sehen, was ich gesehen habe, und alles ist schrecklich schiefgegangen.«

Sie greift sich an ihr pochendes Herz, und ich fürchte, sie könnte einen richtigen Panikanfall erleiden.

»Beruhigen Sie sich.« Ich nehme ihre Hände in meine. »Sie müssen etwas für mich tun.«

»Alles, Ma'am.«

»Können Sie Kim im Esszimmer aufhalten? Und falls Sir Don zu meinem Zimmer kommen will, sagen Sie ihm bitte, ich sei gleich so weit. Lassen Sie ihn nicht herein.« Sie nickt gehorsam, woraufhin ich ihr ein freundliches Lächeln schenke. »Wenn Sie das tun, kümmere ich mich um den Rest.« Ich lege ihr die Hände auf die Schultern und drehe Olive, um sie loszuschicken. »Ach, Olive?«, rufe ich ihr leise hinterher.

Sie blickt über die Schulter zurück, während sie davoneilt, um ihren Auftrag zu erledigen. »Keine Sorge, Euer Majestät.« Sie zwinkert mir übertrieben zu, wobei ihr Mund sich öffnet. »Ihr Geheimnis ist bei mir sicher.«

Ich muss ein wenig lachen und habe nicht den geringsten Zweifel an ihren Worten. »Danke, Olive.« Sie verschwindet, also richte ich die Aufmerksamkeit auf meinen missratenen Bodyguard. »Na dann«, sage ich mir und marschiere zu ihm. Als ich mich hinunterbeuge, um ihn anzustupsen, rieche ich den Scotch. Ich rümpfe angewidert die Nase und pikse ihm mit dem Zeigefinger in die Schulter. »Damon«, flüstere ich, ohne eine Reaktion zu bekommen. »Damon, wachen Sie auf.« Jetzt tätschele ich mit der flachen Hand seine Wange. »Hey, Sie betrunkener Narr.« Schließlich lege ich ein wenig mehr Kraft hinein, sodass fast eine Ohrfeige daraus wird.

»Hey!« Er rappelt sich in eine aufrechte Sitzposition hoch und blickt sich mit großen Augen um. »Was ist los?«

»Sie haben sich betrunken«, informiere ich ihn. Bates rührt sich am anderen Ende des Sofas.

Damon braucht einen Moment, um sich blinzelnd zu orientieren, ehe er mich bewusst sieht. Er mustert mich fragend. »Warum sind Sie schon auf?«

»Es ist kurz vor acht.« Ich warte, bis er begreift.

Er springt auf. Und schwankt, sodass ich ihn halten muss, damit er nicht rückwärts wieder auf der Couch landet.

»Verdammter Mist.« Er wankt vor und zurück und verzieht das Gesicht. »Ich hatte einen Drink.«

»Was Sie nicht sagen«, necke ich ihn und lasse ihn erst los, als ich mir gewiss bin, dass er auf sicheren Beinen steht. Dabei ist diese

Geste albern. Würde er fallen, könnte ich ihn mit meiner zarten Gestalt nie und nimmer aufhalten.

Er räuspert sich und streckt sich. »Nun, Sie haben es mir ausdrücklich gestattet.«

Das kann ich nicht bestreiten. Nur riecht es hier, als hätten Damon und Bates mehr als einen Drink genossen. Die leere Flasche auf dem Holztisch bestätigt das ebenso wie das Ausbleiben seines Weckrufes heute Morgen.

»Wo ist Jameson?«, krächzt Bates, stützt sich auf die Armlehne und stemmt sich hoch. Auch er schwankt, sein Körper ist für einige Sekunden gebeugt, ehe er sich zu voller Größe aufrichtet.

»Er liegt noch in meinem Bett« Ich verschränke die Arme vor der Brust und versuche missbilligend dreinzuschauen, obwohl ich eigentlich amüsiert bin. »Und jetzt überlasse ich Sie beide der Herausforderung, ihn hinauszuschaffen, ohne dass jeder von meinem Personal ihn zu Gesicht bekommt.«

»Hast du ein Seil?«, erkundigt Damon sich bei Bates.

»Nee. Wir könnten ein paar Laken zusammenknoten und ihn damit aus dem Fenster abseilen.«

Damon lacht in sich hinein, genau wie Bates. Die zwei müssen noch betrunken sein.

»Oder wir schnappen uns ein Zimmermädchen und verstecken ihn in ihrem Wäschekorb«, schlage ich vor und verdrehe genervt die Augen.

Sie hören unvermittelt auf zu lachen und sehen sich an.

»Denkt nicht mal daran«, warne ich sie. »Kim ist im Esszimmer. Einer von euch muss aufpassen, dass alle beschäftigt sind, während der andere Josh hinausschmuggelt.« Ich kehre ins Schlafzimmer zurück und höre die beiden Männer lachen wie zwei Kids. »Ich hoffe, Sie organisieren jemand anderen zum Fahren«, sage ich zu Bates, denn er wird fraglos noch zu viel Alkohol im Blut haben. Die Hand auf dem Türknopf drehe ich mich um und warte auf seine Bestätigung.

Er reißt sich zusammen. »Selbstverständlich, Euer Majestät.«

»Sehr gut.« Ich betrete mein Zimmer und finde Josh angezogen vor. »Unsere Security-Männer sind verkatert.«

Josh scheint belustigt zu sein. »Im Ernst?«

»Allerdings.« Ich drücke mich an seine Brust und schlinge die Arme um seine Taille. »Ich habe in einigen Minuten ein Meeting mit Kim. Du wirst dich hinausschleichen müssen.«

»Unser Lebensthema, was?«

»Sieht ganz danach aus.« Ich seufze. »Ich werde Kim beschäftigen, Damon und Bates erledigen den Rest.« Unsere Lippen berühren sich, es ist unser Abschiedskuss. Ich schlinge die Arme fester um ihn und zwinge ihn, hinter sich zu greifen und meine Hände zu lösen. Ich protestiere, wohl wissend, dass er nur das tut, was ich von mir aus tun müsste – das Unausweichliche nicht unnötig hinausschieben. Es so leicht wie möglich machen. »Geh nicht«, flehe ich unvernünftigerweise.

Er lächelt nur und befreit sich mit einem letzten flüchtigen Kuss aus meiner Umarmung. »Ich rufe dich an.«

Er scheucht mich weg, und ich gehe rückwärts, um ihn so lange wie möglich sehen zu können, bis ich an der Tür bin. Er wirkt einsam, wie er da mitten im Raum steht. Die Andeutung eines Lächelns huscht über sein Gesicht, als ich mich zwinge, mich umzudrehen.

»Adeline?«, ruft er.

»Ja.«

»Heirate keinen anderen während meiner Abwesenheit, ja?«

Ich kräusele die Nase und gehe, in der Hoffnung, dass er sich deswegen nicht wirklich Sorgen macht. Denn das sollte er nicht.

15

Ich schaffe es, um Punkt acht Uhr im Esszimmer zu erscheinen, doch meine Pünktlichkeit wird gar nicht zur Kenntnis genommen. Dass ich nachlässig gekleidet und ungeduscht bin, hingegen schon. Das ist weit entfernt von dem guten Start, auf den ich gehofft hatte. So anmutig, wie mein schmerzender Leib es mir gestattet, setze ich mich und lächle dankbar, als mir Kaffee eingeschenkt wird. Nachdem sie extra viel Zeit damit zugebracht hat, mein wenig präsentables Äußeres zu begutachten, widmet Kim sich wieder ihrem Smartphone und macht Notizen.

»Verschlafen?«, fragt sie, ohne mich anzusehen.

Ihr Benehmen ist nicht akzeptabel, doch ich verzichte darauf, sie deswegen zu tadeln.

»Offensichtlich.« Ich nehme mir ein Gebäck und warte, dass Kim fertig wird mit dem, was immer sie da tut. Ich habe fast das ganze Ding aufgegessen, bis sie mir freundlicherweise endlich ihre Aufmerksamkeit schenkt. »Na los, machen Sie schon«, treibe ich sie ein bisschen an, um es hinter mich zu bringen.

Wortlos nimmt sie Papiere aus einem Ordner auf dem Tisch und schiebt sie mir langsam herüber. Ich starre auf die Fotos, die mich und Josh überall auf der Tanzfläche des Weißen Hauses zeigen.

»Das ist pure Spekulation.« Ich schiebe die Bilder wieder weg und nehme mir ein weiteres Gebäck. Ich gebe ihr nicht die kleinste Information. »Außerdem lenkt meine angeblich unmittelbar bevorstehende Verlobung mit Haydon Sampson doch sicher die Medien von diesen Fotos ab.« Ich beobachte sie, während ich an dem Gebäckstück knabbere und mich zurücklehne. »Wussten Sie davon?«

»Natürlich nicht.« Kim wirkt beleidigt, es scheint echt zu sein. »Bei allem Respekt, Ma'am, ich glaube, nicht einmal das Ende der Welt könnte die Aufmerksamkeit von diesen Bildern ablenken.«

»Man sollte meinen, da sei etwas Weltbewegendes geschehen«, erwidere ich murrend. »Ich habe mit Josh Jameson getanzt. Was ist dabei?«

»Was dabei ist?« Kim beugt sich in ihrem Sessel vor. »Adeline, sehen Sie den Ausdruck auf Ihren Gesichtern auf diesen Fotos?« Sie schiebt mir wieder eins hin, und ich betrachte es. »Wenn Sie mir weismachen wollen, dass nichts läuft zwischen den beiden Personen auf diesem Bild, fresse ich meinen Hut.«

Sie hat vollkommen recht. Man sieht deutlich das Knistern. Ich stoße ein wenig ratlos die Luft aus. Wenn ich es abstreite, stehe ich doof da. »Ich habe mit Josh Jameson getanzt«, wiederhole ich, schiebe das Foto von mir und widme mich meinem Gebäck. »Wenn irgendwer mehr daraus machen möchte, ist das sein Problem, nicht meins.« Ich bin eine Närrin.

Kim lehnt sich genervt zurück und kommt offenbar zu demselben Schluss. »Ich weiß …« Sie beugt sich wieder über den Tisch und flüstert: »Ich weiß, was in jener Nacht in Kellington passiert ist.«

»Nein, Sie haben bloß Vermutungen angestellt.« Ich habe nie irgendetwas bestätigt.

»Und lag ich mit meinen Vermutungen falsch?«

»Ja.« Ich schniefe pikiert. »Es hat nichts gegeben und wird nie etwas geben zwischen mir und Josh Jameson.« Ich nehme meinen Kaffee, trinke und schaue dabei Kim an, ohne eine Miene zu verziehen. Bis ich hinter ihr etwas bemerke und mich prompt am Kaffee verschlucke. Ich kann mich gerade noch beherrschen, nicht die Augen aufzureißen.

»Adeline, ich bin's. Ich kenne Sie seit Jahren«, fährt Kim fort.

Ich nicke geistesabwesend, denn ich sehe auf der anderen Seite des Raumes Damon auf Zehenspitzen schleichen, dicht gefolgt von Josh. Damon winkt mir kurz zu, und Josh wirft mir einen gespielt besorgten Blick zu. Ich stelle meine Tasse ein bisschen heftig auf der Untertasse ab und richte meinen erschrockenen Blick auf Kim. »Verzeihung, wie bitte?«

Sie betrachtet mich skeptisch. »Ich sagte, ich bin's. Ich kenne Sie seit Jahren, deshalb weiß ich, dass Sie nicht ehrlich sind.«

Sie hat die Königin im Prinzip gerade eine Lügnerin genannt und recht damit. Nur habe ich inzwischen ganz gut gelernt, dass die Monarchie nicht durch Wahrheiten überlebt hat. »Ja, wir kennen uns seit Jahren, Kim, aber ich muss leider sagen, dass Sie einen Stock im Hintern haben, seit Ihnen der neue Posten gehört.«

Sie sieht mich perplex an. »Ich versuche doch nur, meinen Job zu machen. Sie zu beraten.«

»Ihr Job besteht außerdem darin, mich zu unterstützen. Ich habe genug Leute, die mich *beraten.*« Ich sehe, dass Damon und Josh es fast in die Freiheit geschafft haben. Dem Himmel sei Dank. »Kim.« Ich schaue sie an. »Ihr Job mag jetzt ein anderer sein, aber ich bin keine andere. Ich werde während meiner Regentschaft immer wieder anecken, und man wird mir erklären müssen, was ich zu tun habe. Bei manchen Dingen bleibt mir keine andere Wahl. Bei anderen werde ich mich behaupten, solange es keinen Schaden für irgendwen anrichtet, ob Sie mir zustimmen oder nicht. Aber ich brauche Sie auf meiner Seite. Ich brauche eine Freundin, und das sind Sie für mich stets gewesen.«

Ich beobachte, wie die Anspannung sie verlässt und ihre Lippen zittern. »Ich wollte einfach meinen Job erstklassig machen. Ich wollte beeindrucken und zeigen, dass ich es kann.«

Kim ist seit Jahren an meiner Seite, aber ich habe sie nie so verletzlich erlebt. Ihre Besorgnis ruft mir ins Gedächtnis, dass meine neue Position nicht nur Auswirkungen auf mich hat. Damon hat sich nahtlos in meinen Rollenwechsel eingefügt, wie ich es nicht anders erwartet habe. Kim hingegen steht anscheinend stärker unter Druck, als mir klar war. Sie ist äußerst fähig, braucht jedoch Unterstützung und Unterweisung. Davenport muss unbedingt zurückkehren. Himmel, ich wünschte, er würde es tun, werde aber vermutlich akzeptieren müssen, dass das nicht geschieht. Ich habe nichts mehr von ihm gehört, was wohl Antwort genug ist. Kim muss begreifen, dass sie meine Vertraute ist, und zwar schnell. »Wen wollen Sie beeindrucken, Kim? Für wen wollen Sie den besten Job abliefern?«, frage ich. »Für die oder für mich? Und da Ihre

Zukunft in meinen Händen liegt, schlage ich vor, Sie überlegen sich Ihre Antwort gut.«

Sie stützt die Ellbogen auf den Tisch und legt den schweren Kopf in die Hände. »Natürlich für Sie.«

Das klingt aufrichtig, höchstens ein bisschen bedauernd.

Ich nehme ihre Hand, drücke sie dankbar und hole gerade Luft, um meinen Dank in Worte zu kleiden, als lautes Geklapper ertönt.

Ich schaue auf und sehe Damon am Boden, Josh stehend über ihm, die Beine zwischen lauter Gepäckstücken.

»Shit«, flucht Damon. »Die habe ich gar nicht gesehen.«

Kim dreht sich um.

Josh schnaubt, Damon zuckt verlegen mit den Schultern. Den Kopf fragend schief gelegt schaut Kim wieder mich an.

Ach, verdammt, diese Deppen.

»Oh, sehen Sie nur.« Ich lächle süßlich und schiebe mir ein weiteres kleines Gebäckstück in den Mund. »Josh Jameson wohnt im selben Hotel wie ich.«

»Sieh an, sieh an.« Kim seufzt.

16

»Welcher Vollidiot hat das ganze Gepäck hier abgestellt?«, beschwert Damon sich, als Josh ihm wieder auf die Beine hilft. »Hat denn noch nie jemand was von Risikomanagement gehört?«

»Ich schon«, meldet Kim sich zu Wort. »Offenbar ist das hier nicht notwendig.«

Ich werfe ihr einen müden Blick zu, stehe vom Tisch auf und halte die Kaffeekanne hoch. »Koffein?«

»Danke, ja.«

Josh kommt schnell zu mir und nimmt mir die Sachen aus der Hand. Dann überrascht er mich mit einem kurzen Kuss, ehe er sich Kaffee einschenkt und trinkt.

Ich presse die Lippen zusammen und schaue nervös grinsend zu Kim. »Da scheint aber jemand durstig zu sein.«

»Ich auch.« Damon kommt dazu und erhält ebenfalls seine Dosis. »Verdammt, mein Kopf hämmert.«

»Was ist los?« Bates taucht auf. »Ich dachte, das sei eine heimliche Aktion. Kaffeepausen hat niemand erwähnt.« Er tritt an den Tisch und nimmt Damon die Kanne aus der Hand. »Her damit.«

Kims Kopf sinkt auf die Tischplatte. »Oh mein Gott.«

»Ach, kriegen Sie sich ein«, sage ich leise und schenke allen Kaffee nach, den sie gierig trinken. »Das ist nicht das Ende der Welt.«

»Genau«, unterstützt Josh mich und schiebt sich ein Gebäckstück in den Mund. »Es wurden keine Gesetze gebrochen«, fügt er kauend hinzu.

Ich muss grinsen.

Kim schüttelt den Kopf. »Ich kann nicht mal die Tatsache genießen, dass ich so nah bei Josh Jameson bin. Und nur damit das klar ist, die königlichen Gesetze sehen für Verfehlungen ernste Strafen vor.«

Sie hat recht, wie ich zerknirscht einsehen muss. Die Konsequenzen meines Handelns können nicht nur mein Leben ruinieren, sondern auch das der mir nahestehenden Menschen. »Sie sind eine solche Pessimistin«, murmele ich und lehne mich zurück. »Ich habe mich verliebt. Hängen Sie mich doch auf.«

Im Raum wird es still, und alle halten inne. Starren mich an. Eine Sekunde lang frage ich mich wieso. Dann spule ich im Geist die letzten Momente ab und verstehe. Meine Lippen zucken, ich senke den Blick. Zurücknehmen kann ich es nicht.

»Ja«, sagt Josh, legt das angebissene Gebäckstück hin und kommt um den Tisch herum zu mir. Breit grinsend stützt er sich vor mir ab und fordert mich auf: »Sag das noch mal.«

Ich kneife die Augen zusammen, was dieses blöde Grinsen noch breiter macht. »Nein.«

»Doch.« Er umfasst mein Gesicht. »Lauter, damit es keine Missverständnisse gibt.«

Dieser egoistische Idiot. »Ich liebe dich.« Ich gebe seiner Forderung nach und lasse mich von ihm küssen, statt mir Gedanken darüber zu machen, dass Kim möglicherweise gerade ohnmächtig geworden ist. Und diesmal ist es nicht bloß ein kleiner Schmatzer, sondern mit Zunge und Gestöhne.

Ich vergesse in solchen Momenten sofort alles um mich herum, doch sobald er mich wieder freigibt, reiße ich mich zusammen. Er wirkt nicht nur zufrieden, er strahlt begeistert.

»Wie schwer war das jetzt?«, fragt er frech. »Deine Liebe zu mir zu verkünden?«

»Du bist blöd.«

»Du hast mich dazu gebracht.« Josh dreht sich zu Kim um, schnappt sich ein weiteres kleines Gebäck, wirft es in die Luft und fängt es mit dem Mund auf. »Atmen Sie, Kim. Sie sehen aus, als würden Sie gleich ohnmächtig werden.«

Er hat recht. Sie ist weiß wie ein Laken. »Kim, es ist nicht annähernd so schlimm, wie Sie denken.« Das ist natürlich gelogen. Für sie ist es schrecklich.

»Und wie kommen Sie darauf?«, erwidert sie.

»Wir sind vorsichtig«, erkläre ich. »Und ich vertraue meinen engsten Beratern.«

»Ma'am?« Olives Stimme ist zu hören. Kim schließt um Fassung ringend die Augen.

»Ist schon in Ordnung«, versichere ich Kim. »Olive weiß Bescheid.«

»Großartig. Bin ich die Letzte?«

»Nein, Sir Don weiß es nicht; er darf es auch nicht wissen.«

»Ach, hören Sie auf«, murmelt Kim. »Glauben Sie etwa, das Foto von Ihnen und Haydon auf jeder Online-Nachrichtenseite heute Morgen war Zufall?«

Ich werfe Josh einen wachsamen Blick zu. Er hat aufgehört zu kauen und sieht wieder wild aus. »Was auch immer er vermutet, ich werde es niemals bestätigen.« Das muss sein, um Josh vor ihrer Vergeltung zu schützen. Ich sehe zu Olive, die geduldig auf meine Aufmerksamkeit wartet. »Alles okay, Olive?«

»Ich packe gerade Ihre Sachen und kann Ihre spanische Tiara nicht finden, Ma'am.«

»Oh, die ist auf dem …« Erschrocken schaue ich zu Josh, der in Ruhe weiterfrühstückt. »Meine Tiara.«

»Oh.« Er zeigt mit einem Gebäck zum Schlafzimmer. »Die ist auf …« Er lässt den Arm sinken. »Scheiße.«

Ich bete im Stillen, dass er nicht sagen wollte, was ich vermute. »Nein«, flehe ich.

»Ich habe sie in der Bar liegen gelassen.«

»Nein.« Ich lasse den Kopf auf die Tischplatte sinken.

»Sie sind vorsichtig«, wiederholt Kim spöttisch meine Worte und erhebt sich. »Also werde ich mich auf die Suche nach einer unbezahlbaren spanischen Tiara machen.«

Sie wendet sich an Damon, der definitiv noch betrunken ist. Er steht auf den Absätzen wippend da und wirkt geistig abwesend. Ich muss grinsen, als Kim auf Josh zeigt.

»Bringen Sie den hier raus, bevor ihn jemand sieht.« Verärgert marschiert sie los und knallt die Tür hinter sich zu.

»Kommen Sie.« Bates umfasst Joshs Oberarm und führt ihn aus

der Suite. »Wir haben Ihre Gastfreundschaft ein wenig überbeansprucht.«

Josh macht sich los, kommt zu mir und küsst mich. »Ich liebe dich auch.« Er beißt mich in die Nase und lässt sich erst dann von Bates wegführen. Ich bleibe lächelnd zurück. Er sieht mich an, bis er Bates hinterherstolpernd zur Tür hinaus ist.

Ich betrachte das Chaos um mich herum, das ich angerichtet habe.

Das ist jetzt mein Leben.

Ein breites Grinsen erscheint auf meinem Gesicht.

17

Als wir am nächsten Tag nach stundenlanger Reise in Kellington vorfahren, bin ich völlig erledigt. Bisher habe ich darauf verzichtet, Sir Don wegen seines hinterhältigen Handelns zur Rede zu stellen, weil ich erst wieder Kraft und Mut sammeln wollte. Josh hat mich geschafft, allerdings auf die beste nur denkbare Weise. Den überwiegenden Teil des Fluges habe ich verschlafen, aber erholt fühle ich mich deswegen nicht.

Kim war nur wenig besänftigt, nachdem sie meine Tiara aufgespürt hatte. Glücklicherweise hat eine Reinigungskraft sie heute Morgen gefunden und sie gleich an ihre Vorgesetzte weitergereicht. Es wurde keine Erklärung dafür gegeben, weshalb die Tiara sich überhaupt in der Bar befand, und ich bin mir ziemlich sicher, dass Kims Miene die Angestellte davon abhielt, danach zu fragen. Eine Weile lamentierte Kim über die möglichen Auswirkungen, allerdings sehe ich es nicht so kritisch wie sie. Der Manager weiß nur, dass eine unbekannte Person einen obszön hohen Betrag dafür gezahlt hat, um die Bar privat zu nutzen. Warum könnte ich nicht diese anonyme Person sein? Vielleicht wollte ich nur friedlich einen Drink in einer gewöhnlichen Bar zu mir nehmen. Ich wollte gerade meine Argumente darlegen, als Sir Don in meiner Suite aufkreuzte und unseren Disput wegen des Familienerbstücks beendete.

Damon hält mir die Wagentür auf, und ich steige aus, strecke mich und hänge mir meine Handtasche in die Armbeuge. Er sieht immer noch schrecklich aus. Einer seiner Leute musste fahren, und als Damon nüchtern wurde, sah ich ihm die Scham an. »Fühlen Sie sich besser?«, erkundige ich mich.

»Ausgezeichnet, Ma'am.« Seine Miene ist ausdruckslos, meine nicht.

»Sie sind lustig betrunken«, sage ich, als wir die Eingangsstufen hinaufgehen. Meine Amüsiertheit endet, als ich David im Foyer entdecke. Oh nein, was macht der denn hier? Ich sollte ihn in Stücke reißen für seine Beteiligung an den jüngsten Nachrichten über mich, aber auch dafür bin ich noch zu müde.

»Willkommen zu Hause, Ma'am.«

Er lässt ein ziemlich echt aussehendes Lächeln aufblitzen, als ich an ihm vorbeigehe und dabei meine Handschuhe ausziehe.

»Danke.« Ich gebe die Handschuhe und die Handtasche der wartenden Angestellten. »Ich denke, es war eine sehr erfolgreiche Reise.«

Sir Don tritt angespannt lächelnd zu uns. Natürlich ist er anderer Meinung.

Mein Gepäck wird von mehreren Bediensteten an mir vorbeigetragen. »Noch nicht auspacken«, sage ich zu Olive, die ihnen folgt. »Ich hätte gern ein paar Minuten für mich allein in meiner Suite.« Ich habe Josh versprochen, dass ich ihn anrufe, sobald ich zu Hause bin, und ich sehne mich schon danach, mit ihm zu sprechen.

Sie nickt und setzt ihren Weg fort. Ich ziehe meinen Mantel aus und gebe ihn Jenny.

»Wünschen Sie sonst noch etwas, Ma'am?«, erkundigt sie sich.

»Fahren Sie nach Hause.« Ich steige die Treppe hinauf. Meine Füße wollen unbedingt aus diesen Schuhen. Sie während des Fluges auszuziehen war ein schrecklicher Fehler. Als ich mich für die Landung und die wartenden Medien bereit machte, bekam ich sie kaum wieder an, weil meine Knöchel geschwollen waren. Dehydration, erklärte Kim. Und Schlafmangel in der Nacht zuvor. Ich habe nur still gegrinst, als Olive meine Füße in meine High Heels stopfte, und mich dabei an jede Sekunde meiner Zeit mit Josh erinnert.

»Wann darf ich Sie zum Meeting erwarten?«, ruft Sir Don mir hinterher, als ich oben angekommen bin. »Es gibt viel zu besprechen, Ma'am.«

Ich bleibe stehen, den Blick nach vorn gerichtet, die Augen ein wenig zusammengekniffen. Ja, es gibt einiges zu diskutieren, und ganz oben auf meiner Liste steht der Artikel über Haydon und mich. Über den ich, wenn ich es mir genau überlege, auch noch mit Haydon selbst reden muss. Ich will nicht glauben, dass er in diese Spielchen meiner Berater eingeweiht war. Allerdings frage ich mich, warum er sich bisher nicht bei mir gemeldet hat, denn für ihn muss diese Meldung ja ebenfalls überraschend gekommen sein. »Nachdem ich mich ausgeruht habe, Sir Don.« Mehr Informationen gebe ich ihm nicht.

Als ich meine Suite betrete, seufze ich und warte, bis mein Gepäck abgestellt wurde und alle gegangen sind. Dann lasse ich mich aufs Bett fallen und rufe Josh an. Er meldet sich schon nach dem ersten Klingeln, beim Klang seiner rauen Stimme entspanne ich mich.

»Sag mir, dass ihr die Tiara gefunden habt.«

»Wir haben die Tiara gefunden«, bestätige ich und höre ihn aufatmen. »Ich weiß. Das hätte eine Katastrophe werden können.«

»Oh ja. Sie ist mein Lieblingssexspielzeug.«

Er sagt das so ernst, dass ich lache, obwohl mir bei dem Gespräch über die Tiara wieder die Druckstellen hinter meinen Ohren einfallen. Die sind immer noch empfindlich, weil ich sie so lange getragen habe. »Leg auf«, sagt Josh.

»Was?«

»Ich will dich sehen.« Er unterbricht unser Telefonat, und im nächsten Moment sehe ich sein Gesicht auf meinem Display.

»Oh, FaceTime«, vermute ich laut. Ich mache mich nicht extra zurecht für ihn, weder Haare noch Gesicht. Josh hat mich schon in allen möglichen Zuständen gesehen, jetzt sieht er mich eben mit Jetlag. Als die Verbindung steht, füllt sein attraktives Gesicht mein Display aus. »Ich biete einen schrecklichen Anblick«, warne ich ihn schnell.

»Unsinn.« Er ist draußen, der blaue Himmel im Hintergrund ist mit weißen Wölkchen getupft.

»Wo bist du?«

»Ich verlasse gerade das Hotel auf dem Weg zum Flughafen.« Er dreht sich um zu jemandem, bei dem er sich bedankt. »Es ist ein bisschen chaotisch.« Er richtet die Kamera auf eine Straße, ein paar

Hundert Meter entfernt vom Hotel, wo sich eine Menschenmasse versammelt, inklusive Fotografen. »Siehst du?«

»Alles deinetwegen?«, necke ich ihn und höre hysterische Frauen seinen Namen schreien.

»Na ja, die Königin von England ist gestern abgereist, da brauchten sie jemand anderen, dem sie nachstellen können. Ich war eben der Nächstbeste.«

»Warte.« Ich setze mich auf, da mir plötzlich einfällt, dass all diese Leute mich vielleicht sehen können, wenn ich sie sehen kann. Auf Joshs Handy. »Josh!« Ich schnappe mir ein Kissen, verstecke mich dahinter und lege mein Telefon mit dem Display nach unten auf das Bett. »Dreh dein Handy um.«

»Oh Mist.«

Als ich vorsichtig auf das Display schaue, sehe ich wieder ihn.

Er lächelt entschuldigend. »Das wäre fast schiefgegangen, was?« Er schaut einen Moment woandershin, dann steigt er hinten in seinen Wagen. Ich erhasche einen kurzen Blick auf Bates. Er sieht mitgenommen aus. »Die sind viel zu weit weg. Keine Panik.«

»Du musst vorsichtig sein.«

»Ja, ja, hat man mir bereits gesagt. Obwohl dein Bodyguard derjenige war, der es vermasselt hat.« Er lacht und zieht die Tür zu, seine Augen glänzen. »Dir ist klar, dass er uns was schuldet.« Er hebt eine Braue und setzt sich eine Sonnenbrille auf, sodass ich seine aufregenden blauen Augen nicht mehr sehen kann.

»Inwiefern?«

»Na ja, er ist dafür verantwortlich, dass noch ein paar von deinen Leuten über unser schmutziges kleines Geheimnis Bescheid wissen. Daher steht er in der Pflicht, uns bei zukünftigen heimlichen Treffen zu unterstützen.«

»Daran habe ich noch gar nicht gedacht.«

»Nun, tu es lieber, denn ich habe meinen Terminplan geändert.«

Er hat meine ungeteilte Aufmerksamkeit, das sanfte Grinsen auf seinem Gesicht verrät mir, dass er es genießt, wie aufgeregt ich auf einmal bin. »Du hast gesagt, du seist auf unbestimmte Zeit in L. A.«

»Es gibt eine Lücke von einer Woche im Terminplan. Hat mit Drehgenehmigungen für ein paar Locations zu tun.«

»Und?«, frage ich, damit er endlich auf den Punkt kommt.

»Und ich dachte, ich statte der Heimat meiner Freundin einen kleinen Besuch ab.«

Ich strahle. »Wann?«

»Nächste Woche. Wir drehen diese Woche an einem College hier. Dann habe ich eine Woche frei. Ich sage dir Bescheid, wann ich fliege, also lass dir schon mal was einfallen, wie ich die ganze Woche mit dir und deiner Tiara verbringen kann.«

Du liebe Zeit, dafür müsste ich schon vom Antlitz der Erde verschwinden. Meine Vorfreude wird von einer hässlichen Dosis Realität gedämpft. Dann fällt mir jedoch etwas ein. Vielleicht würde ich gern eine Auszeit auf unserem Anwesen in Evernmore nehmen. Ein Lächeln breitet sich auf meinem Gesicht aus.

»Ich weiß ja nicht, was du denkst«, sagt Josh, »aber wie du dabei aussiehst, gefällt mir.«

»Ich glaube, ich habe eine Idee.«

»Gut. Und jetzt ruh dich aus, *meine* Königin. Ich muss mit Tammy telefonieren.«

Ich verziehe das Gesicht. »Viel Glück dabei.«

»Ich liebe dich.«

»Ich liebe dich auch.«

Josh legt auf, und ich strecke mich glücklich und zufrieden auf dem kühlen Bettzeug aus. Eine Woche. Eine Woche überstehe ich, bis ich wieder mit ihm zusammen sein kann.

18

»Euer Majestät.«

Der Ruf klingt weit weg, wie ein Flüstern an meinem Ohr.

»Euer Majestät.«

Ich versuche, das nervige Geräusch zu ignorieren, und finde zurück in meine Träume.

»Euer Majestät.«

Wenn ich meinen Titel noch einmal höre, fange ich an zu schreien.

»Euer Majestät.«

»Was?« Ich öffne die Augen und sehe Olive, die ein wenig erschrocken neben meinem Bett steht. Ich blinzle und erkenne, dass Tageslicht durchs Fenster hereinfällt. Verwirrt setze ich mich auf und lehne mich ans Kopfteil des Bettes. Ich bin vollständig bekleidet. Olive sieht frisch und munter aus, auf dem Fensterbrett steht ein Tablett mit Kaffee. »Habe ich einen Tag verpasst?«, erkundige ich mich und reibe mir verschlafen die Augen.

»Kim wollte Sie gestern Abend nicht mehr wecken lassen, Ma'am«, erklärt Olive, während sie mir Kaffee einschenkt.

Die Vorstellung, wie meine Assistentin Sir Don und sonst wen davon abhält, mich zu stören, macht mich dankbar und amüsiert mich zugleich.

»Das heißt allerdings, dass Sie heute superviel um die Ohren haben.«

»Darauf wette ich«, entgegne ich seufzend, schlage die Decke zurück, gehe zu ihr und nehme den Kaffee entgegen. »Sind denn schon alle hier?«

»Ja, Ma'am.«

»Okay.« Ich setze mich in den Sessel neben dem Fenster und schaue hinaus. »Rufen Sie meine Mutter an«, sage ich nachdenklich.

Ich muss mich erkundigen, wie es ihr geht. »Bitten Sie sie zum Frühstück zu mir.« Sir Don und David Sampson können warten. Wenn ich den ganzen Tag gefordert sein werde, muss ich vorher Kraft tanken und ein aufmunterndes Gespräch mit meiner Mutter führen.

»Und Sir Don?«

Ich richte meinen Blick auf Olive. »Sie können Kim ausrichten, sie soll ihm sagen, ich stünde ab zehn Uhr zur Verfügung.« Zu gern würde ich sein Gesicht sehen. »Und sagen Sie Eddie, ich würde auch ihn gern zum Frühstück sehen.«

Olive zögert für den Bruchteil einer Sekunde, und ich sehe sie fragend an. Leise Besorgnis beschleicht mich.

»Ich glaube, Prince Edward ist letzte Nacht nicht nach Kellington zurückgekehrt, Ma'am.«

»Wo steckt er, um alles in der Welt?«

»Ich fürchte, das weiß ich nicht. Ich habe gehört, wie Damon einem Ihrer Sicherheitsleute die Anweisung gab, ein bestimmtes Etablissement aufzusuchen. Den Namen habe ich vergessen.«

Ich seufze. Sie muss mir den Namen gar nicht nennen. Oh, Eddie. »Danke, Olive.«

Nachdem sie gegangen ist, um meine Bitte zu erfüllen, sinke ich in den Sessel zurück und versuche, nicht den Mut zu verlieren angesichts des um mich herum steigenden Wassers. Eddie, Sir Don, David Sampson, alle bereiten mir Probleme. Mir rauscht der Kopf, und der muss dringend klar sein, bevor ich Sir Don und David gegenübertrete.

Meine Füße schmerzen immer noch, trotzdem ziehe ich die höchsten High Heels an, die Jenny finden kann. Die kombiniere ich mit einem cremefarbenen Victoria-Beckham-Kleid mit Flügelärmeln, das knapp unterhalb der Knie endet. Keine Strickjacke. Keine Strumpfhose. Keine Perlenkette. »Ohrringe?«, frage ich, während Jenny mir Haarspray in mein volles gewelltes Haar sprüht.

»Ich habe da genau das Richtige«, sagt Kim, die meine Suite betritt. Sie mustert mich und registriert anhand meines Outfits meine Stimmung. Beeindruckend. »Sie sehen bezaubernd aus. Eine Schande, es an die zu vergeuden, die es nicht zu schätzen wissen.« Sie gibt mir eine kleine Schachtel.

»Was ist das?«

»Etwas, was mir jemand für Sie gegeben hat.« Sie sieht misstrauisch zu Jenny.

»Was?«

»Die sind wunderschön.« Sie dreht sich um und geht wieder. »Ich werde die Herren in Ihr Büro führen, sobald Sie Ihr Frühstück mit Ihrer Königlichen Hoheit der Königinmutter beendet haben.«

»Danke«, erwidere ich und betrachte die Schachtel.

»Na los«, drängt Jenny mich. »Öffnen Sie sie.«

Ich sehe Jenny nachdenklich an und lasse die kleine Schachtel durch meine Hände gleiten. »Wären Sie vielleicht so gut?«, frage ich, denn ich habe das Gefühl, dass ich möglicherweise lieber allein wäre. So verrückt es scheint, aber diese Schachtel strahlt etwas von Josh aus.

Jenny zieht sich umgehend zurück, allerdings mit fragender Miene. Schließlich war sie nicht dabei, als Josh in meiner Hotelsuite entdeckt wurde. Ich vertraue Jenny, wahrscheinlich mehr als Kim, doch die Vorsicht gebietet, den Kreis der Eingeweihten klein zu halten.

An der Tür bleibt Jenny stehen, die Hand auf dem Türknauf. »Ich weiß es«, flüstert sie.

Ich erstarre. »Was wissen Sie?«

Sie schaut rasch hinter sich, dann schließt sie die Tür wieder und kommt auf mich zu. »Verzeihen Sie meine Dreistigkeit, Ma'am, aber ich weiß von Ihnen und Josh Jameson.« Sie beißt sich auf die Unterlippe und beobachtet mein erschrockenes Gesicht, während ich zu verarbeiten versuche, was sie mir gerade gestanden hat.

»Woher?«, flüstere ich und ziehe nicht einmal in Betracht, es abzustreiten.

Sie sackt in sich zusammen, als würde ihr eine Last von den Schultern genommen. »Als wir vom Weißen Haus zurückgekehrt sind, konnte ich nicht schlafen. Jetlag vermutlich. Ich wollte Olive nicht stören mit meiner Unruhe, da wir uns ja ein Zimmer teilten und sie tief und fest schlief. Also stand ich auf und ging umher. Da sah ich Damon, wie er Sie zu Ihrem Zimmer trug. Und Josh Jameson folgte Ihnen.« Sie presst die Lippen zu einer geraden Linie zusammen, als müsste sie sich bremsen, um nicht noch mehr zu erzählen.

»Oh, ich verstehe.« Ich räuspere mich und stelle mir Jennys Reaktion auf ihre Entdeckung vor. Ich muss dringend ein Wörtchen mit Damon reden. Seine Fähigkeiten zur Tarnung lassen nach, dabei müsste er jetzt mehr denn je auf der Höhe seines Könnens sein.

»Es tut mir leid, ich konnte es nicht länger für mich behalten. Ich werde keiner Menschenseele davon erzählen, das schwöre ich, Ma'am.«

»Ich denke, das versteht sich von selbst, oder?«

»Natürlich.«

Sie blickt auf die Schachtel in meinen Händen, dann sieht sie mir wieder ins Gesicht. Ich weiß, was sie denkt, bevor sie spricht.

»Ist es etwas Ernstes?«

Ernst im Sinne unserer Beziehung oder ernst im Hinblick auf die Konsequenzen? Ja, lautet die Antwort auf beide Fragen, obwohl ich weiß, dass Jenny die erste Variante meint. Ich setze mich auf die Bettkante und atme schwer aus. Ich kenne Jenny seit Jahren, sie ist in dieser Zeit zu einer großartigen Freundin geworden. Ich weiß, dass ich ihr vertrauen kann. »Nun, würden Sie es ernst nehmen, wenn Sie jemanden lieben?«

Ich sehe, dass sie vor Aufregung am liebsten gejauchzt hätte, doch meine Besorgnis hält sie zurück. Es ist ziemlich traurig, dass eine Frau, die einen Mann liebt, sich sorgen muss. Besonders wenn sie Single ist und er auch. Traurig und frustrierend.

»Sie müssen mir nicht verraten, was Sie denken«, versichere ich ihr, obwohl sie ja höchstens die Hälfte der Gründe kennt, weshalb meine Zukunft mit Josh unmöglich ist. Jenny bemerkt anscheinend meine Niedergeschlagenheit, denn sie setzt sich neben mich und stupst meinen Arm an.

»Öffnen Sie es.«

Lächelnd ziehe ich an der hübschen pinkfarbenen Schleife, das Geschenkpapier löst sich von der Schachtel. Zum Vorschein kommt ein kleines schwarzes Kästchen. »Ich bin ein wenig nervös«, gestehe ich.

»So nervös, wie Sie es waren, als Haydon Sampson Ihnen Ihr Geburtstagsgeschenk gab?«

Ich lache. »Du liebe Zeit, nein.« Ich heble den kleinen goldenen Verschluss auf, öffne das Kästchen und halte den Atem an. »Oh, wow«, flüstere ich angesichts des funkelnden Inhalts. Ein wunderschönes Paar Diamantohrringe liegt auf dem Samtkissen. Dann erkenne ich die Bedeutung, da das Muster auf jedem Ohrring ein M und ein Q bildet, die miteinander verflochten sind. »Sind die nicht fantastisch?« Ich nehme einen heraus und betrachte ihn genauer. Wirklich atemberaubend, und das nicht nur wegen des vollkommenen Schliffs der Diamanten. Für mich ist es vor allem das, wofür sie stehen.

»Ja, aber was bedeuten die Buchstaben M und Q?«

»My Queen«, antworte ich leise mit einem Kloß im Hals. »Sie bedeuten: My Queen.«

»Oh mein Gott.« Jenny legt sich die Hände auf die Brust, und ich sehe sie an, während meine Augen sich mit Tränen füllen. »Warum weinen Sie?«, fragt sie verwirrt.

»Weil er mich so glücklich macht und ich es niemandem erzählen kann.« Wütend auf mich selbst, weil sein Geschenk eine solche Reaktion bei mir auslöst, wische ich mir das Gesicht ab. »Es tut mir leid.«

»Muss es nicht.« Jenny lächelt sanft und nimmt mir die Ohrringe aus den zitternden Fingern, ehe ich sie noch fallen lasse. »Warten Sie.« Sie wirft meine Haare über die Schultern, befestigt die Ohrringe und weicht zurück, nachdem sie fertig ist. »Wunderschön.«

Ich nicke und fühle sie in meinen Ohrläppchen. Ich werde sie nie mehr herausnehmen. Niemals. »Wie sieht mein Gesicht aus?«

»Verweint.«

Jenny macht sich daran, mein Make-up aufzufrischen, und trägt es extradick auf. Ich fühle mich wie mit Kriegsbemalung, was letztlich ganz gut passt, da mir ein Kampf bevorsteht. Ich weiß nur noch nicht so recht, was ich verteidige.

»Fertig.«

Ich streiche mein cremefarbenes Kleid glatt, straffe die Schultern und mache mich auf den Weg ins Esszimmer, um meine Mutter zu treffen. Während ich die Treppe hinuntergehe, grüßen mich meine Angestellten, und ich gebe unvermittelt einem Impuls nach. Ich lehne mich ans Geländer, aktiviere die Handykamera und forme mit meinen Lippen einen Kussmund, wobei ich mir die Haare mit der einen Hand nach hinten schiebe. Ich schieße ein Foto und schicke es Josh.

Ich liebe sie. Und dich. Deine Queen x

Als ich von meinem Handy aufschaue, bemerke ich einige verblüffte Gesichter um mich herum. »Ja, die Königin hat ein Selfie gemacht«, sage ich lachend, während sie zustimmend nicken. »Einen schönen Tag noch.«

Kim hantiert mit dem Besteck, als ich das Esszimmer betrete. Sie überprüft, ob alles an seinem Platz ist. »Mutter ist nicht hier?«, frage ich, doch Kim deutet mit dem Kopf hinter mich. Ich drehe mich um und finde meine Mutter im Türrahmen. »Mutter.« Ich gehe zu ihr und registriere, wie blass sie aussieht. Diesmal gebe ich ihr keinen formellen Kuss auf die Wange, sondern umarme sie unüblich herzlich. Obwohl überrascht, erwidert sie die Umarmung. Sie ist dünn geworden, ich kann es fühlen.

»Mein Liebling, du strahlst.«

Das kann ich von ihr nicht behaupten. Ich bin ein wenig alarmiert von ihrem Gewichtsverlust, schenke ihr jedoch ein kleines Lächeln, das sie liebevoll erwidert und dabei meine Wange berührt. Als sie meine Haare zurückstreicht, fällt ihr Blick auf meine Ohrringe. Ich versuche, mir nichts anmerken zu lassen, während sie einen Ohrring mit der Fingerspitze antippt.

»Hübsch«, bemerkt sie schlicht, dann konzentriert sie sich wieder auf mich. »Wollen wir essen?«

Sie geht zum Tisch und setzt sich, ich bleibe etwas perplex stehen. Josh war ebenfalls im Labyrinth, als ich von ihrer Affäre mit Davenport erfuhr. Natürlich weiß *ich*, woher diese Ohrringe stammen, und ich kenne ihre Bedeutung. Meine Mutter nicht. Ich bezweifle, dass abgesehen von Jenny irgendwer davon weiß. Trotzdem bin ich irgendwie neugierig, wieso meine Mutter Josh seit jenem Tag mir gegenüber nicht mehr erwähnt hat.

Während ich darüber grüble, ob sie wirklich glaubt, dass Josh und ich uns nicht mehr sehen, beobachte ich, wie Mutter sich eine Scheibe Toast nimmt und diese akkurat dünn mit Marmelade bestreicht. Ich setze mich zu ihr, einer der Bediensteten schenkt Kaffee ein und tritt dann vom Tisch zurück, um auf seine nächste Aufgabe zu warten. Ich nicke leicht, zum Zeichen dafür, dass er gehen kann, was er umgehend tut, wobei er die Tür hinter sich schließt. Eine Weile ist es still, bis auf das leise damenhafte Kauen meiner Mutter, die an einer Ecke ihres Toasts knabbert. Ich betrachte den langen Tisch und die Reihen leerer Stühle daran, dann die kunstvolle Deckenverzierung. Dieser riesige wunderschöne Raum ist nur einer von Dutzenden Zimmern in Kellington. Alles wunderschöne Räume in einem wunderschönen Palast. Ein wunderschönes Gebäude, in dem alles Hässliche verborgen ist.

»War deine Reise erfolgreich?«, erkundigt Mutter sich und holt mich zurück an den Tisch. Sie legt ihren halb gegessenen Toast hin und wischt sich die Krümel von den Fingern.

»Ja.« Ich bin kein bisschen hungrig, trotzdem nehme ich mir eine Scheibe und bestreiche sie mit Butter, nur damit ich etwas mit meinen Händen anfangen kann. »Der Präsident ist ein reizender Mann.«

»Und du hast mit ihm getanzt.«

Missbilligt sie das? Angespannt lächelnd lege ich den Toast auf meinen Teller, ohne einen Bissen davon gekostet zu haben. »Ich denke, es kam ganz gut an.«

»In der Tat. Er war aber nicht der einzige Mann, mit dem du getanzt hast, wie ich hörte.« Sie lacht auf und nimmt vornehm ihre Kaffeetasse. »Du warst gut in Form, hörte ich.«

So, hörte sie. Von wem? »Du meinst wohl Josh Jameson.«

»Siehst du ihn wieder?«

Ich horche misstrauisch auf. Ist es nicht eine grässliche Welt, in der eine Frau nicht einmal der eigenen Mutter ihre Geheimnisse anvertrauen kann? Schließlich kenne ich ja auch genug von ihren

Geheimnissen. Ich sollte mir ihres Vertrauens gewiss sein, doch das bin ich nicht. Sie trauert, ist verletzt und will uns um jeden Preis vor Spott bewahren. Genauso wie ich verhindern will, dass sie und Eddie die Konsequenzen meiner Sünden zu tragen haben. »Ich treffe mich nicht mehr mit ihm, Mutter.«

Ob sie mir glaubt oder nicht, sie widmet sich wieder ihrem Toast und knabbert weiter an den Ecken.

»Wie geht es Edward?«, erkundige ich mich.

»Sehr gut.«

Die Antwort kommt schnell, was mich stutzig macht. Hat sie sich überhaupt selbst davon überzeugt? Ich bekomme keine Gelegenheit, danach zu fragen.

»Ich nehme an, du hast deine Wohnsituation überdacht?«

Langsam stelle ich meine Tasse auf die Untertasse. »Pardon?«

»Claringdon. Dort musst du residieren.«

»Ich habe diese Diskussion schon mit Sir Don geführt, Mutter.«

»Ich bezweifle, dass Sir Don dir eindringlich genug klargemacht hat, wie bedeutsam es für dich ist, in Claringdon zu weilen. Dort gibt es mehr Angestellte, mehr Platz.«

»Ich bin doch nur eine kleine Königin«, erwidere ich ein bisschen zu spöttisch. »Wie viel Platz brauche ich denn?«

»Mehr, als Kellington zu bieten hat. Ich werde keinen Druck auf dich ausüben, Adeline, aber als Königin von England musst du in der offiziellen Residenz wohnen. Tust du das nicht, brichst du mit einer uralten Tradition.«

Ich atme tief ein und halte die Luft an. Tradition oder Regeln? Ich habe mehr Traditionen und Regeln gebrochen während meiner kurzen Regentschaft, als vermutlich sämtliche Monarchen vor mir zusammen. Wenigstens ist Claringdon wesentlich größer als Kellington. Es gibt mehr ruhige Plätze, mehr Verstecke. »Aber ich nehme meine Angestellten mit.«

»Es geht nicht nach dir, Adeline«, sagt sie mit sanfter Stimme. »Die Geschichte bestimmt den Lauf.« Sie legt die Serviette hin und steht auf. »Wenn du mich jetzt bitte entschuldigen würdest. Ich habe einen Tag in den Stallungen arrangiert.«

»Du gehst schon?«

»Ich fürchte, ja, mein Liebling.« Danach rauscht sie ohne ein weiteres Wort aus dem Esszimmer.

Ich gelange zu der festen Überzeugung, dass sie nur deshalb zum Frühstück gekommen ist, damit ich zustimme, auf Claringdon zu wohnen. Und vermutlich, weil sie gebeten wurde, mir gut zuzureden. Betrachtet man sie als meine Stimme der Vernunft? Wird man sie ständig als Druckmittel gegen mich benutzen?

Leise klopfe ich mit dem Teelöffel auf den Tisch und lehne mich zurück. Ist meine Mutter jetzt auch eine von denen? *Jetzt?* Was glaube ich denn? Wann habe ich je Mutters Unterstützung bekommen? Ihr ist es stets nur um den Status gegangen, wie sie selbst bestätigt. Warum also sollte ich annehmen, dass sie lediglich mit mir zu speisen wünschte? Ich weiß, dass sie mich liebt, doch an erster Stelle kommt für sie der Thron. Die Monarchie. Immer die Monarchie, nie ich.

Mein Handy klingelt, und ich schaue aufs Display. Mein American Boy. Mein Geheimnis. Ist er inzwischen das am schlechtesten gehütete Geheimnis?

Freut mich, dass sie dir gefallen. Ich habe sie in Auftrag gegeben, nachdem ich dir in dem Wäldchen den Hintern versohlt habe. Ich hätte sie dir gern persönlich überreicht. Hier ist es schon nach Mitternacht. Ruf dich später an, Baby x

»Das war ein kurzes Frühstück.« Kim betritt das Esszimmer und hat ein paar Zeitungen dabei.

Mir wird mulmig. Sie legt sie auf den Tisch und schaut mich fragend an, während ich mein Handy weglege. »Sieht aus, als würde ich bald in Claringdon wohnen.«

»Ah ja, ich glaube, das steht heute auf der Agenda«, meint sie so beiläufig, dass ich stutze. »Man war übereingekommen, dass Ihr Wunsch, in Kellington wohnen zu bleiben, den Interessen der Monarchie zuwiderläuft.«

Ich schnaube im Stillen. »Von allen meinen Eigenschaften, die der Monarchie zuwiderlaufen, picken sie sich die Wohnsituation heraus?«

»Die Ohrringe sehen übrigens reizend aus.«

Unwillkürlich berühre ich meine Ohrläppchen und spiele gedankenverloren mit den Ohrringen. »Fand Mutter auch. Ich glaube, sie ahnt etwas.«

»Das ist durchaus nachzuvollziehen. Er war bei Ihnen an dem Tag, als wir den König verloren, Adeline. Es wäre naiv zu glauben, Sie können denen vormachen, zwischen Ihnen und Josh laufe nichts mehr, vor allem nach der kleinen Rumba im Weißen Haus.«

Lachend schenke ich Kim Kaffee ein. »Es war keine Rumba.«

»Nein, aber es war sexuell aufgeladen.«

Ich halte inne, stelle die Kaffeekanne ab und sehe Kim an. Ihre Lippen sind eine schmale Linie. Verdammter Josh und seine mangelnde Selbstbeherrschung. »Auf jeden Fall muss ich alles probieren, um sie vom Gegenteil zu überzeugen.« Josh wird zum Staatsfeind Nr. 1, und ich wage mir gar nicht auszumalen, zu was die fähig wären, um seinen Ruf zu ruinieren. Alles meinetwegen. Das kann ich nicht zulassen. »Ich fürchte, meine Mutter macht gemeinsame Sache mit denen.« Etwas Entsetzliches fällt mir ein. Wird sie von denen vielleicht bedroht? Wird sie mit den Sünden ihrer Vergangenheit unter Druck gesetzt? Die Tatsache, dass die mich nicht auf dem Thron sehen wollen, ist dabei nebensächlich. Gegen dieses kleine Detail sind sie machtlos. So, wie die Dinge stehen, werde ich bald ganz nach ihrer Pfeife tanzen. Mit Claringdon habe ich mich ja auch schon einverstanden erklärt. Was kommt als Nächstes? Ich fühle Entschlossenheit in mir.

Kim steht vom Tisch auf. »Bereit?«

»Sehe ich so aus?«

»Nun, Ma'am, die Wahl ihres Kleides signalisiert das, nur wirkt der Körper darin ein wenig kraftlos. Ich schlage vor, wir finden rasch die dreiste Adeline, bevor wir uns in Ihr Büro begeben, sonst fressen die Sie bei lebendigem Leib. Kommen Sie.«

Sie hat recht. Mir dreht sich schon wieder der Kopf, das muss aufhören. Ich atme tief ein und aus. »Es wird ein langer Tag, nicht wahr?« Ich bin verloren. Allein der Gedanke daran, einen einzigen Tag in Angriff zu nehmen, ist erschöpfend. Und vor mir liegt mein ganzes Leben voller solcher Tage.

Kim lächelt nur, gemeinsam gehen wir zu meinem Büro. Im Kopf spiele ich verschiedene Szenarien durch, mit denen ich konfrontiert werden könnte. Kontrolle. Ich muss die Kontrolle übernehmen. »Oh, dem Himmel sei Dank, sie haben es entfernt«, sage ich beim Betreten meines Büros, da diese Monstrosität von einem Porträt verschwunden ist. »Ich hoffe, sie haben es mit der Axt entsorgt.«

Kim lacht, während ich mich in meinen Sessel setze und staunend den Stapel Post auf meinem Schreibtisch in Augenschein nehme.

»Keine Sorge«, versichert sie mir und stellt weitere Sessel an den Schreibtisch. »Ich habe alles heute Morgen schon durchgesehen. Nichts Dringendes.«

»Danke, Kim.« Ich ziehe die oberste Schublade auf und fege den ganzen Stapel mit dem Unterarm hinein.

»Das ist auch eine Methode, die Post zu erledigen«, bemerkt Kim trocken und nimmt ihren Platz ein. Sie legt die Hände in den Schoß. »Mist, ich bin nervös.«

Ich mustere ihre steife Haltung. »Warum?«

Sie erschrickt. »Das wollte ich gar nicht laut sagen. Und ich habe gerade ›Mist‹ vor der Königin gesagt.«

Ich lache und bekomme bei der Erinnerung an Joshs gelegentlich vulgäre Ausdrucksweise plötzlich einen klaren Kopf. Ich würde Kim ja beruhigen, sie solle sich keine Sorgen machen, weil mir die Ohren von den Worten eines gewissen Amerikaners erst vor Kurzem geklingelt haben, doch jemand klopft, und die Tür wird geöffnet. Schon verdüstern sich meine Gedanken wieder.

»Euer Majestät.« Sir Don stellt sich, gefolgt von David Sampson, ans andere Ende meines Schreibtisches.

»Sir Don. David.« Ich nicke und deute auf die Sessel.

»Euer Majestät. Wie reizend Sie heute aussehen.«

Davids Lächeln könnte als freundlich missinterpretiert werden, würde ich ihn nicht besser kennen. Ich registriere, wie Kim herumrutscht, während er sich setzt. Meine Miene bleibt ausdruckslos bei seinem Kompliment. Er fährt eine Charme-Offensive. Die wird nicht funktionieren.

Ich warte, bis Felix seinen Platz eingenommen hat. Er fühlt sich offensichtlich genauso unbehaglich wie Kim. »Ich nehme an, es geht Ihnen allen gut.« Ich lege die Unterarme auf den Schreibtisch und lehne mich wachsam nach vorn. Alle nicken oder geben einen zustimmenden Laut von sich, bevor Sir Don sich räuspert. Er ist bereit für seine Liste der zu erledigenden Dinge, die mir alle auf den Geist gehen werden, da bin ich mir sicher.

»Ich habe einige Fragen des Arbeitsministers, Ma'am.«

Natürlich wird meine Krönung ganz oben auf seiner Liste stehen, aber auf meiner Liste steht nicht ganz oben, welche Blumen und welche Dekoration ich wünsche. Der Arbeitsminister wird also auf diese Informationen warten müssen, die er für die Inszenierung des Spektakels braucht, auf das die Welt wartet.

»Er bat mich …«

»*Ich* würde gern das heutige Meeting leiten, Sir Don«, unterbreche ich ihn. Stille tritt ein, die Atmosphäre wird noch angespannter. Er lässt seine Unterlagen sinken und lehnt sich mit einem leichten Kopfnicken zurück. Ich bleibe stehen, vielleicht um die anderen im Raum zu überragen. Vielleicht aber auch, damit sie sehen können, wie wenig königinnenhaft mein Kleid ist. Möglicherweise eine Mischung aus beidem. Ich muss die Kontrolle übernehmen und sie behalten.

Ich gehe zum Fenster und schaue für einige Minuten nachdenklich hinaus. Die Anwesenden lasse ich darauf warten, mit welchem Thema ich das Meeting eröffne. Ich weiß ganz genau, was das sein wird, und bestimmt rechnet Sir Don mit einer Art Vergeltung von mir. Ich lasse sie warten.

Mich langsam umdrehend lege ich die Hände auf die Rücklehne meines Sessels. Sir Don wurde jahrelang von meinem Vater kontrolliert. Glaubt er, mir überlegen zu sein, nur weil ich eine Frau bin? »Ich habe Kenntnis von einem bestimmten Artikel in der Zeitung über meine Beziehung zu Haydon Sampson.«

Schweigen.

Niemand will es zugeben. Natürlich nicht. »Er ist irreführend und unrichtig, und es wäre besser, wenn die Öffentlichkeit exakt das erfährt.« Ich sehe Kim an. »Schreiben Sie einen entsprechenden Text.«

Ihre Augen weiten sich, David rutscht praktisch in seinem Sessel herum, genau wie Sir Don. Kim und Felix sehen dagegen nur perplex aus.

Sir Don räuspert sich. »Verzeihen Sie, Ma'am, aber …«

»Verzeihen Sie *mir*, Sir Don, aber ich bin Ihre Königin, daher werden Sie sich fügen.« Ich werfe ihm einen herausfordernden Blick zu, doch er sinkt nur in seinen Sessel zurück. Gut. Er muss wissen, dass ich ihn mit seinen eigenen Waffen schlagen werde, wenn es sein muss. Schärferen Waffen als seine. Die Öffentlichkeit wird ihr falsches Bild von mir korrigieren müssen. Er wird schnell lernen, dass jedes Gerücht, das er der Presse hinwirft, mit Fakten meinerseits beantwortet wird. »Da das nun geklärt ist«, fahre ich fort, »lassen Sie uns über Seine Hoheit Prinz Edward sprechen.«

»Ich fürchte, er wird schon wieder vermisst, Ma'am«, meldet Felix sich zu Wort, was ich bereits weiß.

»Er braucht Hilfe«, erkläre ich, denn ich will nicht, dass sie ihm ständig auf den Fersen bleiben, ihn aufspüren und sein Chaos beseitigen. Das werden sie nämlich tun, aber nicht, um Eddie vor der Presse zu schützen, sondern die Monarchie.

»Hilfe?«, wiederholt David interessiert.

»Rehabilitierung. Ich dachte, das sei offensichtlich.«

»Kommt nicht infrage.« Sir Don schnaubt, und David lacht. »Diese Entzugskliniken behaupten, sie seien diskret, aber irgendwer gibt ständig die Identität der Patienten weiter, keine Ahnung, wie. Das können wir nicht riskieren.«

»Oh, Sir Don.« Ich schnurre beinahe und lächle. »Sie irren sich, denn gerade Sie kennen sich doch bestens damit aus, Informationen an die Presse durchsickern zu lassen, nicht wahr?«

Stille. Gut.

»Sie schlagen also vor, wir überlassen ihn weiterhin der Selbstzerstörung?«, frage ich. Die würden ihn lieber in den Tower sperren, als ihm wirklich zu helfen. »Davon will ich nichts hören.« Erneut wende ich mich an Kim. »Ich will, dass Eddie Hilfe bekommt.«

»Ich werde mich darum kümmern, Ma'am« Kim macht sich weitere Notizen.

Zum letzten Punkt auf meiner Liste: »Ich werde Urlaub in Evernmore machen.«

»Kommt nicht infrage«, erklärt Sir Don sofort. Tatsächlich lacht er fast dabei.

Ich lasse die Schultern nicht hängen. »Warum nicht?«

Er schiebt mir ein Blatt Papier über den Schreibtisch, lehnt sich zurück und legt die Hände auf die Sessellehnen. »Ihre Termine für die nächsten zwei Wochen, Ma'am. Zwei Ereignisse sind jährliche Veranstaltungen, an denen Vertreter der Monarchie seit ihrem Beginn teilnehmen.«

Mein Mut sinkt. »Royal Ascot«, flüstere ich. »Natürlich.«

»Ich bin überzeugt, Euer Majestät brennt schon darauf, Ihre königlichen Farben in der Parade zum ersten Mal zu sehen«, meldet David sich zu Wort.

»Ganz zu schweigen von Ihrem jährlichen Besuch im Royal Opera House zur Aufführung des Royal Ballet«, fügt Sir Don hinzu. »Ich glaube, die Vorstellung wird in diesem Jahr von der Ballettwelt mit höchster Spannung erwartet.«

»Und Sie haben ein Treffen mit dem Erzbischof von Canterbury in Westminster«, fährt David fort. »Die Gestaltung des Gottesdienstes muss noch abgesegnet werden.«

Ich will die Schultern hängen lassen, denn mir wird klar, dass ich in den nächsten Wochen nirgendwohin reisen werde. Ich werde nicht mal Zeit für ein kurzes Treffen mit Josh finden. »Gottesdienst für meine Krönung nehme ich an.«

»Allerdings.«

David sieht dermaßen begeistert aus, dass ich mich übergeben möchte.

»Ein Datum wurde bereits festgesetzt.«

Tatsächlich? »Wann?«

»Im August.«

»Das ist in weniger als zwei Monaten«, platze ich heraus. Langsam gebe ich alle Hoffnung auf. »Hatten wir nicht vereinbart, dass ich bei solchen Entscheidungen konsultiert werde?« Ich bin getäuscht worden. Man hat nicht die Absicht, mich an diesen Entscheidungen zu beteiligen. Ein Datum wurde von diesen Trotteln und von der Regierung festgelegt. Es spielt keine Rolle, ob ich da Zeit habe oder nicht, denn natürlich habe ich Zeit. Was soll ich sonst machen, außer die Krone zu tragen und wichtig auszusehen?

»Die Welt wartet, Ma'am.« David strahlt. »Es wird eine wundervolle Feier.«

»Sicher.« Langsam setze ich mich in meinen Sessel, bar aller Kontrolle, die ich mir doch eigentlich zurückerobern wollte. Diese Paragrafenreiter haben mir den Wind aus den Segeln genommen.

»Das bringt uns zum nächsten Punkt auf der Tagesordnung.« Sir Don steht auf.

Ich werde noch müder. »Und der wäre?«

»Wir als Ihre Berater und Verwalter glauben, dass Euer Majestät gut daran täte, einen Ehemann zu finden.«

»Hier, hier«, skandiert David.

Ich werfe ihm einen tödlichen Blick zu, obwohl ich innerlich in Panik gerate. Meine Kraft weicht Furcht.

Meine Berater? Unsinn. Ganz egal, was die vorhaben in dieser Sache, ich werde mich ihnen nicht beugen. Ich habe schon zu viel aufgegeben und auf gewisse Dinge verzichtet. In diesem Punkt werde ich nicht klein beigeben. Niemals.

Ich stehe auf, denn meine Geduld schwindet, stütze mich auf den Schreibtisch und beuge mich vor. »Erstens haben wir über dieses Thema bereits gesprochen. Für den Fall, dass es Ihnen entfallen sein sollte, werde ich Sie daran erinnern, dass ich Kim darum gebeten habe, gerade eben erst, eine Erklärung zu verfassen, die die Falschinformationen in der Presse bezüglich Haydon Sampsons Rolle in meinem Leben richtigstellt. Eine Diskussion über die Suche nach einem Ehemann ist somit vom Tisch. Zweitens habe ich erst vor wenigen Wochen meinen Vater und meinen Bruder beerdigt. Es wäre respektlos, sowohl ihnen als auch meiner Mutter gegenüber, auch nur einen Gedanken an diese Angelegenheit zu verschwenden. Man sollte doch meinen, Ihnen wäre klar, wie unsensibel es meiner Familie und dem trauernden Land gegenüber wäre …« Ich werde unterbrochen, da Olive eintritt, ohne zu klopfen, was ihr missbilligende Blicke von Sir Don und David einbringt. »Was ist denn, Olive?«, erkundige ich mich.

Ihre Augen scheinen mit mir zu sprechen, bevor ihre Worte es tun. »Da ist jemand, der Sie sehen will, Ma'am.«

Ich richte mich verblüfft auf. Sie sieht nervös aus, und es gehört nicht zu ihren Aufgaben, mich über Besucher zu unterrichten. Trotzdem verzichte ich vorsichtshalber darauf zu fragen, wer es ist.

»Ernsthaft?« David wirft verärgert die Hände in die Luft. »Hat dieser Dumpfbacke denn niemand erklärt, dass die Königin nicht gestört werden darf während einer Audienz?«

Die arme Olive zuckt zusammen. Am liebsten würde ich meinen Briefbeschwerer aus Kristall nehmen, ein Geschenk des Königs von Norwegen, und ihn David an seinen ignoranten Schädel werfen. Es fällt mir schwer, ihm keine Beachtung zu schenken, aber ich zwinge mich dazu. Und sei es nur, um weiterhin Stärke zu simulieren. Ich gehe um meinen Schreibtisch herum und umfasse Olives Ellbogen. »Entschuldigen Sie mich«, wende ich mich an die Anwesenden. Kim macht Anstalten, mich zu begleiten, doch ich schüttele den Kopf, und sie nimmt wieder Platz. Sie versteht. Ich brauche Ohren hier drin, während ich weg bin. Außerdem muss jemand auf David und Sir Don aufpassen, damit sie mir nicht hinterherschnüffeln.

Ich schließe die Tür hinter mir, und prompt legt Olive aufgeregt los: »Ich bitte um Verzeihung, Ma'am, aber Major Davenport war hier und wurde am Tor abgewiesen, und ich dachte, das sollten Sie unbedingt wissen.«

Ich schaue den Gang hinunter. »Gut gemacht, Olive.« Ich streichle beruhigend ihren Arm und gehe an ihr vorbei zum nächsten Telefon außerhalb meines Büros. Ich finde eins auf dem halbmondförmigen Tisch am Ende des Flurs und wähle die einzige Nummer, die ich kenne. Die der Telefonzentrale. Sobald jemand antwortet, sage ich: »Verbinden Sie mich mit dem Haupttor.«

Es folgt eine kurze Pause, in der die Person in der Zentrale darüber nachsinnt, ob sie tatsächlich mit derjenigen spricht, mit der sie zu sprechen glaubt.

»Schnellstmöglich«, füge ich hinzu.

»Jawohl, Euer Majestät. Selbstverständlich, Ma'am. Umgehend, Ma'am.«

»Haupttor«, meldet sich eine tiefe schroffe Stimme Sekunden später.

»Hallo«, begrüße ich denjenigen ruhig und blicke auf, als Olive mich endlich eingeholt hat. »Ich wurde über einen Besucher informiert.«

»Euer Majestät?«

»Ja. Nun zu dem Besucher. Es handelt sich um jemanden, den ich sehr gern sehen würde. Es wäre also höchst unklug, ihn abzuweisen. Habe ich mich klar genug ausgedrückt?«

»Jawohl, Ma'am.«

»Gut. Führen Sie ihn herein.« Ich lege auf und wende mich an Olive. »Bitte sorgen Sie dafür, dass Major Davenport ohne weitere Behinderung zu mir gelangt«, trage ich ihr auf und werfe einen Blick über die Schulter zu meinem Büro. »Ich erwarte ihn in Felix' Büro.«

»Ja, Ma'am.« Olive saust davon, und ich eile zurück in mein Büro, um Sir Don und David Sampson weiter hinzuhalten. Denn auch wenn Kim dabei ist, würden sie sich auf die Suche nach mir machen, sollte ich zu lange wegbleiben.

Ich stecke den Kopf zur Tür herein. »Tut mir schrecklich leid.« Ich lächle. »Lady Matilda ist früher als erwartet eingetroffen. Und jetzt muss ich die Toilette aufsuchen. Dauert nicht lange.« Ich schließe die Tür und laufe in Felix' Büro, wo ich den Schreibtisch mehrmals umrunde. Ich bin nervös. Es ist über eine Woche her, seit ich Davenport aufgesucht habe. Ich dachte, er habe mein Angebot abgelehnt. Ist er hier, um es doch noch anzunehmen?

Als es an der Tür klopft, drehe ich mich schnell um und rufe mit hoher Stimme: »Herein.«

»Major Davenport, Ma'am.« Olive lässt ihn eintreten.

Ich hätte nie gedacht, dass der Tag kommen würde, an dem ich mich freue, ihn zu empfangen. Er trägt wieder seinen edlen Anzug, seine Haltung ist tadellos, Bart und Frisur akkurat wie eh und je.

Er bleibt stehen, die Hände hinter dem Rücken. »Euer Majestät«, sagt er mit sanfter Stimme. »Danke, dass Sie mich spontan empfangen.«

»Keine Ursache.« Ich beruhige mich etwas. »Aber warum haben Sie vorher nicht angerufen, Major?«

»Das habe ich«, erwidert er trocken. »Leider waren Sie jedes Mal nicht zu erreichen.«

»Ach wirklich?« Ich werde wieder wütend. Diese Mistkerle. Wer hat hier eigentlich das Kommando? Ich deute auf einen der bequemen Sessel in der Ecke. »Möchten Sie sich setzen?«

»Danke.« Er geht zum Sessel, und ich folge ihm und setze mich ihm gegenüber. Wir schweigen zunächst. Die Andeutung eines Lächelns erscheint auf seinem Gesicht, ich erwidere es.

»Was kann ich für Sie tun, Major?«

»Ah ja, richtig.« Er räuspert sich und hebt das Kinn. »Im Nachhinein denke ich, dass es voreilig von mir war, Ihr Angebot abzulehnen, Ma'am.«

Ein Lichtblick schimmert auf in meiner dunklen Welt. »Heißt das, Sie nehmen den Job an, Major?« Ich gebe mir Mühe, nicht zu aufgeregt zu klingen.

»Wenn Euer Majestät mich noch will, dann ja.«

Ich kann nichts tun gegen das Grinsen, das in mein Gesicht will. »Und Sie werden mich in *meinem* besten Interesse beraten?«

»Zuvörderst. Ich nehme an, Sie haben andere Berater, die Ihnen im Interesse der Monarchie zur Seite stehen.«

»Oh, die habe ich.« Ich betrachte den Major nachdenklich. »Darf ich fragen, was Ihre Meinung geändert hat, Major?«

»Langeweile«, gesteht er ganz sachlich.

Das glaube ich gern. Major Davenport gehörte hier praktisch zum Inventar, seit ich denken kann. Er muss sich schrecklich gelangweilt haben.

»Vor allem aber«, fährt er fort, »wird es neu für mich sein und eine Ehre, wirklich zu dienen.«

Er schaut weg, als ich hart schlucke und jeden Moment bedaure, in dem ich auf ihn geflucht habe.

Ich frage mich, ob meine Mutter etwas mit seiner Meinungsänderung zu tun hat. Nach Jahren, in denen er sie wenigstens aus der Ferne geliebt hat, muss es schwer gewesen sein, sie gar nicht mehr zu sehen. Aber ich werde jetzt nicht darüber nachdenken, denn in meinem Büro warten dringendere Themen. »Ich bin froh, dass das geklärt ist.« Ich stehe auf und streiche mein

Kleid glatt. Und in diesem Moment kehrt etwas von meiner Kraft und Leidenschaft zurück. Ich glaube, ich habe einen weiteren Verbündeten gefunden. Nie hätte ich gedacht, dass ich diesen Tag erleben würde, und obwohl ich überrascht bin, fühle ich zugleich mehr Selbstvertrauen. Ich fühle mich wieder mehr … wie ich selbst. »Können Sie Ihren Dienst gleich beginnen?« Er sieht mich fragend an. »Sir Don und David warten in meinem Büro auf mich«, erkläre ich. Ich kann es kaum erwarten, ihre Gesichter zu sehen, wenn ich mit Major Davenport zurückkehre. »Wollen wir?«

»Ja, wir sollten« Er steht auf und atmet tief ein. »Nach Ihnen, Ma'am.«

Ich lächle ihm verschmitzt zu und gehe zuversichtlich und bestimmt voran zu meinem Büro. »Gentlemen«, verkünde ich, als alle mich anschauen. »Lady«, füge ich hinzu und lächle Kim an. »Mit großer Freude darf ich Ihnen die Neuigkeit mitteilen, dass Major Davenport in königliche Dienste zurückgekehrt ist.«

»Guten Morgen.« Der Major nickt allen in der Runde höflich zu, die ihn mit offenem Mund anstarren.

»Bitte, setzen Sie sich zu uns«, sage ich und nehme voller neu erwachtem Mut wieder meinen Platz am Schreibtisch ein. »Wo waren wir stehen geblieben?« Ich sehe David und Sir Don an, die beide geschockt Davenport anschauen, der sich still setzt. Ich hüstele, um ihre Aufmerksamkeit zu bekommen, und neige den Kopf zur Seite, damit sie fortfahren mit dem Thema von vorhin.

Sir Don schaut auf seine Unterlagen und streicht sich mit schlaffer Hand durchs silbergraue Haar. »Heirat«, sagt er. »Sie müssen heiraten.«

»Ich werde nicht heiraten.«

»Das hat es noch nicht gegeben«, meldet David sich zu Wort. »Seit dem siebzehnten Jahrhundert gab es keine Königin ohne Ehemann mehr.«

»Ach, Sie kennen ja das Sprichwort«, erwidere ich und lehne mich zurück »Sei in, sei anders.«

Sein Gesicht! Oh, wenn ich ein Foto davon machen und es einrahmen könnte.

»Niemand wird Sie ernst nehmen, ehe Sie keine stabile Familie gegründet haben.« Sir Don wird zunehmend wütend.

»Meinen Sie damit sich selbst oder die Öffentlichkeit?«, frage ich.

»Alle.«

Ich könnte ihm ins Gesicht lachen, diesem lächerlichen Narren. Er glaubt, verheiratet gebe ich eine bessere Königin ab? Könnte schon sein, aber ganz sicher nicht verheiratet mit dem Typ Mann, der ihm vorschwebt. Es gibt nur einen Typ Mann für mich. Amerikaner. Heiß. Schauspieler. Josh weckt mehr Leidenschaft bei mir, mehr Entschlossenheit, entfacht mehr Feuer in mir. »Nächster Punkt auf der Tagesordnung«, wimmele ich ihn ab.

»Euer Majestät, bei allem gebotenen Respekt …«

»Sehen Sie, Sir Don.« Ich werfe ihm einen ernsten Blick zu. »Ständig höre ich diese Worte. *Bei allem gebührenden Respekt.*« Ich stehe auf, öffne eine Schublade, nehme meinen geheimen Zigarettenvorrat heraus und zünde mir einfach eine an. »Man könnte glauben, dass Sie nicht allzu viel Respekt für angemessen halten, denn Sie bringen mir keinen entgegen.« Ich nehme einen Zug und puste den Rauch langsam aus. Sein Gesicht verzieht sich angewidert. Oh, der kann mich mal. Nachdem er jahrzehntelang vom Zigarrenqualm meines Vaters umgeben war, was ist da ein bisschen Zigarettenrauch?

»Euer Majestät.« Sir Don seufzt, seine Geduld ist allmählich überstrapaziert.

»Ich glaube, Ihre Majestät ist fertig«, mischt Davenport sich ein und erntet damit einen verächtlichen Blick Sir Dons.

»Sie dient unserem Land.«

»Und *ich* diene der Königin.«

Davenports Miene ist ernst wie nie, nur dass mich das im Gegensatz zu früher zum Lächeln bringt. Ich frage mich, ob er nicht auch ein klein wenig aus Rache hier ist. David Sampson und Sir Don haben jahrelang zugesehen, wie mein Vater auf ihm herumgetrampelt ist. Sir Don wusste von der Affäre zwischen dem Major und meiner Mutter. David erfuhr erst kürzlich davon, da Sabina es vor ihm geheim gehalten hat, doch er behandelte Davenport mit der gleichen herablassenden Art wie der König und Sir Don. Einfach weil er ein Arschloch ist.

Sir Don hält nichts von der Einmischung des Majors. »Ich mache nur …«

»Sie wollen mir sagen, was ich zu tun habe«, schneide ich ihm das Wort ab. »Sir Don, ich glaube, es ist höchste Zeit, diese Angelegenheit ein für alle Mal zu klären. Danach verstehen wir beide uns vielleicht besser. Ich schätze Ihr Wissen. Ich schätze Ihre Klugheit, und mir ist durchaus bewusst, dass ich Ihren Rat in vielen Dingen benötige.« Er stammt schließlich von einem der zuverlässigsten Obersthofmeister ab, die je dem Königshaus gedient haben. Natürlich will er den Status und die Bedeutung der Monarchie aufrechterhalten, aber genug ist genug. Ich blicke kurz zu David, damit klar ist, dass auch er gemeint ist. »Ich werde Ihren Rat jedoch nie gutheißen, wenn er sich darauf bezieht, wen ich heiraten soll und wann.«

»Wen Sie heiraten, ist Teil des Deals, Ma'am.« Sir Don lässt nicht locker.

»Nun, als Königin ändere ich den Teil und damit basta.« Es folgt Schweigen, mein Gesichtsausdruck duldet keinen Widerspruch. »Wenn Sie nun gestatten, es scheint, als würde ich in dieser Woche noch umziehen.« Ich lächle süßlich. »Da muss ich packen.«

Alle verlassen umgehend den Raum, einschließlich Kim, die von einem Ohr zum anderen grinst. »Frauenpower«, formt sie stumm mit den Lippen.

Ich drücke lachend meine Zigarette aus. »Major«, rufe ich, da er sich ebenfalls zum Gehen wendet. »Zwei Minuten?«

Er wartet, bis alle draußen sind, dann schließt er die Tür. »Ja, Ma'am?«

»Danke«, sage ich aufrichtig. »Für Ihre Unterstützung.«

»Sie haben sich auch ohne mich ganz gut geschlagen.«

Das ist nicht wahr. Bevor er auftauchte, war ich dabei unterzugehen. Mein Selbstvertrauen zog ich aus seiner Anwesenheit. »Nichtsdestotrotz …«

»Ihnen ist klar, dass die nicht lockerlassen werden, oder?«

In seinen Augen liegt ein mitfühlender, aber auch warnender Ausdruck. Ich weiß nicht, welcher stärker ist, beunruhigend sind sie beide.

»Ja.« Ich seufze, nehme einen schweren silbernen Parker-Kugelschreiber und drehe ihn zwischen meinen Fingern. »Sie werden dafür sorgen, dass meine Mutter morgen an meine Vernunft appelliert.« Es ist lächerlich, dass es für unvernünftig gehalten wird, wenn ich keinen Mann heiraten will, den ich nicht liebe. Aber das ist meine Welt, jetzt mehr denn je.

Bei der Erwähnung meiner Mutter wird Davenport sichtlich angespannt. Und da wir gerade von meiner Mutter sprechen … »Wo ist Cathy?«, erkundige ich mich.

»Bei der Hundebetreuung. Sonst noch etwas, Ma'am?«

Ich schüttele den Kopf und schaue ihm hinterher. Jetzt bin ich mir noch sicherer, dass einer der Gründe für seine Rückkehr meine Mutter ist.

Er vermisst sie. Ich bin nicht die Einzige, die von ihrer wahren Liebe ferngehalten wird.

19

»Willkommen daheim«, ruft Kim, als wir langsam durch die Räume in Claringdon gehen. Ich kann nur seufzen und sehe mir jedes der riesigen Zimmer an. Mir ist das alles nicht unbekannt, der Luxus der königlichen Residenzen, nur dass es jetzt *meine* Residenz ist.

Abgesehen von meiner Reise nach Portsmouth bin ich in den zwei Tagen, seit ich hier bin, weder aus dem Büro meines Vaters noch aus meiner Suite herausgekommen. Zu sehen, wie die Sachen meiner Eltern auf militärisch unpersönliche Weise hinausgeschafft wurden, war schmerzlich. Als gehöre es einfach dazu, den einen Regenten zu verabschieden und den neuen willkommen zu heißen. Was ja auch der Fall ist. Nur dass eben der vorherige Regent mein Vater war. Und wieder melden sich Schuldgefühle, an die ich mich eines Tages hoffentlich gewöhnt habe.

»Wie läuft es mit Major Davenport?«, erkundige ich mich bei Kim, um mich abzulenken. Ich hätte sie auf seine Rückkehr vorbereiten sollen, aber mein letzter Kenntnisstand war, dass er mein Angebot ablehnte. Ich habe nicht erwartet, dass er es sich anders überlegt.

»Tja, er hat zumindest keinen Stock mehr im Hintern«, bemerkt sie trocken. »Nicht mehr ganz.«

Ich lache. »Gut zu hören.«

»Ich nehme an, er weiß, wovon er spricht.« Kim zuckt die Achseln. »Und er ist überraschend geduldig mit meinen Unzulänglichkeiten.«

»Sehr gut.« Ich wusste, dass sie gut zusammenarbeiten würden, indem sie sich ergänzen.

»Es war auch ganz nett, dass jemand sich mit mir darüber gefreut hat, als das Statement herauskam, das Ihre Beziehung zu Haydon Sampson klarstellt.«

Ich lache leise. »David und Sir Don machen immer noch ein Gesicht, als hätte man sie geohrfeigt.«

»Gefällt mir.«

»Mir auch. Haben Sie Edward inzwischen ausfindig gemacht?«, frage ich und streiche im Vorbeigehen mit einem Finger über ein massives Eichenpult. Natürlich liegt kein einziges Staubkorn auf dem Holz.

»Es heißt, er liege noch im Bett.«

»Mit einem Mordskater.«

»Oder er geht Ihnen aus dem Weg«, meint Kim, womit sie wahrscheinlich recht hat.

Kim hat eine Privatklinik gefunden, die perfekt geeignet wäre für Eddie. Nur nahm er den Vorschlag nicht gerade begeistert auf, den ich ihm bei meinem letzten Abendessen auf Kellington unterbreitete. Er habe kein Alkoholproblem, sondern im Gegenteil alles im Griff. Er hole lediglich ein wenig Spaß und verlorene Zeit nach.

»Er hasst mich.« Diese Vorstellung versetzt mir einen Stich. Er sieht nicht, dass ich ihm nur zu helfen versuche. Er glaubt, ich will ihn bevormunden, was an meiner neuen Rolle liegt.

»Er hasst Sie nicht. Er ist im Augenblick nur ein wenig verloren. Der erste Schritt, ein Problem zu lösen, besteht darin, sich einzugestehen, dass man überhaupt eins hat. Und was Seine Hoheit Prinz Edward anbelangt, hat er kein Problem.«

»Stimmt wohl.«

»Ich kenne nicht viele Kriegshelden, die so viel feiern wie Prinz Edward«, sagt Kim viel zu beiläufig. »Ich dachte, eine posttraumatische Störung wirke sich aus wie eine Depression.«

Ich sehe sie an, als wir um die nächste Ecke gehen. Sie lässt sich nichts anmerken. Natürlich kennt niemand den wahren Grund, weshalb Eddie auf den Thron verzichtet, nur diejenigen, die schon vor dem Tod meines Vaters von seinem illegitimen Status wussten. Kim ist aber nicht dumm. Die Öffentlichkeit auch nicht, doch meine rechte Hand glaubt anscheinend, mich lange genug zu kennen, um ganz unauffällig mal vorzufühlen. Sie weiß, dass es hier aller Wahrscheinlichkeit nach um weiteres Blendwerk geht.

Ich schaue mich um, ob wir allein sind, dann veranlasse ich Kim stehen zu bleiben. »Kim, wir wissen beide, dass Eddie nicht an einer posttraumatischen Störung leidet.«

»Natürlich.« Sie verdreht die Augen. »Aber ich bin lange genug in königlichen Diensten, um nicht nachzufragen.«

Ich presse die Lippen zusammen und mache ein Gesicht, das *Wirklich?* aussagt.

Sie zuckt mit den Schultern. »Das hindert mich nicht, mir Gedanken zu machen.«

»Und diese laut auszusprechen?«

»Sorry.«

»Schon gut. Aber glauben Sie mir, vergeuden Sie nicht Ihre Kraft damit, sich zu wundern. Es ist sogar mir zu hoch, und ich hatte das Pech, mein ganzes Leben lang mit dieser Familie zu tun zu haben.«

»Solange Sie damit klarkommen.«

Wir gehen weiter. Ob ich damit klarkomme? Ich bin erst seit drei Tagen aus Washington zurück und versinke bereits in Verpflichtungen. Komme ich klar? Nein, ganz und gar nicht, und jeder weitere Tag schafft mich. Wie lange halte ich das noch durch?

Ich atme tief ein, um Kraft zu tanken, und bleibe unvermittelt stehen. »Soll das eine Art grausamer Scherz sein?« Ich marschiere zur Wand.

»Was denn?«, fragt Kim überrascht und folgt mir.

»Das da.« Ich hebe den Arm und zeige auf das Porträt. »Ich habe gesagt, man soll das verdammte Ding verbrennen.« Es verfolgt mich. Das machen die mit Absicht. Ich verziehe das Gesicht beim Anblick des tristen Kleides und des leblosen Ausdrucks in meinen Augen. So wollen die mich haben. Brav und angepasst. Innerlich tot. »Bäh!« Ich umfasse mit beiden Händen den Rahmen und zerre an dem großen Gemälde, um es von der Wand zu reißen. Wenn es sein muss, werde ich es höchstpersönlich verbrennen, um ganz sicher zu sein, dass es nicht anderswo wieder auftaucht und mich in den Wahnsinn treibt. »Ich will, dass dieses grässliche Ding von hier verschwindet«, schreie ich am Rahmen zerrend, der sich jedoch nicht bewegt.

»Adeline«, zischt Kim und versucht, mich von dem Bild wegzuziehen. »Ich werde jemanden damit beauftragen, es zu entfernen.«

»Darum habe ich bereits gebeten. Zwei Mal! Gilt meine Autorität hier denn gar nichts? Niemand hört auf mich. Niemand respektiert mich.« Ich verliere völlig die Fassung und kriege mich nicht mehr ein. »Das ist ein verdammter Witz!« Erneut zerre ich wie verrückt, etwas löst sich, und ich taumele rückwärts, halte den halben Goldrahmen in Händen.

»Euer Majestät!«, ruft Kim geschockt und hält mich gerade noch am Arm fest, sodass ich nicht auf dem Hintern lande.

Ich finde mein Gleichgewicht wieder, lasse das Stück Holz fallen und streiche mir ein wenig außer Atem die Haare aus dem Gesicht. Ich blicke nach links, dann nach rechts. Über ein Dutzend Angestellte sind wie angewurzelt stehen geblieben, manche mit einem Tablett in den Händen, manche mit Unterlagen, während andere gar nichts dabeihaben. Allen gemeinsam ist jedoch der geschockte Gesichtsausdruck.

Ich straffe die Schultern, gewinne die Fassung zurück, was lachhaft ist in Anbetracht der Tatsache, dass sie alle gerade Zeugen eines massiven Wutanfalls der Königin geworden sind. »Bitte lassen Sie dieses Gemälde entfernen und verbrennen«, ordne ich nun ruhig an, worauf alle emsig wie die Ameisen umherzulaufen beginnen und sich wieder ihren Pflichten widmen.

Ich lasse hoffnungslos den Kopf hängen. »Ich kann nicht mal einen Zusammenbruch in meinem eigenen Zuhause bekommen, ohne dass man mir dabei zusieht und über mich urteilt.«

»Vielleicht sollten Sie sich in Zukunft zusammenreißen, bis Sie in Ihren Privatgemächern sind«, schlägt Kim vor und schiebt mit dem Fuß das Holz zur Seite, das ich von der Wand gerissen habe.

»Ich glaube, genau dorthin werde ich mich jetzt zurückziehen.« Ich überlasse es Kim, das Chaos zu beseitigen, und nehme den kürzesten Weg zu meiner Suite. Er führt durch einen Geheimgang, den ich seit meiner Kindheit nicht mehr benutzt habe. Es ist der einzige ruhige und wirklich ungestörte Ort hier.

Ich ziehe die verzierte Vertäfelung am Ende der Bildergalerie auf und betrete den dunklen Durchgang. Es riecht feucht wie in meiner Erinnerung, und ich gehe den gefliesten Gang bis zur Gabelung. Mir kommt eine schöne Kindheitserinnerung in den Sinn, die mich lächeln lässt. Die sind selten, daher halte ich sie fest und schwelge ein bisschen in der Zeit, als Eddie und ich in den Geheimgängen hinter den Palastmauern Verstecken spielten.

Ich erreiche eine sternförmige Gabelung, an der fünf Gänge aufeinandertreffen. Ich erinnere mich an alle Routen und wohin jeder dieser Gänge führt. Bis auf einen. Die verbotene Passage, die wir als Kinder aus Furcht vor dem Zorn unseres Vaters nie zu gehen wagten. Auf meiner Unterlippe kauend, ziehe ich mein Handy aus der Tasche und schalte die Taschenlampenfunktion ein, um in den Gang hineinzuleuchten. Er biegt nach etwa fünfzig Metern nach links ab, sodass nichts mehr zu sehen ist. Bevor ich eine bewusste Entscheidung getroffen habe, setzen sich meine Füße auf dem Steinboden in Bewegung und folgen dem Weg. Er führt endlos weit, viel weiter, als ich die anderen Gänge in Erinnerung habe. Wohin? Die anderen enden in verschiedenen Räumen des Palastes – in der Bibliothek, im Thronsaal, in der Küche und einer in meiner Privatwohnung. Doch dieser hier? Ich weiß nicht mal mehr, in welche Richtung ich gehe, wegen der vielen Kurven.

Endlich erreiche ich eine Backsteinwand und taste mich auf der Suche nach einem Hebel oder Riegel an den kühlen Steinen entlang. Nichts. Ich leuchte mit der Handylampe. »Ah.« In der rechten oberen Ecke entdecke ich etwas und greife hinauf. Es kostet ziemliche Kraft – offenbar bin ich nicht gut trainiert –, doch dann geben über Jahrzehnte angesammelter Staub und Schmutz nach, und die geheime Tür öffnet sich. Wegen des umherfliegenden Staubs muss ich husten und gleich dreimal niesen. »Gesundheit«, sage ich zu mir selbst und reibe mir die Nase.

Ich recke den Hals und schaue mich um. »Du liebe Zeit«, entfährt es mir, als ich sehe, was ich gefunden habe. Männer in Anzügen laufen umher, allerdings nicht in königlichen Uniformen.

Diese Männer gehören nicht zu meinen Angestellten. Ein Grinsen breitet sich langsam auf meinem Gesicht aus, als ich begreife, wo ich mich befinde. Es ist ein Teil des öffentlichen Palastes, ein Bereich des monumentalen Gebäudes, der im Sommer für die Touristen gesperrt ist. Es handelt sich um den *Blue Room*, einem riesigen symbolträchtigen Ort, der als Ballsaal genutzt wurde, bevor mein Großvater, damals König, ihn in eine Galerie für seine vielen Gemälde umwandelte. Inzwischen wurden viele dieser Bilder restauriert und für die Touristen ausgestellt.

Rasch weiche ich in den feuchten Gang zurück und ziehe die Tür zu. Ich muss immer noch grinsen, und als hätte er meine turbulenten Gedanken irgendwie vernommen, ruft Josh mich an. Aufgeregt nehme ich den Anruf entgegen. Ich habe seit zwei Tagen nicht mit ihm gesprochen, weil seine Dreharbeiten oder die Zeitverschiebung es nicht ermöglicht haben. »Hallo.«

»Hallo, Darling.«

Wow, seine Stimme kuriert alles. Aber sie sorgt auch dafür, dass ich ihn noch mehr vermisse.

»Wie … eht … ir …?«

»Josh?« Ich schaue aufs Display. Verdammt. Ich habe kaum Empfang. Schnell laufe ich den Gang hinunter. »Josh? Kannst du mich hören?«

»Da bist du ja«, antwortet er.

Ich bleibe unvermittelt stehen, in der Hoffnung, ihn nicht wieder zu verlieren. »Sorry, die Verbindung war schlecht.«

»Wie geht es dir?«

»Schrecklich. Ich vermisse dich, ich hasse meinen Job; vorhin hatte ich einen Zusammenbruch vor unzähligen Angestellten.«

»Oh?«

»Es ist nur ein weiterer Tag im Leben einer Königin«, sage ich gelassen, denn ich will über weniger deprimierende Dinge reden. »Wo bist du?«

»Ich frühstücke. Und du?«

»Ich befinde mich in einem Geheimgang in Claringdon.«

»Oh, das klingt … geheimnisvoll. Wie kommst du zurecht in deinem neuen Palast?«

»Ich hasse es.«

»Okay, wechseln wir lieber das Thema, bevor du wieder in Wut gerätst. Verrate mir, was du dir Schönes für uns ausgedacht hast, wenn ich im Vereinigten Königreich bin.«

»Mein ursprünglicher Plan wird nicht funktionieren.«

Er schweigt für einen Moment. »Nicht gut. Warum?«

»Ich wollte nach Evernmore verschwinden, aber mein Terminplan lässt das nicht zu.«

»Blöder Terminplan.«

»Ich glaube jedoch, dass ich jetzt einen neuen Plan habe«, sage ich grinsend. »Hörst du zu?«

»Raus damit, Baby.«

Gut. Ich bin ein Genie, echt.

20

Ich kann nicht behaupten, dass die Tage schnell vergehen, denn das tun sie nicht, im Gegenteil. Sie ziehen sich öde dahin, obwohl ich dauernd unterwegs bin oder Meetings besuche. Am Freitag, nachdem ich mit Plänen für meine Krönungszeremonie bombardiert wurde, bin ich überfällig für eine Auszeit, genauer, für eine ganze Woche in Evernmore allein mit Josh in völliger Abgeschiedenheit. Zähneknirschend habe ich mich von dieser Vorstellung verabschiedet.

Also gebe ich mich mit dem Nächstbesten zufrieden. Das ist riskant und gewagt, manch einer würde es auch verrückt und undurchführbar nennen. Für Josh lohnt sich das Risiko jedoch, außerdem macht es die Sache spannend. Ich werde dafür sorgen, dass es machbar ist, denn ich drehe durch, wenn ich ihn nicht bald sehe. Nicht mit ihm rede und von ihm herausgefordert werde, einfach weil er das Geplänkel mit mir mag, nicht weil er unbedingt in einen Wettstreit mit mir treten will. Ich will mehr über ihn erfahren, will wissen, wie seine Hoffnungen für die Zukunft aussehen. Völlig ungezwungen mit ihm lachen. Und vor allem … ganz ich selbst sein.

Ich eile aus meinem Büro, wo ich Sir Don, David, Davenport und Kim zurücklasse, die mir staunend hinterhersehen, und laufe den Flur entlang.

»Euer Majestät«, ruft David und kommt mir hinterher. »Warten Sie.«

Widerstrebend bleibe ich stehen und warte, bis er mich eingeholt hat.

»Halte ich Sie auf?«, fragt er und geht um mich herum.

Ja! »Keineswegs.« Ich lächle, es kostet mich Mühe. Allein

mit Sir Don oder David reden zu müssen, ohne den Beistand meines neuesten Vertrauten Davenport, ist immer unangenehm. Ständig rechne ich damit, dass sie etwas über meinen Beziehungsstatus aus mir herausbekommen wollen. »Was kann ich für Sie tun?«

Mit einem Grinsen, für das ich ihn ohrfeigen möchte, schiebt er die Hände zur Hälfte in die Taschen seiner Weste. Ich kann mir nicht helfen, er sieht aus wie ein bettelnder Hund.

»Ich freue mich schon sehr auf das Dinner heute Abend.«

Ich fürchte, ich stoße ein leises Knurren aus. »Dinner?« Hatte ich dieses Dinner mit den Sampsons im Zuge meiner öffentlichen Klarstellung in Bezug auf Haydon und mich nicht abgesagt?

»Ja, wie vereinbart.«

»Von wem?«

Er lacht ein wenig. »Von Ihnen, Ma'am. Gestern, als wir von der Eröffnung des Parlaments zurückkamen. Seit wir Seine Majestät und John verloren haben, hat die Familie kein gemeinsames Abendessen mehr eingenommen. Wir sollten zusammenkommen, uns gegenseitig unterstützen.«

Die Familie? Der Mann bringt mich auf die Palme. Ich versuche, mich an den gestrigen Tag zu erinnern, finde aber die von ihm angesprochene Unterhaltung nicht. Wenig überraschend, denn ich war völlig benommen, nachdem ich den Abgeordneten zugehört hatte, die ihre Pläne für das Parlamentsjahr vorlegten. Höchst unprofessionell, das ist mir klar, doch ich war abgelenkt von Gedanken an Josh und der Tatsache, dass ich ihn heute sehen werde. Man sollte Nachsicht mit mir haben, denn ich habe jeden Tag mit Volldampf einen Job gemacht, den ich verachte. Nein, ich werde mich nicht schuldig fühlen, weil ich während des Vortrags des Vorsitzenden der konservativen Partei über das Gesundheitswesen an meinen heimlichen, heißen amerikanischen Lover gedacht habe. Mit dem ich einiges anstellen werde, was zumindest *meine* Gesundheit verbessert. »Dinner heute Abend«, sage ich, hektisch in Gedanken nach einer Ausrede suchend.

»Alle freuen sich darauf.«

Ich lächle angespannt. »Natürlich.«

»Ist alles in Ordnung, Ma'am?« Davenport ist uns aus meinem Büro gefolgt und mustert David mit dem Misstrauen, das ihm gebührt.

»Ja, David hat mich gerade an das vereinbarte Dinner heute Abend erinnert.«

»Ach?«, sagt Davenport, und ich frage mich jetzt, ob ich hereingelegt wurde.

Vielleicht habe ich gar nicht zugestimmt und nichts vereinbart. Vielleicht hat David dieses Dinner ganz ohne meine Zustimmung arrangiert und nutzt meine geistige Abwesenheit gestern gegen mich.

»Ich erinnere mich an keinerlei Verabredung zum Dinner«, sagt Davenport.

David wirft ihm tödliche Blicke zu, was meine Befürchtungen bestätigt.

»Ich glaube, Sie waren weder anwesend noch wurden Sie eingeladen«, sagt er.

»Möchten Sie uns Gesellschaft leisten, Major?«, frage ich ihn, um David zu ärgern. Ich habe ja selbst gar nicht die Absicht hinzugehen. Nur weiß ich noch nicht, wie ich aus der Sache herauskomme.

»Das wäre wundervoll, Ma'am.«

»Ausgezeichnet.« Ich lächle.

»Ich bin sicher, Ihre Königliche Hoheit, die Königinmutter, wird entzückt sein, Sie zu sehen«, sagt David und beißt die Zähne zusammen.

Er erkennt offenbar, dass mit Davenport am selben Tisch seine Chancen, mich von einer Heirat mit seinem Sohn überzeugen zu können, äußerst begrenzt sein dürften. Sofern sie überhaupt bestehen. Ich würde ihm ja erklären, dass es keine Chance gibt, da kein Dinner heute Abend stattfindet – ich beabsichtige, Kim damit zu beauftragen, es abzusagen –, aber ich genieße zu sehr, wie er innerlich kocht. Seine Dreistigkeit, mich in einer solchen heiklen privaten Angelegenheit anzusprechen, veranlasst mich, einen Schritt näher zu ihm zu machen und ihn mit tödlichem Blick anzusehen. Einem Blick, der ihn zu Staub zerfallen lassen würde, wäre er nicht so ein hartherziges Arschloch. »Das ist alles.« Ich wimmele ihn unvermittelt ab.

Während er wie ein begossener Pudel abzieht, schaue ich aus dem Augenwinkel zu Davenport. Der schmerzliche Ausdruck auf seinem Gesicht geht mir nahe – Schmerz, den er hinter Verachtung zu verbergen versucht. Ich weiß, dass er meine Mutter noch nicht gesehen hat, seit er als mein Privatsekretär zurückgekehrt ist. Ich weiß es deshalb, weil er mir nicht von der Seite gewichen ist. Er nimmt seine neue Rolle sehr ernst, als müsste er etwas beweisen.

»Major, ich fühle mich ein bisschen unbehaglich«, sage ich, reibe mir den Magen und hoffe, dass ich überzeugend wirke.

»Ein Nebeneffekt Ihres Gesprächs mit David Sampson, vermute ich«, bemerkt er trocken und meidet meinen Blick.

Vielleicht weil er weiß, was ich in seinen Augen lesen würde. Doch es ist längst zu spät, ich habe es schon gesehen.

»Würden Sie bitte alle darüber in Kenntnis setzen, dass ich nicht gestört zu werden wünsche?« Ich habe vor, ganz langsam meine Fassung wiederzugewinnen.

Er mustert mich jetzt besorgt. »Soll ich Dr. Goodridge informieren?«

»Nein, nein.« Ich tue, als würde ich mich mühevoll zu einem Lächeln aufraffen. »Ein wenig Ruhe wirkt sicher Wunder.«

»Sehr wohl.«

»Warum plaudern Sie nicht ein wenig mit Dolly?«, schlage ich nicht ohne Hintergedanken vor. Mutter verbringt viele Stunden in der Küche bei meiner Köchin, während die ihrer Tätigkeit nachgeht. Ich glaube, sie hat gern Gesellschaft, und ihre Köchin ist weit weniger freundlich. Dolly würde sich nie einfallen lassen, meine Mutter aus der Küche zu schicken. Erst gestern habe ich gesehen, wie Mutter half, einen Kuchenteig anzurühren. Sie sah ganz wie in ihrem Element aus, und es war eine Freude, das zu sehen. Hoffentlich backt Dolly heute wieder.

Davenport kann sein wissendes Lächeln nicht verbergen. Er durchschaut mich. »Jetzt, wo ich darüber nachdenke, bekomme ich tatsächlich Hunger.«

»Gut«, sage ich ein wenig zu fröhlich für jemanden, dem es doch angeblich nicht gut geht. Ich höre auf zu lächeln und wende mich ab. »Bitte entschuldigen Sie mich.« Ich halte mir den Bauch auf dem Weg durch das Zimmer und werfe noch einen Blick über die Schulter. Davenport ist schon gegangen. Ich lasse die Hand sinken und laufe schnell zur Geheimtür. Sobald ich sicher hineingelangt bin, rufe ich Josh an.

»Beeil dich lieber, Adeline. Man fängt an, mich zu erkennen.« Er klingt leicht panisch, aber ich habe ihm versichert, das Risiko lohne sich.

Ich beschleunige die Schritte. »Möglicherweise habe ich gleich kein Netz mehr. Dann rufe ich dich wieder an. Wo bist du?«

»Bei der hässlichen gelben Couch, bei der ich vor fünf Minuten sein sollte. Die Führung geht weiter, und jetzt lungere ich hier herum, als hätte ich Übles vor mit dieser Couch.«

Ich lache leise. »Ich bin gleich da.«

»Gleich? Wo? Hier?« Er klingt geschockt, das bringt mich zum Lächeln. »Als du mich hierherbestellt hast, dachte ich, Damon holt mich ab.«

»Damon weiß nicht, dass du hier bist. Niemand weiß davon.« Das war der sicherste Weg. Und wenn Josh bereits im Palast ist, kann niemand mich aufhalten.

»Wie willst du dann …?«

»Wart's ab. Herrscht viel Betrieb?«

»Ja, die Leute lieben das ganze königliche Zeug. Ein Chinese behauptete sogar, dich heiraten zu wollen.«

Ich pruste ins Telefon, biege scharf rechts ab und folge weiter dem Gang. »Wie gern hättest du ihm erklärt, dass ich dir gehöre?« Ich grinse wie blöde und gehe, so schnell ich kann.

»Wahnsinnig gern. Weißt du, diese gelbe Couch sieht aus, als hätte sich jemand auf ihr übergeben.«

»Es ist ein elisabethanisches Möbelstück und gehörte der einzigen anderen unverheirateten Königin in der Geschichte.« Ich erreiche die Backsteinwand und taste zur oberen rechten Ecke hoch.

»Heißt das, du bekommst eine Kotzcouch? Wenn ja, werde ich dich darauf jedenfalls nicht vögeln.«

»Benimm dich.« Ich öffne sanft die Tür, nur ein Stückchen, und spähe hinaus. Ich entdecke ihn und Bates sofort. Josh trägt eine Baseballkappe und eine Lederjacke mit hochgeschlagenem Kragen.

Seine Jeans ist zerrissen. Er hat eine Brille auf der Nase. Sollte das eine Verkleidung sein, funktioniert sie nicht. Er sieht genau wie der Hollywoodstar aus, der er ist. »Hey«, flüstere ich ins Telefon und beobachte, wie Josh sich umschaut.

»Wo verdammt noch mal bist du?«

»Hier.«

»In der Wand?« Er dreht sich auf der Stelle und sieht in alle Richtungen, nur nicht zu dem großen Wandteppich, hinter dem sich die Geheimtür verbirgt.

»Josh.«

Bates sieht sich ebenfalls ratlos um. »Verdammt, ich habe keine Ahnung«, brummt er.

»Hör auf, die Stirn zu runzeln.« Ich lache.

»Okay, jetzt machst du mir Angst.«

»Der Wandteppich.«

Er wirbelt herum, nimmt dabei die Brille ab und entdeckt mich. »Na, leck mich …«

Er legt auf, klopft Bates auf die Schulter, ohne ihn anzusehen, und eilt zu mir. Ich packe ihn und zerre ihn durch die verborgene Tür, um ihn gleich darauf mit einem Kuss zu überfallen.

»Heiliger Strohsack«, knurrt er. »Du hast mir gefehlt.«

Er drückt mich gegen die Backsteinwand und verschlingt mich förmlich. Es ist wunderbar, seine Zunge, meine Zunge, unsere Lippen wiedervereinigt.

»Die Tür«, sage ich leise, ohne den Kuss richtig zu unterbrechen, und taste danach. Ich finde sie nicht und lasse ihn widerstrebend los. In unserem Liebesrausch sind wir einige Meter in den Gang hineingetaumelt. Ich will sie schnell zumachen, stehe jedoch jemandem gegenüber, der mich anstarrt.

Ich halte inne, sehe den offenen Mund, die aufgerissenen blauen Augen, die Verblüffung im Gesicht des Mädchens. Offenbar wollte sie sich gerade einen Lolli in den Mund schieben. Sie ist vielleicht sechs oder sieben Jahre alt. Aber sie weiß genau, wem sie gegenübersteht.

Ich schenke ihr ein Lächeln und hebe den Zeigefinger an die Lippen. »Schsch«, flüstere ich und schließe die Tür vor ihrer Nase.

Josh fasst mich von hinten und dreht mich um. »Du bist brillant. Aber bitte sag mir, dass ich nicht die ganze Zeit mit dir in diesem Verlies verbringen muss.«

»Es ist kein Verlies, sondern ein Geheimgang.«

»Wofür?«

»Um dem Feind zu entfliehen. Um eine Abkürzung nehmen zu können. Und um den Freund in den Palast schmuggeln zu können.«

»Ich liebe Geheimgänge, ganz besonders wenn sie mich zu dir führen.« Er drängt mich an die kalte Wand und küsst mich wild. Instinktiv schlinge ich ihm die Arme um die Schultern. Mein Körper bebt vor Freude, und ich empfinde einen Frieden, den ich nur mit Josh erlebe.

»Ich habe gerade dreißig Mäuse hingeblättert, um meine Freundin zu sehen.« Er beißt mich in die Unterlippe und stupst mit seiner Nasenspitze gegen meine. »Ich sollte es erstattet bekommen.«

»Mäuse?«

»Pfund. Was auch immer.«

»Wirst du jetzt kleinlich wegen ein paar Pfund?«

Er stellt mich wieder auf die Füße, streicht mir die Haare zurück, berührt meine Wangen, als rufe er sich jedes Detail an mir ins Gedächtnis. »Weißt du, was echt abgefuckt ist?«

Wie wäre es mit *alles*? »Was ist abgefuckt, Josh?«

Er grinst über meine Ausdrucksweise. »Dein Gesicht auf den Geldscheinen. Ich kann nichts kaufen hier, ohne dich zu sehen.«

Wow. Das Königlich Britische Münzamt hat keine Zeit verloren, das Gesicht meines Vaters durch meins zu ersetzen. »Ist das nicht toll? Dass du mich sehen kannst, wann immer du willst?«

»Ich will dich *sehen*, Adeline. Nicht nur auf einem Geldschein.«

Er zieht mich an seine Brust und drückt mich, bis ich fast keine Luft mehr bekomme, und ich habe absolut nichts dagegen.

»Wie lautet denn nun der Plan?«

Ich atme noch einmal tief seinen Duft ein. »Der ist ganz einfach und brillant.«

Interessiert schaut er mich an. »Weiß deshalb niemand davon? Weil du keine Hilfe brauchst?«

»Exakt.« Ich deute in den schwach beleuchteten Gang. »Dies ist einer von fünf Durchgängen. Einer führt in den Thronsaal, einer in die Küche, einer in die Bildergalerie, einer in die Bibliothek, und der letzte führt zu …«

»… deiner Pussy?«

Ich huste und boxe ihn gegen den Arm. »Du Tier.«

Er hält meine Faust fest, ohne die Miene zu verziehen. »Das ist ein Ja, oder?«

Ich kneife scherzhaft die Augen zusammen und kann kaum glauben, dass ich mich an einem derartigen Gespräch beteilige. »Nun«, sage ich. »Er führt zu meinen Privatgemächern, die wiederum, vermute ich, zu …«

»… deiner Pussy führen.« Er wirft mich über seine Schulter, und ich stoße einen kurzen Aufschrei aus. Dann marschiert er den Gang entlang. »Es gibt doch einen Gott.«

»Josh.« Ich lache, meine Bauchmuskeln spannen sich an, weil ich auf seiner Schulter auf und ab hüpfe.

»Niemand kommt in deine Privatgemächer?«, erkundigt er sich, ohne seine Schritte zu verlangsamen.

»Ich bin krank.«

»Hoffentlich nicht. Wir müssen verlorene Zeit aufholen.«

»Nein«, flüstere ich und entdecke etwas, was aus seiner Gesäßtasche lugt. »Ich habe Davenport gesagt, dass ich mich unwohl fühle und nicht gestört werden will.« Ich greife nach unten und ziehe das Papier aus seiner Tasche.

»Wie kommt er klar?«

»Sehr gut. Was ist das?« Ich halte es über meine Schulter, damit er es sieht.

»Text. Ich muss üben. Du kannst mir dabei helfen, nachdem ich dich so hart gevögelt habe, dass deine Schreie bis in den hintersten Winkel des Palastes zu hören gewesen sein werden.«

»Josh ist zu Hause«, singe ich und lache, als er mir mit der flachen Hand auf den Hintern schlägt.

»Wo entlang?«

»Zwei Uhr.«

»Mann, ist das unheimlich hier.«

»Hast du Angst, Josh?«

»Nur vor dir, Baby«, erwidert er sanft, diesmal streichelt er meinen Po, statt ihm einen Klaps zu geben. »Nur vor dir.« Er bleibt stehen und lässt mich herunter. »Weiter geht es nicht.«

»Das bedeutet, wir haben unser Ziel erreicht«, verkünde ich, stelle mich auf die Zehenspitzen und küsse seine stoppelige Wange. »Du musst leise sein. Dieser Gang führt auf den Flur unmittelbar vor meiner Tür, also müssen wir ein paar Meter ohne Deckung hinter uns bringen, ohne gesehen zu werden.«

Entsetzt schüttelt er den Kopf. »Ich habe Wildpferde geritten, das war leichter als das hier. Ich will doch bloß ein bisschen Zeit mit meiner Freundin verbringen, verdammt.«

Ich bin ein wenig gekränkt. »Und ich gebe mein Bestes, damit das funktioniert«, entgegne ich knapp. »Aber wenn dir das zu viel Aufwand ist, kannst du ja gerne …«

Ich werde von seinen Lippen auf meinen zum Schweigen gebracht.

»Halt den Mund«, warnt er mich. »Ich habe laut gedacht. Tut mir leid.«

Mir wird klar, dass Josh das ständig denkt und dass er genau wie ich unter Druck steht. »Ich bin nicht irgendeine deiner Freundinnen, Josh«, flüstere ich und ärgere mich über die aufkommende Traurigkeit in mir. »Das wusstest du von Anfang an.«

Er stöhnt, lehnt seine Stirn an meine. Auch in seinen Augen erkenne ich Traurigkeit. Diese ganze Situation macht etwas mit uns. Wir empfinden plötzlich Dinge, die wir gar nicht fühlen sollten, wo wir doch eigentlich verrückt nacheinander sind. Nichts sollte unsere Glücksblase durchdringen. Der britischen Monarchie gelingt es.

»Damals habe ich nicht damit gerechnet, dass ich mich in dich verlieben würde«, raunt er. »Und weder du noch ich haben erwartet, dass du auf dem Thron landen wirst mit einer verdammten Schlinge um den Hals.«

»Es tut mir leid«, murmele ich kläglich. Seine Darstellung der Situation ist treffend und quälend. Tatsächlich ist mir oft, als warte ich darauf, gehängt zu werden. Gleichzeitig liegt das Schicksal meines Bruders und das meiner Mutter in meinen Händen. Auch um ihren Hals liegt eine Schlinge, und es sind meine Entscheidungen, die den Ausschlag dafür geben, ob der Holzblock unter ihren Füßen weggestoßen wird oder nicht.

»Verdammter Mist.« Josh stößt frustriert die Luft aus und zieht mich an sich. »Ich bin ein Idiot.«

»Und ich bin eine schwache Königin.«

»Nein«, widerspricht er fest. »Rede keinen Unsinn. Was du durchstehen musst, was du tust, macht dich wahrscheinlich zur stärksten Königin, die je gelebt hat.« Er drückt sanft mein Kinn zwischen Daumen und Zeigefinger. »Wir werden einen Weg finden.«

Werden wir? »Der einzige Weg für mich wäre, Sir Don zu feuern, David Sampson und alle anderen meiner persönlichen Berater ebenfalls, was natürlich ausgeschlossen ist. So viel Macht habe ich nicht. Und selbst wenn ich es könnte, stünde ich plötzlich allein vor den endlosen Aufgaben, die ich zu bewältigen habe. Dann würde mein Königreich einstürzen, das Blendwerk mit ihm, und das wäre das tragische Ende.«

Josh umschließt fest meine Hand. »Ich will einfach nicht glauben, dass das schon alles ist, was wir bekommen. Geheime Treffen, eine heimliche Affäre.« Er schüttelt vehement den Kopf, nimmt die Baseballkappe ab und streicht sich durch die platt gedrückten Haare. »Wollen wir jetzt weiter hier deprimiert in der feuchten Dunkelheit stehen, oder bringst du mich in deine Gemächer?«

Und da ist er. Lässt mich alles vergessen. Lächelnd drehe ich mich zur Tür um und löse den Riegel, öffne sie ein wenig. »Die Luft ist rein«, flüstere ich und schiebe mich hinaus. Josh bleibt mir auf den Fersen und hält meine Hand. »Lauf«, fordere ich ihn auf, renne selbst wie blöde über den Flur und ziehe Josh lachend hinter mir her.

Wir erreichen die Tür, ich taumele in meine Suite und werfe sie hinter uns zu. Kaum bin ich zu Atem gekommen, da werde ich gegen die Tür gedrückt, und mein Kleid wird bis zur Taille hochgeschoben. Ich halte ihn nicht auf, stattdessen scheinen meine Hände ein Eigenleben zu haben, denn ich streife ihm die Lederjacke von den Schultern, bis er gezwungen ist, mich loszulassen, um sie abzuschütteln. Die Jacke fällt zu Boden, und ich ziehe ihm sein weißes T-Shirt mit einer einzigen fließenden Bewegung aus. Als Nächstes kommt seine Jeans an die Reihe, die ich hastig aufknöpfe und nach unten schiebe. Obwohl wir uns beide beeilen, fühlt es sich nicht schnell genug an. Ich verspüre ein flaues Gefühl im Magen und ein heißes zwischen meinen Oberschenkeln. Joshs Erektion springt heraus, hart und tropfend.

Ich schnappe scharf nach Luft.

Er greift nach meinem Slip, der mit einem lauten Ratsch zerreißt.

Ich ringe nach Atmen.

Still betrachtet Josh mich, richtet den Blick zwischen meine Beine, umfasst sich selbst und bewegt die Hand auf und ab. Ich keuche leise.

In seinen Augen liegt ein sinnlicher Ausdruck.

Seine Lippen sind geöffnet.

Seine Brust hebt und senkt sich.

Er legt einen Arm um mich und presst mich an sich, wobei er absichtlich mit der Schwanzspitze meine Klitoris streift. Mir stockt der Atem. Benommen lasse ich zu, dass er mich anhebt und sich meine Beine um die Taille legt. Ich schlinge sie fest um ihn, verschränke sie an den Knöcheln und halte mich mit beiden Händen an seinen Schultern fest. Ich schaue ihm unverwandt in die Augen, während er behutsam in mich eindringt.

Seine angespannte Miene verrät seine Erregung.

»Oh, verdammt«, stößt er knurrend aus und bewegt das Becken.

Ich werde an die Wand gedrückt, und mir entschlüpft ein Aufschrei.

»Gott, Adeline«, flüstert er und schmiegt sein Gesicht an meinen Hals, wobei er sich unkontrolliert vor- und zurückbewegt.

Ich beuge den Kopf nach hinten, schließe die Augen und überlasse mich ganz meinen Empfindungen. Es zählt nur noch das Hier und Jetzt. »Was würde die Welt dazu sagen ...« Das Sprechen fällt ihm schwer, weil er mich hart nimmt, Stoß um Stoß. »... wenn sie sehen könnte, wie die Königin an eine Tür gelehnt gefickt wird?«

»Ist mir egal.« Meine Stimme klingt kratzig und rau.

Ich lasse meine Hände in fieberhafter Eile über seinen Rücken gleiten und klammere mich an ihn, spüre das Spiel seiner Muskeln bei jeder Bewegung.

»Was würde die Öffentlichkeit wohl sagen, wenn sie wüsste, wie zügellos die Königin ist?«

»Ist mir auch egal«, schreie ich, die aufsteigende Glut zurückhaltend, denn ich bin noch nicht bereit.

»Wenn sie wüsste, dass sie es hart mag.« Mit diesen Worten steigert er das Tempo unerbittlich.

Ich schaue ihm in die Augen. »Ist mir verdammt noch mal egal.« Ich schiebe beide Hände in sein Haar und kralle mich darin fest. Nichts kümmert mich mehr in Momenten wie diesen. Doch kaum bin ich aus den Höhen, in die Josh mich trägt, wieder unten, sieht die Sache anders aus. Dann ist es vorbei mit der unbändigen Leidenschaft, der enthemmten Lust, der Liebe, dann beherrschen mich Hoffnungslosigkeit und Lügen erneut. Wie ein ruhiger Sommertag, der mit dunklen Wolken und einem Unwetter endet. Das sind wir. In gewisser Hinsicht sind wir verflucht. »Ist mir egal«, flüstere ich und verdränge meine düsteren Gedanken.

Josh könnte meine Worte anzweifeln, doch er weiß, was ich denke, und wird mich nicht herausfordern. Stattdessen küsst er mich und steigert sein Tempo zusätzlich. Bei jedem seiner gnadenlosen Stöße stöhnt er. Meine Zunge umspielt seine, aber ich kann mich kaum auf den Kuss konzentrieren, da sich alles dreht. Mit jedem Eindringen gelange ich näher zum Orgasmus, schließlich schlage ich auf seinen Rücken, um ihm zu signalisieren, dass ich gleich so weit bin und es kein Zurück mehr gibt.

»Ja?«, fragt er und beißt mich fest in die Unterlippe.

Der Schmerz vermischt sich mit unerträglicher Erregung, Josh nimmt mich hart; es fühlt sich überwältigend an.

»Ich kann es spüren.«

Nun knabbert er an meinem Ohr, ohne den Rhythmus zu unterbrechen. Ich stoße einen Schrei aus und hämmere meinen Kopf gegen die Tür. Sein heißer Atem in meinem Ohr lässt mich noch schneller auf den Gipfel zustürmen.

Josh stützt sich mit einer Hand an der Tür ab und drückt mich mit der anderen an sich. Dann flüstert er »Komm«, und es ist vorbei.

Sämtliche Muskeln in meinem Körper spannen sich an, ein natürlicher Versuch, die Intensität des Höhepunkts zu kontrollieren. Ich schlinge die Beine so fest um seine Taille, dass es schmerzt.

»Verdammt«, bringt er hervor und schmiegt seine Wange an meine.

Mühsam hebe ich den Kopf und erhasche einen Blick auf das vertraute bernsteinfarbene Strahlen in seinen Augen.

»Ich komme immer noch«, presst er schwer atmend hervor, langsamer, leicht schwankend, mich sein Zucken in mir spüren lassend.

»Ich auch.« Meine Bauchmuskeln sind steinhart, ich klammere mich mit meinen Beinen an ihn. Wir sind beide erschöpft und überwältigt von der Intensität unserer Leidenschaft. Gleichzeitig sind wir aufgeladen und elektrisiert, unsere Körper scheinen zu beben.

»Wow.« Josh sinkt nach vorn und hält mich auf diese Weise oben, während meine Muskeln nachgeben. »Okay?«

»Ich glaube schon.« Ich lasse den Kopf zurücksinken und warte darauf, dass mein Herzschlag sich normalisiert.

»Die Gastfreundschaft hier lässt ziemlich zu wünschen übrig«, bemerkt er leicht außer Atem.

Ich finde keine Kraft, um zu lachen, grinse jedoch.

»Kannst du nicht mehr sprechen?« Er senkt das Kinn auf die Brust und sieht mich aus dem Augenwinkel an.

Ich schaffe es gerade eben, zu nicken. Ich habe gar kein Gefühl mehr in den Beinen, also sollte er mich jetzt lieber nicht herunterlassen.

Frech grinst er mich an. »Du siehst toll aus, frisch gevögelt.«

Ich ziehe eine Braue hoch.

»Von mir«, fügt er hinzu und betrachtet mein Gesicht. »Verschwitzt, errötet.« Er bewegt das Becken und dringt tief in mich ein. »Warm und feucht.«

Ich summe, und er lacht.

»Komm, bringen wir dich …«

Klopf, klopf.

Ich reiße die Augen auf.

»Euer Majestät?«, ruft Olive. »Sind Sie da drin?«

»Oh Shit«, flüstert Josh.

Nun finde ich wie aus dem Nichts die Kraft, ihm den Mund zuzuhalten.

»Verzeihung?«, sagt Olive.

Ich sehe Josh warnend an, mein Herz, das sich schon beruhigt hatte, pocht wieder heftig. »Alles in Ordnung, Olive.« Josh grinst in meine Hand; offenbar findet er meine kieksige Stimme lustig. »Ich fühle mich nur ein bisschen …« Erneut lässt Josh seine Hüften kreisen, sodass ich seinen halb erigierten Schwanz tief in mir spüre. »Krank!« Ich huste, und er lacht in sich hinein.

»Oje.« Olive klingt aufrichtig besorgt, und sowohl Josh als auch ich taumeln nach vorn, als sie die Tür zu öffnen versucht. Er lehnt sich mit seinem Gewicht gegen mich und drückt die Tür damit wieder zu. Olive gibt überrascht einen Laut von sich.

»Ich komme zurecht, Olive«, rufe ich, ohne die Panik in meiner Stimme unterdrücken zu können. Joshs Belustigung nimmt zu, meine Genervtheit auch. »Wirklich.«

»Soll ich Dr. Goodridge rufen?«

Josh schiebt meine Hand von seinem Mund. Obwohl ich mich wehre, gewinnt er mit Leichtigkeit. »Nein, was den Arzt angeht, aber ja zu einem Schmerzmittel. Mir tut der Schwanz weh.«

Er nimmt meine Hand, grinst über meinen fassungslosen Gesichtsausdruck und legt sie sich wieder auf seine Lippen. Er scheint meine Panik zu genießen.

»Nein, Olive«, erwidere ich. Soll ihm ruhig der Schwanz wehtun. »Lassen Sie mich einfach in Ruhe.« Ich fühle mich ein klein wenig mies wegen Olive, die doch nur ihren Job zu machen versucht.

»Sehr wohl.« Ihre Stimme wird leiser. »Rufen Sie mich, falls Sie irgendetwas benötigen.«

»Das werde ich.« Ich warte nur einige Sekunden, dann gebe ich Josh ein paar Kopfnüsse. »Willst du mich unbedingt in Schwierigkeiten bringen?« Ich löse meine Beine von seiner Taille.

Er legt sie wieder um sich, wo er sie haben will, und bettet auch meine Arme wieder hinauf zu seinen Schultern. »Erinnerst du dich an unsere erste Begegnung?«

Erst will ich die Augen verdrehen, aber dann kneife ich sie misstrauisch zusammen. »Ja, du hast dich höchst unangemessen und ordinär verhalten.« Und ich liebte jede Sekunde unseres Zusammentreffens, von den Wortgefechten auf der Gartenparty bis zum heimlichen Hinternversohlen im Labyrinth.

Dem dreisten Funkeln in seinen Augen nach zu urteilen, ahnt er meine Gedanken.

»Ich fragte dich, ob du meinetwegen Ärger auf dich nehmen willst.« Er legt mir die Hände in den Nacken und hält mich fest. »Das hier hätte ich mir nie träumen lassen.«

»Du bist ein Schuft.«

»Ich?«

Sein Lächeln ist einfach zu liebenswert.

»Ja, du.«

Er zeigt mir mit einem sanften, sinnlichen Kuss, wie liebenswert er ist. »Dein Plan lautet also, mich in deinem Zimmer zu verstecken?«

»Ja. Aber *Zimmer* trifft es nicht ganz.«

»Für wie lange?«

»Du bist mein Gefangener, Josh Jameson. Dem Vergnügen Ihrer Majestät dienend.« Ich küsse ihn auf die Stirn. »Ich behalte dich einfach, so lange mir danach ist.«

»Ich kann mir Schlimmeres ausmalen.« Er streicht mit der Zunge meinen Hals hinauf bis zu meinem Kinn, beißt mich zärtlich und lässt mich herunter auf meine Füße. »Kannst du stehen?«

»So gerade.« Ich ziehe mein Kleid glatt, und er schließt seine Hose. »Soll ich dich herumführen?«

»In deinem Zimmer?«

»Wie ich bereits erwähnte, *Zimmer* trifft es nicht ganz.« Ich deute auf den Raum, in dem wir uns befinden, und Josh schaut sich zum ersten Mal um. »Dies ist die Lobby.«

»Dein Zimmer hat eine Lobby?«

»Mein Privatgemach hat eine Lobby.« Ich gehe um den runden

Eichentisch in der Mitte herum, auf dem eine Glasvase mit frischen farbenfrohen Blumen steht. »Und das ist das Wohnzimmer.« Ich öffne eine Doppeltür zu einem weitläufigen Raum mit hellblauen Sofas und einem Teppich sowie goldfarbenen Vorhängen an den riesigen Fenstern.

»Wow.« Josh verharrt staunend im Türrahmen. »Und hier wohnst du allein?«

»Diese Königin hat, so ungewöhnlich das ist, keinen Ehemann, und Kinder sind auch keine in Sicht. Also ja, ich wohne ganz allein hier.«

»Und niemand wird uns stören?«

»Wenn ich es vorher ausdrücklich untersage, kommt niemand herein.«

»Wie viele Zimmer gibt es?«

»Vier.«

Josh tritt ein, sein junger, nackter, amerikanischer, muskulöser Oberkörper sieht gut aus umgeben von all der alten britischen Historie.

»Vier«, wiederholt er und schaut zur hohen dekorativen Decke. »Mich zu verstecken wird nicht so schwierig, wie ich dachte.« Er schaut mich an. »Diese Wohnung ist größer als meine in New York.«

Ich hebe die Schultern. Für mich hat die Größe und die Pracht des Palastes keinerlei Bedeutung. Es erinnert mich lediglich daran, wer ich bin. »Zum Schlafzimmer geht es hier entlang.« Ich zeige auf die Doppeltür auf der anderen Seite des Raumes. Josh geht in die Richtung.

Er bleibt auf der Schwelle stehen und späht hinein, ohne den Raum zu betreten. Er denkt nach, ich frage mich worüber. Was immer es ist, es hält ihn davon ab, mein Schlafzimmer zu betreten, und das beunruhigt mich. Was geht ihm durch den Kopf? Er dreht sich zu mir um und mustert mich schweigend. Meine Neugier nimmt zu. Aber er schüttelt den Kopf und geht weiter umher, nimmt dies und das in die Hand, schaut hoch, schaut nach unten. Er bewegt sich langsam und bedächtig, er wirkt äußerst konzentriert. Immer, wenn ich was sagen will, nimmt er etwas anderes in die Hand und betrachtet es, und ich warte. Eine gerahmte Fotografie meines Großvaters bei seiner Krönung. Eine kleine Porzellandose mit einem Goldnugget darin, den mein Vater von der Grasberg-Mine in Indonesien erhalten hat. Ein Kreuz aus echtem Silber, das mein Vater vom Papst bekommen hat. Jedes Mal seufzt Josh und stellt die Gegenstände wieder vorsichtig hin, um mit der gründlichen Untersuchung meiner Privatgemächer fortzufahren. Das macht er gut zehn Minuten lang, in denen mir nichts weiter zu tun bleibt, als ihm dabei zuzuschauen, teils fasziniert, teils besorgt.

Am Ende seines Rundganges langt er wieder bei mir an. »Was?«, frage ich und setze mich auf eins der Sofas, denn ich habe das Gefühl, ich sollte mich für das, was gleich kommt, lieber hinsetzen.

»Ich weiß nicht.« Erneut lässt Josh den Blick durch das Zimmer schweifen. »Ich komme mir merkwürdig vor.«

Ich runzle die Stirn. »Merkwürdig?« Das passiert ihm sicher nicht oft. »Ich bin mir nicht sicher, was du damit meinst.«

»Das alles hier.« Er deutet auf das opulente Dekor, das ich mir daraufhin ansehe, obgleich es mir vertraut ist. »Dein *Zuhause*.« Er wirkt mit einem Mal ein wenig verloren in diesem riesigen Zimmer, obwohl er nicht gerade klein ist. »Ich habe keine Ahnung, warum es mir jetzt plötzlich voll bewusst wird, aber so ist es. Du bist die Königin von England, verdammt.«

Sollte ich mir Sorgen machen? Ich weiß es nicht, und doch steigt unaufhaltsam Furcht in mir auf. »Du bist ein wenig langsam«, murmele ich, da mir nichts anderes einfällt. »Das ist schon länger bekannt.«

»Heute kommt es mir wie eine Neuigkeit vor. Die geführte Tour durch deinen Palast, die detaillierte Erläuterung zu jedem kostbaren Möbelstück, an dem wir vorbeikamen. Die Gemäldesammlung … deine Vorfahrenreihe reicht Jahrhunderte zurück. Könige, Königinnen, Prinzen und Prinzessinnen. Dies.« Er wirft die Arme hoch, auf die Räume deutend, die ich hasse. »Ich bin nicht gut genug für dich.«

Erschrocken schnappe ich nach Luft. Wer ist dieser Mann? Ich erkenne ihn nicht wieder. Dies ist nicht mein American Boy, sondern ein Mann, der sein Selbstwertgefühl verloren hat. Mir gefällt ganz und gar nicht, wie das aussieht und klingt. »Du bist absolut gut genug für mich«, versichere ich ihm.

»Wer sagt das?«

»Ich.«

»Aber was du sagst, zählt nicht, schon vergessen?« Er lächelt.

Es ist nicht sein übliches strahlendes, charmantes Lächeln. Es haut mich weder um noch macht es mich schwindlig, denn es ist traurig und auch mitleidig. Es drückt Mitleid für mich aus, denn ich gebe mich einer Illusion hin. Er nicht.

»Was willst du mir sagen?« Ich will es gar nicht wissen. Was immer es ist, ich kann ohnehin nichts tun.

Tief seufzend kommt er zu mir, setzt sich neben mich auf die Couch und umfasst meine Hände. Meine Angst nimmt zu, als ich ihn ansehe.

»Ich will damit sagen …«

»Machst du Schluss mit mir?«

Seine Lippen bilden eine schmale Linie, was nicht gerade zu meiner Beruhigung beiträgt. Er sieht jetzt noch trauriger aus.

»Nein.« Er schüttelt den Kopf, als er das zu meiner grenzenlosen Erleichterung sagt. »Nicht mal die britische Armee könnte mich von dir vertreiben, Adeline. Und das ist noch verkorkster. Obwohl ich weiß, dass meine Beziehung zu dir zeitlich sehr eingeschränkt ist, bin ich bereit, zu nehmen, was ich kriegen kann. Denn ich brauche dich. Wenn ich wüsste, ich würde dich nicht wiedersehen, wäre das mein Ende. Wenn ich also das Opfer bringen und dich mit der Welt teilen muss, dann bin ich bereit dazu. Denn meine Liebe zu dir ist stärker als die zu mir selbst.«

Er wischt eine Träne von meiner Wange, die ich gar nicht bemerkt habe.

»Du bist wichtiger. Und hier zu sein hat mir das klargemacht. Ich muss meine Liebe zu dir nicht mit der Welt teilen. Ich dachte, jeder müsste es wissen, aber das stimmt nicht. Es war mein Ego, das gesprochen hat. Ich will nur, dass du weißt, wie sehr du geliebt wirst. Von mir.«

Ich schniefe und blinzle, denn weitere Tränen rollen. »Du weißt, gäbe es einen Weg, würde ich ihn sofort nehmen. Ich würde alles aufgeben für dich, wenn es nicht gleichzeitig meine Familie ruinieren würde.«

»Das weiß ich jetzt. Ich habe es verstanden.« Er zieht mich auf seinen Schoß und drückt mich an sich. »Ich war ein Idiot, dass ich von dir verlangt habe, du müsstest dich entscheiden. Dabei ist deine Loyalität eins der Dinge, die ich am meisten an dir bewundere.«

Wir halten einander warm und geborgen in den Armen. So sitzen wir in friedvoller Stille, ohne umherwirbelnde Gedanken oder Worte. Denn in diesem Moment akzeptieren wir beide, dass dies wir sind. Wir sind Feuer und Leidenschaft, wild und beherrschend. Aber wir sind auch Liebe mit all ihren vielen Facetten und ihrer ganzen Komplexität.

In diesem Augenblick bringt diese Liebe uns Frieden.

Ruhe vom Sturm.

Stille inmitten des Chaos.

21

Josh sieht gut aus in meiner Luxusdusche mit den goldenen Armaturen. Er sieht auch gut aus in meinem mit Schnitzereien verzierten Himmelbett, wenn die edle Bettwäsche sich um seine nackten Beine wickelt. Er sieht gut aus in seiner Boxershorts auf meiner antiken Louis-XIV-Couch, die Arme lässig über den Kopf geworfen. Er sieht gut aus, wenn er, um die sexy Hüften ein kleines Handtuch gewickelt, durch meine Gemächer schlendert und seine nackten Füße im tiefen Teppich einsinken. Josh Jameson ist das Schönste in diesem ganzen Palast, der mit schönen Dingen vollgestopft ist.

In diesem Augenblick sieht Josh gut aus, wie er an das Kopfteil meines Bettes gelehnt dasitzt, die Beine angewinkelt, die Blätter in Händen, die ich vorhin aus seiner Tasche gezogen habe. Er übt seinen Text sehr konzentriert. Es ist ein Anblick, den ich festhalten möchte, für immer.

Während ich im Türrahmen zum Schlafzimmer stehe und mir die Haare mit einem Handtuch rubble, genieße ich seinen Anblick unendlich. Es gefällt mir, ihn einfach voller Bewunderung zu betrachten. Wie attraktiv er ist. Wie ernst und doch behaglich er wirkt, was mich froh stimmt nach unserer Aussprache. Wie sehr ich ihn liebe und wie rasch diese Liebe zunimmt. Wird der Punkt kommen, an dem es mir unerträglich wird, ihn zu verlassen? Widerstrebend gestehe ich mir ein, dass dieser Punkt längst überschritten ist. Jetzt ist er hier, bei mir, aber er wird wieder fortmüssen, und das trübt unsere gemeinsame Zeit, wann immer wir das Glück haben, welche zu bekommen.

Seufzend ziehe ich den Gürtel meines Morgenmantels fester und gehe barfuß zu ihm. Er sieht nicht vom Skript auf, das er hält, streckt jedoch eine Hand nach mir aus, damit ich mich zu ihm aufs Bett lege. Er spreizt die Schenkel, und ich folge der stummen Aufforderung und setze mich dazwischen, den Rücken an seine Brust gelehnt. Er hebt das Skript, als ich mich zurücklehne, und senkt es wieder herab, sodass wir beide lesen können.

Sein Kinn ruht auf meinem Kopf. »Was ist das?«, fragt er und zupft an meinem seidenen Morgenmantel.

»Ein Morgenmantel.«

»Nein.« Er drückt mir das Skript in die Hand, öffnet den Gürtel und schiebt mich nach vorn, damit er den Stoff unter mir hervorziehen kann. »Es ist eine weitere Barriere zwischen uns«, bemerkt er in sachlichem, aber sanftem Ton, zieht ihn mir ganz aus und wirft ihn zur Seite. Dann wartet er, bis ich mich wieder an ihn gelehnt habe, und liest weiter. Bestimmt wünscht er sich genau wie ich, wir könnten alles, was zwischen uns steht, so leicht loswerden.

Ich bin still, Josh konzentriert sich wieder und zeichnet mit der freien Hand Kreise auf meinen Schenkel. Da ich den Text seines neuesten Projekts so nah vor mir habe, ist es unmöglich, nicht ein paar Worte zu lesen. Ich habe noch nie vorher ein Drehbuch gesehen. Es ist faszinierend.

Schnell bin ich ernüchtert. Anspannung erfasst mich, wofür ich mich sofort tadele.

»Was ist los?«, fragt Josh, legt mir eine Hand auf die Stirn und zieht meinen Kopf zurück, bis ich gezwungen bin, ihn anzuschauen.

»Nichts.« Das klingt so wenig überzeugend, wie ich vermutlich aussehe, und Josh entgeht das natürlich nicht. »Nichts«, wiederhole ich.

Sein wissendes Lächeln gefällt mir nicht.

Verdammt. »Musst du wirklich deine Hand ihren Oberschenkel hinaufgleiten lassen?«

Er richtet seine Aufmerksamkeit wieder auf das Skript. »Sieht so aus.«

Ich lasse den Kopf sinken. »Oh.« Ich lese weiter, anscheinend will ich mich unbedingt quälen. Ich ärgere mich über mich selbst, kann es aber nicht ändern. Er berührt ihre Brust. Sie stöhnt. Er umkreist ihre Brustwarzen mit der Fingerspitze. *Was?* Ich suche hastig in den Zeilen davor die Stelle, an der steht, dass sie obenherum etwas anhat. *Sie* ist die Schönheit, die in diesem Film an Joshs Seite spielt. Ich muss mich fast übergeben, als ich den Satz entdecke, in dem es heißt, dass er ihr die Bluse auszieht, unmittelbar bevor seine Hand auf der Innenseite ihres Schenkels liegt.

»Das gefällt mir nicht.« Das kommt wie aus dem Nichts und erschreckt mich selbst. Josh anscheinend auch, ich spüre sein leichtes Zusammenzucken. Ich verziehe angewidert das Gesicht, nicht nur wegen meiner spontanen, erbärmlich klingenden Worte, sondern auch, weil ich nicht aufhören kann, mir seine Hände überall auf dem Körper dieser Frau vorzustellen.

Er hält mir das Skript näher vor die Nase, grausamer Kerl, der er ist, und meine verräterischen Augen lesen diesen Horror weiter. Er küsst ihre Brust. Er umfasst ihren Hals. Er nimmt sie voller Wut und Leidenschaft. »Josh!«, rufe ich und schlage ihm die Seiten aus der Hand, die auf den Teppich flattern. Ich muss mich beherrschen, nicht aufzuspringen und sie einzusammeln, um sie ins Feuer im Wohnzimmer zu werfen. Oh Mann.

Josh rührt sich nicht, während ich wütend auf die verstreut auf dem Boden liegenden Seiten starre. Ich kann ihn nicht sehen, aber ich spüre sein Lachen, das leichte Beben seines Bauches an meinem Rücken. Dann bricht es laut aus ihm heraus.

Beleidigt verschränke ich die Arme vor der Brust. Ich verstehe nicht, was daran so lustig ist. Für mich ist alles, was ich auf dieser Seite gelesen habe, total *un*lustig. Ich erschauere, und mein Magen zieht sich zusammen. Ich habe in meinen Gedanken keinen Platz dafür, mein Verhalten zu reflektieren. Ich sehe nur Josh. Und sie. Ihre Brüste, Joshs Lippen, die jeden Zentimeter ihres nackten Oberkörpers küssen. Ich schnappe mir ein Kissen und verberge mein Gesicht darin, um diese Bilder aus meinem Kopf zu vertreiben. Josh lacht noch immer. Dieser Mistkerl.

»Hey.« Er nimmt mir das Kissen weg und schleudert es quer durchs Zimmer. Eine Sekunde später liege ich unter ihm, und er schaut grinsend auf mich herab. »In der ganzen Zeit, die ich dich kenne, hast du dich nie wie die verwöhnte Prinzessin benommen. Bis jetzt.«

Oh, diese Frechheit. »Ich bin die Königin, um genau zu sein«, erkläre ich hochnäsig, was ihn nur noch mehr zum Lachen bringt. »Und ich wurde nie verwöhnt. Dies ist kein verwöhntes Verhalten. Es geht um …« Ich breche den Satz ab, gerade noch rechtzeitig, bevor ich damit herausplatze, wie eifersüchtig ich bin. Das ist wirklich ein Witz. Mein ganzes Verhalten schreit »eifersüchtig«, da braucht Josh meine Bestätigung gar nicht.

»Was?«, hakt er dennoch nach.

»Ich bin …«

»Eifersüchtig?«

»Gott, nein.« Ich bin so blöde. »Ich finde nur …« Wieder verstumme ich, und Josh grinst. Demonstrativ die Augen verdrehend gestehe ich also, was wir längst alle wissen: »Ich bin eifersüchtig.«

»Lobet den Herrn!«

Josh rollt herum, sodass ich über ihm bin. Die Vorstellung scheint ihn zu begeistern. Schön für ihn. Ich bin es nicht.

»Es ist doch nur ein Job, Baby. Genau wie deiner.«

»Mich begrapschen keine anderen Männer.«

»Nee, die wollen dich nur heiraten.«

»Ja, und wie ich dir schon mehrmals erklärt habe, werde ich nicht einwilligen.« Seine skeptische Miene gefällt mir nicht, also unterstreiche ich mein Versprechen. »Ich …« Ich rücke ein wenig höher, sodass mein Mund an seinem Kinn ist. »… werde nicht …« Ich küsse seine Wange und sein Ohr. »… einwilligen«, flüstere ich und muss grinsen, da ich ein Zucken an meinem Oberschenkel spüre. »So wie ich dir nicht gestatten werde, eine andere Frau anzufassen.«

»Sei doch vernünftig, Adeline«, sagt er stöhnend und sich unter mir bewegend. »Es wird nicht so, wie du es dir ausmalst.«

Ich beiße ihn zärtlich ins Ohr. »Du küsst sie. Du berührst sie. Das reicht.«

Im Nu befreit er sich, und ich sitze einen halben Meter von ihm entfernt aufrecht im Bett. Ich könnte glauben, er habe die Geduld mit mir verloren, doch dann entdecke ich das Funkeln in seinen

Augen. Er kniet sich hin, und ich folge seinem Beispiel. Bei seinem Blick schmelze ich glatt dahin, er verwandelt mein Blut in Lava, ohne dass er mich auch nur berührt. Gespannt warte ich darauf, was als Nächstes kommt. Was wird es sein?

Langsam, quälend langsam, streckt er die Hand aus und legt die Fingerspitze auf eine meiner harten Brustwarzen. Prompt bin ich erregt. Weißglühend durchströmt mich die Lust.

»So wird es nicht sein«, sagt er leise und umkreist meine Spitze mit einem Finger.

Mir fällt das Atmen schwer. Seine Erektion reckt sich schnell und stolz in die Höhe.

»Eine derartige Reaktion wird das bei mir nicht auslösen.« Er sieht mir unverwandt in die Augen. »Und wenn ich das tue …«

Er lässt seinen Finger hinuntergleiten, über meinen Bauch, bis zwischen meine Beine. Er zieht mich hoch von meinen Fersen, auf denen ich gesessen habe, damit er leichter Zugang findet. Ich schließe die Augen und schlucke.

»Ich werde das nicht finden.« Er dringt mit dem Finger in mich ein, was wegen der Feuchtigkeit zwischen meinen Schenkeln nicht schwierig ist. Er küsst mich auf den Hals, und ich greife stöhnend in sein Haar, damit er dort bleibt.

»Es wird diese wundervollen, verzweifelten, tiefen Laute nicht geben.« Er lässt den Finger langsam herausgleiten und dringt gleich darauf wieder ein. Ich kralle mich in seinen Haaren fest. »Und ich werde jede Sekunde hassen, in der ich eine andere berühre als dich.« Seine Hand ist fort, lässt mich im Stich, und er lehnt sich einfach an das Kopfteil des Bettes. »Ich liebe dich, also mach kein Drama daraus.«

Ich starre ihn ungläubig an, meine Lippen zucken. Erst diese Kränkung, und dann bringt er es nicht einmal zu Ende.

Er hebt die Brauen. »Schwing deinen königlichen Hintern her, bevor ich ihn versohle. Und bring das Skript mit.«

»Gibst du mir gerade Befehle?«

»Ja. Tu es.«

Ich sammle sein Skript viel schneller ein, als mein Stolz es gestatten sollte. »Eines Tages tauche ich auf einem deiner Sets auf und schaue dir bei der Arbeit zu.« Ich reiche ihm das Skript und lege mich wieder aufs Bett, wo ich mich an seine Seite schmiege, damit er in Ruhe seinen Text lernen kann und ich das Risiko eines erneuten Anfalls minimiere.

»Lass uns das für einen Tag arrangieren, an dem es keine nackten Frauen geben wird, ja? Ich habe dir viele Eigenschaften zugeschrieben, aber nicht, dass du besitzergreifend bist.«

Ich verkneife mir weitere Provokationen, denn er hat im Grunde recht. Ich will ihn ganz allein für mich haben. »Vielleicht sperre ich dich hier bis in alle Ewigkeit ein.« Ich drehe mich auf den Rücken und schaue zu ihm hoch. »Als Sexsklave.«

»Ich bin jeden Tag der Woche dein Sklave, Darling.« Er widmet sich wieder seinem Text. »Du musst mich nicht einsperren. Überlass die Zügelung getrost mir.«

Mit einer Hand tastet er nach meinen Haaren und spielt mit den Strähnen, seine Miene verrät Konzentration. Das Geplänkel ist vorüber, er muss arbeiten. Aber anscheinend ist der frisch erwachte Spieltrieb bei mir noch nicht gestillt. Ich drehe mich wieder auf die Seite und male immer weiter aufwärtsstrebend Kreise auf seinen Oberschenkel, bis ich nur Zentimeter von seiner Erektion entfernt bin. Ich spähe zu ihm hinauf; seine Augen sind auf das Skript gerichtet. Schmollend bewege ich meine Finger auf die Innenseite seines Oberschenkels und stoppe kurz vor seinem Schritt. Sein Schwanz zuckt, und ich lächle triumphierend.

Dann hält Josh mein Handgelenk fest und schaut missbilligend auf mich herunter. »Du bist wie ein Welpe, der um Aufmerksamkeit fleht.«

»Ich will nur unsere gemeinsame Zeit bestmöglich nutzen.«

»Apropos, wann darf ich denn gehen?«

»Warum, willst du?«, frage ich beleidigt.

»Nein.« Er dehnt das Wort und drückt meine Hand flach auf seinen muskulösen Schenkel. »Ich habe mich nur gefragt, wie du mich hier hinausbekommen willst.«

»Ganz leicht«, erkläre ich stolz. »Natürlich durch den Geheimgang. Aber das ist erst möglich, wenn der Palast wieder für die Touristen geöffnet ist.«

»Wieder?«

»Ja, es ist nach achtzehn Uhr.« Amüsiert beobachte ich, wie er begreift, was das bedeutet.

»Dann bleibe ich heute Nacht hier?«

Langsam nicke ich. Morgen auch, wenn es nach mir geht. Und das will ich. Es ist perfekt. Ungestörtheit, Frieden. Zusammen sein, entspannen, die große weite Welt jenseits der Palastmauern auf sichere Distanz gehalten. Niemand wird es wagen, meine Privatgemächer zu betreten, wenn ich die strikte Weisung erteile, dies zu unterlassen. Was ich getan habe. Wir sind sicher, und das ist ein wundervolles Gefühl, wenn ich mit Josh zusammen bin.

Seine Lippen bilden eine schmale Linie. »Ich weiß nicht, ob ich dir den Hintern versohlen oder dir gratulieren soll.«

»Verhau mich«, erwidere ich dreist, rolle mich auf den Bauch und hebe den Po an. Das wirkt wie ein rotes Tuch für den Stier. Im nächsten Moment ist seine Arbeit vergessen und beiseitegelegt für meinen Hintern. Knurrend kniet er über mir und streichelt die Wölbung meines Pos. Ich sinke vor Wonne seufzend ins Kissen.

Bäng!

Ich hebe erschrocken den Kopf, und auch Josh starrt zur Schlafzimmertür. »Das war nicht deine Hand, die auf meinen Hintern saust, oder?«, frage ich und springe aus dem Bett.

»Nein.«

Im Nu ist er unter der Decke, und ich laufe zur Tür. Ich erreiche sie genau in dem Moment, als Kim das Wohnzimmer betritt. »Du liebe Zeit«, flüstere ich und werfe die Schlafzimmertür wieder zu.

»Euer Majestät?«

Ich drehe mich um und lehne mich mit dem Rücken dagegen. Mit weit aufgerissenen Augen starre ich zu Josh. Er sieht mich an, als wollte er sagen: Das hast du jetzt davon.

»Niemand betritt deine Gemächer, wenn du es ausdrücklich untersagt hast?«, meint er spöttisch.

Ich werfe ihm einen düsteren Blick zu. Normalerweise trifft das auch zu. Offenbar sieht hier jeder die Dinge ein bisschen zu locker. »Ich sagte, ich wünsche nicht gestört zu werden«, rufe ich.

»Wie geht es Ihnen?« Sie ist direkt auf der anderen Seite der Tür.

»Schon besser«, antworte ich. »Noch mehr Schlaf wird helfen. Morgen früh bin ich wieder fit.«

»Aber Ihre Gäste sind eingetroffen, Ma'am. Sie warten.«

Ich schaue ratlos zu Josh. Ich habe nicht die leiseste Ahnung, wen Kim meint. Gäste? Warten?

»Wer?«, formt Josh lautlos mit den Lippen.

Ich zucke mit den Schultern. »Wer? Ich erwarte keine Gäste.«

Es folgt eine kurze Pause, in der Kim vermutlich stirnrunzelnd die Tür zwischen uns ansieht, und dann ...

»Oh verdammter Mist!« Jetzt fällt es mir wieder ein. Das Dinner, zu dem David mich gedrängt hat. Ich habe vergessen, Kim aufzutragen, dass sie es absagen soll. Und nun sind sie hier. »Verfluchter, verfluchter Mist.«

»Was?«, flüstert Josh ungeduldig.

»Ich nehme an, es ist Ihnen gerade wieder eingefallen, Ma'am«, erwidert Kim in leicht boshaftem Ton. »Und ich dachte, es würde Sie freuen zu hören, dass Seine Königliche Hoheit Prinz Edward eingetroffen ist.«

»Ist er?«

»Ja, und Jenny ist auf dem Weg zu Ihnen, um Ihnen beim Ankleiden zu helfen.«

»Nein!«, rufe ich, ohne nachzudenken. »Ich meine ...« Du liebe Zeit, was mach ich bloß? Ich kann Jennys Hilfe nicht ablehnen, nicht vor einem solchen Dinner, und schon gar nicht, ohne allergrößtes Misstrauen zu wecken. »Ich dusche noch schnell.«

»Schnell?«

»Ich habe geschlafen«, schiebe ich zur Erklärung hinterher und sacke gegen die Tür. Ich kann das alles nicht glauben. »Bitten Sie sie, im Wohnzimmer zu warten.«

»Wie Sie wünschen«, entgegnet Kim seufzend.

Gleich darauf höre ich ihre flachen Absätze auf dem Fußboden im Foyer meiner Suite.

»Oje.« Ich sprinte durch das Schlafzimmer ins Bad und bleibe vor dem Spiegel stehen. Josh ruft mir etwas hinterher. Meine Haare sind feucht, ich bin ungeschminkt und habe nicht einmal Moisturizer aufgetragen. Ich bin eine leere Leinwand, und leider braucht es Zeit, um aus einer leeren Leinwand etwas zu machen.

»Würdest du mir bitte verraten, was zur Hölle eigentlich los ist?« Josh erscheint im Spiegel der Badezimmertür.

»Ich habe Gäste zum Dinner heute Abend«, erkläre ich. »Ich habe es nicht arrangiert, sondern David Sampson. Und ich habe vergessen, Kim darüber zu informieren, dass sie es absagen soll.« Ich sehe ihn tadelnd im Spiegel an. »Weil ich abgelenkt war.«

»Moment mal.« Josh wirkt besorgt, und dazu hat er allen Grund. »Sampson? Dieser Mistkerl hat das arrangiert? Aber du hast mir gesagt, du hättest dich um dieses Dinner gekümmert.«

»Habe ich auch. Anscheinend wurde ein neues vereinbart.« Ich weiß schon, was als Nächstes kommt.

»Wird *er* dabei sein?«

Ich schweige, denn es ist nicht nötig zu antworten. Selbstverständlich wird Haydon dabei sein. Ich vermute, dass David sein Ziel nicht einfach aufgibt.

»Na fabelhaft.« Josh wendet sich ab und marschiert davon. »Du erwartest also von mir, dass ich brav hier oben sitze, während du dort unten mit diesem Bastard bist, der sich an dich heranschleimt.«

Ich folge ihm auf leisen Sohlen. »Du könntest dein Skript lernen.«

Er wirft mir einen tödlichen Blick zu, als er sich auf mein Bett legt. Das ist vollkommen berechtigt, da ich eben erst einen Aufstand gemacht habe wegen einer sexy Filmszene.

»Wenn er dich auch nur berührt, werde ich es wissen.«

Ich muss grinsen. »Baby, niemand kann mich berühren.« Ich verschweige die Tatsache, dass Haydon sich nicht sonderlich ums Protokoll geschert hat, seit ich zur Königin aufgestiegen bin. Das wird er aber in Zukunft, dafür werde ich sorgen.

Josh hebt die Brauen, er begreift. »Niemand darf dich berühren, weil du die Königin bist.«

»Weil ich die Königin bin«, bestätige ich, was es ihm erschwert, sein Lächeln zu verbergen.

»Ich kann dich anfassen.« Er entspannt sich ein wenig. »Ich kann tun und lassen mit dir, was ich will.«

»Das gefällt dir offensichtlich.«

»Oh, das tut es.« Er nimmt sein Handy, wählt eine Nummer und hält es sich dann ans Ohr. »Trotzdem, für alle Fälle.«

»Wen rufst du an?«

Er geht gar nicht darauf ein, sondern schaut weg. »Damon, hier spricht Josh.«

Was? Ich stürme durch das Zimmer und hechte aufs Bett, um ihm das Telefon wegzuschnappen. Er hält mich mit Leichtigkeit auf Armeslänge von sich.

»Sie hat ein Dinner. Eine reizende Familienangelegenheit. Geben Sie auf sie acht. Oder, noch besser, geben Sie auf Haydon Sampson acht.«

Ich schlage Joshs Hand weg und würde ihn liebend gern anschreien, nur verrate ich mich damit. Damon würde mir den Hals umdrehen, wenn er wüsste, dass ich Josh in meinen Privatgemächern verstecke.

»Was?« Josh richtet den Blick auf mich. »Es ist Ihr freier Abend?«

»Oh, das habe ich vergessen«, sage ich und erkenne meinen Fehler in dem Moment, in dem die Worte aus meinem Mund heraus sind. Oh nein.

»Ja, ich bin bei ihr«, gesteht Josh ohne Umschweife. »Nein, ich befinde mich im Palast.« Er schüttelt den Kopf, wohingegen ich meinen hängen lasse vor Verzweiflung. »Sie sieht nicht aus, als sei sie in der Stimmung zu reden.«

Jetzt schüttele ich zum Zeichen meiner Zustimmung ebenfalls den Kopf. Ich bin erledigt.

»Mach ich.« Josh beendet das Gespräch und wirft sein Telefon aufs Bett. »Sie stecken in echten Schwierigkeiten, Euer Majestät.«

»Warum hast du ihn angerufen?«, frage ich verärgert, denn im Grunde ist er ja schuld an allem. »Verdammt, der wird mich zur Schnecke machen.«

»Keine Ahnung, was du damit meinst.« Er lacht und nimmt sich wieder sein Skript vor. »Was ist denn eigentlich das Problem? Er war in Washington. Er weiß von uns und dass wir uns heimlich treffen. Die meisten unserer geheimen Begegnungen hat er sogar arrangiert.«

»Josh, schau dich um.« Ich marschiere ins Badezimmer und fange wütend und planlos an, mich zu schminken. »Du bist im Claringdon Palace. Ich habe dich hierhergebracht, und für diese Unbesonnenheit werde ich Ärger kriegen mit Damon. Der Grund, weshalb er alles wissen will und uns hilft, ist der, dass er auf diese Weise meinen Schutz gewährleisten kann.«

»Du bist im Palast«, ruft er vom Bett. »Was sollte dir hier passieren?«

Ich verteile Make-up auf meinem Gesicht und gehe zur Tür, damit er mich sehen kann. Und damit er sieht, wie ernst es mir ist. »Innerhalb dieser Wände lauern mehr Gefahren als dort draußen.« Ich beobachte die Wirkung meiner Worte. Seine Miene verrät Bedauern, als er versteht. Ich habe Damon nichts erzählt, weil er es niemals gestattet hätte. In der Welt dort draußen schützt er mich vor den Medien, was mich wiederum vor *denen* schützt. Hier drinnen beschützt er mich vor denen, und nur vor denen. Momentan tanze ich ziemlich nah am Feuer.

Ohne ein weiteres Wort ziehe ich mich wieder ins Badezimmer zurück und mache mich fertig. Als ich achtlos meine Augen geschminkt habe, hat Josh den Mut und den Willen aufgebracht, mir zu folgen. Er wirkt reuevoll. Ich stütze mich mit den Händen auf den Waschbeckenrand, und wir schauen uns im Spiegel an.

»Adeline, kannst du dir vorstellen, wie das ist, dass es Dinge gibt, vor denen ich die Frau, die ich liebe, nicht beschützen kann? Nicht weil ich körperlich damit überfordert wäre, sondern schlicht und einfach, weil sie mich nicht lässt.«

Ich fühle mit ihm, seine Verzweiflung ist ihm deutlich anzumerken. »Ich muss nicht beschützt werden, Josh.« Ich schlucke den Kloß in meinem Hals herunter. »Ich brauche Liebe.«

Er kommt zu mir, dreht mich um und schließt mich in seine Arme. »Das versteht sich von selbst, Adeline. Alles andere ist schwieriger.«

»Ich komme allein zurecht«, erkläre ich und drücke ihn mit der gleichen Kraft wie er mich. Ich behalte für mich, dass er mir die Energie gibt, um allein zurechtzukommen. »Das weißt du.«

»Oh, das weiß ich.« Er lässt mich los, und ich ahne, wie unendlich schwer es ihm fällt. Seufzend küsst er mich auf die Stirn. »Du solltest deinen Hintern lieber in Bewegung setzen.«

Er wendet sich sichtlich schweren Herzens ab und überlässt mich meinem Make-up. Ich hasse diesen Gesichtsausdruck bei ihm, denn meine schrecklichen Lebensumstände sind dafür verantwortlich.

22

In dem Moment, als ich den riesigen Speisesaal betrete, wird mir klar, in was ich da hineingeraten bin. Es lässt sich am ehesten als Falle bezeichnen. Dies ist genau das einträchtige Familiendinner mit Haydons Familie und meiner, von dem die Presse berichtet hat. Dasjenige, gegen das ich Einspruch erhoben habe. Es ist ganz offensichtlich ein Abendessen, das der erste Schritt zu unserer Verlobung sein soll.

Ich betrachte den langen Tisch, an dem meine Familie sitzt, einschließlich Tante Victoria, ihrem Mann Phillip und meiner Cousine Matilda. Auf der anderen Seite sitzen Onkel Stephan, seine Frau Sarah, David Sampson, Haydon und Sabina. Oh, und Dr. Goodridge. Entgegen meiner Bitte hat ihn irgendwer angerufen, denn er mustert mich gleich auf der Suche nach Anzeichen für das, was mir womöglich fehlt. Doch es gibt keine Medizin, die der alte Mann mir gegen Wut und Gereiztheit verschreiben könnte.

Alle erheben sich, als meine Ankunft verkündet wird, überraschenderweise auch Eddie, der hager aussieht und blass. Der Anblick meines sonst stets gut gelaunten Bruders bricht mir das Herz. Er hätte an diesem Dinner nicht teilnehmen müssen, doch er tut es, und ich weiß, er tut es aus Liebe zu mir. Er will für mich da sein, weil er vermutlich schon ahnt, dass man versuchen wird, mich zur Ehe zu drängen. Wieder einmal. Er hat Haydon immer gemocht, aber gleichzeitig akzeptiert, dass er nicht der geeignete Mann für mich ist. Mein Bruder ist der einzige Grund, weshalb ich nicht kehrtmache und davonrenne. Zu wissen, dass er hier ist und dass Josh in meiner Suite auf mich wartet, gibt mir ein wenig Kraft.

Ich lächle Eddie auf meinem Weg zum Tisch zu und hoffe, er erkennt meine Dankbarkeit. Victorias und Phillips schlecht kaschierte missbilligende Blicke folgen mir, aber ich reagiere nicht darauf. Die können mir nichts anhaben. Ein Bediensteter hält meinen Stuhl am Kopf des Tisches bereit, dem Mittelpunkt der Show, und ich setze mich und danke ihm leise.

Dann nehmen auch alle anderen wieder ihre Plätze ein. Sabina, stets ruhig und freundlich, schenkt mir ein sanftes Lächeln, während David mich ansieht wie die Katze ihre Milch. Haydon wurde passenderweise zu meiner Rechten platziert, so nah wie möglich bei mir.

»Bezaubernd wie immer, Euer Majestät«, sagt er laut genug für alle.

»Danke.« Ich lächle angespannt und registriere Matildas wissenden Blick. Sie sitzt am anderen Ende des Tisches, weit außerhalb meiner Sprechdistanz. Zweifellos eine gute Sache. Was ich ihr zu sagen habe, ist kein angemessenes Dinnergeplauder. Außerdem bin ich mir nicht sicher, ob ich leise genug sprechen würde.

»Wie wir hören, geht es Spearmint gut«, eröffnet David die Unterhaltung mit einer zwanglosen Bemerkung.

»Sehr gut.« Ich nicke, als mir Wein angeboten wird, und kann mich gerade noch beherrschen, nicht gleich nach dem Glas zu greifen, nachdem der Kellner eingeschenkt hat. »Ich freue mich darauf, ihn und seinen Jockey dekoriert zu sehen, sobald er bereit ist für die Rennen.«

Sabina hebt ihr Glas. »Auf Spearmint.«

Lächelnd halte auch ich mein Glas hoch.

»Auf Spearmint«, rufen alle, dann werden die Vorspeisen serviert.

Ich betrachte die Jakobsmuscheln, normalerweise eins meiner Lieblingsgerichte. Nur habe ich momentan keinen Appetit. Ich vermute, dass niemand hungrig ist, da niemand mit dem Essen beginnt. Ich trinke einen Schluck Wein und fühle mich unbehaglich. Alle sehen mich an. Ich mustere jeden Einzelnen, und erst als ich Onkel Stephan seine Gabel heben sehe, begreife ich.

Sie warten alle auf mich, natürlich. »Bitte fangt an«, sage ich und hebe das Glas erneut an die Lippen. Für mich gibt es ein flüssiges Abendessen.

Die Unterhaltung plätschert während des ersten und zweiten Ganges vor sich hin, mein Beitrag beschränkt sich darauf, zu lächeln und einsilbige Antworten zu geben. Ich habe einfach keinen Appetit auf Essen und keine Lust auf Konversation. Eddie spricht ebenfalls kaum ein Wort, wohingegen Mutter mich dauernd fragend ansieht, als wollte sie mich antreiben, mich mehr mit meinen Gästen zu beschäftigen. Nur sind es nicht meine Gäste, sondern Davids.

Ich spüre mein Handy auf meinem Schoß vibrieren und sehe eine Nachricht von Josh. Da es für Empörung sorgen würde, wenn ich beim Essen offen auf das Display schaue, öffne ich diskret die Nachricht.

Ich habe deine Tiara gefunden. Steht mir gut.

Ich pruste leise, als ich das Foto betrachte, das Josh mit meiner Tiara auf dem Kopf zeigt. In meine Belustigung mischt sich Ärger darüber, dass einer der wenigen Menschen, mit denen ich gern Zeit verbringe, oben in meiner Suite sitzt und auf mich wartet, während ich mit den vielen Leuten zu Abend esse, mit denen ich überhaupt nicht zusammen sein will.

»Adeline?«, sagt Haydon und reckt den Hals, um zu sehen, was ich da auf dem Schoß habe.

»Entschuldige.« Ich lasse mein Handy sinken und zwinge mich, einen Löffel Schokoladentorte zu essen. Ich habe gar nicht mitbekommen, wie sie serviert wurde.

»Nichts Wichtiges, hoffe ich.« Grinsend schiebt er sich einen großen Happen Torte in den Mund.

Doch. Etwas sehr Wichtiges sogar. Wichtiger als Haydon und diejenigen hier, die meine Zeit nicht verdient haben. Diese Abendessen durchzustehen war schon immer anstrengend für mich, selbst als ich nur still dasitzen konnte, froh, nicht beachtet zu werden. Jetzt, als Mittelpunkt und ständig den Blicken ausgeliefert, ist es noch schlimmer. »Nichts Wichtiges«, murmele ich und lege meinen Löffel nieder.

Ich wende mich meiner Mutter zu meiner Linken zu. Ein paarmal während des Dinners kam sie mir geistesabwesend vor. Als sei sie zwar körperlich anwesend, in Gedanken jedoch weit weg. »Mutter?«

Sie erwacht aus ihrem Tagtraum und setzt ein Lächeln auf. »Ein reizendes Abendessen«, sagt sie aus Gewohnheit, nur um etwas zu sagen.

»Ja, das war es.« Ich schaue auf, als Davenport hereinkommt und den Blick sofort auf meine Mutter richtet. Sie nimmt ihr Weinglas, die Anspannung ist ihr deutlich anzumerken.

»Würdest du mich bitte entschuldigen?«, fragt sie und steht auf, noch bevor ich antworte.

Ich beobachte, wie sie rasch den Raum verlässt. Erst nachdem sie gegangen ist, kommt Davenport näher. Mir fällt wieder ein, dass ich ihn eingeladen habe, mit uns zu essen. Warum tut er es nicht? Ich sehe zu David. Blöde Frage. Oder? Ich sehe zur Tür, durch die meine Mutter gerade eilig verschwunden ist.

Davenport setzt sich und wird von allen Anwesenden beobachtet. Er dreht sich ein wenig zur Seite, sodass er den restlichen Gästen den Rücken zukehrt.

»Damon ist eben eingetroffen, Ma'am«, flüstert er. »Er bittet darum, Sie in einer dringenden Angelegenheit sprechen zu dürfen.«

Mist. Ich räuspere mich und schaue zu der Tür, die ins Foyer führt, wo der Sicherheitschef vermutlich in grimmiger Laune auf und ab geht. »Würden Sie ihn bitte informieren, dass ich noch Gäste habe?« Plötzlich finde ich es ganz reizvoll, hier am Tisch zu bleiben. »Ich werde ihn morgen früh empfangen.«

»Er ist sehr beharrlich.«

»Ich auch«, erwidere ich und sehe ihn herausfordernd an. »Danke.« Falls mein warnender Blick nicht funktioniert hat, mein Ton ist unmissverständlich. Davenport nickt und zieht sich zurück. »Das Essen war vorzüglich, da sind wir uns wohl alle einig«, sage ich zu den Gästen.

»Du hast es ja kaum angerührt«, stellt Victoria fest und winkt einen Kellner zu sich, damit er ihr Wein nachschenkt.

Ich beherrsche mich, nehme die Serviette vom Schoß und lege sie auf den Tisch. »Ich fühlte mich heute nicht ganz wohl.«

»Kann ich irgendwie helfen?«, erkundigt sich Dr. Goodridge und mustert mich erneut.

»Ich bin sicher, es ist nichts Ernstes«, erkläre ich und richte meine Aufmerksamkeit auf Onkel Stephan und seine Frau. »Wie geht es dir, Onkel?«

Sein Grinsen wäre boshaft, wenn er es zeigen würde. »Sehr gut. Und ich höre, es läuft gut mit Santiago und Matilda.« Ihre Augen strahlen bei der Erwähnung des Argentiniers. »Er könnte nächstes Mal doch dabei sein.«

Matilda grinst frech. »Das wäre toll.«

»Ich bin mit jemandem zusammen«, lässt Eddie sich zur Überraschung aller am Tisch vernehmen. Es sind die ersten Worte, die er spricht, seit wir hier sitzen. Erstaunliche Worte noch dazu.

»Wer ist die glückliche Lady?«, erkundige ich mich scherzhaft. Eine wunderbare Frau wäre vielleicht genau das, was ihn vor dem Ruin bewahren könnte.

»Du kennst sie möglicherweise«, antwortet Eddie beiläufig, leert sein Weinglas und hält es hoch, damit ihm nachgeschenkt wird. »Hallie Green.«

»Der Name kommt mir bekannt vor«, gebe ich zu und krame in meinem Gedächtnis.

Onkel Stephan verschluckt sich, und ein Kellner eilt herbei, für den Fall, dass ein Heimlich-Griff nötig werden sollte.

»Es geht schon«, versichert Stephan hustend, hält sich die Serviette vor den Mund und sieht mich mit großen Augen an. Er schüttelt den Kopf, nimmt die Brille ab und tupft sich die tränenden Augen.

Ich runzle die Stirn.

»Hallie Green?« Phillip sieht Eddie angewidert an. »Das Model?«

Eddie hebt grinsend sein Glas. »Du kennst sie?«

Phillip scheint sich sofort unbehaglich zu fühlen.

Stephan hustet erneut, diesmal klopft ihm seine Frau auf den Rücken.

Was ist hier los, frage ich mich verwirrt. »Hallie Green«, wiederhole ich. Die Art, wie Victoria ihren nervösen Gatten ansieht, löst die Erinnerung aus. »Das glamouröse Model?« Entsetzt stelle ich mein Glas ab. Die kurvige Blondine ist regelmäßig in der Zeitung, wo sie entweder ihre Brüste zeigt oder eine Skandalgeschichte zum Besten gibt. Matilda und ich haben oft genug die Augen über diese Frau verdreht, die sich an prominente Männer heranwirft, die ihren Kurven und ihrem Sex-Appeal erliegen.

»Sie ist ziemlich missverstanden.« Eddie ignoriert mein Entsetzen und macht sich über sein frisch nachgefülltes Glas Wein her. »Vielleicht kann sie beim nächsten wunderbaren Familiendinner dabei sein.«

Victoria schnaubt. »Absurd. Eine solche Dirne wird niemals beim Dinner mit der königlichen Familie willkommen sein.«

»Halt den Mund, Victoria«, sagt Eddie genervt, was sie zusammenzucken lässt, als sei sie geohrfeigt worden. »Ich weiß, du hast insgeheim immer geglaubt, du könntest einen besseren Job machen als einer von uns. Aber du bist nicht die Königin und wirst es nie sein, deshalb ist es nicht an dir, zu entscheiden, wer an diesem Tisch willkommen ist und wer nicht.«

Victoria macht den Mund auf und stößt Phillip mit dem Ellbogen an, worauf er pflichtschuldig etwas unternimmt und sagt: »Du wirst nicht in diesem Ton mit meiner Frau sprechen.«

Eddie schnaubt. »Du kannst auch deinen Mund halten, du verklemmter alter Narr. Du bist nur wegen des Geldes und des Status hier, du Parasit.« Er lacht in sich hinein, während ich nichts weiter tun kann, als das Geschehen verblüfft zu verfolgen. »Du kennst Hallie, nicht wahr, Onkel?«, wendet Eddie sich mit frechem Grinsen an Phillip.

»Ich verbitte mir diese Andeutung«, bellt der, aber mir ist nicht entgangen, wie Victoria ihn angesehen hat, als Hallies Name fiel. Es war ein tödlicher Blick. »Ich kenne sie nicht.«

»Doch, tust du.« Onkel Stephan, der seinen Hustenanfall überwunden hat, schaltet sich in die Unterhaltung ein. Oder den Streit. »Sie ist Stammgast in diesem privaten Gentlemen's Club, in dem du und deine Yuppie-Freunde gern herumhängen.«

Ich bin baff, Eddie dagegen fängt an zu lachen. Es wird ziemlich wüst – Victoria zischt und flucht, Phillips Gesicht nimmt verschiedene tiefe Rottöne an, wohingegen Stephan und Eddie sich prächtig zu amüsieren scheinen. Mir wird klar, dass ich diesem Zirkus

Einhalt gebieten sollte, aber es ist unterhaltsam und erhellend. Ich blicke zu Haydon. Er sieht amüsiert und verärgert aus. David schüttelt ablehnend den Kopf, während Sabina sanft lächelt wie immer, sich nie ein Urteil gestattend.

»Also«, wendet Eddie sich an mich. »Darf sie?«

»Darf wer was?« Ich bin für einen Moment aufgeschmissen.

»Hallie. Darf sie uns mal beim Dinner Gesellschaft leisten?«

Er hat mich in der Hand, worüber ich nicht allzu glücklich bin. Es ist schlicht rebellisches Verhalten, das er an den Tag legt und mit dem er meine früheren Bemühungen zunichtemacht, meinem Status gerecht zu werden. Er hat sich absichtlich die skandalöseste Frau geangelt, um etwas zu beweisen. Was auch immer das sein mag. Er muss verrückt sein. Schon bald wird in allen Zeitungen über diese Frau berichtet werden, wenn sie schlüpfrige Geschichten über Prinz Eddie erzählt. Und am schlimmsten – sie werden alle wahr sein.

Ich sehe zu David und ahne seine Absicht, die Kommunikationsabteilung zu informieren. Ich nicke ihm dezent zu, um ihn wissen zu lassen, dass er das ruhig schnell machen soll. Was ich tue, gehört nicht zu den Pflichten einer Königin, sondern zu denen einer Schwester. Eddie kann offenbar nicht klar denken, also muss ich das für ihn übernehmen.

»Ich finde, das ist eine sehr gute Idee«, sage ich, um meinen Bruder zu besänftigen. Ich werde diesen Unsinn klären, bevor es zum nächsten Dinner kommt. Eddie zu besänftigen bedeutet allerdings, die meisten anderen Leute am Tisch zu provozieren. Alle missbilligen meine Worte schweigend, bis auf Victoria.

»Lächerlich.« Sie legt ihre Serviette auf den Tisch. »Der Tag, an dem ich mit einer solchen gewöhnlichen Person esse, wird der Tag sein, an dem ich den Glauben an die Monarchie verliere.«

»Genug«, befehle ich mit tiefer, drohender Stimme, den Blick fest auf sie gerichtet. Sie sinkt in sich zusammen, und diesmal stößt sie ihren Mann nicht an, damit der sie unterstützt. Wird diese Frau jemals lernen, wo ihr Platz ist? Wann es angemessen ist, etwas zu sagen, und wann sie lieber den Mund halten sollte? Am liebsten würde ich ihr ihre Arroganz in den Rachen rammen, bis sie daran erstickt. Ich bin unvernünftig wütend.

Victoria nimmt schwungvoll ihr Glas und weicht meinem Blick aus, bevor ich sie damit versengen kann. Doch, du kennst deinen Platz, denke ich und wende mich ab von ihr, da jemand eintritt.

Mutter geht anmutig durch den Raum und setzt sich wieder. »Entschuldigt bitte. Ich hoffe, ich habe nichts Wichtiges verpasst.«

Hat sie nicht, aber das sage ich ihr nicht. Stattdessen streiche ich ihr eine Strähne hinters Ohr. Sie sieht leicht erhitzt aus, und wieder frage ich mich, ob es klug war, Davenport erneut in königliche Dienste aufzunehmen. Sie schaut mich an, ihr Lächeln ist angespannt, meine Hand an ihren Haaren hält inne. Normalerweise ist ihre äußere Erscheinung tadellos – die Haare, ihr Make-up. Trotzdem habe ich ihr gerade eine lose Strähne aus dem Gesicht gestrichen. Und ihr Lippenstift ist leicht verschmiert.

Verdammt …

Ich ziehe meine Hand zurück und betrachte Mutter eingehender. Sie widmet sich einfach wieder ihrem Wein. Ist sie …?

»Adeline.« David reißt mich aus meinen Überlegungen. Er hat seinem Sohn die Hand auf die Schulter gelegt. »Haydon hat eine Überraschung für dich.«

Alle verstummen und richten ihre Aufmerksamkeit auf mich. Oh nein. »Ich mag Überraschungen nicht.« Ich versuche, meine Worte fest und nicht besorgt klingen zu lassen. »Haydon weiß das.«

»Jede Frau liebt Überraschungen.« David lacht. »Auch wenn sie das Gegenteil behauptet.«

Ich kann ihm versichern, dass ich Überraschungen hasse. »Wirklich …« Ein Kästchen landet auf dem Tisch vor mir, und ich lehne mich zurück, als könnte ich diesem kleinen harmlosen Ding irgendwie entkommen. Das Problem ist allerdings, dass es keineswegs harmlos ist. Nichts, was sich darin befindet, ist harmlos. Ich schlucke benommen, meine Hände wollen das Kästchen nicht nehmen. Furcht und zunehmende Wut überkommen mich. Mir war klar, dass dieses Dinner heikel werden würde, doch habe ich nicht im Traum damit gerechnet, dass Haydon so direkt vorgehen könnte. Vor allen Anwesenden. Außerdem hat sein Vater es ihm gesagt. Ist er so dickfellig? Kann er meine Körpersprache nicht deuten?

Ich sehe meine Mutter an. Ich hasse ihren friedlichen Blick. Ich sehe zu David und würde ihn am liebsten ohrfeigen. Er hat mich in die Enge getrieben. Ich schaue zu Sabina, die ebenso schmallippig dasitzt wie Dr. Goodridge. Matilda sieht mich mitleidig an, genau wie Stephan und seine Frau, während Victoria und Phillip völlig gleichgültig dreinschauen. Eddie beißt sich auf die Unterlippe und beobachtet mich. Und Haydon? Der sieht nervös aus, auf seinem Gesicht hat sich ein Schweißfilm gebildet. Wie konnten sie ihm das antun? Sie sind unmoralisch – sein Vater, Sir Don und der Rest der korrupten Narren.

Haydon räuspert sich, als ich ihn mit ausdrucksloser Miene ansehe, greift nach dem Kästchen und kniet vor mir. *Oh bitte nein.* Er öffnet das Kästchen, aber ich kann mich nicht überwinden, den Ring darin anzusehen.

»Adeline, ich war mehr als geduldig. Ich liebe dich, seit wir Kinder waren. Und nun ist der perfekte Zeitpunkt für uns, den nächsten Schritt zu tun.«

Ich bin wie gelähmt. Was mich leider auch daran hindert, dieser Katastrophe irgendwie Einhalt zu gebieten.

»Ich verspreche, dir zur Seite zu stehen, dich in deiner Regentschaft zu unterstützen und auf jede nur erdenkliche Weise für dich da zu sein. Du brauchst einen Ehemann. Ich liebe dich, Adeline Catherine Luisa Lock…«

»Haydon, stopp.« Ich nehme seine Hand, und er macht den Mund zu. Ich brauche einen Ehemann? Natürlich kann eine schwache kleine Frau niemals einen derartig anspruchsvollen Job machen ohne einen Mann an ihrer Seite.

Ich muss im Stillen lachen. Das geht jetzt wirklich zu weit. Damit hat er sich zu viel herausgenommen. Ich werfe David einen finsteren Blick zu, da ich weiß, dass er einer der Hauptdrahtzieher ist. Genug ist genug. Morgen werde ich ein Machtwort sprechen, und sollten meine Warnungen nicht beherzigt werden, werde ich nicht zögern, Titel abzuerkennen.

»Ich werde dich niemals heiraten, Haydon.« Ich hasse den Schmerz in seinen Augen. Ich hasse das so sehr. »Du musst damit aufhören. Drüber hinwegkommen. Finde eine Frau, die dich verdient und dich braucht, denn ich fürchte, auf mich trifft das nicht zu.« Ich stehe auf. »Bitte entschuldigt mich.« Ich gehe sicheren Schrittes, obwohl mein Herz pocht. Ich bin fest entschlossen, denn es reicht mir mit dieser albernen Angelegenheit. Jetzt kann sie ein für alle Mal erledigt werden. Ich habe meine Ansicht dazu klargemacht, und wer nicht zugehört hat, wird es bereuen.

Damon wartet in der Eingangshalle auf mich. Ich sehe ihm an, dass er mir eine Predigt halten will. Sein ansonsten freundliches Gesicht ist ärgerlich verzogen, doch kaum sieht er meine Miene, hält er sich prompt zurück.

Ich strecke die Hand aus, was ihn veranlasst, in seine Innentasche zu greifen. Er gibt mir die Packung, und ich gehe in den Salon, aus dem ich nach draußen flüchten kann. Noch bevor ich den Raum verlassen habe, zünde ich mir eine Zigarette an und verpeste den historischen Salon. Ich höre Damons Schritte, dann nichts mehr.

»Sie hätten nicht herkommen müssen«, sage ich und sauge heftig an meiner Zigarette.

»Sie haben Ihren geheimen Liebhaber in den Palast geschmuggelt, Adeline. Ich musste dringend zurückkommen.«

»Und ich werde ihn auch wieder hinausschmuggeln.«

»Ich frage lieber nicht, wie Sie das geschafft haben. Wie auch immer Sie es angestellt haben, es war ziemlich blöd.«

»Die Geheimgänge«, erkläre ich und puste Qualm in die Abendluft. »Einer führt in den Blue Room.«

»Die sind nicht versperrt?«, fragt er alarmiert.

Darüber habe ich bis jetzt gar nicht nachgedacht. Der Blue Room wurde erst letztes Jahr in die Führung durch den Palast aufgenommen.

»Man kann die Tür nur von innen öffnen.« Innerhalb kürzester Zeit wird dort ein Metallgitter angebracht werden. Vermutlich werden einige Köpfe rollen. Ich ziehe ein letztes Mal an der Zigarette, schnippe die Kippe in die Büsche und wende mich Damon zu. »Ich werde mich nicht entschuldigen.«

»Das habe ich auch gar nicht verlangt.«

»Aber Sie heißen mein Verhalten nicht gut.«

»Selbstverständlich heiße ich es nicht gut. Sie haben sich stets auf dem schmalen Grat zwischen Dreistigkeit und Dummheit bewegt, doch dies geht einen Schritt zu weit.« Seine Miene ist düster. »Euer Majestät«, fügt er hinzu, aus zwei Gründen vermutlich.

Erstens hat er mir gerade königlich die Leviten gelesen, sozusagen, und mich zweitens daran erinnert, wer ich bin.

»Haydon hat mir einen Antrag gemacht.« In meiner Stimme schwingt nicht die geringste Emotion mit. Ich fühle nichts. »Ich habe Nein gesagt.«

Damon nickt, ich vermute, er bereitet sich innerlich bereits auf kommende unangenehme Dinge vor.

»Aha«, sagt er.

»Das ist alles? *Aha?*«

»Was wollen Sie denn von mir hören? Ihnen muss doch klar gewesen sein, dass das kommt.«

Ich senke den Blick auf meine hübschen schwarzen Pumps. »Ich hätte nie gedacht, dass ich derartig in Verlegenheit gebracht werde.« Es behagte mir nicht, Haydon zu demütigen. Dennoch, falls David oder sonst wer glaubt, dass ich mich diesem Druck beuge, haben sie sich getäuscht.

Wie konnte Haydon so blind sein, während er jahrelang *mehr als geduldig* wartete? Worauf eigentlich? Ist es ihm wirklich egal, dass ich ihn niemals aus Liebe geheiratet hätte? Dass ich ihn niemals lieben werde? Ich hätte es ihm sagen müssen, damit er sich nicht vor der gesamten Familie blamiert. Andererseits, wenn er so blind ist, dass ich es ihm sagen muss, ist er ein Idiot. Genau wie sein Vater. Der jedoch ein gerissener Bastard ist.

»Ich sollte zurück in meine Suite.« Ich lege eine Hand auf Damons Arm. »Wir sehen uns morgen.« Ich gehe an ihm vorbei und wieder in den Palast hinein.

»Adeline«, ruft er. Ich bleibe an der Tür stehen, drehe mich aber nicht zu ihm um. »Seien Sie vorsichtig.«

Mein Lächeln kostet mich Mühe. Ich mache einen Umweg durch die Küche, um niemandem zu begegnen. Meine Anwesenheit in diesen betriebsamen Räumlichkeiten sorgt für kurzes Innehalten. Als ich die Haupttreppe hinaufgehe, klingelt mein Handy.

Skeptisch registriere ich, wer mich da anruft. Will er uns auffliegen lassen? »Ich bin unterwegs«, sage ich, die Hand auf dem Geländer, und schleppe mich geschafft nach oben.

»Oh, gut«, sagt Josh mit auffallend hoher Stimme. »Wir haben nämlich ein Problem.«

»Welches?«

»Eine deiner Damen hat gerade vorbeigeschaut.«

Mir fehlt schlicht die Energie, um in Panik zu geraten, trotzdem beschleunige ich meine Schritte. »Wer?«

»Diejenige, die auch in Washington reingeplatzt ist. Sie will nicht reden. Sie starrt mich nur an.«

»Olive«, schließe ich und laufe über die Galerie, nicht weil ich jetzt doch in Panik bin, sondern weil Olive kurz vor einem Herzversagen stehen dürfte. Vor allem wenn Josh noch in Boxershorts herumläuft. Ich stürme in meine Wohnung und schaue mich um. Leer. Ich renne weiter ins Schlafzimmer, wo Olive an der Tür steht und Josh am Bett. Er sieht ein wenig ängstlich aus. Wie ich befürchtet habe, trägt er nur Boxershorts. Seine muskulöse Brust und sein attraktives Gesicht erklären Olives Zustand.

Sanft lege ich ihr eine Hand auf den Arm. »Olive?«

Sie sieht mich mit ausdruckslosen Augen an und sagt nichts.

»Kommen Sie.« Ich führe sie aus dem Raum und werfe Josh im Weggehen einen Blick über die Schulter zu. Ich sehe ihm an, dass er sich fragt, wo mein Zusammenbruch bleibt. »Möchten Sie sich setzen?«, erkundige ich mich, als wir an den Sofas vorbeikommen.

Nachdem sie sich nicht mehr in unmittelbarer Nähe von Josh befindet, kehrt Leben in sie zurück.

»Sie müssen mich vorher warnen, Ma'am.« Sie schüttelt den Kopf, in ihren Zügen sehe ich Furcht. »Du lieber Himmel.« Ihr Blick geht zur Schlafzimmertür. »Josh Jameson ist hier im Palast.«

»Seien Sie still, Olive«, ermahne ich sie mild. »Man wird Sie hören.«

»Mein Herz verträgt derartige Schocks nicht, Ma'am.«

»Es tut mir leid.« Ich fühle mich schrecklich. Das Gewicht meiner Geheimnisse wird zu viel für sie. »Ich fühle mich grässlich, Ihnen diesen Druck aufzubürden, wirklich.«

»Druck?« Sie lacht, aber es klingt nervös. »Nein, Ma'am, Sie missverstehen mich.« Sie zeigt mit beiden Armen erneut zur Schlafzimmertür, hinter der sich Josh befindet. »Josh Jameson hält sich in Ihrem Schlafzimmer auf, und er hat nichts an außer Boxershorts.«

»Oh.«

»Ich dachte, ich bin am Set eines Werbespots für ein neues angesagtes Parfüm.«

»Olive, Sie haben Joshs Körper schon vorher gesehen«, erinnere ich sie. »Im St. Regis.«

Sie winkt ab. »Da habe ich noch halb geschlafen. Und das Licht war schlecht. Und er lag im Bett. Meine Güte, Euer Majestät, wie behalten Sie die Fassung?« Sie ist immer noch ganz aus dem Häuschen, doch dann fängt sie sich und sieht prompt besorgt aus. »Verzeihen Sie mir, um Himmels willen. Wie unpassend von mir. Manchmal geht mein Mundwerk mit mir durch. Es tut mir schrecklich leid, Ma'am. Wirklich, schrecklich, es war höchst …«

»Olive, hören Sie auf.« Ich umfasse ihren Arm und führe sie zur Tür. »Es gibt nichts, wofür Sie sich entschuldigen müssten.« Ich öffne die Doppeltür und deute damit an, dass es für sie an der Zeit ist zu gehen. Ich verzichte darauf, sie daran zu erinnern, mein Geheimnis für sich zu behalten. Das wird sie. »Und wenn Sie es unbedingt wissen müssen – auch ich konnte nie und werde nie ruhig bleiben können in Joshs Gegenwart.«

Sie lächelt. »Sie sind wunderbar, Ma'am.«

Sie ist süß. »Das gilt auch für Sie, Olive. Gehen Sie jetzt.«

»Ja, Ma'am.« Sie eilt davon, und ich schließe die Tür.

Dann schleppe ich mich ins Schlafzimmer. Josh sitzt auf dem Bett, die Arme vor der Brust verschränkt, die Miene sorgenvoll.

»Warum bist du nicht in Panik?«, will er wissen.

»Ehrlich, mir fehlt die Kraft dazu.« Ich will nur noch ins Bett kriechen und mich die ganze Nacht von ihm wärmen lassen. Ich kicke meine Schuhe fort, ziehe den Reißverschluss meines Kleides herunter und lasse es zu Boden gleiten. Ich schminke mich nicht ab oder ziehe meine Unterwäsche aus. Josh beobachtet mich, wie ich barfuß über den Teppich gehe. Er legt sich unter die Decke und hält sie einladend hoch. Ich krieche zu ihm ins Bett und schmiege mich an seine Brust.

»Wie war das Dinner?«, erkundigt er sich zögernd, als fürchte er sich vor der Antwort.

»David Sampson ist immer noch ein Arschloch und Haydon ein Welpe.« Mehr gebe ich nicht preis. Josh würde ausflippen, wenn ich ihm die Wahrheit sage. »Eddie geht mit einem Glamour-Model, Schrägstrich Pornosternchen aus, das bei jeder Gelegenheit seine Dinger zeigt. Außerdem bin ich mir ziemlich sicher, dass meine Mutter eine heimliche Affäre mit Major Davenport hat.«

»Wow« ist alles, was Josh dazu sagt.

Ich muss lachen, denn, ja, wow. Und alles verbirgt sich hinter noch mehr Blendwerk.

Ich schließe die Augen und richte meine Gedanken ganz auf Joshs Hände, die meinen Rücken streicheln. Er drängt mich nicht zu weiteren Informationen. Als wüsste er, dass ich zusammenbreche, wenn er es täte.

Ich werde nicht zusammenbrechen … denn ich bin schon gebrochen. Josh ist momentan das Einzige, was mich zusammenhält. Ich weigere mich, ihn als nur vorübergehende Stütze zu betrachten, denn das hieße zu akzeptieren, dass meine Welt aus den Fugen ist.

Ich gebe mir alle Mühe, nicht zusammen mit ihr zu zerfallen.

23

Am nächsten Morgen fühle ich mich nicht besser. Ich habe tief und fest geschlafen, doch kaum öffne ich die Augen, tut mir der Kopf weh. Ich habe eine ungute Vorahnung, die sich nicht abschütteln lässt. Eine Weile wurde sie in den Hintergrund gedrängt, als Josh mir meinen Slip herunterzog, mich auf die Seite drehte und sich von hinten an mich schmiegte. Eine leichte Bewegung seiner Hüften, und er war in mir. Sein langsamer, gleichmäßiger Rhythmus entführte mich in eine Sphäre, aus der ich am liebsten nicht mehr zurückgekehrt wäre. Doch leider muss ich aus diesen friedlichen Gefilden immer wieder in meine verdorbene Welt zurück und die Fassade aufrechterhalten. Ich tadelte mich im Stillen dafür, dass ich während dieser glücklichen Momente solche Gedanken hatte. Ich griff in sein Haar und bog meinen Körper durch, um Josh mehr und tiefer spüren zu können.

Wir kamen gemeinsam.

Leise.

Ruhig.

Er flüsterte: »Ich liebe dich«, und ich küsste ihn leidenschaftlich.

Wir kuschelten still. Ich war mir sicher, Josh spürte die Missstimmung, obwohl er kein Wort darüber verlor, genau wie ich.

Jetzt trage ich eine Jeans und einen dicken Wollpullover und ziehe meine Fellstiefel an. Josh wartet an der Tür auf mich.

»Dieses Outfit erinnert mich an den Abend, als du verschwunden bist aus deinem Palast, um vor meinem Hotel aufzutauchen.«

Lächelnd gehe ich zu ihm. »Seit ich dich kenne, habe ich mich dauernd fortgestohlen aus dem Palast.« Ich rücke seine Baseballkappe gerade, was eigentlich nicht nötig ist. Es ist nur … Ich lasse die Hände sinken und trete einen Schritt zurück. »Bereit?«

»Ja.«

Er sieht mich fragend an, doch ich achte nicht darauf, sondern öffne die Tür. Ich trete hinaus, ohne vorher zu prüfen, ob es sicher ist. Wir gelangen in den Geheimgang, und ich gehe voran. Jeder Schritt in Richtung Joshs Freiheit fühlt sich an wie ein Schritt hin zu meinem Untergang. Er schweigt, ich schweige, die Anspannung in der feuchten Dunkelheit ist deutlich. Als wir das Ende des Ganges erreichen, drehe ich mich um und sehe ihn mit einem schwachen Lächeln an. Ich gebe mir Mühe, etwas Elan hineinzulegen, aber es gelingt mir nicht.

»Ich hatte eine wundervolle Zeit.« Mehr fällt mir nicht ein. Abgesehen von meinem teuflischen Familiendinner war es wirklich eine wunderbare Zeit. Selbst als ich mich in meine quälenden Gedanken verlor nach meiner Rückkehr von diesem unseligen Abendessen. Mit Josh zusammen zu sein machte sogar das viel erträglicher, denn ich konnte mich an ihn schmiegen, bis ich einschlief und meine quälenden Gedanken von nicht weniger quälenden Träumen abgelöst wurden.

Josh tritt zu mir, er sieht besorgt aus. Das geht mir nahe, vor allem, da ich der Grund dafür bin und nichts dagegen tun kann.

»Du bist ganz unbekümmert aus deiner Wohnung marschiert«, sagt er.

»Bitte?«

»Vorhin.« Er zeigt mit dem Daumen über die Schulter in die Dunkelheit. »Ohne vorher zu prüfen, ob die Luft rein ist. Warum?«

Weil es mir egal war. Das sage ich allerdings nicht. Es gibt vieles, was ich nicht gesagt habe und nicht sagen sollte. Der Heiratsantrag würde Josh glatt durch die Decke gehen lassen. Mein Gemütszustand ist bedenklich. »Ich bin bloß müde.« Das ist die Wahrheit. Ich bin ermüdet … von allem.

»Adeline, du machst mir Angst.«

Ich mache mir selber Angst.

Josh streichelt meine Wange. »Sag mir, was los ist.«

Soll ich ihm sagen, dass ich es nicht mehr ertrage? Dass ich am liebsten schreien würde und es mir egal ist, ob die Welt es hört?

Dass ich Angst um ihn habe? Um mich? Um *uns*? »Ich wünschte, du müsstest nicht gehen«, gestehe ich und lehne mich an seine Brust.

»Dass ich hier stehe, ist allein schon ein Wunder.« Er umarmt mich und hält mich fest. »Wann werden wir wieder zusammen sein?«

»Morgen«, antworte ich. »Wo wohnst du?«

»Im Ritz. In der Prince of Wales Suite. Aber wie?«

»Ich finde einen Weg«, verspreche ich, denn das werde ich. Und bis dahin habe ich auch diese trübe Stimmung abgeschüttelt. »Geh.« Ich schiebe ihn weg, halte jedoch bis zum letzten Augenblick seine Hand und Blickkontakt. In dem Moment, als die Tür sich hinter ihm schließt, tue ich das, was ich schon dringend tun will, seit ich gestern Abend den Speisesaal verlassen habe.

Ich weine.

Die Tränen laufen unaufhaltsam. Ich halte mir eine Hand vor den Mund. Mein Geschluchze wird zwar von der Anspannung meines Körpers unterdrückt, trotzdem ist es laut. Das Geräusch hallt von den nackten Backsteinwänden des engen Ganges wider. Ich muss meine schwachen Beine anflehen, nicht nachzugeben, denn eigentlich möchte ich nur noch an der rauen Mauer hinunterrutschen und mich auf dem Boden zusammenkauern. Ein Gefühl der Hoffnungslosigkeit breitet sich in mir aus, zerrt an meinem Geist und an meiner Seele. Ich muss es aufhalten, bevor alles, wofür ich stehe, verschwindet. Ich muss diesem ganzen Irrsinn Einhalt gebieten.

Mir grob die Wangen reibend mache ich tiefe, kontrollierte Atemzüge und kämpfe gegen das Zucken meines Körpers an. Ich kann mich wehren gegen diesen Anfall von Verzweiflung. Ich darf mich einfach nicht aufgeben, denn das wäre das Ende. Meins und das von Josh und mir. Und ich will es nicht enden lassen, komme was da wolle.

Ich schaue den dunklen Gang hinunter und spüre allmählich Entschlossenheit. Mut. Biss. Die Empfindungen durchfluten mich wie gewaltige Wellen und spülen die vorherige Schwäche hinweg. Genug. Ich werde nicht länger eine Geisel dieser verdammten Institution sein.

Fest entschlossen und fokussiert marschiere ich den Gang entlang. Dieser Irrsinn endet heute. An diesem Tag werde ich mit einigen der Lügen aufräumen.

Als ich aus den modrigen Eingeweiden von Claringdon Palace hinaustrete, schlage ich die Richtung zu meiner Suite ein, um mich entsprechend anzuziehen. Meine Kleidung soll ebenso Macht ausstrahlen wie meine Haltung. Als hätte Jenny ein geheimes Wissen über die Vorgänge in meinem Innern, wartet sie bereits in meiner Suite auf mich. Das Glätteisen heizt vor, ihr Zauberkoffer ist aufgeklappt, und sie spitzt einen roten Lippenkonturenstift an.

»Ich gehe duschen«, sage ich im Vorbeigehen. »Ich glaube, ich werde mein anthrazitfarbenes Bleistiftkleid mit den Lederpaspeln anziehen.«

»Gute Wahl, Ma'am.«

Ich verschwinde ins Badezimmer und dusche schnell, wobei ich mir ständig ermutigende Worte vorsage. Als ich fertig bin, hat Jenny mein Kleid herausgelegt, dazu meine schwarzen Stilettos sowie die Ohrringe, die Josh für mich gekauft hat. Sie liegen auf der Frisierkommode. Sonst nichts. Nur die Ohrringe. Ich setze mich und lasse Jenny ihre Kunst vollbringen. Sie trocknet und glättet mein langes dunkles Haar, sodass es bis weit auf meinen Rücken fällt. Meine Wimpern bekommen in den Augenwinkeln den perfekten Schwung, während meine Lippen kunstvoll rot geschminkt werden. Ich ziehe meinen Morgenmantel aus und das Kleid an, dann die Pumps. Jenny schließt mir den Reißverschluss am Rücken.

Fertig.

Ich lege die Ohrringe an und mache mich auf den Weg zum Privatgemach meiner Mutter. Mein Handy klingelt, als ich gerade mein Aussehen im Spiegel vor ihrer Tür überprüfe. Ich schaue aufs Display und meine Entschlossenheit gerät ins Wanken. Mein Verstand befiehlt mir, den Anruf zu ignorieren. »Nein«, sage ich und betrachte die beeindruckende Erscheinung im Spiegel, die Jenny aus mir gemacht hat. »Haydon«, sage ich statt einer Begrüßung.

»Adeline, was ist passiert?«

Es wäre leicht, um Geduld ringend die Augen zu schließen, aber nichts an dieser ganzen Geschichte ist leicht. Also fixiere ich mich weiter im Spiegel, und sei es nur, um mich daran zu erinnern, wer ich bin. Ich kann das nicht länger mit mir machen lassen. Und ich kann es sie nicht länger mit Haydon machen lassen. »Ich liebe dich nicht, Haydon.«

»Noch nicht, das weiß ich. Aber du wirst mich mit der Zeit lieben. So funktioniert das.«

Frustriert knirsche ich mit den Zähnen. »Nicht in der realen Welt. So funktioniert das in der Wirklichkeit nicht. In dieser Familie vielleicht. In *unserer* Welt. Im richtigen Leben verliebt man sich und heiratet diese Person, weil man ohne sie nicht mehr sein kann. Im richtigen Leben gibt es Knistern und Verlangen.«

»Das werden wir alles haben, Adeline. Du musst uns nur eine Chance geben.«

Man hat ihn einer Gehirnwäsche unterzogen. Er kann unmöglich mit einer Frau zusammen sein wollen, die ihn nicht liebt. Warum sollte sich ein Mann das wünschen? Meine Entschlossenheit wankt, nun schließe ich doch die Augen. »Ich liebe einen anderen, Haydon«, sage ich, damit er es endlich begreift. Abgesehen davon sollte er der Erste sein, der es weiß. Es macht mir keinen Spaß, ihm wehzutun. Aber schuldig fühle ich mich deswegen auch nicht. Ich habe ihm seit gefühlt einer Ewigkeit signalisiert, dass das nichts wird mit uns. Alle irregeleiteten Hoffnungen sind von seinem Vater geschürt worden und von meinen Beratern. Und ich bin diejenige, die diese Hoffnung zunichtemachen muss.

Am anderen Ende der Leitung herrscht Schweigen, ich mache die Augen wieder auf. »Haydon, hast du gehört?«

»Es spielt keine Rolle.«

Ich stutze, und zum ersten Mal frage ich mich, ob Haydon Bescheid weiß. Hat David ihm von meinem Geständnis in Evernmore erzählt? Sicher nicht. Warum hätte er das tun sollen? Je weniger Leute von meiner Affäre mit Josh wissen, desto besser ist es; auf diese Weise lässt sie sich leichter geheim halten. Zudem hätte dieses Wissen Haydons Gefühle für mich verändert. Oder eben nicht, wie es den Anschein hat. »Natürlich spielt das eine Rolle.«

»Nein, es spielt keine Rolle, Adeline. Denn ich kann dich dazu bringen, dass du dich in mich verliebst. Du musst es mich nur versuchen lassen.«

Es ist, als würde ich gegen eine Mauer anrennen. Alles, was ich sage, stößt auf taube Ohren. Er hat mich nicht einmal gefragt, in wen ich denn verliebt bin. Wie gesagt – weiß er es längst? »Es spielt absolut eine Rolle, Haydon. Für mich jedenfalls.« Ich schaue zur Suite meiner Mutter. »Ich muss Schluss machen.«

»Adeline …«

Ich lege auf und brauche einen Moment, um meine Entschlossenheit wiederzufinden. Dann klopfe ich leise an die Tür.

Mary-Ann öffnet und deutet eine Verbeugung an. »Euer Majestät.«

»Könnten Sie meiner Mutter bitte ausrichten, dass ich sie gern sehen würde?«

»Sie ist nicht hier, Ma'am. Ich glaube, sie frühstückt.«

»Danke, Mary-Ann.« Den Blick fest nach vorn gerichtet marschiere ich durch den Palast, ohne links und rechts irgendwen wahrzunehmen. Ich finde den Speisesaal leer vor, der Tisch ist nicht einmal gedeckt. Ich durchquere das Foyer, meine Absätze erzeugen ein gleichmäßiges Klappern. Ich finde Felix im Flur, der zu den Büros der Kommunikations- und der PR-Abteilung führt. »Haben Sie meine Mutter gesehen?«, erkundige ich mich.

»Heute Morgen noch nicht, Ma'am.«

Ich wende mich ab und mache mich auf den Weg zur Bibliothek. Jeden, an dem ich vorbeikomme, frage ich, ob er oder sie weiß, wo meine Mutter ist. Niemand hat sie gesehen. »Sid«, rufe ich, als ich ihn in die Bibliothek verschwinden sehe. Der Haushofmeister kommt einige Schritte zurück und wartet, die Hände hat er vor sich gefaltet.

»Euer Majestät.«

»Ich suche meine Mutter.«

»Ich glaube nicht, dass ich sie heute Morgen gesehen habe, Ma'am.«

Ich lasse die Schultern hängen und denke nach. »Danke, Sid.« Wo in aller Welt könnte sie stecken? Ich mache auf dem Absatz kehrt und gehe in die Richtung, in der die Büros liegen. Eigentlich weiß ich nicht, warum ich mich dorthin begebe, anscheinend folge ich meinem Instinkt. Ich komme an Kims Büro vorbei, an Felix', und als ich an den Büros der PR-Abteilung vorbeigehe, sehe ich durch die angelehnte Tür, dass Sir Don und David mit einigen anderen Mitarbeitern darin sind. Ich sollte hineinmarschieren und zu erfahren verlangen, was sie da besprechen, aber das tue ich nicht, ganz gleich, wie neugierig ich bin. Außerdem werde ich schon bald ein Meeting mit ihnen allen abhalten, da werden sie es sein, die mir zuhören.

Als ich das Büro am Ende des Korridors erreiche, klopfe ich einmal und drehe den Türknopf ... die Tür ist abgeschlossen. Ich lasse die Hand sinken und schaue die Maserung im Holz an, lausche auf Bewegungen dahinter. Nichts, kein Laut. »Major Davenport?«, rufe ich und klopfe erneut. Nichts. Ich trete zurück und kaue nachdenklich auf meiner Unterlippe. Ich wähle Davenports Nummer auf meinem Smartphone und gehe wieder näher an die Tür. Drinnen klingelt es, dann wird es still. Rasch unterbreche ich den Anruf und wähle die Nummer meiner Mutter. Auch ihr Telefon klingelt hinter der Tür, nur einmal, dann folgt Stille. Langsam lasse ich mein Handy sinken und starre die Tür an.

Ich klopfe erneut und warte. Sie benötigen nur ein paar Sekunden, bis sie sich entschieden haben. Sie sind ertappt und können nicht fliehen. Ich bin kein bisschen sauer. Ich hätte Davenport nie angeboten, wieder in königliche Dienste zu treten, wenn das ein Problem für mich wäre. Insgeheim habe ich sogar gehofft, dass sie ihrer Liebe eine zweite Chance geben. Die beiden haben ihr Glück nach all den Jahren in dieser Hölle verdient. Wütend macht mich nur, dass es, wie bei mir, alles heimlich geschehen muss, damit die Monarchie nicht erschüttert wird. Ein weiterer Grund dafür, dass das, was ich vorhabe, richtig ist. Nie zuvor habe ich den Wunsch so stark verspürt, mit den Lügen aufzuräumen.

Die Tür öffnet sich knarrend. Davenport späht erst auf den Flur, ehe er die Tür weiter aufmacht, sodass ich meine Mutter sehen kann. Diesmal sieht sie nicht ausgelaugt und erschöpft aus. Heute strahlen ihre Augen.

»Euer Majestät«, flüstert Davenport mit gesenktem Blick.

»Ich würde gern allein mit meiner Mutter sprechen. Ich bin in meinem Büro.« Damit drehe ich mich um und gehe, bleibe jedoch bei der PR-Abteilung stehen. Ohne anzuklopfen, stoße ich die Tür auf; alle schauen mich überrascht an. Die Gespräche verstummen. »Bitte finden Sie sich um zehn in meinem Büro ein. Bis dahin wünsche ich, nicht gestört zu werden.« Ich warte nicht, bis Sir Don oder David Fragen stellen, sondern schließe die Tür hinter mir. Im Foyer komme ich an einem Bediensteten vorbei und gehe die Treppe hinauf. »Bitte bringen Sie Tee für zwei in mein Büro.«

»Jawohl, Ma'am.«

Oben angekommen gehe ich zu meinem Büro, vor dem Damon und Kim warten. »Meine Mutter wird in Kürze hier sein. Bitte führen Sie sie herein«, wende ich mich an Kim, während Damon mir die Tür aufhält. »Ich habe Tee bestellt.«

»Selbstverständlich.« Kim wirft Damon einen neugierigen und ein wenig besorgten Blick zu.

»Danke, Damon.« Ich schenke ihm ein Lächeln und will die Tür zumachen, doch er stoppt sie mit dem Fuß und mustert mich eingehend.

»Mir gefällt nicht, wie Sie aussehen«, sagt er rundheraus und mustert mein Kleid, die hohen Absätze und meine roten Lippen.

Er meint nicht meine Kleidung an sich, sondern wie ich sie trage. Er kennt mich lange genug, um meine Stimmung deuten zu können.

»Mir auch nicht«, meldet sich Kim zu Wort. »Brauchen wir irgendwelche Informationen?«

»Nein, ich glaube, ich habe alles im Griff. Bitte seien Sie um zehn Uhr hier. Davenport auch.« Ich schließe die Tür vor ihren beunruhigten Mienen und begebe mich an den Schreibtisch. Die rote Box des Schicksals steht in der Mitte, aber statt hineinzuschauen, was heute meiner Aufmerksamkeit oder Unterschrift bedarf, schiebe ich sie beiseite, setze mich in den Sessel und lasse den Blick durch den Raum schweifen, den ich mein ganzes Leben lang gefürchtet habe. Der Raum, in dem ich jede nur erdenkliche Warnung und Forderung gehört habe. Der Raum, der Verbot und Beschränkung symbolisierte. Der Raum, in dem ich nun die Kontrolle übernehmen sollte.

Das Klopfen an meiner Tür ist leise, dann tritt Kim ein und gibt den Weg frei für meine Mutter. »Ihre Königliche Hoheit, die Königinmutter.«

»Danke, Kim.« Ich deute auf den Sessel vor meinem Schreibtisch, und Mutter gleitet durch das Zimmer dorthin. Ich merke, wie sie mich taxiert und mich einzuschätzen versucht. Ich will nicht so ernst und gesammelt sein vor ihr, nur soll sie auch nicht glauben, ich würde mich unterwerfen und mich anpassen.

Während Mutter im Sessel Platz nimmt, lässt Kim einen Bediensteten mit einem Tablett eintreten. »Hierher bitte«, sage ich zu ihm und schiebe die rote Box weiter zur Seite.

»Möchten Sie, dass ich einschenke, Ma'am?«

»Nein danke.« Ich lächle zum Dank und warte, bis sie gegangen sind, ehe ich nach der Teekanne greife. »Tee?«, frage ich meine Mutter und halte den Deckel fest, während ich eingieße.

»Ja, bitte.«

Ich schenke uns beiden eine Tasse voll und reiche Mutter ihre über den Schreibtisch, ehe ich meine nehme. Mit der einen Hand halte ich die Untertasse, mit den Fingerspitzen der anderen den Henkel der Tasse. Prompt fällt mir auf, dass ich meine Tasse auf die gleiche Weise halte wie meine Mutter. Königinnenhaft. Sie war eine gute Gattin des Königs. Hingebungsvoll, pflichtbewusst, folgsam. Alles, was ich nicht bin.

Ich stelle meine Untertasse ab und lege beide Hände um das heiße Porzellan. »Darf ich annehmen, dass du gestern Abend während des Dinners nicht auf der Damentoilette warst, sondern in den Armen Major Davenports lagst?«

Es ist mir unangenehm, dass ihre Hände zittern.

»Ja.«

Ich könnte sie Heuchlerin nennen. Ich könnte sie für ihren Ehebruch verachten, aber das würde ich nie tun. Tatsächlich freue ich mich für sie, während es mich gleichzeitig ärgert, dass sie ihr Glück nicht mit der Welt teilen kann. Nicht einmal mit mir. Niemand wird die trauernde Witwe lächeln sehen.

Wir trinken unseren Tee, und Mutter wartet, was als Nächstes kommt. Ich überlege. Wie fange ich am besten an? Wie wird sie auf das reagieren, was ich zu sagen habe?

»Ich möchte, dass du glücklich bist, Mutter.« Das ist die perfekte Einleitung, auch wenn diese Bemerkung zunächst befremdlich auf sie wirken muss. Niemandem in dieser Familie war je am Glück der anderen gelegen. Stets ging es nur darum, sich ans Protokoll und an die Tradition zu halten. Glück kam an letzter Stelle.

»Glück ist etwas, das wir nicht wählen können, meine Liebe.«

»Du irrst dich«, entgegne ich. »Wir können es wählen, nur müssen wir es im Geheimen leben. Wir müssen es verbergen.«

Sie neigt den Kopf und stellt mit zitternden Händen Tasse und die Untertasse ab. Sie verschüttet mehr, als sie trinkt. »Wir müssen tun, was das Beste für diese Familie ist.«

»Nein, wir müssen das tun, was am besten für die Monarchie ist. Täten wir, was für die Familie am besten ist, würden wir alle reden und lächeln. Doch das tun wir nicht.« Ich stelle meine Tasse ebenfalls ab und beuge mich vor. Mutter soll mir in die Augen sehen, wenn ich sage, was ich zu sagen habe. »Ich liebe einen Mann«, erkläre ich ohne das geringste Stocken in der Stimme.

»Den Amerikaner«, erwidert sie.

Ich nicke. »Und da ich die Königin von England bin, ist es bestimmt, dass ich nicht mit ihm zusammen sein kann. Obwohl ich es mir nicht ausgesucht habe, Königin zu werden.«

»Du bist es aber.«

»Durch Verzicht eines anderen. Regentin sollte man mit der entsprechenden Hingabe, Fähigkeit und Leidenschaft für das Amt werden. Das trifft auf mich nicht zu.«

»Du wirst eine gute Königin sein, Adeline«, erwidert Mutter und beugt sich jetzt ebenfalls nach vorn. »Die Menschen lieben dich. Dein Land liebt dich. Die private Liebe zu opfern ist ein kleiner Preis.«

Ich schüttele traurig den Kopf. »Für mich ist es der ultimative Preis. Den ich nicht zu zahlen bereit bin. Wir leben nicht mehr im finsteren Mittelalter. Dies ist das einundzwanzigste Jahrhundert, und in dem sollte die königliche Familie langsam ankommen. Wenn die Menschen mich so lieben, werden sie sich für mich freuen.«

»Willst du damit andeuten, dass du einen amerikanischen Schauspieler zum Gefährten der Königin machst?«

Gefährte? Da wären wir also im Mittelalter. »Nein, damit will ich sagen, dass er offiziell der *Freund* der Königin von England wird.«

»Königinnen haben keinen Freund, Adeline.«

»Diese schon«, stelle ich klar. »Dir gefällt es vielleicht, das zu ignorieren, es unter den Teppich zu kehren oder es verhindert zu wissen. Aber mir nicht. Ich werde nicht auf den Thron verzichten oder unser Vermächtnis mit Füßen treten. Ich werde beweisen, dass ich das kann, und ich werde eine gute Königin sein. Doch wenn ich diese Aufgabe effizient erfüllen soll, kann man von mir nicht erwarten, dass ich das Einzige aufgebe, was mir Kraft gibt. Josh gibt mir Kraft. Er macht jeden Tag in diesem Büro für mich erträglich.«

»Und was ist mit deiner Familie?«

Ich bin mir nicht sicher, ob sie von den Geheimnissen spricht. »Nur weil ich mein Geheimnis öffentlich mache, muss das nicht auch für Eddie gelten. Oder für dich.« Nach einer kurzen Pause füge ich hinzu: »Es sei denn, du willst es.«

Ihre dunklen Augen weiten sich. »Du täuschst dich sehr, Adeline. Du willst der Welt die Wahrheit sagen. Ich habe dir schon erklärt, dass wir uns damit der Schande preisgeben.«

»Ich meine ja nicht die ganze Wahrheit.« Es gibt viel zu viele Wahrheiten, und ich würde zum Beispiel nicht wollen, dass Eddie als illegitim geoutet oder die Untreue meiner Mutter bekannt wird. »Ich meine deine *jetzige* Beziehung zu Major Davenport.«

Ihr Kopf ruckt auf ihrem schmalen Hals zurück. »Man wird mich kreuzigen. Dein Vater ist gerade erst unter der Erde.«

»Wir werden sehr behutsam mit dem Thema umgehen«, verspreche ich ihr. »Ich will kein Statement mit jedem Detail eurer Beziehung. Nur sollten wir im Lauf der Zeit immer mal wieder kleine Informationshäppchen an die Presse geben. Wir gestalten die Story und behalten die Kontrolle. Wir haben die Macht, das zu tun, Mutter. Dann wird es kein Versteckspiel mehr geben. Keine Heimlichtuerei.« Ich ergreife über den Schreibtisch hinweg ihre Hände. »Du kannst leben, Mutter. Zum ersten Mal kannst du glücklich leben, ganz wie du es willst.«

Ihre Unterlippe zittert, und ich weiß, dass sie gegen die aufkeimende Hoffnung ankämpft. Sie wagt es nicht, daran zu glauben. Denn es kann wirklich wahr werden. Ich werde dafür sorgen. Mit allem, was in meiner Macht steht, werde ich dafür sorgen, dass sie glücklich ist und es zeigen kann.

»Man würde es niemals zulassen. Davenport und ich, du und Mr. Jameson. Es darf nicht sein.«

Ich drücke ihre Hände zum Zeichen meiner Frustration. »Ich habe nicht vor, länger auf dem Thron zu bleiben, wenn ich nicht mit Josh zusammen sein kann. Es sollte nicht nötig sein, für die Verantwortung die Liebe zu opfern. Außerdem werden *die* gar keine andere Wahl haben, als es zu tolerieren.«

»Warum? Wirst du sie erpressen?«

Ich lasse ihre Hände los und lehne mich zurück. »Ich bin mir ziemlich sicher, dass eine Abdankung das Letzte ist, was sie brauchen, wo das Land erst allmählich wieder zur Normalität zurückfindet.«

Sie schnappt hörbar nach Luft. »Du kannst nicht abdanken.« Sie springt auf. »Um Himmels willen, Adeline. Es wird einen öffentlichen Aufschrei geben und Fragen aufwerfen.«

»Sollen sie diese Fragen beantworten, Mutter. Der Grund, weshalb wir hier sind, ist der, dass alle meine Beraterinnen und Berater aus einer langen stolzen Linie von Beschützern der britischen Monarchie stammen. Das wird sich nicht ändern, wenn ich nicht länger die Königin von England bin. Und es wird sich auch dann nicht ändern, wenn ich mit einem Mann zusammen bin, der außerhalb der vorgegebenen Akzeptanz liegt. Diese Beraterinnen und Berater müssen die Geheimnisse schützen, und genau das werden sie auch weiterhin tun.«

Meine Mutter sieht mich mit großen Augen an. Sie hat sichtlich Zweifel, aber ich habe die ganze Nacht hindurch kaum über etwas anderes nachgedacht. Ich gebe nichts weiter preis außer meiner

Liebe zu einem Mann. Ich weiß nicht, warum ich es vorher nicht gesehen habe. Jede Drohung ist wertlos. Jedes rebellische Verhalten meinerseits hat mich das Schlimmste befürchten lassen. Dabei kann die Wahrheit nur ans Licht kommen, wenn *sie* es den Leuten sagen. Und ich bin mir ziemlich sicher, dass sie es nicht tun werden.

»Ich glaube, du begehst einen gravierenden Fehler.« Mutter setzt sich und spielt nervös mit ihren Fingern im Schoß. »Du unterschätzt sie wieder einmal.«

»Nein, Mutter. Ich glaube, die unterschätzen *mich*. Ich liebe einen amerikanischen Schauspieler. Ein Sexsymbol. Einen Mann aus den Südstaaten, der gelegentlich flucht wie ein Seemann. Aber er macht mich glücklich. Er haucht mir Leben ein, und ich werde ihn für nichts auf der Welt opfern. Nicht einmal für den britischen Thron.«

Sie sieht mich eine Weile an, hin- und hergerissen zwischen Entsetzen und … was ist das? Ich würde gern denken, es ist Staunen. Vielleicht Stolz. Leider bekomme ich nicht die Chance, es herauszufinden. Im nächsten Moment trägt sie wieder ihre Maske und erhebt sich aus dem Sessel.

»Dann müsst Ihr tun, was Ihr tun müsst, Euer Majestät. Guten Tag.«

Ohne ein weiteres Wort rauscht sie hinaus, und ich sinke in meinen Sessel zurück. Das war's? Die Tür schließt sich leise, und ich seufze. Mutter war der leichte Teil in dieser Gleichung. Was meine Angst verzehnfacht, während der Uhrzeiger sich langsam auf zehn Uhr zubewegt.

Zwei Minuten.

Eine Minute.

Ich erschrecke, als das Telefon klingelt. Hastig nehme ich es in die Hand. »Josh«, sage ich und will ihm erklären, dass ich zurückrufe, sobald ich mit Sir Don und David gesprochen habe.

»Sag mir, dass es nicht wahr ist, was ich hier vor mir sehe.« Er klingt nach mühsam beherrschter Wut.

»Ich habe keine Ahnung, was du vor dir siehst«, erwidere ich ruhig. Eine Sekunde später gibt das Handy an meinem Ohr einen

Signalton von sich. Ich schaue aufs Display. Josh hat mir einen Link geschickt. Ich ahne schon, dass ich genauso wütend werde wie er und daher den Link lieber nicht öffnen sollte. Trotzdem tippe ich auf das Display und sehe gleich darauf die Ursache für Joshs Zorn. Anspannung erfasst mich. »Nein«, flüstere ich, auf das Foto von Haydon starrend, der vor mir kniet und mir ein kleines Schmuckkästchen hinhält. Benommen schweige ich. Die ganze Welt hat dieses Bild gesehen oder wird es sehen. Dem Winkel nach zu urteilen, wurde das Foto von der linken Seite des Tisches aufgenommen. Von Davids Seite. Wie kann er es wagen? Wie kann er diese Respektlosigkeit in meinem Zuhause wagen? Langsam halte ich das Telefon wieder an mein Ohr, innerlich koche ich.

»Er hat dir einen Heiratsantrag gemacht?«, fragt Josh mit gepresster Stimme. »Er darf dich nicht anfassen, aber er darf dich bitten, ihn zu heiraten?«

»Ich habe Nein gesagt.«

»Natürlich hast du Nein gesagt.« Er lacht. »Du hast das Dinner verlassen und bist zu mir ins Bett gekommen. Ich habe mit dir geschlafen, dich die ganze verdammte Nacht lang in meinen Armen gehalten. Der Mann ist vollkommen irregeleitet, und ich schwöre dir, Adeline, ich werde ihm in den Arsch treten, wenn er sich nicht zurückhält. Aber von dir will ich wissen, warum du es mir nicht gesagt hast? Ich muss Mist wie diesen wissen, Adeline. Damit ich auf solche Schlagzeilen vorbereitet bin.«

»Es sollte keine Schlagzeile sein«, kontere ich. »Ich habe es dir nicht erzählt, weil ich nicht wollte, dass du mir die ganze Nacht Vorwürfe machst wegen einer Sache, für die ich nichts kann.«

»Scheiße, verdammt, Adeline.« Er atmet schwer; offenbar ist er von diesem ganzen Mist genauso erschöpft wie ich. »Das macht mich wahnsinnig.«

»Ich bringe es in Ordnung«, versichere ich ihm und beobachte jetzt den Sekundenzeiger. Josh ist genau wie ich am Ende seiner Geduld. Dies ist ein weiteres Problem, das es zu lösen gilt. Ein weiterer Verrat, über den wir hinwegkommen müssen.

Es klopft an der Tür.

»Ich muss Schluss machen.«

»Bring das in Ordnung, Adeline«, ermahnt er mich. »Sonst komme ich vorbei und mache es selber. Ich kann nicht die Hände in den Schoß legen und tatenlos herumsitzen, während dieser Idiot versucht, mir die Frau wegzunehmen.«

Die Vorstellung, wie Josh im Palast Amok läuft, ist verlockend. Andererseits fürchte ich den Schaden, den er anrichten würde. »Ich rufe dich an.« Ich beende das Gespräch und stehe auf. Das Blut rauscht durch meinen Körper. »Ja bitte.«

Kim steckt den Kopf zur Tür herein. »Felix möchte Sie sprechen, Ma'am.«

Felix. Ich kenne den Grund. Auch er wird inzwischen den Artikel gelesen haben. »Nicht nötig. Richten Sie ihm aus, ich weiß Bescheid.«

Sie nickt. »Alle sind hier. Soll ich sie hereinbitten?«

»Bitte.«

Sie gibt den Weg frei und kündigt Sir Don und David Sampson an, außerdem Felix sowie Major Davenport.

»Nehmen Sie Platz«, fordere ich alle auf. Nach Höflichkeiten steht mir nicht der Sinn.

Sobald alle sitzen, zeige ich ihnen das Display meines Handys und beobachte dabei genau ihre Gesichter. Felix schüttelt angewidert den Kopf, genau wie Davenport und Kim. Überraschenderweise sehen David und Sir Don ebenfalls enttäuscht aus. Gute Schauspieler.

»In meinem Haus«, schäume ich. »An meinem Abendbrottisch. Wie können Sie es wagen, meine Privatsphäre derart zu infiltrieren? Wie können Sie es wagen, für Ihre Ziele die Wahrheit zu verdrehen? Denken Sie etwa, ich würde mir das gefallen lassen?«

»Euer Majestät, ich war alarmiert, als ich das hörte«, sprudelt es aus David heraus.

Ich gebe einen spöttischen Laut von mir und bin erstaunt, dass ich das glauben soll. »Alarmiert?«

»Selbstverständlich«, bestätigt er mit sich leicht überschlagender Stimme.

»Dann wussten Sie nichts davon?«

»Ich weise strikt zurück, was Sie da andeuten.«

»Soll das heißen, Sie haben dieses Foto nicht gemacht?«

»Natürlich nicht.«

»Dann werden Sie sicher nichts dagegen haben, wenn Major Davenport sich mal Ihr Telefon ansieht, oder?« Ich nicke Davenport zu, damit er es tut.

David reicht ihm ohne Protest sein Smartphone. Er entsperrt es sogar für den Major. Wie ausgesprochen nett. Erst jetzt wird mir klar, dass sich nichts Belastendes in dem Telefon finden wird. Er hat seine Spuren längst verwischt. Als Davenport den Kopf schüttelt und meine Vermutung bestätigt, ehe er David das Handy zurückgibt, bin ich mir sicher, eine gewisse Selbstzufriedenheit an ihm wahrzunehmen. Wow, habe ich jemals jemanden so sehr gehasst?

»Unabhängig vom Wer und Warum werden die Gerüchte umgehend aus der Welt geschafft. Felix, bereiten Sie ein Statement für mich vor.«

»Jawohl, Ma'am.« Er fängt gleich an, sich Notizen zu machen.

»Und bereiten Sie ein weiteres Statement vor, in dem ich meine Beziehung zu Josh Jameson bekannt mache.« Ich sehe Sir Don und David an; Felix hat aufgehört zu schreiben und schaut mich stattdessen geschockt an.

»Verzeihung, Ma'am?«

»Adeline«, flüstert Kim.

Major Davenport schweigt, als hätte er das erwartet, was ja auch, wie ich weiß, zutrifft. Denn meine Mutter hat es ihm erzählt.

Mein Blick bleibt auf Sir Don und David gerichtet. »Ich führe eine Beziehung mit Josh Jameson, schon seit einer Weile. Aber das wissen Sie bereits, nicht wahr?« Natürlich wissen sie davon. Sie waren in Evernmore dabei. »Wir lieben uns, und ich für meinen Teil werde nicht zulassen, dass uns etwas im Weg steht. Weder meine Berater noch mein Land, auch nicht die Krone.« Oh wow, nie zuvor habe ich mich so stark und gut gefühlt. David und Sir Don starren mich stumm und geschockt an. »Ich finde, es ist höchste Zeit, dass wir alle aufhören, es zu ignorieren. Stimmen Sie mir da nicht zu? Und ich werde Ihre Heimlichkeiten nicht länger tolerieren. Als Erstes geben wir meine Freundschaft bekannt. Lasst die Öffentlichkeit diese Nachricht verarbeiten, dann werden wir sanft, aber entschieden unsere Beziehung publik machen.«

Sir Don sieht aus, als stünde er kurz vor einer Herzattacke. »Ihr Vater würde sich um Grab umdrehen.«

»Mag sein. Aber wie Sie mich freundlicherweise erinnern – mein Vater ist tot. Jetzt muss ich an meine Familie denken. Und an mich.«

»Und was ist mit meinem Sohn?«, will David wissen.

Ich lache. »Sie sind eine falsche Schlange, David. Sie werden der Krone nie näher kommen als in der Funktion meines Beraters. Ich heirate Haydon nicht, damit Sie sich in seinem Glamour sonnen können. Ich werde mit dem Mann meiner Wahl zusammen sein, nicht mit einem Ihrer Wahl.«

»Sie brauchen einen angemessenen Ehemann«, schreit Sir Don.

»Halten Sie den Mund – oder verschwinden Sie«, brülle ich zurück, denn mir reicht es. Ich schlage mit der Faust auf den Schreibtisch, sodass Kim und Felix zusammenzucken. Davenport bleibt gefasst, während Sir Dons und Davids rote Gesichter noch röter werden. »Ich werde Sie von Ihren Pflichten entbinden, glauben Sie mir. Sie sind nicht unersetzlich.« Die beiden verfügen über Wissen und Klugheit, aber es macht mir keine Angst mehr, möglicherweise ohne sie meinen Pflichten nachkommen zu müssen. Was ich an Erfahrung verliere, werde ich an Loyalität gewinnen.

»Euer Majestät.« David scheint sich zu fassen und zu beruhigen. »Ich bitte Sie dringend, Ihre Entscheidung zu überdenken.«

»Ich habe mich entschieden.« Ich setze mich. »Sie können entweder mit mir zusammenarbeiten oder gehen.«

»Es ist unser Job, Sie zu beraten«, erklärt David ruhig. »Um Sie und den Thron zu schützen.«

»Ich brauche Ihren Schutz in dieser Sache nicht.«

»Da bin ich anderer Ansicht, Ma'am.« Sir Don greift in seine Innentasche, zieht etwas heraus und legt es vor mich auf den Schreibtisch.

»Was ist das?«, frage ich.

»Das ist etwas, was Ihre Meinung möglicherweise ändern wird, Ma'am. Etwas über den Amerikaner.«

Fast muss ich laut lachen, als ich das Foto sehe. Du liebe Zeit, die haben sich echt vorbereitet. »Wir haben dieses Spiel schon gespielt, Sir Don. Ein verwüstetes Hotelzimmer, Damenunterwäsche auf dem Fußboden. Ist das alles, was Sie draufhaben?«

Er sieht mich skeptisch an. »Ein verwüstetes Hotelzimmer?«

Herr, gib mir Kraft, bevor ich explodiere. Ich schaue zu Felix, der verwirrt und baff aussieht. *Ja, Felix. Ich glaube, Sir Don war dafür verantwortlich.*

»Das wird morgen in den Zeitungen stehen, Ma'am.«

Ich richte den Blick wieder auf die Frau, die wie ein erfahrenes Glamour-Model posiert, Brust raus und Schmollmund. Und ich lese die Zeile unter dem Foto.

Meine wilde Nacht mit Josh Jameson.

»Sehr gut, Sir Don.« Mein Zorn nimmt zu. Jetzt bezahlen sie schon Prostituierte? »Eines übersehen Sie dabei jedoch.« Ich wische diese billig aussehende, billiges Zeug von sich gebende Frau beiseite. »Ich kenne Josh besser als irgendwer. Und diese Frau da ist nicht sein Typ.« Mal abgesehen davon, dass er mir das nicht antun würde.

»Euer Majestät, dies ist keine konstruierte Story«, meldet David sich, auf das Foto deutend, wieder zu Wort. »Sie ist echt, das versichere ich Ihnen.«

»Nein, David. Es ist lediglich ein weiterer Versuch Ihrerseits, mich Ihren Vorstellungen zu unterwerfen. Aber das funktioniert nicht.«

»Dann macht es Ihnen nichts aus, dass es veröffentlicht wird?«, fragt Sir Don.

»Natürlich macht es mir etwas aus, und aus diesem Grund werden Sie auch alles in Ihrer Macht Stehende tun, um die Veröffentlichung zu verhindern.« Ich wende mich an Felix, der gleich aufhorcht. »Ich verlasse mich auf Sie, Felix.«

Er nickt.

»Gut.«

»Ich glaube, die Story ist schon in den Händen der Presse«, erklärt Sir Don. »Unglücklicherweise waren unsere Quellen in dieser Angelegenheit träge.«

»Wie passend. Joshs Ruf zu schädigen ist Ihnen wichtiger als Ihr Job?«

Sir Don steht auf und zupft sein Jackett zurecht. »Ich habe einen Eid geschworen, die Krone zu schützen wie schon mein Vater und davor sein Vater. Mein Leben ist dem Dienst für die königliche Familie gewidmet. Zumindest verlasse ich meine Anstellung in der Gewissheit, meinem Eid bis zum Schluss treu gewesen zu sein. Eine Königin sollte nicht aus Liebe heiraten, sondern aus Stärke. Und um das noch einmal klarzustellen, Euer Majestät, ich habe diese Story nicht konstruiert. Sie wurde mir von einem Redakteur geschickt.«

»Und warum glaubt dieser Redakteur, Sie statt Felix könnten ein Interesse am Verhalten eines amerikanischen Schauspielers haben?«

Er holt tief Luft, zweifellos um als Antwort auf diese Frage die passende Lüge zu finden.

»Das weiß ich nicht.«

»Sie machen es sich einfach.« Voller Zorn zeige ich zur Tür. »Hinaus!«

Er neigt den Kopf, seine letzte Respektbezeugung mir gegenüber, dann verlässt er mein Büro und schließt leise die Tür hinter sich. Ich schaue zu Davenport, vielleicht auf der Suche nach Beistand. Ich erhalte keinen von ihm, er behält seine stoische Miene und seine steife Haltung.

»Euer Majestät«, sagt David. »Ich war an Sir Dons Spielchen nicht beteiligt, das versichere ich Ihnen.«

Er ist peinlich. Ein Lügner und ein hinterhältiger Mensch. Jetzt will er sich herauswinden. »Das wäre alles«, sage ich resolut, worauf er die anderen ansieht. Was will er? Rückendeckung? »Ich sagte, das wäre dann alles.«

»Sie werfen mich raus?« Er lässt seiner Frage verunsichert ein Lachen folgen.

»In der Tat. Und prägen Sie sich meine Worte ein, Sampson – Sie werden bedauern, mir jemals begegnet zu sein, sollten Sie auch nur daran *denken*, Ihren Eid auf die Krone zu brechen. In dem Fall werde ich mit Blut Ihr Todesurteil unterzeichnen, ohne zu zögern. Haben Sie mich verstanden?«

»Euer Majestät«, murmelt er erbärmlich, dann steht er unsicher und widerstrebend auf.

Er sieht mich mit vor Erstaunen großen Augen an. Benommen wankt er aus meinem Büro, und nachdem er fort ist, breche ich vor Erschöpfung beinahe zusammen.

»Drink, Ma'am?«, fragt Davenport, steht auf und geht zum Globus. Ohne auf meine Antwort zu warten, schenkt er mir einen Scotch ein, bringt ihn mir und stellt ihn auf einen Untersetzer auf meinen Schreibtisch.

»Gute Idee.« Ich nehme das Glas und trinke von der scharfen Flüssigkeit in der Hoffnung, dass sie etwas von dem tief sitzenden Zorn vertreibt.

»Tun Sie, was immer nötig ist, um diese Story aufzuhalten«, wende ich mich an Felix.

»Selbstverständlich, Ma'am.«

»Darf ich?«, fragt Davenport, nimmt wieder Platz und schlägt in gerader Haltung ein Bein über das andere.

»Bitte.«

»Unser Verhältnis zur Presse ist eine heikle Angelegenheit, da sollten wir vorsichtig sein. Jeder Journalist ist stets auf der Suche nach der einen Story, mit der er sich einen Namen macht, und die beste Story ist eine Enthüllungsgeschichte über die Royals. Die schlägt alles.«

»Was wollen Sie mir damit sagen, Major?«

»Vorausgesetzt, Euer Majestät ist entschlossen, was Ihre nächsten Schritte bezüglich Ihrer Beziehung zu einem gewissen Amerikaner betrifft, wäre es vielleicht an der Zeit, unser Verhältnis zur Presse zu überdenken. Bisher haben wir eher mit den seriösen Medien zusammengearbeitet. Wir hatten nie die volle Kontrolle über die … wie drückt man das am besten aus?« Er überlegt einen Moment. »Weniger seriösen Medien.«

»Reden wir nicht um den heißen Brei herum, Major. Sie meinen die Boulevardpresse.«

»In der Tat. Ich bin mir sicher, die wird gern königliche Neuigkeiten verbreiten, von denen beide Seiten profitieren. Und es würde unsere bereits bestehenden Beziehungen pflegen.«

»Und inwiefern wird uns das nützen?«

Er steht auf und geht zum Kamin, wo er das Bild meines Vaters betrachtet. Ich frage mich, ob er gerade daran denkt, dass er meinem Vater viel besser hätte dienen können, wenn der ihm die Chance dazu gegeben hätte. So wie er jetzt mir zu dienen versucht.

Major Davenport summt leise vor sich hin, ehe er fortfährt: »So wie ich die Dinge sehe, verfügt ein bestimmter Redakteur einer bestimmten Zeitung über eine gewisse Skandalgeschichte über einen gewissen amerikanischen Schauspieler.«

Zieht er das absichtlich in die Länge?

»Besagter Redakteur weiß aber nicht, dass jemand aus dem Königshaus, nämlich die Königin selbst, eine Beziehung zu dem amerikanischen Schauspieler hat.«

»Herrje, Major, würden Sie endlich auf den Punkt kommen?«

Er dreht sich lächelnd zu mir um. »Wir müssen dem Reporter noch etwas anderes zu berichten geben. Etwas Spannenderes als eine unzuverlässige Nachtschwärmerin, die drauflosplappert.« Er hebt die Brauen, genau wie ich. »Ein Tauschgeschäft, wenn Sie so wollen. Keine Nachricht findet mehr Beachtung als eine über das Königshaus, noch dazu wenn sie stimmt.«

Ich versuche zu verstehen, worauf er hinauswill. »Sie meinen, ich verkünde meine Beziehung zu Josh in einem Klatschblatt, in dem auf der nächsten Seite ein Paar Brüste abgebildet sind?«

Kim prustet los, Felix schnappt bei der bloßen Vorstellung erschrocken nach Luft. Selbst ich kann das nachempfinden. Davenport lacht leise in sich hinein. »Nein, Ma'am. Jede Exklusivstory über die Königin erscheint natürlich nicht in einem Blatt, das Fotos von *Busen* abdruckt. Schon gar nicht in einem, das Geschichten über einen möglichen Verehrer der Königin druckt.«

»Nun, da bin ich aber erleichtert.« Ich lache.

»Ich schlage vor, dass wir sie mit anderen Neuigkeiten aus dem Königshaus locken.«

»Und welchen?« Mir fällt nichts ein, zumindest nichts, was ich gern in der Presse ausgebreitet wüsste. Dann begreife ich plötzlich. Ich sehe den Major mit großen Augen an. »Sie wollen etwas erfinden?« Ist das nicht der Grund, weshalb wir hier alle zusammensitzen und debattieren?

»Keineswegs, Ma'am. Dennoch glaube ich, dass das Ausscheiden zwei der langjährigsten Berater aus den Diensten des Königshauses von öffentlichem Interesse sein dürfte.«

»Sie wollen Sir Don und David der Meute hinwerfen?«

»Diese Meute wartet auf Mr. Jameson, Ma'am.«

Seine Worte schockieren mich, meine Gedanken wirbeln durcheinander. »Ist das nicht unmoralisch?«

»Darf ich unverblümt antworten?«, fragt er.

Ich nicke, denn genau das will ich hören, seine unverblümte Meinung.

»Diese ganze Institution ist gegründet auf einem unmoralischen Fundament, Euer Majestät. Entscheidungen und Intrigen, alles im Dienste der Monarchie. Sie führen lediglich eine uralte Tradition fort, um zu bekommen, was Sie wollen, wie jede andere Königin und jeder andere König in der Geschichte. Die Frage, die ich Ihnen stellen muss, Ma'am, lautet: Sind Sie vorbereitet auf das Echo, das eine Bekanntgabe Ihrer Beziehung zu Mr. Jameson auslösen könnte?« Er neigt den Kopf zur Seite wartet auf meine Antwort. Ich schweige. Also spricht er weiter. »Zweifellos sind Sie im Volk überaus beliebt, aber könnte das vielleicht einen Schritt zu weit gehen?«

»Glauben Sie das?«

»Natürlich. Alles könnte einen Schritt zu weit gehen.«

Davenport bleibt neben meinem Schreibtisch stehen und sieht mich auf eine Weise an, die mir verrät, dass ich ihm nicht gleichgültig bin. Seine ansonsten harte Miene wird sanft.

»Sie sind im Begriff, das Gesicht der königlichen Familie zu verändern, Adeline.«

Wie er meinen Namen ausspricht, ist sowohl tröstlich als auch ungewohnt.

»Als Ihr Privatsekretär ist es meine Aufgabe, Sie auf sämtliche Eventualitäten hinzuweisen, die guten wie die schlechten. Ich bin nicht grundsätzlich gegen Veränderungen. Doch seien Sie gewarnt – Sie werden außerhalb dieser Institution Bewunderer finden, sich innerhalb aber Feinde machen.«

Ich schlucke hart, denn ich weiß, er hat recht. Im Grunde versuchen die, mich zu erpressen. Drohen, Joshs Ruf zu ruinieren, wenn ich ihren Forderungen nicht nachgebe. »Die sind längst meine Feinde, Major. Da habe ich lieber Josh an meiner Seite, während ich meine Aufgaben angehe und mich mit diesen Feinden herumplage.«

Er tritt lächelnd zurück. »Dann muss ich jetzt wohl ein paar Anrufe tätigen. Sobald alles geklärt ist, werden wir über das Statement, Euer Majestät, sprechen.« Er geht zur Tür und dreht sich zu mir um. »Eins noch.«

»Was?«

»Ich nehme an, Sie haben mit Mr. Jameson über seine Rolle gesprochen.«

»Verzeihung, ich verstehe nicht. Seine Rolle wobei?«

Davenport runzelt die Stirn. »In Ihrem Leben, Ma'am. Ihnen muss klar sein, dass Mr. Jameson Mitglied der königlichen Familie wird, wenn Sie beide zusammen sein wollen. Und für einen Royal gibt es nur eine Aufgabe.« Seine Brauen heben sich. »Ein Royal zu sein.«

»Wollen Sie damit andeuten, dass er seinen Job aufgeben soll?« Ich lache, denn der Gedanke ist mir noch nie gekommen. Ich könnte ihn niemals bitten, das zu tun. »Wir gehen aus, Davenport, aber wir sind nicht verheiratet.«

»Dann findet all das hier statt, damit Sie ein Date mit einem Mann haben können?«

Ich schweige betreten.

»Dachte ich mir. Ich werde diese Angelegenheit Ihren fähigen Händen überlassen«, sagt er an Felix gewandt. »Vorwärts in die Zukunft, sagt man, glaube ich.«

Felix springt auf und folgt Davenport. Ich trinke meinen Scotch in einem Zug. Ich kann Josh unmöglich bitten, für mich auf seine Karriere zu verzichten. Würde er das denn tun?

»Jetzt wird mir klar, warum Sie ihn in Ihren Diensten haben wollten«, sagt Kim, während sie beobachtet, wie die Tür sich schließt. »Mein Verstand funktioniert einfach nicht in dieser Richtung.«

Ich gebe über den Rand meines Glases hinweg einen zustimmenden Laut von mir und danke im Stillen dafür, dass ich Davenport habe. Gleichzeitig verdamme ich den Kerl für diese ernüchternden Fragen. »Würden Sie mich bitte einen Moment allein lassen?« Ich muss Josh anrufen, um ihm zu erzählen, was passiert ist.

Kim verlässt ohne ein weiteres Wort mein Büro, und ich wähle sofort seine Nummer. »Ich habe Sir Don und David Sampson gefeuert«, sage ich, nachdem er sich gemeldet hat. Er bekommt nicht einmal die Gelegenheit, Hallo zu sagen.

»Was?« Er klingt so geschockt, wie man es erwarten kann. »Was ist aus all dem geworden, was du mal gesagt hast? Dass du sie brauchst? Dass du ohne ihr Wissen und ihren Beistand versagen würdest.«

»Ich habe andere Berater. Die beiden dürfen damit nicht durchkommen. Die Fotos in der Presse von Haydon und mir waren ein weiterer Versuch, mich in die Enge zu treiben. Sie besaßen die Nerven, jede Beteiligung an der Verwüstung deines Hotelzimmers zu bestreiten. Die müssen mich für vollkommen blöd halten.«

»Wow«, sagt er leise.

»Josh, ich habe …« Ich verstumme, denn mir behagt es überhaupt nicht, ihm die nächsten Schritte mitzuteilen. »Ich habe ein Statement in Auftrag gegeben. Über uns. Ich möchte zuerst der Welt unsere Freundschaft verkünden und dann allmählich die Wahrheit über unsere Beziehung durchsickern lassen.«

Schweigen.

»Ihre Reaktion darauf bestand darin, mich mit einem Artikel zu konfrontieren, der morgen in einer Klatschzeitung erscheinen wird. Eine Prostituierte hat ihre Story verkauft.«

Er seufzt. »Tammy hat es mir schon erzählt.«

»Warum hast du mir nichts davon gesagt?«

»Du hast mir keine Gelegenheit dazu gegeben. Du glaubst hoffentlich …«

»Nein, ich glaube die Geschichte nicht«, versichere ich ihm. Er sollte das eigentlich nicht mehr fragen müssen.

»Ich brauche einen Drink«, murmelt Josh.

Ich grinse mit Blick auf mein leeres Glas. »Hatte ich schon«, erwidere ich und rolle es über den Schreibtisch. »Bist du dir sicher, dass du das willst, Josh?«

»Stellst du mir ernsthaft diese Frage? Beleidige mich nicht, Adeline. Ich wollte dich unbedingt der Welt präsentieren.«

»Präsentieren? Na, ich denke, die Öffentlichkeit wird mich kennen.«

»Aber sie weiß nicht, dass du mir gehörst.«

Er klingt so bestimmt und überzeugt. Ich weiß selbst nicht, warum ich gerade zweifle.

»Das ist alles dermaßen beschissen vertrackt, Adeline.«

»Ich weiß. Doch Davenport und Tammy werden das hinbiegen. Außerdem müssen wir uns mal über Ihre Ausdrucksweise unterhalten, Mr. Jameson. Ich kann mir solch vulgäres Benehmen an meiner Seite nicht leisten.«

Er lacht, und das ist pure Freude.

»Heißt das, ich darf dir deinen Hintern nicht in aller Öffentlichkeit versohlen?«

In meiner Fantasie sehe ich Mitglieder des Parlaments, Stadträte und königliche Berater in Ohnmacht fallen. »Nein, es wird kein öffentliches Hinternversohlen geben.«

»Na gut. Ich verspreche, mich in der Öffentlichkeit zu benehmen. Aber ich gebe keine Versprechen ab für die Zeit, in der wir ungestört sind.«

»Das würde ich auch nicht erwarten«, sage ich grinsend und schaue auf, als ich ein Klopfen höre. »Da will mich jemand sprechen.«

»Kein Problem. Ich treffe mich heute Nachmittag auf einen Drink mit ein paar Filmleuten. Wir bleiben hier im Hotel. Ich rufe dich später an.«

Aufregung erfasst mich, denn es geschieht etwas, womit ich nicht mehr gerechnet habe. »Okay.«

»Ich liebe dich, Schöne.«

»Ich liebe dich auch.« Ich beende das Gespräch mit dem Gefühl, eine schwere Last sei mir von den Schultern genommen. »Herein.«

Kim tritt ein mit fragender Miene. Oje, was kommt jetzt?

»Sabina Sampson bittet um eine Audienz, Ma'am.«

Sofort ist die Anspannung wieder da, doch ich kämpfe mit meiner ganzen Kraft dagegen an. Es war ja zu erwarten, und ich sollte dieses vermutlich schwierige Gespräch hinter mich bringen. »Ich werde Mrs. Sampson empfangen«, erkläre ich mit fester Stimme.

»Ich glaube, sie ist auf dem Weg von den Stallungen hierher. Sobald sie eintrifft, werde ich sie in Ihr Büro führen.«

»Danke, Kim.«

Die Tür schließt sich, gedankenverloren nage ich an einer Ecke meines Handys. Ich kann nicht glauben, dass ich zwei Chefberater meines Vaters gefeuert habe. Unwillkürlich schaue ich zur Decke. Sieht er auf mich herunter? Brüllt er über meine Blödheit? Ich schließe die Augen und atme aus. In was für einer verrückten Welt befinde ich mich? Erschöpft schüttele ich den Kopf.

Es klopft an der Tür, und ich schrecke in meinem Sessel hoch. Für einen Moment schaue ich mich orientierungslos um, weil ich nicht mehr weiß, wo ich bin. Aha, im Büro meines Vaters. Nein, in *meinem* Büro. Ich drehe mein Handy um und werfe einen Blick auf die Uhrzeit. Mist, ich bin eingedöst. Vierzig Minuten war ich weg. »Herein«, rufe ich und räuspere mich.

»Mrs. Sampson«, verkündet Kim beim Öffnen der Tür.

»Danke.«

Sie lässt Sabina eintreten, zieht sich zurück und schließt die Tür hinter sich.

»Alles ruhig an der Westfront?«, erkundigt Sabina sich.

Ist sie hier, um mich wegen ihres hinterhältigen Sohnes um Vergebung zu bitten? Ich lege mein Telefon auf den Schreibtisch und falte die Hände. »Sabina, es tut mir leid, dass es …«

Sie hebt die Hand. »Genug davon.« Sie deutet auf einen Besuchersessel. »Darf ich?«

»Selbstverständlich. Nehmen Sie bitte Platz.«

Sie setzt sich und betrachtet mein leeres Glas. »Schlimmer Tag?«

Auch ich schaue auf das Glas. Weiß sie Bescheid? Oder spielt sie auf gestern Abend an, als ich ihrem Enkel einen Korb gegeben habe? »Ich hatte schon bessere.«

Sie lächelt mich freundlich an. »Erzählen Sie mir von diesem Amerikaner.«

Ich atme auf. Es ist sicher nicht leicht für sie. Der Enkel zurückgewiesen, der Sohn gefeuert. Diese Frau war mir stets eine Stütze. Und jetzt bin ich dankbarer denn je. Schade, dass ich so nicht für Haydon empfinden kann, denn Sabina war auch für mich immer wie eine Großmutter.

»Er ist wundervoll«, sage ich beinahe schüchtern. »Ein Mann, der mich anbetet und dennoch nicht davor zurückscheut, mir den Kopf geradezurücken, wenn es sein muss. Mit ihm ist alles viel heller und leichter.« Ich zucke mit den Schultern und frage mich, ob ich mich bremsen sollte. Es ist sicher nicht angenehm für sie, das zu hören. Aber es tut so gut, endlich über Josh sprechen zu können. »Als könnten die dunkelsten Tage mit einem Kuscheln und ein paar Worten vertrieben werden. Seit ich den Thron bestiegen habe, zweifelte ich an meinen Fähigkeiten. Es ist nicht der Job, den ich wollte, doch jetzt habe ich ihn und muss tun, was ich tun muss. Ich dachte, es genügt, dass ich mich beweisen will. Tut es nicht. Mit Josh sieht das anders aus. Ich brauche ihn, denn mit ihm an meiner Seite kann ich alles. Selbst das.« Ich werfe meine Arme in die Luft, auf meinen Platz und auf das Büro deutend.

»Das ist etwas ganz Besonderes«, sagt sie leise, beinahe wehmütig. »Ist er bereit für diesen Zirkus?«

»Er hat täglich seinen eigenen Zirkus, mit dem er sich auseinandersetzen muss. Dies wird nur eine weitere Variation des Wahnsinns sein.«

»Für Sie auch, meine Liebe«, fügt sie lächelnd hinzu. »Wann lerne ich ihn kennen? Offiziell meine ich.«

»Ich weiß es nicht«, antworte ich wahrheitsgemäß. »Davenport kümmert sich um alles. Josh ist für die nächste Woche hier in London, also hoffe ich, bevor er wieder abreist. Ich habe auch noch keine Ahnung, wie es mit offiziellen Treffen mit meiner Familie aussieht.« Allein der Gedanke macht mich nervös.

»Vermutlich wird er zunächst seinen aktuellen Verpflichtungen nachkommen«, bemerkt sie leichthin, und ich zucke innerlich zusammen.

In diesem Moment entscheide ich, dass Josh nie zwischen mir und seiner Karriere wählen muss. Ich weiß, wie viel ihm die Arbeit bedeutet und wie glücklich sie ihn macht. Meine Güte, wenn die Öffentlichkeit meine Beziehung akzeptiert, wird sie akzeptieren, dass er neben seiner Beziehung mit der Königin noch einen Beruf hat.

»Sabina, würden Sie mich bitte entschuldigen?«, sage ich und stehe auf.

»Selbstverständlich, meine Liebe.« Sie steht ebenfalls auf und geht mit mir hinaus. Ich halte ihr die Tür auf, und sie geht voran. Als ich ihr folgen will, taucht Haydon auf.

Ich bleibe stehen.

»Großmutter«, sagt er und gibt ihr einen Kuss auf die Wange.

»Mein Liebling. Was machst du hier?«

»Ich hatte gehofft, Ihre Majestät würde einen Moment für mich erübrigen.« Er sieht mich an, und prompt fühle ich mich seinetwegen schrecklich. Ich kann das nicht. Nicht jetzt.

»Ich muss mit Davenport reden.« Rasch gehe ich an ihnen vorbei und lasse ihn einfach stehen. »Tut mir leid, Haydon«, rufe ich. Aber ich habe jetzt Wichtigeres um die Ohren als seine verletzten Gefühle. Herzlos, mag sein, doch er ist auch ein Opfer seiner eigenen Dummheit. Ich muss mich um eine andere Angelegenheit kümmern.

24

Meine Unterhaltung mit Davenport verläuft so gut, wie es zu erwarten war. Also nicht allzu gut. Aber ich habe mich behauptet und erklärt, dass ich nicht vorhabe, Josh zu ändern, denn darum ging es hauptsächlich. Er ist, wer er ist, und mit dem Versuch, das ändern zu wollen, würde ich mich zum Gespött machen.

An meinem Schreibtisch sitzend, arbeite ich mich langsam durch die Ablage und schaue immer wieder auf die Uhr. Kim sitzt mir gegenüber und arbeitet ebenfalls. »Die Neujahrsliste der zu Ehrenden?«, frage ich, die Kandidaten überfliegend. Von Sportstars und Sängern bis zu Wissenschaftlern und Stiftungsgründern ist alles dabei. »Graham Miles«, lese ich vor und erinnere mich daran, wie er Josh bei diesem TV-Gespräch ausgefragt hat, das ich mir mit Matilda zusammen angesehen habe. »Für herausragende TV-Beiträge.«

»Er ist praktisch eine Institution«, sagt Kim. »Das Land liebt ihn.«

»*Sir* Graham Miles *CBE, Commander of the Order of the British Empire*«, verkünde ich und kreise seinen Namen lächelnd mehrmals mit meinem Kugelschreiber ein.

»Sie sind gemein.«

Ich gebe einen spöttischen Laut von mir, lege den Stift aus der Hand und werfe erneut einen Blick auf die Uhr. Es ist nach acht. Warum hat Josh mich nicht angerufen? Bestimmt ist sein Treffen mit den Filmleuten schon vorbei. »Ein paar Vorteile muss der Job ja mit sich bringen«, erwidere ich. »Geben Sie mir mal mein Telefon, bitte.« Ich kann nicht länger warten. Wenn ich ihn störe, dann ist es eben so.

»Wo ist es?«

Kim hebt die Papiere auf dem Schreibtisch hoch, und ich schiebe die Ablage auf der Suche nach meinem Handy beiseite, das nicht zu finden ist. »Wo habe ich es denn nur gelassen?«

»Wann haben Sie es zuletzt gesehen?«, fragt Kim und hebt ihr Handy ans Ohr.

Ich überlege fieberhaft. »Ich habe vorhin mit Josh telefoniert.« Ich lasse den Blick noch einmal über den Schreibtisch schweifen, dann fange ich an, die Schubladen aufzuziehen. »Ich habe mit Davenport gesprochen, zu Mittag gegessen, mich mit meinem PR-Team getroffen.«

»Es ist ausgeschaltet«, sagt Kim. »Ist der Akku leer?«

»Ich lasse den Akku nie leer werden.« Ich stehe auf und gehe hinaus, dabei zermartere ich mir das Hirn mit der Frage, wo ich das Handy zuletzt gehabt habe. Ich finde Davenport in seinem Büro, die Tür ist offen. »Major, erinnern Sie sich, ob ich mein Handy bei mir hatte, als wir miteinander gesprochen haben?«

»Das kann ich Ihnen leider nicht sagen, Ma'am. Soll ich es anrufen?«

»Es ist ausgeschaltet«, erwidere ich und bemerke, dass der Sessel vor seinem Schreibtisch schief steht. Normalerweise steht der immer in einem Fünfundvierzig-Grad-Winkel. Er hatte also Besuch. *Mutter*. Als wollte ich ihm etwas demonstrieren, trete ich ein und rücke den Sessel gerade. Davenport beobachtet mich dabei, und ich muss lächeln, ehe ich wieder gehe. Ich werfe einen Blick in die leere PR-Abteilung. »Wie seltsam«, sage ich zu mir selber und schaue den Flur entlang, als ich Schritte höre. Damon kommt auf mich zu, und wenn mich nicht alles täuscht, sieht er ziemlich gereizt aus. »Warum sind Sie noch nicht nach Hause gefahren?«

»Ich kann mein Handy nicht finden«, murmelt er und schaut an mir vorbei in das PR-Büro.

Unbehagen beschleicht mich. »Haben Sie es angerufen?«

»Ja, es ist ausgeschaltet.«

»Meins auch.« Ich blicke zu Boden und suche den Teppich ab, als könnten beide Telefone dort liegen. Als ich Damon wieder ansehe, sieht er besorgt aus. »Ich kann mein Handy auch nicht finden«, erkläre ich.

Er stutzt. »Wann haben Sie es zuletzt gehabt?«

»Ich bin mir nicht sicher«, gebe ich zu. »Und Sie?«

»In der Küche. Dolly hat mir ein Sandwich gemacht. Ich suchte die Toilette auf, wurde durch ein Gespräch mit meinen Männern aufgehalten, und als ich dann zurückkam, war es weg.«

»Es muss doch eine vernünftige Erklärung dafür geben«, sage ich und gehe. Im Foyer treffe ich Kim.

»Haben Sie es gefunden?«, erkundigt sie sich, das Handy wieder einmal am Ohr.

»Nein. Und Damons Telefon ist auch verschwunden.«

Kim lässt ihres sinken.

Damon tritt zu uns und nimmt es ihr ab. »Haben Sie GPS-Ortung?«, fragt er mich.

»Ich weiß nicht.« Ich zucke mit den Schultern. »Der Sicherheitsdienst des Palastes hat sich immer um die Handy-Sicherheit gekümmert.«

Er brummt etwas vor sich hin und fängt an, auf dem Display von Kims Handy herumzutippen. »Offline.« Damon hält inne und denkt nach.

»Mein Handy?«

»Nein, meins.« Er gibt Kim ihr Telefon zurück. »Zuletzt wurde es hier geortet.«

»Dann müssen sie auch irgendwo hier sein.« Ich lache. »Hier wird ja wohl kaum ein Telefondieb im Palast umherschleichen. Außerdem nützt mein Handy niemandem, der nicht das aus einer Million Zeichen bestehende Passwort kennt.«

Damon sagt: »Zuletzt wurde mein Handy im Palast geortet. Das heißt aber nicht, dass es noch hier ist.« Er marschiert davon und ich schaue ihm hinterher.

Verärgert werfe ich die Arme in die Luft. »Wohin gehen Sie?«

»Unsere Handys stilllegen lassen«, ruft er.

Da begreife ich, weshalb er beunruhigt ist. Die Nachrichten und Fotos auf meinem Handy!

»Verdammter Mist«, flüstere ich und renne ihm hinterher. »Bekommen Sie denn ohne Passwort Zugang zu einem Handy?«

»Wenn man weiß, was man tut, schon.« Er betritt Davenports Büro, ich folge ihm. »Wir haben ein Problem.«

Damon scheucht den perplex dreinschauenden Davenport aus seinem Sessel und setzt sich an dessen Computer.

Davenport sieht mich nach einer Erklärung suchend an, da Damon schon beschäftigt ist und auf der Tastatur herumtippt. »Mein Handy ist verschwunden«, erkläre ich und mag die Miene gar nicht, die ich damit bei Davenport auslöse. »Damon kann den Inhalt per Fernübertragung löschen.«

»Angenommen, es wurde gestohlen – was würde der Dieb darauf finden, sollte er Zugang bekommen?«

Ich krümme mich innerlich. »Ein paar Fotos vielleicht«, bringe ich krächzend hervor. »Und viele Textnachrichten.«

Er verdreht die Augen dramatisch. »Der Himmel stehe uns bei«, murmelt er, geht zu seinem Handy und ruft jemanden an. Ich kann nichts weiter tun, als zu verfolgen, wie Davenport einem bedauernswerten Individuum am anderen Ende der Leitung Befehle zubrüllt. Unterdessen spricht Damon vom Tischapparat aus mit der Palast-Security, um vom Computer aus Zugriff auf mein Handy zu bekommen.

»Oh Junge«, sagt Kim hinter mir. »Jetzt stecken Sie in echten Schwierigkeiten.«

»Ach, seien Sie doch still«, fahre ich sie an, obwohl meine Panik mit jeder Sekunde zunimmt. Angespannt warte ich auf Neuigkeiten von einem der beiden Männer am Schreibtisch vor mir. Plötzlich kommt mir jedes einzelne Foto auf meinem Handy in den Sinn, nur dass ich sie nicht mehr auf meinem Display sehe, sondern auf den Titelseiten der Zeitungen. Eins, das mich in Unterwäsche und mit der spanischen Tiara auf dem Kopf zeigt. Eins, auf dem ich Josh verführerisch einen Handkuss zuwerfe. Eins, auf dem Josh halb nackt zu sehen ist, nur mit einem kleinen Handtuch um die Hüften. Dann die endlosen Textnachrichten zwischen uns. *Oh, verdammt!*

»Fertig.« Damon haut auf den Schreibtisch und lehnt sich im Sessel zurück.

Er wirft mir einen Blick zu, unter dem ich zu Staub zerfallen könnte. Ich lächle schwach und nervös.

»Möglicherweise hatten die Zugriff, bevor ich den Inhalt löschen konnte«, erklärt er.

»Felix!«, ruft Davenport.

Einige Sekunden später kommt mein Kommunikationschef angelaufen. Seine Brille ist wegen der Eile leicht verrutscht.

»Sir«, sagt er beinahe keuchend, während Davenport auf ihn zumarschiert, das Handy noch am Ohr.

»Um die Chefredakteure habe ich mich gekümmert.« Der Major gibt Felix ein Blatt Papier. »Rufen Sie alle anderen Redakteure an, und stellen Sie sicher, dass keine belastenden Fotos Ihrer Majestät oder Mr. Jamesons auf deren Schreibtischen gelandet sind. Seien Sie diskret.«

Felix sieht entsetzt aus, mein Mut sinkt weiter.

»Wie soll ich denn Ihrer Ansicht nach diskret sein?«

Er hat recht. Wie soll man das herausfinden, ohne direkt zu fragen?

»Ist mir egal«, brüllt Davenport die Fassung verlierend.

Das ist ein ungewohnter Anblick, der mir ehrlich gesagt Angst macht.

»Lassen Sie sich was einfallen, Junge.«

»Sir.« Felix zieht sich eingeschüchtert zurück.

Ich beobachte wieder das Gewusel in Davenports Büro – Kim, die auf und ab geht, das Handy am Ohr, Davenport stampfend und ins Telefon bellend, während Damon mich immer noch finster ansieht. Ich weiß nicht wieso. Ich habe dem Dieb das Handy schließlich nicht in die Hand gedrückt.

»Ich gehe hinaus«, verkünde ich und trete den Rückzug an, um der angespannten Atmosphäre zu entfliehen. Ich gehe in die Küche, wo Dolly gerade vor sich hin pfeifend die letzte Pfanne abwäscht. »Hallo«, sage ich, was sie veranlasst, sich vor dem Küchenschrank umzudrehen, zu dem sie hinauflangt.

»Oh, Euer Majestät. Was tun Sie hier in der Küche?«

»Ich brauche einen Drink, Dolly.«

»Kommt sofort.« Sie lässt die Töpfe, holt Champagner und hat ihm Nu den Korken heraus. »Ein Glas muss ich erst suchen, Ma'am. Gläser bewahren wir nicht in der Küche auf.«

»Geben Sie mir einfach einen Becher«, sage ich auf einen der vielen Küchenschränke deutend. »Eine Kanne, einen Topf, ist mir ganz egal. Oder einfach die Flasche.« Ich greife danach und führe sie an meine Lippen, sobald sie mir die Flasche überlassen hat.

»Oje.«

Ich senke den Pegel um einige Zentimeter und lasse mich auf einen Stuhl am langen Tisch sinken. Dolly fragt lieber nicht nach, und ich kann ihr schlecht verraten, was los ist. »Langer Tag«, erkläre ich seufzend und schiebe die Flasche hin und her, während ich auf das Etikett starre.

»Offensichtlich«, meint sie und widmet sich wieder ihren Töpfen und Pfannen, damit ich in Ruhe meinen Kummer ertränken kann.

Was für ein Chaos. Vielleicht sind Davenport und Damon übervorsichtig. Mein Telefon könnte überall sein in diesem riesigen Gebäude. Aber Damons? Das ist schon ein enormer Zufall.

»Kann ich Ihnen etwas bringen, bevor ich gehe, Ma'am?«, erkundigt Dolly sich und zieht an den Schürzenbändern hinter ihrem Rücken.

Ich halte die Flasche ins Licht, um zu sehen, wie viel ich noch habe. »Das müsste reichen, danke«, sage ich und trinke einen weiteren Schluck, während sie ihre Schürze an den Haken an der Speisekammertür hängt.

»Sehr wohl. Sollten Sie hungrig sein, ich habe gerade meine Salsa zubereitet. Die Chips befinden sich in der Speisekammer. Oberstes Regal ganz rechts. Ich musste alles umräumen, weil ich in dieser neuen Küche nichts gefunden habe.«

»Danke, Dolly.« Ich zwinge mich zu einem Lächeln. Sie holt ihre riesige Handtasche und geht. Ich habe keinen Appetit, nur Lust auf Alkohol. Mist, ich kann nicht mal Josh anrufen und ihm von diesem Ärger erzählen. Ich werfe einen Blick zur Küchenuhr. Es geht auf neun zu. Er müsste inzwischen angerufen haben. Ich hebe die Flasche an die Lippen und lasse den Champagner mehr oder weniger in meinen Mund fließen.

»Hab sie gefunden«, ruft Davenport.

Ich fahre erschrocken herum, die Flasche noch am Mund. Seinen missbilligenden Blick kann er sich sparen, es ist schon peinlich genug. Damon taucht ebenfalls auf. Beide treten schweigend an den Tisch, während ich langsam die Flasche herunternehme. Sie betrachten mich und scheinen ihr Urteil gefällt zu haben. Herrgott noch mal!

»Woher sollte ich denn wissen, dass mein Handy verschwindet?« Ich verzichte darauf, die Fotos direkt zu erwähnen, geschweige denn sie zu beschreiben. Das ist alles schon demütigend genug.

»Wir haben jeden Redakteur in London kontaktiert. Keine Fotos oder Nachrichten, also sollten wir in der Hinsicht sicher sein, falls alle ehrlich sind.«

»Falls?« Das gefällt mir gar nicht.

»Haben Sie eine Ahnung, wie viele Redakteure es allein in London gibt?«, fragt Davenport und neigt den Kopf so, als erwarte er wirklich eine Antwort von mir.

Natürlich weiß ich das nicht. Viele, schätze ich mal. »Sie wollen mir also zu verstehen geben, dass Sie alles in Ihrer Macht Stehende getan haben und wir jetzt nur noch abwarten können?«

»Exakt.« Davenport nickt. »Was ich in der Zwischenzeit gern herausfinden möchte, ist, wer Ihr und Damons Handy gestohlen haben könnte.«

»Sind Sie ein wenig paranoid?«, frage ich zögernd. »Außerdem, wer im Palast würde verfängliche Fotos von mir preisgeben wollen? Alle sind hier, um die Krone zu schützen, nicht um sie bloßzustellen.« Grimmige Blicke treffen mich. »Tja, ich halte lieber den Mund.« Ich rutsche ein Stückchen tiefer, tröste mich erneut mit einem Schluck aus der Flasche und zerbreche mir weiterhin den Kopf darüber, wer die Handys gestohlen haben könnte. Sir Don und David Sampson kommen nicht infrage, oder? Wie schon erwähnt, sollen sie die Monarchie schützen, nicht beschmutzen. Aber möglicherweise ist ihnen das jetzt egal, da ich sie gefeuert habe. Ich schaue zu Davenport und Damon und weiß, dass sie ähnliche Gedanken haben. Wären Sir Don und David Sampson fähig, meinen Befehl, sich an ihren Eid zu halten, zu ignorieren?

»Wir sollten das Statement vorziehen und um die Erklärung erweitern, dass Sie eine Beziehung mit Mr. Jameson haben«, erklärt Davenport und erhebt sich vom Tisch. »Unsere Anrufe haben nichts ergeben, trotzdem will ich das Risiko nicht eingehen.« Er sieht mich an und wirkt gestresst. »Hat Kim das Statement schon fertig?«

Ich stelle die Flasche langsam auf den Tisch. »Ich weiß nicht.« Davenport macht auf dem Absatz kehrt und marschiert aus der Küche. Ich springe auf wie vom Blitz getroffen. »Warten Sie!«, rufe ich; er dreht sich ungeduldig an der Tür um. »Sie wollen die Welt über unsere Beziehung in Kenntnis setzen? *Jetzt?*« Oh wow, die ganze Zeit wollte ich nichts sehnlicher, als es alle Welt wissen zu lassen, aber nun wird mir bei der Vorstellung flau im Magen.

»Wenn man die Kontrolle zu verlieren droht, muss man sie umgehend zurückgewinnen. Ihr Handy ist verschwunden, und anscheinend wissen wir nicht, wo es ist. Auf dem Gerät sind Fotos und Nachrichten, die Ihre *intime* Beziehung zu Mr. Jameson verraten. Ich nehme mal an, Sie wollen nicht, dass Ihr gegenseitiges Werben auf diese Weise ans Licht kommt. Wir kennen die Motive des Diebes nicht, falls es einen Dieb gibt. Wir werden also, wie ich schon sagte, die Kontrolle zurückerobern.« Er setzt seinen Weg fort. »Ich ziehe Sie zu gegebener Zeit wieder hinzu.«

Ich starre den leeren Türrahmen an, mein Herz pocht heftig. Die Welt wird es erfahren. Ich schnappe mir die Flasche und trinke den restlichen Champagner gegen die aufsteigende Angst. »Ich muss mit Josh sprechen«, stoße ich nach dem letzten Schluck keuchend hervor. Er muss Bescheid wissen. Sein PR-Team muss informiert werden. »Wo ist das nächste Telefon?«

Damon zeigt zur Wand auf der anderen Seite der Küche, wo ein Apparat hängt, der normalerweise nur dem Empfang von Anweisungen aus den Räumen des Palastes dient. Ich laufe hin und nehme den Hörer ab, dann betrachte ich ratlos die Tasten. Ich habe keine Ahnung, wie seine Nummer lautet. Verzweifelt drehe ich mich zu Damon um. Es ist eine vage Chance, aber …

»Keinen Schimmer«, gesteht er und steht auf. »Wo wohnt er denn jetzt?«

»Im Ritz. Prince of Wales Suite.«

Ohne ein weiteres Wort verlässt Damon die Küche. Ich lege den Hörer auf und laufe ihm hinterher. Zurück in Davenports Büro tippt er auf der Computertastatur und findet, was ich brauche. Er wählt die Nummer auf Davenports Tischtelefon. Es klingelt, und als jemand an der Rezeption sich mit einem höflichen »Guten Abend, willkommen im Ritz London. Sie sprechen mit Benjamin, wie kann ich Ihnen helfen?« meldet, will ich mich auf den Apparat stürzen. Damon ist schneller und hebt den Hörer ans Ohr. »Josh Jamesons Suite, bitte.«

»Es tut mir leid, aber wir haben keinen Gast mit diesem Namen, Sir.« Seine Worte sind klar und deutlich, und ich sacke in mich zusammen.

Damon fasst sich an die Stirn und reibt sie. »Ich weiß nicht, unter welchem Namen er reserviert hat, doch er wohnt in der Prince of Wales Suite.«

»Es tut mir leid, Sir, aber wir haben zurzeit keinen Gast mit diesem Namen«, wiederholt der Rezeptionist roboterhaft wie aus einem gut einstudierten Skript.

»Es ist dringend«, erklärt Damon gereizt.

»Es tut mir leid, wir haben …«

»Herrje!«, rufe ich, reiße Damon den Hörer aus der Hand und halte ihn außerhalb seiner Reichweite.

»Adeline!«

»Ich verlange, sofort mit Josh Jamesons Suite verbunden zu werden. Ich bin die Kö…« Der Hörer verschwindet aus meiner Hand, und Damon knallt ihn wütend auf die Gabel. Ich starre ihn aufgebracht an. »Es war einen Versuch wert.«

»Manchmal, Euer Majestät, könnte ich Sie würgen.«

Ich schleppe mich zu einem Sessel und lasse mich hineinfallen. »Was soll ich denn machen? Er muss Bescheid wissen, Damon. Diese Ankündigung ist möglicherweise heraus, bevor ich ihn sehe. Er darf es nicht auf diese Weise erfahren.«

»Was denn? Dass Sie beide eine intime Beziehung haben? Ich bin mir nämlich sicher, das weiß er längst«, kontert er, schiebt müde das Telefon zur Seite und lässt sich genau wie ich in einen Sessel sinken.

»Sehr witzig, haha.«

»Sollte es nicht sein.«

»Wie kriege ich ihn denn nun zu fassen, Schlaumeier?«

»Halten Sie für einen Augenblick den Mund«, sagt Damon.

Ich reagiere mit stiller Empörung, was er jedoch gar nicht mitbekommt, da er mich nicht ansieht. Niemand sonst würde es wagen, in diesem Ton mit mir zu sprechen. Wäre er jemand anderes, würde ich ihn zur Rechenschaft ziehen, aber Damon ist nicht irgendwer.

Ich schaue zu, wie er grübelt, und dann sehe ich unwillkürlich wieder zur Uhr. Halb zehn. Ich fange an, mit den Fingern auf den Sessellehnen zu trommeln. Es ist das einzige Geräusch im Raum, und offenbar nervt es Damon, denn er wirft mir einen weiteren tödlichen Blick zu. Meine Güte, ist der mürrisch heute. »Sorry.« Ich stelle das Trommeln ein, und Damon denkt weiter nach.

Er hat eindeutig ein schlechtes Gefühl bei dieser Geschichte, aber ich muss gestehen, dass ich immer noch hin- und hergerissen bin. Die einzigen Leute, die eng mit mir zusammenarbeiten, würden niemals wollen, dass solche verfänglichen Fotos von mir veröffentlicht werden oder dass meine Affäre rücksichtslos aufgedeckt wird.

Erneut schaue ich zur Uhr. Viertel vor zehn. Ich werde unruhig. Josh könnte schon seit Stunden versucht haben, mich zu erreichen. Er hätte es allerdings auch bei Damon vergeblich probiert. Also würde er sich Sorgen machen. Ich muss ihn sehen. »Damon«, sage ich, seinen Namen in die Länge ziehend.

Langsam schaut er vom Schreibtisch auf. Ich lächle süßlich. Er schüttelt sofort den Kopf.

»Nein.« Das klingt endgültig, was mir aber egal ist.

»Doch«, entgegne ich und stehe auf.

»Nein, Adeline.« Auch Damon erhebt sich und folgt mir aus Davenports Büro. »Alle meine Männer haben schon Feierabend, und ich habe kein Handy. Nein.«

»Doch«, wiederhole ich hochnäsig und gelange ins Foyer. »Ich muss Josh sehen und ihn über die bevorstehende Ankündigung informieren.«

»Auf keinen Fall.«

»Olive«, rufe ich.

»Nein. Nein, nein, nein.« Damon sieht, wie Olive dienstbeflissen erscheint.

»Würden Sie mir bitte Mantel und Handtasche holen?«

»Jawohl, Ma'am.«

»Nein«, fährt Damon dazwischen, sodass das arme Ding zusammenzuckt. »Ich werde Sie heute Abend nirgendwohin fahren.«

»Irrtum«, kontere ich und trete näher zu ihm. »Sie fahren mich, oder ich setze mich selbst hinters Steuer.« Das ist natürlich Unsinn, da ich fast eine Flasche Moët intus habe. Ganz zu schweigen von der Tatsache, dass ich nicht weiß, wo in Claringdon die Autoschlüssel aufbewahrt werden.

Als Olive mit meinem Mantel auftaucht und ihn mir bereithält, schlüpfe ich hinein, nehme die Handtasche entgegen und beobachte meinen störrischen Securitychef. Er sollte mich lieber nicht dazu zwingen, ihn daran zu erinnern, für wen er arbeitet. Denn das werde ich. In diesem Fall ganz bestimmt.

»Sie sind die Königin von England, Adeline. Sie können nicht spontan und ohne Sicherheitsvorkehrungen durch London fahren. Und ohne Kommunikationsmöglichkeit zu fahren, ist völlig ausgeschlossen.«

Ich wende mich an Olive. »Haben Sie ein Mobiltelefon?«

Mit großen Augen schaut sie zwischen mir und Damon hin und her. »Ja, Ma'am.«

»Wäre es sehr unverschämt von mir, Sie zu bitten, es Damon zu leihen?«

»Das kann nicht Ihr Ernst sein«, murmelt Damon.

»Selbstverständlich nicht, Ma'am«, flötet sie. Glücklich, helfen zu können, läuft sie davon.

Ich sehe zufrieden Damon an. »Problem gelöst.«

»Ich habe keine Leute.«

»Aber ich vertraue mich ausdrücklich Ihnen an, Damon«, sage ich mit sanfter, aufrichtiger Stimme, denn es ist die Wahrheit.

Olive kommt zurück und überreicht dem mürrischen Damon ihr Handy. »Das Passwort ist mein Geburtstag.«

Mit angespannter Miene nimmt er es entgegen. »Und der wäre wann?«

»Zehnter Dezember.«

»Sie sind ein Schatz, Olive«, sage ich strahlend, bevor ich mich genau mit diesem Lächeln an Damon wende. »Fertig?«

Knurrend streicht er sich durchs Haar und marschiert zur Tür, die er mit solcher Wucht aufreißt, dass nicht nur ein Bediensteter zusammenzuckt, sondern er sie um ein Haar aus den Angeln hebt.

»Wären Sie jemand anderes, hätte ich schon vor Jahren gekündigt.«

Ich lächle. Er meint nicht die Königin, er meint mich. Weil ich ihm nicht egal bin.

25

Damon ist gereizt. Während der gesamten Fahrt sagt er kein Wort, und ich verzichte auf jeden Versuch, eine Unterhaltung zu beginnen. Ich kenne meinen Damon gut und weiß daher, dass mein Atem vergeudet wäre. Also denke ich stattdessen lieber darüber nach, wie ich Josh beibringe, dass wir nun doch mit einem Knall an die Öffentlichkeit gehen, statt wie besprochen behutsam nach und nach. Königin Adeline von England hat eine Beziehung zu Josh Jameson. In wenigen Stunden werden die Medien über kaum etwas anderes berichten, denn es ist eine der aufregendsten Storys des Jahrzehnts. Vielleicht sogar des vergangenen Jahrhunderts. Sie wird fraglos alles in den Schatten stellen. Ich muss grinsen, und zugleich macht es mir schreckliche Angst.

Damon hält vor dem Seiteneingang des Hotels und betrachtet das Gebäude. Ich dränge ihn nicht, sondern gebe ihm Zeit, die nächsten Schritte zu planen. Inzwischen ist es halb elf, trotzdem herrscht noch reger Betrieb hinter den Türen und Fenstern des Hotels. Seufzend sieht er über die Schulter zu mir und mustert mich von oben bis unten. Bei dem cremefarbenen Seidenschal um meinen Hals hält er inne. Ich wickle ihn ab, bevor Damon mich dazu auffordert, falte ihn zu einem Dreieck und binde ihn mir als Kopftuch mit einer dicken Schleife unter dem Kinn um. »Ich werde den Arm um Sie legen müssen«, informiert er mich. »Schmiegen Sie sich eng an mich, und halten Sie den Blick gesenkt.«

Ich nicke, wohl wissend, dass er die Andeutung meines Grinsens nicht mögen wird. »Wie ein Liebespaar.« Ich kann es nicht lassen, prompt blitzt Ärger in seinen blauen Augen auf. Ich erkenne, dass er mir am liebsten irgendetwas an den Kopf schleudern würde, doch er beherrscht sich und steigt aus. Sobald meine Tür offen ist, blockiert er die Sicht und hilft mir beim Aussteigen. Er legt mir einen Arm um die Schultern, drückt mich an sich und führt mich ins Foyer. Ich verhalte mich so, wie er es mir aufgetragen hat, und schaue nach unten. Die Geräuschkulisse verrät mir, dass hier Betrieb herrscht.

»Okay?«, erkundigt er sich und geht schnellen, aber sicheren Schrittes.

Ich nicke nur, mein Kopf ruht zwischen seiner Armbeuge und seiner Brust. Ich fühle mich so sicher, wie man sich fühlen kann an seiner Seite.

Als wir die Fahrstühle erreichen, lässt er eine Gruppe Männer vor, die schließlich ohne uns fahren. Er wartet auf einen leeren Lift. Der nächsten Kabine entsteigt ein Paar, und wir steigen ein. Er drückt den Knopf für Joshs Etage und hält mich nach wie vor an sich gedrückt.

»Halten Sie den Lift an!«, ruft jemand.

Ich schaue unwillkürlich auf. Sofort korrigiere ich meinen Fehler und senke den Blick wieder. Durch die sich schließenden Türen sehe ich eine mit zwei Koffern beladene Frau auf uns zurennen. Damon unternimmt keinen Versuch, die Türen aufzuhalten.

»Idiot«, höre ich die Frau rufen und grinse ihn an.

»Wenn die wüsste«, sagt er und behält die Türen im Auge. Er ist immer noch angespannt und rechnet damit, dass der Fahrstuhl irgendwo hält, doch wie durch ein Wunder gelangen wir direkt zu Joshs Etage.

Als wir den Flur entlanggehen, verspüre ich das wundervolle Kribbeln im Bauch, wie jedes Mal, bevor ich Josh wiedersehe. Es ist eine Mischung aus Nervosität und Aufgeregtheit. Damon klopft fest an die Tür und schaut sich ständig nach allen Seiten um. Ich lausche angestrengt, höre von drinnen jedoch nichts. »Vielleicht ist er nicht da«, sage ich und lege ein Ohr an das Holz. Ich bin mir sicher, er hat gesagt, sie würden im Hotel bleiben. Wenn ich Damon ganz umsonst um diese Zeit durch die Stadt gejagt habe, wird er noch wütender auf mich sein.

Ich zucke zusammen, als Damons große Faust neben meinem Kopf auf dem Holz landet. »Verdammt!«, beschwere ich mich und werfe ihm einen tödlichen Blick zu. »Das haben Sie absichtlich gemacht.«

Erneut werde ich ignoriert, diesmal ist es Damon, der ein Ohr an die Tür legt und lauscht.

»Er ist nicht da«, stelle ich enttäuscht fest. Ich habe keine Möglichkeit, ihn zu erreichen. Was soll ich tun? Davenport wird mit dem Statement warten müssen. Erst muss ich mit Josh reden. »Was haben Sie vor?«, frage ich, als Damon etwas aus der Tasche zieht und sich zum Kartenlesegerät hinunterbeugt. Er schenkt mir keine Beachtung, sondern konzentriert sich auf das, was er da tut. »Brechen Sie etwa ein?« Ich beuge mich ebenfalls hinunter und sehe, wie er etwas in den Schlitz schiebt. »Wow, wie James Bond.«

Damon hält inne und wirft mir einen Seitenblick zu. »Euer Majestät, bei allem gebotenen Respekt, aber würden Sie bitte die Klappe halten?«

Ich presse die Lippen zusammen und richte mich auf. »Ich mag Sie nicht, wenn Sie so mürrisch sind.«

Er schließt um Geduld ringend die Augen, dann macht er mit seiner coolen 007-Technik weiter. Das Lämpchen blinkt grün. »Wow.« Ich halte mir eine Hand vor den Mund, sowohl aus Verblüffung über sein verborgenes Talent als auch um nichts mehr zu sagen, was meinen Sicherheitschef von Neuem auf die Palme bringen könnte. Sanft drückt er die Klinke hinunter und lehnt sich mit der Schulter gegen die Tür. Sie öffnet sich ein Stückchen. Als seine Schultern sich deutlich anspannen, weiß ich, dass etwas nicht in Ordnung ist. Ich fühle Angespanntheit, als ich seinen Arm berühre. »Damon, was ist los?«

Er drückt die Tür ganz auf, und mein Blick fällt auf einen von Joshs Bodyguards, der im Foyer seiner Suite zusammengesunken auf einem Stuhl sitzt. Erschrocken lege ich mir eine Hand aufs Herz. Für einen Moment gerate ich in Panik, weil ich denke, er ist verletzt. Aber dann höre ich ihn schnarchen. »Schläft der?«, frage ich und trete ein.

»Es scheint ganz so.« Damon steckt sein Werkzeug ein und stupst den Arm des Mannes an. Er rührt sich, schnaubt und schlummert friedlich weiter.

»Nun, das ist eine Schande.« Ich bin empört; neben dem Stuhlbein liegt eine Flasche Scotch, sie ist halb leer. Ich hebe sie auf und halte sie Damon hin, er sieht angewidert aus.

»Bates wird ihn sich zur Brust nehmen«, bemerkt er und geht durch das Wohnzimmer. Ich folge ihm und schaue mich um, wobei ich weitere leere Scotchflaschen entdecke. Auf den Tischen, Regalen, Anrichten, dem Fußboden, der Couch.

»Na ja, er hat gesagt, sie würden etwas trinken«, sage ich und kicke irgendeine Dose fort. Ich bin nicht ganz so entsetzt wie Damon, seiner Miene nach zu urteilen. Ich folge seinem Blick und sehe, was ihn aus der Fassung bringt. »Oje«, sage ich, denn Bates liegt auf der Couch, eine leere Flasche auf der Brust. Ihm gegenüber in einem Sessel sitzt schlafend ein weiterer Bodyguard.

Damon watet durch die auf dem Boden liegenden Flaschen und rüttelt Bates heftig. »Wach auch, du Schwachkopf.«

Bates schreckt hoch und blinzelt. »Oh, hey, Ma'ammmm.«

Er ist schwer betrunken. »Bates«, sage ich nur. »Wo ist Josh?«

»Weiß nich'«, lallt er. »Ich bin plötzlich weg gewesen.« Mühsam setzt er sich auf und hält sich den Kopf. »Verdammter Mist, so früh am Abend zu trinken ist nie eine gute Idee.«

»Trinken im Dienst schon mal gar nicht«, erinnert Damon ihn und fängt die Flasche auf, die von der Couch rollt.

Ich steige über Müll und Glas Richtung Schlafzimmer. Diese Fahrt hätten wir uns sparen können. Josh wird erst morgen wieder ansprechbar sein. Ich lege eine Hand auf die Klinke und betrete den Raum, in den nur das Licht aus dem Nebenraum hereinfällt. Ich schaue nach unten, als einer meiner Absätze irgendwo hängen bleibt. Da ich es nicht erkennen kann, hebe ich den Fuß nach hinten an, um einen Stofffetzen von meinem Schuh zu befreien. Ich halte ihn mir vors Gesicht, und mein Herzschlag verlangsamt sich. Im schwachen Licht kann ich es immer noch nicht genau erkennen, trotzdem weiß ich sofort, um was es sich handelt. Meine Körpertemperatur sinkt rapide, jedenfalls fühlt es sich so an. Mir gefriert das Blut, mein Herzschlag beschleunigt sich extrem, während ich den Spitzenslip anstarre, dann lasse ich ihn fallen.

Mir zittern die Beine, als ich langsam weitergehe. Ich bleibe stehen und hebe etwas anderes auf. Es ist ein BH. Ein Stück weiter liegt ein schwarzer Haufen Stoff. Ein Kleid. Daneben schwarze Boxershorts. Mein Mund wird trocken, das Herz hämmert in meiner Brust. Im Stillen bete ich für eine plausible Erklärung. Ich sage mir, dass das schon vorher einmal passiert ist, dass Josh übel mitgespielt wurde und er gar nicht in seinem Bett liegt. Vielleicht ist es nicht seine Silhouette, die ich sehe. Vielleicht gehören die Kleidungsstücke dieser Frau … ja, wem? Oder ich bin im falschen Zimmer, und die Boxershorts gehört einem der Bodyguards.

Ich erreiche das Bett und versuche, in der Dunkelheit etwas auszumachen. Es geht nicht, schon deshalb, weil meine Augen sich mit Tränen füllen. »Dummchen«, tadele ich mich selbst und taste nach dem Schalter der Nachttischschlampe. Selbstverständlich gibt es eine Erklärung. Ich schmeiße ein paar Dinge um, höre menschliche Laute, Laute von Leuten, die sich im Bett wälzen. Endlich finden meine zitternden Finger, was sie suchen. Ich drücke den Schalter und drehe mich zum Bett um.

»Oh mein Gott«, flüstere ich, als ich sein Gesicht sehe. Würgend weiche ich zurück. Ich schließe die Augen und öffne sie wieder, um klarer sehen zu können, aber dadurch laufen nur die Tränen, sodass ich noch weniger erkennen kann. Immerhin sehe ich, dass er nackt ist, und ich würge erneut, als ich begreife, dass er ein Kondom trägt. Mir dreht sich der Magen um, und ich kämpfe gegen aufsteigende Übelkeit an. Mein Blick ist nun auf die schmale Frauenhand gerichtet, die auf seinem Bauch ruht. Die Frau liegt auf der Seite, in Joshs Arm geschmiegt. Ich betrachte ihr Gesicht und schluchze auf.

Ich will hier nicht sein, nicht hier stehen und eine der schmerzlichsten Szenen sehen, mit der ich je konfrontiert worden bin. Und dennoch schaffe ich es nicht, mich abzuwenden. Offenbar will mein Verstand erst ganz sicher sein, dass sich mir dieser Anblick für alle Zeit einprägt, damit ich niemals vergesse, was für ein Bastard er ist.

Was ich alles auf mich genommen habe, damit wir zusammen sein können.

Was ich alles riskiert habe.

Alles für nichts.

Wut erwacht in mir. Ich höre hinter mir jemanden hereinkommen. Damon. Er schnappt geschockt nach Luft. Ich reibe mir heftig die Augen und nehme Haltung an. Die Frau streckt sich und stöhnt leise, wobei sie sich enger an Josh schmiegt. Sein Bizeps spannt sich an, als er sie an sich drückt. Ich beiße die Zähne so stark zusammen, dass sie glatt zerbrechen könnten. Einen nach dem anderen nehme ich meine Ohrringe heraus und werfe sie auf den Nachttisch. Das Klappern veranlasst die beiden im Bett, sich noch mal zu rühren, doch keiner wacht auf. Sie schlafen tief und fest. Erschöpft.

Ich drehe mich zu Damon um. Der Schock steht ihm ins Gesicht geschrieben. Außerdem Ekel und Zorn. »Ich würde gern gehen«, sage ich ruhig und bewege mich auf ihn zu. Sofort schaltet er auf Profi um und führt mich aus der Suite. Im Vorbeigehen registriere ich, dass Bates wieder schnarcht. Mir fällt eine weitere Couch auf der anderen Seite des Zimmers auf, auf der einer von Bates Leuten mit einer Frau liegt.

Nie zuvor war ich derartig wütend, der Schmerz scheint diese Wut noch anzufachen. Ich bin so blöd. Geblendet von Lust und Erregung. Ich hätte alles ruinieren können.

Stattdessen habe ich nur mich selbst zerstört.

26

Niemals vorher habe ich mich wirklich verloren gefühlt. Ich dachte, ich sei es, doch die vergangene Woche hat mir gezeigt, dass ich so etwas bisher nicht empfunden habe. Zumindest nicht so. Nie habe ich an meinem Wert oder an mir selbst gezweifelt; eigentlich war ich stets ganz zufrieden mit mir, trotz des Zorns und der Enttäuschung meines Vaters. Natürlich war ich nicht glücklich, aber ich war zufrieden mit der Person, die ich war. Zur Hölle mit allem anderen.

Jetzt bin ich bloß noch eine törichte Frau, die einen grässlichen Fehler begangen hat und beinahe einen noch größeren begangen hätte, der den Lauf der Geschichte verändert hätte. Jetzt habe ich mir selbst gezeigt, weshalb ich für diese Welt, in der ich mich bewege, völlig ungeeignet bin. Ich bin eine Närrin. Und was noch schlimmer ist, alle in meiner unmittelbaren Umgebung wissen es.

Niemand hat seinen Namen erwähnt. Meine Mutter verlor kein Wort über das Ausbleiben der Ankündigung, die ich machen wollte. Sie weiß nicht, warum Josh kein Teil meines Lebens mehr ist, denn sie hat mich nicht gefragt. Wann habe ich mich je so sehr danach gesehnt, dass meine Mutter mich in den Arm nimmt? Damon schleicht auf leisen Sohlen um mich herum. Genau wie Kim und Jenny, und Olive macht noch mehr Aufhebens um mich als sonst. Alle sind auf der Hut. Bis auf Eddie. Der hat mich nicht mal besucht oder auch nur angerufen, um sich wenigstens nach mir zu erkundigen.

Erst jetzt wird mir klar, wie sehr ich aus königlichem Blut bin. Nach außen hin gebe ich mich kühl und gefasst; niemand sieht meine Qual. Erst wenn ich allein bin, falle ich in mich zusammen. Ich bekomme die Bilder nicht aus dem Kopf. Ich kann nicht aufhören, daran zu denken, wie dumm ich war. In der einen Sekunde gebe ich mir die Schuld … *natürlich holt er es sich anderswo.* Ich war ja kaum verfügbar, wenn es ihn danach gelüstete. In der nächsten Sekunde werfe ich etwas an die Wand, stelle mir vor, ich träfe Joshs Kopf, und verwünsche ihn für seinen Verrat.

Ich werde nie mehr vertrauen. Ich werde nie mehr lieben. Jemanden zu lieben heißt nichts anderes, als zu akzeptieren, dass dein Herz eines Tages gebrochen wird. Dass du nicht länger die Kontrolle über deine Gefühle hast. Zu lieben bedeutet, sich auszuliefern. Und das werde ich nie wieder zulassen.

Meine einzige Rettung in diesem Gefühlschaos ist, dass keine Fotos in den Zeitungen aufgetaucht sind. Und das wird wahrscheinlich auch nicht passieren, da mein verdammtes Handy ein paar Tage später unter der Couch in der Claret Lounge gefunden wurde. Darauf fehlen jetzt allerdings alle Kontakte, Fotos und Nachrichten, da Damon sie gelöscht hat. Dafür gibt es endlose verpasste Anrufe von einer bestimmten Nummer. Seiner Nummer. Er hat versucht, mich am Morgen, nachdem ich ihn mit einer anderen Frau im Bett seiner Suite erwischte hatte, anzurufen. Das schürte meinen Zorn. Ich gab Damon mein Handy und bat ihn, durch die Palast-Security Joshs Nummer blockieren zu lassen.

Damon hingegen hat sein Mobiltelefon nicht wiedergefunden. Inzwischen schließe ich mich Matildas Interpretation an. Es war ein Zeichen. Ich sollte mein Handy verlieren. Ich sollte entdecken, dass Josh ein verlogener, verräterischer Bastard ist, bevor es zu spät ist.

Ich sitze am Fußende des Bettes, halte die Hände im Schoß und versuche, mich innerlich auf den bevorstehenden Abend einzustellen. Ein Cocktailempfang … mir zu Ehren. Offenbar eine Art Einstimmung auf die Krönungszeremonie. Ich habe gar nicht erst protestiert. Zusätzlich zu allen persönlichen Lektionen, die ich während dieser elenden Zeit meines Lebens gelernt habe, wurde mir klar, dass es viel einfacher ist, ihre Marionette zu sein. Zu nicken, zuzuhören und vielleicht mal eine Meinung kundzutun, die komplett ignoriert wird. Ich hatte keine Meinungen. Also wurde ich nicht ignoriert. Nicht mal von Sir Don und David Sampson.

Ich lehnte Davids Bitte um eine Audienz ab und Sir Dons ebenfalls. Ich konnte ihnen am Tag, nachdem ich Josh gefunden habe, nicht gegenübertreten …

Rasch bringe ich meine Gedanken wieder in Reih und Glied. Tatsache ist, ich habe mich geweigert. Ich wusste, dass ich es nicht schaffen würde, ihnen in die Augen zu sehen in der Gewissheit, dass sie mindestens zum Teil recht gehabt haben. Ich war noch so verletzt. So durften sie mich nicht sehen. Sie sind wieder auf ihren alten Posten. Ich bat weder darum noch protestierte ich, als Davenport mir dazu riet.

Mein Respekt vor dem Major ist enorm gewachsen, seit ich festgestellt habe, wer er wirklich ist, und seit jenem Tag noch mehr. Er hätte darauf verzichten können, die beiden wieder einzustellen, immerhin hasst er sie genauso wie ich. Stattdessen stellte er seine persönlichen Gefühle zugunsten meiner Interessen zurück. Und die liegen jetzt ausschließlich darin, Königin zu sein und meine Arbeit gut zu machen.

Sir Don und David taugen für nichts anderes, aber sie sind genau die Richtigen dafür, mich bei dieser Aufgabe zu unterstützen. Nicht einmal mein Stolz stand mir im Weg. Vielleicht weil ich ohnehin nichts mehr fühle. Weder Scham noch Verlegenheit. Nichts. Fairerweise muss ich hinzufügen, dass sie nicht schadenfroh waren. Sie wissen, dass Josh keine Rolle mehr spielt, nur den Grund dafür werden sie von mir nicht erfahren. Was ihnen egal sein dürfte. Er ist weg. Das ist alles, was für sie zählt.

Dann kam Sabina mich besuchen. Sie war die Einzige, die mich in den Arm nahm, was ich so dringend brauchte. Bei ihr konnte ich weinen, es alles herauslassen, ohne mir Spott oder gute Ratschläge anhören zu müssen. Sie war einfach nur da. Dass ich bei ihr meine Gefühle herauslassen konnte, gab mir die Kraft, die ich benötigte, um nach einigen Tagen endlich Sir Don und David gegenüberzutreten. Josh wurde nicht erwähnt. Es wurde überhaupt nicht viel besprochen. Es war, als wäre es nie geschehen. Inzwischen sollte ich mich daran gewöhnt haben, nur werde ich leider nie das Gefühl haben, als wäre nichts passiert. Ich wünschte, ich könnte so empfinden, aber daraus wird wohl nichts.

Ich stehe auf und gehe zum Spiegel. Die Frau, die ich darin sehe, kenne ich kaum noch. Das blassrosa Kleid ist hübsch und dezent, auch meine Lippen sind in sanftem Pink geschminkt. Meine Haare sind um ein funkelndes Diadem herum festgesteckt. Nicht *dieses* Diadem. Das werde ich nie wieder tragen.

Olive erscheint im Türrahmen, sie lächelt kummervoll wie schon die ganze Woche über. Nicht, dass sie wirklich weiß, weshalb sie mich bedauert. Wie die meisten Leute weiß sie nur, dass Josh fort ist. Den Grund dafür wird sie nie erfahren.

»Es ist Zeit, Ma'am.«

Es ist Zeit. Zeit, die Maske aufzusetzen, nur ist es jetzt eine andere als die, die ich früher getragen habe. Diese Maske verbirgt meinen Herzschmerz.

Ich raffe mein Kleid und verlasse meine Suite. Auf dem Weg durch den Palast ignoriere ich jeden Spiegel, an dem ich vorbeikomme, registriere jedoch, wie mühelos ich beinahe gehe. Es erinnert mich an die Art, wie meine Mutter geht, roboterhaft, als hätte sie die Kunst erlernt, sich völlig ohne Emotionen zu bewegen. Ihre Beine tragen sie, ohne dass sie nachdenken müsste, sodass ein Dahingleiten entsteht, wie es von ihr erwartet wird, anmutig und elegant. Allerdings strahlt es kein Selbstbewusstsein aus. Und auf einmal wird mir klar, wie sie diesen Gang gelernt hat. Indem sie ihr Herz verleugnete. Es war ohnehin gebrochen, also weg damit. Ich war das Produkt dieses gebrochenen Herzens, und ich vermute, mein Anblick erinnerte sie stets aufs Neue an die Bosheit meines Vaters und an seine Rache. Davenport erinnerte sie dagegen jedes Mal an das, was sie verloren hatte. Dadurch wurde sie ätherisch, wesenlos, erstarrt.

Und nun bin ich an der Reihe. Jetzt bin ich es, die kummervoll dahingleitet.

Ich nicke Damon zu, als ich die geschlossenen Türen erreiche, dann Davenport und Kim, die mich daran erinnern wollen, wer alles hier ist. »Zuerst der Premierminister, Ma'am«, erklärt Kim, während Jenny mir das Kinn pudert. »Dann der Außenminister, der Finanzminister. Der Erzbischof von Canterbury sowie der Premierminister Australiens.«

Sie zählt weitere Titel wichtiger Leute auf, ich betrachte die Doppeltür vor mir.

»Noch etwas?«, erkundigt sie sich.

Ich sehe sie fragend an, und sie seufzt.

»Einfach lächeln, Ma'am.«

Und wie durch Zauberei erscheint auf meiner unbewegten Miene ein Lächeln.

»Bitte sorgen Sie dafür, dass ich wenigstens den ganzen Abend über einen Drink in der Hand habe«, sage ich zu irgendwem, aber es ist Olive, von der ich die Bestätigung erhalte. »Na schön, also los.« Ich raschle mit meinem Kleid und straffe die Schultern. Es ist das Zeichen für Davenport, die Tür zu öffnen.

Die Klänge eines Streichquartetts begrüßen mich, dann ein Meer aus strahlenden Gesichtern, als die sanfte Musik ausklingt.

»Ihre Majestät, Königin Adeline von England.«

Mein Titel hallt durch den Ballsaal wie ein quälendes Echo, während ich benommen auf der Schwelle stehe.

»Ma'am?«, flüstert Kim ein paar Schritte hinter mir und treibt mich damit an.

Ich gehe und wende mich der ersten Person zu, die mich begrüßt. Der Mann, der unser Land regiert. »Premierminister«, sage ich und gebe ihm die Hand.

Im Verlauf der nächsten Stunde höre ich keine Worte, die zu mir gesprochen werden. Ich sehe Lippen, die sich bewegen, ich nicke dazu und lächle. Mehr schaffe ich nicht. Aber ist es denn nicht exakt das, was von mir erwartet wird?

Zwei Gläser Champagner helfen mir, diese endlose Reihe von Leuten durchzustehen. Vielleicht helfen mir zwei Flaschen durch den ganzen Abend. Viel Freude gibt es hier nicht für mich, allerdings finde ich es faszinierend, meine Mutter und Davenport dabei zu beobachten, wie sie krampfhaft jeden Blickkontakt vermeiden. Mutter sieht wunderschön aus in ihrem dunkelblauen Kleid und mit den Saphiren an den Ohren und um den Hals. Ihr Kleid ist ziemlich konservativ, doch wie sie es trägt, macht ihre Wirkung aus. Zum ersten Mal seit einer Woche gelingt mir ein echtes Lächeln. Ich hoffe, sie traut sich und ergreift das Glück vor ihrer Nase, aber wahrscheinlich wird sie es sich nicht gestatten. Sie hat königliches Benehmen und Anstand zu tief verinnerlicht.

»Du siehst wundervoll aus heute Abend, Mutter«, sage ich, als sie zu mir kommt und meine Ohren vor Victorias Geplapper rettet. Ich habe kaum darauf geachtet, was sie gesagt hat, nehme jedoch an, es wird etwas Unerfreuliches über jemanden oder etwas gewesen sein.

»Das ist sehr lieb von dir.« Wir deuten einen Wangenkuss an, sie nickt Victoria zu.

»Edward ist nicht hier«, sage ich, was mich zwar kaum überrascht, aber doch ein wenig kränkt. Er hat sich in der vergangenen Woche nicht blicken lassen, und ich hatte gehofft, ich würde ihn wenigstens heute Abend zu sehen bekommen. Wie gewohnt bin ich enttäuscht und verletzt.

»Der Junge muss dringend gebremst werden, bevor er Schande über die Familie bringt«, murmelt Victoria in ihr Glas.

»Der Junge ist ein Mann.« Das bringt mir ein pikiertes Nasehochziehen ein, aber sie hält ihren vorlauten Mund. Als ich gerade denke, der Abend könnte nicht langweiliger werden, sehe ich David Sampson auf mich zukommen. Am liebsten würde ich wegrennen, doch ich beherrsche mich. Er sieht viel zu glücklich aus, wie schon die ganze Woche.

»Euer Majestät.«

Davids Begrüßung fällt sehr euphorisch aus. Man könnte es auch arschkriecherisch nennen.

»Guten Abend, David.« Ich lächle gezwungen und gebe Olive das Zeichen für ein weiteres Glas. »Ich habe Sabina noch gar nicht gesehen.« Gerade als ich das ausspreche, entdecke ich sie. Sie sieht wundervoll aus in ihrem pflaumenfarbenen Taftkleid. »Oh, da ist sie.« Ihr Gesicht, sanft wie eh und je, entlockt mir ein aufrichtiges Lächeln. »Sie sehen wunderschön aus, Sabina.«

»Oh.« Sie lacht und spielt mit dem Stoff. »Es ist lange her, dass ich mich für einen solchen Anlass gekleidet habe.«

»Wundervoller Abend«, gibt David in einem Singsang von sich und hebt die Schultern, als das Quartett das Tempo des Stückes, das sie gerade spielen, anzieht. Er prostet irgendwem mit seinem Scotch zu. »Entschuldigt bitte, ich muss vielen Leuten Hallo sagen.«

»Und ich muss zur Damentoilette«, bemerkt Mutter. *Damentoilette.* Davon bin ich überzeugt. Ich halte Ausschau nach Davenport, kann ihn jedoch nirgendwo finden.

»Adeline, es ist zwar nicht meine Angelegenheit, aber ich bin sehr froh, dass Sie David wieder eingestellt haben.«

Ich richte meine Aufmerksamkeit auf Sabina, nehme ihre Hand und drücke sie. »Es ist schön zu sehen, wie Sie beide wieder auf dem richtigen Weg sind.«

»Ja, das macht mich auch froh.« Sie legt die Hände auf die Brust. »Familie ist so wichtig.«

Die Geheimnisse meiner Familie haben fast das Verhältnis zu ihrem Sohn zerrüttet. »In der Tat«, pflichte ich ihr bei. Ich spüre eine Hand auf dem Rücken und erschrecke. Haydon, ein charmantes Lächeln im Gesicht, kommt um mich herum.

»Großmutter«, sagt er und gibt Sabina einen Kuss auf die Wange, ehe er mich begrüßt. Es gehört sich nicht, jemand anderen vor der Königin zu begrüßen, doch weil es sich um Haydon und Sabina handelt, empfinde ich Zuneigung statt Ärger. Die Beziehung zwischen den beiden ist etwas, worauf man neidisch sein kann.

»Euer Majestät.« Haydon nimmt meine Hand, ehe ich sie ihm anbiete, und küsst den Handrücken. »Ich bezweifle, Sie jemals so schön gesehen zu haben.«

»Ganz untypisch für mich«, erwidere ich, was die zwei zum Lachen bringt. »Danke, dass Sie beide gekommen sind.«

»Mit Vergnügen.« Sabina rafft ihr Kleid und entfernt sich, sodass ich mit Haydon allein zurückbleibe.

»Das war gar nicht auffällig«, scherze ich und schaue zu, wie er Olive mein frisches Glas abnimmt und es mir überreicht.

»Du weißt, dass sie dich liebt.«

Haydon nimmt sich ebenfalls ein Glas, ich mustere ihn.

»Neuer Anzug?«

»Man sagte mir, es handele sich um einen besonderen Anlass.« Er zuckt mit den Schultern. »Mir ist nicht ganz klar, was so besonders ist.«

Ich lache, und das ist ein überraschender Laut, weshalb ich sofort wieder aufhöre, denn ich bin schockiert. Ich habe gelacht. »Mir auch nicht«, gestehe ich.

»Adeline.« Haydon wird ernst. »Es tut mir wirklich sehr leid, was du durchmachen musstest.«

»Haydon, bitte nicht«, flehe ich, denn schon ist der Anflug von Normalität wieder verschwunden.

»Entschuldige. Du sollst nur wissen, dass ich für dich da bin.«

Nach allem, was gewesen ist, verhält er sich sehr nett. Das ist mehr, als ich für meine Dummheit verdient habe. Nicht, dass er das Ausmaß dieser Dummheit kennt. Josh ist fort. Das ist alles, was jeder weiß. »Danke.«

»Und ich werde dich immer lieben, egal was kommt.«

Ich atme tief ein. »Ich weiß«, gestehe ich. Traurig, aber wahr, er wird nie aufhören damit, egal wie oft ich es ihm sage.

»Deshalb möchte ich das hier noch einmal versuchen.«

Plötzlich sinkt er vor mir auf ein Knie. Ich erwarte eigentlich, dass ich geschockt reagiere und losschreie, doch da tut sich nichts. Ich bin eine Statue. Stumm.

Er zieht ein Kästchen aus der Tasche.

Meine Augen richten sich darauf.

Die Musik hört auf zu spielen.

Stille breitet sich aus.

Mein Herz … pocht gar nicht panisch.

»Adeline Catherine Luisa Lockhart, ich werde dir dienen bis zu meinem Tod. Ob als dein Ehemann oder nur als dein Diener, meine Loyalität wird niemals wanken.« Zögernd hält er mir das Kästchen hin. »Wirst du mich heiraten?«

Ich denke nicht nach. Ich überlege nicht. Ich achte nicht auf die Hunderte von Menschen um uns herum. Ich denke nicht an die Tatsache, dass Haydon weiß, dass ich einen anderen Mann liebe. Oder geliebt habe. »Ja.« Ich sehe Haydon an, dessen Augen sich weiten.

»Ja?« Langsam richtet er sich wieder auf, als müsste er meinem Mund näher sein, um sicherzugehen, dass er mich richtig verstanden hat.

»Ja.« Das ist meine einzige Antwort. Traurigerweise habe ich mich von meinem Liebesglück verabschiedet, da kann ich Haydon seines schenken. Dann bleibt mir wenigstens eine Aufgabe. Es ist nur ein weiterer Marionettenfaden, an dem gezogen wird, nur dass ich diesmal diejenige bin, die daran zieht. So abwegig es auch scheinen mag, es hilft mir in meiner hilflosen Situation. Ich kann nicht weiterhin gegen die Wölfe kämpfen. Dazu fehlt mir die Kraft. Meine Verletzungen sind zu tief, als dass ich mich von ihnen erholen könnte.

Haydon sieht mich an, und ich zucke mit den Schultern. Er weiß, dass mein Herz nicht ihm gehört. Ich war stets ehrlich zu ihm, was meine Gefühle angeht. Dies wird eine Zweckehe wie jede andere Ehe in der Geschichte der Monarchie. Ich bin der Institution zum Opfer gefallen, und zum ersten Mal in meinem Leben kümmert es mich nicht mehr. Mein Glück wurde mir vor einer Woche brutal geraubt. Mit Haydon werde ich diese Art von Glück nicht haben, aber es kann angenehm werden. Und wer weiß, vielleicht liebe ich ihn tatsächlich mit der Zeit.

Applaus brandet auf und scheint Haydon aus seiner Verblüffung erwachen zu lassen. Er fummelt den Ring aus dem Kästchen, ein riesiger Saphir inmitten eines Kreises aus Diamanten. Ich halte meine Hand hin. Er zittert, als er mir den Ring auf den Finger schiebt. Und zum ersten Mal in den dreißig Jahren, die wir uns kennen, küsst er mich. Auf die Lippen. Nur ganz sacht, aber es ist ein Kuss. Ich spüre ihn nicht. Ich fühle überhaupt nichts. Kaum hat er mich losgelassen, funktionieren meine Gesichtsmuskeln wie programmiert, und ich lächle, als er mich zur Menge hindreht.

Ich tue, was er will.

Nichts erreicht mich.

Ich habe gelernt, fügsam zu sein.

Wie betäubt nehme ich die Glückwünsche wahr. Kaum mehr als roboterhaft lächle ich jedes Gesicht vor mir an, während ich mich von Haydon herumführen lasse. Er zeigt seine Trophäe und deutet immer wieder mit schwungvoller Armbewegung auf mich, als wollte er sagen: Seht sie euch nur an. In Gedanken sehe ich Journalisten in aller Welt die Nacht durcharbeiten, um diese Nachricht zu verbreiten. Ich sehe Bilder von Haydon und mir in genau diesem Augenblick, das glücklich verlobte Paar. Ich sehe mich willenlos in der Westminster Abbey zum Altar gehen, um einem Mann ewige Liebe zu schwören.

Dem falschen Mann.

Und dann sehe ich mich wieder in seiner Suite neben Joshs Bett stehen und auf etwas hinabblicken, das mein Leben, meine Einstellung, meinen Glauben erschüttert hat. Für immer. Ich sehe Lügen und Verrat. Noch mehr Täuschung, die meine Existenz bestimmt.

Schmerz breitet sich gnadenlos in mir aus, und ich lasse ihn zu, denn ich kann ohnehin nicht mehr dagegen ankämpfen.

Als ich endlich wieder blinzle, löst sich der Nebel auf, und ich entdecke meine Mutter auf der anderen Seite des Ballsaals. Sie steht still und reglos da und beobachtet, wie ich meinen Gästen präsentiert werde. Sie lächelt nicht. Sie schaut nur schweigend und unbeteiligt. Gleichgültig. Weil sie genau das gelebt hat.

»Das glückliche Paar«, verkündet David Sampson in einem Singsang und drängt sich zwischen uns, jedem einen Arm um die Schultern legend. Es ist Wahnsinn, jeder hier fällt auf dieses Schauspiel herein. Wie können sie so dumm sein? So ignorant diesem Zirkus gegenüber?

Sabina tritt mit sanftem Lächeln und forschendem Blick zu uns. Sie muss über meine Antwort genauso überrascht sein wie ich.

»Mein liebes Mädchen.« Sie umarmt mich, ihr zierlicher Körper stützt meinen. »Ist alles in Ordnung?«, flüstert sie mir ins Ohr.

»Es ist das Richtige, oder?«

»Wahrscheinlich« Sie lässt mich los und hält mich auf Armeslänge von sich. »Vergessen Sie nur eins nicht, Adeline. Haydon liebt Sie von ganzem Herzen. Jede Frau verdient diese Art von Liebe.«

Verdient der Mann im Gegenzug nicht Hingabe? Leider ist die Ehe nur eine weitere Pflicht in diesem Job. Noch etwas, was man für das Allgemeinwohl tut. Für alle, bis auf mich. Ich bin nicht mehr nur in einen Käfig eingesperrt, sondern zusätzlich an die Kette gelegt und geknebelt. Ich tue Dinge, die ich geschworen hatte niemals zu tun.

Gegen Mitternacht führt mein Verlobter mich aus dem Ballsaal. Haydon strahlt vor Glück. Vergeblich versuche auch ich zu lächeln.

Damons Miene ist stoisch, als wir an ihm vorbeikommen. Warum sollte ich meinem geschätzten Bodyguard vormachen, ich sei begeistert? Trotzdem tue ich es, finde mein Lächeln und setze es auf. Damons Miene bleibt ausdruckslos.

Den Weg zu meiner Suite legen wir schweigend zurück. Ich kann nicht einmal mehr meinen Herzschlag hören. Doch trotz meiner Benommenheit fühle ich etwas, und als die Türen zu meinen Gemächern in Sicht kommen, weiß ich, was es ist.

Anspannung.

Nervosität.

Du liebe Zeit, erwartet Haydon etwa, mit hineingebeten zu werden? Erwartet er, unsere Vereinigung zu besiegeln? Unser erstes Mal? Mein Magen rebelliert, Übelkeit steigt in mir auf. Während dieses ganzen Irrsinns habe ich kein einziges Mal daran gedacht, was als Ehefrau von mir in dieser Hinsicht erwartet wird. Ich dachte nur an die Aufgaben einer Königin.

Als wir die Tür erreichen, bemerke ich, dass Haydons Hände in seinen Hosentaschen stecken, den Blick hat er zu Boden gerichtet, seine Lippen zucken leicht. Er denkt nach. Er denkt das Gleiche wie ich, nur dass er voller Erwartung ist, während ich mich fürchte.

»Danke, dass du mich gebracht hast.« Die Worte sprudeln verzweifelt aus mir heraus. Unter gar keinen Umständen wäre ich heute Nacht in der Lage, mit Haydon zu schlafen. Vielleicht nie.

»Sehr gern geschehen.«

Wir bleiben verlegen und unsicher vor der Tür stehen.

»Ich nehme an, ich sehe dich morgen.« Mehr kann ich ihm nicht anbieten, und als er die Schultern hängen lässt, fühle ich mich nur ein kleines bisschen schuldig. *Ich nehme an, dass ich ihn sehen werde?* Natürlich werde ich ihn morgen sehen. Schließlich werde ich diesen Mann heiraten. Er wird in meinen Privatgemächern wohnen. Er wird meine Privatsphäre mit mir teilen. Mein Bett? »Gute Nacht«, sage ich, die Hand auf der Türklinke.

»Adeline.«

Er streckt die Hand nach meinem Arm aus, und ich kann die Anspannung nicht verhindern, die mich von der Tiara bis zu den Zehen erfasst.

Voller Misstrauen, das ich nicht verbergen kann, sehe ich ihn an. Er kommt näher, seine Lippen bewegen sich unaufhaltsam auf meine zu. Mein Verstand schreit, ich solle mich bewegen, zurückweichen, ihn aufhalten. Doch der Schock lähmt mich. Ich schließe die Augen, als wollte ich mich vor dem, was kommt, verstecken. Und sobald die Dunkelheit da ist, ist Josh auch da. Sein Gesicht, sein Geruch und wie er sich anfühlt. Dann ein fremder Geruch, den ich nicht kenne. Heiße Luft streift meine Lippen.

Ich öffne die Augen wieder und drehe den Kopf gerade noch rechtzeitig weg, sodass Haydons Lippen auf meiner Wange landen. »Danke für einen wundervollen Abend«, sage ich, husche in meine Suite und mache schnell die Tür hinter mir zu. Ich lehne mich mit dem Rücken dagegen, meine Knie geben nach. Wie ein Häufchen Elend sinke ich zu Boden. Ich nehme die Tiara vom Kopf und lege sie neben mich, dann betrachte ich meinen Ring. Er sieht völlig fehl am Platz aus. Er fühlt sich schwer an. *Alles* fühlt sich schwer an. Ich ziehe ihn vom Finger, lege ihn ebenfalls auf den Boden und lehne den Kopf zurück. Ich schaue zum Kronleuchter an der Decke hinauf und kann nicht weinen. Da sind keine Tränen mehr. Ich bin ausgetrocknet, ein leeres Gefäß von einer Frau. Langsam sterbend.

Ein unerträglicher Tag ist geschafft, endlose liegen noch vor mir.

27

Ich kann es nicht mehr ertragen, mir die Zeitschriften und Zeitungen anzusehen. Es sind nicht die Fotos und die Sensationsberichte, die mir zu schaffen machen, sondern die Tatsache, dass mein Lächeln auf jedem dieser Fotos falsch ist. Es ist mir schleierhaft, dass die Furcht dahinter nicht für jeden sichtbar ist.

Auch nach einer Woche ist meine Verlobung noch Schlagzeilen wert. Auch nach einer Woche habe ich jeden intimen Kontakt mit meinem Verlobten vermieden. Und auch nach einer Woche kümmert es ihn nicht weiter. Das ist erst recht enervierend. Genau wie David Sampsons dämlich grinsendes Gesicht. Und die Tatsache, dass Sir Don nett zu mir ist. Eine weitere Sache, die mir zu schaffen macht, ist, dass ich nach wie vor nichts von meinem Bruder höre. Ich brauchte seine Unterstützung mehr denn je, denn ich habe das Gefühl, er ist der Einzige, an den ich mich wenden könnte. Nur reagiert er nicht auf meine Anrufe.

»Damon«, rufe ich, stelle meinen Kaffee ab und schiebe die Zeitung zur Seite, die mir freundlicherweise zusammen mit meinem Frühstück serviert wurde. »Bitte finden Sie Prinz Edward, und richten Sie ihm aus, dass ich ihn sehen will.«

»Ich glaube, er schläft noch, Ma'am.«

Ich betrachte Damon und lese zwischen den Zeilen. Mein Bruder hat wieder einmal diesen zwielichtigen Gentlemen's Club frequentiert. »Danke.« Ich seufze, und er geht ohne ein weiteres Wort. Was soll ich tun? Eddie kann mir nicht ewig aus dem Weg gehen.

Kim kommt herein, zu meinem Erstaunen trägt sie statt des üblichen grauen Kostüms ein schwarzes, was ihr rotes Haar besonders hervorhebt.

»Gibt es einen bestimmten Anlass?«, erkundige ich mich und schneide mein Brötchen in der Mitte durch.

»Einkauf Ihres Hochzeitskleides.« Sie deutet auf einen Stuhl und setzt sich, als ich nicke.

Das habe ich natürlich vergessen. »Warum sagen Sie Einkauf? Verlassen wir den Palast und suchen tatsächlich Boutiquen auf?« Ich bestreiche eine Hälfte des Brötchens mit Butter.

Kim ignoriert, dass meine Frage rhetorisch ist. »Nein, die Kleider sind heute Morgen eingetroffen und wurden in Ihre Suite gebracht.«

»Fabelhaft.« Ich beiße ab und kaue. Kim seufzt, und ich sehe sie fragend an. »Was denn?« Mit vollem Mund kommen meine Worte nuschelig heraus. Nicht sehr königinnenhaft.

Kim beugt sich zu mir und sagt leise: »Allmählich fällt Ihre mangelnde Begeisterung auf.«

Ich lege die Brötchenhälfte hin, tupfe mir die Mundwinkel ab und stehe auf. »Ganz ehrlich, Kim …« Ich schiebe den Stuhl an den Tisch und lege die Hände auf die Rücklehne. »Es ist mir scheißegal.« Ich wende mich von ihrer perplexen Miene ab. »Lassen Sie uns ein paar Kleider anprobieren«, erkläre ich in theatralischem Singsang.

Ich setze ein Lächeln auf und gehe zu meiner Suite. Kim bleibt mir auf den Fersen. Meine mangelnde Begeisterung fällt auf? Ich muss lachen. Erwarten die etwa, dass ich vor Freude tanze? Dass ich vor Ekstase ohnmächtig werde, als man mir erklärte, meine Hochzeit fände noch vor der Krönung statt? Denn ein Ehemann macht mich erst richtig zur Königin. Und das heißt natürlich, dass ich in vier Wochen verheiratet sein werde. Der Earl Marshal ist ganz schön ins Schwitzen gekommen und geriet mit seinen Fähigkeiten zur Organisation royaler Veranstaltungen an seine Grenzen. Ich bin sicher, auch er hasst mich.

»Haben Sie sich schon hinsichtlich Haydons Titel entschieden?«, fragt Kim beim Betreten meiner Suite. »Sir Don muss ihn verkünden.«

»Nein.«

»Nun, keine Idee?«

Ich richte meinen Blick auf sie. »Prinz Haydon von Adelines Vagina?«

»Sie sind so verbittert, das lässt Sie alt aussehen.« Kim seufzt. »Und da wir schon dabei sind, Wahrheiten auszutauschen, ich habe den Eindruck, Sie lassen sich gehen.« Sie zeigt mit ihrem Stift auf meine feuchten Haare, die nachlässig hochgebunden sind. »Wollen Sie in die Geschichte eingehen als die verbitterte, verlotterte Königin?«

»Tja.« Ich lache. »Wer hat Ihnen denn heute Morgen in den Kaffee gespuckt?« Ich wundere mich selbst ein bisschen über meine Worte.

»Ich könnte fragen, wer *Ihnen* die ganze letzte Woche in den Kaffee gespuckt hat. Kommen Sie schon, Adeline. Verraten Sie mir, was passiert ist.«

Ich ziehe mich in meine Muschelschale zurück und wende den Blick ab. Kim seufzt. Sie weiß, dass ich nicht darüber sprechen werde, und gibt das Warten auf eine Antwort schließlich auf.

»Ich bin in Kürze zurück«, sagt sie.

»Danke«, murmele ich und lasse mich müde auf die Couch in der Lounge fallen. Die Türen zu meinem Schlafzimmer sind geöffnet, sodass ich das Ende eines riesigen mobilen Kleiderständers sehe. Daran hängen weiße Schutzhüllen, und unten auf der Ablage stehen viele Schuhpaare. Wird eins der Kleider schwarz sein? Denn ich sollte ein schwarzes Kleid tragen. Mir kommt es nämlich so vor, als sei ich in Trauer.

Eine ganze Armee von Leuten marschiert herein, Kim überreicht mir einen dicken Ordner.

»Die Kollektion.«

Der Ordner ist in weißes Leder gebunden mit silberner Vorderseite. Eine große Dame erscheint, um ihren Hals hängt ein Maßband.

»Euer Majestät, darf ich sagen, was für eine absolute Ehre es ist, mit der Aufgabe belohnt zu werden, Ihnen bei der Auswahl Ihres Hochzeitskleides zu helfen?«

Ich bringe ein Lächeln zustande und lege den Ordner neben mich auf die Couch.

Kim tritt vor, um die Dame vorzustellen. »Madame Beaumont kleidet seit dreißig Jahren prominente Bräute ein, Ma'am.«

»Sehr gut.« Ich stehe auf und gehe ins Schlafzimmer.

»Da Sie mein Angebot, Ihnen ein Kleid zu entwerfen, abgelehnt haben, Ma'am, und keinen bestimmten Stil bevorzugen, war ich so frei, Ihnen meine Kollektion mitzubringen. Sie sind die Erste, die sie sieht, Ma'am.«

Madame Beaumont überholt mich, macht sich über den Kleiderständer her und zeigt auf Kleider, die ich nicht erkennen kann, weil sie alle in Plastikschutzhüllen stecken.

»Ich bin sicher, es ist genau das Richtige für Sie dabei. Selbstverständlich können wir Änderungen vornehmen, falls Sie es wünschen.« Sie klatscht in die Hände, woraufhin ein junges, schwer beladenes Mädchen erscheint. »Bereiten Sie hier alles vor, Frances. Direkt vor dem Spiegel, damit Ihre Majestät sich in all ihrer Pracht betrachten kann.«

In all ihrer Pracht? Ich schaue in den Spiegel, den sie meint, und greife unwillkürlich in meine Haare. Kim hat recht. Ich sehe beängstigend aus. »Lasst uns loslegen«, verkünde ich und begebe mich ins Badezimmer.

»Ihr Morgenmantel, Ma'am.«

Olive folgt mir, und ihr folgt hastig Jenny. Sobald die Tür sich schließt, ziehe ich mich aus bis auf die Unterwäsche. Olive hilft mir in den Morgenmantel. Weder sie noch Jenny sagt etwas. Sie lassen sich keinerlei Aufgeregtheit anmerken.

»Möchten Sie, dass ich Ihre Haare trockne?«, fragt Jenny ein wenig zögernd. »Und mich um Ihr Make-up kümmere?«

»Ich probiere Kleider an.« Ich knote den Gürtel meines Morgenmantels zu. »Nicht nötig, es komplizierter zu machen, als es ist.«

Sie zieht sich zurück und wirft der misstrauisch dreinschauenden Olive einen besorgten Blick zu. Die beiden gehen wie auf rohen Eiern in meiner Gegenwart, da sie mit Damon zu den wenigen zählen, die meine Melancholie spüren. Alle anderen tun so, als hätte ich nicht heimlich etwas mit einem anderen Mann gehabt. Warum das jetzt nicht mehr der Fall ist, weiß allein Damon. Ich seufze dramatisch und lasse das Kinn auf die Brust sinken. »Es tut mir leid, dass ich in den vergangenen zwei Wochen so trübsinnig war.«

Natürlich beschwichtigt Olive mich sofort. »Oh, es ist nicht nötig …«

»Doch, Olive, es ist sehr wohl nötig.« Ich lege ihr eine Hand auf den Arm, ebenso Jenny, und halte sie fest. »Es ist nicht Ihre Schuld, dass ich mich elend fühle.«

Beide Frauen sterben vor Neugier, was denn nun zwischen mir und Josh vorgefallen ist, doch sie sind viel zu respektvoll, danach zu fragen. Im Gegensatz zu Kim. Trotzdem gebe ich nur wenig preis, in der Hoffnung, dass sie dadurch meine Verzweiflung besser verstehen. »Ich war geblendet von Möglichkeiten und von Hoffnung. Jetzt habe ich erkannt, wie dumm ich war. Wir stammen aus verschiedenen Welten, und nun weiß ich, dass es niemals funktioniert hätte. Ich bin nur sehr traurig über meine Dummheit.«

»Ich finde nicht, dass Sie dumm sind, Ma'am«, sagt Olive, süß und naiv, wie sie ist. »Und wenn Sie es wären, dann hätte die Liebe Sie dazu gemacht.«

»Genau«, pflichtet Jenny ihr bei. »Aber heißt das gleich, dass Sie Haydon Sampson heiraten müssen?«

Ihr Lächeln verschwindet, offenbar bereut sie die Frage. Es wäre angemessener gewesen, sie hätte sie nicht gestellt, doch so ist Jenny.

»Wäre ich eine gewöhnliche Frau, dann sicher nicht. Leider bin ich keine gewöhnliche Frau, oder?« Ich lasse sie los und straffe die Schultern. Ich weiß besser als jeder andere, dass ich in einem Augenblick der Schwäche zur leichten Beute wurde. Ich war völlig unvorbereitet, traurig und verloren. Ich wurde in die Enge gedrängt von Haydon und den Stimmen in seinem Ohr. »Tja, und nun stecke ich da drin.« Ich lächle den beiden zu. »Also sollte ich weitermachen, oder?«

Sie nicken. Genau wie ich. Ich öffne die Tür und sehe, dass Matilda eingetroffen ist. Sie wirkt nachdenklich. Auch ihr nicke ich beruhigend zu, was aber vermutlich nichts nützt. »Meine Mutter?«, erkundige ich mich und halte Ausschau nach ihr. Sollte sie nicht zur ersten Kleideranprobe ihrer Tochter hier sein?

Kim nimmt sofort ihr Handy und wählt. »Sie wird in Kürze bei uns sein.«

»Aha«, sage ich, denn ich weiß genau, wo sie ist. »Sie hatte wohl ein Treffen mit Davenport.« Ich steige auf das kleine Podest, das von dem Mädchen vor dem Spiegel aufgebaut wurde. Mutter hat in letzter Zeit viele Meetings mit Davenport. Sie scheint mir aus dem Weg zu gehen.

Vorsichtig wird das erste Kleid aus der Schutzhülle gehoben, und ich muss mich beherrschen, um nicht das Gesicht zu verziehen, denn es entspricht überhaupt nicht meinem Stil – lauter Rüschen und viel zu viel Stoff. Darin sähe ich aus wie den Achtzigerjahren entsprungen.

»Dies gehört zu meinen Favoriten und wäre perfekt für Sie«, plappert Madame Beaumont.

Ich reiße mich zusammen, während sie mir beim Anziehen dieses bauschigen Dinges hilft, und behalte meine Meinung für mich. Ich winde mich wie ein Wurm und zerre es gröber hoch, als ich vermutlich sollte, obwohl Madame Beaumont mich nicht darauf anspricht.

»Oh, Euer Majestät.« Sie singt fast und hält einen Handrücken vor ihren verzückten Mund, als sie zurücktritt. »Es steht Ihnen großartig.«

Ich drehe mich zum Spiegel um. Die langen Puffärmel lassen meine Arme aussehen, als wölbten sich Muskelberge unter dem Stoff. Die abgestuften Rüschen sind dazu gemacht, alle möglichen Kanten und Kurven zu verbergen. Das züchtige Dekolleté ist mit Perlen besetzt, das Mieder aus Spitze. Es ist grauenhaft. Ich sehe lächerlich darin aus. »Das nehme ich«, erkläre ich und steige vom Podium.

Ich wende mich Olive zu, damit sie mir wieder heraushilft, und ignoriere die vielen konsternierten Blicke.

»Sie probieren kein weiteres Kleid an?« Kim stellt die Frage, die alle beschäftigt, die aber keiner zu stellen wagt.

»Wie Madame Beaumont bereits sagte, es steht mir ausgezeichnet.« Ich steige heraus und gehe ins Badezimmer. Ich höre, dass Kim mir folgt.

»Adeline, es ist schrecklich«, zischt sie.

Ich drehe mich an der Tür um. Meine Privatsekretärin schaut rasch über ihre Schulter, um sicherzugehen, dass niemand sie gehört hat. Als sie mich wieder ansieht, flüstere ich nicht. »Mein ganzes Leben ist schrecklich, Kim. Da passt dieses Kleid doch ganz gut, oder? Es ist zu eng, zu brav und verbirgt all meine Sünden. Ich würde sagen, es ist perfekt.«

Sie schließt kurz die Augen; die Jahre mit mir haben sie gelehrt, dass ich nicht davon abzubringen sein werde.

»Ich erinnere Sie an Ihren ersten offiziellen gemeinsamen Auftritt mit Mr. Sampson morgen Abend beim Royal Ballet«, sagt sie leise.

»Kann es kaum erwarten.« Noch mehr falsches Lächeln und Fluchten vor seinen Versuchen, mich zu küssen. In der Öffentlichkeit wird es noch schlimmer sein. Der arme wahnsinnige Haydon wird ganz verzweifelt darauf aus sein, die zukünftige Braut vor den Augen der Welt zu küssen.

»Jenny wird Ihnen helfen, sich fertig zu machen. Haben Sie das Kleid schon anprobiert, das Elie Saab geschickt hat?« Meine Lippen zucken, und Kim seufzt. »Ich werde eine Näherin bereithalten für eventuelle Änderungen.«

»Danke.« Ich schließe die Tür und schaue mich in meinem Badezimmer um. Ich sehe mich im Spiegel. Eine Frau, die ich nicht kenne. Eine hässliche Frau. Und ehe ich weiß, wie es geschieht, schleudere ich alles, was ich zwischen die Finger bekomme, gegen das Glas.

Zersplittert.

Zerstört.

28

Änderungen sind nicht nötig. Das lange silberne Kleid sitzt, als wäre es für mich gemacht worden. Meine Haartracht ist mit blauen Steinen geschmückt, zu denen meine Ohrgehänge perfekt passen. Äußerlich sehe ich mir schon wieder ähnlicher, doch innerlich bin ich tot.

Haydon wartet am Fuß der Treppe, die ich hinuntergehe. Er lächelt so glücklich, dass ich mich sofort schuldig fühle.

»Wow« ist alles, was er sagt, er betrachtet mich von oben bis unten.

Als ich bei ihm angekommen bin, lasse ich die Vorderseite des Kleides los und Olive die Rückseite, sodass es bis auf den Boden fällt.

Als Haydon auf mich zukommt, um mich zu begrüßen, bemerke ich Damon an der Tür. Er beobachtet, wie Anspannung mich erfasst.

»Wundervoll.«

Haydon nimmt meine Hände in seine und küsst mich auf die Wange. Er kostet es voll aus, dass er neue Privilegien hat. Als mein Gatte wird er nie darauf warten müssen, dass ihm eine Berührung gestattet ist. Ich hasse es.

Seine Lippen verweilen auf meiner Haut, und ich senke die Lider und wünschte, es ginge schneller vorbei. Mit geschlossenen Augen bin ich den Bildern ausgeliefert, die mich verfolgen. Zum Beispiel von Joshs durchtrainiertem nacktem Körper. Diese Bilder bringen den Schmerz zurück.

Ich mache hastig die Augen wieder auf. »Wir sollten gehen«, sage ich und marschiere schon los, weg von der Quelle meines Unbehagens – und ohne darauf zu warten, dass Olive mir mit dem

Kleid hilft. Durch meine Eile verfangen meine Füße sich in der Fülle des Stoffes, sodass ich stolpere. Damon fängt mich auf, sonst wäre ich auf den Knien gelandet.

»Vorsichtig, Ma'am«, sagt er mit sanfter Stimme und richtet mich wieder auf.

»Darling, ist alles in Ordnung?«

Haydon ist sofort bei mir und hilft mir, obwohl es nicht mehr nötig ist. Er nennt mich *Darling*.

Ich raffe das Kleid und setze meinen Weg fort. »Wie blöd von mir.« Ich verdränge jeden Gedanken, der mich plagt, und jedes Bild. Ich steige in den Wagen und lächle, denn Damon versperrt Haydon den Weg, indem er mir hilft, mein Kleid um meine Füße herum zu arrangieren. »Danke«, sage ich leise, nicht wegen seiner Hilfe, sondern wegen seines Einschreitens.

»Gern geschehen.« Er richtet sich auf, wirft die Tür zu und wendet sich an den empörten Haydon. »Hier entlang, Sir.« Damon deutet auf die andere Seite des Wagens, wo man meinem zukünftigen Ehemann die Tür aufhält.

»Ich sollte derjenige sein, der meiner Verlobten hilft, vielen Dank«, murrt Haydon mit tödlichem Blick zu Damon.

»Sorry, Sir.« Damon tut es mit einem Schulterzucken ab. »Gewohnheit.«

Es tut ihm keineswegs leid, aber es ärgert mich dennoch, dass er sich entschuldigt hat. Er steht mir seit Jahren nahe und ist stets zur Stelle, wenn ich falle, in jeder Hinsicht. Er sollte sich niemals entschuldigen müssen.

»Er hat nur versucht, mir zu helfen«, sage ich, als Haydon sich schwer neben mir auf den Rücksitz fallen lässt. Es ist nicht Damons Schuld, dass Haydon nicht schnell genug war, um Erster zu sein. »Er ist seit Jahren an meiner Seite und kann seinen Instinkt nicht einfach abstellen.« Ich zucke angesichts meiner Worte zusammen, die indirekt andeuten, dass Haydon mich nicht gut kennt. Was ja auch stimmt.

»Er hat stets die Grenze überschritten«, murmelt Haydon und schnallt sich wütend an. »Es wird höchste Zeit, dass jemand ihn in die Schranken weist.«

Ich schaue ihn ungläubig an. »Und dieser jemand wirst du sein, ja?« Ich nehme meine Mitarbeiter grundsätzlich in Schutz und mag es gar nicht, wenn jemand sich einmischt. Das gilt auch für meinen *Ehemann*.

Als er merkt, dass er mich gegen sich aufgebracht hat, korrigiert er sofort seine Haltung, und seine Miene wird sanft. »Es tut mir leid, Darling. Vermutlich bin ich nervös.«

Schon wieder *Darling*. Am liebsten würde ich es ihm zurück in den Hals stopfen. Es ist noch schlimmer, als mit meinem Titel angeredet zu werden. Wenn die Leute mich ansprechen, wie es von ihnen erwartet wird, erinnert mich das nur daran, wer ich bin. Haydon mich *Darling* nennen zu hören, erinnert mich an etwas, das ich sein wollte. Joshs Darling. Inzwischen bezweifle ich, dass ich ihn jemals vergessen kann. Und wenn ich dieses Wort täglich zu hören bekomme, wird es mich immer wieder an meine Dummheit erinnern. An meinen Verlust. »Wenn du schon auf einem Kosenamen für mich bestehst, finde bitte einen anderen«, sage ich und fahre gleich fort, bevor er etwas erwidern kann: »Wieso solltest du nervös sein? Wir besuchen das Ballett.« Ich richte den Blick nach vorn und spreche zu Damons Hinterkopf. »Also los.«

Bringen wir diese Horrorshow hinter uns.

Er küsst mich nicht einmal, sondern hundertmal auf dem kurzen Fußweg vom Wagen zum Eingang des Royal Opera House. Bei jeder Gelegenheit und jedes Mal, wenn mir jemand zu den guten Neuigkeiten gratuliert. Major Davenport ist sichtlich entsetzt, da öffentliche Zuneigungsbekundungen von jedem Mitglied der Königsfamilie verpönt sind. Aber von der Königin? Undenkbar. Ich fühle mich, als würde man mich permanent anpinkeln, um es derb auszudrücken.

Ich habe Haydon immer gemocht, obwohl er so dickfellig ist. Er ist kein schlechter Mensch, nicht unfreundlich oder grob, dafür ein bisschen aufdringlich. Heute Abend kommt eine neue Seite hinzu. Da benimmt er sich laut und dreist, er lacht über die albernsten

Dinge. Er spielt sich gewaltig auf, heischt nach Aufmerksamkeit und geht mir fürchterlich auf die Nerven.

Jedes einzelne Mitglied der Tanzgruppe, dem wir bei unserer Ankunft begegnen, ist höflich und freundlich, doch Haydon bemängelt ihre Einsilbigkeit. Er bringt das Kunststück fertig, dass jeder, der ihm vorgestellt wird, sich in seiner Gegenwart unbehaglich fühlt. Aber ist es Kunst? Oder ist es angeboren?

»Sie haben Lampenfieber«, flüstere ich, während wir uns von der Schlange der Personen entfernen, die darauf gewartet haben, uns zu begrüßen. »Du darfst sie nicht noch mehr verunsichern.«

»Die sollen sich ins Zeug legen, uns zu unterhalten.« Er schnippt mit den Fingern, um die Aufmerksamkeit eines Kellners zu bekommen. »Beeilung, Bursche.«

Ich starre ihn an wie einen Außerirdischen. »Was ist in dich gefahren?«, frage ich peinlich berührt.

Haydon, der gerade einen Schluck Champagner trinkt, hält inne. Offensichtlich weiß er nicht, was ich meine.

»Oh.« Er lacht und schnippt erneut mit den Fingern. »Sorry, Darling.« Er nimmt sich ein weiteres Glas und reicht es mir. »Daran ist schon wieder meine Nervosität schuld.«

Ich kenne diesen Mann nicht. Ist er tatsächlich all die Jahre hindurch für passend erachtet worden? Ich glaube nämlich nicht, dass ihm seine Nerven zu schaffen machen. Ich glaube, sein bisher verborgenes Ego meldet sich. Es passt überhaupt nicht zu ihm. Ich blicke zu Davenport und Kim, die offenbar genauso perplex sind wie ich. »Hilfe«, forme ich lautlos mit den Lippen und beide eilen zu mir.

»Mr. Sampson«, sagt Kim strahlend. »Da ist jemand, der Sie gerne kennenlernen möchte.«

»Und wer soll das sein?«

Haydon schaut sich um nach dieser glücklichen Person, aber da ist niemand. Kim ist clever, wofür ich ihr dankbar bin. Ich brauche einen Moment Pause von ihm, um durchatmen zu können.

»Hier entlang, Sir.« Kim führt Haydon weg, zu einer Gruppe von Männern in Smokings – Politiker, vermute ich.

»Nun«, beginnt Davenport. »Das war extrem schmerzlich mit anzusehen.«

»Welcher Teil?«, frage ich, trinke vom Champagner und werfe einen Blick über die Schulter. Olive macht sich mal wieder an meinem Kleid zu schaffen und sorgt dafür, dass es perfekt fällt und zur Geltung kommt. Fast möchte ich mich gar nicht mehr bewegen. Jeder Schritt, den ich mache, bringt es in Unordnung. »Olive.«

Sie hält inne und schaut hoch zu mir. »Ja, Ma'am?«

»Lassen Sie das mit dem Kleid«, bitte ich sie lächelnd. »Sonst werden Sie den ganzen Abend auf Händen und Knien um mich herumkriechen, und das können wir nicht zulassen, oder? Möglicherweise tritt jemand auf Sie.«

Sie lacht und zupft ein letztes Mal an meinem Kleid, bevor sie sich aufrichtet. »Kann ich Ihnen etwas bringen?«

Einen Käfig, in den ich meinen Verlobten einsperren kann? »Nein danke.«

»Euer Majestät.« Davenport führt mich zu einem Mann in einem eleganten Smoking und mit blondem Bart. »Gestatten Sie mir, Ihnen den Direktor des Royal Ballet vorzustellen, Mr. Hinde.«

»Wie wunderbar«, sage ich und strecke die Hand aus. »Ich freue mich schon sehr auf die Aufführung heute Abend.«

Freundlich lächelnd nimmt er meine Hand und verbeugt sich. »Ihr Besuch ist uns eine große Ehre, Ma'am. Die Truppe hat die ganze Nacht geprobt, um ihre Vorstellung zu perfektionieren.«

»Hoffentlich nicht meinetwegen.« Ich lache.

»Nächtliche Proben sind vor einer Premiere nichts Ungewöhnliches, doch ich gestehe, dass der Besuch der neuen Königin den Druck ein wenig erhöht hat.«

»Ich werde sicher hin und weg sein.« Ich ziehe meine Hand zurück. Ich beherrsche diesen Tanz. Jahrelange Übung im freundlichen Umgang mit den Menschen verhindert, dass ich mir meine innere Leere anmerken lasse. Jemand wie Mr. Hinde soll nicht das Gefühl haben, unter mir zu stehen. Anders sieht es da schon mit Haydon aus. Was ist bloß in ihn gefahren? »Wäre es wohl zu …?« Ich verstumme und erstarre. Ich blinzle. Sehe ich richtig?

»Verzeihung, Ma'am, das habe ich nicht ganz verstanden«, sagt Mr. Hinde und bewegt sich leicht nach links, sodass mir die Sicht auf die Bar versperrt ist. Ich schaue ihn verständnislos an, und er lächelt unsicher.

»Ich glaube, ich habe vergessen, was ich sagen wollte«, gestehe ich wie eine Närrin und wünschte, ich besäße einen Röntgenblick, um direkt durch Mr. Hinde hindurchsehen zu können. Dann wüsste ich, ob ich tatsächlich richtig gesehen habe.

»Passiert mir ständig.« Er lacht. »Genießen Sie den Abend, Ma'am.« Kopfnickend geht er weiter, und was ich dann sehe, ist wie ein Schlag ins Gesicht. Umgeben von einigen Leuten, von denen zwei Security sind und eine seine Presseagentin, lehnt er an der Bar.

Er trägt einen Smoking. Seine Augen sind leicht zusammengekniffen, aber umwerfend. »Oh mein Gott«, flüstere ich.

»Allerdings«, bemerkt Davenport trocken, und ich sehe ihn an. Er hat ihn ebenfalls entdeckt. »Das ist ein klein wenig unangenehm. Darf ich annehmen, dass Mr. Jameson hier ist, um Sie zu sehen, Ma'am?«

»Nein, das dürfen Sie nicht annehmen.« Ich spüre Joshs wütend dreinschauende blaue Augen auf mich gerichtet, und trotz meines inneren Aufruhrs frage ich mich, welchen Grund er wohl hat, wütend zu sein. Abgesehen davon facht es meine Wut weiter an. »Sorgen Sie dafür, dass er verschwindet.«

»Ich fürchte, das ist nicht möglich, ohne eine Szene zu machen, Ma'am. Etwas sagt mir, dass Mr. Jameson es nicht allzu gut aufnehmen würde, wenn man ihn bittet zu gehen.«

Ja, er hat recht. Ich kenne Josh, er würde einen ziemlichen Aufstand machen. Mein Status ist ihm egal. Schon immer. Ich erwarte nicht, dass sich das inzwischen geändert hat, besonders da ich weiß, dass er versucht hat, Kontakt zu mir aufzunehmen. »Ich fühle mich auf einmal ein wenig unwohl.« Mein Magen rumort und wirbelt den Champagner herum.

»Geht mir genauso«, entgegnet Davenport ernst.

Ich lege mir eine Hand auf den Bauch. Er sieht mich nicht an, sondern behält Josh im Auge. Plötzlich muss ich lachen, und es kommt ein bisschen unkontrolliert heraus.

»Nicht prusten«, bemerkt Damon, der zu uns tritt und ebenfalls zu Josh schaut.

Damons Ermahnung führt natürlich dazu, dass ich noch mehr lachen muss, und ehe ich es verhindern kann, laufen mir die Tränen herunter.

»Okay, Ma'am?«

Beide Männer sehen mich mit der angemessenen Besorgnis an, und im Nu verwandelt sich mein Gelächter in Geschluchze. Meine Emotionen gehen mit mir durch, doch dies ist definitiv nicht der richtige Ort dafür. Ich halte den Kopf gesenkt und ringe mit dem Bedürfnis loszuheulen, zu jammern und zu schreien. Zu Josh zu marschieren und ihn zu ohrfeigen. In die Welt hinauszuschreien, dass ich bereit war, die Geschichte umzuschreiben, damit ich mit ihm zusammen sein kann, aber er hat mich verraten. Er ist ein Dreckskerl, ein mieser, narzisstischer Bastard.

»Oh nein.« Davenport seufzt. »Hier entlang, Ma'am.«

Er umfasst meinen Ellbogen, während Damon mich auf der anderen Seite flankiert. Die beiden führen mich eilig weg, ehe man bemerkt, dass ich in aller Öffentlichkeit in Tränen ausgebrochen bin, Emotionen zeige. Welche Erklärung sollte es dafür geben?

Ich beschleunige meine Schritte, als mir die entsetzlichste, aber perfekte Begründung für meinen Tränenausbruch in der Öffentlichkeit in den Sinn kommt. Du liebe Zeit. Sie werden behaupten, ich sei schwanger. Claringdon Palace wird verkünden, ich erwarte den ersten Thronfolger. Das würde meine Hochzeit allerdings noch mehr nach einer Mussheirat aussehen lassen als ohnehin schon. Und das geht nicht. Oh nein. Königinnen werden nicht schwanger vor der Ehe. *Runter mit meinem Kopf.* »Oh mein Gott«, murmele ich völlig durcheinander.

»Der Mann wählt seine Auftritte mit Bedacht«, brummt Damon, als wir vor der Toilettentür stehen bleiben.

»Adeline«, sagt Davenport seufzend. »Es wäre wirklich hilfreich, die Details Ihrer Trennung von Mr. Jameson zu kennen, damit wir wissen, womit wir es zu tun haben.«

»Sie haben es mit einem verlogenen, betrügerischen Schwein zu tun«, zische ich. Davenport zuckt zusammen, wohingegen Damon keinerlei Reaktion zeigt, denn er weiß das längst.

»Entschuldigen Sie mich.« Ich husche in die Toilette und schließe die Tür vor Olives Nase. »Sorry«, rufe ich, renne zur Toilettenschüssel und lege die Arme darum. Mir ist wirklich übel, aber es kommt nichts hoch.

Seht mich an. Ich schaue in den Spiegel, als gehorche ich meiner Aufforderung. Ja, seht mich nur an. Meine Augen sind groß und glasig. Wie soll ich das hier durchstehen? Wie komme ich da wieder raus?

»Das Publikum nimmt bereits seine Plätze ein, Ma'am«, ruft Davenport durch die geschlossene Tür.

Ich komme überhaupt nicht da raus, ganz einfach. Dieser verdammte Kerl, wie kann er es wagen, hier aufzukreuzen? Und wieso hat er immer noch diese Wirkung auf mich? »Ahhhrr!« Ich hämmere auf den Waschbeckenrand und bereue es sofort, denn Schmerz schießt meinen Arm hinauf. Ich muss mich zusammenreißen. Ihm zeigen, aus welchem Holz ich geschnitzt bin. »Ich komme«, rufe ich zurück, öffne die Tür und zerre Jenny buchstäblich herein, damit sie mein verwüstetes Gesicht wieder in Ordnung bringt.

»Was ist passiert?«, fragt sie und mustert mich und die verschmierte Mascara und die Tränenspuren auf meinen wunderschön konturierten Wangen.

»Ich habe jemanden gesehen, mit dem ich nicht gerechnet habe«, antworte ich ehrlich, denn sobald sie Josh sieht, wird sie den Grund für mein ernstes Make-up-Versagen kennen.

Ich sehe ihr an, dass es ihr bereits dämmert, obwohl sie nichts sagt und mich stattdessen herrichtet. Sie ist schnell, gründlich und akkurat.

»Wieder perfekt.« Sie klappt den Deckel ihres Highlighters zu. »Zeigen Sie's ihm, Ma'am.«

»Das habe ich vor.« Ich öffne schwungvoll die Tür und erkläre, ich sei bereit. Und wie.

Ich hake mich bei Haydon unter, als er auftaucht, und stelle es nicht weiter infrage. Ich lächle, und obwohl es künstlich ist, fällt es mir nicht schwer, es beizubehalten. Ich halte Rücken und Hals gerade. *Fuck you, Josh Jameson.*

Wir werden unter Applaus zu unseren Plätzen auf dem königlichen Balkon geführt, ich winke den Menschen zu, die alle aufgestanden sind und zu uns schauen.

»Was für ein herzlicher Empfang«, bemerke ich, nehme meinen Platz ein und das Programmheft von Kim entgegen. Haydon bleibt stehen und lächelt in die Menge. »Wirst du dich bitte hinsetzen?«, befehle ich ihm und zupfe am Saum seines Jacketts. Er benimmt sich wie ein Kleinkind, auf das man ständig aufpassen muss. Ich blicke zu Damon, damit er meine genervte Miene bemerkt. Ich werde Haydon bald nach Hause schicken. Er ist lächerlich.

Nachdem mein zukünftiger Ehemann sich genug im Rampenlicht gesonnt hat, setzt auch er sich und blättert durchs Programmheft, nur um es anschließend unter den Sitz zu stopfen. Langsam nähern wir uns dem Punkt, an dem ich ihn nicht einmal mehr ansehen kann. Es ist, als wären die vergangenen dreißig Jahre eine einzige Show gewesen und jetzt, wo er mich vermeintlich *hat*, gibt es für ihn keinen Grund mehr, die Rolle des netten Kerls weiterzuspielen. Er ist seinem Vater viel ähnlicher, als ich gedacht habe.

Ich konzentriere mich auf die Bühne und lasse mich mitreißen vom Orchester und dem faszinierenden Tanz-Ensemble. Zwar bin ich im Augenblick nicht ganz ich selbst, doch die wundervolle Vorstellung von Tschaikowskys Klassiker weiß ich zu schätzen. Ich lasse mich von der Schönheit entführen, und sei es nur für eine kurze Weile. Es ist eine andere tragische Liebesgeschichte, zwei Leute, die gegen alle Widerstände ankämpfen, um zusammen zu sein. Und die am Ende sterben. Mein Herzschlag verlangsamt sich, ich verfolge die anmutigen Bewegungen der Tänzerinnen und Tänzer gebannt.

»Verzeihen Sie bitte, dass ich Sie während der Aufführung störe, Ma'am.« Davenport kauert hinter mir, sein Mund ist dicht an meinem Ohr.

»Was gibt es denn, Major?«

»Kann das nicht warten?«, mault Haydon und blickt finster zur Bühne.

»Ich fürchte nein, Sir.« Davenport schenkt ihm kaum Beachtung. »Wir haben ein Problem.«

Sofort erstarre ich. »Welches?« Ich schaue an Davenport vorbei zur Tür unserer Loge, die Damon bewacht. *Oje, bitte nicht.*

»Antworten Sie ihr, alter Narr«, fährt Haydon ihn an.

Ich würde ihn ja mit einem eisigen Blick zum Schweigen bringen, wenn ich meine Augen vom Eingang zur Loge losreißen könnte. Ich habe nämlich den Eindruck, dass Damon den nur deshalb so ausfüllt, weil er jemanden am Eintreten hindert.

»Wir haben einen Anruf vom Premierminister bekommen, Ma'am.«

»Ach, verdammt.« Haydon sinkt desinteressiert tiefer in seinen Sitz. »Der Mann ist ein Idiot.«

»Der Premierminister?«, frage ich perplex.

»Ja, Ma'am. Ich fürchte, es gibt Neuigkeiten, über die Sie informiert sein sollten, bevor sie an die Öffentlichkeit gelangen. Wenn Sie mir folgen wollen. Er erwartet Sie in einem Privatzimmer.«

»Oh?« Ich stehe verwirrt auf und lasse mich von Davenport führen. Wenn der Premierminister hier ist, handelt es sich vermutlich um eine Krise, die das Land betrifft. Allerdings finde ich es ziemlich amüsant, dass die Regierung sich in einem solchen Fall an die Königin wendet. Ich bin zwar das Staatsoberhaupt, jedoch machtlos. Es ist aber nun einmal Tradition. Ich bin neugierig, was einen persönlichen Besuch des PM nötig macht, während ich einer Veranstaltung beiwohne. Krieg? Das scheint die einzige plausible Erklärung zu sein. »Was ist denn los?«, frage ich Davenport, der vorangeht. Er sieht besorgt aus, was nicht gerade beruhigend ist. »Major?«

»Hier entlang, Ma'am.« Er öffnet eine Tür. »Wir haben einen Raum gefunden, wo Sie ungestört reden können.«

»Reizend, aber ich bin sehr verblüfft«, informiere ich ihn, raffe mein Kleid noch mehr und betrete den Raum. Er ist leer. Kein Premierminister, auch keiner seiner üblichen Begleiter. »Was in aller Welt hat das zu bedeuten?«

»Hallo Adeline.« Der weiche amerikanische Akzent trifft mich in den Rücken, und ich schnappe erschrocken nach Luft.

29

Ich wirbele herum, entdecke Josh und bin wie gelähmt, als er die Tür schließt und Davenport draußen bleibt.

»Was ist los?«, frage ich Davenport in Panik, bevor die Tür ganz zu ist. »Ich verlange, es zu erfahren.«

»Es tut mir leid, Ma'am.« Davenport sieht zerknirscht aus. »Mr. Jameson kam bewaffnet.«

»Bewaffnet?«, wiederhole ich. »Er hat eine Schusswaffe dabei? Hat er Sie mit vorgehaltener Waffe bedroht?«

»Nein«, meldet Josh sich zu Wort. »Ich habe ihm gedroht, auf die Bühne zu steigen und der Welt von seinem leiblichen Sohn zu erzählen, wenn er dich nicht in diesen Raum bringt.«

Josh wirkt so ernst, dass ich ihm fast glaube. Ich werfe ihm einen zutiefst angewiderten Blick zu. »Du hast meinen Privatsekretär erpresst? Wie tief kannst du noch sinken?«

»Da gibt es keine Grenze, wenn es um dich geht.«

Dann ist die Tür zu, und wir sind allein in diesem großen Raum. Er wendet sich ab und schließt ab. Jetzt sind wir nicht nur allein, sondern auch noch *eingeschlossen*.

Langsam dreht er sich wieder zu mir um. Der Anblick seines Gesichts lässt mein Herz schneller schlagen.

»Diese Hochzeitsgeschichte gerät außer Kontrolle«, sagt er und kommt näher.

»Außer Kontrolle?« Ich weiche zurück und ärgere mich über mich selbst, doch Abstand ist enorm wichtig. Josh sieht zornig aus, und da ist das bernsteinfarbene Funkeln in seinen Augen. Er ist wütend? Er hat gar kein Recht dazu. Dieses Privileg gebührt mir, mir allein.

»Hast du mit ihm geschlafen?«

Ich bleibe stehen, mir klappt die Kinnlade herunter. »Das geht dich nichts an.«

Ein Wangenmuskel zuckt in seinem Gesicht. »Auf die Knie.«

»Wie bitte?«

»Auf die Knie, verdammt, Adeline!«, brüllt er und kommt auf mich zu. »Dein König verlangt von dir, niederzuknien, also wirst du es tun!«

Ich starre ihn ungläubig an. Und ängstlich. Denn meine Beine zittern vor Mühe, mich in aufrechter Position zu halten. Um mich seinem Befehl nicht zu beugen. Josh steht außer sich vor Wut da. »Ich beuge mich niemandem«, erkläre ich klar und deutlich. Allerdings muss ich meine ganze Kraft in diese Worte legen, damit sie überzeugend klingen. »Schon gar nicht dir.« Ich schiebe ihn aus dem Weg und will hinausstürmen, hätte jedoch keinen Körperkontakt herstellen dürfen. Warum habe ich das getan? Prompt durchzuckt es mich, Energie durchströmt mich, will mich beherrschen und mich zwingen, auf die Knie zu sinken.

»Nein.« Josh fast mich am Handgelenk und hält mich mühelos auf.

Panik hat komplett Besitz von mir ergriffen und mich meines Verstandes beraubt. Ich drehe mich wie rasend um, dabei fliegt mir das Diadem vom Kopf. »Wage es nicht, mich anzufassen«, schreie ich und versuche, seinem brutalen Griff zu entkommen. »Du wirst mich nie mehr anfassen!« Ich will mich aus seinem Griff winden, doch meine Haut, die durch seine Hand rutscht, brennt dadurch nur. Mit der freien Hand bemühe ich mich vergeblich, seine Finger loszubekommen, die meinen Arm umklammern. Der Boden verschwindet unter meinen Füßen, mein Kopf liegt plötzlich an seiner Brust. Josh presst mich an sich und ich kann meine Arme nicht mehr bewegen, die zwischen ihm und mir eingeklemmt sind. Ich keuche und trete nach ihm. »Lass mich los!«

Er lockert den Griff und zieht scharf die Luft ein, als ich eins seiner Schienbeine erwische. Ich nutze diesen Moment, um mich loszureißen und zur Tür zu rennen. Meine Hand liegt schon auf der Klinke. Ich drehe den Schlüssel.

»Nein«, brüllt Josh, fasst nach mir und presst mich an sich. »Du gehst nicht, Adeline.«

Wir werden zu einem Körperknäuel, raufen und schreien. Ich schlage um mich, während er mich zu bändigen versucht. Vor meinen Augen bildet sich ein roter Schleier der Wut. Jedes kleine beschissene Detail, das ich an meinem Leben hasse, aus der Vergangenheit und der Gegenwart, strömt aus mir heraus, findet ein Ventil in Josh, indem ich ihn anschreie und auf ihn eindresche. Ich hasse alles. Besonders mich selbst. Vor allem aber hasse ich ihn. Dafür, dass ich spüre, was ich hätte haben können. Dafür, dass er mir gezeigt hat, was Liebe ist, nur um es mir brutal wieder zu entreißen. Dafür, dass er mein Held war und dann der Schurke.

»Ich hasse dich«, schreie ich, gegen seine Brust trommelnd. »Ich hasse dich, verdammt!«

»Da ist sie«, stößt er hervor, wirbelt mich herum und drückt meinen Rücken an seine Vorderseite. Er kreuzt meine Arme über meinem Bauch und hält sie fest, sodass ich erneut gefangen bin. Meine Lunge brennt. Ich bin erschöpft, trotzdem winde ich mich, mein Zorn lodert nach wie vor.

Sein Mund ist dicht an meinem Ohr. »Da ist sie, *meine* Königin«, flüstert er.

Das Adrenalin setzt die Tränen in Gang, und ich ringe nach Luft. »Wie konntest du nur?«, frage ich mit brechender Stimme. »Wie konntest du mir das antun? Nach allem, was wir durchgemacht haben.«

»Du musst mir zuhören, Adeline.« Diesmal lockert er seinen Griff nicht. »Bitte sag, dass du mir wenigstens zuhören wirst.«

»Ich werde mir deine Lügen nicht mehr anhören.«

»Na schön.« Mit einer geschickten Bewegung lande ich auf dem Rücken auf dem Boden. Josh ist über mir und hält meine Hände fest. Als ich sein Gesicht so nah vor mir habe und seine Frustration sehe, kneife ich die Augen zu, damit er meinen inneren Panzer nicht durchdringen kann. Denn der bekommt bereits Risse. Viele. Durch Josh. Er durchbricht meinen Schutzwall.

»Ich werde dich zwingen, mich anzuhören.«

Da er auf mir liegt, kann ich ohnehin nicht fliehen.

»Du siehst mich jetzt vielleicht nicht, aber du hörst mich.«

Dagegen kann ich nichts tun, egal, wie laut ich in meinem Kopf schreie.

»Diese Frau …«

»Halt den Mund!«, kreische ich außer mir.

»Sie war bezahlt, Adeline.«

»Von dir?« Ich winde mich unter ihm.

»Nein, verdammt noch mal.«

Josh schüttelt mich, aber ich halte die Augen geschlossen.

»Man hat mich unter Drogen gesetzt. Als ich aufwachte, hatte ich keine Ahnung, wo ich war. Ich sah die Frau in meinem Bett. Ich sah deine Ohrringe auf dem Nachttisch. Ich dachte, ich verliere den Verstand.«

Ist das echt? Nein, er ist Schauspieler.

Erwartet er etwa, mir mit diesem Unsinn eine Gehirnwäsche verpassen zu können? Nie mehr werde ich auf ihn hereinfallen.

»Sie war nackt. Du warst nackt.« Ich kann nichts dagegen tun, ich öffne die Augen und schleudere glühende Blicke. »Du hattest ein Kondom übergestreift.« Ich zucke bei meinen eigenen Worten zusammen, und mein Hals schwillt an, bis ich fürchte, nicht mehr atmen zu können.

»Nein.«

Er drückt meine Arme über meinem Kopf auf den Boden, da es mir gelungen ist, sie ein kleines Stückchen anzuheben.

»Ich habe mich die vergangenen zwei Wochen lang bemüht, herauszufinden, was eigentlich passiert ist. Ich brauchte Fakten, damit du mir glaubst. Mir ist klar, wie es aussah. Mir war auch klar, dass du meinen Worten allein nie wieder Glauben schenken würdest.«

»Und du denkst, das ändert sich jetzt?«

»Ja. Ich habe einen Drogentest machen lassen, Adeline. Positiv. Diese Drinks waren mit einer Droge versetzt. Die Frau, die *bezahlt* wurde, um mit mir ins Bett zu gehen, musste erst überzeugt werden, aber am Ende gestand sie. Sie gab Bates gegenüber zu, dass sie einen Weg finden sollte, in meine Suite zu kommen. Das gelang ihr und ihren Freundinnen, indem sie einige meiner Männer verführten. Sie bestellten beim Zimmerservice. Ich hatte zwei Drinks und fühlte mich daraufhin elend, also ging ich ins Bett und ließ die anderen feiern.«

Ich starre ihn an und versuche, das mit meinem verdrehten Verstand zu verarbeiten. *Nein. Glaub ihm nicht.* Ich darf ihm nicht glauben. Ich darf mich nicht erneut dem Schmerz aussetzen.

»Hörst du mich? Hörst du, was für ein Mist das ist? Adeline, ich liebe dich. Ich würde dich nie, niemals betrügen.« Seine Augen sind verhangen, er schüttet seinen Schmerz aus. »Eher würde ich mich umbringen, als dir wehzutun. Du bist der Anfang und das Ende von allem. Warum siehst du das nicht?«

»Ich habe dich mit einer anderen Frau im Bett gesehen«, bringe ich schluchzend hervor, wende den Blick ab und versuche, diese unfassbare Täuschung zu begreifen. »Was hast du erwartet, was ich tun würde, wenn meine Gedanken mich mit diesem Bild quälen? Ich habe es gesehen, Josh. Dich und sie.« Es beherrscht noch immer mein Denken, und trotzdem verzehre ich mich nach ihm. »Nackt. Dein …« Ich breche ab, schlucke und versuche die Erinnerung zu verscheuchen. »Ich werde die Bilder nicht los. Was meinst du, wie ich mich gefühlt habe bei diesem Anblick?«

»Ungefähr so sehr dem Wahnsinn nahe wie ich mich, als ich die Fotos von dir mit einem anderen Mann sah.« Er dreht meinen Kopf sanft, damit ich ihn wieder anschaue. »Ich bin am Boden zerstört. Aber noch schlimmer ist die Tatsache, dass du dachtest, ich könnte dir das antun.«

Ich schlucke und presse die Lippen zusammen. »Was hast du denn erwartet?«

Er schließt die Augen, seine Wangenmuskeln zucken. »Sag mir, dass du mir glaubst.«

Die Bilder kommen mit Macht zurück, und ich kneife ebenfalls die Augen zu. Diese Bilder sind viel zu deutlich. Josh im Bett mit einer anderen Frau. Es dreht mir den Magen um, und ich kämpfe gegen aufsteigende Verzweiflung an. Dann sehe ich Sir Don. Ich sehe Davids selbstzufriedene Miene. Ich sehe die Genugtuung in ihren Gesichtern. *Triumph.*

Ich sehe den Feind. Sollten die wirklich vorsätzlich derart grausam zu mir gewesen sein?

Dann sehe ich Josh und mich. Ich höre jedes Wort, das wir jemals miteinander gesprochen haben. Ich sehe die Liebe in seinem Blick. Wie sehr es ihn gequält hat, sich mit unserer Realität abzufinden. Er hätte ja einfach gehen können. Er hätte sich ohne Abschied abwenden können.

Und dann fühle ich es.

Ich fühle seine Liebe. Ich fühle seine Ergebenheit. Ich fühle, was ich nie gefühlt habe, bevor Josh in mein Leben trat.

Ich fühle mich geschätzt.

Geliebt.

Ich öffne die Augen und schaue in sein attraktives Gesicht, in dem ich Verzweiflung sehe. Er wünscht sich verzweifelt, dass ich ihm glaube. Er ist nicht mein Feind. Er würde mir nicht absichtlich wehtun. Er liebt mich.

Was geschehen ist, was er mir erzählt hat, ist unglaublich. Aber … »Ich glaube dir«, flüstere ich. Er atmet aus, sein ganzer Körper entspannt sich.

»Sag mir, dass du nicht mit ihm geschlafen hast. Ich flehe dich an.« Er lässt eine meiner Hände los, meine linke, und zieht mir den Verlobungsring vom Finger. »Sag es mir.« Er wirft ihn zur Seite wie Müll.

»Ich habe nicht mit ihm geschlafen«, erkläre ich und spüre, wie sein Körper auf meinem schwerer wird. »Ich habe ihn nicht mal richtig geküsst.«

»Deine Küsse gehören mir, Adeline. Deine Liebe ist mein. *Du* bist mein.«

Meine andere Hand ist nun auch frei, doch ich benutze sie nicht, denn ich begreife noch nicht, was das alles bedeutet.

»Und ich gehöre ganz Ihnen, Euer Majestät.«

Er umfasst mein Gesicht und legt seine Stirn an meine. Damit scheint er seine Kraft auf mich zu übertragen, ich spüre, wie sie mich erfüllt.

»Lass uns diesen Irrsinn beenden und einfach glücklich sein. Zusammen. Du und ich. Ist mir egal, wo, wie und warum, solange ich mit dir zusammen bin.«

»Auch wenn ich Königin bin?«

Er lächelt, lässt seine Stirn sanft über meine gleiten und küsst mich. »Solange dieses Land nicht vergisst, wessen Königin du zuerst bist, dann ja.«

Ich schlinge die Arme um ihn und erwidere den Kuss. Dann fällt mir inmitten meines neu gefundenen Glücks etwas Schreckliches ein. »Haydon.«

Das Knurren an meinem Ohr ist bedrohlich. »Erwähne diesen Namen nicht, wenn ich dich küsse. Erwähne diesen Namen überhaupt nicht mehr.«

»Was soll ich tun?«

»Lass ihn fallen.«

»In meiner Position kann ich nicht einfach alles hinwerfen, Josh.«

»Dann werde ich das für dich tun.« Er stemmt sich hoch und hilft mir beim Aufstehen. »Ich verspreche dir, es wird schnell gehen, nur nicht schmerzlos.«

»Josh, ich meine es ernst.«

»Ich auch.« Er schließt mich in seine Arme. »Er ist ein Idiot.«

Diesmal verzichte ich darauf, ihn zu provozieren, denn nach Haydons Auftreten heute Abend bin ich ganz seiner Meinung. »Josh«, sage ich, denn nun prasselt die Realität auf mich nieder. »Ich muss das vorsichtig angehen.«

»Du meinst, du musst es *jetzt* angehen. Kein Zögern mehr, damit nicht wieder irgendwer die Chance bekommt, sich zwischen uns zu stellen.«

Apropos …

»Ich muss wissen, wer hinter dieser Geschichte steckt, damit ich diejenigen zur Verantwortung ziehen kann.«

»Ich arbeite daran. Das Material aus den Überwachungskameras ist verschwommen. Der einzige konkrete Beweis, den Bates hat, ist das Callgirl samt ihrer Liste mit Anweisungen eines anonymen Auftraggebers. Es bleibt die Tatsache, dass sie damit gerechnet haben, dass du mich im Bett mit dieser Frau erwischst.« Er runzelt die Stirn, mir dreht sich der Kopf. »Hast du irgendwem davon erzählt, dass du mich an diesem Abend besuchen wolltest?«

»Nur Damon«, antworte ich leise und löse mich von ihm. »Aber geplant war der Besuch nicht. Ich kam vorbei, weil ich dich nicht erreichen konnte.«

»Warum?«

»Weil mein Handy verschwunden war.« Plötzlich fügen sich einige Teile dieses mysteriösen Puzzles zusammen. Ich gehe in dem kleinen Raum auf und ab. »Die haben auch Damons Handy gestohlen. Es gab keine Möglichkeit für mich, Kontakt zu dir aufzunehmen, außer direkt im Hotel anzurufen. Natürlich wollten die mich nicht zu dir durchstellen. Also musste ich persönlich ins Hotel kommen.« Ich drehe mich zu ihm um, das taktische Vorgehen der Täter beunruhigt mich. »Wer immer das getan hat, wusste, dass ich ins Hotel fahren würde.« Sie wussten, dass ich Josh unbedingt sehen wollte. Es gibt nur eine Erklärung. »David Sampson muss dahinterstecken. Oder Sir Don.«

Beide sind dazu in der Lage und außerdem skrupellos genug. Und sie hatten ein Motiv. Beide hatte ich an dem Tag gefeuert. Die Nachricht von der Beziehung zwischen mir und Josh sollte veröffentlicht werden. Ich trete zu Josh, packe ihn am Revers seines Smokings und blicke ihm in sein angewidertes Gesicht. »Besorg mir die Aufzeichnungen der Überwachungskameras aus dem Hotel.«

»Das wird noch analysiert.« Er umfasst meine Hände und drückt sie nach unten. »Du bist nicht überrascht, oder?«

Bin ich? Ich sollte es nicht sein. Ich weiß, wozu diese Leute fähig sind, aber jemanden unter Drogen setzen? Prostituierte und gestohlene Handys? »Nein«, gestehe ich seufzend und lehne die Stirn an seine Brust. »Ich bin all dessen so überdrüssig.«

»Ich auch, Baby.« Seine Finger finden ihren Weg in mein Haar und massieren meine Kopfhaut. »Dann beweg deinen Hintern da hinaus und tu, was du tun musst.«

»Jetzt?« Ich hebe den Kopf.

»Ja, jetzt. Glaub bloß nicht, dass ich dich mit einem anderen Mann von hier weggehen lasse. Vergiss es, Adeline.«

»Josh, du musst vernünftig sein. Ich kann schlecht hier rausmarschieren und während der Ballettaufführung erklären, dass ich

Haydon Sampson nicht heiraten werde, weil ich einen sexy amerikanischen Schauspieler liebe.«

»Warum nicht? Ist es denn nicht die Wahrheit? Und ›sexy‹ trifft es ja wohl genau.«

»Du bist unmöglich.«

»Und du, meine Königin …« Er küsst mich sacht auf die Nase. »… kommst heute Abend mit mir nach Hause.«

»Du musst mir mindestens bis morgen Zeit geben.« Du lieber Himmel, es wird eine Krisensitzung nach der anderen geben. Angesichts dessen, was ich inzwischen weiß, wäre es möglicherweise nicht gut, Josh aus den Augen zu lassen. »Du kommst mit zu mir«, erkläre ich. Die Aussicht auf das, was sie noch alles tun könnten, um uns zu trennen, ist zu beängstigend.

»Wie bitte?«

»Wir lassen einander nicht aus den Augen, bis getan ist, was getan werden muss. Im Palast wirst du sicher sein.« Weiß der Himmel, was passieren kann bis morgen, wenn ich ihn allein lasse.

Er zwickt mich in den Nasenrücken. »Sind nicht sämtliche Feinde innerhalb der Palastmauern?«

»Schon, aber nicht in meinen Privatgemächern. Du kommst mit zu mir und damit basta. Ich werde dich nicht aus den Augen lassen.«

»Großartig«, jubelt Josh. »Ich sitze zwischen dir und Haydon in der königlichen Loge, ja?«

»Mist verdammter«, fluche ich. Dieses winzige Detail, das mein Verlobter darstellt, habe ich völlig vergessen. Rasch gehe ich in Gedanken meine Optionen durch und finde nur eine. »Damon.« Ich gehe zur Tür und öffne sie, ohne mich darum zu scheren, wer auf der anderen Seite sein könnte. Ist mir vollkommen egal. Mein Bodyguard und Davenport warten. Mir ist nur ganz kurz peinlich, was sie vielleicht alles mit angehört haben. Schreie. Weinen. Laute Stimmen. Das wirft allerdings eine Frage auf … »Wieso sind Sie nicht hereingekommen?«

Damon hebt die Brauen, als wäre das eine törichte Frage.

»Er weiß alles«, meldet Josh sich zu Wort und erklärt damit Damons ausgebliebene Einmischung. »Daumen hoch die ganze Zeit.«

»Oh. Dann werden Sie auf Josh aufpassen, Damon. Wohin er auch geht, da gehen Sie ebenfalls hin.« Ich registriere, wie mein Bodyguard Josh einen neugierigen Blick zuwirft.

Josh zuckt bloß mit den Schultern. »Sie ist süß, wenn sie einen herumkommandiert, nicht?« Er schiebt die Hände in die Taschen seiner Smokinghose.

»Ma'am«, sagt Damon kopfschüttelnd. »Ich muss Ihnen raten …«

»Das ist ein direkter Befehl, Damon. Sie werden Josh umgehend nach Claringdon Palace bringen.«

Er seufzt. »Adeline …«

»Sie wissen, was passiert ist, Damon. Was die …«

»Ja«, unterbricht er mich zähneknirschend. »Aber …«

»Dann können Sie meine Sorge ja nachvollziehen, wenn es um Mr. Jameson geht.«

»Sagte ich ›süß‹?«, bemerkt Josh, den glühenden Blick auf mich gerichtet. »Ersetzen Sie das durch ›absolut heiß‹.«

Er legt mir einen Arm um die Schultern und küsst mich vor allen Anwesenden mit geöffneten Lippen auf die Wange. Ich sehe, wie Davenport die Augen schließt und tief einatmet. Zweifellos denkt er daran, was an Arbeit auf ihn zukommt.

»Baby«, flüstert Josh. »Du kannst die Zügel jeden Tag in der Hand haben.«

Ich verdrehe die Augen dermaßen dramatisch, dass ich davon Kopfweh bekommen würde, wenn ich nicht schon welche hätte. »Hör auf.«

»Ich werde einen meiner Männer für Mr. Jameson abstellen«, erklärt Damon mit einem jener seltenen Blicke, die mir signalisieren, dass ich diesen Streit nicht gewinnen werde. »Das ist mein letztes Wort.« Er richtet genau diesen Blick auch auf Josh. »Sie sind wichtig, aber nicht so wichtig wie sie.«

Ich schüttele den Kopf. Nein, ich vertraue Josh nur dem Chef meines Sicherheitsteams an. »Damon …«

»Er hat recht, Adeline.« Josh legt eine Hand auf meinen Mund. »Also Klappe.«

»Bitte?«, sage ich gedämpft gegen seine Hand und ignoriere Damons und Davenports amüsierte Miene.

»Und Mr. Sampson?«, fragt Davenport und bremst mich damit schon wieder ein wenig.

Ich nehme Joshs Hand von meinem Mund. »Das weiß ich auch noch nicht.«

»Dann darf ich vorschlagen, dass Euer Majestät in der Zwischenzeit zur Aufführung zurückkehrt?«, fragt Davenport.

»Genau.« Ich will losgehen, werde jedoch in den Raum zurückgezerrt und gebe einen überraschten Laut von mir.

»Einen Moment noch, Leute.« Josh wirft die Tür zu und drängt mich innen dagegen. »Du hast etwas vergessen.« Sein Mund streift meinem.

»Josh, ich sollte wirklich gehen.«

»Küss mich.« Er leckt präzise den Spalt entlang, den meine geschlossenen Lippen bilden. Und ich bin sein. Seine Hände liegen an meinem Hals, er hält meinen Kopf still, und wir küssen uns auf eine Weise, die niemals aufhören soll. Denn es ist berauschend, leidenschaftlich und voller Liebe, stürmisch und wild. Wir sind beide überwältigt von unseren Gefühlen. Ich spüre, wie das Feuer zurückkehrt. Doch nicht bloß aus Lust gespeistes Feuer, auch mein Wille ist von Neuem erwacht. Ich bin bereit, zu tun, was mir bestimmt ist. Kämpfen. Herrschen. Lenken.

Josh gibt zufrieden einen heiseren Laut von sich, ich stöhne leise.

»Ich will dich nicht gehen lassen«, flüstert er und umfasst meinen Hals fester.

»Es ist doch nur für ein paar Stunden.«

»Zu lange.« Er beendet den Kuss nach einem letzten Zungenschlag und lässt eine Reihe kleiner Küsse von einem Mundwinkel zum anderen folgen.

»Sei vorsichtig, ja?«

»Du bist diejenige, die aufpassen sollte.«

Aus dem Augenwinkel nehme ich ein Glitzern wahr. »Mein Diadem.« Ich zeige auf die Stelle, wo es auf dem Teppich liegt. Josh sieht über die Schulter. Er hebt es auf und setzt es mir ordentlich auf den Kopf.

»Und meinen Ring«, sage ich, und er hält inne.

»Du steckst dir diesen Ring nicht auf den Finger. Du bist nicht länger verlobt.«

»Das weiß Haydon aber noch nicht«, erinnere ich ihn zaghaft. »Genauso wenig wie der Rest der Welt.«

Seine breite Brust hebt sich, als er um Geduld ringend tief einatmet. »Das kann ich nicht zulassen. Tut mir leid.« Er schüttelt den Kopf wie zur Bestätigung. »Ehrlich gesagt tut es mir nicht leid. Du wirst den Ring nicht tragen.« Er küsst mich noch einmal flüchtig auf die Wange. »Und damit basta.«

Ich gebe jeden Protestversuch auf, denn ich kann es ihm nicht verübeln. Außerdem habe ich das Gefühl, dass ich meine Energie gut einteilen muss für später, wenn ich mir Sir Don und David Sampson vornehme. Also war das wohl wirklich das Ende dieser Diskussion. »Na schön. Aber ich kann ihn schlecht hierlassen.«

»Stimmt.« Josh hebt ihn dort auf, wo er ihn hingeworfen hat. »Ich nehme ihn mit.« Der Ring wandert in seine Tasche, eine Garantie dafür, dass er nie wieder auf meinen Finger zurückkehren wird. »Wir sehen uns dann bei dir«, sagt Josh grinsend und öffnet lächelnd die Tür.

»Bei mir«, bestätige ich und verlasse den Raum. Als Erstes bemerke ich Damons aufgewühlten Blick. Dann den verzweifelten Ausdruck in Davenports Augen. Und dann …

»Haydon«, flüstere ich, als er wie aus dem Nichts auftaucht und hasserfüllt an mir vorbeischaut.

Zu Josh.

Ich schaue über die Schulter und sehe bei Josh die gleiche feindselige Haltung wie bei Haydon. Die beiden Männer starren sich voller Abscheu an. *Oh Gott.*

»Das sieht mir nicht nach einem politisch motivierten Treffen aus«, bemerkt Haydon und wirft Damon und Davenport verächtliche Blicke zu.

Die zwei schweigen, da stürmt Haydon los und packt meinen Arm. Das wiederum veranlasst Josh, einen Satz nach vorn zu machen, mit einem Knurren, das glatt das Opernhaus zum Einsturz bringen könnte.

»Josh«, rufe ich. Damon geht dazwischen und hält ihn zurück. Ich werfe Damon einen Blick zu, den er richtig deutet. Haydon könnte Sir Don und David Sampson von diesem kleinen Showdown berichten. Ich muss dafür sorgen, dass Josh sicher nach Claringdon gelangt und dort bleibt.

»Ruhig, Kumpel«, sagt Damon und sieht Haydon an, als wollte er ihn umbringen. »Lassen Sie sie einfach los.«

Haydon zerrt mich zur Tür, ich lasse es geschockt geschehen.

»Halten Sie sich von meiner Verlobten fern«, zischt er und schiebt Davenport zur Seite, der sich einmischen will. »Sie sollten sich lieber um ihn kümmern«, schreit er und lässt meinen Arm los, um meine Hand zu ergreifen. Sein Griff ist fest. »Um meine Verlobte kann ich mich selbst *kümmern*.«

Ich höre Josh hinter mir und sehe, während ich in den Zuschauerraum zurückgezerrt werde, wie Damon kämpft, um Josh im Zaum zu halten.

»Keine Szene«, ermahnt Damon ihn. »Beruhigen Sie sich.«

»Ich bringe den Kerl um.«

»Wir beide«, murmelt Damon, dessen tödlicher Blick auf Haydons Rücken gerichtet ist.

Davenport folgt uns, und wir entfernen uns weiter, da endlich lockert Haydon seinen Griff, und ich bewege meine Hand. Ich verziehe das Gesicht, als die Knochen knacken. Haydon führt mich zu unseren Plätzen.

»Setzen«, befiehlt er und schubst mich mehr oder weniger auf meinen Sitz. Besorgt, ob jemand uns beobachtet, lasse ich den Blick schweifen.

»Du wirst ihn nicht wiedersehen«, sagt Haydon leise, während er sich ebenfalls setzt. Der drohende Ton ist unverkennbar. »Ich bin dein Mann, und du wirst mir gehorchen. Dein Status hat keinerlei Auswirkungen auf deine Pflichten als meine Ehefrau.«

Ich starre völlig perplex sein Profil an, aber ich halte den Mund, jedoch nicht aus Furcht oder aus Unterwürfigkeit. Nein, ich empfinde lediglich Verachtung für ihn. Der Mann ist ein Blutsauger. Ich werde ihm Einhalt gebieten, und wenn es das Letzte ist, was ich tue. Der wird seine Fantasien vom Thron begraben.

Ich mache ihn nicht darauf aufmerksam, dass ich nicht seine Frau bin und er ein klein wenig vorausgreift. Und ich erkläre ihm auch nicht, dass ich ihm niemals gehorchen werde.

Ich denke nur daran, wie unsinnig es von mir war, jemals davor zurückzuschrecken, Haydons Gefühle zu verletzen. In den Adern dieses Mannes fließt das Blut seines Vaters. Er kann gemeinsam mit dem zur Hölle fahren und da bleiben.

30

Sobald die Aufführung zu Ende ist, bin ich als Erste mit Damon am Wagen. Haydon folgt nicht weit hinter uns. Als ich eingestiegen bin, dreht sich mein Bodyguard auf dem Fahrersitz zu mir um. »Geht es Ihnen gut, Ma'am?«

»Bald wieder.«

Er nickt und sieht aus dem Fenster. »Ich glaube, die Macht ist ihm zu Kopf gestiegen.«

Ich lache in mich hinein. »Ziemlich.«

Davenport öffnet meine Wagentür und beugt sich zu mir herunter. »Darf ich annehmen, dass für morgen früh ein Meeting anberaumt wird?«

»Nein«, antworte ich und blicke an ihm vorbei zu Haydon, der zusammen mit Kim die Stufen herunterkommt. »Es wird wegen dieser Sache kein Meeting mit meinen Beratern geben.«

»Ma'am?«

Ich richte meine Aufmerksamkeit auf Davenport. »Wenn ich denen erkläre, was ich tun werde, bekommen sie dadurch nur eine weitere Gelegenheit, mich aufzuhalten. Nein.« Diesen Fehler werde ich kein zweites Mal begehen. »Bitte schreiben Sie bis morgen früh eine Presseerklärung bezüglich meiner aufgelösten Verlobung.«

»Und Ihre Beziehung zu Mr. Jameson?«

Ich atme tief ein. »Verkünden Sie es der Welt.«

»Jawohl.« Davenport wirft die Tür zu und geht um den Wagen, um Haydon die Tür auf seiner Seite aufzuhalten.

Der lässt sich in den Sitz fallen, nicht einmal ein »Danke« kommt ihm über die Lippen. Stattdessen richtet er wütend seinen Blick auf mich.

»Ich hoffe, du hattest deinen Spaß daran, mich zu demütigen.«

»Du hast dich selbst gedemütigt«, gebe ich zurück. »Fahren Sie, Damon.« Ich wende mich ab von Haydon und bin enttäuscht von mir selbst, weil ich so viel von diesem Mann gehalten habe, der uns alle letztlich an der Nase herumgeführt hat.

Die Fahrt verläuft in einer unerträglichen Atmosphäre. Damon beobachtet mich ständig im Rückspiegel. Als Haydons Hand auf meinem Knie landet, starre ich schweigend darauf. Ich weiß, dass er mich heute Nacht ins Bett bekommen will. Um mich in Besitz zu nehmen.

Pech für ihn, dass ich schon vergeben bin. Ich nehme seine Hand und schiebe sie zu ihm zurück. »Fass mich nicht an.« Ich mache mich so klein wie möglich und rutsche zur Tür.

Als wir in Claringdon vorfahren, warte ich nicht, bis ein Bediensteter mir die Tür öffnet, sondern steige einfach aus. »Bitte bringen Sie Mr. Sampson zu seinem Wohnsitz«, trage ich Damon auf.

»Ich bleibe hier«, erklärt Haydon und steigt auf seiner Seite aus.

Ich werfe Damon panisch einen Blick zu. Ich wusste es. »Daumen runter«, murmele ich. Mein Sicherheitschef ist schon ausgestiegen und baut sich vor Haydon auf. Die beiden Männer stehen Brust an Brust.

»Das glaube ich eher nicht«, sagt Damon drohend. »Steigen Sie wieder in den Wagen.«

»Gehen Sie mir aus dem Weg.« Haydon plustert sich auf, doch sein Versuch, größer und beeindruckender zu wirken, scheitert kläglich. Damon überragt ihn um einige Zentimeter in seiner bedrohlichen Haltung.

Er wirkt mörderisch. »Steigen. Sie. Ein.«

»Was glauben Sie, mit wem Sie reden?«

»Mit Ihnen.«

»Adeline«, brüllt Haydon und sieht erwartungsvoll zu mir. »Ruf deinen Wachhund zurück.«

»Steig in den Wagen, Haydon«, sage ich ruhig. »Mach keine Szene.« Ich bin mir der Angestellten hinter uns bewusst, ebenso des Wagens vor uns, der Davenport, Kim, Olive und Jenny transportiert hat, die uns jetzt alle schweigend beobachten.

Haydon lacht und versucht an dem kein Stück weichenden Damon vorbeizukommen. »Gehen Sie mir verdammt noch mal aus dem Weg. Ich bleibe zusammen mit meiner Verlobten hier.«

Als ich dieses Wort aus seinem Mund höre, möchte ich mich am liebsten übergeben. »Ich bin nicht deine Verlobte«, schleudere ich ihm entgegen. »Ich bin dein gar nichts.« Ich raffe mein Kleid und steige die Eingangsstufen hinauf. Auf halbem Weg bleibe ich stehen, da ich ein dumpfes Geräusch höre. Ich drehe mich um und sehe Haydon mit Damon kämpfen und wie einen Irren auf meinen Bodyguard einschlagen. »Haydon!«

Damon duckt sich bloß und landet im nächsten Moment einen Schwinger an Haydons Kiefer. Es kracht laut, Haydon landet rückwärts auf der Motorhaube.

»Ich habe Sie gewarnt«, zischt Damon kopfschüttelnd. »Sie hätten nur in diesen verdammten Wagen steigen müssen.«

Haydon hält sich das Gesicht und richtet sich von der Motorhaube auf. »Sie sind gefeuert!«, schreit er.

Damon lacht und kriegt sich nicht mehr ein. »Halten Sie Ihr Maul, Sie Arsch.« Er packt Haydon am Revers, zerrt ihn um den Wagen und wirft ihn auf den Rücksitz. »Sollten Sie sie jemals wieder anrühren, wird es nicht bei einem Boxhieb bleiben.« Er knallt die Tür zu. »Verwöhnter Idiot«, stößt er hervor und steigt auf seiner Seite ein.

Das Aufheulen des Motors und die durchdrehenden Reifen reißen mich aus meiner Benommenheit.

»Ma'am?«, fragt Olive leise und legt mir eine Hand auf den Arm.

Ich sehe sie an, und obwohl meine Sicht ein wenig verschwommen ist wegen der Tränen in meinen Augen, erkenne ich Mitgefühl. Ich drehe mich um und entdecke ein Dutzend weiterer Angestellter, die in benommenem Schweigen dastehen und darauf warten, dass ich mich bewege. »Ich glaube, ich hätte gern einen Drink«, sage ich zu niemand Bestimmtem. »Einen starken.«

Olive nickt einem der Bediensteten zu, der daraufhin eilig in den Palast läuft.

»Ich nehme auch einen«, ruft Davenport ihm nach und streicht sich über das müde Gesicht.

»Machen Sie drei«, ruft Kim, die zu mir kommt. »Ich bin geschockt.«

»Sind wir das nicht alle?«, entgegne ich und gehe die Stufen mit ihrer Hilfe weiter hinauf. »Möchte sonst noch jemand einen Drink?«, wende ich mich an meine Angestellten, die sich gegenseitig Blicke aus den Augenwinkeln zuwerfen und vermutlich überlegen, ob das eine Fangfrage ist. »Starke Drinks für alle«, antworte ich für sie. Ich lasse Olive meine Handtasche tragen, und wir betreten den Palast.

»Ich nehme auch einen.«

Mutter erscheint mit ernster Miene, da sie alles mitbekommen hat. Sie kommt direkt auf mich zu und umarmt mich zu meiner Überraschung. Das ist tröstlich.

»Ich wusste nicht, was ich mit dem Amerikaner machen soll, den Damons Männer hergebracht haben, also habe ich ihn erst einmal in die Claret Lounge geführt.«

Ich habe nicht die leiseste Ahnung, warum ich zu lachen beginne. An dieser ganzen Geschichte ist bis jetzt gar nichts lustig. »Diesmal lasse ich ihn nicht wieder gehen.«

Sie hält mich auf Armeslänge von sich und streichelt sanft mein Gesicht. »Das hättest du schon beim ersten Mal nicht tun dürfen. Das ist mir nun klar.«

Meine Unterlippe zittert. Dumme Lippe. An diesem Abend sind mir so viele Dinge klar geworden, dass es beängstigend ist. »Ich muss ihn sehen.«

»Er ist hier«, meldet Josh sich vom Türrahmen.

Mir stockt der Atem bei seinem Anblick. Hier in meinem Palast. Unter meinen Leuten. Mein American Boy. Die Fenster der Claret Lounge liegen zum vorderen Hof. Hat auch er alles gesehen? Ein leichtes Kopfnicken von ihm bestätigt meine Vermutung.

»Ich fand, mich vor den Augen der Königinmutter zu prügeln, wäre vielleicht nicht so schlau«, erklärt er, und ich frage mich, wie schwer es ihm wohl gefallen ist, sich nicht auf Haydon zu stürzen.

Ich lache schluchzend, raffe mein Kleid und eile zu Josh. Vor allen Leuten, die sich mit uns im Foyer aufhalten. Er schließt mich in die Arme, und mir laufen Tränen die Wangen hinunter, als er mich tröstet.

»Okay?«, flüstert er.

Ich kann nur nicken. Jetzt ja. Jetzt ist alles wieder in Ordnung.

»Hey.« Er versucht, mich ein Stück von sich wegzuhalten. »Lass dich ansehen.« Mit fester Hand greift er meine losen Haare und zieht mich daran zurück. Lächelnd sieht er mir in die Augen. »Ich liebe dich.«

Erneut bebt meine Unterlippe, denn das ist alles zu viel. »Wie sehr?« Ich will es hören, will hören, ob er genauso verrückt vor Liebe zu mir ist, wie ich zu ihm. Ich will hören, ob es bei ihm genauso wehtut. »Sag mir wie sehr.«

Er streichelt meine Wange und ist sich unserer Zuschauer offenbar gar nicht mehr bewusst. »Mehr als ich dir je während unserer Lebensspanne zeigen kann. Doch Ihr könnt Euren königlichen Hintern darauf verwetten, dass ich es versuchen werde, Majestät.«

Ich sehe ihn an und genieße jede Sekunde. »Mein König«, flüstere ich, dann küsst er mich und entführt uns aus diesem Leben hinauf in die Wolken.

Ein leises Hüsteln.

Unsere Zungen tanzen und gleiten umeinander.

Ein weiteres Hüsteln.

Ich seufze und spüre sein seidiges Haar zwischen meinen Fingern.

Ein lautes Husten.

Josh löst sich von mir, und zum ersten Mal, seit ich ihn kenne, wirkt er verlegen. Seine Wangen sind tatsächlich ein wenig gerötet. »Wirst du rot?«

Er räuspert sich und nähert seinen Mund meinem Ohr. »Ich glaube, ich habe mich gerade vor der Königin von England im Beisein ihrer Untertanen ungebührlich verhalten.«

Ich sehe, wie unser Publikum sich das Grinsen verkneift. »Den Drink bitte«, sage ich, woraufhin mir in der nächsten Sekunde ein Tablett hingehalten wird, von einem Bediensteten, der uns offenbar nicht stören wollte. »Danke.« Ich nehme auch einen für Josh. »Davenport, ist alles unter Kontrolle?«

»Absolut, Ma'am.«

»Sehr gut.« Ich nippe an meinem Drink. »Bitte geben Sie mir Bescheid, sobald Sie fertig sind. Falls ich gebraucht werde, ich bin in meinen Privaträumen.« Ich nehme Joshs Hand. »Guten Abend.«

Gemurmel folgt uns die Treppe hinauf, und Josh schaut ständig über seine Schulter. »Die starren uns alle an.«

Ich blicke auch hinunter. Davenport tritt vor die Angestellten, vermutlich um sie an ihren Eid zur Verschwiegenheit zu erinnern. Nicht, dass es noch darauf ankäme. Morgen wird es die ganze Welt wissen. Diesmal wirklich. »Die werden sich gleich wieder um ihre Aufgaben kümmern, sobald wir weg sind«, versichere ich ihm und laufe schneller.

»Langsam, Frau.« Josh stolpert bei der letzten Stufe und lässt sein Glas fallen. Es landet auf dem Teppich, auf den sich sein Inhalt ergießt. »Oh Shit.«

»Lass liegen«, sage ich, ziehe ihn hoch und weiter.

»Du spielst heute aber ganz schön deine Macht aus.«

»Ich spiele gleich mit dir noch was ganz anderes aus«, verspreche ich lachend, als er sein Tempo beschleunigt und mich überholt, sodass er nun mich hinter sich herzieht.

»Josh!«, rufe ich, ich stolpere in dem langen Kleid über meine eigenen Füße. »Ich falle noch … oh!« Ich werde über seine Schulter geworfen, mein Drink landet neben seinem auf dem Teppich.

Josh rennt über die Galerie, bis er plötzlich stehen bleibt. »Mist. Wo entlang?«

»Dort.« Ich zeige in die Richtung, was er natürlich nicht mitbekommt, da er meine Arme nicht sehen kann.

»Wo?« Er dreht sich ein paarmal auf der Stelle, wovon mir ganz schwindelig wird.

»Da entlang.« Ich kann kaum sprechen, so sehr muss ich lachen.

»Adeline, ich komme gleich in meiner Hose. Wo entlang?«

»Die Porträts.«

»Ich nehme an, du meinst die Bilder alter Leute, die hier im Abstand von zwei Metern hängen?« Schon ist er unterwegs, ohne auf meine Bestätigung zu warten, und rennt mit mir über der Schulter an allen Königinnen und Königen vorbei, die jemals hier gelebt haben. Was würden die wohl denken? Was würden die sagen?

»Schneller.« Ich gebe ihm einen Klaps auf den Po, als würde ich ein Pferd antreiben. Mein Bauch tut weh vom Anspannen der Bauchmuskeln, wo ich auf seiner Schulter liege.

Mit Lichtgeschwindigkeit sind wir durch die Tür, und ich werde ungeschickt auf die Couch geworfen. Josh landet auf mir. Endlich sehe ich ihn, nachdem ich mir die Haare aus dem Gesicht gestrichen habe. Er liegt zwischen meinen Beinen.

»Ich kann es kaum erwarten, mit dir ins Bett zu gehen«, erklärt er und küsst mich stürmisch. »Du hast schon wieder dein Diadem verloren.«

»Ist mir egal.« Ich presse meinen Mund hart auf seinen. Alles, was ich brauche, ist jetzt hier. Ich zerre ihm das Jackett von den Schultern, ohne den Kuss zu unterbrechen, um zu sehen, was ich tue. Er hilft mir, allerdings ungeschickt. Ein Kleidungsstück nach dem anderen reißen wir uns gegenseitig vom Leib und werfen es achtlos zur Seite. Ich hake die Füße in den Bund seiner Hose und der Boxershorts und streife sie ihm auf diese Weise herunter. Er sinkt auf die Knie und greift nach hinten, um seine Schuhe auszuziehen und Boxershorts sowie Hose über seine Füße zu bekommen. Dann schiebt er mir den Slip herunter.

»BH«, sagt er ungeduldig und schiebt die Hände unter meinen Rücken, den ich durchbiege. Geschickt öffnet er den Verschluss, und im Nu liegt der BH bei den anderen Sachen auf dem Fußboden. »Nennen wir das Vorspiel«, verkündet er, umfasst seine Erektion und führt sie zwischen meine Oberschenkel. »Hat meine Königin etwas dagegen?«

»Nein.«

»Gut.« Mit einem langen Ausatmen dringt er geschmeidig bis zur Wurzel in mich ein. »Oh … yeah.«

Zufrieden seufze ich.

Josh stützt sich über meinem Kopf an der Sofalehne ab. »Ich werde einige Augenblicke so bleiben, nur damit du Bescheid weißt.«

Er küsst mich auf die Wange, und ich spanne meine inneren Muskeln an.

»Hör auf damit«, warnt Josh mich.

»Ich kann nichts dagegen tun.«

»Adeline, ich komme.«

»Ich mache doch gar nichts.«

»Deine Pussy massiert meinen Schwanz. Lass das.« Er sieht mich an, seine Züge verraten sein Ringen um Selbstbeherrschung.

Getrieben vom Pulsieren der Lust in mir drücke ich die Hüften durch. »Ich habe keine Kontrolle bei dir.«

»Verdammt, Frau.«

Er bewegt das Becken im Einklang mit mir, um so tief wie irgend möglich einzudringen, gibt dann den Versuch auf, sich zu beherrschen, und fängt an zu pumpen. Zwar sind wir beide von wilder Lust getrieben, gleichzeitig aber auch sehr behutsam. Jeder Stoß bringt uns dem Orgasmus näher. Ich streiche mit den Fingernägeln über seinen Rücken, während er sich hinein- und wieder hinausbewegt, langsam und gleichmäßig. Sinnlich träge werfe ich den Kopf hin und her. Seine Haut ist feucht, meine Muskeln sind hart.

»Wir sind so verdammt gut zusammen.«

Er kann kaum sprechen, seine Wangen blähen sich bei jedem tiefen Eindringen, das mich ein Stückchen die Couch hinaufschiebt. Es ist klar, dass keiner von uns beiden es lange aushalten wird, doch zum ersten Mal versuche ich es nicht hinauszuzögern und in die Länge zu ziehen. Denn ich brauche mir keine Sorgen mehr darum zu machen, wann das nächste Mal sein wird.

Ich bäume mich auf unter ihm, schließe die Augen und werfe den Kopf zurück. Die Hitze seines Mundes findet meine Brüste, meine Hände finden seinen sexy Po und folgen dem Rhythmus seiner Hüften.

»Ja?«, fragt er, macht immer weiter und befeuert meine Lust. »Ist es so gut, Darling?«

Er beschleunigt das Tempo und beißt mich sanft in eine Brustwarze. Ich hebe den Kopf. Wir schauen uns in die Augen. Er erkennt, dass ich mich nicht mehr zurückhalten kann. Sein wundervolles Gesicht verrät, wie sehr er das alles genießt.

»Kommst du für mich?«

Ich nicke, streichele über seinen Rücken und kralle die Finger in sein Haar, da ich weiß, mit welcher Wucht es mich erwischen wird. Josh richtet sich auf und boxt die Faust in die Couch, dann ist es schon so weit.

Er kommt zuerst, seine Brust wölbt sich nach innen, das letzte Eindringen ist ein langes Kreisen seiner Hüften, wobei er einen erstickten Laut ausstößt. Bei dem Anblick seines Gesichtsausdrucks bin ich verloren. Ich werfe die Arme über die Couchlehne hinter mir und biege den Rücken durch, als mein Orgasmus mich überwältigt und alles aus mir herausholt, bis ich nicht mehr kann und atemlos auf die Polster sinke.

»God save the fuckin' Queen«, murmelt Josh, auf mich herabsinkend. »Ich bin erledigt.«

Unfähig, etwas zu erwidern, schließe ich die Augen und schalte meinen Verstand ab wie meinen Körper. Blind taste ich nach der Decke auf dem Sofa und werfe sie über uns. Dann dösen wir ein. Zusammen. Für immer zusammen.

31

»Warum bin ich so nervös?« Ich gehe vor dem Kamin auf und ab, auf und ab, auf und ab.

»Oh, ich weiß nicht«, antwortet Kim sehr gelassen. »Vielleicht weil Sie den Lauf der Geschichte ändern?«

»Möglich.« Oder könnte es sein, dass ich mir Sorgen mache, Sir Don und David Sampson werden mich aufhalten? Wieder einmal. Ich bin mir sicher, dass Haydon ihnen von Josh erzählt hat. Ich bin mir sicher, dass sie auf einen Anruf warten, der sie in den Palast zitiert. Oder sie schmieden bereits Pläne, wie sie mich an meinem Vorhaben hindern können. Mein Blick fällt auf die Couch, auf der Josh schläft. Das erinnert mich daran, dass er hier ist und wir sicher sind vor jedem Versuch, uns auseinanderzubringen. Letzte Nacht haben wir es nicht bis ins Bett geschafft, weil keiner von uns mehr aufgewacht ist, nachdem wir eingedöst waren. Und Josh schläft immer noch, er hat nur im Schlaf vor sich hin gemurmelt, als ich mich unter ihm herausgewunden habe und aufgestanden bin, um Kim die Tür zu öffnen. Vorher habe ich ihn natürlich zugedeckt. Die dünne Decke wandert mit jeder süßen kleinen Bewegung, jedem Strecken weiter hinunter zu seiner Taille. Ich gehe zu ihm und ziehe die Decke wieder hoch bis zu seiner Brust, damit Kim nicht womöglich in den Genuss eines Anblicks kommt, den sie sicher nicht so zu schätzen weiß wie ich. Lächelnd beobachte ich, wie er das Gesicht ins Kissen schmiegt. Er schläft tief und fest.

»Er sieht süß aus, wenn er schläft«, bemerkt Kim im gegenüberliegenden Sessel. »Selbst unter dieser geblümten Decke.«

Vom Tablett, das Olive gebracht hat, nehme ich mir den Kaffee, der bereits eingeschenkt ist. »Er ist immer süß.« Ich trinke einen Schluck und grinse, als Kim die Augen über mich verdreht.

»Sie klingen so verliebt, dass einem ganz schlecht wird.«

Ich setze mich in den Sessel neben ihr. »Ich möchte Sir Don und David Sampson herbestellen, aber erst, nachdem das Statement über mich und Josh heraus ist. Ich traue den beiden kein bisschen. Ich will sie weghaben.«

»Wow. Sie meinen es ernst. Diese Adeline habe ich vermisst.«

Ich lächle. Ich habe sie auch vermisst. »Ich will das Unausweichliche hinter mich bringen.« Mein Handy auf der anderen Seite des Zimmers klingelt, aber ich habe es nicht eilig, mich zu melden. »Lassen Sie«, sage ich, als Kim aufstehen will. »Es wird wieder Haydon sein.«

Sie setzt sich verlegen. »Was in aller Welt ist gestern Abend bloß in ihn gefahren?«

Ich seufze. »Ich habe keine Ahnung.« Hat er gestern zum ersten Mal in dreißig Jahren sein wahres Gesicht gezeigt? Wenn ja, hat er es bisher jedenfalls sehr gut verbergen können. Oder war es schlicht das Verhalten eines verzweifelten Mannes?

»Was werden Sie mit dem Amerikaner auf Ihrer Couch machen?«

»Ernsthaft, Kim?« Ich stelle meine Tasse ab und stehe auf, wobei ich meinen Morgenmantel schließe. »Sie sprechen von ihm, als wäre er ein Landstreicher, den ich auf der Straße aufgelesen habe.«

Sie zuckt mit den Schultern. »Sie können ihn nicht für immer hier eingesperrt lassen.«

»Na, passen Sie mal auf«, sage ich scherzend genau in dem Moment, als Josh stöhnt und sich auf den Rücken dreht, wobei er die nackten Arme über den Kopf ausstreckt. Dieses lange anmutige Strecken entlockt mir beinahe ein Stöhnen. Diese Muskeln an den Armen und an seinem flachen Bauch … Er öffnet ein Auge und schaut sich um. Zuerst entdeckt er Kim und setzt sich unvermittelt auf. »Guten Morgen«, flöte ich und schenke ihm Kaffee ein.

Er entspannt sich, als er mich sieht, und sinkt wieder zurück auf die Couch. »Guten Morgen.«

Seine Stimme ist tief, rau und sinnlich. Wäre Kim nicht hier, würde ich mich schneller auf ihn stürzen, als ich Sir Don und David zu entlassen plane. Verdammt schnell.

»Wie spät ist es?«, fragt Josh.

»Neun.«

»Neun?« Diesmal setzt er sich nicht auf, sondern springt von der Couch, und die Decke fällt zu Boden. »Mist, ich habe um zehn ein Meeting.« Er schnappt sich seine Hose vom Fußboden und durchwühlt die Taschen. Als er sein Handy findet und aufs Display schaut, verzieht er fluchend das Gesicht und wählt.

»Äh, Josh?«, rufe ich, und er dreht sich zu mir um. Ich schürze die Lippen und deute auf seinen Unterleib, was ihn veranlasst, nach unten zu schauen.

»Oh.« Er setzt sich schnell auf die Couch und zieht die Decke auf seinen Schoß.

Ich lache und sehe zu Kim, die sich die Augen zuhält. »Sorry.«

»Hier hat sich wirklich einiges geändert«, stellt sie fest und steht auf, wobei sie zwischen ihren gespreizten Fingern hindurchspäht. »Ist er bedeckt?«

»Ist er.« Ich grinse übers ganze Gesicht. »Wen rufst du an?«, frage ich Josh.

»Tammy. Ich bekomme Ärger mit ihr.« Er wirkt zerknirscht, als am anderen Ende die Stimme einer wenig erfreuten Dame zu hören ist.

Ich lasse ihn telefonieren und bringe Kim zur Tür. »Haben Sie Davenport heute Morgen schon gesehen?«

»Er ist in seinem Büro und arbeitet am Statement. Ich habe gehört, wie er auf die Tastatur hackte und dabei hin und wieder fluchte.«

Ich kann es mir gut vorstellen und fühle mich ein wenig schuldig. Vermutlich hat er die ganze Nacht in seinem Büro verbracht und die Ankündigung zu schreiben versucht, die das Gesicht der britischen Monarchie verändern wird.

»Ich glaube, er wird noch eine Weile beschäftigt sein«, erklärt sie. »Also haben Sie etwas Freizeit heute Vormittag.«

»Ach ja?« Das ist mal was Neues.

»Keine Sorge, ich habe etwas, um Sie zu beschäftigen.«

»Wer sagt denn, dass ich Beschäftigung brauche?«, erwidere ich und deute über die Schulter zu Josh.

»Ich. Anscheinend hat er ohnehin schon Pläne.«

»Nicht wenn es nach mir geht.« Ich lasse mir von Kim eine vollgestopfte Fotomappe geben. »Was ist das?«

»Die BBC arbeitet an einer Dokumentation über die Royals«, erklärt sie, worauf ich sie besorgt ansehe. »Das ist in Ordnung. Wir haben ausgehandelt, dass sie Rücksprache mit uns halten müssen.«

»Dem Himmel sei Dank«, sage ich, da ich mich bereits davor fürchte, was die alles ausgegraben haben. Das wäre beängstigend. »Das hier sind also …«

»Fotos aus dem königlichen Archiv, die bis in die Zeit vor siebzig Jahren zurückreichen. Sie müssen mir sagen, welche Sie gern veröffentlicht sehen wollen.«

Ich blättere durch die ersten und lächle über ein Foto von mir als Baby. Ich sitze auf einer Decke auf dem Rasen vor Farringdon Palace – unser Zuhause, bevor mein Großvater starb und Vater König wurde. Eddie und John rennen um mich herum. Mein Lächeln wird traurig. Ein Bruder tot, der andere offenbar dabei, sich umzubringen. Ich klappe die Mappe geräuschvoll zu. Das könnte hart werden – all die Erinnerungen, die glücklichen Gesichter und Szenen, die Lügen und Geheimnisse kaschieren. Ich muss mich räuspern, denn ich habe plötzlich einen Kloß im Hals. »Ich sehe sie durch, sobald ich geduscht habe.«

»Okay. Es gibt außerdem Videomaterial.«

»Tatsächlich?«

»Alte Videokassetten, jede Menge. Ich habe sie in einem Karton auf Ihren Schreibtisch gestellt.«

»Besitzen wir denn überhaupt noch ein Videogerät?«

»Ich werde eins auftreiben.«

Sie geht, und ich schließe die Tür. Die Mappe lege ich auf einen Tisch. Josh hat den Kopf in die Hände gestützt. »Alles okay?«

»Ich stecke in Schwierigkeiten.« Er steht auf und zieht seine Boxershorts an. »Es ist ihr gelungen, das Meeting um eine Stunde zu verschieben.«

Moment mal, wie bitte? »Josh, du kannst nicht gehen.« Ich begebe mich zu ihm und hindere ihn daran, seine Hose anzuziehen. Ich will nichts riskieren, denn ich bin nicht so blöd zu glauben, Haydon hätte Sir Don und David Sampson nichts von Josh im Opera House erzählt. »Warte, bis das Statement veröffentlicht ist.«

»Das kann noch Stunden dauern. Ich muss los.«

»Josh, du kannst nicht gehen.« Ich hebe sein Hemd auf und entferne mich damit. Er legt das Kinn auf die Brust und sieht mich ernst an.

»Ist das ein Befehl?«

»Es ist jedenfalls kein Spiel.«

Er lässt die Schultern hängen. »Es ist ein wichtiges Meeting mit meinem britischen Agenten, Adeline. Da muss ich hin.«

»Sind wir beide nicht wichtig?« Ich fühle mich schrecklich, ihn mehr oder weniger emotional zu erpressen. Aber … »Bitte«, sage ich. »Bleib bei mir.«

»Ich darf es nicht verpassen.« Er greift nach seinem Hemd und schnappt es mir aus der Hand. »Ich werde Damon bitten, Bates zu informieren.« Er knöpft sein Hemd zu und zieht sein Smokingjackett an.

Meine Furcht nimmt mit jedem Kleidungsstück zu, das er anzieht.

»Ich werde mein Leben nicht anhalten wegen dieser beiden Arschlöcher.« Er marschiert zur Tür.

»Ich verlange von dir, dass du bleibst«, schreie ich seinen Rücken an. »Ich bin die Königin, und du wirst tun, was ich sage.« Ich mache den Mund erschrocken zu, kaum sind mir diese abstoßenden Worte über die Lippen gekommen. Josh bleibt langsam an der Tür stehen. Ich verziehe das Gesicht. Ich bin von mir selbst schrecklich enttäuscht, aber ich bin auch verzweifelt. Und blöd.

Ich empfinde Beklommenheit, als er sich umdreht, und natürlich sieht er angewidert aus.

»Wenn wir eine gemeinsame Zukunft haben wollen, kannst du nicht jedes Mal diesen Spruch abfeuern, sobald du deinen Willen nicht bekommst.« Er legt eine Hand auf die Türklinke. »Du bist *meine* Königin, nicht *die* Königin.« Er öffnet die Tür und geht.

Ich gerate in Panik.

»Josh, bitte!« Ich will nicht so ängstlich klingen, aber das bin ich nun mal. Inzwischen traue ich Sir Don und David alles zu. Der Himmel allein weiß, was sie als Nächstes vorhaben, um meine Pläne zu durchkreuzen. »Bitte«, murmele ich, gegen Tränen ankämpfend.

Josh bleibt stehen und sackt in seinem zerknitterten Smoking ein wenig in sich zusammen. »Verdammt«, sagt er seufzend, dreht sich um und kommt zu mir, um mich fest in die Arme zu schließen. Seine starke Hand liegt an meinem Hinterkopf. »Okay, mach dir nicht gleich einen Knoten in den Slip.«

»Ich trage gar keinen Slip«, erwidere ich schluchzend und schmiege mein Gesicht an seine Brust. Er lacht und schmiegt sein Gesicht in mein Haar.

»Ich bleibe.«

Ich atme erleichtert auf. »Danke.«

»Du musst mir nicht danken.« Er küsst mich aufs Haar, sieht mir ins Gesicht und wischt mit den Daumen meine Tränenspuren unter den Augen weg. »Aber komm mir nie wieder mit diesem Spruch, verstanden?«

Ich nicke noch immer beschämt. Da ich nichts zu meiner Verteidigung vorzubringen habe, stelle ich mich auf die Zehenspitzen und küsse ihn. Und sei es nur, um mich zu vergewissern, dass er hier ist. Eigentlich sollte es kein wilder, leidenschaftlicher Kuss werden, aber Josh verwandelt ihn in einen. Er gibt einen tiefen kehligen Laut von sich, während er mit der Zunge meinen Mund erkundet.

»Ich sagte doch, dass ich bleibe«, murmelt er.

Ich muss lächeln, beende unseren Kuss und lege mein Gesicht an seinen Hals und die Arme um seine Schultern. Sein Herzschlag ist fest. In meinem Bauch kribbelt es, eine Mischung aus Glück und Furcht.

»Da ich Ihrer Majestät zur Verfügung stehe, was hat sie vor mit mir?«

Widerstrebend löse ich mich von ihm. Josh streicht mir die Haare aus dem Gesicht. »Ich muss Unmengen Fotos und Videomaterial durchsehen.«

»Wozu?«

»Für eine TV-Dokumentation über meine wundervolle Familie und mich.« Widerstand regt sich in mir bei dem Gedanken an das, was ich tun muss. Es wird unmöglich sein, diese Fotos zu betrachten, ohne an die Lügen zu denken, mit denen sie verknüpft sind. Ohne in tiefe Traurigkeit zu versinken. »Hilfst du mir?«, frage ich hoffnungsvoll. Josh macht es mir leichter, mich solchen Aufgaben zu stellen, und diese wird keine Ausnahme bilden.

»Liebend gern.« Er drückt meine Wangen und presst einen Kuss auf meine vorgeschobenen Lippen. »Zuerst duschen.« Er dreht mich um, indem er mir die Hände auf die Schultern legt, dann bugsiert er mich ins Badezimmer.

Wunderbare Gelassenheit überkommt mich dank Josh und vertreibt alle dunklen Wolken.

Ich lasse ihn das Tempo bestimmen. Lasse ihn meinen Morgenmantel von meinen Schultern streifen, lasse ihn sich ausziehen, während ich still und zufrieden zuschaue. Ich lasse mich rückwärts in die Duschkabine führen, lasse mich von ihm anheben, damit er sich meine Beine um die Taille legen kann.

Und ich lasse mich von ihm gegen die Wand drücken und stoße einen gedämpften ekstatischen Schrei aus.

Doch alles an diesem Moment ist ruhig und friedlich, nur der Wasserstrahl prasselt auf unsere Körper herunter, während uns Flammen der Lust verzehren.

»Ich liebe dich so sehr«, flüstert er und dringt tief in mich ein.

Ich wische das über sein Gesicht strömende Wasser weg und betrachte ihn. Den Mann, der nicht nur *meine* Geschichte verändert hat, sondern *die* Geschichte.

32

»Wie findest du dich bloß zurecht in diesem Palast?«, fragt Josh, als wir durch die Räume wandern und den langen Weg zu meinem Büro nehmen.

Seine Verblüffung und sein Staunen, der zur Decke gerichtete Blick, mit dem er den Prunk in jedem Winkel in sich aufnimmt, amüsieren mich. Er sieht absolut hinreißend aus mit seinen feuchten Haaren, dem aus der Hose hängenden Hemd, die Fliege offen um den Hals. Total zerzaust und sexy in meinem vornehmen Palast.

»Jahre der Erkundung.« Wir passieren einen Bediensteten, der stehen bleibt und respektvoll Haltung annimmt. »Guten Morgen«, zwitschere ich.

»Guten Morgen, Ma'am.«

Sein neugieriger Blick folgt uns zum Thronsaal, wo zwei Mitarbeiter des Haushalts stehen und die Türen bewachen. Ich sehe, welche Mühe es sie kostet, sich zu beherrschen und Josh nicht anzustarren.

»Gönnen Sie sich eine Pause.« Ich wende mich an denjenigen, der uns die Tür öffnet. »Dolly bereitet Ihnen sicher einen Brunch zu.«

Die beiden schauen sich kurz verwirrt an. »Ma'am?«, fragt einer.

»Husch, husch«, sage ich, und sie eilen davon. Ich mache die Türen hinter Josh und mir zu.

Josh schiebt die Hände in die Hosentaschen und nähert sich langsam der Mitte des Raumes, dreht sich auf der Stelle und schaut sich um. »Wow«, flüstert er fast andächtig, all das üppige Gold und königliche Purpur betrachtend. »Ich bezweifle, dass dieser Kronleuchter ausreicht.«

Amüsiert folge ich mit den Augen seinem Blick zur Decke. »Der ist tatsächlich nur Deko.«

»Welche glückliche Person darf dieses Ungetüm denn polieren?«

»Jemand, der keine Fettfinger hat.«

Er schaut zu den Thronen auf der anderen Seite des Saales und grinst. Ich verdrehe die Augen, da ich genau weiß, was ihm gerade durch seinen schönen Kopf geht. Ich steige die mit rotem Teppich ausgelegten Stufen zu den zwei mit rotem Samt gepolsterten Sesseln hinauf, bleibe vor ihnen stehen und drehe mich um. Lächelnd lege ich den Kopf schief. Sinnlich grinsend kommt Josh auf mich zu und bleibt unten an den Stufen stehen.

Nach wie vor grinsend sinkt er auf ein Knie und beugt den Kopf. »Euer Majestät, ich bin euer Diener.« Er schaut auf. »Oder zu Diensten, was auch immer.«

Ich lache, gehe wieder ein paar Stufen hinunter und hocke mich hin, um auf Augenhöhe mit ihm zu sein. Ich hebe mein imaginäres Schwert und lasse es auf seine Schulter sinken. »Joshua Jameson, Sie haben die Auszeichnung angenommen, Königin Adeline von Englands Freund zu sein.« Ich kneife die Lippen zusammen, um ernst zu bleiben.

»Was soll ich jetzt antworten?«, flüstert er, als wäre der Thronsaal voller Leute und diese Szene offiziell.

»Du sagst: ›Ja, das habe ich‹«, flüstere ich zurück.

»Oh.« Er räuspert sich. »Verdammt, das habe ich.«

Jetzt kann ich das Grinsen nicht mehr zurückhalten. »Joshua Jameson, Sie sind für geeignet erachtet worden von diesem hohen Haus sowie Ihren Adelsleuten und haben Ihre Bereitschaft bekundet, diese Ehre anzunehmen …« Ich halte inne, da er skeptisch eine Braue hebt.

»Ehre?«, wiederholt er.

»Ja.«

»Okay. Fahre fort.«

Amüsiert mache ich weiter: »Schwören Sie nun bei allem, was Ihnen heilig ist …«

»*Du* bist mir heilig!« Er wirft mir einen Luftkuss zu.

»Lasst mich ausreden«, sage ich tadelnd, obwohl ich entzückt bin, das zu hören. »Schwören Sie bei allem, was Ihnen heilig ist, dass Sie Ihre Königin und ihr Königreich ehren und verteidigen werden?«

»Ich scheiß auf ihr Königreich.«

»Josh.« Ich muss lachen und lande mit dem Hintern auf der Stufe. »Das ist eine ernste Angelegenheit.«

»Ziemlich wortreich, oder?« Er wechselt von einem Knie auf das andere, während ich wieder vor ihm in die Hocke gehe und mein imaginäres Schwert von Neuem auf seine Schulter lege.

Ich räuspere mich. »Dies ist die kurze historische Version.«

»In dem Fall schlag mich bloß nie in echt zum Ritter.«

»Okay. Also, wirst du?«

»Was?«

»Mich ehren und beschützen?«

»Oh, klar, natürlich. Und dich für den Rest unseres gemeinsamen Lebens jeden Tag um den Verstand vögeln.«

»Wie aufregend«, erwidere ich, und er zwinkert mir zu. »Nachdem du diesen Schwur getan, schlage ich, Königin Adeline von England, dich Kraft meines Amtes mit diesem Schwert einmal für die Ehre …« Ich hebe mein imaginäres Schwert auf seine andere Schulter. »… zum Zweiten für die Pflicht …« Ich hebe mein Schwert hin und her, und er grinst über meinen vergeblichen Versuch, ein ernstes Gesicht zu machen. »… und zum Dritten für die Ritterlichkeit.« Ich richte mich auf und schaue auf ihn hinunter. »Erhebt Euch, Märchenprinz.«

»Nein.« Er schüttelt den Kopf.

Ich runzle die Stirn. »Du musst.«

»Nö.« Er nimmt meine Hand und zieht mich zu sich herunter, sodass ich auf der Stufe vor ihm sitze.

»Was tust du?«

Er zuckt nonchalant mit den Schultern. »Sollte ein Mann nicht knien, wenn er die Frau, die er liebt, bittet, ihn zu heiraten?«

Die Luft entweicht meiner Lunge, ich starre ihn sprachlos an.

»Ich habe keinen Ring.« Er nimmt meine Hände in seine. »Jetzt nicht.« Er lässt meine Hände wieder los, steigt auf Knien die Treppe höher und umfasst mein Gesicht. »Aber ich habe ein Herz, das vor Liebe zu Ihnen überquillt, meine Königin.«

Ich lege meine Hände auf seine, als er meine Mundwinkel küsst.

»Ich werde dich lieben. Ich werde dich ehren. Ich werde für den Rest meines Lebens den Boden küssen, auf dem du gehst.«

Ein leises Schluchzen kommt mir über die Lippen, meine Augen werden feucht.

»Aber gehorchen werde ich dir nie.«

»Das will ich auch gar nicht«, bringe ich mehr oder weniger schluchzend heraus.

»Und du wirst dich nur mir beugen.«

»Das werde ich.«

Er küsst mich so stürmisch, dass ich rückwärts auf die Stufen sinke. Hier im Thronsaal von Claringdon Palace.

»Das ist ein Ja, oder?«

»Ja.« Ich lache und bin überwältigt von nie gekanntem Glück, umschlinge ihn mit meinen Armen und weiß, dass dieses Glück mich nie mehr verlassen wird. Nicht einmal die unvermeidliche Reaktion meiner Berater kann es trüben. Die rebellische Königin wird in die Geschichte eingehen. Ob im Guten oder im Schlechten kümmert mich schon nicht mehr, denn jetzt liegt über allem Liebe. Sie erobert selbst die britische Monarchie und ihre überkommenen Regeln und Bräuche. Ich werde den Mann heiraten, den ich liebe, den Mann, der das Blut in meinen Adern pulsieren lässt. Und keinerlei an mich herangetragene Erwartungen werden mich aufhalten. »Ich hoffe, du bist bereit dafür«, flüstere ich an seinen Lippen.

»Ich bin bereit, seit ich dich mit einem Hubschrauber befreit habe, Adeline. Dein Status hat sich für mich nie geändert. Du warst immer einfach mein.«

Seine leidenschaftlichen Worte verstärken den Tränenfluss noch. Ich bin so glücklich in diesem Moment. Fühle mich so gesegnet, einen Mann gefunden zu haben, der so entschlossen ist, mich zu bekommen, koste es, was es wolle. Und darüber hinaus einen, den ich unfassbar liebe. »Du machst mich überglücklich.« Joshs Liebe ist wie ein unsichtbares Kraftfeld, das mich vor all dem schützt, woran ich Schaden nehmen könnte, das mich verletzen könnte. Nur er hat jetzt diese Fähigkeit. Nur er kann mir wehtun. Alles andere ist bedeutungslos.

»Gut.« Er hilft mir beim Aufstehen, küsst mein tränenfeuchtes Gesicht und wischt mir die Tränen unter den Augen weg. »Okay?«

Okay? Ich schwebe wie auf Wolken. Ich nicke, und er nimmt meine Hand fest in seine. Dann führt er mich aus dem Thronsaal hinaus. »Ich kann diese Throne nicht ansehen, ohne daran zu denken, wie viel besser du auf meinem aussiehst.«

Ich pruste los, und er wirft mir einen verwegenen Blick zu. »Du bist schrecklich.«

»Wo geht's zu deinem Büro?«, erkundigt er sich, als sich Flure kreuzen.

Ich will vorangehen, doch er zieht mich zurück. »Nein, ich hab's satt, dass du hier ständig vorangehst. Wo entlang?«

Ich zeige in die Richtung und lasse mich lächelnd führen. Von dem Mann, den ich heiraten werde. Meinem Amerikaner.

Er geht auf die Doppeltür auf der Galerie zu, durchschreitet sie mit mir und lässt meine Hand los. Dann begibt er sich zu dem wichtig aussehenden Sessel hinter meinem Schreibtisch. Der Sessel des Oberhauptes. Der Sessel, in dem immer nur königliche Hinterteile saßen. Joshs freches Grinsen verrät, dass er das genau weiß. Dreist und mit provokantem Seufzer setzt er sich und streckt sich. Und legt die Füße auf den Schreibtisch.

»Runter mit meinem Kopf?«, fragt er, die Hände faltet er hinter dem Kopf.

»Welcher Kopf?«, erwidere ich und tue, was kein König und keine Königin je getan hat – ich setze mich an die falsche Seite des Schreibtisches. »Bequem?«

»Jep.« Nachdenklich schaut er sich um. »Kannst du dir die Unterhaltungen vorstellen, die hier drin stattgefunden haben?«

»Ja, das kann ich.« Ich lache und greife nach dem Karton mit Videos, den Kim mir hingestellt hat. Die Unterhaltungen in diesem Büro haben die Geschichte geprägt, und ich werde gleich ebenfalls eine solche Unterhaltung führen. Wahrscheinlich eine der folgenschwersten, die in diesem Raum je stattgefunden haben. Sobald die Erklärung veröffentlicht ist und die Leute, mit denen ich diese Unterhaltung führen muss, eingetroffen sind.

Ich nehme ein paar Videos heraus und lese die Beschriftungen, die mir Aufschluss darüber geben, was ich auf den Bändern zu sehen bekomme, falls ich die Energie dafür aufbringe. Die ich, das weiß ich schon, auch brauchen werde. Johns zehnter Geburtstag. Eddies Taufe. Das silberne Thronjubiläum meines Großvaters. Ich lege die Bänder zurück in den Karton.

»Was ist los?«, fragt Josh, nimmt die Füße herunter und stützt stattdessen die Ellbogen auf den Schreibtisch.

Ich will es mit einem Schulterzucken abtun, aber darauf fällt er natürlich nicht herein. »Mir behagt die Vorstellung nicht, auf Fotos und Videos eine Reise durch die letzten Jahrzehnte meiner Familiengeschichte zu machen.«

»Dann lass es.«

»Schöne Idee. Aber die Beziehung zwischen uns und den Medien ist geprägt von gegenseitigem Geben und Nehmen. Ich liefere ihnen etwas, womit sie arbeiten können, und sie nehmen sich keine Freiheiten heraus.«

»Und was geben *wir* ihnen?« Er nimmt meine Hand und streicht über den Finger, der bald seinen Ring tragen wird.

Seine Frage ist berechtigt, und obwohl ich gern mal vorpresche, ist mir durchaus klar, wie behutsam wir mit dieser Geschichte umgehen müssen.

»Davenport sitzt immer noch in seinem Büro und arbeitet an dem Statement. Sobald er fertig ist, werden wir über den PR-Termin sprechen.«

Wir blicken beide auf, als es an der Tür klopft. Ich halte es nicht für nötig, aus meinem Sessel aufzustehen. Jeder hier wird sich an Joshs Anwesenheit gewöhnen müssen, egal wo. »Herein«, rufe ich, lasse seine Hand los und lehne mich zurück.

Kim tritt ein und stutzt, als sie mich und Josh auf vertauschten Plätzen vorfindet. »Sie haben das hier in Ihren Privaträumen vergessen.« Sie legt den Ordner voller Fotos auf den Schreibtisch.

»Danke, Kim.«

»Außerdem haben Sie einen Besucher.«

Mein Herzschlag beschleunigt sich. »Ach?« Bitte nicht Sir Don oder David Sampson. Erst muss dieses Statement fertig und von mir abgesegnet sein, damit sie es nicht mehr aufhalten können.

Sie neigt den Kopf zur Seite, genau wie ich. »Seine Königliche Hoheit Prinz Edward, Ma'am.«

»Eddie ist hier?« Ich springe auf. »Ist er nüchtern?«

»Ich glaube ja.«

Das macht mich froh. »Bitte schicken Sie ihn herein.« Vor Nervosität gehe ich auf und ab. Was bedeutet dieser Besuch? Wird er feindselig sein? Sarkastisch? Verbittert? Hat er Davenport oder Mutter gesehen seit seiner Ankunft?

»Setz dich, Adeline«, sagt Josh sanft und unterbricht damit meine stummen Fragen. »Es wird sicher alles gut laufen.«

Ich setze mich wieder in den Sessel. »Ich bin nervös.«

»Dazu hast du auch allen Grund. Vielleicht wird er dich darum bitten, diesen Pornostar, mit dem er zusammen ist, heiraten zu dürfen.«

»Ach, benimm dich.« Ich knete meine Hände im Schoß. Du liebe Zeit, was, wenn das wirklich der Grund seines Besuchs ist? Ich habe gerade einen Heiratsantrag von Josh angenommen, der auf ganz andere Weise aus der Reihe tanzt und unpassend ist. »Sie ist ein Model, soweit ich verstanden habe. Er rebelliert doch nur.« Das rede ich eher mir selbst ein als Josh.

»Wie du?«

»Ich rebelliere nicht. Ich hole die Monarchie ins einundzwanzigste Jahrhundert, auch wenn sie sich noch heftig dagegen wehrt.«

»Bekommt dieser tolle amerikanische Schauspieler einen Titel?«, fragt er frech. »›Prince Charming‹ würde doch ganz gut passen.«

»Du bist wie immer unverbesserlich.«

»Nein, streich das. *König* gefällt mir besser.«

»König Rotzfrech?«

»Nein, *dein* König.«

Ich widerspreche nicht, denn er hat absolut recht. Doch ihn offiziell zu meinem König zu erklären, ginge für die Institution wohl einen Schritt zu weit. Ein schockierender Schritt nach dem anderen. »Das bleibt besser ein Scherz unter uns.«

»Ich scherze nicht. Hey, ich hoffe mal, es hat nichts mit meinem Akzent zu tun.«

»Auf keinen Fall.« Nie und nimmer würde ich auf diesen sinnlichen amerikanischen Südstaatenakzent bei ihm verzichten wollen. »Ich liebe es, wie du redest.« Ich liebe alles an ihm und würde niemals versuchen, seinen Akzent oder seine Ausdrucksweise zu ändern. Und wenn jemand anders es versucht, bekommt er es mit mir zu tun. »Ich behalte dich genauso, wie du bist.«

»Fühle mich geehrt.«

»Solltest du auch.« Wir grinsen uns über den Schreibtisch hinweg an, aber als es erneut klopft, verschwindet mein Grinsen sofort. »Mist«, murmele ich, stehe auf und streiche mein Kleid glatt. »Sehe ich okay aus?«

»Adeline, beruhige dich.«

Er hat leicht reden. »Herein«, rufe ich.

Kim tritt gefolgt von meinem Bruder ein. »Oh, Eddie«, flüstere ich verzweifelt, denn ich erkenne ihn kaum wieder. Der Playboy-Prinz mit dem verwegenen Funkeln in den Augen ist verschwunden. An seine Stelle ist der gefallene Prinz getreten, dessen Augen schwarze leere Höhlen sind.

»Seine Königliche Hoheit Prinz Edward«, verkündet Kim mit leiser Stimme.

Eddie schließt die Augen, als wäre es schmerzlich für ihn, diesen Titel zu hören. Und das wiederum ist für mich schmerzlich. Er macht keine Anstalten, näher zu treten, sondern bleibt auf der Schwelle stehen. Anscheinend hat er Angst, also folge ich meinem Instinkt und gehe zu ihm. Ich nehme seine geschwächte Gestalt in die Arme und drücke ihn fest, froh, dass ich von ihm nicht zurückgewiesen werde.

Als brauche er genau diese Umarmung, hält er mich, ein verlorener kleiner Junge, der harte Schicksalsschläge hat verkraften müssen. »Ich will mich nicht mehr so fühlen, Addy«, krächzt er an meinem Hals, wo er sein Gesicht verborgen hat. »Diese Bitterkeit, den Schmerz, ich ertrage das nicht länger.«

Getroffen von seinen Worten, schließe auch ich die Augen und lasse die Tränen über meine Wangen laufen. Mein geliebter Eddie, gebrochen und verängstigt. »Wir kriegen dich wieder hin«, versichere ich ihm. »Ich verspreche es dir.« Was immer dazu nötig sein sollte, ich werde dafür sorgen, dass dieses Funkeln in seine Augen zurückkehrt. Ich werde den Mann wiederfinden, der während dieser schwierigen Zeit in unserem Leben verloren gegangen ist.

Ich höre ihn schniefen. Er löst sich von mir und räuspert sich. Rasch wische ich meine Wangen ab und seine. Dann hake ich mich bei ihm unter und führe ihn ins Büro, damit Kim die Tür zumachen kann.

»Shit«, flucht Eddie, als er Josh an meinem Schreibtisch entdeckt. »Mr. Hollywood.« Er sieht mich fragend an. »Was geht hier vor?«

»Das ist eine lange Geschichte«, erkläre ich, denn ich will mich jetzt ausschließlich auf Eddie konzentrieren. »Setz dich.«

»Ich würde tun, was sie sagt«, rät Josh ihm mitfühlend lächelnd. »Sie ist heute in ernstlich offizieller Stimmung.«

»Warum sind Sie hier?« Eddie setzt sich, sein Blick springt zwischen mir und Josh hin und her. »Das Letzte, was ich gehört habe, war, dass meine Schwester verlobt ist mit Hayd…«

Damit Josh nicht gleich wieder ausflippt, hindere ich Eddie mit einem Hustenanfall daran, den Namen auszusprechen. Ich spüre eher, als dass ich es sehe, wie sein Zorn bei Eddies Worten erwacht.

»Sie hatte vorübergehend den Verstand verloren«, erklärt Josh, was Eddie veranlasst, kapitulierend die Hände zu heben.

»Hey, das passiert uns doch allen mal.« Er lacht in sich hinein und lehnt sich in seinem Sessel zurück. »Deshalb bin ich hier.«

»Bitte?«

»Ich habe dich gestern Abend im TV gesehen, beim Royal Ballet. Mit Hay…« Eddie verstummt gerade noch rechtzeitig und lächelt Josh entschuldigend an. »Zusammen mit *ihm*. Addy, ich konnte dir ansehen, wie elend du dich fühltest. Ich musste einfach herkommen und dir sagen, tu es nicht.«

Ich könnte heulen. Ich wusste, dass Eddie mir meine innere Zerrissenheit ansehen würde. Auch wenn er ein bisschen spät kommt – ich hatte früher auf seine Intervention gehofft, auf seinen Versuch, mich zur Vernunft zu bringen –, ist es tröstlich, dass er hier ist. »Ich tue es nicht.«

»Sie tut es definitiv nicht«, stellt Josh klar.

»Tja, das dachte ich mir schon, da ihr zwei hier sitzt und ziemlich scharf ausseht.« Eddie sieht mich an, und ich versuche, nicht rot zu werden. »Was ist passiert?«

»Frag nicht.«

»Er wurde handgreiflich Ihrer Schwester gegenüber.«

Man merkt Josh den Zorn immer noch an.

»Wie bitte?«, ruft Eddie überrascht. »Er hat dich geschlagen?«

»Nein.« Ich winke lässig ab, obwohl das Josh wütender machen wird. »Er war vielleicht ein bisschen grob.«

»Ich bringe ihn um«, verkündet Eddie.

»Stellen Sie sich hinten an«, bemerkt Josh und steht auf, als könnte er seine Wut abreagieren, indem er herumgeht.

Du meine Güte, ich muss die Situation schnell entschärfen, bevor mein Bruder und Josh sich auf Menschenjagd begeben. Hier geht es nicht um mich, sondern um Eddie. Trotzdem freuen mich seine Beschützerinstinkte. »Wie …?«

»Du bist also wieder mit Mr. Hollywood zusammen?« Eddie, der offenbar mit dem Thema noch nicht durch ist, vereitelt meinen Vorsatz, es zu wechseln.

»Würdest du bitte aufhören, ihn so zu nennen?«, fahre ich ihn an. »Und ja, bin ich.« Ich kneife die Augen gereizt zu schmalen Schlitzen zusammen, als er lacht.

»Oh wow. Wissen die es?«

»Offiziell nein. Aber sie werden es wissen, wenn wir das Statement herausgegeben haben.«

»Heiliger Strohsack, Adeline, die drehen durch.«

»Mir sind die Konsequenzen sehr wohl bewusst, Edward.« Schließlich setze ich mich seit Monaten damit auseinander. Eddie wüsste um die neuesten Entwicklungen, hätte er nicht dauernd seinen Kummer mit Alkohol und Frauen betäubt.

»Edward.« Er lacht und zeigt mit dem Daumen auf mich, während er zu Josh sieht, der inzwischen am Fenster steht. »Sie nennt mich nur dann Edward, wenn sie in der Defensive ist.«

»Bin ich nicht«, protestiere ich empört. »Ich bin nur …«

»… bald mit mir verheiratet.« Josh lässt die Bombe platzen, und Eddie reagiert entsprechend.

Mein Bruder zuckt regelrecht zusammen, was mehr Bewegung ist, als er seit seinem Eintreten insgesamt gezeigt hat.

»Wie bitte?«

Ich schließe die Augen, um Eddies verblüfftes Gesicht nicht zu sehen, und ringe um Geduld. »Vielen Dank, Josh«, sage ich müde und feuere einen vorwurfsvollen Blick in seine Richtung. Er zeigt keinerlei Reue, zuckt bloß mit den Schultern und setzt seinen Gang durchs Zimmer fort.

»Wann ist das alles passiert?«, will Eddie wissen und schaut zwischen mir und Josh hin und her. »Shit, da habe ich ja den richtigen Tag für einen Besuch erwischt.«

»Verdammt, Eddie, hörst du wohl auf?« Ich erhebe mich und leiste Josh beim Auf-und-ab-Gehen Gesellschaft.

Dank meines geliebten Bruders werde ich wieder daran erinnert, wie einschneidend das ist, was ich vorhabe. Und prompt machen sich meine Nerven bemerkbar. An diesem Punkt stand ich schon einmal, sicher, aber jetzt kommt es mir so endgültig vor. Als stünde ich tatsächlich vor etwas Bahnbrechendem. Nichts wird uns aufhalten. Wir haben alle Hindernisse überwunden und nur ein paar Kratzer abbekommen.

»Wie dem auch sei …« Ich schüttele das beängstigende Gefühl ab und konzentriere mich auf Eddie. »Was mache ich denn jetzt nur mit dir?«

Er schnaubt verächtlich, und Josh lacht, was ihnen beiden einen tadelnden Blick einbringt.

»Nun«, sagt Eddie. »Ich mache mir jedenfalls keine Sorgen mehr, einen Skandal zu verursachen, denn das bekommst du schon erstklassig selbst hin.«

»He, Mann.« Josh lässt sich wieder in den Sessel fallen, nimmt einen Stift und wirft ihn Eddie an den Kopf. »Seien Sie kein Arschloch.«

Der Stift prallt vom Kopf meines Bruders ab. Er ist zu schlapp, um sich zu ducken.

»Ist nicht persönlich gemeint, Mr. Hollywood. Ich sag nur, wie es ist.«

Mir reicht es. »Entzug«, sage ich und warte auf die Reaktion.

Eddie hält inne, Josh zuckt zusammen. Das ist schon besser. Männer, die ihren Platz kennen. Ich setze mich in den Sessel neben Eddies. »Da ich nun deine Aufmerksamkeit habe …«

»Indem du mit einem blutigen Brotmesser vor meiner Nase herumfuchtelst«, brummt Eddie und rutscht mit finsterer Miene nervös hin und her.

Ich ziehe einen Schmollmund und erinnere mich an das letzte Mal, als ich eine Entzugsklinik für ihn vorgeschlagen habe. Das war beim Abendessen, bevor ich aus Kellington auszog. Eddie ist da wütend hinausgestürmt. Tja, immerhin sitzt er jetzt noch hier. »Was meinst du?«

»Ich meine, es wird einen medialen Shitstorm auslösen, wenn der Prinz sich in den Entzug begibt.«

Er will nicht, dass irgendwer davon erfährt. Nicht, weil er ein Prinz ist, denn das ist er schließlich, ganz gleich, was unsere Geschichte sagt, sondern weil er ein stolzer Mann ist. »Niemand wird davon erfahren, Eddie«, sage ich. »Außerdem wird bald die Nachricht heraus sein, dass die Königin einen niederen amerikanischen Schauspieler heiratet. Das überschattet alles.«

»Du wirfst ja heute Morgen mit Komplimenten nur so um dich«, murmelt Josh, nimmt einen weiteren Stift und hält ihn, als wollte er ihn *mir* an den Kopf werfen.

Das wird er nicht wagen. Lächelnd ergreife ich Eddies Hand. »Du kannst nicht so weitermachen.«

»Ich weiß, Addy.« Er reibt sich die Stirn mit den Fingerspitzen. »Ich weiß.« Seufzend schaut er zur Decke und schließt die Augen. »Trinken ist das Einzige, was mich vergessen lässt, wie verkorkst diese Familie ist.«

»Wann hast du zuletzt Alkohol getrunken?«

»Donnerstag.«

»Das war vor drei Tagen.« Ich schöpfe Mut aus dieser Neuigkeit. Drei Tage sind ein ausgezeichneter Start.

»Ja, drei Tage Hölle. Drei Tage Nachrichten im Fernsehen und dein Gesicht darin. Ich sah dir an, dass du dich genauso verloren fühlst, wie ich mich fühle.«

Traurigkeit überkommt mich. »Nur bin ich entschlossen, mich

zu finden, Eddie«, erwidere ich und wende mich dann an Josh: »Wir sollten unser Schicksal nicht von unserer Abstammung bestimmen lassen. Selbst dann nicht, wenn es um den Thron geht.«

Die Tatsache, dass Eddie nicht das leibliche Kind meines Vaters ist, spielt keine Rolle. Er wurde als Mitglied des Königshauses erzogen und hat meiner Ansicht nach das Recht, selbst über sein Schicksal zu entscheiden. Er soll sich nicht vorschreiben lassen, wie dieses Schicksal auszusehen hat.

»Wenn du all diesen Lügen entfliehen willst, werde ich dich nicht aufhalten. Ich werde einen Weg für dich finden.« Und ich werde mich dann ganz schön anstrengen müssen, um ihn nicht zu beneiden. Ich kann nicht behaupten, dass ich nicht dasselbe täte, wenn ich an seiner Stelle wäre. »Wie auch immer deine Entscheidung aussehen mag, bedenke, dass du es für dich selbst tust. Lass dich nicht von Bitterkeit und Hass leiten.«

»Ich weiß nicht, ob das Staatsoberhaupt so selbstlos vernünftig reden sollte.« Liebevoll streichelt er meine Wange. »Egal, was gewisse Leute denken, kleine Prinzessin, du wirst eine Königin, auf die das Land stolz sein kann. Echt, selten und kostbar.«

»Ach, hör auf.« Ich nehme seine Hand von meinem Gesicht, damit ich sie nicht mit meinen albernen Tränen nass mache. »Ich bezweifle doch sehr, dass der Privy Council es so sehen wird.« Ich räuspere mich, stehe auf und verdränge meine aufsteigenden Emotionen. »Und jetzt muss ich …«

Die Tür schwingt auf, und ich wirbele herum, um zu sehen, wer die Unverschämtheit besitzt, unangekündigt hier hereinzustürmen.

»Ich habe versucht, ihn aufzuhalten, Ma'am.« Sid sieht gründlich geschafft aus, wie er sich am Türrahmen festhält.

Haydon nimmt die Szene in sich auf, vor allem Josh in meinem Sessel, in dem er es sich extrem bequem gemacht hat. Jetzt wirkt er allerdings angriffslustig. *Oje*.

Eddie springt auf, ziemlich schnell für seinen geschwächten Zustand. »Du hast ja vielleicht Nerven«, zischt er.

»Das finde ich auch.« Josh steht ebenfalls auf, jedoch langsamer und bedrohlicher.

Haydon schenkt den beiden Männern keine Beachtung, sondern kommt auf mich zu und schnappt sich meine Hand. Seine Nase sieht übel aus, außerdem hat er ein Veilchen. *Oh, Damon.*

»Adeline, bitte. Ich war gestern Abend nicht ich selbst.«

»Was du nicht sagst«, entgegne ich sarkastisch und ziehe meine Hand zurück. »Es wird das Beste sein, wenn du gehst.«

»Geh bitte zur Seite«, fordert Eddie mich auf und ballt die Hände zu Fäusten.

»Nein, Edward, es ist wirklich nicht …«

»Geh, Adeline.« Joshs Aufforderung klingt schon weniger wie eine höfliche Bitte. Seine Kiefer mahlen. »Sofort.«

»Gütiger Himmel«, sagt Sid an der Tür und beobachtet, wie die Wölfe sich ihrem Opfer nähern. »Ich sollte Damon holen, Ma'am.« Er verschwindet eilig und überlässt mir diese drohende Eskalation.

»Haydon, bitte geh.«

»Ich muss mit dir reden.« Er fasst mich schon wieder an. »Ich kann es wiedergutmachen. Gib mir nur eine Chance.«

»Nehmen Sie die Finger von meiner Frau«, stößt Josh bedrohlich knurrend wie ein wildes Tier hervor.

»Finger weg von seiner Frau«, pflichtet Eddie ihm bei.

»Würdet ihr beide den Mund halten!«, fahre ich dazwischen und schüttele Haydons Hand ab. »Ich bin absolut in der Lage, das selbst zu regeln.« Schwungvoll deute ich zur Tür und werfe jedem meiner Beschützer einen entschlossenen Blick zu. »Geht.«

»Nie im Leben.« Josh lacht mehr oder weniger. »Auf gar keinen Fall, verdammt.«

Haydon verzieht angewidert das Gesicht. »Du würdest auf ein Leben mit mir verzichten für diesen unzivilisierten Affen? Das ist lachhaft.«

Oh Junge.

Im nächsten Moment ist Josh über den Schreibtisch gesprungen und wirft den völlig perplexen Haydon zu Boden. Durch den Sprung fliegt alles, was sich auf dem Tisch befunden hat, durch die Gegend. Mit einem erschrockenen Aufschrei springe ich zur Seite, der Ordner mit den Familienfotos landet zu meinen Füßen.

»Du dämlicher Idiot«, stößt Josh hervor und drückt Haydon auf den Boden.

Er hebt die Faust und lässt sie niedersausen. Das Krachen lässt sowohl Eddie als auch mich zusammenzucken.

Du liebe Zeit. »Josh!«, schreie ich, aber Eddie hält mich fest, als ich dazwischengehen will. »Stopp sie, um Himmels willen!«

»Ich glaube, wir sollten die beiden es austragen lassen.«

Grinst er etwa, während die zwei sich wie Tiere auf dem Teppich meines Büros wälzen?

»Josh wird ihm eine Lektion erteilen. Einer muss es mal tun.«

»Eine schöne Hilfe bist du«, beschwere ich mich. Geräusche weiterer Schläge folgen. Ich kann kaum hinschauen. Haydon hat offenbar keine Chance gegen Josh. Ich mag ihn zwar nicht mehr, aber deshalb wünsche ich mir noch lange nicht, dass er totgeschlagen wird. Ich glaube, dass Damon ihm gestern Abend schon die richtige Botschaft hat zukommen lassen.

Und kaum denke ich an Damon, kommt er hereingestürmt.

»Oh, Gott sei Dank.« Erleichtert verfolge ich, wie mein Sicherheitschef Josh von dem sich unter ihm windenden Haydon herunterzerrt und ihn auf sicherer Distanz festhält.

»Sie sind ein Vieh!«, schreit Haydon sich hochrappelnd. Dann sieht er mich voller Verachtung an. Es ist wie ein Schlag ins Gesicht. »Ihr seid perfekt füreinander.«

»Sie Scheißkerl.« Josh versucht, sich von Damon loszureißen, beruhigt sich jedoch rasch, als er merkt, dass es ihm nicht gelingen wird.

Seine nächsten Worte allerdings treffen Haydon härter als jeder Schlag. »Na, da ist es ja gut, dass ich derjenige bin, der sie heiraten wird, was?«

Oh Shit.

»Was?«, fragt Haydon verwirrt.

»Was?« Damon hustet und sieht mich völlig verblüfft an.

»Was?«, ertönt eine Stimme hinter mir.

Ich drehe mich um und sehe Sir Don und David Sampson im Türrahmen. Mein Mut sinkt. So habe ich mir das nicht vorgestellt. Atemlos taucht Kim hinter den Männern an der Tür auf. Sie schüttelt den Kopf, offenbar als Entschuldigung dafür, dass sie sie nicht am Betreten meines Büros gehindert hat. Oder dafür, dass es ihr nicht gelungen ist, mich rechtzeitig zu warnen.

Ich kann es ihr nicht verübeln.

»Sie haben es gehört«, schleudert Josh ihnen entgegen, reißt sich von Damon los und zieht mit einem Ruck das Jackett wieder zurück auf seine Schultern. Seine Atemzüge sind plötzlich das einzige Geräusch in der tödlichen Stille. »Sie heiratet mich.«

»Ich glaube, sie haben es mitbekommen«, sage ich, schleppe mich zu meinem Sessel und lasse mich hineinfallen. »Damon, bitte bringen Sie Mr. Sampson hinaus.«

Er geht zu Haydon und überlässt mir dessen reizenden Vater.

»Sir Don, David, bitte nehmen Sie Platz.« Ich werfe Josh einen missbilligenden Blick zu.

Er gibt einen trotzigen Laut von sich. »Es tut mir nicht leid.«

»Das habe ich auch nicht erwartet.«

»Was geht denn hier vor?«, will Sir Don wissen und sieht dabei Josh an, als wäre der ein Alien.

»Sie heiratet ihn«, schreit Haydon, der aus meinem Büro abgeführt wird. »Sie heiratet einen verdammten Amerikaner. Vater, du musst was tun.«

»Ich glaube, dein Vater hat schon mehr als genug getan«, entgegne ich knapp. Haydon ist also letzte Nacht nicht zu seinem Dad und zu Sir Don gegangen, um zu petzen? Ich bin überrascht. Oder auch nicht. Vielleicht dachte er, er könnte seinen Mist wiedergutmachen, bevor die beiden Schweine herausfinden, dass er ihre harte Arbeit zunichtegemacht hat.

»Was geht hier vor?«, verlangt David zu erfahren, ohne sich weiter um seinen Sohn zu kümmern.

Er ist viel zu besorgt darüber, was ihm alles entgangen ist.

»Was hier vorgeht?«, wiederhole ich. »Ich denke, wir werden auf das PR-Team und Major Davenport warten, ehe ich Sie mit allen Details versorge.« Ich lehne mich zurück und deute mit einer Kopfbewegung an, dass Josh sich auf die Couch beim Kamin setzen soll. Er kommt der Aufforderung wachsam nach und rückt beim Hinsetzen seinen Hosenschritt zurecht. Hat er eine Erektion? Ich schaue hin und rasch wieder in sein Gesicht, da meine Vermutung stimmt. Er nickt mir zu. Ich blinzle mehrmals und wende mich Sir Don und David zu. Ich schlucke und lache nervös.

Wow, wird das immer so sein? Auf der einen Seite kämpfen, um meine Autorität zu wahren, und auf der anderen Fassung bewahren, um nicht über Josh herzufallen? Aus dem Augenwinkel erkenne ich, dass er grinst. Ich räuspere mich und schüttele den Kopf, um wieder klar denken zu können. Zum Glück kommt in diesem Moment das PR-Team herein, Davenport folgt ihnen, er wirkt angespannt. Er sieht mich an, und da weiß ich, dass das Statement fertig ist. Gut. Während Eddie sich zu Josh auf die Couch setzt, schiebe ich die paar Sachen herum, die Kim aufgehoben und auf meinen Schreibtisch zurückgestellt hat.

»Was wollte ich gerade sagen?« Ich schiebe die rote Box zur Seite. »Ach ja, was hier vorgeht?« Ich schenke David das zuckersüßeste Lächeln. »Sie meinen, abgesehen von Ihren heimtückischen Versuchen, mich gegen Mr. Jameson aufzubringen?« Sir Don und David starren mich an. Natürlich habe ich nicht erwartet, dass sie es zugeben. »Nun, abgesehen davon, dass Mr. Jameson und ich dieses schreckliche Missverständnis aufklären konnten, werden wir heiraten.«

»Absurd«, erklärt Sir Don. »Ein Missverständnis? Mr. Jameson hat immer wieder bewiesen, dass er ein Schürzenjäger ist. Sie sind geblendet vom Verlangen, Euer Majestät.«

Ich sehe, dass Josh drauf und dran ist, wieder aufzuspringen. »Nein, ich war geblendet von Ihren Versuchen, ihn zu zerstören«, erwidere ich.

»Unsinn! Mr. Jamesons Benehmen hat mit mir nichts zu tun. Er hat Sie einer Gehirnwäsche unterzogen.«

»Sir Don, Ihre Meinung ist unerheblich. Ich bezweifle, dass Sie einer Monarchie dienen wollen, über die Sie nicht die komplette Kontrolle haben, wenn es um Entscheidungen geht. Habe ich recht?«

»Ich habe Ihnen tausendmal gesagt, dass ein solch rücksichtsloses Handeln für Unruhe im ganzen Land sorgen wird.«

»Sie meinen die Geheimnisse, die wir alle wahren?«

»Allerdings.«

»Sie und Ihre Familie waren über Jahrzehnte Beschützer des Königreiches, Sir Don.« Süßlich lächelnd lehne ich mich vor. »Wollen Sie es jetzt auch schützen?«

»Ich kann mich unmöglich an diesem Unfug beteiligen. Das ist unsäglich.«

Natürlich kann er das nicht. Er ist in königliche Dienste erst zurückgekehrt, nachdem er Josh mit einer Prostituierten hereingelegt hatte. Nachdem er mich gegen Josh aufgebracht hatte. Als er wieder die Kontrolle hatte. »Dann lassen Sie es«, sage ich. Damit erspart er mir die Unannehmlichkeit, ihn feuern zu müssen. »Ich akzeptiere Ihre Kündigung.« Ich wende mich an Haydons Vater und neige den Kopf zur Seite. »Sie sind ziemlich still, David.«

»Das macht der Schock«, gesteht er und blinzelt verwirrt.

»Das glaube ich gern.« Er sah sich schließlich schon auf der Ziellinie. Ich hasse es wirklich, Menschen zu enttäuschen. »Nun hören Sie mir zu. Und hören Sie gut zu. Ich werde heute meine Beziehung zu Mr. Joshua Jameson bekannt geben.« Beide Männer zucken zusammen, wahrscheinlich sind sie verzweifelt, weil das ihre Möglichkeiten der Einmischung arg einschränkt. »Was für Sie beide allerdings unerheblich ist, da Sie nicht länger als meine Berater tätig sein werden. Doch seien Sie gewiss, dass es sorgfältig vom PR-Team koordiniert wird. Und wenn die Zeit gekommen ist, werden wir unsere Verlobung bekannt geben.«

Josh rutscht aufgebracht an den Rand der Couch. »Adeline, halt …«

Ich bringe ihn mit einem einzigen Blick zum Schweigen. Ein Blick, der ihn davor warnt, meine Autorität vor diesen beiden Männern zu untergraben. Bei jedem anderen wäre es mir nicht so wichtig, aber vor diesen zwei? Niemals. Wenn es sein muss, werde ich mich Joshs Zorn später stellen. Was will er überhaupt? Dass ich die gelöste Verlobung verkünde? Eine Beziehung mit einem anderen Mann und die neue Verlobung mit diesem? Alles auf einmal? Damit wäre die Öffentlichkeit überfordert. Ich mute ihr mit diesen aktuellen Neuigkeiten ohnehin schon genug zu. »Wir beide besprechen das später unter uns.«

Sein Gesicht, wow. Es sagt mir, dass mein Hintern das definitiv zu spüren bekommen wird, sobald wir allein sind. Bei der Vorstellung züngeln Flammen an meiner Wirbelsäule hinauf. Ist das verwerflich? Rasch konzentriere ich mich wieder auf meine Kontrahenten.

Sir Don wartet auf meine Aufmerksamkeit, ehe er sagt: »Und welchen Grund werden Sie der Öffentlichkeit für die Trennung von Mr. Sampson nennen?«

»Was glauben Sie, Sir Don? Ich werde ihr zum ersten Mal die Wahrheit sagen. Ich werde erzählen, dass ich versucht habe, mich der Tradition unterzuordnen, am Ende jedoch meinem Herzen folgen musste.« Mir ist klar, dass das in die eine oder andere Richtung gehen kann. Entweder es wird mit Lob für meinen Mut aufgenommen oder mit Verachtung für meinen Egoismus. Wie dem auch sei, ich bin bereit.

»Absolut lächerlich.« Sir Don schnaubt.

»Nein, lächerlich ist vielmehr, dass Sie bei Ihrer Aufgabe, die Monarchin zu schützen, versagt haben. Es ist lächerlich, dass ich es Ihnen erspart habe, für Ihre Anmaßungen und Ihren Verrat über glühende Kohlen geschleift zu werden. Soll ich weitermachen? Sie törichter kleiner Mann. Ich bin die verdammte Königin von England, und Sie waren nur ein Bediensteter. Jetzt sind Sie nichts mehr. Sie können aus meinem Palast fliehen wie die Ratte, die Sie sind, und bis zum Ende Ihrer Tage daran denken, dass Sie versagt haben.« Ich hole Luft und beruhige mich. »Räumen Sie Ihre Büros, und verschwinden Sie aus meinem Palast, bevor ich Sie beide wegen Hochverrats verhaften lasse.«

David Sampson richtet den Blick langsam auf Josh. Sein Schweigen spricht Bände. Er fragt sich, wie. Wie Josh mich davon überzeugen konnte, dass man ihm eine Falle gestellt hat. Wie er an mich herangekommen ist. Wie er es geschafft hat, dass ich ihm glaube. Ohne jeden Beweis. Ich brauche keinen. Mein Herz glaubt. Er hat mein Vertrauen.

»Ihr Vater würde sich schämen«, zischt Sir Don.

»Mein Vater ist nicht mehr hier, Sir Don. Sie sitzen in *meinem* Büro. Dem Büro Ihrer Königin. Ihrer Vorgesetzten. Und jetzt

Ihrer Erzfeindin.« Ich stehe auf, zum Zeichen dafür, dass das Gespräch beendet ist. »Ich will Ihre verräterischen Visagen nie mehr sehen. Ihre Titel wurden Ihnen aberkannt, Ihre Privilegien gestrichen. Verschwinden Sie.« Ich schaue zu, wie die beiden Männer sich aus ihren Sesseln erheben und sich ohne ein weiteres Wort abwenden. »Nur damit Sie es wissen«, sage ich mit ruhiger Stimme gegen ihre Rücken. »Mr. Jameson wird in nächster Zeit mit mir im Palast wohnen.« Ich lächle, als die zwei über die Schulter zu mir schauen. »Und den Schutz des Palastes genießen. Ich halte das für klüger. Schließlich ist das ein Dschungel da draußen, in dem alle möglichen Gefahren lauern.«

Ich bekomme weder von dem einen noch von dem anderen der beiden Männer eine Reaktion. Sie sehen nur perplex aus. Ich nicke Damon zu, der im Türrahmen erscheint, eine Aufforderung, den *Müll* zu entsorgen, und er folgt Sir Don und David.

Kim geleitet die PR-Leute hinaus, und nachdem die Türen geschlossen sind, klopfe ich mir die Hände ab, als hätte ich gerade eine schmutzige Arbeit hinter mich gebracht. »Tja, das war gar nicht so schlimm, oder?«

Josh sitzt nach wie vor auf der Couch und sieht mich an. In seinem Blick züngeln Flammen. Dann schüttelt er den Kopf und schaut weg. Er atmet hörbar aus und richtet diskret seinen Schritt. Ich beiße mir amüsiert über seinen Zustand auf die Lippen.

Ich lasse ihn sich sammeln und wende mich den übrigen Anwesenden im Raum zu. Eddie sieht Davenport an, allerdings nicht wütend, seine Miene ist eher teilnahmslos. Nervös schaue ich zum Major, Eddies biologischem Vater. Ich bin mir ziemlich sicher, dass sie sich zum ersten Mal in der Gegenwart des anderen befinden. Auch er sieht Eddie an, doch seine für gewöhnlich versteinerte Miene ist sanft. »Die Verlautbarung?«, erkundige ich mich, und er sieht langsam zu mir.

»Verlobung?«, fragt er.

Mir wird klar, dass er davon noch gar nichts wusste. Während Sir Don und David hier waren, hat er nichts dazu gesagt. Erstens, um meine Autorität nicht zu untergraben, und zweitens, um die beiden nicht wissen zu lassen, dass er keine Ahnung hatte.

»Das kam für mich auch ein bisschen überraschend.«

Er schüttelt milde und ungläubig den Kopf, steht auf und geht, um die Gastfreundschaft während Eddies Anwesenheit nicht überzustrapazieren. »Ich werde das Statement ausdrucken lassen, damit Sie es unterzeichnen können.«

»Okay«, rufe ich. »Danke, Major.«

Eddie springt von der Couch auf. »Davenport«, ruft er ihm ein wenig unsicher hinterher, worauf der Major an der Tür stehen bleibt. Allerdings dreht er sich nicht um. »Können wir uns unterhalten?« Eddie schiebt seine Hände in die Jeanstaschen und wartet genau wie ich nervös auf die Antwort.

»Ja, gerne«, sagt Davenport. »Ich bin in meinem Büro.«

Eddie folgt ihm, und ich lächle hoffnungsvoll. Ich bete, dass sie eine Annäherung hinbekommen.

Josh und ich sind nun allein. Alles fügt sich. Josh ist hier. Ich bin hier. Das Statement geht in Kürze raus. Nichts kann passieren. Trotzdem bin ich aufgewühlt. Ich nehme mein Handy und schreibe Damon eine Nachricht, mit der Bitte, mich zu informieren, sobald Sir Don und David ihre Sachen gepackt und den Palast verlassen haben. Er bestätigt, dass er das tun wird, und fügt hinzu, dass Haydon von einem seiner Männer hinausbegleitet wurde.

Ich muss mich ablenken, um nicht an die bevorstehenden sensationellen Nachrichten zu denken. »Bist du bereit, dir ein paar Fotos anzusehen?«, frage ich Josh, da ich dringend irgendeine Beschäftigung brauche, um mir die Zeit zu vertreiben.

»Hör auf, dir Sorgen zu machen«, befiehlt er.

»Ich kann nichts dagegen tun. Nach allem, was passiert ist, sollte ich auf der Hut sein.«

»Du musst wieder lockerer werden.«

»Leichter gesagt als getan.«

»Ach ja?«

Er neigt den Kopf zur Seite, und ich tue es ihm neugierig gleich.

»Steh auf, und stütz dich mit den Händen auf der Schreibtischkante ab.«

»Was?«

»Ich glaube, ich schulde dir noch was dafür, dass du mir vor deinen Lakaien über den Mund gefahren bist. Und du musst mal auf andere Gedanken kommen, oder?« Er steht auf. »Tu es.«

Mit pochendem Herzen erhebe ich mich und lege die Hände auf die Schreibtischkante. Es gibt kein Zögern. Keine Fragen. Er weiß, was er mit mir tun muss, und ich lasse es nur zu gern geschehen. Das alles hat mich sehr viel Energie gekostet, ich könnte jetzt ein Nickerchen gebrauchen. Oder …

Ich mache einen Schritt nach hinten und werfe Josh einen lüsternen, flehenden Blick zu, während er zur Tür geht und sie abschließt. Es fühlt sich an wie eine Ewigkeit, bis er bei mir ist. Mit gespielt nachdenklicher Miene nimmt er ein Lineal vom Schreibtisch, inspiziert es und klopft dann damit grinsend auf seine Handfläche.

»Perfekt«, verkündet er und tritt hinter mich.

Ich schließe die Augen, ziehe scharf die Luft ein und halte sie an, als er mir das Kleid bis zur Taille hochschiebt.

»Du bist so verdammt aufregend, wenn du das Kommando hast«, erklärt er und streichelt meine linke Pobacke.

Zack!

Der Schlag trifft mich unvorbereitet, das Holzlineal schmerzt mehr als seine Hand. »Fuck.« Ich zucke vorwärts, es fühlt sich an, als würden Flammen sich auf meinen Hintern ausbreiten. Ich keuche und versuche die richtige Position zu finden, denn ich weiß, dass er noch lange nicht fertig ist. Wie in Trance verlangsamt sich meine Atmung. Ich lächle, als der Schmerz sich in wundervolles Pulsieren zwischen meinen Beinen verwandelt. »Noch mal«, verlange ich und keuche auf, da er mich erneut hart schlägt. Mehr Schmerz, noch mehr Lust. Mein Körper vibriert, und dieses Vibrieren dehnt sich bis in meinen Kitzler aus. Eine einzige Berührung – und ich bin verloren. Josh tritt näher heran und beugt sich über mich, schlingt einen Arm um meinen Bauch und schiebt die Hand nach unten.

Er atmet scharf ein, während er seine Hand unter den Bund meines Slips gleiten lässt und hinein in meine feuchte Hitze. Ich presse meinen Hintern gegen sein Becken.

»Ja«, flüstere ich und lasse die Hüften kreisen, um die Reibung zu erzeugen, die ich brauche.

»Ist das gut, Euer Majestät? Wie ich Sie mit meinen Fingern ficke gefällt Ihnen?«

Seine Berührungen zeigen sofort Wirkung, jedes geschickte Vor und Zurück seiner Hand steigert das Pulsieren, bis es sich in ein Pochen verwandelt.

»Oh Gott, ja«, stoße ich hervor, balle die Hände und hämmere damit auf das Holz. »Schneller.«

Ich kann sein Lächeln beinahe körperlich spüren, als er mich in die Schulter beißt, und nach einigen weiteren Handbewegungen seinerseits ist es so weit. Mein Kopf sinkt hinunter, ich verdrehe die Augen. »Shit«, murmele ich, stürze durch meine Lust und warte darauf, dass sich alles in mir zusammenzieht. Und dann passiert es, so überwältigend und intensiv, dass ich zittere. »Stopp«, flehe ich, denn es ist zu viel. »Bitte hör auf.«

»Ich werde niemals aufhören, Adeline.«

Er dringt mit den Fingern tief in mich ein, und meine Muskeln umschließen sie besitzergreifend, um ihm zu signalisieren, dass ich das auch gar nicht will. Ich keuche, Sterne tanzen vor meinen Augen, während mich einer der intensivsten Höhepunkte durchströmt. Langsam zieht Josh seine Finger zurück.

Er löst sich von mir, drückt mich auf den Schreibtisch und legt sich auf mich. »Fühlst du dich schon besser, meine Königin?«

»Viel besser«, erwidere ich. Ich bin zwar benommen, allerdings nun aus deutlich angenehmeren, sinnlichen Gründen. »Danke, Sir.«

»Stets zu Diensten.« Er küsst mein erhitztes Gesicht, ehe er mir auf die wackligen Beine hilft und mein Kleid herunterzieht. »Ich kann mich nicht entscheiden, ob ich den Ausdruck auf deinem Gesicht vor dem Orgasmus lieber mag oder den unmittelbar danach.« Er wirft mein Haar über meine Schultern und küsst mich auf die Lippen. »Fotos?«

Mein Blick fällt auf den Karton mit den Videobändern, und sofort ist meine Zufriedenheit fast dahin. »Tja, ich sollte es wohl hinter mich bringen.«

»Na komm.« Josh nimmt den Karton und ich die Mappe mit den Fotos. »Ich freue mich schon darauf, zu erfahren, ob du damals so süß warst wie jetzt.«

»Süß?«, frage ich, als er mir einen Arm um die Schultern legt und mich zur Tür führt. Ich schließe sie auf und finde Kim auf der anderen Seite, die Arme beladen mit … »Was ist das?«

»Das ist ein Videogerät zum Abspielen dieser Bänder.« Sie drückt es Josh an die Brust. »Kennen Sie sich mit überholten technischen Geräten aus?«

Er betrachtet die große Maschine skeptisch. »Ich werde es versuchen.«

»Danke, Kim«, rufe ich ihr hinterher, da sie schon wieder geht. »Wir stellen es in der Wendsley Lounge auf.«

»Wie viele Lounges gibt es in diesem Laden?«, fragt Josh, als wir über die Galerie zur Treppe gehen.

»Einige.«

»Hundert?«

Ich halte ihm die Tür zur Wendsley Lounge mit dem Rücken auf. Er stellt das Gerät neben den Fernseher, zieht die Kabel hinten aus dem Videogerät und kratzt sich am Kopf. Ich lasse es ihn allein ausprobieren, knie mich vor den Couchtisch und lege die Videokassetten nach Daten geordnet darauf. »Meine Taufe«, vermute ich, da man den verblassten Aufkleber kaum noch lesen kann. »Und mein erster Geburtstag.« Ich halte es hoch für Josh und muss lachen, da sein Gesicht gegen den Fernseher gedrückt ist, weil er die Kabel dahinter zu verbinden versucht. »Wir fangen mit dem an. Funktioniert es?« Ich krieche auf allen vieren zum Videogerät und suche nach einem Lämpchen, das die Stromversorgung anzeigt.

»Gib mir eine Chance«, murmelt Josh, fummelt und werkelt. »Verdammter Mist, wo hat sie dieses Ding bloß aufgetrieben?« Er dreht das Gesicht so, dass er sehen kann, was seine Hände tun. »Ah, jetzt. Ist er an?«

»Warte.« Ich nehme die Fernbedienung, schalte den Fernseher ein und suche das Lämpchen auf dem Videorecorder. »Ja!« Ich schiebe die Kassette in den Schlitz und erschrecke angesichts des Knirschens. »Soll das so klingen?«

»Wer weiß?« Josh setzt sich zu mir auf den Boden, und wir warten darauf, dass der Bildschirm zum Leben erwacht. »Du meine

Güte.« Er lacht, als plötzlich ein pausbäckiges Babygesicht zu sehen ist. »Bist du das?«

»Nein!«, behaupte ich, bete jedoch insgeheim, dass das auch stimmt. Das elegante Taufkleidchen des Babys sagt allerdings etwas anderes. Oh nein, ich sehe aus wie eine Babybraut. »Shit, das bin tatsächlich ich.« Ich werfe Josh angewidert einen Blick zu. Es schüttelt ihn vor Lachen, deshalb spule ich schnell die Nahaufnahmen meiner dicken Wangen vor. »Da.« Ich lasse das Band in normalem Tempo laufen und schaue zu, wie ich von meiner Mutter weitergegeben werde an … »Wow, sieh dir Sabina an.«

»Ich bin viel zu sehr damit beschäftigt, deine Mutter anzusehen.«

Josh setzt sich auf den Po und zieht mich zwischen seine Beine. Ich zucke zusammen, als mein schmerzender Hintern den Teppich berührt. Er lehnt sich mit dem Rücken an die Couch, und ich schmiege mich an ihn.

»Mann, das bist du.«

Ich lächle. Das stimmt, ihr Haar ist auf der Aufnahme so lang wie meins jetzt, wenn auch aufgetürmt und mit Haarspray gefestigt. »Und Eddie.« Ich zeige auf meinen Bruder als Kleinkind, der an meiner Mutter hochzukrabbeln versucht. Sie hebt ihn hoch und lässt ihn ihr Gesicht mit feuchten Küssen bedecken.

»Und das ist John?«, erkundigt Josh sich.

Ich richte den Blick auf die andere Seite des Bildschirms. »Ja.« Er sieht ganz unbeeindruckt aus von dem Aufheben, das um mich gemacht wird. »Der war schon damals hochnäsig.« Ein Anflug von Traurigkeit überkommt mich. »Aber er war zum König geboren.« Josh drückt mich mitfühlend. Ich habe einen Kloß im Hals und spule die Szenen vor, in denen ich als Baby von allen gehätschelt werde. »Da ist mein Großvater«, sage ich und lasse das Band in normalem Tempo laufen. Der Vater meines Vaters hält mich, ich sehe winzig klein aus in seinen starken königlichen Armen.

»Der Steintyp im Labyrinth draußen.« Josh erkennt ihn wieder.

»Er war auch im Leben aus Stein.« Mein Großvater gibt mich an Sabina weiter, sein griesgrämiges Gesicht bleibt gleichgültig, doch plötzlich lächelt er ganz unerwartet. Aber nicht wegen seiner Enkelin auf seinem Arm, sondern weil Sabina etwas sagt. Ich spule schnell zurück und stelle den Ton lauter, weil ich mich frage, was denn wohl das Strahlen bei diesem für seine Mitleidlosigkeit berüchtigten Mann ausgelöst hat.

»Was ist los?«

»Was hat sie gesagt?« Ich beuge mich vor und lausche angestrengt, aber der Trubel drum herum überlagert die Worte.

»Ich kann es nicht verstehen«, gesteht Josh.

»Ich auch nicht.« Ich lehne mich wieder zurück und spule vor. »Sabina kann sich geehrt fühlen. Niemand hat ihm je ein Lächeln entlockt.« Der Bildschirm ist leer, das Band zu Ende. »Nächstes?«, frage ich und hole ein neues, das ich Josh grinsend zeige. »Mein zweiter Geburtstag.«

»Glaubst du, deine Wangen sind da nicht mehr so dick?«

Eigentlich ist die Frage gar nicht so lustig, aber sein freches Grinsen ist einfach zu hinreißend.

Ich verdrehe die Augen, lasse das alte Band auswerfen und schiebe das neue hinein, ehe ich wieder zu Josh zurückkrieche. »Ich hoffe, ich bekomme dich eines Tages als Baby zu sehen.« Sein Grinsen erstirbt, und ich ärgere mich, weil ich seine alles andere als glückliche Kindheit zur Sprache gebracht habe. »Tut mir leid.«

»Schon gut.« Er ermutigt mich, meinen Platz zwischen seinen Beinen wieder einzunehmen, und schließt die Arme um mich. »Ich wünschte, es gäbe Bilder, die ich dir zeigen könnte, denn ich bin mir ziemlich sicher, dass ich süßer war als du.«

Ich stoße ihn scherzhaft an. Er lacht und beißt mir zärtlich ins Ohrläppchen. »Ohne Beweis werden wir das wohl nie erfahren.« Ich drücke die Play-Taste und wünschte, ich hätte es nicht getan. »Arrrghhh!«

»Wow, was ist denn mit deinen Haaren los?«

Ich drücke schnell die Vorlauftaste und sehe mit zusammengekniffenen Augen, wie mein schrecklicher Anblick vorbeisaust. »Mutter hasste mich dafür«, sage ich. Ich sehe aus wie ein Junge. Als die Szene zum Garten von Claringdon wechselt, drücke ich die Play-Taste. Da bin wieder ich und watschle um die Beine meines Kindermädchens herum. »Ich kann gar nicht glauben, dass ich diese Aufnahmen noch nie gesehen habe.« Ich kenne Fotos, sicher, aber kein Filmmaterial. »Sieh mal, da ist Davenport.«

»Glücklich wie eh und je«, bemerkt Josh und lacht.

Ich nicht. Der alte Pedant sah vor dreißig Jahren schon genauso steif aus wie heute. Inzwischen kenne ich aber den Grund dafür. Er beobachtet Eddie in der Szene, und es bricht mir das Herz, wie mein Bruder auf seinem kleinen Laufrad herumfährt. Wie sehr sehnt Davenport sich wohl danach, zu dem Jungen zu gehen? Wie sehr wünscht er sich, er wäre derjenige, der ihm beibringt, damit zu fahren?

Traurigkeit überkommt mich, umso mehr, als Eddie stürzt und zu weinen anfängt. Ich kann sehen, wie angestrengt Davenport dem Instinkt widersteht, zu seinem Sohn zu eilen.

»Verdammt«, flüstert Josh.

Offenbar denkt er das Gleiche wie ich. Ich sollte Eddie das Band zeigen. Würde er es sehen wollen?

Tief berührt von diesen Szenen aus einer längst vergangenen Zeit schüttle ich den Kopf. Szenen, die für die jahrzehntelang gewahrten Lügen und Geheimnisse stehen. »Jetzt ist alles ziemlich offensichtlich, findest du nicht?«

»Ja.« Josh gibt mir einen Kuss auf die Wange, und ich frage mich, ob genau diese Szenen des Bandes der Grund dafür sind, weshalb sie in den vergangenen fast dreißig Jahren nie gezeigt wurden. Zweifellos.

Ich schaue versunken weiter zu, wie ein junger Davenport gegen seinen Instinkt ankämpft und beobachtet, wie meine Mutter zu Eddie geht, ihn hochhebt und ihn abklopft. Mein Vater ist im Hintergrund mit meinem Großvater und nimmt seinen verletzten *Sohn* gar nicht wahr.

»Wenn es dir zu schwerfällt, das anzusehen, sollten wir es lassen«, sagt Josh und nimmt mir die Fernbedienung aus der Hand.

»Nein.« Ich hole sie mir zurück. All diese Lügen, die ich hier aus erster Hand zu sehen bekomme, bestärken mich darin, dass ich das Richtige tue. Mutter sieht sehr verloren aus, während sie sich um ihren Sohn kümmert, niemand bekommt ihren inneren Aufruhr mit. Als sie Eddie hochhebt, dreht sie sich um und sieht zu Davenport. Da entsteht ein Moment zwischen ihnen, in dem beide innehalten, wenige Sekunden nur, und einander ansehen. Dann geht sie eilig davon und reicht Eddie an unser Kindermädchen weiter. Hinter ihr sehe ich mich als Kleinkind über den Rasen tapsen. Als ich einem Ball nachjage, der nicht zu sehen ist, weil die Kamera auf den nach wie vor jammernden Eddie gerichtet bleibt, falle ich hin, meine kurzen Beine sind zu schnell für meinen kleinen Körper. Meine Ärmchen können den Sturz nicht abfangen, und ich stürze aufs Gesicht.

»Autsch«, bemerkt Josh.

Mein Kleinkind-Ich auf dem Bildschirm fängt an zu schreien. Erstaunt sehe ich, wie Davenport herbeieilt und mich hochhebt. Er hält mich auf den Armen und tröstet mich, bis ich aufhöre zu weinen. Dann kniet er sich hin, setzt mich auf sein Knie und untersucht meine Hände. Er spricht mit mir, während er meine Handflächen abklopft; sein Gesichtsausdruck ist sanft und liebevoll. Meine Schultern sacken ein wenig nach unten. Der arme Kerl. Wie gern hätte er sich so um Eddie gekümmert? Wie gern hätte er ihn hochgehoben und ihn abgeklopft? Er stellt mich auf die Füße und richtet sich langsam auf, um seinen Platz am Rand meiner Familie wieder einzunehmen.

»Ich fühle mich schrecklich seinetwegen«, flüstere ich. »Ich habe ihn immer verabscheut wegen seiner Einmischung in mein Leben, und jetzt fühle ich mich schrecklich.« Er hasst mich nicht, wie ich geglaubt habe. Er hätte es tun können, angesichts der Tatsache, dass ich als eine Art perverse Rache geboren wurde. Aber er tat es nicht.

»Du wusstest es nicht.«

Mehr ertrage ich nicht, deshalb spule ich weiter vor, überspringe die Szenen, in denen Mutter mir beim Geschenkeauspacken hilft und beim Auspusten der Kerzen auf meinem Geburtstagskuchen. Als mein Vater wieder zu sehen ist, drücke ich die Play-Taste und verziehe das Gesicht, denn David Sampson taucht ebenfalls auf. Er hat sich kein bisschen verändert. Seine Visage damals hätte ich genauso gern geohrfeigt wie heute. Die zwei Männer unterhalten sich und nehmen an der Feier nicht wirklich teil. Das Gleiche gilt für meinen Großvater, der im Hintergrund mit Sabina zu sehen ist.

Meine Aufmerksamkeit wendet sich diesem Paar zu, als Sabina mit den Armen wedelt und frustriert wirkt. Mein Großvater zieht sie beiseite und schaut sich um. Nach wem? Zuhörern? Sie sind jetzt weit im Hintergrund und kaum noch richtig auszumachen, doch ich kann sie sehen. Streiten sie?

Joshs Telefon klingelt, und er verschwindet aus meinem Blickfeld, um das Gespräch anzunehmen. Ich höre ihn reden, weiß aber nicht, mit wem. Ich behalte die kleinen Gestalten meines Großvaters und Sabinas auf dem Bildschirm im Blick. Sie haben definitiv eine Auseinandersetzung, dieser Eindruck bestätigt sich, als mein Großvater weggeht. Sichtlich bemüht, wenigstens annähernd Ruhe auszustrahlen, kehrt er zur Feier zurück und gelangt damit wieder näher an die Kamera. Er gesellt sich zu meinem Vater und David Sampson. Zuerst sieht er meinen Vater an, dann David, dem er die Hand auf die Schulter legt und sie sanft drückt. Ich bin nicht die Einzige, die diese Geste meines Großvaters seltsam findet; sowohl mein Vater als auch David runzeln die Stirn. Ich drücke die Pausentaste, das Standbild ist frappierend. Es sagt mehr als tausend Worte. Unsere Geheimnisse. Während Josh weitertelefoniert, krabble ich zur Mappe mit den Fotos und blättere darin auf der Suche nach … etwas. Jahre in Bildern, aber mich interessieren nicht die Hauptmotive der Fotos, sondern der Hintergrund, auf denen zufällig Leute erscheinen, die sich dessen nicht bewusst waren.

Es sind endlos viele. Auf einem ist meine Mutter gedankenverloren im Hintergrund zu sehen, auf einem anderen Davenport mit der üblichen ausdruckslosen Miene. Ich stutze, als ich ein Foto meines Vaters sehe, auf dem er mich im Arm hält und David Sampson seinen Sohn Haydon. Im Hintergrund, abseits dieser Szene, steht Großvater. Mit Sabina. Seine Hand liegt auf ihrem Arm, ihre andere Hand liegt auf seiner. Ich betrachte das nächste Bild. Es handelt sich um die gleiche Szene, doch diesmal ist jemand anderes im Hintergrund zu erkennen. Jemand, der den König und Sabina beobachtet. Seine Miene ist nur als zornig zu deuten. Dr. Goodridge. Ich blättere durch weitere Fotografien und finde eine Schwarz-Weiß-Aufnahme meines Großvaters mit Dr. Goodridge. Ich lasse die anderen Bilder sinken und starre dieses Foto an. Dr. Goodridge hat den Arm um meinen Großvater gelegt. Sie stehen vor einem Hubschrauber. Lächelnd.

Nein.

Ich suche hastig nach weiteren Bildern und finde eins von Sabina, Dr. Goodridge und meinem Großvater. Sabina steht zwischen den beiden, die ihre Arme um sie gelegt haben. Dr. Goodridge sieht Sabina liebevoll an, doch sie nimmt es nicht wahr, da sie ihrerseits meinen Großvater liebevoll ansieht. *Oh mein Gott.*

»Adeline?«, sagt Josh. Ich sehe von den Fotos auf, und er erschrickt. »Du machst ein Gesicht, als hättest du einen Geist gesehen.«

»Ich glaube, das habe ich«, murmele ich und lasse die heiklen Fotos fallen, als wären sie giftig. Was sie in gewisser Hinsicht auch sind.

»Was ist denn …?« Wieder klingelt sein Handy, und er flucht. »Bates, ich rufe Sie zu…« Josh verstummt, und ich sehe ihn an. »Leiten Sie sie weiter.« Er beendet das Gespräch, öffnet eine Textnachricht. »Bates schickt eine Aufnahme von jemandem, der mit einem Angestellten des Ritz am Lieferanteneingang spricht.«

Ich schaue Josh an, während er das Bild öffnet, das Bates ihm geschickt hat. Er betrachtet es verblüfft. »Hey, den kenne ich.«

»Übergewichtig?«, frage ich.

»Ja.« Seine Miene wird ernst.

»Tweedanzug zwei Nummern zu klein? Silbergraues Haar?«

Er lässt sein Handy langsam sinken. »Ja.«

»Leichter Buckelansatz rechts? Schwarze Ledertasche?«

»Verdammt, Adeline, was hat das zu bedeuten?«

»Habe ich recht?«

»Ja!«

Ich springe auf, renne mit den Fotos zur Tür und reiße sie auf. »Kim!«, rufe ich, gehe hinaus und halte Ausschau, ob sie auftaucht. Als sie es endlich tut, wirkt sie alarmiert durch mein Verhalten. »Sagen Sie Davenport, wir halten das Statement noch zurück.« Ich marschiere durchs Foyer und nehme rasch die Treppe. »Und schicken Sie ihn in mein Büro.«

»Was ist los?«, ruft Josh mir hinterher, seine Schritte donnern hinter mir die Treppe hinauf. »Warum halten wir das Statement zurück?«

»Weil sich der Inhalt möglicherweise ändert.«

»Nein, Adeline.« Er überholt mich und versperrt mir die Tür zu meinem Büro. »Kein Warten mehr. Wir waren uns einig.«

»Ich warte nicht«, versichere ich ihm und schiebe mich an ihm vorbei. Ich blicke hoch zum Porträt meines Vaters über dem Kamin und gleich wieder weg.

»Würdest du mir bitte verraten, was zur Hölle eigentlich los ist?«

Ich gehe vor dem Fenster auf und ab. »Ich kann nicht fassen, dass ich so blöd war.«

»Adeline!«, ruft Josh ungeduldig. »Verrate mir endlich …«

»Euer Majestät?« Davenport steht im Türrahmen meines Büros und beobachtet uns – Josh, der wütend ist, und mich, die ich vermutlich verstört aussehe.

»Ich muss Dr. Goodridge sprechen.«

»Sind Sie krank?«

»Ja«, bestätige ich, setze mich und reibe mir den rebellierenden Magen. Tatsächlich habe ich das Gefühl, mich jeden Moment übergeben zu müssen. »Sind Sir Don und David Sampson schon weg?«

»Die suchen immer noch ihre Sachen zusammen.«

»Gut. Ich will sie sehen. Und bitte bestellen Sie Sabina und Haydon Sampson hierher.«

Davenport rauscht brüsk ab, und Josh kommt zu meinem Sessel. Er dreht ihn an den Lehnen so, dass ich ihn ansehen muss. Dann beugt er sich herunter, sein mühsam beherrschtes Temperament spiegelt sich in seinem attraktiven Gesicht wider.

»Was zur Hölle ist los?«

»Es ist alles eine Lüge«, flüstere ich. »Mein ganzes Leben ist eine komplette Lüge.«

Tiefe Furchen bilden sich auf seiner Stirn. »Was hast du auf diesen Fotos gesehen?«

»Die Wahrheit«, sage ich leise. Ich habe das Gefühl, mein Kopf könnte jeden Moment explodieren. »Ich glaube, ich habe zum ersten Mal die ganze Wahrheit gesehen.«

33

Obwohl er nach wie vor aufgebracht ist, weicht Josh zurück und lässt mich in Ruhe nachdenken, nachdem ich erklärt habe, dass ich ein wenig Zeit brauche. In meinem Verstand herrscht ein Durcheinander, in das ich Ordnung zu bringen versuche. Allmählich wird das Bild klarer. Und hässlicher. Ich reise in der Zeit zurück und finde überall Hinweise. Alles wird beängstigend klar.

Ich stehe auf, gehe umher, setze mich wieder hin und stütze den Kopf in die Hände. Allmählich treten die Zusammenhänge immer deutlicher hervor.

»Sag mir nur, dass alles gut werden wird«, bittet Josh mich von seinem Platz auf der Couch und reißt mich damit aus meinen Überlegungen.

Ich hebe den Blick, und es tut mir leid, ihn so verloren und hilflos zu sehen.

Meine Absicht, ihn zu beruhigen, wird durch das Klopfen an der Tür vereitelt. Wir drehen den Kopf gleichzeitig in die Richtung, und mein Herz schlägt schneller. »Herein.« Ich bin so aufgeregt, dass ich kaum sprechen kann.

Vorsichtig tritt Davenport ein. »Dr. Goodridge, Ma'am«, verkündet er und gibt den Weg frei für meinen Leibarzt. Der kleine rundliche Mann, seit Jahrzehnten in Diensten der Familie, kommt herein, wie eh und je trägt er einen zerknitterten Anzug, dessen Jackenknöpfe über seinem Bauch spannen. Ich werfe Josh einen Blick zu, als ich ihn Luft holen höre. Bei ihm hat es geklickt. Er erkennt ihn jetzt auch.

»Euer Majestät.« Dr. Goodridge stellt seine Ledertasche auf meinen Schreibtisch und mustert mich.

»Nehmen Sie Platz, Doktor«, fordere ich ihn auf. Ich ignoriere seine verblüffte Miene und stoppe Davenport, der sich aus meinem Büro zurückziehen will. »Sie sollten bleiben, Major.«

Er zögert, dann schließt er langsam die Tür. »Wie Sie wünschen.«

Statt sich zu Dr. Goodridge auf der anderen Seite meines Schreibtisches zu setzen, nimmt er auf der Couch neben Josh Platz. Ihre ratlosen Blicke begegnen sich.

»Wie kann ich Ihnen helfen, Ma'am?«, erkundigt Dr. Goodridge sich und öffnet die Knöpfe seiner Jacke, damit sie nicht abspringen.

»Sagen Sie es mir, Doktor. Was taten Sie eigentlich, ehe Sie Leibarzt des Staatsoberhauptes wurden?«

Er stutzt. »Ich war bei der Royal Air Force, Ma'am.«

»Als Arzt?«

»Genau.« Er lächelt, als erinnere er sich gern.

»Dann hatten Sie viel mit Hubschraubern zu tun?«

»Sie sind neben meinem Beruf meine Leidenschaft.« Er verlagert das Gewicht seines alten Körpers. »Haben Sie mich herbestellt, um über meine Karriere beim Militär zu sprechen, Ma'am?«

Ich lächle süßlich. »Selbstverständlich nicht. Ich war nur neugierig.«

»Dann bin ich froh, diese Neugier befriedigt zu haben. Und nun, wie kann ich Ihnen helfen?«

Ach, Doktor, Sie haben mir mehr geholfen, als Ihnen klar ist. »Ich leide ein bisschen unter dem Wetter.«

»Was sind Ihre Symptome?« Er öffnet seine Tasche und nimmt ein Thermometer heraus.

»Übelkeit hauptsächlich.«

»Sollen wir Fieber messen?«

»Ich glaube nicht, dass das nötig ist«, erwidere ich und sehe ihn unverwandt an. »Vielleicht wird ein Bluttest klären, was mir fehlt.«

Mir entgeht das kurze Zögern seiner Hand nicht, als er das Thermometer wieder in die Schutzhülle schiebt, sosehr er es auch zu verbergen sucht. Sein nervöses Lachen bestätigt meinen Verdacht.

»Das wäre ein wenig extrem zum gegenwärtigen Zeitpunkt, Ma'am.«

»Hm«, mache ich, stehe auf und trete hinter meinem Schreibtisch hervor. Ich setze mich auf die Kante und halte Dr. Goodridge meinen Arm hin. »Sicher ist sicher, oder?«

Er sieht mich aus seinen alten Augen misstrauisch an. »Ich fürchte, ich habe nicht die dazu nötige Ausrüstung bei mir.«

»Dr. Goodridge, Sie sind seit Jahrzehnten königlicher Leibarzt. Sie und ich, wir wissen beide, dass Sie die zur Blutabnahme erforderlichen Geräte in Ihrer Tasche dort haben.« Sein Widerwille fügt ein weiteres Teil zu diesem schrecklichen Puzzle.

»Adeline, was hast du vor?«, fragt Josh besorgt.

»Ich bitte Dr. Goodridge, einen Bluttest zu machen. Nur hätte ich diesmal gern die korrekten Ergebnisse.« Ich neige den Kopf zur Seite, als Dr. Goodridges Augen sich weiten. Die Schuldgefühle, die ich bei ihm erkenne, lassen mich nicht mehr an meinem Verstand zweifeln.

Davenport steht vom Sofa auf. »Was?«

»Können Sie das?«, frage ich den Doktor. »Die korrekten Ergebnisse meines Bluttests nennen?«

»Ich bin mir nicht sicher, was Sie da andeuten, Ma'am.«

Ich seufze. »Offenbar macht Ihnen diese Frage zu schaffen. Probieren wir es mit einer anderen. Bei meiner Geburt waren Sie dabei, richtig?«

»Natürlich. Ich war bei jeder Geburt im Königshaus dabei, seit ich in dessen Diensten stehe.«

»In der Tat. Und sagen Sie mir, Doktor, wurde bei meinem Bruder John nach der Geburt ein Bluttest gemacht?«

»Nein, Ma'am.«

»Bei Eddie?«

Er räuspert sich. »Ja.«

Natürlich, mein Vater hat die Affäre zwischen Mutter und Davenport im Jahr davor beendet. »Und die Ergebnisse dieses Bluttests überbrachten Sie sofort meinem Vater?«

Er nickt.

Ich höre Davenport ausatmen. Offenbar findet er es schwer

erträglich, sich das anzuhören. Ich fürchte nur, er wird noch einiges mehr hören müssen. »Und als ich geboren wurde? Machten Sie da einen Bluttest?«

Er schluckt. »Ja.«

Was sonst. »Nur informierten Sie meinen Vater nicht über das Ergebnis. Sie informierten nicht den König, richtig?« Er antwortet nicht, sondern überlässt es mir, zu rekonstruieren, was am Tag meiner Geburt geschah. »Stattdessen gaben Sie diese Informationen erst an jemand anderen weiter, ehe Sie sie dem König übermittelten. Und dieser Jemand trug Ihnen auf, dem König zu sagen, ich sei sein leibliches Kind und nicht das eines anderen Mannes.«

»Was zur Hölle!« Josh springt auf, während Davenport sich geschockt auf der Couch zurücksinken lässt. Er weiß genauso gut wie ich, wer dieser andere Mann ist. Nach dem Skandal um Eddies Abstammung verlangte mein Vater bei mir einen Bluttest, um zu beweisen, dass ich von ihm bin. War ich nicht. Doch jemand wollte nicht, dass er es erfuhr.

»Sie haben den König belogen.« Ich stelle es als Tatsache fest, denn das ist es. »Warum?«

Dr. Goodridge lässt den Kopf hängen. »Ich habe sie geliebt.«

»Wen, Dr. Goodridge?«

»Sabina Sampson«, gesteht er seufzend.

Seine Antwort untermauert alles. »Sie riet Ihnen, dem König zu sagen, ich sei sein Kind.«

Er nickt beschämt. Ich stehe auf und gehe weg von ihm. »Als nun vor Kurzem anlässlich meiner Thronfolge ein Bluttest verlangt wurde, blieb Ihnen nichts anderes übrig, als erneut zu lügen. Andernfalls wäre Ihr Geheimnis aufgeflogen.« Ich schaffe es nicht, wütend zu sein. Ich fühle mich weder verraten noch verloren. Ich empfinde nur Erleichterung.

Davenport erhebt sich und sieht verwirrt aus. »Ich verstehe nicht.«

»Ich verstand zuerst auch nicht«, gestehe ich. Die Fotos lösten jedoch etliche Ungereimtheiten, und nun ist alles glasklar. Ich gehe zur Tür und öffne sie. Da sind alle drei Mitglieder der Sampson-Familie: David, Sabina und Haydon. Sie sitzen zusammen mit Sir

Don auf einer Couch in der Galerie. Ich zwinge mich zu einem Lächeln und hoffe, dass es echt wirkt. »Bitte«, sage ich und kehre zu meinem Schreibtisch zurück.

Sie folgen mir und nehmen zögernd Platz. Die Atmosphäre ist angespannt. »Was ist denn los?«, erkundigt Sabina sich und sieht zu Dr. Goodridge; offenbar ist sie erstaunt über seine Anwesenheit.

»Ich weiß alles, Sabina.« Ich rede nicht um den heißen Brei herum, sondern komme gleich zur Sache. Zu viel meines Lebens ist schon durch Lügen vergeudet. »Warum?«

Sie blickt mich erschrocken an. »Ich habe keine Ahnung, wovon Sie sprechen.«

Ich werfe eins der Fotos auf den Schreibtisch vor ihr, und sie schaut darauf. »Jedes Foto erzählt eine Geschichte, Sabina. Dr. Goodridge hat Sie geliebt. Sie aber liebten meinen Großvater.« Es bereitet mir kein Vergnügen, sie zusammenzucken zu sehen. Ja, Fotos erzählen eine Geschichte. Vielleicht hat es mir geholfen, die Fotos von Josh und mir auf der Tanzfläche im Weißen Haus zu sehen – Fotos von zwei Menschen, die ganz offenkundig etwas zu verbergen haben. Und ich erinnere mich, dass ich am Tag der Beerdigung meines Vaters Sabina im Labyrinth angetroffen habe, wo sie die Statue meines Großvaters ansah. Sie sah das Denkmal des Mannes an, den sie liebte.

Ich richte meinen Blick auf David. »Sie sind nicht der, der Sie zu sein glauben.« Er schweigt und starrt mich nur an. »Sie sind der erstgeborene Sohn meines Großvaters, David. Der wahre Thronfolger. Alles, was geschehen ist, geschah wegen der Bitterkeit Ihrer Mutter. Diese Bitterkeit zog sich durch die ganze Familie bis zu mir. Mich wollten Sie dagegen nicht loswerden, nicht wahr, Sabina? Denn ich war Ihre letzte Chance, doch noch an den Thron zu kommen, den Ihrer Meinung nach Ihre Familie haben sollte. Und zwar durch meine Ehe mit Ihrem Enkel.« Sie war durch und durch berechnend und manipulativ. Alles, was passiert ist, geht auf Sabina zurück. »Sie wussten, dass Eddie nicht der Sohn des Königs ist. Sie wussten, dass John unfruchtbar war, und sorgten dafür, dass Dr. Goodridge ihm etwas anderes erzählte, bevor er und Helen heirateten.« Es war Sabina, die meiner Mutter sagte, sein ungeborenes Kind habe kein königliches Blut. »Als Helen endlich schwanger wurde, wussten Sie, dass das Kind nicht von meinem Bruder stammen konnte.« Ich atme tief ein und erschauere beim Klang meiner Worte. »Eddies Sturz vom Pferd auf dem Land war kein Unfall. Sie schossen auf ihn, als er an jenem Tag ausritt.« Ihre Augen weiten sich. Ich bin klüger, als sie dachte. »Warum seine Identität nicht auffliegen lassen?«

»Was nützt mir der Thron, wenn er durch Skandale befleckt ist?« Sabinas normalerweise sanfte Miene ist verschwunden. Jetzt stehen ihr Bitterkeit und der Groll ins Gesicht geschrieben. »Seine Identität der Öffentlichkeit preiszugeben, hätte die Monarchie beschmutzt. Er musste weg.«

Ungläubig schaue ich zu Dr. Goodridge. Der Doktor wirkt auf einmal sehr alt. Grau und müde. Er schüttelt mit gesenktem Blick den Kopf.

»Ich habe dich geliebt«, sagt er. »Ich tat, was immer du wolltest, in der Hoffnung, dass du eines Tages meine Liebe erwiderst. Ich war ein Narr. Bin es noch immer. Du hast mich nie geliebt. Du hast mich nur benutzt. Es war wie ein Dominoeffekt. Eine kleine Lüge führte zur nächsten und immer so weiter.« Er hebt schwer die Arme. »Ich bin froh, dass es vorbei ist.«

»Eine kleine Lüge?« Ich starre Dr. Goodridge an. »Ich habe dreißig Jahre lang eine Lüge gelebt, wegen Ihrer *kleinen* Unwahrheit. Der König ist gestorben. Mein Bruder ist gestorben. Eine kleine Lüge?«

Er sinkt völlig überfordert von dieser Situation in sich zusammen. Ich richte meine Aufmerksamkeit wieder auf Sabina. »Als Ihr Versuch, Eddie loszuwerden, scheiterte, blieb Ihnen keine andere Wahl, als die Affäre meiner Mutter und Eddies Identität preiszugeben, wenn die Krone ihn überspringen und auf meinem Kopf landen sollte. Sie haben diese Briefe herausgegeben. Alles, was der König verheimlichen wollte, drohte aufzufliegen. Deshalb reiste er überstürzt aus Schottland ab. Nicht, um zu verhindern, dass ich mit Josh zusammen bin, sondern um die Briefe zwischen Davenport und meiner Mutter zurückzuhalten. Nur hätten Sie diese Briefe niemals an die Öffentlichkeit gelangen lassen dürfen.

Denn sie hätten die Krone befleckt, die Sie unbedingt wollen. Sie mussten meinen Vater nur in diesen Hubschrauber bekommen.« Die ganze Zeit gab ich mir die Schuld und wurde von dieser Bürde beherrscht. »Aber Sie brauchten Hilfe.« Ich sehe wieder zu Dr. Goodridge. »Sie befanden sich in Evernmore und sabotierten den königlichen Hubschrauber. Außerdem hinderten Sie Sir Don und David daran, meinen Vater und John zu erreichen, ehe sie losflogen.«

Sir Don richtet den Blick auf den Doktor. »Sie? Sie haben uns aufgehalten? Sie waren gar nicht verletzt?«

»Oh mein Gott«, flüstert Haydon und starrt zu Boden.

David sieht einfach nur geschockt aus. Er wusste nicht das Geringste von all dem Wahnsinn. Nach dem Tod seines Vaters war er wütend auf Sabina, weil er herausfand, dass sie von der Affäre meiner Mutter und von Eddies illegitimen Status wusste. Sein Ego meldete sich. Die Tatsache, dass es seinen Willen noch verstärkte, mich mit Haydon zu verheiraten, ist jetzt unerheblich, denn David sollte der König sein. Hätte es sein sollen. Nicht mein Vater. Seine Familie sollte die königliche Familie sein, statt Angestellte.

Langsam sieht er zu seiner Mutter. »Du hast gesagt, ich soll nach Evernmore, als Adeline hingefahren ist.«

»Natürlich«, räumt Sabina ein. »Es war die perfekte Gelegenheit, den König loszuwerden.«

»Und du hast mir geraten, ich solle ihm beibringen, die Briefe seien durchgesickert. Du wusstest, dass er durchdrehen würde. Und Dr. Goodridge sorgte dafür, dass keiner von uns rechtzeitig bei ihm war, sodass er zusammen mit John nach London losflog.«

»Der König war ein leicht berechenbarer Mann.« Sie zuckt gleichgültig mit den Schultern. »Der nette Doktor sorgte dafür, dass John sich ebenfalls auf dem Flug befand. Kein Pilot, ein technisches Problem. Upsi.«

Ich kann sie nur fassungslos anstarren. Sie ist ein Wolf im Schafspelz.

»Warum hast du mir nichts gesagt?«, will David wissen. »Ich hätte es erfahren sollen.«

Sabina schnaubt. »Dir sagen, dass du der wahre Thronfolger bist? Ernsthaft, David? Dein Ego ist so schon zu groß dafür. Du hättest alles ruiniert. Du warst nicht dazu geboren, König zu sein. Du warst zur Marionette geboren. Haydon und Adeline sollten es sein. Die wunderschöne kleine Prinzessin und mein wundervoller Enkel.«

»Haben Sie deshalb Dr. Goodridge aufgetragen, über den Bluttest bei meiner Geburt zu lügen?«, frage ich und denke daran, wie aufgebracht sie gewesen sein muss über die Entdeckung, dass ich ebenfalls illegitim bin.

»Sie waren meine letzte Hoffnung. Nach Ihnen stirbt die Dynastie und damit auch der Anspruch meiner Familie auf den Thron. Es spielte keine Rolle, dass Sie nicht von echtem britisch-königlichem Blut sind. Denn das ist ja mein Enkel.«

Warum sie den Thron wollte, ist mir schleierhaft. Und erst recht, was sie alles zur Erreichung dieses Ziels getan hat. »Sie haben mir das Gefühl gegeben, eine Freundin in Ihnen zu haben«, sage ich. »Dabei haben Sie mich bloß manipuliert.«

»Ich habe Sie nicht manipuliert. Ich musste Sie nicht zur Heirat mit meinem Enkel drängen, das hat er ganz allein gemacht. Ich musste nur dafür sorgen, dass niemand im Weg war.« Mit vor Zorn funkelnden Augen sieht sie Josh an. »Aber Sie konnten nicht fernbleiben, was?« Sie steht auf. »Mein Haydon sollte mit ihr zusammen sein.« Dann zeigt sie mit ausgestrecktem Arm auf mich. »*Sie* hätten darum betteln sollen, meinen Enkel heiraten zu dürfen. Stattdessen war ich gezwungen, all diese Mühe auf mich zu nehmen, um meiner Familie zu ihrem Recht zu verhelfen.«

Sie zittert, da Jahre der Frustration aus ihr herausbrechen.

»Sie sind verrückt«, murmele ich zutiefst geschockt. »Sie ganz allein haben alles zerstört.«

»Nein, das hat Ihr Großvater getan, Adeline. Als er mich als siebzehnjähriges Mädchen schwanger und mittellos fallen ließ.« Sie lacht kalt. »Reichte mich weiter an einen seiner blaublütigen Freunde als Ehefrau. Gab mir Unterkunft und einen Job in den Stallungen. Und all das sollte mich beschwichtigen? Ich sah, wie dein Vater den Thron bestieg, wie deine Mutter ihn betrog und zwei illegitime Kinder zur Welt brachte. Es war absurd.«

»Da stimme ich Ihnen zu«, sage ich, was sie verblüfft. »Alles an dieser Familie und dieser Monarchie ist eine absurde Farce.« Ich erhebe mich und wende mich allen im Raum zu. »Diese Geheimnisse werden mit meiner Abdankung enden.«

Ich umrunde den Schreibtisch und gehe, Laute des Erstaunens begleiten mich. Meine Beine bewegen sich aus eigenem Willen und bringen mich fort von diesem Gift, das mein Leben geprägt hat. Draußen vor der Tür treffe ich auf meine Mutter. Ein paar Schritte hinter ihr sehe ich Damon mit Kim. Ihre Mienen sind geschockt. Sie haben alles gehört.

Mutter tritt auf mich zu, und ich bitte sie, mich nicht dazu aufzufordern, meine Entscheidung zu überdenken.

»Adeline …«

»Es war Sabina, die dir gesagt hat, das ungeborene Kind meines Bruders sei nicht von ihm.«

Sie nickt und sieht mit flackerndem Blick an mir vorbei ins Büro. »Ich dachte, sie handle aus Integrität.«

Integrität? Nein. Sie sorgte lediglich dafür, dass sämtliche Hindernisse aus dem Weg geräumt wurden. »Und du glaubtest, ich sei das Kind des Königs?«, frage ich.

»Ich hatte keinen Grund, es nicht zu glauben.«

Vermutlich nicht, abgesehen von der Tatsache, dass sie ganz offensichtlich weiterhin mit Davenport geschlafen hatte. Dennoch bestätigte der Bluttest, dass ich das Kind des Königs war.

Mein Kopf tut weh. Die Art und Weise, wie der König Eddie und mich behandelt hat … meine Gedanken kreisen. War er freundlicher und liebevoller Eddie gegenüber, um Davenport zu kränken? War er strenger zu mir, weil er befürchtete, dass eines Tages Eddies wahre Herkunft ans Licht kommt und ich dem Thron einen Schritt näher sein würde?

Ich schreie mich im Stillen an. Was kümmert es mich? Mein ganzes Leben habe ich gefangen im königlichen Netz aus Lügen verbracht. Ich war geblendet und getäuscht wie alle anderen. Was spielt das jetzt noch für eine Rolle?

Ich setze meinen Weg erhobenen Hauptes und entschlossenen Schrittes fort. Es gibt so viel zu tun, so vieles, worum ich mich kümmern muss. Aber nun geht es erst einmal um mich. Ich brauche einen Moment allein. Ich muss verarbeiten, was geschehen ist.

Als ich in meinen Privaträumen ankomme, falle ich gleich ins Bett, rolle mich zusammen und blicke zum großen Fenster mit der Aussicht auf das Gelände. Ich leide nicht. Mir tut es nicht im Herzen weh. Möglicherweise bin ich immun geworden gegen das Gift, in dem ich mein ganzes Leben lang geschwommen bin. Oder mir fehlt einfach die Kraft, noch Schmerz zu empfinden.

Die Tür wird geöffnet, und ich weiß, es ist Josh. Trotzdem bleibe ich, wo ich bin, zusammengerollt auf dem Bett. Die Matratze biegt sich durch. Er kommt näher, kuschelt sich an mich. Sein Gesicht ist in meinem Haar. Josh ist das einzig Wahre und Echte, das ich in meinem Leben habe. Er trägt keine Maske. Er lebt nicht von Lügen, ich dagegen habe ihn beinahe in ein Leben aus Täuschungen hineingezogen.

Er nimmt meine Hand, verschränkt seine Finger mit meinen und drückt sie.

Mein American Boy.

34

Juli 2018

Offizielles Statement Ihrer Hoheit Königin Adeline Lockhart I.

Seit ich ein kleines Mädchen war, nannte mein Vater mich liebevoll lebhaft. Er sagte stets, mein Herz sei größer als mein Verstand, und am Ende war es dieses große Herz, das mich an diesen Punkt meines Lebens gebracht hat. Ich wollte meinem Volk nie etwas vorenthalten, doch war es bis jetzt nicht angebracht, etwas zu sagen.

Sehen Sie, mein großes Herz führte mich auf einen Pfad, den ich nicht hätte gehen sollen. Nicht als Mitglied des Königshauses. Nicht als Prinzessin. Und schon gar nicht als Ihre Königin. Nun kann ich diesen Pfad nicht mehr verlassen, da er mich zu einem Mann geführt hat, der mir mein großes Herz stahl. Würde ich jetzt umkehren, käme ich meinen Pflichten ohne Herz nach. Mein Temperament, das Sie alle an mir lieben, wäre für immer verloren, und nur die Hülle einer Frau würde dieses großartige Land führen. Mein Volk verdient etwas Besseres. Es verdient eine hingebungsvolle Herrscherin, die sich dieser Aufgabe voll und ganz widmen kann. Ich bin nicht länger imstande, diesen Verpflichtungen in vollem Umfang nachzukommen, und dem Mann, den ich liebe, möchte ich die Einschränkungen nicht zumuten, die mein Leben als Königin bedeutet. Ich fürchte, es würde ihn verändern. Ich fürchte, es würde ihn der Qualitäten berauben, die ich so sehr an ihm liebe. Ich fürchte, er wäre verloren. Ich darf ihn nicht verlieren.

Heute Morgen erfüllte ich die letzte meiner Pflichten als Königin. Nach dem Verlust meines Vaters und dem meines lieben Bruders war mein Beginn als Staatsoberhaupt überschattet von Traurigkeit und Verwirrung. Hinzu kam das Ringen seiner Königlichen Hoheit Prinz Edward mit den Narben, die er im tapferen Dienst für unser Land davongetragen hat. Diese Tragödien stand ich nur mithilfe der Liebe eines Mannes durch. Ihm verdanke ich alles. Er half mir durch die dunklen Zeiten. Er zeigte mir, was Hoffnung ist. Ich werde es ihm niemals zurückzahlen können, aber ich werde alles geben, es zu versuchen.

Mir folgt Ihre Königliche Hoheit, Herzogin von Sussex, nach, und ich schwor ihr meine Gefolgschaft. Sie wird Ihnen weit besser dienen, als ich es je könnte. Ich glaube daran, dass der Herrschertitel mit tiefster Hingabe verbunden sein muss, und ich vertraue darauf, dass meine Tante diese Voraussetzung erfüllt.

Ich habe mir diese Entscheidung nicht leicht gemacht. Meine Familie litt unter Tragödien und Traurigkeit, und ich glaube, das hat uns geschwächt, als Menschen und als Royals. Es ist das Ende einer Dynastie, aber das Ende einer Dynastie, auf die ich stolz bin. Ich werde mein Land nicht im Stich lassen. Meine Gründe für den Verzicht auf den Thron sind persönlicher Natur, nicht politisch motiviert, und ich werde der neuen Königin loyal dienen. Diese Entscheidung habe ich allein getroffen, es war die schwerste, die ich vermutlich je treffen musste. Ich hoffe für Sie und für mich, dass es die richtige Entscheidung war. Aus meinem engsten Familienkreis erfuhr ich unendlich viel Liebe – und Rat von unschätzbarem Wert von meinen treuesten Beratern, die mich sämtlich in meiner Entscheidung unterstützten, als Ihre Königin zurückzutreten und auf alle damit verbundenen Privilegien zu verzichten.

Jetzt bete ich zu Gott, er möge mir vergeben, dass ich mich für die Liebe statt für die Pflicht entschieden habe. Und Ihr, mein Volk, werdet letztlich verstehen, dass mir gar keine andere Wahl blieb.

Liebe siegt immer.

Miss Adeline Catherine Luisa Lockhart

35

Wer ist der Mann, für den sie den Thron aufgab?

Das ist die vorhersehbarste Frage der Geschichte. Meine Abdankung wurde mit Entsetzen und Trauer aufgenommen, aber niemand ist geschockter als ich selbst. Die Reaktion der Menschen überall auf der Welt war zutiefst rührend, all der Protest gegen dieses Opfer, das ich bringe. Wenn sie nur wüssten, wie falsch ihre Annahme ist, ich sei vom Thron verdrängt worden. Ich habe ihn freiwillig geräumt ohne die geringste Wehmut. Ich ließ auch die Geheimnisse hinter mir, ebenso wie die Aufgabe, diese Lügen aufrechtzuerhalten und weiteres Blendwerk zu produzieren. Das alles wird auf meinem weiteren Lebensweg keine Rolle mehr spielen. Und es wird keinen Einfluss darauf haben, wer oder was ich bin.

Ich bin frei.

Nun, das werde ich zumindest sein, sobald sich der Staub gelegt hat. Momentan habe ich mich in genau das Apartment zurückgezogen, in dem Josh mich versteckt hat, nachdem er mich auf dem Land mitten von einer Kuhweide gerettet hatte. Ich stehe da, habe die Arme vor der Brust verschränkt und blicke über die Skyline Londons hinweg Richtung Claringdon Palace. Ich frage mich, wie Tante Victoria in ihrem neuen Job zurechtkommt. Ganz gut, glaube ich. Ich habe nichts von ihr gehört, wohingegen Matilda mich in den vergangenen Tagen regelmäßig angerufen hat, seit ich Claringdon verlassen habe. Sie hält sich in Argentinien auf, wo sie Santiagos Familie kennenlernt.

Eddie ist in der Entzugsklinik, es geht ihm »okay« laut Aussage der Pfleger. Die Sampsons und Dr. Goodridge sind verschwunden, in Schimpf und Schande davongejagt. Ich nehme an, man hat ihnen erklärt, sie sollen still und leise gehen, sonst müssten sie sich vor Gericht verantworten. Darum hat sich zweifellos Sir Don gekümmert. Er bleibt auch unter Victorias Regentschaft in Claringdon. Was sonst? Der Mann ist dem Königshaus verpflichtet, ein Haufen neuer Lügen wird ihn für den Rest seiner Tage in königlichen Diensten auf Trab halten. Er wird aufblühen.

Ich bin nach wie vor erstaunt, dass er mich um Verzeihung bat, bevor ich den Palast räumte. Ich lachte ihm ins Gesicht. Zwar ist er nicht komplett verantwortlich für die Versuche, Josh zu diskreditieren und unsere Beziehung zu sabotieren, allerdings unternahm er auch nichts, um mich vor Sabinas Heimtücke zu schützen. Er ließ es geschehen, begünstigte es womöglich. In erster Linie war es seine Aufgabe, der Königin zu dienen und sie zu schützen. Das tat er nicht.

Ich erschauere, nicht zum ersten Mal. Es ist schon eine Ironie, nach all den Jahren herauszufinden, dass ausgerechnet Haydon ein echter Royal ist und nicht ich. Nicht, dass die Welt das jemals erfahren wird. Die Öffentlichkeit wird nichts wissen von der Korruption innerhalb der Monarchie. Von den Morden und Affären. Von den illegitimen Kindern und der Sabotage der Familien untereinander. All das wird sicher hinter Blendwerk verborgen bleiben.

Derart in meine Gedanken vertieft, erschrecke ich mich, als Josh von hinten die Arme um mich legt. Er ist so geduldig gewesen in diesen vergangenen drei Tagen, in denen wir von den Medien belagert wurden. Er protestierte nicht, weil wir uns nur innerhalb dieser vier Wände aufhalten konnten, und er weckte keine Schuldgefühle bei mir. Er verpasste zwei Interviews und musste sein aktuelles Filmprojekt verschieben. Alles meinetwegen.

»Wäre ein Spaziergang im Park nicht toll?« Ich halte mich an seinen starken Armen fest, die er um mich gelegt hat, und betrachte die wie kleine Punkte aussehenden Menschen, die frei herumlaufen und die frische Luft und die schöne Umgebung genießen.

»Schsch.« Er küsst mich auf den Scheitel und dreht mich vom Fenster weg. »Komm, trink einen Kaffee.«

Die kühle Seide meines Morgenmantels gleitet beim Gehen über meine Beine und teilt sich, als ich mich setze, sodass meine Schenkel nackt sind. Ich bedecke sie nicht, da Joshs anerkennender Blick darauf zu herrlich ist. Als ich die Zeitung entdecke, schiebe ich sie weg und ignoriere die Schlagzeilen.

»Deine Mutter hat angerufen.« Josh schenkt mir Kaffee ein und sieht mich an, als ich gedankenverloren umrühre. »Willst du ihr für immer aus dem Weg gehen?«

»Ich brauche einfach Zeit«, sage ich nicht zum ersten Mal. Herauszufinden, dass man eine Lüge gelebt hat, ist nicht gerade leicht zu verdauen. Ich bin nicht wütend, auch nicht wirklich verletzt, aber immer noch ein bisschen fassungslos. Ich habe das Gefühl, momentan überhaupt niemandem gegenübertreten zu können. Nur mit Josh halte ich es aus. Ich will meine Zukunft mit ihm in dieser Welt zementieren, bevor ich mich meiner Vergangenheit stelle.

Ich schaue auf und trinke lächelnd einen Schluck Kaffee. Ich frage mich, ob ich Josh gefunden hätte, ohne diese dreißigjährige Lüge gelebt zu haben. Ist all das aus einem Grund geschehen? Ich muss das glauben, sonst würde Bitterkeit mich auffressen.

»Bist du nervös wegen nachher?«, fragt er und setzt sich auf die Tischkante.

Seine festen Bauchmuskeln kräuseln sich, als er sich zu mir lehnt, um mir einen Kuss zu geben. Ich komme ihm entgegen, damit er erhält, was er will. Immer.

Ich zucke gelassen mit den Schultern. »Ich muss der Welt geben, was sie begehrt, und dann mein Leben weiterführen.« Mein Blick schweift erneut zum Fenster. »Schon bald wird man mich aufgespürt haben. Jeder fragt sich, wo ich stecke.«

Er hebt die Brauen und setzt sich wieder gerade hin. »Stell dir die Reaktionen vor, wenn sie herausfinden, dass du mit einem niederen amerikanischen Schauspieler zusammenhaust.«

»Es wird Zeit, dass die Öffentlichkeit erfährt, wer der geheimnisvolle Mann ist, findest du nicht? Und deine mysteriöse Frau, wenn wir schon dabei sind.« Die Vorstellung ist aufregend, und ich verspüre ein Kribbeln. Er antwortet nicht, aber ich weiß, dass

Josh das für längst überfällig hält. »Ich sollte mich wohl besser mal fertig machen.«

»Ich werde zuschauen.« Er stößt sich von der Tischkante ab und sammelt mich ein. »Darf ich das Outfit, das du tragen wirst, wenn du der Öffentlichkeit von mir erzählst, mit dir zusammen aussuchen?«

»Und was soll ich deiner Meinung nach anziehen?«

»Ich weiß schon genau das Richtige.« Als wir unser vorübergehendes Schlafzimmer betreten, schüttelt Josh wieder den Kopf über die Massen von Kleidern, die in jeder Ecke verstreut liegen. »Ich werde bei mir zu Hause das Ankleidezimmer erweitern müssen.«

Ich setze mich aufs Bett und schaue ihm dabei zu, wie er die vielen Koffer durchwühlt. »Oder wir kaufen uns ein anderes Haus«, schlage ich vor.

»In L. A.?«

»Sicher.« Ich lege die Hände in den Schoß und sehe mich im Penthouse um. »Ein Apartment wie dieses wäre auch ganz schön.«

»Du willst nicht in meinem Haus wohnen?« Es klingt nicht gekränkt, nur neugierig.

»Na ja, es ist deins«, argumentiere ich. »Und wir haben uns noch nie gemeinsam auf die Suche nach einem Haus gemacht. Das wäre doch aufregend. Ich will auch nach einer Ranch Ausschau halten. Ein Haus irgendwo in der Wildnis mit viel Land drum herum, auf dem ich mit meinen Pferden reiten kann.«

»Was immer du dir wünschst, Baby.« Er zieht ein Kleid hervor. »Hab's gefunden.« Zufrieden über seinen Fund hält er es hoch. »Mein Favorit.«

Ich grinse über das schwarze Seidending, denn es ist das Kleid, das ich an meinem dreißigsten Geburtstag getragen habe. Der Tag, an dem ich Josh kennengelernt habe. »Das?«

»Ja, das.« Er kommt her und legt es neben mich auf das Bett. »Perfekt.«

»Na gut.« Ich höre, wie die Eingangstür geöffnet und geschlossen wird, dann Kim, die nach mir ruft. »Hier drin!«, rufe ich zurück.

Josh gibt mir rasch einen Kuss, bevor Kim eintritt. Sie hat die Arme mit allem beladen, was ich brauche, damit ich wie die aufsässige Königin aussehe, die ich nicht länger bin.

»Sie gehört ganz Ihnen«, erklärt Josh und zieht sich eine graue Jogginghose an. »Vorübergehend.« Augenzwinkernd zieht er sich zurück, damit ich mich auf das Interview vorbereiten kann.

»Sie haben eine Einladung erhalten«, informiert Kim mich trocken und hält einen Brief mit dem Wappen Claringdons hoch. »Von Königin Victoria.«

Ich gebe einen spöttischen Laut von mir und mache mich auf den Weg ins Badezimmer. »Ich bin enttäuscht, dass es so lange gedauert hat.«

»Die Nachricht von Ihrem Live-Interview heute Abend kam erst vor wenigen Stunden heraus. Ich würde sagen, dafür hat die Königin ziemlich prompt reagiert.«

»Und ihre Zeit vergeudet«, rufe ich und drehe die Dusche an, bevor ich zur Tür zurückgehe. Ich halte mich am Türrahmen fest und lehne mich hinaus. »Die Macht der Monarchie über mich gehört der Vergangenheit an. Was steht denn drin?«

»Dass sie ein Mitwirkungsrecht wollen.« Sie schaut nach unten. »Dass es aufgezeichnet wird.«

»Geht nicht«, meine ich und gehe zur Dusche. »Zur Abmachung gehört, dass es live stattfindet. Außerdem zahlen die mir Millionen dafür, dass es exklusiv ist.« Ich steige unter den Wasserstrahl und fange an, mir die Haare zu waschen. Ich brauche das Geld nicht. Das Vermögen des Königs außerhalb der in öffentlichem Besitz befindlichen royalen Besitztümer würde Eddie, Mutter und mich zehn Leben lang versorgen. Ganz zu schweigen von der Tatsache, dass ich technisch betrachtet zwar nicht mehr der britischen Monarchie angehöre, meine Mutter jedoch nach wie vor die spanische Prinzessin ist. Ich gehöre also zur Monarchie, genau wie Eddie.

Geld ist kein Problem, aber ich habe einen anderen guten Grund. Ganz unerwartet haben meine engsten Mitarbeiter vor drei Tagen zusammen mit mir Claringdon verlassen. Sie verzichteten auf ihre sicheren Jobs. Ob aus Loyalität mir gegenüber oder weil sie meiner

Tante nicht dienen wollen, spielt keine Rolle. Letztlich ist Victoria Königin, weil ich abgedankt habe. Ich habe sie alle in diese Position gebracht. Das Geld wird also ihnen zugutekommen. Es ist das Mindeste, was ich tun kann.

Als Damon auftaucht, um mich abzuholen, habe ich das Stadium der Nervosität überwunden und bin zu einem nervlichen Wrack geworden. Je näher das Interview rückt, desto schlimmer wird mein Zittern. Josh und Kim lassen mich in Ruhe vor dem Fenster auf und ab gehen.

»Sind Sie bereit, Euer Maj…« Damon bricht den Satz ab und schüttelt über sich selbst den Kopf. »Verzeihung. Ich muss mich erst daran gewöhnen. Sind Sie bereit, Miss Lockhart?«

Es hat mich nicht sonderlich überrascht, dass Damon Claringdon zusammen mit mir verlassen hat. Daher ist er auch jetzt nie weit weg. »Oder Adeline.« Ich lache und nehme meine Handtasche von Kim entgegen. »Sehe ich okay aus?«

»Sie sehen aus wie Adeline Lockhart.« Sie überprüft den Reißverschluss meines Kleides. »Alles klar.«

»Okay.« *Tief atmen. Tief atmen.* Ich drehe mich zu Josh um und presse die Lippen zusammen. Er liegt auf der Couch, eine Schale Popcorn auf dem Schoß. »Bequem?«

»Ja. Ich habe gehört, es soll ein toller Fernsehabend werden.« Er grinst mit vollem Mund, und ich sehe ihn scherzhaft tadelnd an. Er stellt die Popcornschale beiseite und kommt zu mir, schließt mich in die Arme und küsst mich leidenschaftlich. »Ich weiß, dass du nervös bist, aber versuch doch lieber aufgeregt zu sein und dich zu freuen. Nach heute Abend beginnt unser gemeinsames Leben. Du und ich. Jeden Tag. Keine Heimlichtuerei mehr, keine Sabotage.«

»Hör auf, sonst bringst du mich noch zum Weinen, und ich ruiniere mein Make-up.«

»Sei mutig, sei ehrlich.« Er legt seine Stirn an meine. »Sei einfach die Frau, die ich liebe, dann wird alles gut.«

Ich nicke und sauge ein wenig von seiner Ruhe in mich auf. »Für dich ist das kein Problem. Du gibst ständig Interviews.«

Er lacht amüsiert. »Baby, ein solches Interview hat noch niemand gegeben, glaub mir.«

»Tu ich«, sage ich grummelnd, als er mich Damon übergibt, dem einzigen Mann, dem Josh mich anvertraut.

»Passen Sie gut auf sie auf«, sagt er trotzdem vorsichtshalber.

»Gehen wir.« Damon führt mich zum Wagen. Zusätzlich werde ich von Bates und einigen anderen von Joshs Männern abgeschirmt.

Ich fühle mich, als stünde ich kurz davor, den größten Sprung ins Ungewisse zu tun, den ein Mensch machen kann.

36

Wir hatten überlegt, den Ort geheim zu halten, doch das stand in krassem Gegensatz zum Thema, nämlich, dass ich jetzt frei bin von der Umklammerung der Königsfamilie. Wir gaben nicht direkt bekannt, wo das Interview stattfinden würde, aber die Eingeweihten wussten es eben. Daher herrscht ein ziemlicher Presserummel bei unserer Ankunft.

»Oh, wow«, murmele ich. Kim nimmt meine Hand und drückt sie. Nichts gegen ihren Tröstungsversuch, doch der einzige Mensch, der mich jetzt trösten könnte, ist Josh. Es ist ein Tohuwabohu auf dem Weg mit Damon zum Eingang. Blitzlichter blenden mich, Leute schreien und rufen, zum Glück nur Freundliches.

Ich werde durch die Studioflure in einen Raum geführt, auf dessen Tür mein Name steht. Ohne Titel. Nur mein Name.

ADELINE LOCKHART

Das bin ich jetzt. Einfach nur Adeline Lockhart.

»Ma'am?«, fragt Damon, und ich sehe ihn an. »Sorry«, sagt er und scheint sich selbst tadeln zu wollen.

Er öffnet die Tür und lässt mich in die Suite, in der Sofas ein Quadrat bilden, ein Fernseher an der Wand hängt und überall Kameras stehen.

Ein junges Mädchen kommt und sieht ehrfürchtig aus, was mir unangenehm ist. »Bitte nicht knicksen«, warne ich sie, setze mich auf eines der Plüschsofas und greife nach dem Wasserglas auf dem Tisch. Mein Mund ist trocken, ich zittere immer noch. Verdammt, ich muss mich zusammenreißen. Ich will nicht, dass die Öffentlichkeit mich so sieht – als zitterndes nervliches Wrack. Ich muss stark und selbstbewusst sein.

Ich leere ein ganzes Glas Wasser, während ich Anweisungen

bekomme. Die Papiere, die mir gegeben werden, nimmt Kim an sich, was wegen meines Zitterns bestimmt besser so ist.

»Sind Sie sich wirklich sicher wegen dieser Alle-Fragen-erlaubt-Abmachung?«, erkundigt Kim sich zum tausendsten Mal. »Ich habe noch Zeit, da etwas auszuhandeln.«

Ich winke ab. »Wenn ich eine Frage nicht beantworten will, dann werde ich sie einfach nicht beantworten.« Die Studiomitarbeiter lassen uns allein, und ich bekomme Gelegenheit, mich zu sammeln. Ich entspanne mich gerade ein wenig, da höre ich Applaus aufbranden. Ich schaue auf zum Fernseher an der Wand, und prompt ist beim Anblick des Publikums die Panik wieder da. Hunderte von Leuten stehen auf, um den Gastgeber der Show zu begrüßen. Es dauert eine volle Minute, bis sich das Publikum so weit beruhigt hat, dass er sprechen kann. Der üblicherweise sehr lebhafte, temperamentvolle Mann sieht ernst aus.

»Guten Abend.« Graham Miles trägt ohne Zweifel einen funkelnagelneuen Anzug. »Es kommt nicht oft vor im Leben, dass man eine Chance erhält wie die, die ich heute Abend bekommen habe.« Meine Tür geht auf, und das junge Mädchen, das mir vorhin Regieanweisungen übermittelt hat – die ich inzwischen komplett vergessen habe –, rückt lächelnd sein Headset zurecht.

»Wir sind bereit für Sie, Miss Lockhart.«

Oh Gott, oh Gott, oh Gott.

Kim steht vor mir, und als ich keine Anstalten mache, mich vorwärtszubewegen, hilft Damon mir. Mein Herz pocht. Für einen Moment frage ich mich, warum ich mich darauf eingelassen habe. Wieso ich geglaubt habe, das durchstehen zu können. Doch meine Zweifel lösen sich auf, als ich an Josh denke. Für ihn schaffe ich das. Für uns. Für *mich*.

Mit festem, sicherem Schritt folge ich der jungen Dame durch ein Labyrinth aus Fluren, bis wir einen Bildschirm erreichen. Mein Make-up wird überprüft. Kim macht an meinen Haaren herum. Damon zwinkert mir zu.

»Ladies and Gentlemen, Miss Adeline Lockhart.«

Graham Miles kündigt mich ruhig an, doch der Applaus und der Jubel sind unbeschreiblich. Man bedeutet mir loszugehen. Meine

Beine fühlen sich bleischwer an. Ich muss mich daran erinnern, das Lächeln nicht zu vergessen. All die Jahre hindurch war diese Fassade leicht abzurufen, und nun habe ich Schwierigkeiten damit. Aber ich brauche keine Fassade, keine Maske mehr. Ich muss niemandem mehr etwas vorspielen. Dies hier bin ich. Mein wahres Ich.

Ich nehme die Stufen ins Studio und bete im Stillen darum, dass ich nicht stolpere. Zum Glück kommt Graham mir auf halbem Weg zu den Sofas entgegen, nimmt meine Hände und küsst mich auf die Wange, wie es ihm vorher nicht gestattet gewesen wäre. Da war ich die Königin, und niemand durfte mich einfach anfassen. Jetzt bin ich ihm unendlich dankbar für seine Unterstützung.

»Absolut hinreißend«, sagt er und hält mich an den Armen fest, während er mich von oben bis unten betrachtet. »Bitte, nehmen Sie doch Platz.« Er führt mich zur Couch, und ich setze mich, wobei ich in die Zuschauermenge blicke und die Kameras überall zu ignorieren versuche. Nicht daran zu denken versuche, dass die ganze Welt mir zusieht.

Ich warte, bis der Applaus allmählich endet und Graham sprechen kann.

»Bequem?«, erkundigt er sich und setzt sich ebenfalls.

Ich klopfe auf die Polster, rutsche näher an die Lehne und lege den Arm darauf. »Es wird gehen«, antworte ich, und er lacht zusammen mit dem Publikum.

»Bevor wir beginnen«, sagt er, »muss ich die wichtigste Frage stellen.«

»Welche ist das?«

»Da Sie nicht länger die Königin von England sind, kann ich den offiziellen Brief von Ihnen, der mich in den Ritterstand erhebt, wohl getrost vergessen, oder?«

Ich lache und fühle, wie meine Angespanntheit nachlässt. Jahrelang habe ich diese Taktik angewandt bei den Menschen, denen ich begegnet bin – indem ich sie erst einmal zum Lachen brachte, um ihnen die Nervosität zu nehmen. Ist mein Lampenfieber derart offensichtlich? »Ich glaube, die Neujahrsehrenliste steht noch.« Ich grinse, als er erleichtert eine Hand auf sein Herz presst.

»Nachdem das geklärt ist, kann ich viel lockerer weitermachen.« Er lehnt sich zurück. Die Menge ist still und wartet auf seine erste echte Frage. Sie lautet schlicht: »Warum?«

»Ich fürchte, Sie müssen genauer fragen«, erkläre ich. »Es gibt sicher viele Antworten auf viele Warums.«

»Warum das hier?« Er deutet mit einer Armbewegung auf das Fernsehstudio. »Live vor Publikum und ausgerechnet mit mir. Da gibt es sicher qualifiziertere Leute, die Sie interviewen könnten. Aber Sie persönlich haben sich für mich entschieden.«

»Na ja, ich mag Sie, Graham«, antworte ich, im Publikum wird gelacht, als mein Gastgeber mich freundlich anlächelt.

»Aber das hier?« Er lässt nicht locker und zeigt auf die vielen Kameras. »Warum auf diese Weise?«

Ich atme ein und wieder aus. »Weil ich es kann.« Mehr muss ich gar nicht sagen, und er nickt, als würde er verstehen. Ich hoffe, alle anderen verstehen es auch.

»Weil Sie nicht mehr unter dem Kommando der britischen Monarchie stehen?«, hakt er dennoch frech grinsend nach.

»Ich glaube, es ist kein großes Geheimnis, dass ich mich mit meiner Rolle innerhalb der Institution schwertat.«

»Als Prinzessin oder als Königin?«

»Beides natürlich. Wobei ich nie damit gerechnet habe, auf dem Thron zu landen. Ich glaube, die Umstände meiner Thronfolge machten es noch schwieriger, mit allem zurechtzukommen.«

Er nickt, aber ob aus Verständnis oder einfach so, vermag ich nicht einzuschätzen.

»Wir kommen nicht umhin, über die Tragödie zu sprechen, die Sie und Ihre Familie in den vergangenen Monaten durchlitten haben. Die Welt war geschockt vom Tod Ihres Vaters und Ihres Bruders. Erzählen Sie mir davon. Als gewöhnliches Volk wissen wir nur, was die Medien uns berichtet haben.«

Ich bete im Stillen, der Kloß in meinem Hals möge zusammenschrumpfen, damit ich mit einigermaßen fester Stimme antworten kann. »Ich glaube, die ganze schreckliche Angelegenheit hat bewiesen, dass auch die Royals nur sterbliche Menschen sind.« Meine Stimme bricht, was ich selbst mit größter Entschlossenheit nicht verhindern kann, womit ich beweise, dass ich recht habe. Wir sind ganz gewöhnliche Sterbliche. »Mein Vater war ein guter Mann. Ein guter König.« Ich räuspere mich und ignoriere, dass ich mich an diesem Punkt des Blendwerks bediene. Es dient dem öffentlichen Wohl. Es ist nicht mehr meine Sache, die Geheimnisse zu wahren oder zu lüften. Außerdem muss ich weiterhin meine Mutter schützen und meine Brüder. »Er folgte meinem Großvater auf den Thron und war mir und meinen Brüdern ein Vorbild, dem nachzueifern stets schwer war. Als Edward auf den Thron verzichtete, lastete der Druck auf meinen Schultern, und ich schäme mich nicht, zu gestehen, dass ich mehr an mir zweifelte, als alle anderen es taten. Ich habe immer betont, dass eine derart wichtige Rolle nur mit der nötigen Fähigkeit, mit Ehrgeiz und Pflichtbewusstsein ausgefüllt werden kann. Diese Qualitäten fehlen mir. Zudem gab es für mich noch ein anderes Handicap, das nicht zu überwinden war.«

»Der geheimnisvolle Mann«, sagt Graham, es herrscht gespannte Stille im Studio. »Wir könnten den ganzen Tag über Ihr Leben als Prinzessin und später als Königin reden, aber ich glaube, es geht vor allem um eine bestimmte unbeantwortete Frage. In Ihrer Abdankungsrede erwähnten Sie ausgiebig einen Mann in Ihrem Leben.«

Ich sehe ihn an, lasse den Blick kurz zu einer der Kameras schweifen, da ich weiß, dass Josh zusieht. Eine Frage ist unbeantwortet. Wenn die alle nur wüssten! »Anscheinend ist die Öffentlichkeit sehr neugierig«, bemerke ich, was Graham und die Zuschauer erneut zum Lachen bringt. Ich lächle scheu und greife nach meinem Glas Wasser.

»Natürlich, denn welcher Mann könnte eine Königin dazu bringen, für ihn ihr Königreich aufzugeben?«

»Einer, den die Monarchie nicht gutheißen würde«, erwidere ich, und er grinst schief. »Einer, der alles andere im Leben dieser Königin sinnlos erscheinen lässt.«

»Königin zu sein war sinnlos?«

»Nein, egal, *was auch immer* zu sein wäre sinnlos gewesen, wenn ich ihn nicht hätte haben können. Er ließ das Unmögliche möglich erscheinen, nur wurde mir unmissverständlich zu verstehen gegeben, dass ich ihn nicht haben kann.«

»Also verlobten Sie sich mit Haydon Sampson.« Nach dieser Feststellung lehnt er sich entspannt zurück und lässt sie ihre explosive Wirkung entfalten. Die Stille im Studio erreicht ein völlig neues Level.

Ich schlucke, verlagere mein Gewicht und schlage ein Bein über das andere. »Unglücklicherweise stand ich in jener Zeit unter starkem Druck. Ich versuchte die Königin zu sein, die man erwartete. Ich konnte vor allen leugnen, dass mein Herz einem anderen gehörte, nur nicht vor mir selbst. Wir hatten zahlreiche Schwierigkeiten zu meistern, was uns gelang, und nun kann uns nichts mehr davon abhalten, zusammen zu sein.«

Graham nickt langsam, während das Publikum meine Antwort verarbeitet. »Sind Sie bereit, der Öffentlichkeit mitzuteilen, wer dieser Mann ist?«

»Eigentlich nicht«, antworte ich lächelnd. »Ich habe es genossen, ihn ganz für mich zu haben.« Erneutes Gelächter, und es dauert eine Weile, bis es still wird. Ich warte bewusst, ehe ich fortfahre: »Aber wenn Sie es unbedingt wissen müssen ...« Ich hole tief Luft wie Millionen andere Menschen in diesem Moment sicher auch, die gespannt auf den Namen warten. Ich tue es. »Sein Name ist ...« Ich mache den Mund wieder zu, da Graham eine Hand hebt und mich davon abhält, Worte auszusprechen, die für neue Medienhysterie sorgen werden.

»Eine Sekunde.« Er steht auf.

Ich schaue mich im Studio um und frage mich, was los ist. Ich male mir alle möglichen Szenarien aus – dass die royalen Helfer hereinstürmen und mich zum Schweigen bringen. Oder vielleicht sogar die Polizei.

»Machen Sie nicht so ein besorgtes Gesicht«, sagt Graham, da ich immer noch von einer Ecke des Studios zur anderen blicke. »Ich glaube, der geheimnisvolle Mann würde sich gern selbst vorstellen.«

Was?

Erschrocken sehe ich Graham an, der lächelnd zu mir sieht, wie ich schockstarr auf der Couch sitze.

»Ladies and Gentlemen.« Er deutet mit einer Armbewegung zu

den Stufen, die ich heruntergekommen bin, und ich recke den Hals, überzeugt, dass das ein übler Scherz auf meine Kosten wird.

Aber es ist kein Scherz. »Oh mein Gott«, flüstere ich, als Josh, die Hände in den Taschen seiner Anzughose, oben an der Treppe erscheint. Er trägt den Anzug, den er bei der Gartenparty anlässlich meines dreißigsten Geburtstags in Claringdon anhatte. Sogar das pinkfarbene Einstecktuch schaut aus der Brusttasche hervor. Ich starre ihn perplex an, während er in die Menge lächelt und das Publikum in Applaus und Jubel ausbricht. Er sieht unfassbar gut aus, sein strahlendes Lächeln ist umwerfend, und er wirkt sehr selbstbewusst.

»Josh Jameson«, ruft Graham, den ohrenbetäubenden Lärm übertönend.

Die Ankündigung des Namens heizt die Begeisterung weiter an. Und als wären die zahlreichen Zuschauer gar nicht da, wendet Josh sich mir zu. Als unsere Blicke sich treffen, steht meine Welt wieder einmal kopf. Ich schlage mir die Hände vors Gesicht und beuge mich herunter, da ich meine Emotionen nicht länger im Zaum halten kann. Ich bin vollkommen überwältigt und … verblüfft.

Plötzlich kniet er vor mir, seine Knie befinden sich links und rechts von meinen Beinen. Er umfasst meine Handgelenke und nimmt meine Hände von meinem tränennassen Gesicht. Sein Lächeln versichert mir, dass alles gut wird.

»Hallo, Schöne.«

Mir entschlüpft ein abgerissenes Schluchzen, und ich beuge mich sitzend zu ihm hinüber, um mein Gesicht an seinen Hals zu schmiegen. Der Lärm um mich herum ist ausgeblendet. Jetzt, in diesem Augenblick, gibt es nur noch Josh.

Er hält mich ganz fest, streicht mir übers Haar, spricht beruhigende leise Worte in mein Ohr.

»Ich konnte dich das doch nicht allein durchstehen lassen«, flüstert er, umfasst meinen Kopf und holt mich aus meinem Versteck heraus. Er wischt mir die Tränen mit seinen Daumen ab, dann küsst er mich zärtlich auf die Stirn und atmet tief meinen Duft ein, als sähe uns nicht die ganze Welt zu. »Okay?«

Ich nicke, allerdings ruckartig und unkontrolliert. Bestimmt sehe ich schrecklich aus, aber das ist mir egal. Das bin ich. Ich bin nur eine Frau. Ich bin nicht aus Stein.

»Na los, bringen wir es hinter uns«, murmelt er, löst sich von mir, hält meine Hand jedoch weiterhin fest. Dann setzt er sich neben mich, legt einen Arm um mich und zieht mich an sich. »Überraschung«, scherzt er, während die Menge weiter jubelt.

»Ich glaube, das hat gerade einen Tsunami an Ohnmachten ausgelöst.« Graham fasst sich an die Brust und atmet dramatisch tief aus.

Ich lache, gebe ein weiteres Schluchzen von mir, drücke Joshs Hand und sehe ihn lächelnd an. Wow, er sieht unvorstellbar gut aus, so entspannt und zufrieden. Und jetzt bin ich auch entspannt und zufriedener, als ich es jemals war.

»Na dann«, sagt Graham, als das Publikum sich allmählich wieder beruhigt hat. »Die mochten Sie da also nicht?« Er wirft einen angewiderten Blick in die Kameras. »Eine Frechheit.«

»Tja, ich bin Amerikaner.« Josh zuckt mit den Schultern. »Ich fluche zu viel und die halbe Welt hat schon meinen nackten Hintern gesehen. Also nein, ich hatte nicht den besten Stand bei den Royals.«

Joshs Antwort löst eine Lachsalve im Publikum aus, ich schüttele ungläubig den Kopf und sehe ihn nur an.

Graham muss erst sein eigenes Gelächter unter Kontrolle bringen. »Es verbarg sich also tatsächlich eine kleine Geschichte hinter Ihrem Tanz im Weißen Haus.«

Er schürzt gespielt missbilligend die Lippen, und prompt werde ich rot, was nicht besser dadurch wird, dass Josh mir frech grinsend sein pinkfarbenes Einstecktuch reicht.

»Und diese Ugg-Stiefel, die überall im Internet zu sehen waren, gehörten Ihnen?«, fragt Graham.

»Die gehörten mir«, bestätige ich. Es tut gut, die Wahrheit zu sagen.

»Wie haben Sie sich kennengelernt?«

»Wie viele andere Paare sich auch kennenlernen«, antwortet Josh für uns. »Bei einer Party.«

»Welcher?«

»Meinem dreißigsten Geburtstag.« Ich beobachte, wie Graham den Kopf schüttelt. Offenbar erinnert er sich an das Interview vor einiger Zeit, bei dem Josh dieses Ereignis herunterspielte. Ich stopfe sein Einstecktuch wieder zurück in seine Brusttasche. »Unsere Blicke trafen sich, und ich war, was jede andere Frau gewesen wäre, die in diesem Moment Josh Jameson gegenübergestanden hätte.«

»Und was waren Sie nun?«, fragt Graham, seine Belustigung verbergend. Als müsste er wirklich fragen.

»*Hin und weg* wäre wohl die richtige Bezeichnung.«

Graham nickt und schaut kurz ins Publikum. »Aber Sie waren nicht wie jede andere Frau.«

»Doch, genau das bin ich. Eine Frau. Jede andere Frau hätte an meiner Stelle sein können. Zufällig war ich die Dritte in der Thronfolge der britischen Monarchie.«

»Und aufgrund tragischer Umstände wurden Sie Königin.«

»Stimmt. Aber heißt das, mein Herz darf nicht mehr wollen, was es will?«, entgegne ich und fühle, wie Josh meine Hand drückt. Lächelnd sehe ich ihn an. »Es verstärkte meine Sehnsucht nach ihm noch.«

»Adeline befand sich in einer unmöglichen Position«, meldet Josh sich zu Wort, reibt sich erst den Nacken, dann das Kinn. »Ich habe mich ziemlich schnell in sie verliebt.« Er sagt das ganz gelassen. »Ich weiß, dass es ihr ebenso ging.«

»Selbstbewusst wie eh und je«, bemerke ich, was die Leute zum Lachen bringt.

Josh stupst mich scherzhaft gegen die Schulter und berichtet weiter: »Auch als sie noch Prinzessin von England war, stellte unser Zusammensein eine echte Herausforderung dar.« Er sieht mich mit seinem strahlenden Lächeln an. »Aber wir waren bereit, diese Herausforderung anzunehmen. Nach den Ereignissen vor einigen Monaten, als Adeline ihren Vater und ihren Bruder verlor und unerwartet den Thron bestieg, änderte sich alles. Sie wollte unbedingt, dass ihr Vater stolz auf sie sein konnte. Und sie wollte den Zweiflern beweisen, dass sie sich irrten. Außerdem wollte sie unbedingt mit mir zusammen sein.« Er schluckt. »Sie wollte sich nicht für eins entscheiden, doch am Ende musste sie es.«

»Und Sie entschieden sich für Josh«, stellt Graham fest, als wäre das noch nötig.

»Nein«, widerspreche ich leise. »Ich entschied mich für die Liebe.«

»Warum?«

Ich betrachte den Mann neben mir, von dem ich weiß, dass er immer für mich da sein wird. Der Mann, der alles geändert hat. Er schenkt mir dieses hinreißend dreiste Lächeln, seine Augen strahlen. »Weil er mich so liebt, wie ich bin. Weil er tief in meine Seele blickte und mich annahm. Weil er mein Temperament liebt und mich trotzdem, ohne zu zögern, zurechtstutzt.« Ich grinse, da er wissend eine Braue hebt, und ich spüre in meiner Fantasie seine Hand auf meinem Hintern. »Ich bin dazu geboren, Josh zu lieben.« Traurig denke ich an all die verlorene Liebe der vielen mir nahestehenden Menschen. »Weil«, flüstere ich, »die Liebe immer siegen sollte.« Ich räuspere mich, und Josh drückt mich.

Grahams Gesichtsausdruck ist fast verträumt. »Manche argumentieren, Sie seien die geborene Königin.«

»Oh, das ist sie auch«, sagt Josh und verschränkt seine Finger mit meinen. »Aber sie ist dazu geboren, *meine* Königin zu sein.« Er hebt meine Hand an seine Lippen und küsst sie. »Wenn Sie nichts dagegen haben, würde ich gern etwas tun.«

Anspannung erfasst mich, als Josh mich loslässt.

Er steht auf.

Er räuspert sich.

Er greift in seine Tasche.

Meine Anspannung nimmt zu.

»Josh …«, sage ich, während das Publikum gespannt den Atem anhält.

Dann … Stille.

Man könnte eine Stecknadel fallen hören.

Er sinkt auf ein Knie und präsentiert mir eine kleine schwarze Samtbox. Ich greife mir ans Herz. »Oh mein Gott.«

Diesmal ist sein Lächeln fast ein bisschen verlegen, als er die Box öffnet und ein Ring zum Vorschein kommt. Ein schlichter Ring. Ein kleiner Diamant auf einem einfachen Ring. Nichts Pompöses oder Protziges. Nur ein simpler Ring. Und ich weiß, dass er diesen schlichten Ring ganz bewusst ausgesucht hat.

»Wir beide kennen die Antwort auf diese Frage bereits«, sagt er leise. »Aber ich wollte, dass die Welt hört, wie du es sagst.« Er rutscht auf beiden Knien nach vorn, stellt die Box aufs Sofa und nimmt mein Gesicht in seine Hände. »Wirst du mich heiraten, Adeline Lockhart?«

»Ja.« Ich schluchze und spüre seine Hände an meinem Gesicht, als die Tränen strömen. »Ja, ja, ja.« Mit einem Lächeln, das so strahlend ist wie meins, küsst er mich, ohne sich um die Zuschauermenge zu scheren, die jetzt wie wild applaudiert, mit den Füßen stampft und jubelt. Ich muss lachen, als er eine Hand in mein Haar schiebt und mich näher an sich zieht. Dann höre ich außer dem Applaus noch etwas anderes, und prompt löse ich mich von seinen Lippen, um ihm in die Augen zu sehen. Sie funkeln, denn aus den Lautsprechern schallt Estelles und Kanye Wests *American Boy*. »Wow«, rufe ich begeistert und lehne mich an Joshs Brust, als er mich hochzieht.

Er schaut mir ins Gesicht, seine Hände liegen auf meinem Hintern. »Diesmal kannst du locker bleiben, wenn wir tanzen.« Er gibt mir einen besitzergreifenden Kuss. »Denn jetzt weiß die ganze verdammte Welt, dass du zu mir gehörst.«

Er fängt an, mich herumzuwirbeln, und ich werfe glücklich den Kopf zurück. Ich habe absolut keine Hemmungen mehr, obwohl alle mir zuschauen, wie ich, die ehemalige Königin von England, mit meinem American Boy im Fernsehen tanze.

»Da haben Sie's, Ladies and Gentlemen«, ruft Graham, den Jubel und die Musik übertönend. »Seine wahre Königin!«

Epilog

JOSH

Verdammt, so nervös war ich noch nie in meinem Leben. Dabei habe ich auf etlichen Pressekonferenzen gesessen, Tausende Interviews gegeben, Preise er- und Reden gehalten. Doch nichts kam an diese Nervosität heran. Ich sitze in der vordersten Kirchenbank, habe die Hände gefaltet und wippe mit den Knien.

Reiß dich am Riemen, Josh.

Jemand klopft mir auf die Schulter und bewahrt mich vor dem drohenden Nervenzusammenbruch. Ich schaue auf in Dads lächelndes Gesicht. »Nicht«, warne ich ihn. »Ich übe.«

Er lacht leise, setzt sich neben mich und greift in die Innentasche seines Jacketts. Er zieht einen Flachmann heraus und schraubt den Deckel ab.

»Trink dir Mut an.«

Er gibt ihn mir, und ich kippe mehr davon herunter, als ich vermutlich sollte.

»Ich brauche keinen Mut. Ich muss nur ruhiger werden, verdammt noch mal.«

»Du befindest dich im Hause Gottes, Junge. Zeig Respekt.«

»Sorry«, murmele ich und gebe ihm den Flachmann zurück. »Wo ist Eddie?« Adelines Bruder ist in diesen Tagen unstet, um es milde auszudrücken. Mal ist er da, dann wieder verschwunden, manchmal für Tage. In der Entzugsklinik ist er nicht lange geblieben. Ich fürchte, es geht ihm schlechter.

»Toilette.«

Das bedeutet, er trinkt sich auf seine Weise Mut an. Na fabelhaft. Das brauche ich so dringend wie ein Loch im Kopf. Ich blicke mich um. Die Kirchenbänke füllen sich, und im Nu ist die Kirche voll. Die Neuankömmlinge sehen alle ein bisschen mitgenommen aus, als hätten sie einen Spießrutenlauf hinter sich. Denn genau das haben sie. Es ist das reinste Chaos da draußen, der komplette Irrsinn. Die Hochzeit des Jahrhunderts, heißt es. Ich bin ein wenig genervt deswegen, aber auch froh über das dicke »Ihr könnt uns mal« an diese königlichen Idioten.

»Wie spät ist es?«, frage ich Dad.

»Zwei Minuten später als beim letzten Mal, als du gefragt hast.« Er steckt den Flachmann wieder ein. »Mensch, Junge, was ist denn los mit dir?«

»Keine Ahnung«, gebe ich zu. Dabei konnte die Zeit gar nicht schnell genug vergehen bis zu diesem Tag. Und nun ist er da. Und ich mache mir vor Nervosität fast in die Hose. Ich streiche mir durch die Haare und bringe sie damit vermutlich nur durcheinander. Ist mir egal. Was macht eine unordentliche Frisur schon aus, wenn man schwitzt wie ein Rennpferd?

Dad klopft mir auf die wippenden Beine und steht auf. »Ich gehe mal besser und begrüße ein paar Leute.«

Er setzt ein dämliches Grinsen auf und geht, um einige der Hunderte von Gästen zu begrüßen. Und ich? Bleibe exakt da, wo ich bin. Gelähmt vor Nervosität. Atme, ermahne ich mich im Stillen.

Shit, seit sie abgedankt hat, habe ich keine einzige Nacht ohne Adeline verbracht, bis auf die vergangene. Ich war ruhelos, was nicht weiter verwunderlich ist, wenn man bedenkt, was wir durchgemacht haben, um bis hierher zu kommen. Ich ließ Tammy jede Stunde bei ihr anrufen. Ich selbst habe ihre Mutter mehrmals angerufen. Es ging ihr gut. Natürlich. Mir nicht. Diese Royals. Die sind zu üblen Sachen fähig. Aber was hat unser Hochzeitstag mit diesen Mistkerlen zu tun?

»Mal im Ernst, Josh.« Eddie taucht auf, seine Hose schließend. Der Mann scheint jede königliche Etikette mit seinem Titel abgelegt zu haben. »Du siehst aus wie versteinert.«

»Bin ich auch.« Es ist mein Job, mir Text zu merken. Darin bin ich einer der Besten, aber heute weiß ich verdammt noch mal nicht mehr, was ich sagen soll. Ich rieche eine Alkoholfahne und sehe meinen zukünftigen Schwager an. Ich habe kein Recht, ihn zu verurteilen, da Dad mich gerade mit gutem Stoff versorgt hat, doch ich hatte mit Sicherheit nicht so viel wie Eddie. »Genug«, warne ich ihn. Das Letzte, was ich an unserem besonderen Tag gebrauchen kann, ist Ärger mit Adeline. Ich habe versprochen, auf ihn achtzugeben.

Er verdreht die Augen, das herablassende Arschloch.

»Wir feiern.«

»Du feierst seit fast einem Jahr.«

»Verdammt richtig. Ich muss ja auch einiges nachholen.«

Ich seufze, sage aber nichts dazu. Es wird noch eine Weile dauern, bis er den ganzen Mist verarbeitet hat, dem er ausgesetzt war.

»Benimm dich einfach.«

»Ja, Kumpel.«

Ich drehe mich um, als ich erneut Leute hereinströmen höre. Adelines Mutter erscheint und sieht wirklich umwerfend aus in ihrem perlblauen Kleid. Ein typisches Schwiegermutterkostüm kommt für sie nicht infrage. Ich raffe mich auf und erhebe mich. Meine Beine fühlen sich erstaunlich stabil an, also gehe ich ihr im Mittelgang entgegen. Außerdem bedeutet ihre Anwesenheit, dass mit Adeline alles okay ist. Wäre es anders, käme Catherine jetzt nicht lächelnd mit ausgestreckten Armen auf mich zu.

»Sieh dich an, du gut aussehender Bursche.«

»Du siehst toll aus, Catherine.« Ich lasse mich von ihr umarmen und bin dankbar für ihre herzliche Zuneigung. »Wie geht es Adeline?«, erkundige ich mich.

»Angst, dass sie dich vor dem Altar stehen lässt?«

Ich gebe einen verächtlichen Laut von mir. »Nein.«

Sie lacht unbeschwert und tätschelt mir zärtlich die Wange. »Sie ist wundervoll. Du kannst dich glücklich schätzen, Josh Jameson.« Ihr Blick geht hinauf zu meiner Frisur, die ich gerade zerrauft habe, und sie versucht, sie mit den Händen wieder hinzubekommen, verschwendet aber nur ihre Zeit.

»Ich weiß«, stimme ich ihr zu. Und *wie* glücklich ich bin.

»Oh, Edward«, sagt Catherine, als sie ihren auf Abwege geratenen Sohn hinter mir entdeckt.

Sie wirkt glücklich, ihn zu sehen, was, wie ich weiß, neuerdings nicht allzu oft vorkommt. Ihre Beziehung ist nach wie vor alles andere als intakt. Sie lässt mich los und geht zu ihm, um ihn zu umarmen. Er nimmt es hin, erwidert die Umarmung sogar, doch der Groll ist spürbar.

Ich nehme aus dem Augenwinkel etwas wahr und schaue hinauf zum Balkon über dem Altar. *Was zur Hölle!* »Hey!«, rufe ich, als ein Blitzlicht mich blendet. »Bates!«

Er ist aufgesprungen und stellt dem dreisten Paparazzo nach. Dieser Scheißer. Wie ist der überhaupt hier hereingekommen? Die Kirche ist gesichert wie Fort Knox. Ich folge Bates über den Fliesenboden und sehe, wie er sich den Kerl vorknöpft, dessen Kamera zerstört auf dem Boden liegt. »Ist das ein Zelt?«, frage ich. Hier sieht's aus wie auf einem Campingplatz – leere Wasserflaschen, Dosen … »Thunfisch?«

»Ja, ich glaube, er hat sich hier seit Längerem auf die Lauer gelegt.«

Ich werfe dem Paparazzo einen tödlichen Blick zu. »Schafft ihn raus, bevor ich ihm in den Hintern trete.«

Bates zerrt den Blödmann weg, der lautstark protestiert und zu seiner zerstörten Kamera will. Ich gehe in die Hocke, wühle in den Einzelteilen und finde, wonach ich suche. Ich werfe die Speicherkarte aus und stecke sie ein.

»Josh, es wird Zeit.«

Ich richte mich auf und drehe mich um. Catherine schaut angewidert zu, wie Bates den Typen hinausbugsiert. »Zeit?«, frage ich.

Amüsiert kommt sie auf mich zu, nimmt meine Hände in ihre und drückt sie. Ihre sind so zart. Ihr Lächeln ist sanft. Alles an dieser Frau ist zart und sanft.

»Du heiratest doch heute, oder?«

»Stimmt.« Prompt beschleunigt sich mein Puls.

»Sie ist hier.«

Mir wird flau. »Schon?«

»Sie wollte nicht zu spät kommen, wie es in ist.«

Ich lasse sie los, trete einen Schritt zurück und streiche mir ganz automatisch erneut durchs Haar. »Shit«, flüstere ich und entschuldige mich sofort dafür. »Verzeihung.«

Seufzend nähert Catherine sich mir wieder und bringt meine Haare ein zweites Mal in Ordnung, wahrscheinlich nicht zum letzten Mal.

»Willst du *sie* warten lassen?«

Ich blicke zum Durchgang, der zurück zum Altar führt. Meine verdammten Beine wollen nicht. »Ich kann mich nicht bewegen«, gestehe ich. Der Zeitpunkt ist gekommen. Sie ist hier. Der Moment, auf den ich zu lange gewartet habe. Und ich bin wie erstarrt. Die Nerven? Aufregung?

»Josh.« Catherine schüttelt mich leicht und weckt mich aus der Starre.

Ich sehe sie ratlos an, während mein Verstand mich anschreit, ich soll mich endlich in Bewegung setzen.

»Geh.«

»Klar.«

Sie führt mich buchstäblich, ich lasse mich von ihr die Steinstufen zurück zum Altar geleiten. Am Eingang zum Kirchenschiff, als die versammelte Gemeinde in Sicht kommt, spüre ich zum Glück wieder meine Beine. Jeder Platz ist besetzt, mancher Stehplatz ebenfalls. Vertreter der spanischen Monarchie, Hollywoodgrößen, Freunde, Familie und Staatenlenker. Sogar der verdammte Präsident der Vereinigten Staaten. Ich hatte eine Feier im engsten Kreis vorgeschlagen. Daraufhin hatte Adeline nur geantwortet: »Vergiss es.« Jetzt verstehe ich, was sie meint. Wir verheimlichen schließlich nichts mehr.

»Oh Mann«, flüstere ich, denn sämtliche Blicke sind auf mich gerichtet. Catherine bekommt ein weiteres Mal zu tun, als ich mir schon wieder durchs Haar streiche.

»Was ist los?«, erkundigt Dad sich, der mit besorgter Miene zu mir tritt.

»Ich glaube, Josh hatte einen kleinen Anfall von Lampenfieber«, sagt Catherine und zupft mein Jackett zurecht, nachdem sie mit meinen Haaren fertig ist.

»Ich bin überhaupt nicht nervös«, stelle ich klar, schlucke und befreie mich von Catherine. »Ich bin nur aufgeregt.« Lasst uns loslegen.

Gefolgt von Dad gehe ich entschlossen zu meinem Platz, wo Eddie wartet. Er grinst und hat offenbar noch ein bisschen mehr intus. Seine Wangen sind gerötet.

»Bereit?«, erkundigt er sich und klopft mir schwer auf die Schulter.

»Wenn es um deine Schwester geht, *Kumpel*, bin ich so was von bereit.« Als die Orgel einsetzt, drehe ich mich genau wie alle anderen in der riesigen Kirche um. Zwei Männer legen die Hände auf die Klinken der endlos hohen Doppeltür, und als sie sie langsam öffnen, atme ich tief ein.

Das Lufteinsaugen Hunderter Leute entzieht dem Raum anscheinend den Sauerstoff, denn ich kann plötzlich nicht mehr atmen.

Und als ich sie sehe, habe ich auch keine Hoffnung, je wieder Luft holen zu können.

»Heiliger Strohsack«, murmele ich und nehme nichts mehr um mich herum wahr. Sie trägt ihre verdammte Tiara.

Adeline steht auf der Schwelle und schaut den Gang entlang zu mir. Ihr Gesicht ist nicht hinter einem Schleier verborgen, sodass ich ganz ungehindert ihre Schönheit bewundern kann. Das hat sie mit Absicht getan. Ich weiß es. Und ich bin froh. So froh. Nichts steht zwischen uns.

Ihr Kleid ist das schlichteste Hochzeitskleid, das ich je gesehen habe. Schlicht, aber umwerfend. Mehr braucht sie auch nicht. Es ist schulterfrei, aus Seide, bodenlang. Keine Schleppe. Keine Rüschen. Nur das Kleid, die spanische Tiara und ihr außergewöhnlich schönes Gesicht.

Mein Hals ist wie zugeschnürt, und in meinen Augen brennen Freudentränen. Als sie langsam den Gang auf mich zukommt, Davenport an einem, Damon am anderen Arm, erinnere ich mich daran, wie ich an diesen Punkt gelangt bin, an diesen Ort, an diesem Tag, um dieser Frau mein Leben zu versprechen.

Ich erinnere mich an jeden Moment, von der ersten Sekunde an, als ich Adeline Catherine Luisa Lockhart begegnet bin, bis gestern, als sie mir ein Steak zubereitete und mir die Haare in der Badewanne wusch.

»Wollen Sie mit mir zusammen in Schwierigkeiten geraten?«

Ich muss grinsen. Da ahnte noch keiner von uns, wie viel Schwierigkeiten wir uns einhandeln würden. Und auch nicht, welche Art von Schwierigkeiten.

»Vielleicht will ich eine Prinzessin entehren.«

Ich wollte sie nicht entehren. Ich wollte sie nur für immer bei mir behalten. Ein Gefühl tiefer Zufriedenheit überkommt mich, mein Körper fühlt sich warm an, als Bilder von Adeline aus meiner Erinnerung auftauchen. Vor allem die, wenn sie schläft. Wenn sie nackt ist, friedlich und nicht merkt, wie ich sie betrachte. Wenn ich ihr die Haare aus dem Gesicht streiche und über die Schultern, damit ich ihre Schönheit bewundern kann. Wenn ich sachte mit einem Finger die Konturen ihrer Lippen nachzeichne. Wenn ich sie auf die Stirn küsse. Wenn sie sich dann rührt und sich verschlafen an mich schmiegt. Der Morgen ist mir die liebste Zeit. Ungestört. Still. Nachdenklich. Da sind einfach nur … wir.

Ich senke den Kopf, richte den Blick zu Boden, atme langsam und gleichmäßig ein. Ein Lächeln breitet sich auf meinem Gesicht aus. Ich weiß, dass sie näher kommt, und spüre die Energie, die sich mit jeder Sekunde stärker in mir ausbreitet, bis ihre Nähe meine Nerven vibrieren lässt und mir das Blut heiß durch die Adern rauscht. Jetzt schaue ich auf und beiße mir auf die Unterlippe. Und als sie mein Lächeln erwidert, geht meine Welt in Rauch auf. Ihre Zungenspitze gleitet über ihre roten Lippen, ihr Blick fällt auf meine Brust, ihre Augen funkeln wie verrückt. Ich greife an meine Brusttasche und drücke das pinkfarbene Einstecktuch, ohne den Blick von ihr abzuwenden. Nie.

»Wer übergibt diese Frau ihrem Bräutigam?«, fragt der Priester.

Nach einem sanften Kuss auf die Wange überlässt Damon sie ihrem Vater.

Davenport schluckt, seine Augen sind glasig. »Ich.« Seine Stimme ist leise und voller Emotionen. Überwältigt lächelt er, während er Adelines Arm von seinem nimmt, seine Tochter ansieht, ihr die Hände auf die Schultern legt und sie sacht auf die Wange küsst.

Shit, meine Emotionen steigen auch gerade um ein paar Grad an, und ich muss mir die Wangen reiben. Adeline lächelt und schließt die Augen, genießt den kurzen Moment mit ihrem Vater, während ich geduldig warte. Ich warte gern. Er hat diese Zeit verdient. Die Öffentlichkeit kennt seinen Status in Adelines Leben nicht. Davenport schon. Und ich weiß, dass das alles ist, was für ihn zählt. Ich hoffe sehr, dass Eddie ihn eines Tages auch vollständig akzeptieren wird, dann bekommt Adeline vielleicht ihren lebenslustigen, starken Bruder wieder, den sie so liebt.

Meine Aufmerksamkeit springt zu Catherine, die sich diskret die Augen mit einem Taschentuch abtupft. Dann richte ich den Blick auf die anderen Anwesenden. Alle sehen so ehrfürchtig und überwältigt aus, wie ich mich fühle.

»Josh …« Davenport nimmt Adelines Hand und reicht sie mir. »Sie ist jetzt dein.«

Ich verzichte darauf, ihn zu korrigieren. Sie war stets mein. Ich nicke, nehme ihre Hand und trete zu ihr.

Davenport geht zu Catherine in der vordersten Kirchenbank. Er nimmt ihre Hand. Sie lächelt ihn an. Es ist ein schöner Anblick.

Ich ziehe Adeline an meine Brust und sehe ihr in die Augen. »Bist du bereit, dich mit mir in Schwierigkeiten zu bringen?«

Sie nimmt meine Hand und legt sie auf ihren Bauch. Verstohlen lächelnd schaue ich nach unten. Im dritten Monat ist kaum etwas zu sehen.

»Das war ich von dem Moment an, als ich mich dir beugte.«

Ich muss mich zusammenreißen, um mich nicht zu bücken und ihren Bauch zu küssen. Auf diese Neuigkeit wird die Welt noch warten müssen. »War es sehr wild dort draußen?«, frage ich und verschränke meine Finger mit ihren.

»Man könnte glatt meinen, alle halten mich noch für die Königin«, antwortet sie flüsternd.

Ich reiße mich vom Anblick ihres Bauches los, in dem mein Kind heranwächst, und schaue ihr wieder in die Augen. Sacht streiche ich mit dem Daumen über ihre roten Lippen. »Das bist du«, murmele ich und küsse sie auf die Mundwinkel, berühre ihren anmutigen Hals und stupse mit dem Daumen gegen ihr Ohrläppchen. Ich hebe ihr offenes Haar und betrachte die Ohrringe, die ich für sie habe anfertigen lassen. Ich lächle. »Du bist *meine* Königin.«

Dann wenden wir uns dem geduldig wartenden Priester zu.

»Die Ehe ist ein Segen«, beginnt er, »doch doppelt gesegnet ist das Paar, das mit der Zustimmung seiner Familien und seiner Freunde vor den Altar tritt.«

Ich sehe Adeline an. Und sie mich. Wir lächeln wissend, während der Geistliche zur Gemeinde spricht. Weder Adeline noch ich suchten die Zustimmung von irgendjemandem, aber ich weiß, dass wir den Segen der Welt haben.

»Worüber lächelst du?«, fragt sie leise.

»Ich denke«, sage ich flüsternd, »dass ich es nicht erwarten kann, meine Frau zu entehren.«

Ihr Grinsen gerät sittsam, und sie schaut wieder den Priester an. »Ich versichere Ihnen, Mr. Jameson, dass Ihre Frau dessen nicht bedarf.«

»Ist das so?«

»Das ist so«, bestätigt sie und wirft mir aus dem Augenwinkel einen Blick zu.

Ich schenke ihr mein charmantestes Lächeln, und sie hält ihres mühsam im Zaum.

»Ich habe nur ein Laster, Mr. Jameson.«

Ich neige ganz leicht den Kopf zur Seite. »Heiße amerikanische Schauspieler?«

»Nein«, erwidert sie kaum hörbar und drückt meine Hand. »Meinen Mann.«

Mein Lächeln verwandelt sich in ein selbstzufriedenes Grinsen. »God save the fuckin' Queen.«

Den Priester ignorierend, der inzwischen mitten in seiner Predigt ist, wendet sie sich mir zu, ganz die ewig aufsässige Frau, in die ich mich verliebt habe, und schlingt die Arme um mich. »Hast du doch schon, mein wundervoller American Boy.«

Jodi Ellen Malpas
Bis wir eins sind
€ 9,99, Taschenbuch
ISBN 978-3-95649-823-7

Ein Blick, eine Berührung, ein verzehrendes Feuer. Und er fühlt es auch. In Jacks Armen erlebe ich eine Nacht ohne Hemmungen, ohne Gedanken an den Morgen. Danach allerdings trennen sich unsere Wege. Doch wenig später steht Jack wieder vor mir, und sofort erwachen in mir all die sinnlichen Erinnerungen. Aber dann offenbart er mir etwas Schockierendes: Er ist verboten für mich. Dennoch können wir uns einfach nicht voneinander lösen, egal, wie falsch es ist. Kann es für unsere Liebe eine Zukunft geben?

www.mira-taschenbuch.de

Jodi Ellen Malpas
Crown & Passion –
Alles, wonach du dich sehnst
€ 12,99, Klappenbroschur
ISBN 978-3-7457-0026-8

Prinzessin Adeline ist nicht bereit, sich den Erwartungen des englischen Hofes zu beugen. Einer Welt, die nur aus Lügen und Geheimnissen besteht, verborgen hinter der Fassade von Luxus und Privilegien. Obwohl Adeline alles tut, um sich ihre Unabhängigkeit zu bewahren, ist sie in ihrem goldenen Käfig gefangen. Sie verspürt eine unbestimmte Sehnsucht in sich. Bis sie Josh Jameson begegnet. Bei dem nicht standesgemäßen Hollywood-Star fühlt sie sich lebendig – ein Blick, und sie brennt vor Verlangen, eine Berührung, und sie verzehrt sich nach ihm. Doch Adeline weiß, dass ihr Vater und seine Berater sich mit aller Macht dafür einsetzen werden, sie von Josh fernzuhalten …

www.mira-taschenbuch.de